创造人生

Create life

wang
zhao min

王照敏 著

文汇出版社

图书在版编目(CIP)数据

创造人生 / 王照敏著. —上海：文汇出版社，2017.9

ISBN 978-7-5496-2306-8

Ⅰ．①创… Ⅱ．①王… Ⅲ．①长篇小说–中国–当代

Ⅳ．①I247.5

中国版本图书馆 CIP 数据核字(2017)第 213873 号

创造人生

著　　者 / 王照敏

责任编辑 / 熊　勇

出版策划 / 力扬文化

出版发行 / **文匯**出版社

　　　　　上海市威海路 755 号

　　　　　（邮政编码 200041）

印刷装订 / 成都市金雅迪彩色印刷有限公司

版　　次 / 2017 年 9 月第 1 版

印　　次 / 2017 年 9 月第 1 次印刷

开　　本 / 787×1092　　1/16

字　　数 / 480 千

印　　张 / 24

ISBN 978-7-5496-2306-8

定　　价 / 30.00 元

创造 Create
人生 life

目录
/CONTENTS

引子

. . .

王小鹏很优秀？不，他跟许多普通的男人一样，既做过一些坏事、灰暗事，同样也做过许多好事、阳光事。在他身上有许多闪光的亮点，这些亮点足以让人不得不对他刮目相看。

应该说，一般人所具有的王小鹏都具有，包括弱点。在人生旅途，他有一种精细圆滑的生存能力，有着特殊的理念和别样的技巧，如同在电闪雷鸣或者说在花开花落时，他是那样地戴着镣铐跳舞。

王小鹏自 1988 年毅然扔掉铁饭碗从全民企业辞职下海经商后，不断曝出的他的那些很有价值的新闻，是那样地引起广泛的争议，促使人们对他维护自己的人性尊严和操守，实在不敢恭维。为了求证这些新闻的真伪和虚实性，曾有人还专题向他的妻子崔晓娣求证。结果，他们得到他妻子如此的评价"即使全世界都认为王小鹏是个混蛋，但我还是认为他是个顾家的好男人。对于我们的家庭，他像一块矿石，过于苛刻会把他限制死。男人皆有某些缺陷，有缺陷的男人才是真正的男人。"

这是一种对王小鹏既原始又淳朴的爱。王小鹏把这种爱不但铭记在心，而且将其凝聚成一种对家庭的责任。这种责任像锥子一样牢牢地锥入他灵魂深处，成为指导他的行为准则。每当他人生遇到困扰、低谷时，这锥子力量就会给他生命注入新的活力。这种活力就像扎根在戈壁滩上石头缝底下的野草根系，能在野蛮荒凉的条件下依然保持不屈不挠、奋发向上的精神。

油画　四川红草地　王照敏／绘

油画　金色秋景　王照敏／绘

第一章

不 期 而 遇

上海静安宾馆庭院前。

漆黑的夜，又闷又热，周围悄然无声，城市似乎进入了沉沉的梦乡。

"Hello，Mr Wang！"

"谁啊？不会是叫我吧。"王小鹏神情有点恍惚，有生以来还从未有人用英语来呼唤过他。

头也没回，他只顾着自己悠然走出宾馆门厅。

"你个伪排长，喂！你给我站住！"

一个有点耳熟又陌生的音腔，猛然扯开八分音量的吼声用中文呼喊，脆铃似的语音冲着他耳朵根子欢蹦乱跳。

王小鹏心里咯噔一愣。

这伪排长的大号对他来说真的是久违了，二十多年来还从未再听到过有人吼出这样子的尊称了。

这个职务大号还是他中学时期的班主任老师李芳把丁海龙这个自由民主选拔出来的红卫兵排长肆意罢免后委任他担当的。由此原因，同班同学中的丁海龙与其死党戆大那伙人戏称他是个"伪排长"。

"很显然这是在叫我了。"王小鹏这样想着，不由转身扭过头去回看："哇，是张雪梅哇！"

"哇什么哇，好你个伪君子，眼珠长头顶啦？"

"真没想到，太出乎意料了。"王小鹏用惊异的眼光打量着站在门廊下那位打扮温文雅致，如是非常传统的白领女士："哎哟喂，你这是怎么回事，脸颊上那两颗红彤彤的圆，咋没啦?"

"去你的，还提这话。喂，王小鹏同学，看你现在这身水彩画似的打扮，好像已经是个得意忘形的土豪了吧。"

张雪梅说这话时脸上不由得显出点愠怒：就为她以前和他在长风公园第一次私下幽会时，自己往脸颊上抹了点胭脂而被他讥讽嘲笑得不欢而散。过了这么多年，这家伙还在老账新提!

于是她不无风趣地加大了讥讽力度，说："瞧你这身打扮，就像俗不可耐的暴发户，无知无识的土豪。不过话说回来，早知道你今天能成为土豪，咱当年肯定揪住你不放。"

说完这话，她朗声大笑着继续讽刺："看你今天这副模样，像是混得还不错吧，全没了当年毕业分配时那副丧魂落魄的鬼样子。"

王小鹏不好意思地扭扭脖子，左手将金利来 T 恤领子往上提了提，半遮半掩地盖住那条在幽暗中闪闪发亮的金项链。随后将别在腰带上那特显眼的呼叫机往左边挪挪，右手不断地抹着鼻子，尴尬地撇撇嘴，呵呵地傻笑几声，说："道具，道具。这打扮，俗气归俗气，日的是唬人。"

王小鹏对着他中学时代被同学们嬉笑地称之为"敲定"的面容，忽然有点无地自容的感觉。

这感觉真他娘的不是个玩意儿，竟然使他心里不但有点忐忑不安，似乎还有那么点理不直来气不壮。

"这算哪门子事啊，得拿出点爷们腔调来。"他心里这样想着，于是把嘴一横，扭过脖子吼道："土豪咋啦，那也是我拼死拼活，不要命地干出来的，总比你们那些贪官污吏好吧。"

"Very Good。你呐，还是原来的那副傲慢腔调。好样的，没咋地，为你鼓掌。"张雪梅哈哈笑着拍手，说："都快二十年没见面了，站在这里较什么劲?走，上我的房间去聊聊，说实在话，我还真有点想念你这个伪排长呢。"

"你的房间，在哪?"王小鹏惊奇地问。

"306 室，我的长包房啊。"

"嘿，够气派的，竟然在静安宾馆租着长包房。"

"哪里话，我家在金山，这客房是我们石化总厂因我工作原因而包租的，便于我在市区与外商洽谈业务需要。目前我还担任着外商的翻译工作。"张雪梅挽着王小鹏手臂，肩膀紧挨着他肩膀："哎，你看看我现在这副模样，还不到四十，可神经衰弱得像个老太婆，你可能又会把我称作什么女强人吧? 这可不对，不过我的工作状态确实让我精神特别紧张。现在你在我身边，我似乎有点豁然开朗，很有点兴奋的感觉。"说到这里，她忽然停顿下来，猛然间似乎有点羞涩之情，挽着王小鹏的手臂不由自主地松开了，"我居然这样向你敞开心扉，真有点不好意思。"

王小鹏的神经系统开始逐渐放松，显出些镇定沉着的模样。

当宾馆内那狭小的电梯升到三楼，两人走出电梯来到客房门前，趁张雪梅在打开房门之际他不由自主地点了支烟卷，打火机冒出的火焰，照亮了他那脸盘和眉宇间显示出来的老辣、成熟的神态。

"咔"的一声，房门在王小鹏身后被关上了，屋子里静悄悄的。

王小鹏翘着兰花指儿，撅着嘴皮，微微吸了口烟。他这副潇洒熟练的抽烟姿势，是跟他父亲厂里的工会主席戴炳南学的，在中学时期他已经把戴主席的抽烟腔调学得惟妙惟肖。

当烟雾从嘴里喷出二至三次后，他已经瞪着骨碌碌的眼珠将整个客房来来回回地打量了三至四遍。

这是静安宾馆内一间特大型高级套房，除了卧室内那张宽大厚实的席梦思软床和豪华的卫生设施外，客厅里所有的办公家具、厨房用品，一应俱全。整个室内装饰和环境布置，不但雍容华贵而且宽敞明亮。就连开过眼界的王小鹏也不断地啧啧赞叹："呵呵，张雪梅，我包租的房间比你的差远啦，没得比，没得比呐。"

王小鹏虽然也租赁着静安宾馆的客房，可那只不过是个普通的双人标准间而已。

"好你个伪排长，家在上海竟然也包租客房，不会是养着漂亮的小秘吧。你们这种浑身散发着铜臭味的土豪，就这副德兴！"张雪梅一边搅拌着热气腾腾的雀巢咖啡递给王小鹏一边瞪着讥讽的眼神藐视着他。

"你嚷嚷啥呀，我即使有这心也没这胆呐。你应该了解我，中学时期，同学们说我俩'敲定'谈朋友，可我连你的手都还没摸过一下呢。"王小鹏一边装模作样地憨笑着一边开始有点厚颜无耻："还是当年犹大说得对，该出手时就出手，现在想想真后悔，不摸白不摸呀。至于对女人出手方面嘛，我是一直胆小如鼠。"

"现在改革开放了，你这土豪可以放荡不羁，胆大包天啦。"张雪梅两手搓着有点发烫的脸颊，她似乎感觉聊这话题有点无趣，于是将那依旧是非常苗条的身子在罗圈椅内往后靠靠，说："喂，你和犹文军还有联系吗？"

"那个犹大啊，我倒是怪想念他的，也不知道这家伙去哪混了。"

"哎，你个糊涂蛋，说你什么好呢，你知不知道班主任李芳老师当年的心事?"

"看你说的，我咋知道她有什么心事。"

"她住院期间，你有没有给她看过你女朋友照片?"

"有啊，那女朋友就是我现在的老婆，也是我谈过的唯一女朋友。一包香烟成了上帝牵线的红娘，让我俩走进婚姻殿堂。她不但聪慧有加而且还是一位温顺勤劳的贤妻良母。"

"贤妻良母还要加上聪慧有加。你显摆个啥嘛，看你美得，可你当年伤透了李芳老师的心。这，你知道不?"

"伤她的心?"王小鹏很是迷惑。

"李芳老师当年因病住在普陀区中心医院外科病房，这，你该记得吧。"

"嗯，当然记得。"

"她摒弃了所有愿意照顾和服侍她的人，包括我和她女儿。"

"呵呵，好像是吧。"

"你就没想想，她为什么独独让你这个小男生来陪伴照顾呢。"

"这? 没想过。我只是想她对我好，信任我。"

"你就没想过是否还有其他方面的原因?"

"让我终生难忘、记忆犹新的是当时她从病榻的枕头下摸出厚厚的一沓还没开封的人民币，随后数都不数地抽出一部分，对我说'你家境贫困，这些钱就算是我资助你的，你给我好好学画，这对你将来的人生旅途会有很大的帮助。'"

"你这么高的智商，怎么就这么点理解能力?"张雪梅很是遗憾。

"那是厚厚一大叠人民币呐，按我当时在原工作单位累死累活地干那臭铁匠不要命的活儿，每月工资也不过是三十二元。你想想，那是什么概念啊。"王小鹏已经有点微微发福的胸部开始激动得一起一伏:"如此巨款，我摸都未曾摸过，怎敢收下。"

"虚伪! 最终你还不是收下了吗。你不但接受了李芳老师的巨款，同时，你竟然还给她看你女朋友的照片，对吧?"

"咦，你什么都知道?"

"你真是块木头，你知不知道犹大的事。"张雪梅说话时情绪低落。

"犹文军怎么啦，跟我有什么关系?"王小鹏眼睛像着了魔似的一下子放大许多，他瞄到了张雪梅那张有点惨白的脸。

于是他带着惊诧的口吻，说:"吃饭品滋味，听话听下音。你说这话的意思，似乎当时发生过什么事了?"

张雪梅的脸开始奇怪地扭曲起来。

　　王小鹏不由自主地摇摇头，继续说道："话说回来，咱胡同里扛竹竿，直来直去地说，给李芳老师看看我女朋友照片，这也没什么大错啊。当时我已经二十出头了，总不能还认为我是在早恋吧。张雪梅，你说说，你是怎么想的。"

　　"你个王小鹏啊，莫不是又像当年在长风公园那样地问我怎么想？哈哈，我现在可以明确地告诉你，当年我在想，你啊，就是猢狲穿衣裳，像煞一个人。我看啊，你现在简直就是个痞子商人。"

　　"我就搞不明白，你怎么会认为我既是痞子又是猢狲的。"王小鹏嬉皮笑脸地说："我是个什么人，你张雪梅心里有杆秤。我做人做事都要思前想后，谨慎行事，这是我做人的原则。"

　　"王小鹏，你应该知道李老师有俩女儿，小的叫小白兔，那个大女儿叫大白兔，比我们小三岁。"

　　"对啊，这我知道，她俩女儿都是眼睛溜圆、绝顶聪明漂亮的女孩。"王小鹏口吻中不无赞美之情。

　　"李老师问我，咱俩有没有谈朋友这回事，这话你还记得吗？我当年在长风公园的银锄湖畔对你说过。"

　　"记得，有这么回事，那是我第一次和女孩子在外单独相会。虽然过去二十多年了，但给我的印象特深刻。"王小鹏说话时脸色灿烂。

　　"瞧你这副德兴。我对李老师口气坚决，毫不犹豫地说，绝对没有这回事。"张雪梅说话时两眼神笔直地注视着落地台灯光亮下的王小鹏，她对他面部肌肉的任何细微变化都不放过。

　　然而，王小鹏的眼神似乎很安详平静，只是他的右手在灯影暗处使劲地掐着左手指骨，不断发出咯嘣咯嘣的响声。

　　"王小鹏，你在想什么？"

　　他徒然一怔，思绪中断了，从嘴里漫漫飘出来的袅袅烟雾从圆形的灯影里飘出去后在幽暗的角落消失了。临时想出来的一句大胆的话突然从他撇开的嘴里冒出来："哦，我想有这回事，现在这里是一个非常实在的二人世界。"

　　"滚，从哪来滚哪去。你如胆敢再说这样的混账话，我一锤砸死你。"张雪梅斜过身子用手指使劲戳了一下王小鹏那亮晃晃的额头，哑着嗓子微笑着哼道："说这话，为时晚了。"

　　王小鹏用手捂住脑袋，加大了玩笑力度，说："来得及，但愿还来得及。"

　　"来得及什么啊，你给李老师看了你女朋友照片，她很伤感，她是在你和犹大之间两选一啊，结果还是犹大做了她的上门女婿。"

　　张雪梅显然错误理解了与王小鹏玩笑之间"还来得及"的意图。

"你无视于这门婚事，便宜了犹文军这家伙，后悔死你吧？"张雪梅有点悻悻然地说。

这话呛得王小鹏好一阵子默默无语。

他的身子像蛆虫似的扭动着，只有额头上的皱纹说明他正在十分认真地思考问题。张雪梅看着他那副熊样，似乎觉得自己说的话有点过分，不由得伸出手去紧紧捂住他那搁在茶几上微微哆嗦的手背。

王小鹏强忍着难堪，勉强地站起来。

张雪梅没有马上放开他的手，她不想让他过分沮丧，这种情感虽然谈不上亲密却很难能可贵。

"人之有道矣，饱食、暖衣，逸居而无义者则近于禽兽。本人有忧之，恩师有情、学子有义、师长有叙，我等必得好自为之。贵贱有别，不得有非分之想，我只有努力勤奋，以报恩师之情，又使自得之，从而振德矣。"王小鹏语调忽高忽低，铿锵有力地侃侃而谈。

他中学时期所受的文化教育由于处在"文化大革命"时期，所以他的学历虽然后来被追认为是高中毕业，但似乎也只能与他父亲王伟康那般实际属于小学毕业程度。可王小鹏侃起大山来也能算得上是个像模像样的文化人，他喜欢博览群书，喜欢绘画艺术，喜欢舞文弄墨，更喜欢张嘴闭嘴地来上几句"之乎者也"。

此时的王小鹏并没有抽回被张雪梅握着的手，说话时情绪依旧有点激动。可这"之乎者也"的高谈阔论在张雪梅面前简直就是关公面前舞大刀。她兴奋极了，咯咯咯地笑翻了腰。松开王小鹏的手，她不断挤眉弄眼地揉搓着肚子，装模作样地学着他说话腔调："君以大义忧之不易，为己忧者，农夫矣。师以财予学子称之惠，育学子以才称之德，茫茫之人生，为他人着想者称之仁。君谈使自得之，又何谈仁义振德？吾闻忠君报恩者，未闻心中有伪者视麻缕丝絮轻重之不同。君比贵之、贱之，是混淆视听矣，予比而不同之，是蛊惑人心，乱天下之谬论矣，人岂能为之哉？从君之道，相随而为伪者，岂能得人心？之乎者矣一大套者，又岂能无名无姓焉。所谓有名有姓者，乃土豪伪排长之能人矣，哈哈哈哈。"

张雪梅有声有色地乱侃一通，惹得王小鹏也忍俊不禁地笑了，他喉管深处情不自禁地发出低沉而平静的回应："我事先向你道歉哇，如此这番侃下去，我可能会不由自主，言不由衷地对你说出一些难听话来。"

"哎，别这么认真好吗，逗你玩的，好久没这么开心过了。李芳老师他们全家现在已经移居美国，小白兔嫁给了一位美籍华人。"张雪梅有礼貌地笑笑，她的笑容减轻了讥讽带给王小鹏不愉快的感觉："得了，咱们就别死磕啦，换个话题吧。据说，你的 Wife 很优秀。"

"你给我少来这套英格利西，中国人得用中文说话。"

"岂有此理！"张雪梅忍不住又咯咯大笑。

"我已经结婚了，而且有了一个男孩，你显然已经知道。"王小鹏说。

"是的，你的妻子就是和你同时进厂参加工作的，也是我们朝阳三中七零届毕业的同学，应该说也是我的校友。"

"你?！这个也知道？"王小鹏满脸挂着惊讶的表情。

随后他从包里掏出一只做工精致的黑色皮夹子，用两根细长的手指从里面夹出一张珍藏的照片，说："这就是我当年在病房里给李芳老师看的，也是我妻子在谈朋友时送我的第一张相片。"

"是她！"张雪梅两眼像通了电似的突然发光。

照片上的崔晓娣，是她学生时代在朝阳照相馆拍的黑白艺术相片。

"你认识她？"王小鹏脸上露出比张雪梅更加疑惑的神态。

"这照片比她本人显得漂亮，充满了文静和纯洁的表情。可据我所知，她与你的性格似乎迥然不同，如你这般的大男人主义她如何能受得了。听说，你有时还当着他人面对她大呼小叫，真不应该。她的脾性已经很温顺了，你知道我们当年在农场里怎么传说你们之间的恋爱故事吗？"

"不知道。"王小鹏说得很坦率。

"一朵鲜花——插在一垛牛粪干屎上！"

"哈哈，哈哈，这比喻太有水平了，恰当到极致。"王小鹏的马脸横着扩展，得意极了："这叫牛吃稻草鸭吃谷，各人自有各人福。婚姻的缘分是上帝在冥冥之中给安排的。我王小鹏能有今天或者说还有更加灿烂的明天，在我的军功章上有我的一半，还有我的 Wife 一半！"

"看你现在这付痞子模样，就这副德行。"

张雪梅话说到一半顿住了，她言不由衷地低下头去，那洁白如玉的脖颈上明显地暴起两条纤细的青筋在微微蠕动。

忽然她仰起头，将清晰如丝般的黑发往右一甩，苍白的脸上显出一丝淡淡的笑意，轻声细语地说道："不过嘛，咱老同学见面，聊聊以往过去的岁月，这还是让我感觉非常愉快的。"

"叮咚，叮咚。"

客房门铃声打断了张雪梅话语。

她好不厌烦地耸耸肩膀嘟囔着："从哪冒出个人来，这算怎么回事啊。这些老外，大概又要我立刻翻译什么文件，那只好请你先走了。"她两眼盯住王小鹏，脸上勉强挤出几片笑容。

随后她转过身去对着房门，扯开不太友好的嗓子问道："是谁啊，这么晚了，有什么急事吗？"

"大小姐，对不起，不过现在还不算太晚啊，你这夜猫子怎么就瞌睡啦。"一个说话毫不客气，嗓音脆亮的女声在门外讥讽。

"说老实话，听到你说话声音就让我心烦。"张雪梅嘴上这么说，可她的语调却充满了愉悦之情："来啦，来啦。"

王小鹏闭上眼睛，故意装出在朦胧中迷糊着的样子，心想：来人以为我睡着了，马上就会离开的。

他此时根本没打算回家。

可希望落空了，对面的座椅"咔咔"响了二下。

一阵离他记忆中似乎已经非常遥远的茉莉花香水味儿飘了过来，这说明对面坐下来的也是一位不打算离开的喷着茉莉花香味儿的烂屁股。

这让王小鹏似乎有点恼火。

他睁开眼睛，第一眼瞧见的是白得耀眼的连衣裙上那蓝色的大圆领像蝴蝶翅膀那般飘逸地展开着。一条无比雅致的闪闪发亮的铂金项链松松的箍在洁白无瑕的脖子上，束在腰部的紫罗兰腰带把原本就挺标致的腰部紧得像魔鬼般狐媚动人，这就使得圆滚坚挺的乳房显出更加神秘性感。

随着下滑的目光，只见她那两只白里透着粉色的腿和穿着白色的牛皮镂空凉鞋。接着他看到的是乌黑披肩的长发以及一双漂亮、锐利，弯弯眯缝着的，就像他老婆崔晓娣那样的卧蚕眼和粉红的牙床上那一排白得有点发亮的牙齿。

对面的她，不好意思地朝他笑笑，说："Sorry，我好像打搅您了。"

王小鹏紧闭的嘴巴像闸门似的，没有言语。对那位漂亮的女性来说，他的这种态度不太礼貌，不过他仍然希望她快点离开。

"才女，这位是你的？"这少妇见王小鹏似乎不太爱说话，便带着询问的口气面对递给她咖啡的张雪梅问道。

"是的，是我的。"张雪梅这半截子话说得有点不明不白，让人费解。

此时她细嫩的脸皮开始有点颤动，眼圈也湿润起来："你这位大客人啊，不但是我的大姐大，也是我在崇明红星农场八一连队时的连长大人。"

忽然她好像有点恍然大悟似的诡秘地眨眨眼睛，龇牙一笑，"Sorry，Sorry，你说的那位吗？是我中学时期的大领导，咱班级红卫兵排的伪排长。现在嘛，哈哈，好像是个痞子商人，尊姓大名称之谓王小鹏。"

"什——么？王小鹏！"漂亮少妇满脸惊诧，眼睛瞪得溜圆，一下子从罗圈椅上蹦起来，大声喊道："真的是你，可爱的浑球。"

她说话的腔调和姿势都很激动。

忽然一绺头发掉下来挂在脸上，妨碍她说话，她使劲将头往后一甩，说："哎呀，我的妈，怎么在阴暗角落突然冒出个大画家呀。喂，小男孩，你是不是想让我赶快离开这里，继续泡咱大才女哇。"

张雪梅的脸唰地通红："大姐大，你乱七八糟地说什么啊，真让人莫名其妙。王小鹏是我当年的同班同学。"

"告诉你，我还有更多的让你莫名其妙的话，说出来，惊死你！"那靓丽少妇的身子笑得不断颤动，最后不得不弯腰低头连连喘息。

王小鹏在漂亮女人面前说话像小时候那样总是竭力想表现得文明点，可这女人疯癫的狂笑让他摸不着头脑，这未免有点太过分了。

不过此时的王小鹏虽然依旧年轻气盛，但已经历练得相当成熟老练。他只是默默无语地从茶几上拿起烟盒，掏出精致而时髦的翻盖打火机，"啪嗒"一下点着叼在嘴角边的纸烟，不温不火地翘起潇洒的兰花指儿，像模像样地喷出几个烟圈。那飘忽不定的烟圈儿由小放大，忽忽悠悠地慢慢消失在宽敞的空间。

那少妇人板着漂亮的脸蛋，挺直身子故作生气的模样，说："王小鹏，告诉你，我是陈雅丽。"

这话语像惊雷，一个闪电过后盖头盖脸地冲王小鹏劈过来。

他愣头愣脑地"噌"一声跳起，嘴巴像蛤蟆似的突然张开，眼眶里漆黑的瞳孔无限放大。原本傲慢地斜叼在嘴角边的烟卷儿不由自主地在空间翻了几个无奈的筋斗云后"噗"一声掉在地上。他脑子一片空白，不知所措的身子来回摇晃了几下后终于站稳了脚跟。

少妇此时已经走到他身旁，歪过脑袋凑近他脸，仔细研究起来。她那坚挺得像一管小葱似的鼻子几乎贴近王小鹏不断渗出汗珠的鼻尖："大画家啊，也不过就二十多年的光景吧，你这毛孩子的脸变化也太大了。你眼睛里原本那清纯无邪的内涵现在却荡然无存，有的只是智慧中掺杂着狡诈，看来你已经长大成熟了。但长大成熟也不能把我给忘了吧。"

她转过头去呵呵地笑着对满脸惊诧的张雪梅说："这位 Mr Wang 就是我长篇小说书稿中的小屁男孩。你说这部分标题应改为'梧桐树林'，我今天就是和你来商讨这事的，做梦也不没想到会在这里撞见他。"漂亮少妇洋洋自得地又大笑起来，笑得连气都喘不过来了。

张雪梅神经质地咬着牙齿撇着嘴，说："今天是什么日子啊，我这是不是在做梦？喂，大姐大，究竟他是你的梦中情人呢，还是你是他的梦中情人，你说说清楚，你们的故事情节后来怎么样？真像你小说里描写得那样搞出点名堂来了。"

"什么话，那是小说故事的艺术提炼。"少妇人好像有点生气了。

"什么叫搞出点名堂来了？"王小鹏感觉太阳穴里的神经一阵寒战，这是他极端愤怒前的征兆。

陈雅丽是他儿童时代非常尊敬和崇拜的偶像，她在绘画理论方面的造诣和对他的指导使他心服口服。这么多年来他孜孜不倦地博览群书，不断累积他的文化底蕴，这还是当年在泰丰新村的那条清澈见底的小河边由她来开启的。

"大姐大，你小说书稿里的梦中情人是不是你编出来的故事，这有点不像王小鹏的为人啊。"张雪梅瞪着疑惑的眼睛说。

"我与王小鹏是童年时代在一次偶然相遇之时结下的友情，如今回想起来依旧是栩栩如生呢。"

"喂，是吧，有没有这回事，我怎么从没听你提起过。"张雪梅故作鬼脸，对王小鹏撅撅嘴皮子，调侃道："你得老实交代。"

王小鹏原本痴痴呆呆的模样在震惊之后已经镇定下来，完全恢复了他那副老辣成熟的腔调，嘴里叼着支烟卷，两手捂着打火机，正想去点，当听到张雪梅充满着幸灾乐祸的话语时，他的手突然在半途中停顿下来，装作惊惶失措、满脸恐惧的样子，说："哎，等一下，让我想想。好像，那个……呸！真是活见鬼，我现在怎么突然之间冒出一种感觉。"

两个姿容艳丽的少妇人，四只眨巴眨巴的眼睛顿时疑惑不解地望着他，异口同声地问道："什么感觉？"

"两朵鲜花，一不留神竟然插在了一垛牛粪干屎上！"

王小鹏瞄见了陈雅丽文雅秀美的脸上显出困惑的表情。

张雪梅却忍不住哈哈大笑，笑得泪花四溅，笑得脸颊颧骨上又显出两个红彤彤的圆："瞧你美得，不就是痴心妄想吗。"

闹过之后，三人终于平静下来，一边品着浓香的咖啡，一边各自追忆着相互之间的往事。

"文革"初期，陈家受到红卫兵野蛮的扫荡冲击后不久，他们全家就悄无声息地潜移至崇明孤岛，隐姓埋名地过着苟延残喘的农家生活，陈雅丽改名为陈芙蓉，就近在小岛上的红星农场加入了垦荒大军。

由于她的智慧、由于她的果敢、由于她的气质，在张雪梅她们毕业分配至崇明红星农场八一连队时，她已经是连队长了。所以陈芙蓉理所当然地成了这些青年学生中的"大姐大"。在她的促成和指导下，组织了一个强有力的学习班子。

在这个班子带动下，八一连队的革命小将，读书、看报、学外语，养成了一种习惯，奋发向上之精神蔚然成风。只因为陈芙蓉"文革"前在香港生活了十多年，特别是在教授指导英语方面更是她的强项。她将自己的全部知识无私无偿地传授给她们，在她培育指导下的学习班子里走出去的骨干力量，大部分人都成了改革开放后国家建设发展的栋梁。张雪梅、犹文军、陶亚平、犹娜佳、袁建平，还有犹文军弟弟以及他弟弟的弟弟。他们都先后考入了上海外国语学院。

"犹娜佳现在是上海知名饭店的总经理，时常接待外国首脑和中央来沪的领导干部。犹文军据说加入了美国国籍后又返回国内，现在是美国一家大型的航运公司驻上海的总代理，他的办事处就设在衡山宾馆。袁建平现在是上海电视机厂的厂长，不过他有个老革命、老红军的爸爸在后面给他撑着，他将来肯定前途无量。"张雪梅说个不停，王小鹏心里"咯噔、咯噔"地跳个不止。

这些信息对他这个商人来说太有利用价值了。他真想掏出笔记本做个记录，但又想想这未免也太世俗了吧。这个叽叽喳喳的老同学肯定会骂他"你个浑身上下散发着铜臭的土豪。"

"还是以后再想个办法从她嘴里挖出来吧。"他想。

"我们这些人都非常尊敬和爱戴大姐大，我们的成功离不开她的谆谆教诲，所以我们不是叫她大姐大就是叫她陈芙蓉老师，根本没人叫她陈雅丽的。"张雪梅说话时脸上开始显出点迷茫，像是在追忆着什么往事，喉咙音腔明显降低了二个分贝，嘴里呢呢喃喃着："人生跌宕、旅途莫测、暗礁激流，凶险呐，凶险无比。不过，依我看，"她把头一仰，脸上挂着的沮丧神态像是被一阵劲风扫过之后消失得荡然无存，露出来的是明眸皓齿的脸盘，"还是那句老话，道路是曲折的，前途是光明的。"

"哎，雪梅，你对我的评价未免有点夸张了，做人做事得为他人着想，这是我做人的原则。你们的成功是与你们奋发精神的内涵因素有着千丝万缕的关联，当然这也是我的骄傲所在。"陈芙蓉用平静的口吻调转了话题，微笑着对王小鹏说："自从粉碎'四人帮'后，党和国家拨乱反正，对民族资本家落实了解放政策，在"文革"中被收缴充公的物资也都归还了我家，包括泰丰新村的那套屋子，甚至还补发了我父亲的工资。我们家又搬回了原来的住处，可你这个小屁鸟儿却已经飞得无影无踪。我经常会恍恍惚惚地感觉，有朝一日，你会不会以崭新的面貌像个真正的男人那样站在我的面前。"

这话说得王小鹏浑身燥热，满脸赤红，窘得无地自容。

"看看你个小男孩，不都已经长大成人了吗，怎么还像以前那样羞羞答答的，不成熟，还是那副不成熟的小样。"陈芙蓉见王小鹏那副窘迫尴尬的模样，微微一笑后调转话题，说："在我报考进入复旦大学中文系研究生后，当时熟悉我的人都知道我的名字叫陈芙蓉。所以我想，"她若有所思地凝视着王小鹏，"名字只不过是一个人的称谓符号而已，再改回去叫陈雅丽，得向许多人解释，既麻烦也没必要。再说，提起陈雅丽这名字就会触痛我的神经，使我回忆起"文革"中那段噩梦般的人生旅途。"说到这里她眼睛红红的，眼眶里滚着润润的泪花。

她端起咖啡像品尝葡萄酒似的咪了咪，咂巴几下嘴皮子说："完成研究生课目后，我被分配在海派文艺出版社工作，我个人的称谓符号一直叫陈芙蓉，至于陈雅丽这名字似乎已被世人遗忘了。但我相信，只要我一说出陈雅丽这名字你王小鹏自然就会明白过来，就像雪梅一提起王小鹏，我立刻蹦起来。"她洁白光亮的脸笑容灿烂，"你归纳分析一下，这是什么缘由。"

陈芙蓉对王小鹏出了个很耐人寻味的题目，这题目很有嚼头。

王小鹏撅撅嘴也像是品尝葡萄酒似的咪了咪咖啡，眨巴几下充满疑惑的小眼睛，扭头转向张雪梅："哎，这是不是人性的缘由。"

张雪梅说："对此，我无可奉告。"

王小鹏说："保持沉默，不发表意见说明你的人性有问题。"

"这难道是人性问题吗？"陈芙蓉被逗得喜笑颜开。

"无可奉告，不发表意见已经表达了我的看法和意见，这就看你怎么理解了。"张雪梅和外商接触多了，说话有水平，回答问题模棱两可，举重若轻。

"雪梅啊，你瞧瞧，这么大块的人肉杵在那里抓耳挠腮的，居然还说是你的人性有问题，活脱脱一个大呆子。"陈芙蓉不无讥讽地挤眉弄眼，说："你个大画家啊，这么不开窍。"

她说话时的腔调似乎又回到了年轻时在小河边上那个让人疼、惹人爱的小雅丽，脸上灿烂得像一朵盛开的芙蓉花："这缘由嘛，当年我想来想去也闹不明白自己为什么要时常牵挂你，待我的人生过了十八岁以后我才明白，那是一种忧伤的关爱。"

"文革初期的那一年，你悄无声息地失踪了，我们都经历了一场忧伤。"王小鹏嘶哑着嗓子抑郁地说。

陈芙蓉宛然一笑，说："青春时代已经飘然而去，满目的幻想已不复存在，人生旅途是一次充满跌宕起伏的跨栏冲刺。十八岁是冲刺的第一次跨栏，再忧伤的冲刺我们也要亮出范儿的模样。"

"然而世界真奇妙，改革开放，横空出世。只要你有能耐，无论你是下海经商，还是走仕途之路或者说追求文学艺术，都能享受异曲同工之妙。尤其是我们这一代从'文革'时期走过来的人，对人生旅途十八岁跨栏起跳的那一年的忧伤，灵魂深处都有着深刻的烙印。幸运的是我跳过长江，落在了大姐大的怀抱。"张雪梅对着王小鹏朝陈芙蓉努努嘴，说："我们好多女生都成了大姐大的闺蜜呢。"

"国外的一些人生旅途，一个颇常见的现象就是他们动不动就开 Party，这种社交方式在国外非常流行。"陈芙蓉端起咖啡又轻轻地咪了一下，说："它的优越性是在人与人之间搭建了一个相互沟通和相互交流的平台。但 Party 这种社交方式并不适合中国人的生活习惯，所以在我们的国土上并不十分时尚和流行。我提议建立一个活力缤纷的闺蜜圈。将这个圈子作为平台，让你的交往、你的观点、你的理念、你的思路更加拓展，使你的视野更加宽广。"

张雪梅插话进来说："这个建议是我提出来的。"

陈芙蓉笑笑没搭理她，继续发挥她的观点："我的专业是搞文学艺术，雪梅这人思想活跃，所以我经常和她交流一下创作思路。我们这些同道闺蜜或商讨、或研究、或埋怨、或诉苦、或帮助，往往能通过这个平台互动。人生旅途上亲密友好的交往是生命的宽度延伸，闺密之间所形成的人脉圈子无疑是一道靓丽的风景线。"

"我也有一个靓丽的梦想。"王小鹏说。

"不会又是鲜花、牛粪、干屎之类的梦想吧。"张雪梅目不斜视，伶牙俐齿的嘴一本正经地说。

"这或许也是个题材。"王小鹏说这话时虽然露出点油滑的腔调，但只是点到为止，随即转过话题，说："我准备在六十岁以后的空闲之余，写写我的人生履历以及改革开放以后那些耳闻目睹的，让一部分人先富起来和怎样富起来的故事。目前嘛，我没什么空闲时间，只是做些随笔记录和零星素材收集。"

张雪梅开始有点抖豁："你将来绝不可以在书里写什么两个红彤彤的圆啊之类的贬义词，否则我对你不客气。我将来也准备写本书，我会把你写得很优秀，你身上的那些粗糙的劣根性我只是虚无缥缈地一笔带过。"

张雪梅的话陈芙蓉听了有点糊涂，她嘴角上扬，身子往后一靠，很严肃地说："我非常欣赏王小鹏的这个梦想，这主意不错，而且书的立意也很有价值，耐人寻味，贴近他的实际生活。"

王小鹏身子往前靠靠，尽量凑近与陈芙蓉后仰的距离，嘴角下撇，犹犹豫豫地说："我文化程度不高，文化底蕴也不够厚实，写作的主体模式把握不准，将来就怕写成乱七八糟的揭发材料，惹人厌。就今天这状况，你看看，连张雪梅听说我将来要著书立说，立刻就开始抖豁起来。"

"哈！哈！哈！哈！"

陈芙蓉忍俊不禁大笑，笑得眉如新月，笑得两眼溢出了泪花。

她大声笑完之后顺手从茶几上的纸盒中抽出几张纸巾，使劲地揉搓着眼睛，擦完挂着的泪花，皱起眉头注视着王小鹏，用词严谨，有张有弛地说："首先，著书立说和做人做事一样，要实事求是，无证无据的东西不能凭空捏造，更不能胡编乱造，这是每个出版社最起码的要求。其次，书面语句要文明，不能把你以前挂在嘴边的那些黑话和庸俗词语写上去。"

说到这里，陈芙蓉停顿了会，脸上显出点深思熟虑的表情。

突然她挺身站起，提高了嗓音，用不容置疑的口吻斩钉截铁地说："更不能写那些黄色下流或者诬蔑党和国家政府的内容，即使利用反面人物来影射，那也是绝对不允许的。要着重描写、推广人性的正能量，要宣扬党和国家的改革开放政策给人民群众带来的实际好处！"

"好吧。"王小鹏用一种尊听训示的口吻平静地说："将来在我人生处于丰衣足食的时候，把我看到的、听到的、经历的、传闻的，结合时代的实际状况，用长篇小说的形式来归纳描述一下我人生履历中的经验教训，给后人留下一个关于我们这代人是怎样从惨淡的历史中走过来的，让后辈们一代一代传下去。"他说这话时，目光如豆的眼睛炯炯有神，"我没有资格也没有这文化水平来编写党的政策是如何之光辉，只能是尽力而为。我的作品写得好与不好，品位高与不高是次要的，关键是我要圆这个梦。梦想变成现实了，这是我人生的一个亮点。不成功也没关系，因为我努力过，尽过力了，我认为这同样也是我人生的一个亮点，至少我明白了这个梦为什么不能圆。否则，这才是我人生最大的遗憾呢。"

话说到这里，王小鹏瞪起骨碌碌的眼球，往痰盂罐里"呸"地啐了口唾沫，咧开嘴唇，意犹未尽地撇了撇，哼了一声，继续说道："我不能一辈子都待在木桶里吧，虽然我文化水平不高，真像陈雅丽说的我文化底蕴不扎实，啊？不对，我还是尊重现实，叫你陈芙蓉或者陈老师吧。"

陈芙蓉冲着他微微点头。

王小鹏龇牙一笑，说："我也不是个什么文豪之类的能人，但我最了不起的就是能把侃大山的本领用白纸黑字描写出来。"

"你还不是个能人？那我们都成窝囊废啦。你个伪排长、大老板，未免也太谦虚了吧。你如果是个爷们，就应该来个华丽的转身，从土豪变成文豪，那才叫不辜负李芳老师当年对你的期望呢。哎，王小鹏，我看啊，只要你努力，将来肯定能成为大老板、大土豪，或许一不小心还可能成为一个大文豪呢。"张雪梅说话机灵有神，还时不时夸张地翘起大拇指忽悠着讥讽。

王小鹏乌黑漆亮的眼睛开始闪闪发光，歪头斜颈地说："我称不上什么大老板，像我这种所谓的老板多如牛毛。总之现在这个浮躁社会，全民皆商、金钱为上。人们开始空口说白话，故弄玄虚，大家都喜欢胡说八道的人呢。"

他流光四射的眼球瞄到了张雪梅和陈芙蓉脸上显出对他的理念不满和愤慨的神态，于是猛一下加大了说话力度："商场就是战场，商场博弈不是写文章，不是绘画绣花，不能那样雅致，那样从容不迫，那样温良恭谦让，更不能讲什么伦理道德。"

张雪梅火了："你能不能再添油加醋地说几遍，简直一派胡言乱语。我们单位和外商的业务谈判以及签约合同的履行，恪守的就是诚信、道德、透明、公道、规范，以理服人。哪里有什么胡说八道、故弄玄虚、空口白话，你把我们都当作傻瓜白痴，说大书给我们听？"

王小鹏听她这么有理有据地一说，顿时明白：每个人因为其所处的环境与角度不同，所以对事态的理解和理念也不尽相同。

他宽容地对她笑笑，说："不信？那你也下海试试啊，我认定你不是被淹死就是被水呛得魂飞魄散。"

"好了，王小鹏，咱姐妹俩也不是商人，不谈这些商场理念。时间不早了，既然你将来也想出书，那么我就把这些与你有关的《梧桐树林》的书稿材料作为久别重逢的见面礼，赠送给你，供你将来著书立说之时参考使用。"

王小鹏弯腰鞠躬，恭恭敬敬的双手接过书稿，口吻诚挚地说："恩师在上，小生这厢有礼了。"

"那些之乎者也的陈年滥调就不必说了。"张雪梅头脑机灵，用来回折腾的唇枪舌剑轮番讽刺王小鹏。

"哼，想逗乐子，也不看看对手有多厉害。"王小鹏鼻翼颤动着随口反击。

他现在已经变得不太适应和说话严谨的陈芙蓉探讨学术类的问题，与其侃大山还不如和张雪梅逗乐子闹玩来得轻松愉快。趁张雪梅高兴时还可以巧舌如簧地讥讽她几句，幽默她一把。可他对陈芙蓉说话时稍许有点紧张，尽量挖掘脑袋库存内的文明词语，可他库存内文明之类的玩意儿并不多，所以说话时总有点吞吞吐吐，肚子里那几段弯弯绕着的肠子无奈地瘫痪着，再也发挥不出它们的正能量，窘得他浑身发热，脊背骨上仿佛有虫子在爬痒痒似的。

张雪梅听陈芙蓉说时间不早了，抬手瞄了瞄腕上的梅花牌女式手表，说："大姐大哇，才十一点嘛，时间还早呢，你这就想走啦？"

陈芙蓉张开齿白唇红的嘴，故作腼腆地说："雪梅啊，你这个重色轻友的家伙，还闺蜜呢，我看啊，只是嘴巴甜得似蜜罢了。你啊，心里却想着，陈芙蓉啊，快走吧，求求你了。"

张雪梅缩脖斜肩地很尴尬："才不是呢，王小鹏住静安宾馆也包租着客房，这事我还没闹明白，正想问问他是怎么回事时，你来了，就此打断了话题。"

陈芙蓉细嫩白净的脸涂满了惊诧，她好奇地问王小鹏："你公司的办事处也设在静安宾馆，赶时髦啊。"

"才不是呢。"王小鹏学着张雪梅的语句露出有点诡秘的神态，说："我在隔壁新都大酒店搞绿化工程施工项目，像我这般有能耐的施工员在上海滩很难寻觅，所以自己既当花老板又当施工员，包租间客房权且当作临时的办公用房，累了之后休息一下。"王小鹏谈到他的本行，就开始洋洋自得地夸夸其谈，"这样做，从战术层面上看似乎有点奢侈，但从战略决策上来说，则会减少许多财务成本，而且工程项目在具体落实以及实施过程中，本施工员可以搞出很多花头。呵呵，算了，不说这些吧，说多了不但白费口舌，而且像你们这般清高优雅的女士也听不懂。"

"王小鹏，我擅长的文学创作题材是描写青少年时代的那些青葱岁月，那是一段人生旅途中最美好，也是最令人难忘的岁月。我著书立说的观点和理念，就是想通过阅读我的作品，能使每一个人都能唤起他们对这段青春岁月最温馨的记忆，并希望由此能给他们带来一种奋发向上的精神。"陈芙蓉忽然板卜脸哼了一声，继续说道："我的生活圈子中类是你这种。哦，对了，按雪梅的说法叫'痞子商人'的似乎还没有，但是我对你的经商理念很感兴趣，你也别卖什么关子，说什么清高女士听不懂之类的饶舌话。我作为一个文学创作者，有权利对你个人的商业行为进行专访。"

王小鹏满脸惊讶地问："法律上有这规定？"

陈芙蓉咬了咬牙子，用不容置疑的口吻说："有这规定，我可以用作家下放采风的方式请你谈谈你的商业行为。"

"真有这混蛋规定？"王小鹏似乎有点吃不太准："你不会像检察院那些检察官似的来审问我吧。"

张雪梅捂住嘴吃吃地笑个不停。

陈芙蓉瞪着眼狠狠地瞄了她一下："笑什么笑？严肃点，我这是在正式采访。我认为像王小鹏这样的老板，下海经商之后又有著书立说的志向，有这种心态的老板现在并不多。作为我们文学工作者应当予以鼓励、支持和宣扬。即使他有些逆耳的言论，我们也要从正面的角度来理解和报道，发挥其正能量的作用。如果社会上每个老板都像王小鹏这样有规划、有志向、有能耐，各自走好自己的人生旅途，这对我们整个民族来说是一大进步。王小鹏同志，你认为我说得对吗？要不要给你看看我的证件，确认一下我的身份。"

"不要，不要。"王小鹏窘得连连摇手。

张雪梅终于仍不住了，把全部的笑一下子从嘴里喷了出来，含着咖啡浓香的唾沫，四处飞溅。

陈芙蓉则是露出温情的笑容，微微咪了口还有点温热的咖啡，说："王老板，我主要是想了解一下你是如何承接新都大酒店的绿化工程项目的，像这般高等级的宾馆，私人老板是很难承包下来的，这其中的过程肯定有许多精彩的故事。"

王小鹏犹豫片刻，猛然端起茶几上的半杯咖啡一下子全倒进嘴里，随后两只宽厚的手掌张开后不断揉搓着发烫的面颊。

屋子里静悄悄的，王小鹏胸腔内发出的阵阵喘息声是那么的浑沌。

张雪梅急得直咬嘴唇："王小鹏，你打算是说呢还是不说，这说与不说都没关系，谁还能把你诈死？我们这是闺蜜之间的交流，你也别太在意了。"

"我怎么也成闺蜜了？"王小鹏说话时露出来的虎牙似乎有点凶猛。

"我吸收你这男性同胞成为我们女性闺蜜中唯一的 VIP 会员。"陈芙蓉微笑着插话："说白了，我对你的采访不光是我职业敏感的嗜好，更在乎的是我们朋友之间的关爱和好奇。"

王小鹏听了她俩这些坦率的肺腑之言后很是亢奋，心里没了压力，轻松了许多。他很想当着她俩的面感动得装出点哭相来，可就是挤不出一滴眼泪，只是来回弯曲着手臂以图抚平自己浮躁的人性。那两只润润的眼球从张雪梅的脸上滑向陈芙蓉，又从陈芙蓉的身上默默移开，注视着她头顶上那片洁白的天花板。稍过片刻，他脸上犹豫不决的色块渐渐消失了，露出来的是一片追忆往事的迷茫。

油画　洪荒冰岛　王照敏／绘

油画　稻城雪峰　王照敏 / 绘

偶 得 机 遇

一个风和日丽的上午。

中国北部地区的黄土高坡上，一辆普蓝色的桑塔纳轿车在笔直的高速公路上飞驶着。发动机的嗡嗡声时而低沉时而高亢，像一阵阵经久不息，连绵不断的呻吟。

车头相对的前方偶尔有一两辆车迎面驶来，那雷鸣似的马达声混合着叭叭叭的鸣笛声，狂轰滥炸着呼啸而过，把桑塔纳驾车人的视觉和情感搅得困惑不清。

"这狗日的驾驶员，妈辣个巴子，你赶死去吧！"王小鹏撇开嘴巴，气急败坏地大声骂着。

可他骂得再狠也不起作用，那迎面而来的车子早就咆哮着没了踪影。

"小鹏，把车窗摇上去，这样你的视觉和感觉都会好一点。"他妻子崔晓娣不无关心地拍拍他肩膀："你一个人驾车也够累的，要不，我们到下一个加油站你休息会。咱们驾车出来旅游，有的是时间，你慢慢开，这周边的黄土高坡、窑洞，都是一道道美妙别致的风景线，坐在车里往外欣赏，感觉还挺不错的。"

"爸，妈说的话对头，咱休息会，再说我也想上厕所。"

"就你事多，拉屎还是撒尿？"王小鹏对着坐在副驾驶位上的儿子问道。

"爸，看你这话说的，这事我还真闹不清楚呢，到时候看需求再说吧。"

"小鬼头，你也开始学着油嘴滑舌啦。"王小鹏则过头去，满脸露出溺爱的表情嬉笑着说。

"爸！警察！"

"什么警察？"

"前面，你看前面。"

这时车子正驶出西安地界。

前方不远的匝道处停着一辆警车，车顶上忽明忽暗地闪着一排警灯的光亮。车头前站着个戴着大檐帽的警察，他对准王小鹏车子"嚓"的一声，亮出一只被太阳烤得焦黑的手掌：示意停车！

这警察长得像是黄土高坡上那种原汁原味，土生土长的汉子。个子高高的，滚刀肉的身胚显得他更加彪悍强壮。要不是他脸上那两粒眼珠子稍微有点斜，可以说，他完全是个国宾仪仗队的料。

"超速、罚款、交钱、五百！"警察用眼白对着王小鹏瞄来睃去，撇开一团厚厚的非常雄性的唇肉，二字一顿、声音洪亮、干脆利落地说。

"没超速哇，你凭什么说我超速？"王小鹏满脸显出不服气的神态。

"凭什么？就凭我这双千里眼！"警察戳着自己的眼白说。

"你有证据吗，请出示一下你的证件，可以吗？"王小鹏微笑着，拐着机敏的弯子跟他绕。

"证据？我的千里眼就是证据！"警察火了，瞪着王小鹏的眼珠子忽然暴起，像装了美国轴承似的迅速转动起来。

王小鹏吓得目瞪口呆，就像人白天撞见了大头鬼，浑身哆嗦，赶紧弯腰掏钱。能让他撞上这类机器似的眼球，也算是三生有幸，他不得不自认倒霉。

这时，一辆警车开道的奥迪车队哇啦哇啦的在高速公路上由东往西像群彪悍的烈马似的快速冲过来，呼呼啦啦的车队像飓风似的与王小鹏他们擦肩而过，涌动翻滚的气流把他们身上的衣服打得噼啪作响。

斜眼警察满脸怒色，正想劈开焦黑的手掌拔出嗓子吼叫时，那些小车却在前面不远处慢慢停顿下来。从车上跨下几个西装革履的壮汉，他们脸冲着王小鹏这边，人却站在那里叽叽嘎嘎地不知道在说些什么。

不一会，走过来个中年汉子，他微微笑着朝警察连连招手，示意请他过去。随后那汉子对着警察嘀嘀咕咕地说了好一阵子话，这警察的脑袋起先像拨浪鼓似的不停摇摆，但过了不久他又像小鸡啄米似的不住点头。

这边的王小鹏纳闷得好不耐烦，嘴里又开始冒出脏话："册那，这算什么路道，把咱这雄鹰当作秃尾巴公鸡啦，撩在这里晒肉干啊。"

崔晓娣急忙扯着他衣服下摆打断他话题："出门在外，祸从口出，咱还是耐心等待吧。难不成也可能是安危相易，祸福相生，熬过冬就是春啦。"

只见那警察则过身子弯着腰朝那帮站着的汉子们瞄来瞄去，又仔细看看那些车尾的牌号，忽然回过头来冲着王小鹏咧嘴一笑，大声说道："算你走运，还不快走。"

王小鹏满脸挂着狐疑不定的神态伫立着。

这时那身材伟岸的中年汉子微笑着大步流星地走过来，对着王小鹏扮了个稀奇古怪的鬼脸，露出微黄的牙子说："我是西安市政府小车队队长，陪同首长和外商下去考察投资项目的环境状况。那台湾老板似乎好像认识你的车牌号，他对首长说，别难为大老远来的上海客人了，能请交警放行吗？"停顿了一下，他调转话题，说："我们这是去恒山地区考察，你如路途相同，可以跟着我们车队走，这会让你在行程的旅途中减少许多麻烦。"

竟然有这等的好人好事?!

惊愕之余的王小鹏兴奋异常，跳上车子，发动机立刻启动。换挡、快速、高速，一路通行无阻，一路高歌嘹亮！

王小鹏得意至极，他这一辈子警车为他开道就这一次，这让他爽得大呼小叫，爽得他就像大热天吃冰淇淋，浑身哆嗦。

车队在高速公路上行驶了一个多时辰，中午时分下了匝道后又在宽敞的土道上颠颠簸簸地晃了一阵，随后进入一个繁华的乡镇中心后终于在一座颇有点规模的大酒店门前缓缓地停下来。

此时，灿烂的太阳已经高高地悬挂在头顶，一大批农村地方干部就像军人那样齐刷刷地站立着恭候，卑躬屈膝地对着小车上跨步下来的各位来宾弯腰致敬。

一个略显秃顶的干部，系着像红领巾那样奇怪的领带，弓着腰朝车队最后面的那辆普蓝色的桑塔纳轿车奔过来。

他脸上挂着鄙贱的微笑，打开王小鹏座驾的后车门，面对崔晓娣，操着浓重的地方口音，说："首长好嘛，俺向首长致敬啦。"

崔晓娣窘得脸色发白，愣得痴痴呆呆。

"俺荣幸请到首长，俺代表全体乡民请首长下车用饭。"

这个微微显出点青涩头皮的乡干部低着脑袋，朝天撅着肥肥的屁股，伸出白嫩嫩的手掌熟练地遮住小车门框的内边。

他亮出的动作，既标准又迅速，如果不是经历过仕途上细心琢磨和潜移默化的历练，绝对亮不出这么漂亮的一手。

午宴便餐是乡镇企业和当地政府共同招待的。

王小鹏一家子也被隆重地迎进富丽堂皇的酒店餐厅。一长溜乡镇干部中还夹杂着某些边角料的村干部，他们毕恭毕敬地围坐在十几张圆台面前。

突然间，他们齐刷刷地站起来拍手，掌声雷鸣般轰响。走在最前面的可能是个大干部吧，他领先摇手致意：

"同志们好，同志们辛苦了。"

"首长好，首长辛苦了。"

那帮站起来迎客的干部像经过专业培训似的，亮出军人般的嗓子，整齐划一地吼叫。随后，跟在大领导屁股后面的那一帮人，脸上堆出灿烂的笑，也纷纷向当地干部频频挥手致意。

挥手致意这套玩意儿，王小鹏早在辞职下海那年在江浙一带练得炉火纯青。如今他跟在后面不但挥得矜持而且挥得潇洒自如，脸上毫无恬不知耻的表情，他人绝对看不出有什么破绽。

崔晓娣从来没经历过这种场面，吓得脸色煞白，战战兢兢地扯着王小鹏衣角，哆嗦着嘴唇凑近他耳根："哎，咱就别跟着闹玩了，惹出祸来，把肠子都悔青呢。"

王小鹏努努嘴示意她别紧张，转过头去微微嘟哝："咱把看家的本领都拿出来了，把舵的不慌，乘船的做稳就是了。"

劈劈啪啪的掌声响过后是一连串的"噗啵，噗啵"声，这是干部们屁股落座时发出来的轰鸣。

王小鹏被一位穿旗袍的礼仪小姐特意领到台商那桌就餐。

酒席便宴的菜肴是丰盛的，七大碟八大盘的一道接一道，摆不下后就往上叠，重重叠叠的盘子像叠罗汉似的壮观。也不知道究竟上了多少盘菜肴，还上了无数瓶系着红飘带的茅台白酒。

可能是已经过了晌午时分，乡干部们饥肠辘辘，饿瘪了肚子饿晕了头，一大片嘴巴都不说话，只顾着发挥它的基本功能，狼吞虎咽地砸吧，津津有味地大嚼特嚼，根本顾不上还应该说些什么温良恭谦让的礼仪之话。

王小鹏一家子对桌面上的那些菜肴实在难以恭维，他们不适应北方菜里面的那种味儿，几乎每道菜肴里都放蒜泥。那股子大葱蒜泥味几乎塞满了餐厅内的整个空间，熏得他们胃里一阵阵翻滚，恶心连连。

圆桌对面那位像是乡镇里的大领导见王小鹏不太动筷子，于是一边鼓着腮帮子嚼着大肉一边朝着他殷勤地招呼着："来来，大老板。甭客气嘛，俺北方人没讲究，大块吃肉，大碗喝酒。"

出于礼貌，王小鹏伸手夹了块小肉送进嘴里慢慢咀嚼。

坐在他右手边的那位台商见他这副尴尬相，插话说："秦书记，俺爹原本在大陆时就是山东人，所以俺也喜欢吃北方菜。这位老板是南方人，不习惯这北方菜，随他意吧。"台商说话之时掏出块手帕擦了擦油腻腻的嘴巴，"秦书记，俺给你介绍一下，这位是上海来的大老板，尊姓大名，是？是王小鹏。"

王小鹏脑袋"嗡"的一下，差点晕倒，两眼直冒星星。

待他回过神来时秦书记已经端着酒杯走到他身旁："来，王老板，欢迎你来投资开发，咱们共同发展。来，来，按咱们北方人的习惯，感情深，一口闷。"

说完话，秦书记连杯也不碰，豪迈地把大半杯茅台白酒全部倒进嘴里。

王小鹏赶紧抓起酒杯准备往嘴里灌，那台商站起来一边阻止一边笑着说："秦书记，王老板下午还有事，得开车。喝酒咱就别难为他了吧。"

王小鹏听他撩出这等话题又差点晕过去。

台商用诡秘的眼神瞄了瞄他，撇嘴一笑，说："吃饭，别客气。先吃饭，俺肚子都饿扁了，碍了脸皮，饿了肚皮，俺有糖尿病呐，不吃头晕。"

"好，好，不客气，不客气。"王小鹏疑惑不解的脸上开始挂出类似地方干部那种谦卑的笑。

如果当年他不是被逼无奈而不得不下海经商，如果当年他原工作单位的厂长给他个像模像样的官儿做做，或者至少给他间堂而皇之的办公室，这种笑，他会历练得更好，而且会练得比厂里的其他干部更优雅，更卑贱！

这台商用餐时竟然喝了一瓶多茅台白酒。可能他酒喝多了，满脸潮红，一直红到了脖颈，就连脖子上凸起的几条青筋也像红色的蚯蚓似的慢慢蠕动着。

当他酒足饭饱之后言谈举止难免开始有点失态，有点忘形，有点忘了他尊贵的大老板身份。

他右手的大拇指和食指捏着根细细的牙签不停地在裂开的嘴皮子里剔着牙缝中残留下来的菜肴碎渣，左手则肆无忌惮地拍着王小鹏饥肠辘辘的干瘪肚皮，大笑着说："愣得连饭也没吃饱吧。哈哈，愣傻了吧，告诉你，这是缘分！"

王小鹏两眼盯着他狂妄的脸，更是有点发愣，言不由衷地说："呵呵，吃饱了，真的吃饱了。"他一边说一边又开始莫名其妙地往脸上堆笑，又开始用卑贱的语调说话，可他心里则在恶狠狠咒骂，"册那，爱叫的麻雀不长肉，咬人的狗不落齿。你稀里糊涂地乱说一通，葫芦里卖的究竟是啥药？"

台商眯眯笑着无语，两只通红的眼球注视着王小鹏，插在牙缝里的牙签在他嘴角边上一颤一颤地不断抖动。他脸上显示出来的那副洋洋自得的腔调，愣是想把王小鹏傻掉不可。

"爱吃萝卜的不一定要吃梨啊。只要你喜欢，你就自己玩吧，大爷我才不理你呢，我可不是那种刨根究底的呆巴子。"王小鹏心里这样想着，于是点了支烟卷，也摆出副大老板的派头，仰起脑袋，撇着嘴皮对着天花板，开始打哑谜似的旁若无人地喷起烟圈儿。

"哈哈，够派的，小琴认识吗？"这台商显然是屏不住了。

王小鹏又一愣："哪个小琴？"

"林子公寓的，我是她老公李国军啊。俺和你家是窗对窗的邻居嘛。"

"小琴？就是那个靓丽的空姐？你是？李先生？"王小鹏满脸狐疑地甩过去四个大问号。

"对头嘛，不过小琴现在不做空姐啦，她和你老婆挺谈得拢的，还是麻友呢，常在一起打麻将。对吧，王太太，俺家小琴经常对俺说起你家的事呢。"

"我可从来没见过你啊，你怎么认识我？"崔晓娣有点羞涩。

"你来俺家和小琴聊天时我在书房瞧见过你。更何况你家那台桑塔纳破车就停在我家后窗前，瞧着就让人厌烦。所以俺在高速公路上一瞧见那辆非常熟悉的破车牌号就立马知道是。"李国军忽然瞧见王小鹏脸色开始显出点愠怒的表情，立刻转过话题，说："俺听说王先生的绿化工程生意做得还不错嘛。"

林子公寓是上海改革开放后的第一批侨汇房，当时建造的目的是为了解决来大陆投资的台商和港商的住房问题，购买对象不是台湾人就是香港人或者是一些温州来上海经商的老板。

那时市面上还没有大批的商品住宅房出现，房屋买卖的具体手续还是在普陀区区政府的房管部门办理。市场上根本没有房产买卖流通渠道，国家住房供给政策还处在单位福利分房阶段。

王小鹏用人民币结算美元，买了两套底层的二室二厅带厨卫设备的私人产权侨汇房。

这房子坐北朝南，落地窗前还有宽敞的私家花园。他家只有三口人，父亲去世了，兄长和妹妹都通过单位福利分房解决了住房问题。母亲一人孤单地住在朝阳新村一套新建高楼的二室户里。只因为母亲不愿意单独居住，所以后来王小鹏就把她接过来共同居住在一起。

这种购买住房的行为引起了不少人的非议："王小鹏就是个神经病，买这么大的两套房子，烧钱啊，摆阔啊？"

许多人背着他私下里如此讥讽他。

"钱是纸做的，一烧就没了。房子是实实在在的钢筋混凝土，摆在那里长久存在。只要我有钱，就会继续买。握着一把钱不就是抱着一捆纸吗？"王小鹏当年的理财观念与众不同，他说："哪怕是借钱，我还是要买房！"

在这种思维理念的指导下，只要机会恰当，他就出手买房，买了以后再出租给他人居住，租金用来还债。

那是什么年代啊，那可是私人产权商品房还没有正规上市的年代！

李国军作为台湾来大陆投资的商人也居住在林子公寓。他与小琴年龄相差十多岁，生育了俩孩子，但他行踪诡秘，几乎从不露面。结婚这么多年了，他还未曾带他妻儿回过台湾。

由此缘故，邻居们常常在私底下悄悄传说：李先生在台湾还有妻儿家室，他从台湾方面开出来的未曾结婚的证明是伪造的。

但此事只不过是坊间传闻而已。当年的那时，台湾对大陆民众还处于封闭状态，谁也无法去考证核实。

李国军此人不但情商高，而且也是大场面上的调侃老手。

当他两眼注视着不温不火的王小鹏时，知道这家伙对自己的话题不感兴趣。可是这台巴子酒足饭饱之后特亢奋，聊天兴致特浓。于是他转着眼珠子专挑直捣王小鹏心窝子的话题来说事："小鹏先生，想不想俺在你的绿化事业方面帮衬你一把。"

果不然，王小鹏像被他重重打了一记窝心拳似的心脏怦然跳动，浑身发热，脸面赤红："李老板，您，您说什么？"

王小鹏把你的称呼改作您了！

"俺与一位日本友人合作，在江苏昆山工业开发区搞了一个投资项目，专门生产制造汽车轮胎钢圈，所有机器设备都从德国进口，是世界上最先进的一线品牌。"

王小鹏满脸堆着笑容，全神贯注地听着，并且不停顿地点头，翘着大拇指，嘴里一个劲地说："是的，是的，Very Good！"可他心里则不停地咒道，"再先进的一线设备关我屁事。"

李先生肯定是听不见王小鹏心里的咒骂，依旧兴致勃勃地说："现在嘛，厂房即将建造完毕。"

王小鹏心里又咒道："册那，这与我何干？"

李国军眯着眼抽了口烟，然后思索了会，说："如果你感兴趣，那厂区环境绿化项目可以考虑给你公司做嘛，你有没有这个能耐？"

他最后这句话说得干脆利落，掷地有声。

王小鹏听得两眼珠子猛然暴起。他屏住气，竭尽全力地想转动它几下，以表惊诧或者感谢之类的意思。可是他再怎么努力使劲也没用，这套转眼球的功夫他没练过基本功，也不懂得该怎么玩。最终他只能是无可奈何地眨了几下眼皮后放弃了。心想：哎，咱这眼球也真太没出息了。

既然眼球不行，他立刻使出嘴皮子功夫。于是他挥舞着两只做打铁工时练就出来的铁拳头，说："劳动人民两只手，干起活来样样有。"

李先生哈哈大笑，带着讥讽的口气说："俺又不跟你决斗，挥什么铁拳头啊。舞刀弄枪的都是老皇历了，这种套路玩不转了。现在做生意得动脑筋，玩的是智商。"

王小鹏尴尬得有点无地自容："李先生谈吐说话干脆简练，句句是真理。"

"王小鹏，你也别给我闹嘴上功夫，你在上学读书的时候俺就在台湾混社会了。这样吧，改天我回上海的时候和那日本友人一起去你公司看看，这事不是俺一人说了算的，还得尊重合作伙伴的意见，对吗？"

"对头，我给你最便宜的价格。"王小鹏信誓旦旦地说。

"便宜没好货，不要。我要得是最优秀的施工队伍和最高层次的产品质量。"

"李先生，你放心，劳动人民两只手……"

李先生立马挥手打断："奶奶的，接下去不就是干起活来样样有吗？傻小子，以后在商业谈判中表达自己的意图时切切不能重复念叨老套的台词。"

这台商开始喜欢上王小鹏了。他觉得王小鹏没邪念、没心机，人性的内涵就像山里的清泉，十分纯真和甘甜。

"你不像个商人，俺觉得你似乎有点菩萨心肠。"突然他斜过身子凑过身来，就着王小鹏耳根问道："去没去过恒山悬空寺？"

"还没去过，正准备去参拜呢。"王小鹏说。

"你往这方向赶路，俺在路上时就猜想你肯定是往那悬空寺去呢。"

"你真的是能掐会算。"王小鹏使劲拍着马屁。

"你说俺能掐会算？差远啦。你知道吗，那恒山悬空寺自古以来它一直被列为北岳山的第一奇观！距今已有1400多年的历史。它建在翠屏峰东侧绝壁的半山腰上，上载危崖，下临深谷，似悬挂在半空，惊险万状。释迦牟尼、老子、孔子塑像共居一室。佛教、道教、儒教始祖同居一寺，实属稀世罕有，并不多见。哎，王小鹏，我问你，你信不信佛？"

"信不信无所谓，主要是心中有佛，佛就在心中。"王小鹏满脸装得像菩萨那般慈祥，明澈透亮的眼球装得就像一塘纯净的山泉，没有一丝尘埃。尽管是在装腔作势，可他心里却没有一点羞耻的感觉，他对厚黑学的研究与发挥可以说已经历练到炉火纯青的地步了。

台商李先生醉醺醺的两只眼睛痴痴地盯着王小鹏，盯着他眼睛里的那一塘纯净水，他在润润的眼水里仿佛看到了菩萨的影子，他觉得好像跟王小鹏很是有缘，觉得应该为他做点什么。

于是他又斜过身子凑近王小鹏，放低音调悄悄地说："也罢，我再告诉你，待你参拜完悬空寺以后，带着你许下的诺言和愿望去悬空寺左则，那山崖下有个幽幽的山洞。"

李先生说得神神秘秘。

王小鹏听得晕晕乎乎。

"入洞后你必须保持沉默，不可随意言语，天机不可问，不可泄，自有高人为你指点迷津，此去往北，悬空寺已经不远。"

台商李先生兴致勃勃地只顾着和王小鹏聊天。忽然间发觉他的一些商界朋友已经酒足饭饱之后纷纷离座，随即打住话头，说："小鹏，改日有缘，俺再给你介绍一位高级别的人物，他是滨海市国际俱乐部的大头头，目前和新加坡商人在洽谈合作事宜，准备在上海静安寺那一带建个高级宾馆。"

说话间隙，李先生抬手瞧瞧腕上那金光灿灿的镶嵌着钻石的劳力士手表，脸上露出惊讶的表情："哎呀！时间不早了，我下午还有个重要的业务洽谈会议，今日就此道别，咱们后会有期。"

王小鹏受宠若惊，惊慌失措地唯唯诺诺，感谢不尽。

李先生施恩不傲，落落大方地挥手致意，依依不舍。

西边的太阳已经变得通红，云儿们渐渐向红球游近，那丝丝的变成缕缕的，那缕缕的变成条条的，后来这些彩云和谐地涌在一起，全都笼罩在金红的霞光里被太阳的光芒拥抱着。

王小鹏他们此时在悬空寺烧香磕头参拜完毕，正处在西南角的山崖下，整个身子恰巧被金太阳通红的霞光罩住，染得透体通红。

柔和的金色霞光使王小鹏舒畅的心情无限扩展开去，一种奇特的情感更让他心潮澎湃，思绪万千。

不知不觉中他们已经走到了悬空寺左侧的山崖，一大片灰暗的崖石悬在头顶，乌压压、黑沉沉，就像要掉下来似的惹人心跳。一棵古老苍劲的松柏从上崖的石缝中钻出，扭曲着枝杆旋下来，就像一把巨大的翠绿色的遮阳伞，半掩半遮地挡着崖下那个似有似无的山洞。

这里没有游客也没有烧香拜佛的信徒，只有一个白发长老，坐在古松树下悠闲地品茶养神。长老雪白的长须低垂在胸前随风飘扬，两眼窝子从脸面上陷进去，深藏不露的眼神就像躲在山洞里的幽灵，朝着洞外窥视。

这位老者悠闲地坐在那里像是专门在此等候王小鹏一行似的，见到他们就像见到熟人那样朗声大笑："有缘，有缘，这个时辰在此地相会者都是缘分，一般来说，晚霞之时，不会再有游人来到此处。"

长老看似百岁出头，身穿浅灰色布衣长衫，脚着白底黑面老布鞋，身板笔挺、硬朗，说话之音铿锵有力，浑身上下透着一股仙风道骨般的飘逸。

王小鹏猜不透这长老是哪方面的神圣或者是哪方面的门派，是道教还是佛教，是和尚还是道士。

虽然他心里很想问个明白，但他必须遵守台湾商人李先生的嘱咐和叮咛："保持沉默，一句不问，一字不吐。"

他只是努力往自己脸上充填纯真无邪的笑容，对着长老轻声细语地说："师傅，台湾客商李国军说，只要对你提起他的名号就可以了。"

长老微微一笑，点点头，客客气气地将王小鹏家人挡在洞外，转身领着王小鹏走进阴森潮湿的山洞。

山洞内似乎没有光亮，他俩摸索着向前走了十几步后拐个弯，潮湿的洞内深处此刻更显出点冷飕飕的寒气。王小鹏似乎听到了天堂里嘀嗒嘀嗒敲木鱼的声音，这声音是山崖上渗透进来的山水，这些细微的水分凝聚成水珠后滴在下面的石块上，发出来的声音就像虚无缥缈的天堂里传过来的天籁之音。

王小鹏跌跌撞撞地跟在长老后面又拐了个弯，忽然眼前出现一片晦暗的石崖。

石崖堵路似乎无路可走，然而长老的身影像变魔术似的慢慢挤进石崖，悄然间便没有了踪影。

晦暗的山洞里只剩下王小鹏一个人，阴森的寒气渗透进他的骨头，使他有点魂不附体似的心惊肉跳。

这时他开始有点懊恼：后悔自己本不该听信那台巴子李国军神秘兮兮的鬼话，吃了熊心豹子胆，进这诡秘阴暗的山洞里来找死！

但又想想自己做人做事"吃苦在前，享受在后"的思维方式：今天无论从哪方面去推理，他似乎再也找不出退出山洞去的理由。

"呸！"

他啐了口唾沫壮壮胆，硬着头皮挤进崖缝，

当他从石崖缝隙间挤出来时，顿时豁然开朗，眼前另有一番洞天，宽敞的崖洞内飘逸着幽幽的檀香味儿透人心肺。

这使王小鹏产生种幻觉：犹如进入了上帝的天堂。

王小鹏热爱绘画艺术，热爱大自然，更喜欢游山玩水。他走遍了大江南北，眼观六路、耳听八方，见过的风景线多得去了，可眼前这番奇特的景象还是引得他叹为观止，击掌叫绝："哈哈，今天算是开眼啦。真是泰山高还有天，沧海深还有底啊。"

这是一个宽敞的崖洞，洞内的天顶上露出一个溜圆的洞口，一缕通红的金色霞光穿洞而过直泻下来，洒在闭目养神的长老身上。

　　长老被罩在金色的霞光里，他安稳地坐在高高的石凳上，浑身像是闪烁着灿烂耀眼的光亮。

　　他微笑着点头示意王小鹏坐下，自己则是慢悠悠地捋着长长的胡须，嘴里微微地讷讷着，讷讷着。

　　这幽幽的讷讷声似乎像催眠曲似的，朦胧中王小鹏仿佛昏昏欲睡。忽然像从天堂里闪过来一道穿透力极强的音符：

　　"将你的生灵降世之日写在纸上。"

　　王小鹏通体闪过一阵激灵，脑袋瓜子完全清醒了，只是脊梁骨上捋过一阵冷飕飕的阴风。

　　长老目光炯炯地微笑着，说："你的出生之年、月、日，我已经写好。"他用手指着石桌上的一张纸，"你自己写完后，翻开去对照，你如与吾所测相同，说明有缘，我方可继续为你测算。"

　　这?!

　　这说法未免有点太过分了，似乎有点故弄玄虚，砍了王小鹏他也不信！

　　于是，他扛着泰山压顶不弯腰的倔脾气，抓起笔来刷刷刷地将"1954 年 4 月 24 日"写完，伸出急不可耐的手，抓起那张纸翻过来，一看：

　　生灵轮回降世于——公元 1954 年 4 月 24 日

　　王小鹏如被五雷轰顶，剑眉倒竖、两眼发直。

　　仙风道骨长老那凹陷在眼窝里的珠子突然暴出，炯炯有神的目光对着他痴呆的眼睛射出一阵阵蓝色光芒。

　　接下去，长老慢慢收起炯炯有神的光芒，微微合起眼皮，暴出的眼球缩回去后又形成两个凹陷的眼窝。

　　他好像并不在乎王小鹏愿不愿听，也不在乎他是否在听，只是自言自语地讷讷着。此时，这些讷讷之语像铁蛋似的掷地有声：

　　你，生灵轮回，降于平民家庭，家父已故，家母病弱仍安在。

　　你，二十岁前，勤奋努力好学，志高气傲，初生牛犊不怕虎。

　　你，二十岁后，自叹生不逢时，怨天尤人，遇良女融合成家。

　　你，三十岁前，生活穷困潦倒，忍辱负重，惶惶之日受煎熬。

　　你，三十岁后，前程晦暗苦涩，仕途渺茫，东山无望走西山。

　　你，四十岁前，才气辗转反侧，怅然若失，苦于无贵人相助。

　　你，四十岁后，不屈不挠奋起，披星戴月，扭转旅途之方向。

你，五十岁前，慢慢积累财富，外实内虚，钱一手来一手去。

你，五十岁后，多有贵人相助，欣欣向荣，但稍有血光之灾。

你，六十岁前，跌爬滚打莽撞，有惊无险，柳暗花明又一村。

你，六十岁后，财富络绎不绝，生活优裕，稳扎稳打莫狂妄。

你，七十岁前，芝麻花尽情开，华团锦簇，人生旅途无忧虑。

你，七十岁后，多多行善积德，安度天年，阳寿越过九十哉。

仙风道骨长老一番禅语让王小鹏惊得魂飞魄散。王小鹏以为：姑且可以不论这测算的禅语准不准确，但长老能精确地写出他出生来世的年、月、日。这是不争的事实，白纸黑字放在那里。

王小鹏是解放初期外省市的盲流人员来上海打工者的后代，也是新中国成立后的新一代上海市民。

他从小在饥饿中煎熬，在贫困线上挣扎、拼搏。饥饿在他身上种下了流氓的劣根性，饥饿也练就了他一身铮铮铁骨。是饥饿成就了他的智慧和胆魄，同样也是饥饿成就了他坚韧的性格。但他生灵的劣根性又使他摆脱不了对迷信的寄托，他苦熬的生命需要一种精神界面上的歇息平台，所以他往往寄希望于八卦算命之类的活动。然而现实中的实际状况又把他逼成一个非常现实的唯物主义者。

他如今已经是一个讲究实在，追求实惠的商人了。

所以说，王小鹏在迷信的同时又是一个彻底的唯物主义者也不足为奇了。他骨子里相信的是科学，相信的是符合有理论依据推断出来的东西。他坚信的是：这世界上肯定有一种根据人体的某种自然现象推论测算的理论依据存在，只不过这种测算的技巧在茫茫人海中仅仅是掌握在极个别人手中罢了。

恒山长老的命运测算，绝对是个蛊惑人心的事件。

王小鹏百思不得其中奥妙，他毫无理论依据破解。在往后日子里的一次饭局中，王小鹏曾请教过李国军，李国军听了他的疑问后哈哈大笑，既笑得诡秘又笑得痴情："你不是说'心中有佛，佛在心中'吗？坦率地说，这个繁杂的世界，理论上说不通的东西多得去了，你见过上帝吗？没有。你见过菩萨吗？肯定也没有。所以我想，在你内心肯定认为这世界上既没有上帝也没有菩萨。是吧？"说到这里，李国军眼神有点茫然，有点飘忽。

他默默地点了支眼，用尼古丁稳定了下迷茫的情绪后说道："人类相信的是自然科学，相信的是摸得着看得见的物质。可是我问你，电信传递信息的物质你见过吗？没有。电波流动的物质你见过吗？肯定也没有。但是你却认定这世界上有这类物质存在，因为你听见了话筒里传递过来的非常遥远的话语或者说你一按开关灯泡就亮了。但我想说的是，一千年前，圣人孔子或者老子，他们会相信有这类物质存在吗？我想用这个例子作个比喻，接下去就要看你个人的悟性了。"

"李先生，我完全知道你有这个能力，可以用十多种说法来证明白的就是黑的。同样你也有十多种说法来证明黑的就是白的。我可没这个思维能力跟你绕，你就简单明了地说，这世界上究竟有没有上帝、有没有菩萨。还有，那恒山长老测算命运的依据是什么？"

李国军哈哈大笑，笑得泪花四溅："老韩呀，你看看，你看看，这么大块的人肉伫立在那里，竟然问我这个世界上有没有菩萨、有没有上帝，这个呆子！他这样刨根究底地问我，让我在你这个共产党面前怎么回答呢？哈哈！来来来，韩勋同志，我看这个问题还是你来回答比较妥当。"

韩勋同志是位资深厚道的党员干部，原本是滨海市国际俱乐部的党委书记，后来调到上海任新都大酒店董事会的董事长。

他此时正带着微微的笑容抽着烟，侧耳听着李国军和王小鹏在那里瞎掰。当闻听李国军掉转枪口把火力往他这边引时，便耸耸肩，摇摇头，露出无比灿烂的笑容说："关于宗教信仰的问题，我们共产党人从不压制和反对，我能告诉你们的是，共产党人、国家干部，自然是无神论者。至于你们这些宗教信仰的具体指向，我个人研究甚少，无从谈起。很无奈，这个问题，本人无可奉告。"

韩勋董事长说话有水平，吐词清晰、不骄不躁、不温不火，回答问题完全像中国外交部的新闻发言人。

自然，这些都是后话。

但可以肯定的是：现代社会提倡传递的是宗教信仰中的与人为善的正能量。反观现代社会，自然也会时常聚焦出现一些令人唏嘘感叹、蛊惑人心的八卦神算。万物中国，人世百态，其中有些人因为命运测算而误入歧途的悲剧尤其令人纠结、扼腕。

然而，如恒山长老这类命运的测算或许也可能有其中国文化底蕴的存在以及其发展的历程。但这类命运测算的禅机理念，必定是长老丰厚扎实的人生履历以及他对人性的敏锐的洞察力，也就是说长老可能就是依据被测算者的气场以及精神状态并结合时代背景来进行推算的。

恒山长老除了对人的生灵降世之日测算精确到年、月、日，之外，其他的测算也不过是一种泛泛而谈的概念印象，模棱两可，既可以这样理解，也可以那样理解，往往只是点到为止，很少有具体实质的东西。他的禅语全凭你自己去套用和理解。

长老之所以能赢得许多人的迷信，这是因为在中国，这类测算时常与宗教信仰如影随形。没有宗教，这类命运测算将变得枯涩无味。没有八卦测算，宗教文化似乎也将流失一半的醇厚。

当今社会，金钱在人生旅途中变得越来越甚嚣尘上时，人们的心情也变得越来越焦虑浮躁。

八卦测算不再止于命运的简单表述，而成了被测算者情感的寄托以及心灵的减压方式，成了一种精神层面上大隐于市的短暂超脱的娱乐活动。

于是，除了李国军之类的台湾商人对此深信不疑之外，又加入了像王小鹏之类改革开放后下海经商的弄潮儿。

尽管王小鹏是个坚定的唯物主义者，但处在他这种生活压力沉重的状态下，往往需求的是一种精神层面的寄托和安慰。

他对于自己命运测算的理解方式很简单：对他有利的，能让他愉悦喜欢的禅语，那就一定是精确无误的，这可以活跃他人性的能量，因此他心甘情愿地大把掏钱。凡对他不利的，那些不合他口味的禅语肯定是狗屁不通、满嘴喷粪、胡说八道，他"呸呸呸"地一分钱也不多给。

王小鹏这种思维方式以及理念观点既实惠又超脱。

他喜欢命运测算，而且常常是乐此不疲的东奔西跑，这类自娱自乐的八卦测算往往能让他心情舒畅，自得其乐。

但实际生活中很少有人能保持像他这样宽容的自慰心态，这也表明了王小鹏与众不同的高明之处，值得乐于此道的朋友借鉴。

一缕调皮的阳光，挤进遮阳窗帘的缝隙落在王小鹏脸上，形成一条长长的闪烁着金色的光斑后，不断地在他脸上顽皮地跳动。他的两眼忍受不了光亮的刺激，在沉沉的睡梦中不停地眨巴。

过不多久，他便醒了过来，用手揉了揉睡眼惺忪的眼泡，痴痴呆呆地盯着床头顶上的天花板。

此时，他的两只眼球晶体就像两片飘忽不定的弧形玻璃，乌黑的眼珠里透着润润的紫色，这紫色润得让人同情，润得让人信任。

这时他妻子崔晓娣轻轻地走进卧室，目光低垂着瞅了他一眼，恰巧那缕阳光也落在她头上，使她那原本是黑色的头发显出点紫色的光彩。这对同龄相伴的夫妻相濡以沫地已经厮守了十多个年头。

她进了卧室后瞧见王小鹏已经醒了，便默默无语地转身出去后端回来一碗已经煲了整整一晚上的野山参汤。

王小鹏相信这个，自他经济条件稍有点改善后就年年服用此类汤水养养身子。端着参汤进来的妻子，看见王小鹏神魂颠倒的样子，就知道他又在揣摩怎样对付台巴子李国军了。

这是个让王小鹏感到十分棘手的问题！

本来这个事情并不复杂，对王小鹏来说是件轻而易举、易如反掌的事情。李国军说，要同他那位合作伙伴日本友人来他的园艺场考察，以便确认王小鹏有没有这个能力来完成昆山那个绿化施工项目。

王小鹏本人自然没有什么狗屁园艺场供他人参观考察，他所做的绿化工程项目说白了就是空手套白狼，凭着他能说会道的嘴皮子和水彩画似的打扮包装，到处胡侃就是了。他原本想带着这台巴子和他的合作伙伴日本鬼子去中美合资之种园艺场溜达一圈、吃喝一顿、乱侃一通，就万事大吉了。

没想到，过不多久，李国军又通知他，滨海市国际俱乐部的党委书记韩勋，如今的国际新都大酒店董事长已经来上海，将由台商陪同一起到他苗场基地考察。让他好好准备一下，给韩董事长留下一个深刻美好的印象。

这事就非同小可了，王小鹏绝不能等闲视之。

如果能承接到这市中心高等级宾馆的绿化项目，除了他的身价上了一个台阶不说，而且他可以由此开拓市中心高端绿化项目的市场。他必须好好地谋划和设计，他不能给那位大领导韩勋留下他是个空手套白狼的家伙这种印象。

王小鹏有个绿化项目的合伙人黄之种，是他宁波老乡。

黄之种在江桥一带承包了巴掌大的一片农田，弄了个狐假虎威的中美合资之种园艺场。可园艺场跟他王小鹏个人一点关系都没有，他在那里既没工资也没有任何的权利和义务，有的只是一张黄之种给他的营业执照复印件和他可以随意在名片上印制虚设头衔的权利。

如此，王小鹏在外名气虽然响得很，大家都称他为"王老板"，但实际上他什么都不是，既没有任何苗圃基地，也没有一张属于他是法人代表的营业执照，他甚至连盖着王小鹏印鉴章的支票都拿不出。

从法理层面上来推论，他甚至连一个挂着营业许可证，在马路边上卖大饼油条的个体摊贩都不如，还谈什么老板不老板的。

可李国军偏偏说要去考察他王老板的苗场基地，还要上等级，还要有规模，要让人参观之后有信任度。

这个台巴子商人李先生，一拳直捣他王小鹏这个"伪老板"的致命穴位，这让他犹如跛子打秋千，一处拐腿，处处拐腿。

王小鹏想，要取得他们的信任，必须为自己设计一个光环或者说是设计一个圈套之类的计谋，自己决不能像布袋里的菱角乱出头。

这个圈套，他得与黄之种好好商量商量，不能露出一点马脚，否则全部计划就会泡汤。黄之种这家伙脑子好，鬼点子多，他可以脸不改色心不跳地当着众人面把美国总统克林顿拿出来说事。无论是在口才上的能量或者是搞赚钱买卖的策划，王小鹏都自叹不如黄之种这般会来事。

说起王小鹏与黄之种他俩的合作，虽然已经走过一季季的春夏秋冬，但有时总会呈现这么一种现象：黄之种在某一阶段与王小鹏只是简单地说说话聊聊天，他们之间的话题往往不痛不痒，有时淡化到只是打声招呼而已。

黄之种有他的业务要忙，他的生意五花八门，内容广泛，只要有钱赚，他什么都干。绿化施工项目他全部放任由王小鹏管理。然而，信任归信任，在信任的同时他也挣得了自由自在的身子，腾出手来倒腾其他买卖。

王小鹏则像是三尺长的被单，顾头不顾脚，其中酸甜苦辣只能是如鱼饮水，冷暖自知。他整天忙着落实具体施工，顾不了开发其他的生意渠道，工地上那些狗屁事，头绪繁多，这让他无法兼顾其他买卖。

可是隔上几天，黄之种或王小鹏又会免不了把对方揪出来，喝一壶老酒，吃几块狗肉，发几句牢骚。要么王小鹏先，要么黄之种先，自然而然，彼此间似乎又很亲密，但不曾又贴近一些，充其量也不过是一种窥视对方心态的行为，外加一点暧昧。

王小鹏说不清却又明了彼此的合作不可能走的再近一步或更深远一些，他俩的内心世界并没有交汇融合在一起，只是各行其道而又各自将对方记挂在心罢了。

正是这样的纠结，使王小鹏觉得黄之种或许不会与他相隔太远，但永远不会与他完全合作。即便是很久很久以后，总会有那么一天，黄之种会弄出个说法来对他宣称："我俩会是一辈子的朋友，但合作之事，到此为止吧。"

有时候，王小鹏想：人皆有弱点和私心，有弱点和私心的人才是真实的人性。那些号称没有私心和弱点的人，多半是内心晦暗和虚伪的人。

在这种理念推动下，他常常用俯视的角度来检点自己的行为，找出不足之处，力求弥补。不要指责别人，而应该指责自己，这样，他就不会对黄之种太苛求了，宽容相待、以诚相见是合作的基础。

这个道理王小鹏明白，但要真正做到也不是件容易的事。

每个人在生活中都会经历过许多让自己心态不平衡的事情。有些人在不平衡中只想到自己的委屈，他就悲观、消极、发出失望的哀叹，恨不得鱼死网破。但王小鹏在不平衡中还想到别的，想到宽容、想到妻子、想到家庭和子孙，想到家庭中男人应当承担的责任。

由此，他得到了乐观和自信。

约莫过了半个多月以后。

王小鹏驾着幸福牌"大炮"摩托车，一大早赶到了苏州藏书山区林场，按照他与黄之种预先谋划的约定：由他负责落实林场的迎宾接待，黄之种则负责引领台巴子李国军等人前来林场考察。

正是秋高气爽的季节，满目的枫叶红了。曙光初照，一片片的枫叶像一群群的红云，像一团团的火焰。

秋风阵阵，枫叶飒飒作响。

山坡上铺满了火红的枫叶，透出来的是一片蒸蒸日上的火热景观，形成了一道道壮观奇丽的山区风景线！

苏州藏书地区，山连着山，树连着树，山上山下，草木葱茏，连山崖上也直挺挺长着松柏、山榆，到处是一片片郁郁葱葱的园林乔木。这些高大的树种，毅然挺立，就像顶天立地的巨人，给群山增添了无限生机，这是山区最美丽的季节。

但美丽归美丽，山区的乡民愣是无暇欣赏这片绝妙景色。他们一年四季忙到头，可收入甚微，有些人甚至砍下树木当柴火，只是因为他们没有推销苗木的渠道。

王小鹏们乘虚而入，俨然成了这一大片林场的主人，吆五喝六，指东说西。乡民们只能是忍气吞声，点头哈腰地听之任之。因为乡民还得指望王小鹏之类的能人来帮衬他们脱贫致富，多多推销园林树木。否则，这些树木只能当柴火，一文不直。

中午时分，黄之种的白色夏利轿车风尘仆仆地闯进了山道，王小鹏一眼瞧见夏利轿车后面紧跟着的是一辆红色桑塔纳。

山道两旁，槐树枝繁叶茂，仿佛撑开了一把把雍容华贵的遮阳伞，搭成一条连绵不断的绿色长廊。

两辆小车像似活蹦乱跳的骏马，顺着长廊奔腾而来。站在山腰上的王小鹏，需俯视才能看清楚这两匹骏马："这下好了，终于走到这关键性的一步，迎来了新都大酒店的董事长。"

当他两眼清楚地看见那辆红色桑塔纳时就得出了这样的结论：这一步棋走准了，必定前途无量。

此时山道的尽头，一大片乡民、一大群草狗，熙熙攘攘、大呼小叫地拥挤在办公楼前的土道上。

> 人声如潮，似涛天浪滚。
>
> 乒乒嘭嘭，鞭炮声声响。
>
> 轰轰隆隆，爆竹震天地。
>
> 噼里啪啦，掌声响起来。

这场手舞足蹈的浮躁闹剧是王小鹏昼思夜想鼓捣出来并由他亲自排练的。乡民们歇斯底里似的蹦蹦跳跳、扯开嗓子尖声吼叫：

"欢迎，欢迎，热烈欢迎。"

这老了又老的套路，却让跨下车来的客人们都惊呆了。正呆着呢，只见黄之种走过去搂着台湾老板李国军肩膀，说："大哥，怎么啦？"

李国军连连叹息，说："这般雷人的大场面，没想到，真没想到。"

惊魂不定的客人们木木地看着热情似火的乡民：狗在他们脚边浩浩荡荡地转圈。喊口号的乡民们，都不再多言语，只是"呵呵呵"地满脸挂着愚昧的傻笑。不一会，都悄悄走散。

场地上依旧围着一群人。

客人圈里，一个似乎有点木讷的中年人，看上去很苍老，说不清他有多少岁数，嘴里缺了几颗门牙，嘴唇犹如小孩吃奶似的嗫进去，活脱脱像个病快快的，毫无张力的肛门。

他右手拿着一把卷尺，左手则紧紧地捏着几张图纸。硕大的头颅对着四周的山头左顾右盼地来回转动着，满脸写着或是惊诧或是惶恐的表情，他这副样子，真的是古怪滑稽透了。

王小鹏斜眼瞄到这家伙手中拿的一叠图纸正是自己画的，立刻明白这人肯定是那个日本人。

这小日本下身套一条宽松裤子，裤管肥大。上身着一件蓝绸布褂子，圆领口露出来的都是些白白的赘肉。他的脸盘，横肉铺开，眉毛很黑且很长，神情抑郁。

"妈辣个巴子，你个日本鬼子，我这么隆重地接待你，你哭丧着脸干吗，是你爹死了还是你妈死了。"王小鹏心里狠狠咒骂，脸上却挂着笑容对李国军说："李先生，这位就是你的日本友人吧？"

"对对，是我的合作伙伴，日本投资开发商。这是王小鹏老板。这位是韩勋同志，新都大酒店董事长。还有这位老板，"李国军转身拍着黄之种肩膀说："大名鼎鼎，大家都已经认识的，美国大老板。"

王小鹏见李国军对黄之种那个热乎劲头，撇撇嘴，心里念叨着："哎呀！这小子还真了得，这么快就把台湾老板拿下了。"

他不得不佩服黄之种的交际能量——无限。

"大老板谈不上。要说大，最大的还是我们韩董。哎，董事长，咱都说好啦，下星期天去我那渔场钓鱼，您可别中途变卦啊。"黄之种兴奋极了，两只灵巧的腿像蛙泳蹬水似的，呼啦一声，斜刺里跨出去抓住韩勋同志的手，紧紧地箍着。从他光滑釉彩的脸色以及绿色的眼睛里，王小鹏看出黄之种在这么短的时间内竟然把韩勋董事长也给搞定了。

"册那，你小子哪来的渔场？一出手就攀上大领导，简直就是个奇迹！"王小鹏瞪着惊愕的眼睛，心里酸溜溜地想："这样的奇才，就是阎王也不得不服。"

黄之种非常明白王小鹏心里想的是什么。

"哈哈，王小鹏，你给我记住了。干活，我不是你对手，但这没什么了不起。总有一天，你会知道咱也不是盏省油的灯。"黄之种心里这般想着，脸上情不自禁地露出一丝微微冷笑。

"黄老板，钓鱼就是钓鱼，你可别跟我提什么 KTV 之类的东西啊，这种花花绿绿的玩意儿对李国军有杀伤力，你去跟他聊。哈哈，他感兴趣，哈哈哈。"韩勋董事长说话声音低沉，笑起来的声音浑厚，好像是从胸腔里发出来的。

韩勋是个退伍转业军人，长得高大魁梧，细细的腰身配着宽厚的肩膀，扇面形状的胸脯，一副庄严威武神态。尤其是他那种毫不做作的说话举止，更增添许多豪放大度的气场。

"你们聊吧。"那日本人说："谁能陪我去看看图纸上标明的具体苗木。"

谁也没想到日本人张嘴就来上一口流利的中文。王小鹏又一次大愕："会说中国话？"

"人家是中国通嘛，从小在中国东北长大。"李国军言语之间竟然流露出点汉奸似的自卑腔调。

"这副德行，完全是个卖国贼。"王小鹏肚里暗暗嘀咕。

"吃好饭再去吧，"黄之种咧嘴正说话时，突然发现那日本人脸上露出不满表情，马上改口，说："呵呵，主随客便吧。那就请我们林场的王小鹏场长陪你去，他是这里的总管。"

他指着王小鹏大大咧咧地扬手一挥。这时藏书林场真正的场长周斌，弓腰蹿出来歪着头端详着黄之种脸色，迟疑片刻，好像不晓得该怎么说起似的。两滴晶亮的鼻涕从他鼻孔里淌出来，"卟，卟"两下打在脚背上。他哼哼了两声，脸上挂着愚蠢的笑，战战兢兢地说："黄董事长，小鹏场长辛苦了，他忙着呐。要不，是不是由我来陪贵宾同志去实地考察，可以吗？"

"哎呀，你个小队长也来插一脚。那好吧，去，去，你们都去。小鹏场长熟悉图纸，具体树种、规格，他最清楚。"黄之种说话时，大有一副指点江山的豪迈气派。

"行了，别嚎啦。咱走吧。"王小鹏说话时的口气有点悻悻然。

那日本人早就脱了皮鞋等在那里。

已经是深秋时分，田野里寒气逼人，可他却赤脚站在田埂上，一忽儿低头瞧图纸，一忽儿抬头张望满山遍野的树木，那副一丝不苟的工作态度足以让王小鹏肃然起敬。

黄之种不说话了，只是兴奋地仰望着韩勋董事长的脸，热情地拉着他的手往办公楼里去。

王小鹏隐隐约约地听见他在说："这藏书地区周围的山头都是我花钱买下来的。哎，摊子铺得也太开了，管理不容易啊。人手不够，这边的工作还多亏我的那位副手，得力干将王小鹏。"

这时传过来李国军惊叹的声音："哎呀，买这么多山头，种这么多树，那得花多少钱啊?"

黄之种似乎在说："钱有的是，都是美金。有次我去美国，在纽约摩天大楼，恰巧遇上克林顿和我们公司的美国人老板在喝咖啡聊大。我一进门……"

再后面的话王小鹏听不到了，他们一批人都拥进了屋子。

山坡下的苗场。

小日本一边仔细地翻阅着图纸，一边用卷尺量着树木。他将黄杨球、海桐球、龙柏球、花柏球的球冠以及泡桐、女贞、槐树、银杏的树干胸径尺寸都与图纸上标明的相应尺寸比对。

周斌场长哭丧着脸，一瘸一拐地提着桶白石灰水，将那些日本鬼子选中的，合乎规格的苗木一一刷上白石灰水，以做记号。

嚓啦——嚓啦——嚓啦。

这是王小鹏在前面引路时拨开树丛发出的声音。

过不多会，周斌场长就开始捏着脖子呕吐起来。王小鹏严厉地瞪他一眼，轻声说："忍着点!"

周斌喉咙里发出类似蚊子的声音："你，你给我的价格压这么低，这样实打实地干，咱还不亏死吗。"

王小鹏两只咄咄逼人的眼睛不断地眨巴着，似乎在向周斌传递一种只可意会不可言传的信息。

这是一种暗示的力量，射穿空间，直入周斌躯体。

周斌满眼是泪，就差哭出来了。这个老实巴交的场长似乎还是摸不准王小鹏这眼神究竟是什么意思。

王小鹏走过去，操起根树杈，对着做过石灰水记号的黄杨树冠，掸掸、戳戳，说："册那，发货时你可另选树苗刷点白石灰水，重作记号不就得了。"他说这话时，眼睛盯着前面的日本人，发出的声音微乎其微。

周斌赶紧伸手抓过王小鹏手中的树杈，一挥手，扔得远远的。他那几根肠子忍不住在肚子里为这计谋欢呼："小鬼子，咱就陪着您老白忙活一阵吧。到时候发什么货还不是老子说了算。"

王小鹏顺手拍着他的光头，周斌的光头顿时像面小鼓那样发出嘭嘭的响声。他不由地奸笑了几声，说："你这榆木死脑子，比日本鬼子好不了多少。"

"明白，明白。"周斌一下子亢奋起来，抖抖两瓣屁股肉，屁颠屁颠地摇晃着赶到前面去刷石灰水。

王小鹏这个策略虽然算不得高尚，但在日本人面前他不愿讨价还价，更不愿表现出低声下气：谁让你这小鬼子在我的预算报价单上打对折？既要马儿跑，又不给马儿吃草。想得美！

见你妈鬼去吧——小日本！

他此时的内心深处，傲气凛然地死咒着："奶奶个熊，你有计策，我有对策。跟咱玩？侬困扁了头。"

如此这番的荒唐行为，延续忽悠到十二点多光景，王小鹏一行提着鞋子，赤着沾满泥土的脚终于回来了。

绿化苗木的实地考察和对照选择已经全部落实完毕，整个过程让日本人不但十分满意，而且可以说是——太满意了！

王小鹏他们不但任他挑、任他选，而且还放宽规格、尺寸，专选那些长势最优良的树木给他涂好白石灰水作记号。

这让小日本得意非凡，仿佛捡了一个大大的皮夹子，乐得嘴皮子都开始歪愣起来，对着大伙把肚子里的什么好话都抠出来说。说完了，口里的唾沫也全耗干了，此时胃里咕噜噜响个不停，这才想起该吃饭了。可一瞧，桌上那些丰盛菜肴虽不能说是残羹剩饭，但也剩下不多了。

他也顾不得讲究体面，挺实在地抓过鸡爪，站在那里左啃右咬，嘴里还啧啧地赞个不停："香，香，山区最纯洁的美味鸡爪，好吃，好吃。"

"要不，咱再去宰一只？"周斌说。

"不要，不要，吃不完的，浪费。"日本人说完话坐下，抓了一块饼子，扯开后吞咬了一口，但舌头干燥难忍，一卷动仿佛沙沙作响，食物难以下咽。于是他走到灶头旁的水缸边，舀了一大碗凉水，"咕咚咕咚"全灌进了肚子。抹抹嘴，呵呵笑着说："纯净的山水，甜、甜，大大的好。"

众人看了目瞪口呆！

王小鹏大惑不解，这么大老板，几十亿身价，怎么没一点讲究，既朴素又没架子，还挺实在的。

"这是一种什么样的人生理念呢？"他想。

韩董事长像似看透了他的心里活动，瞧瞧他的泥巴脚，咪咪笑着，说："哎，你也不是挺实在的吗？来来。"韩勋伸手拉过王小鹏在他身旁坐下，"你这辆车也该加点油啦。呵呵，你，好样的。"

"不用加，不用加。"王小鹏在大领导面前显得非常拘谨。

"废话，不加油，车能动？"黄之种说。

王小鹏迟疑着夹了半块小肉，微微咬了口肉皮，说："还挺香的。"

"有你这样给车加油的吗？看你吃猪头肉的时候，大口大口地嚼，像抽羊角风似的。"黄之种嬉笑着调侃。

围在桌边吃喝的人们都张开嘴友好地笑起来。

黄之种这话虽然说的王小鹏很尴尬，但他明白，受不了委屈成不了大事。于是自个儿寻个台阶，说："你是美国大老板，还有个美国总统克林顿把腰给你撑着，你怕啥？想怎么说就怎么说，说什么都可以。我嘛，呵呵，只不过是帮你看看场子，卖些苦力而已。"

王小鹏这话说得既老辣又成熟，他在暗中不露痕迹地讽刺教训了黄之种一把，同时在台面上又给足了他面子。

"哈哈，四海之内皆兄弟啊，包括那个叫，叫什么来着？吓，叫克林顿的嘛。"台巴子故意打着哈哈说，看来他的酒又喝多了。

韩董事长右手边坐着的那位白嫩嫩的小伙子，终于忍不住了，"扑哧"一声，把笑喷了出来。

这年轻小伙两眼大而溜圆，眼珠黑得发亮，目光犀利，仿佛要把什么刺穿似的。他微笑着坐在那里，既不吃，也不喝，默默无语，一言不发，一双火力实足的眼睛不看别人，只盯着自己手里的香烟，一支一支地抽。他那饱满的嘴唇像铁闸一样紧闭，那副腔调不但显得沉着而且又很矜持。

"这位是？"王小鹏满脸微笑地看着那小伙问韩董事长。

"许杰。我是董事长助理。"那人抢先回道。他不苟言笑，说话节奏不但缓慢而且音调低沉有力，显得城府很深。

"幸会幸会，有缘今天和您相见。"王小鹏不但识字而且识人。

　　他心里暗暗思忖，这人气场无限，将来必定大有晋升潜力。他决定在往后的日子里，只要有机会，进攻猎取目标将落实在此人身上。

　　许杰不置可否地微微点头，算是对王小鹏打过招呼了。

　　韩董事长似乎有点过意不去，说："王场长，看你这人既实在又能干，让你办事我看问题不大。我们的环境绿化项目你可以参与一下，弄个设计图纸报个价。我看了李国军他们的图纸，还挺不错，以后有什么事可以找许杰商量。"

　　王小鹏知道，韩董事长此话一出，驷马难追。这让他感动得眼眶通红，张嘴便说："劳动人民两只手——干起活来。"

　　"又来了，又来了，不就是干起活来样样有吗。别唠叨了，都老掉牙啦。"李国军横眼扫了王小鹏几下后说："你应该学学黄之种老板的套路，新词汇，新花样，酸辣汤里五味齐全。"

　　王小鹏窘得呼哧呼哧喘气："是的，李先生，您说得真好。"

　　韩勋董事长见状非常开兴。

　　他皱着眉头思考了一会，说："王场长，你不要受他们这伙歪斜商人的理念以及 KTV 之类的影响。我赞成你的观点，劳动人民两只手，干起活来样样有！这话说得好，就是好！没有劳动人民两只手，哪来的改革开放，还谈什么四化建设。就凭你这句话以及你的实干精神，我这绿化项目给你做了，我相信你干起活来样样有！"

　　韩勋董事长两眼微微地眯细着，满脸挂着慈祥的笑意：他喜欢王小鹏的个性，喜欢这种实实在在的干活人。

　　这下轮到李国军、黄之种坐在那里发愣了。

油画　农耕的印象　王照敏／绘

油画　维多利亚瀑布　王照敏／绘

第三章

:::

跌 入 低 谷

公元 1996 年，王小鹏 40 岁出头了。

4 月 24 日是个朝气蓬勃的日子，年富力强的他却愁容满面地斜靠在柔软的布艺沙发上皱着眉头，脸上露出一副焦躁不安的神态。他时不时地抬起手腕，瞄一眼劳力士表上的时针指向：

他在等待，等待一个人的到来。

这里是静安区新都大酒店的咖啡厅，金碧辉煌的装饰，豪华得霸气逼人。宽敞的室内布置既富贵又雅致，温馨宁静的空气中散发出一丝清淡的沁人肺腑的芳香味儿。

洁白如玉的大理石茶几上，玛瑙花瓶里错落有致地插着康乃馨、百合花和芦荟花，艳丽的花朵与充满生机的野趣交相辉映，生机勃勃。

如此华丽奢侈的场所，光装修和家具摆设就花掉了二亿多人民币。

整个大厅的创意构思和环境氛围设计的指导思想是韩勋董事长一手策划的。由此缘故，他对这咖啡厅情有独钟，会见贵客、要人，以及他的那些亲朋好友，韩勋一般都喜欢在此处落座后或洽谈或闲聊。

如此这般高贵奢华的咖啡厅，既没有闲杂人等也没有喧嚣的嘈杂之音，这里更是富有商人理想的闲聊之处，也是有钱人的聚会场所。

不远处几个悠闲的老外坐在落地幕墙玻璃旁的沙发上悄悄说话，那低声细语的样子像是在商讨着什么严肃的问题。

宁静安逸的咖啡厅舒适迷人，透过咖啡色的玻璃幕墙，清晰地看到一片奇妙精致的园林景观，这是王小鹏的得意之作，也是他智慧的结晶。

这片开阔的中心绿地坐落在新都大酒店南侧，满目翠绿的香榧树下是一条蜿蜒曲折的林荫小道，小道上有座原生态的杉木制作而成的木桥，桥下是一条充塞着原始荒蛮的小溪。

小溪上游，晶亮的人造泉水从地底下喷涌而出，形成无数道白花花的水流，这些水流泛着蔚蓝色的小浪，在布满卵石的上游绵延不断地奔跳着往下游淌去，前呼后拥地跃入 S 形的荷花池塘。

池塘右边是一堵高高的八米多宽的，用灰色斧劈石堆砌起来的幕墙。

幕墙顶端不断溢出的水流，从一棱棱凸起的石片上滚落下来时变成数不尽的金珠银粒，晃晃悠悠地飘洒在幽蓝的水潭里。而潭里那透明的一片片水儿像一条条欢蹦乱跳的小鱼，争先恐后地翻滚着跳进荷花池塘。

沿着池塘边缘的卵石，一路向前走去是一座悬崖式的太湖石假山。这座由王小鹏亲自指挥堆砌的假山，因为根据中国山水画中的构思设计，采取运用了漏、瘦、透、皱的技巧手法，使得巨大的山体不但雄伟壮观而又不失玲珑剔透、婀娜多姿，呈现出来的是一派气势磅礴的奇妙景象。

"哗哗啦啦"的瀑布，从悬崖峭壁的缝隙内冲着崖口汹涌而出，悬空落下时形成一道白花花的水帘。翩翩起舞的水帘，在和煦的微风中把跌宕起伏的山体遮掩得神神秘秘。

山脚左侧的池塘边，伫立着许多千奇百怪的形象石，有像小猫的，有像绵羊的，还有猛虎、雄狮，放眼望去，清澈见底的水面把这些惟妙惟肖的石头动物描绘得栩栩如生，像真的一样。

许多唧唧喳喳的鸟雀儿显得分外欢畅，扑腾着翅膀在池水边闹个不休，雪白的羽毛，不时被抖落，飞扬。

王小鹏为这个精致的园林作品，竭尽全力地使出浑身解数，其最终效果也确实如其所愿：他从狭小的长风地块走向了市区中心。

上海的改革开放在最初的朦胧阶段，王小鹏便从园林绿化的市场经济中开拓和发展了他的新思路、新局面。

苍天不负有心人，他因此挣得了不少订单合同：新河、千合、建阁、国会中心，这些拔地而起的高档宾馆场所，到处留下了他的园林绿化景观作品。王小鹏在赢得了声誉和口碑的同时也赚到了不少金钱。

事来如意，时来运转，是他这几年舒心日子的写照。

在这段顺畅的有钱赚的日子里，他与黄之种的合作关系也很愉快，相互之间少了许多隔阂，度过了许多年的温存期。这些年头里，两人都从彼此身上获得了不可估量的好处，也认识到了相互之间取长补短所能迸发出来的巨大优势，再也没有过去那种复杂古怪的情绪。

历史的进程发展到了 1995 年时，这种好日子就事来境迁，时来运止了。这个阶段对王小鹏来说既忧郁又烦躁，既困扰又无奈，他的心脏就像被人突然踹了一脚的牛睾丸，痛苦地紧紧收缩着。

他的人生似乎突然间又一次跌入万丈深壑，坠入谷底。以往的那种颓废情绪又引出他一番连绵不断，循环往复的萎靡不振。那些伴随了他大半生的饥饿逼出来的内心恐惧钝化了他心中的锐利，就像高山的尖峰突然遇到强烈地震，轰然倒下，变得四分五裂。他的人生旅途再次变得荒芜平淡、碌碌无为。园林绿化生意做得就像瞎子洗泥巴，整天胡乱忙活，毫无一点作为。

大上海的 1996 年已经不是王小鹏 1988 年辞职时的那番景象。

社会上那些闭塞、僵化的政治气氛已经散去，芸芸众生，纷纷下海经商。而那些从监狱释放出来的最初出现在自由市场的暴发户和黄牛市场上的打桩模子，由于他们肩上扛得是一颗毫无文化底蕴的脑袋，所以在市场经济中他们渐行渐弱，几乎销声匿迹地整体退出了历史舞台。

全国上下各个经济领域开始重新洗牌，更上一个层次地进入了市场经济快速发展的通道。一些原本保守的既得利益者，文人墨客、干部子弟，似乎也嗅到了"钱"的味道，纷纷下海出招。各路英雄豪杰粉墨登场，抢占各种市场机遇的摊头，新一轮的沉滓又开始泛起，鱼目混珠，让人真假难辨。

改革开放中的这个历史阶段对王小鹏们而言，如果要继续深化拓展已经取得的成就，就要看各人的悟性和机敏了。如何适应新的迷乱繁杂的市场规则是摆在这批上海滩早期辞职下海经商者面前的一道新课题。

与乱为伍的社会态势或许也是乱中出英雄的机遇，这种不期而至的社会景象驱策着那些不懈凝聚人性奋发者召唤血性，成为加强拼搏奋斗的新动力。

如果从侧面来理解和看待这种局势的话，或许这种历史状态更是王小鹏创造人生的又一个新起点。

他在闲暇之时常常念叨着堂伯父王明友曾经说过的话："人生不能有定性，有了安稳的定性就缺乏了生命的活力和张力。对人性而言，机遇往往是给予没有定性而有活力的那些不安分守己的人。"

尽管堂伯父自己的人生混得一塌糊涂，但这话王小鹏认为似乎还是有些哲学的辩证概念在里面。

这一年上海迎来了改革开放初期的新高潮，市场经济在赢得了蒸蒸日上的红利时也凸显出社会体制下的不规范。

制造业的混乱，行为制约上的模糊，伪劣产品的泛滥。在浙江温州一带，甚至还出现用硬板纸做皮鞋，糊弄消费者的那些夸张到极点的欺诈行为。商业信誉几乎到了崩溃的边缘，或者说市场经济已经坠落到毫无诚信可言的地步。这些问题渐行渐现，最终似乎到了不可收拾的状况，严重影响和阻碍了国民经济的正常发展，玷污了具有社会主义特色的政治形象，发展到政府非出重拳予以拨乱反正，采取行政措施予以干涉遏制的地步。

由此缘故，各行各业的行政措施和制约手段纷纷出台，市场秩序似乎有了这些制约性的条条框框，开始纳入了规范渠道，混乱局面有所收敛。

但同时又出现了另一个社会问题，新成立的政府职能部门多得泛滥成灾，行政手段成了腐败行为的滋生地。权势、地位、职务、人脉关系、橡皮图章，更凸显出其特异功能的至关重要性，成了权钱交易的筹码。那些农民企业家以及外省市来沪经商的大大小小的老板们，在上海的经济活动中显得越来越活跃，他们没有那么多的法律意识，他们最习惯采用的有效手段，就是用大量的金钱——砸门！对于这种用钱砸门的行为以及他们赚钱的思维逻辑，王小鹏不敢苟同。

行贿受贿，这种做法终究不是长远之计，会制造人生的不安全感。不管怎么想，怎么做，这些都是有悖法律的行为准则。无论哪方出了问题，都会招致毁灭性的打击。这样的后果，不仅是行贿者自己的遗憾，更会造成受贿者的终身罪孽。

"一个活生生的自由人，最终玩到监狱里像牲口那样被公安关起来，那还玩个屁啊。"这是王小鹏做买卖不变的经商理念，他说："与其被关押在铁笼子里失去自由，那还不如不玩，老老实实待在家里搂着老婆睡觉就是了。"

行贿受贿与吃吃喝喝的请客拉关系套近乎有着本质上的区别，吃喝玩乐有个度：小打小闹、细水长流地弄掉千儿八百的，没事。虽然这思维方式也有悖法理，但至少王小鹏是这样认为的。

然而即使这种有悖法理似乎是清风朗月的高尚理念也并不被市场的游戏规则所认同，行贿受贿在某些职能部门已经形成潜移默化的规矩，手握相关权利朝南坐的人们瞄都不瞄他一眼，懒得与他说三道四地套近乎、交朋友。

辞职下海后空手套白狼的王小鹏，既没有产业基地也没有后台背景，所谓规范化的制约对他来说无疑是一种毁灭性的致命打击。原本宽广扎实的道路他越走越悬，就像飘游在半空之中的云朵儿。

随着改革开放的深入发展，整个上海地区犹如一个宽广的建筑工地，沙尘飞扬，雾霾弥漫，高楼大厦如雨后春笋般日新月异地见长，改造和美化环境的需求迫在眉睫。政府出台的相关政策逼迫市容绿化改变环境的任务刻不容缓，其中显示出来的巨大利润因此在众目睽睽之下显山露水了。

许多陌生的人群，皇亲国戚，七大姑八大姨，都八仙过海，各显神通地涌进这个行业，每个人的眼睛瞪得就像步枪口似的。类似鱼目混珠的冒牌货们纷纷抢占滩头的混乱局面，引起了上海园林部门的关注，他们绞尽脑汁地策划后各种遏制的条条框框纷纷出台。

从这一刻起，上海的绿化建设开始走上所谓的规范渠道，企事业单位的环境绿化这才被纳入工程项目，正式命名为"绿化工程"。

这个"绿化"一旦套上了"工程"等级，政府相关部门的权利便得到了彻底的全面发挥。

园林绿化衙门里那些大大小小的爷们都是朝南坐的，冷冰冰的腔调连烈火都可以给你冻住。就算是看门的老头，狂吠起来也得让你退避三舍！这些原来门可罗雀的清水衙门陡然间变得车水马龙，人来人往地乌烟瘴气，求爷爷告奶奶地热闹非凡。

首先，你递上去的图纸必须是由园林单位的专业设计师设计。

其次，你的图纸经审核后必须盖有图纸验收合格的橡皮图章。

再次，园林施工单位的资质证书是否符合施工等级。

如果这些问题都符合要求通过了，那你回家去等吧！

等啊等，等啊等。

等你拿到他们发放的绿化施工许可证后这些职能部门大大小小的官员才姗姗来迟地进入现场监察，经许可点头签字后才能正式开工。

进入施工阶段那套头更多了：其中有施工中间验收，竣工图纸验收，竣工质量验收，竣工图纸盖章，竣工图纸备案。

等待这些环节都能顺顺利利通过后，这才发给你绿化竣工验收合格证。

这绿化施工验收合格证竟然还与建筑质监部门验收挂钩，凭着这狗屁不如的花草合格证，建筑质监部门才会移驾前来验收建筑物是否建造合格。

一切的一切都得让他们感受到非常满意，满嘴油腻的大爷们这才大笔一挥开出建筑物验收合格证。这么多的中间环节，无论是哪方面出了问题都会造成麻烦，大爷们说它问题大，它就大，大爷们说它问题小，它就小。

如果由于绿化原因造成建筑物开不出验收合格证，那么建设单位的房屋产权证就甭想要了。然而有哪个单位领导胆敢站出来说不要房产证？即使吃了豹子胆，谅他也不敢这般胡作非为。

用钱砸，死命砸，今天砸，明天砸，这就是最终解决问题的方式方法，你想清风朗月？回家待着去！

对于王小鹏来说，更要他命的是园林局从植物园、苗圃、园林学校等单位抽调了大批基层实干家走上了领导岗位。并从骨干力量中抽调了大批人员组建了"上海园艺工程公司"，专门从事绿化工程设计、施工。

园林系统内的园艺公司完全享有这条产业链上的各种话语权，只要愿意，他们可以垄断这行业的所有项目。

如此这般，王小鹏连汤都没得喝了。在这种新形势下，他热热闹闹的华丽时代终于拉上帷幕，园林艺术这口饭到此为止，就此打住。他的大脑在很长一段时间内一片空白，毫无些许脱困解套的方式方法。

王小鹏明白，自己往日策划的创造人生路线图遇到了危机。但同时他更明白，对于未来而言，成败还未成定局，他还有许多设想或者说他还有许多事可以试探着去做。在策划未来的同时，他需要的是冷静观察和分析市场动向，他不能盲目地另辟炉灶从事某个行业。

隔行如隔山，这个道理他非常清晰明了。

这位出生于五十年代的穷苦人，在改革开放后跨出了他创造人生实质性的第一步，虽然他此时的身价已经上千万了，但仍改变不了他人生旅途的尴尬处境。

不进则退，停滞不前就意味着倒退落后，倒退落后意味着他将被社会淘汰！这是他亘古不变，非常现实的唯物主义理念。

王小鹏神情沮丧，额头微微发烫，他懒散地靠在柔软的沙发垫上，眼睛闭着，嘴里说些让人似懂非懂的话："哦，快了，会过去的，吓人，可怕，该缓缓了，机遇会有的，后退一步，等待，父亲在天之灵给我指点，保佑我，保佑我全家，水，我要喝水。"

恍惚之间，他感觉一股清凉的甘泉涌进咽喉，透入肺腑。这让他的情绪似乎平静了许多，心里甜甜的。

他睁开两眼时，泪水忍不住渗了出来："陈，陈老师，一晃几年又过去了，正梦着您哩，非常想念你。"

"吹牛！"陈芙蓉拿着水杯惊奇地笑起来。

"骗你是小狗。"王小鹏已经长大成人，但他在陈芙蓉面前依旧像当年的那个小屁男孩，说话时的神情还真让人半信半疑。

"你是在做梦想我吧。呵呵，王小鹏，你说话似乎越来越成熟了，成熟得像个孩子，幼稚可爱，尽挑些甜蜜的话儿亮出来。"

"在陈老师面前我哪敢放肆。"

陈芙蓉呵呵笑着打趣道："急吼吼的约我，瞧你个小样，不会有什么惊天动地的大事吧。"

"你突然驾到，这让我心情激荡如美梦成真。"

"花言巧语的，难不成花老板都你这般模样？"

王小鹏说："哎哎哎，你说我花什么啊，我这是在表达无限尊重你的意思。对了，别光站着说话，想喝点什么？"

"就如你那样，来杯番茄汁吧。"陈芙蓉宽容地坐下，笑笑。

她的笑很好看，也很滋润，像咸鸭蛋的黄儿那般红润，脸皮上似乎还淌着些鸭蛋的黄油儿。

王小鹏心情又开始有点沉重，他在向殷勤的服务员点番茄汁饮料时，两边的脸颊像锈烂的铁皮那样嗦嗦抖了几下。

"陈老师，不是我故意打扰你，最近我很不顺、很抑郁，有一种孤独感，想笑却笑不出，想哭却不能哭，这是一种不能被人理解的孤独和寂寞。"

"有一种心灵的孤独，也被人称之为寂寞。当你感觉好像是很需要他人帮助的时候，其实除了你自己，没有人可以帮助你。"陈芙蓉说。

"是的，本来已经策划好的东西，却哗啦一下被全部颠覆。对于自己所选择的人生旅途因为没有退路只能硬着头皮，抱着别死得太早的心情坚持着干下去。做生意这种低声下气求人，看人脸色过日子的活儿真不是人干的。这辈子，不，下辈子再也不做这样的事了。"

陈芙蓉脸上显出点疑惑，试探性地询问："你，最近是不是遇到什么麻烦了，这么多年没联系，我能帮你点什么？"

"我只是寂寞得无奈，孤独得难受，我也知道这是长期的精神压力所造成。我的心灵有种挫败感，心理健康似乎也出了点问题。"

"打住，王小鹏，你给我打住。我不是什么心理医生，解决不了你的心理健康问题。我能告诉你的就是孤独没有什么不好，不接受孤独才是不正常，才是不好的。"

"其实孤独一直伴随着我，伴随着我人生的每一个阶段。成功后的失落感，有钱后的恐惧感，与人交往的猜疑感，得胜时，我知道这一切都是以往儿童时代饥饿憋出来的劣根性造成的。"

"劣根性只能说是你王小鹏人生旅途的一部分人性，是天使也是魔鬼。它能让你更具有韧性、刚性、坚强性，让你的人生变得更好，但也能让你万劫不复。你只有正确地面对它，正视它，劣根性到最后一刻会转变成非常具有价值的东西。这种东西就是人的气场，看不见、摸不着，但它是一种精神层面奋发向上的能量。"陈芙蓉说话时的茉莉花香水味儿在空气中荡漾。

她开始很兴奋，嗡呼着那管像小葱样的鼻子，又说："有一种人的劣根性，其他人都错了，只有他是对的。无论当初他的策划是如何卑微，如何被人嗤之以鼻，但它是颗萌芽前的种子，只要他不言放弃，并能持之以恒，随着气候条件的变化，随着它的韧劲和刚性的延伸，他实现梦想的能量会变得越来越强大。"

"我想做一件事来证明自己不是轻言放弃梦想的人。"王小鹏说。

"你不用去证明，你与生俱来的劣根性已经证明了你是一个不屈不挠，不甘寂寞的男子汉，我很欣赏你的这种人性。"

"最近时期生意场上的盘子越来越复杂，我，我如今想先试试著书立说。"

"就为这事约我。"陈芙蓉淡然一笑。

"好像是的。"王小鹏说这话时很严肃，他嘴唇紧紧地抿着，力图遮住那几颗越来越成熟的虎牙。

"你在生意场上的韧劲我看应该是功不可没的，你不能轻言放弃，什么别死得太早，什么这辈子下辈子的，看看你这话语有多窝囊？目前的低谷和不顺，必定是另一个高潮来临时的前奏曲，这就是所谓黎明前的黑暗。"

"陈老师，你说的我都能理解。"

"理解必须付之于行动，面对低谷决不能自个儿先乱了阵脚，沉着是提高应变能力的关键。遇变不乱、不慌、不颓废，这才能让思维紧张而有序地展开，进而迸发出智慧。相反，遇变则惊、遇难则退、遇事则慌，其思维就会像一团乱麻，怎么理也理不清。特别是大脑在做人生决断的时候应尽可能减少外界干扰，否则大脑的决断力就会下降，这就需要你沉着应对，而不是先试试什么的问题。"

"哎，实际操作谈何容易。"

"你现在应该进行一番去伪存真、去粗存细的市场经济模式的辨析工作，不要被一些社会表象所迷惑。机遇会有的，机遇穿插于每一个历史阶段，你现在应该着重思考的是如何发现以及应对必然会出现的各种机遇。"

"机遇来了，逮住就干呗，这难道还需要花时间去做准备，准备什么？这个世界上有多少人利用有限的生命在尽情享受，无限挥霍。我的生命有限，难道现在试试著书立说有错？"王小鹏此时的话语铿锵有力、振振有词。

陈芙蓉根本没按他的思路走，只是继续顺着自己的话题往下说："为什么在考试时，有的人原先准备得好好的，而到了考场就乱了阵脚，所答的题目全错了呢，原因就在于慌乱不沉着，预先的功课做得还不够，心理准备不充分。同样的道理，当机遇出现在你面前时。"

"哎，陈老师，我今天想请你看看我的这些东西。"王小鹏显出些不耐烦的情绪，他打断了陈芙蓉话题，前倾着身子递过一沓书稿，说："我胡乱写的这些东西，可能一半是天使，一半是魔鬼，我写作的主导思想是揭露一些社会上丑陋的阴暗面。"

这个话题和陈芙蓉的专业对口。

王小鹏之所以约她出来聊聊，就是希望从她这里得到点鼓励，对他翘起大拇指："呀，不错不错，写得不错。了不起，王小鹏你太牛了，真是天才。"

陈芙蓉迅速翻阅着，嘴里却在嘀咕："著书的宗旨应该是弘扬善论，要用泛道德主义去描写故事情节，让阅读的人保留天使的善性，遏制魔鬼的恶性。这是出版社的一种所谓保守的内倾文化，这意思就是你不能忽略社会正能量的约束。现在社会上某些官员们的人性，虽然也善也恶，相辅相成，但你首先弘扬的应该是他们人性之善，不能认为事实存在的阴暗面必定就可以写进书里。你想著书立说，必须先修炼那些；修身、齐家、治国、平天下的理念。"

"我听出来了，你的意思好像贵贱有别，应该弘扬那种礼不下庶人，刑不上大夫的内倾文化概念。"

"你不要瞎掰。你看看，你写的都是些什么东西啊，低级趣味！"陈芙蓉看了不一会，火气来了，完全没有了先前那种平和宽容的说话态度。

她瞪起发亮的眼睛，说："你描写的这些充满黄段子的故事情节算什么东西，哼！比你描写的更细腻、更庸俗的人多得去了。"

王小鹏惊愕得暴起眼球。

"你算哪门派的写作高手啊，轮得上你这种人来发挥如此这般的地摊文化。我对你所谓的书稿，下的定义就是粗糙、无聊、低劣、庸俗。"

无穷无尽的金星星像过山车似的忽高忽下地聚集成一条长长的绛紫色布条，这布条紧紧绕着王小鹏的脖子越转越快，越转越快。

近乎窒息状态时，他朦胧中仿佛还听见陈芙蓉在说："你看，这段章节，亏你想得出，采用谐音名字把我也写进去，什么两朵鲜花插在一垛牛粪干屎上。你是在替我扬名还是让我出丑。告诉你，我做人低调，根本不需要你来帮我扬名，这书稿必须全部删除，重写！"

王小鹏脸面像无数片青瓜皮，被愤怒的陈芙蓉毫不留情地扯下来，甩在地上，踩得稀烂。

"你看你，把自己描写成哪门子英雄好汉，我看就像无知无识的浑球。"陈芙蓉再也看不下去，索性把书稿往茶几上猛甩。

王小鹏痛苦的表情冷如冰霜，眉宇间露出一丝阴暗的怨气。

叹了口气，陈芙蓉又说："喂，你这样子是不是不服气，作为好朋友我才对你如此之说的。"

王小鹏摇摇头颅，使劲夹了夹两瓣瘫痪的屁股肉，这让他似乎清醒了点，愣是从肚里挤出几丝笑意涂在脸上，说："不，只能说我的心灵深处，寂寞与怨恨并存。"

"还是不服气！是吧？"

"我不敢说。"

"你说，我给你拿主意。"

"拿主意，对付谁啊？"

"对付我啊。傻瓜，我看你还是个长不大的小男孩。"

王小鹏闭住眼睛生闷气，不再吱声。

陈芙蓉如此不留情面地呵斥，确实让他满肚子委屈。他请她来，请她看，只是相信她、尊敬她，在文化知识领域，她是他心目中唯一的偶像。

他能写出这么厚厚的一沓书稿，挺不容易的。

王小鹏人生经历的风风雨雨的故事太多了。万事开头难，光说这个书稿从哪个年头，哪件事着手写起就让他头疼，犹豫不决地难以把握。

"你应该拿出平时在 KTV 包房里对小姐们侃大山时的那种派头和激情来创作故事情节。"他生意上的合伙人黄之种就是这么哈哈笑着开导他的。

黄之种的言外之意不无讥讽："你怎么想的，怎么做的，就怎么写。而且你可以用小说体裁的形式来描写你故事里那些特别精彩的黄段子，现在的人啊，就爱看这些花里胡哨的三级片。"

黄之种给他提出的讽刺建议，王小鹏听了却是十分顺耳受用。

黄之种说："既然是写小说，就不必都写那些具体真实的故事，事事可以夸大，件件可以虚构，在美化的同时也可以丑化，谁看了都不能对号入座。小说故事的精髓虽然来自于生活，但就其本身而言，它是一种虚构的夸张艺术。你写的内容要夺人眼球，要让人有个看头，有个嚼头，有兴趣来回味。没人要看的书再怎么高贵也是烂书，是废纸一沓。现在这种浮躁社会，你最好先从最惹人心跳的那些黄段子或者绯闻之类的故事开始起步，在书稿的前面打头阵。"

"嘿，你这没多少墨水的脑袋怎么能有这般奇妙的高超主意。"王小鹏很佩服黄之种的脑子好使。

闭门造车是王小鹏拿手好戏，而且他在生意场上这种色情故事也没少见，不说别的，光说黄之种带他开眼的事就多着呐。

黄之种说："小说体裁的故事可以艺术加工。"

王小鹏悟出这话的意思就是著书立说可以胡吹乱侃。他认为这主意不错，僵化的思路仿佛一下子被黄之种的这番说教打通了。初写这部书稿可以说他是很不顺利的，像在玩命似的让他昼夜颠倒，操劳得胸闷口燥、腹痛胃疼，他用枕头顶住腹部。就这么忍忍忍，不知熬了多少个日日夜夜，忘情地写写写，绵绵不绝地写，他自认为写得很不错了，感觉特好，有点飘飘然，但陈芙蓉看后竟然没有任何鼓励宽慰之话，一锤子定音，全盘否定。

删除——重写！

这让他沮丧到了极点，内心深处似乎也有那么点不服气。

"哎呀，寻侬老半天了，侬躲了格的，咖啡吃吃，美眉泡泡。"

王小鹏正想着黄之种给他开眼的事，痛苦地想着创作书稿的前后过程，黄之种像孙悟空似的突然现身，有条不紊地朝他用宁波音腔的上海话说事。

这让他有点尴尬，心中发毛。

已是春暖花开的季节，黄之种仍穿着一身薄薄的黑色皮衣，鼻梁上架着副墨镜。这墨镜他一年四季戴着，从不见他摘下，其意图无非就是为了遮住他左边的那粒浑浊的斜白眼珠。

黄之种那粒质量低劣的斜眼珠子被挡在漆黑的玻璃镜片内，别人就甭想再能瞧见。更何况瞧不见者不知情，与他不相识的人，谁也料不到这腔调十足的美国大老板竟然是个斜白眼子。

黄之种除了眼球之外，门脸上那两排焦黄的碎片似的牙齿也不堪美观，但天资聪慧的他点子多，经反复整容后，如今他的两排牙齿不但宽厚结实而且雍容华贵，在灯光下白得发亮，白得发光。

据说这是黄之种去国外搞的种植牙，但这种植牙是怎么回事王小鹏就不得而知了。不管怎么说，黄之种就是主意多、办法多，这是不争的事实，王小鹏甘拜下风，不服也得服。

终于有一天，王小鹏在翻阅国外整容杂志时偶然间看到一篇报道：为了提升牙齿被异性伙伴观赏和享受程度，将原装原配的牙齿全部挖掉，随后像种菜秧似的在牙床里人工栽上烤瓷牙，这种整容手术简称为种植牙。

王小鹏这才恍然大悟，黄之种那些看上去白得过分的牙齿原来是这么回事！他在大悟的同时又十分遗憾，如果黄之种能和他商量整容的事，他就会真诚地建议：为了美观，为了异性，与其痛苦地挖掉原装牙搞种植牙，还不如连带着吃点痛苦，将眼窝中的那粒斜眼珠子连根带筋一块挖掉，栽粒种植眼。那才叫爽呢，所有门脸问题一揽子解决，相貌堂堂，一表人才。

黄之种整容根本不和他商量，王小鹏只能就此打住，默默地为他遗憾。

拗造型，是黄之种人性的一大特色，光他手里掐着的那半块砖头般大小的"大哥大"手机，市场黑市价人民币八万元。

朝阳新村一套二室一厅的新建商品房才十二万。

由此可见这大哥大是个极其奢侈稀罕的玩意儿,黄之种整天提着它,在高谈阔论的饭局中将它往桌面上一墩,那分量、那腔调,都挺有谱气,派大、派特大!

从宁波卖命桥来上海推销绿化树苗的农民黄之种,没过几年,不但在上海买了商品房,还办了上海市蓝印户口。

无论你从哪里来,无论你将去哪里,只要你买了上海的商品房,你就可以申报户籍,拿到上海市蓝印户口本,其社会福利待遇和上海市民不相上下。

上海市政府对房地产业大开绿灯采取倾斜策略是为了鼓励和刺激房地产业发展的战术手段,以其带动自改革开放以来其他产业的红利。

这就是人生的机遇,它对于每个外省市公民一视同仁。但许许多多人对这机遇熟视无睹而错失了,可黄之种看准了,把握住了。他不但在上海站稳了脚跟,而且享受的权益与上海市民基本相同。

黄之种现在不但能说一口较为流利的上海话,而且说话的语调顺畅极了。王小鹏心中发毛的时候,黄之种却站在那里歪着脑袋,左手将鼻梁上的墨镜往上推推,两片薄薄的嘴皮生动地撇撇,呼哧一声后露出想要继续说话的腔调。

王小鹏知道,如果让他开口继续往下说,说的会是什么。

"我很抱歉,"王小鹏机敏地赶紧插话:"之种,没想到你今天这么快过来,更换的盆花都装来了吗?唔,对了,给你介绍一下,这位就是我对你经常提起的陈芙蓉,陈芙蓉老师。"

"哎呀,是陈老师啊,常听小鹏提起你,今日有缘拜见,幸会幸会。"黄之种弓腰说话,伸臂握手,摆出的功架大有绅士腔调。

"你好,是美国老板吧,我听小鹏谈起过你的丰功伟绩,今天算开眼啦。"陈芙蓉含笑着微微展开矜持的手指。

"你可别听王小鹏瞎掰,他是包子有肉不在褶上,咱是驴粪球儿外面光。"黄之种说着话儿时毫不客气地一屁股落坐在沙发上。

"呵呵,瞧你说话的词儿都挺鲜亮的,不像王小鹏那般粗糙厚道。"

"你的意思王小鹏憨厚?你不知道吧,他还有颗透明的玻璃心哩。哈哈,你不了解他,被他表象所迷惑。他这套伪装憨厚实在的木瓜功夫让许多人都会吃药,有的大领导、大干部,甚至还说他有颗菩萨心肠呢。见鬼了,这笑话大得去了。"

黄之种话多得像麻雀,仰着的脑袋正好对着嵌在天棚顶上的冷光灯,那一缕白色的光亮恰巧奇怪地射在他那两片翻动不止的嘴皮上,几丝白色的唾沫夸张地在嘴角处晶亮地闪烁。

　　他在陈芙蓉面前毫不在意地胡乱调侃的这些话语惹得王小鹏浑身焦躁不安，心里暗暗咒骂："册那，你这乌鸦嘴，说出这话算是哪门子路道？"可他嘴上却还是非常谦恭，"之种，我也并非像你说的那样精明，如果不是我死心塌地地干，咱俩会有那么多的空间利润吗？"

　　王小鹏语调虽然无奈，但闪烁出来的是欣慰和自豪。

　　"这话没错，所以嘛，我才会说你是粗码细夹板啊。"黄之种似乎有点不好意思，努努嘴皮，即刻调转话题说："哎，王兄，酒店内哪些地方需要更换花卉盆景的，你对养护工们交代了吗？"

　　"都交代清楚了，主要是更换那些鱼尾葵、散尾葵、巴西木，这部分树种置放在室内时间太久，该回苗圃去吃吃露水、晒晒太阳了。"

　　"王小鹏，这酒店的室内盆花是你们布置摆放的？"陈芙蓉有点惊奇。

　　"我负责布置和养护管理，之种老板负责更换的花源。"

　　"你看他精着吧？"黄之种笑起来，说："让我去落实花源，不就是明摆着叫我去揩干爹的油吗。"

　　"你干爹是谁？"陈芙蓉问。

　　"前几年我在静安宾馆对你提起过，他干爹就是他后爸，宁波卖命桥红星苗圃的黄雨声。他亲爹是翁半天，祖辈富着呐，都是豪华型大地主。"王小鹏转头冲着黄之种龇牙："你也别叫冤，你干爹那些花木放在苗圃里，闲着也是闲着，不就是借过来轮换着放放吗，我们又不是不给他钱。"

　　"又是空手套白狼的把戏，宁波的黄雨声也来上海啦？"陈芙蓉笑起来，她现在完全懂得王小鹏这种空手道的帽子戏法。

　　"现在绿化项目由园林系统控制，我们的市场不景气了，所以黄雨生也来上海开了个红星花卉研究中心，名堂大着哩。园林局对这个摆花的业务没权利干涉，这就露出了缝隙空间。"王小鹏说。

　　"呵呵，又让你们找到了发财机会。王小鹏，你还有什么不满意的呢。"陈芙蓉笑容满面。

　　"室内摆花这种活，标的太小。一个宾馆，一年的摆花费用也不过是几十万，全部让我们赚也就那么点钱，更何况还有许多开支成本。"

　　"利润空间多大？"陈芙蓉显然对这话题有了兴趣。

　　"百分之五十吧。"黄之种说。

　　"可到我手里也只有百分之十五左右。这新都大酒店的摆花一年总共才四十多万，成本就得二十万出头，能分到我手里的也不过只有六万多点。一开销就没了，养家糊口还不够哩。"王小鹏话里多少带有点遗憾。

"王小鹏，你好大口气哇，可这账怎么算的？你们俩人合伙分成，到你手也应该是十多万啊。"陈芙蓉听得有点奇怪。

"还得加上黄之种他干爹黄雨声那一份。"王小鹏说。

"按这样算也对。"陈芙蓉说。

"是么，是么，咱干爹不可能白干啊。你努努嘴，咱就得像陀螺似的跟你转。"黄之种讪讪地说："这些盆栽植物都是干爹从南方广州那一带买来的，加上运输和死亡率，成本也不低啊。再说了，你说换咱就得换，随叫随到。你现在这般吆五喝六的指挥腔调，就像是我们的大领导一样。"

王小鹏笑了："黄之种，你干爹是共产党员吧。"

"还书记呢，干吗？"

"共产党员允许私下里赚钱？"

"他好像是停薪留职了。"

"哪来的新名词，挺有想象力的。"陈芙蓉甜甜的笑容像糖一样粘在脸上。

"噢哟哟，王小鹏，听你老兄这文不对题，指东说西的话语，好像有点指桑骂槐地讥讽咱吃白食是吧。"黄之种有点突然醒悟似的说。

"哈哈，之种啊，你才老说我光吃食不下蛋哩。就你们爷俩下了这么几个歪歪斜斜的蛋，我还得光着腚帮你们夹着呢。那个 Hspkin 的新加坡主管就像个母夜叉似的，整天围着盆花转，哪怕地上洒下几滴水，她的嗓子吼破天。"王小鹏搔着后脑勺子，呵呵地自嘲着说："她就像是我的大领导，我还不是整天围着这婆娘转吗。"

"嘿嘿，是那个满嘴喷粪的萨萨小姐吧。哼，奶奶个熊，骗了她蛋子。"

"哈哈，看你说的，娘们哪来蛋子，胡扯！"王小鹏黄段子也开始起步。

"改天我到韩董那里撬撬边，让这娘们滚蛋。真还不得了了，在新加坡她不过是个穷鬼嘛，能挣几个钱？我就看不惯这些亚洲货老外，到中国来打工，神气活现地欺负人，骂起手下的中国员工，满嘴喷粪。这种娘们脱了裤子，那些沟沟岭岭都没人爱看！"

黄之种随口骂起来肆无忌惮，竟然当着漂亮女士的面，口无遮拦。

陈芙蓉皱起眉头，面有愠色："你们这些稀拉兵，都没长官教导吧。"

"陈老师，你也别小瞧咱们，咱不只是摆着他们一家宾馆的花卉，咱们有的是硬实力，到哪不是吃饭。像这种德性的老外，哼，你不给她点厉害瞧瞧，她还真不知什么叫天高地厚。能在这里混饭吃，说白了，她还得感谢我们大中国呢。忘恩负义的婊子，提起这话头就来气。"

陈芙蓉愤怒得满脸通红，站起来准备走人。

王小鹏很是尴尬，呜呜噜噜地说："咦，我这话还没说完哩，你这就要走人？"

"咦什么，你们说的都是些什么话，听不懂，邪门，不走干吗。"

黄之种感到嗓子眼里痒痒的，尴尬极了："那，还是我走吧。"

王小鹏见黄之种也面有愠色，心里发毛，嘴里赶紧打起哈哈，说："都走了，我这事找谁商量啊。"

黄之种不说话了，撇着嘴，静静地抽着烟卷。

他似乎肚子里也有气，吸得很猛，纸烟被烧得吱吱响。王小鹏和他对着眼睛，内心深处倒是与他的牢骚话产生一阵呜呜啦啦的共鸣。

不可否认的是他们俩既有共同语言也有相似的风格，在这么长的日子里搅和在一起就是明证。可当着陈芙蓉的面黄之种这般放肆，他不敢苟同。

陈芙蓉与他们毕竟不是同类型人物，她的生存环境，她的学识，她的观点理念都与他们不尽相同。

她是一朵花，是一朵既奔放又守旧，既艳丽又雅致的玫瑰花，他甚至想对着黄之种喊出一句："小心，别弄毁了这朵花！"

细想起来，王小鹏今天就是想请她来指点迷津的。她的思路与众不同，别具一格，她的许多话，事后都被王小鹏验证为非常具有理性和前瞻性。

"你们应该跳到河里去洗洗啦。"陈芙蓉脸色有点苍白。

"什么？"王小鹏听不明白这话啥意思。

陈芙蓉加重语调："跳到河里，洗洗你们嘴巴。"

王小鹏与黄之种同时忍不住笑起来。

"嘿嘿，洗个嘴巴还得跳河里去，小题大做啦。"王小鹏极力张开牙床，装出傻不愣登的样子叹道。那故作惊诧的脸皮竟然还会不断抖动，时不时发出几下窸窸窣窣的声响。

"王小鹏你现在长本事了，装成这副傻样来忽悠我，那才叫小题大做呢。"陈芙蓉落回原座时说话的语调平和多了。

"才知道吧，咱王兄的那套妖魔鬼怪的蒙人本领，大得去哩。"黄之种龇着雪白发亮的种植牙调侃道。

他站在那里似乎也觉得累了，不请自便地也跟着坐下，趁工人忙着卸货，他闲着没事，自然也愿意坐下来聊会，打发时间。

王小鹏抬起手罩着眼，用夸张的姿势向四周瞭望："哪来的小老鼠，发出如此这般叽叽喳喳地咪呼声。"

黄之种立刻反唇相讥："世界上最可怕、最恶毒的就是人的良心，这个形状颜色如西红柿，味道如臭咸蛋，看着挺滋润、吃起来挺有滋味的东西，委实是破坏合作的罪魁祸首。"

王小鹏当着陈芙蓉面不想与黄之种斗嘴，虽然他与之种是合作伙伴，但自己毕竟是没有实体企业，黄之种完全可以甩掉他自己单独干，而他甩了黄之种肯定不行。王小鹏明白了这个事理自然也就识趣多了。

于是他弓起腰，肺腑之间咕噜噜地响了一阵，打过两个不十分便利的嗝之后愣是将一股润滑的津液吞进肚子。

陈芙蓉什么话也没说。

她对他俩相互间调侃的这类人性话题没兴趣，她愿意回到王小鹏原来向她咨询的话题上来。

于是她把头一仰，伸手将漆黑的发丝往后捋了捋，说："王小鹏，你是不是还想听听我对你现在著书立说的看法。"

"对头，我信任你的见解。"

"那么，我现在只能忠告你一句。"

"什么？"

"为时过早，就此搁笔。"

王小鹏瞬间的感受就像突然掉进河里，心头一阵冰凉。

陈芙蓉目光炯炯地凝视着他："我问你，关于人生的奋斗目标，当年在泰丰新村那条小河边你是怎么对我说的。"

"我少儿时代的梦想和追求的目标吗。"

"是的。你好像还没忘记。"

"那时我被饿怕了，所以我认为改变自己贫穷落后的生存环境，脱贫致富是我创造人生的终极目标。"

"你脱贫致富，创造人生已经非常成功？所以现在要调整目标了。"

"没有，没有，我现在什么都不是。"王小鹏说。

"既然这样，你何言要退出商圈而著书立说。现在这个社会颠倒了，写书的想着下海，下海的老板呢却想着去写书，难道你现在已经是个实实在在的大老板了。"

"不是这样的，目前虽然说是与之种合作经商，其实还不如说是在帮老板打工，退一百步讲也只能说我是个领取高薪的打工仔罢了。"

"谦虚，王兄你太谦虚，这可不好，谦虚过头就是虚伪，听你这话外之音似乎还有点心怀不满的意思呐。"黄之种急火火地插话。

"黄老板，我认为王小鹏说的话实在。首先他没有自己的经济实体，像这种单干单挑的游击队行为将来终究会被规范透明的市场经济或制约或淘汰。其次，他还没有厚实的经济基础为将来的发展做好蓄势待发的准备。再次来说，树大分权，合久必分，这是人与人之间合作的客观规律。这些他都做好准备了吗？我看没有，既然没有，那他怎么来实现他创造人生的目标？就这态势来看，他还危在旦夕呢。现在夸夸其谈什么著书立说，这不是明摆着的事，本末倒置——胡闹！"

如此精辟，一针见血地剖析：让黄之种哑然，王小鹏愕然！

说实在话，他俩谁都没有去认真考虑过这个问题。

首先，两人合作，相互之间取长补短，黄之种主外，王小鹏主内，风风火火的俩人似乎都挺在意对方。

其次，黄之种对王小鹏信任有加，从不对他的所作所为疑神疑鬼，经济上完全放手让他操作，即使他有点独断专行的动作，黄之种能忍则忍，从不对他多加指责。

再次，王小鹏也自觉遵守游戏规则，对黄之种俯首称臣，在公开场合他从不超越黄之种雷池半步走在前面，就像周恩来总理永远走在毛泽东主席后面那样。当然，这仅仅是形象地打个比方而已。

他俩既不是什么伟人，也不是什么党员干部，对王小鹏而言，他连个小屁眼子的个体户都不是。

王小鹏辞职下海经商后与黄之种之间的话语权和身份地位完全颠倒过来了，他之所以心甘情愿地这样做，这个中道理王小鹏懂得非常清楚：

一山不容两虎。

他死心塌地的做好本职工作，一切外务他拱手让黄之种去处理。久而久之，这种盲目地追随导致他在社会上完全丧失了自己的人脉关系。

王小鹏之所以愕然，是他已经不敢再去想象将来与黄之种分手的事。多年来他已经把安于现状养成习惯，他变得十分害怕分手，哪怕一想到分手，他就会有种天昏地暗、地塌天陷的感觉。他愿意这辈子与黄之种一直合作下去，哪怕是到地老天荒他也无怨无悔。

陈芙蓉竟然当着他俩的面把这事给捅破挑明了——合久必分！

黄之种坦然面对的表情显示出来的哑然自有他的思维逻辑。他才不在乎分手呢，分手怎么啦，大不了再去寻觅一个能人，或许其他能人还不需要五五对半分成呢，那他的利润空间自然就会再增大一半。没有哪个商人会嫌钱多而烫手，追求利润的最大空间是商人永远不变的本性。

黄之种是个精明至极、玩世不恭的商人。

他之所以对陈芙蓉的剖析哑然无语，只是因为他被她如此分析到位的理论依据所折服，他内心世界不得不佩服这个漂亮的文质彬彬的女人不但厉害，而且眼毒，能窥视到他人的心灵深处。

王小鹏算什么，他懒得与其计较，全权放手让王小鹏去做事，至少说他可以脱身出去另辟捷径干自己的买卖。

他经商的战略理念非常清晰：一根手指赚一毛钱，全部收入囊中也就一毛钱。他放出去十根手指，忍痛割爱五五分成，在失去五毛钱的同时却可以净赚五毛。这是明摆着的事理，连傻子都明白。偏偏人世间那些爱财如命、斤斤计较的商人就是不明白这事理。

黄之种虽然也爱财，但他不是这种性格的商人，他对这个事理看得透彻，明白得清楚，所以他在各种场合给足王小鹏面子。从内心来说他也不希望与其分手，更何况王小鹏这类怪才、鬼才，也不是说想找，就能找到的。

他给王小鹏下得定义：其人商业利用价值无限。当然他也明白王小鹏给他下得定义：其人可以利用。

陈芙蓉没他俩想得那么复杂，她只是用一如既往的态度直白地说："王小鹏，我不是在全盘否定你如今的业绩。你也有表现卓越的理财意识，比如将现有的资金不去挥霍享用，而是全部转化成购置地产的行为理念，我认为是非常明智的。当前房地产萧条的态势下，似乎很少有人会去这样做。"

"我这是从书本里根据李嘉诚的履历行为分析出来而这样做的，这也是瞎猫逮住死老鼠，逮一只算一只。"王小鹏满脸羞涩地说，他被她刚才劈头盖脑的几棍子打得还在晕晕乎乎地晕眩呢。

"黄之种老板，我看你未必会这样去做吧。"陈芙蓉根据黄之种脖子上亮亮晃晃的铂金项链以及手指头套着的璀璨四射的上克拉钻戒，推理出如此的判断结论。

"他这是闲着没事干，瞎猫瞎折腾。这种购置地产的行为，一来是将现钱变成了死钱，没了再发展的活钱。二来是他将房子租给商家做仓库，人家付不起房租，竟然将他们所生产的化学浆糊作为房租抵充给他。哈哈，陈老师，王小鹏这笑话大得去了，他提着那些连小屁都不如的浆糊在朋友圈子里到处兜售，折腾得人家那些屎汤子都从屁眼子里噼里啪啦地滚出来。"

王小鹏窘得满脸赤红，直起腰，握两个无奈的空心拳头呼呼喘气。

"黄老板，你敢说这大话，就怕你将来吃累了。"陈芙蓉打开天窗说亮话。

"哎，惭愧惭愧，真让您给费心了。"黄之种不由自主地哼哧一声，脸上露出讥讽的腔调。

"信不信没关系，根据目前我对你们的了解，你俩都是能人，都是单打独斗做老板的料。但是，你俩人的理财取向和价值观走向截然不同，因此将来各自发展的道路也会不尽相同。简言之，打个比喻：将来你黄之种有一个亿人民币的时候，王小鹏必定有两个亿。"

　　这次轮到王小鹏哑然，黄之种愕然！

油画　赞比西河落日　王照敏 / 绘

油画 行走冰岛 王照敏 / 绘

第四章

· · ·

另 辟 蹊 径

人生有梦想，必定有出路？

其实未必，梦想与愿望跟现实与生存有着非常大的距离，王小鹏对于这一理念有着深刻体会。

他曾对友人说："一丝不苟的作风和敬业磨砺出来的实际能量，要比梦想和愿望来得更加确凿有效。创造人生，不但靠文化、靠知识、靠履历，更要靠的是具有吃苦耐劳的拼搏精神。除此之外，没有捷径可走。"

他语气坚定地认为："行贿的事我不干。我有我的人性风格，我不能为自己创造人生、创造财富而诱惑他人犯罪坐牢。"

王小鹏意识到：时代在变革，上海园林绿化工程凭他的手艺，凭他的能量是无法再拥有属于自己的一片天地了，靠本事吃饭成了一句空话。著书立说更幼稚得可笑，陈芙蓉的教诲无疑是正确的。

摆在眼前这些掺杂着复杂因素的现实问题，光靠自己的美好愿景和原本那点"平原走马，湖上荡桨"的技能已经行不通了。明理不用细讲：电脑制作的绿化效果图已经完全替代了他原始手工绘制的效果图。

每每想到自己就像"门神老了不捉鬼"那般萎靡不振的精神状态，他总是把头深埋进架在膝盖中间，同时心脏激烈颤动，眼睛会情不自禁地渗出几滴泪花：他不想扯伙和黄之种分手、自己另起炉灶、另辟蹊径。

这一切难题激起王小鹏内心控制不住的纠结，不久以后，额上竟然露出一丝丝皱纹，这让他性情更孤独怪癖了，经常自说自话地念叨些含混不清的词语。

一个晴和的下午，黄之种说有事约王小鹏到朝阳电影院侧边的梦之春咖啡馆见个面，这是他俩经常相约闲聊的地方，也是交换意见的场所。

那天，俩人进了咖啡馆后选了个靠窗的拐角僻静处落座，黄之种看王小鹏面色表情有点不对，平时他眉头是舒展的，从冷板的面孔看，今天他像有什么事情下不了决心似的，抿着嘴巴默默无言。

"王小鹏！"黄之种硬板板地说："这两天我总想和你好好谈谈，你有什么心事咱们拉拉，抽根烟吧。"

"谈吧。"王小鹏心情不好，原本不想抽烟，但还是勉强接过来把烟点着。

梦之春咖啡馆里人来人往，熙熙攘攘地十分热闹。堂口业务繁忙得仿佛有点超出经营范围，除了品尝咖啡之外还有各式各样的点心、小吃、炒菜连接着各种酒类，弄得既不像咖啡馆也不像饭店。

黄之种狠狠抽了口烟，指着闹哄哄的店堂说："册那！现在这个社会就数这吃的买卖最实在，不论天上飞的，地上爬的，水里游的，逮住就吃。"

"卖吃的必须讲究个地段，"王小鹏无味地说："冷僻的角落人丁兴旺不起来，有谁去吃呢。"

"酒香不怕巷子深，那蓝天鹅酒店在乡村角落头生意照样好得不得了，天天爆满，吃饭还得隔天预定呢。"黄之种是饭局中的常客，三天两头喝得酩酊大醉。

"民以食为天嘛。"王小鹏突然眼睛一亮，说："咱们一伙怎么样？"

黄之种莫名其妙什么叫作"一伙"。突然他像似有点醒悟，即刻把话头转过来，警惕地问道："一起开苗圃？"

"我看，现在咱这绿化行当的饭也吃得差不多了，整天四零五碎地吃了上顿没下顿，园林相关部门又抓得那么紧，衙门里的小鬼个个都揣着个心眼，我思稳着你这狗肉园艺场也迟早要散伙，还谈什么咱一伙开苗圃呢。"

"你有什么打算？我原本约你，就为这话题聊聊相互看法。"黄之种很想听他说下去，看看这小子厕所门口挂绣球，臭美个啥。

"我看啊，如今这行当就像茶杯盖上放鸡蛋，站不住。我想啊，难不成咱这么高智商的人还会给尿憋死，那还不如另起炉灶一伙干。"王小鹏突然破口大骂："想起过去有钱赚的时候，咱俩有吃有喝多痛快，想不到现在虎落平阳被人踢出这圈子。"

"也确实是这样，我有同感，真受不了。"黄之种附和着说。

"出路嘛。"王小鹏正准备说下去，可是看到黄之种歪着嘴皮对着他，狐疑一下便愣住不再说话。

"不就散伙吧。想让我园艺场关门？让我也像你那样做无业游民。"黄之种嘶哑着嗓子哼唧道。

　　"姥姥滴，爷们下了海，就是合伙赚钱。就凭咱的实干精神加上你胡吹乱侃、瞒天过海的妖魔手段，强强联手，气壮不怕天塌，胆大不怕鬼来，张开嘴巴，吃遍天下都不怕！"

　　黄之种见今天的王小鹏没有了往日里那般顺从，话题口吻也有点不太对劲，于是便想站起来走人。

　　王小鹏两小眼睛炯炯有神地注视着他，口吻轻蔑地说："气急生变！气话好说，气事难做。"

　　黄之种狠狠抽了口烟，说："是呀，如果你有好主意，也别藏着掖着，痛痛快快说出来。切实可行，咱配合你，干他娘的一伙，死了不叫怨！"

　　"死了不叫怨？那可不行，回头我见你老婆怎么交代？这多不值得，没那么严重。"王小鹏说。

　　"你说吧，咱弟兄一伙没什么不好办的事。"

　　"咱扛不起你这要死要活的罪，我看咱们裂了吧。"王小鹏说话时的神情连眼睛里的泪花都在笑。

　　"那你说说，咱俩咋裂法？"

　　"民以食为天，咱们一伙干它一票！要活一起活，要裂一起裂！"

　　黄之种一愣，说："干吃的买卖？办食品加工厂？"

　　王小鹏口吻坚决："对！办食品加工，但不办厂。"

　　黄之种满腹狐疑："地下买卖，吃浑饭？"

　　王小鹏严肃地说："之种，政府对餐饮业似乎没有什么遏制手段吧，更没国有企业来垄断的行为，凭你我的能量和人脉，干这一行谁不来捧个场？就凭咱自己在吃喝方面的消费也够喝一壶了，最起码可以保证肥水不流外人田。"

　　"是开饭店吧，咱们既没实际经验更没具体操作过，能行吗？"

　　"怎么就不行了，你愿意的话，还是你当头领，做企业的法人代表。不过这次咱把话挑明了，是一伙的，也就是说咱们成立一个股份制公司，你我各占百分之五十股份，企业的所有权我有一半，我是名正言顺的具体负责人，有策划和决断的话语权。"

　　黄之种板着脸闷着，没言语。

　　王小鹏盯他墨镜却瞧不见他眼神是啥意思，狐疑了一下继续说道："之种啊，因为咱们是合作伙伴，所以才约你合伙干，要不然，我完全可以单独干，你应该知道我的工作精神和认真做事的态度，可谓无所不用其极！你这副犹豫不决的样子，就像要陪我上法场似的，我还真不想看哩。可是，咱今天把话挑明了，愿不愿咱俩一伙干就光听你现在拍板说句话了。"

黄之种见王小鹏已经把话彻底说开，无意中他把语音也略微提高些，说："我看你做事也确实是有点实干精神，才把心都交给了你，你办事，我放心，还是一块干了吧！不然的话，你也会嫌我小心眼，不够朋友。"黄之种说到这里，扭曲的脸面显出点古怪的表情，"反正这事干成了，你就是名正言顺的企业家了，不再是无业游民。正如陈芙蓉说的那样，你从无到有，迈开了自己当老板的步子。我看啊，咱俩分手好像是早晚的事了。"

王小鹏望了一下黄之种黑黑的墨镜，不再吭声，只是把头垂下后埋进弯曲着的手臂里默默地沉思。

黄之种把话说到这种地步是他始料未及的，其实这开饭店的思路决断还是在这梦之春咖啡馆里触景生情临时设想的，根本没有黄之种想得那么复杂。他知道黄之种这"不够朋友"的话外有话，今天再次把陈芙蓉说的树大分权，合久必分的话亮出来，其剑锋所指就是他王小鹏翅膀硬了，想飞了。

"怎么样啊！"这次却是黄之种开口催促。

王小鹏抬起头，侧过脸，说："我得考虑一下你说话的意思。"

"用不着再多考虑，下定决心、不怕牺牲、排除万难、干起来再说！"黄之种把话说得朗朗上口。

王小鹏"扑哧"一下被逗乐了。

"干了吧！以后的事以后再说，目前就按你说的——一伙！"黄之种说话口气坚决，不再犹豫。

"之种，你还是大当家的，你主外，我主内。我敢保证一定会干得红红火火，生意兴隆，到时候你不服也得服我今天的决断是正确的！"

王小鹏心情愉悦，脸色开始泛起红润的油光："喝酒！喂，服务员，服务员，来两瓶啤酒。"

黄之种神情平静下来了，显出一副深思熟虑的样子，他一动不动地看着王小鹏的脸，忧郁地叹了口气，说："其实另辟蹊径再起炉灶，我何尝不想干？现在被园林部门遏制的罪还没受够吗？不过我想到陈芙蓉说的那些话心里就不是滋味，咱们既是老乡，又是好朋友，就这样分手觉得怪可惜的。我刚才就在这问题上打转转，你的一片真心实意我何尝不知道呢？"

黄之种端出这番发自肺腑的言语，王小鹏心里热乎乎的，似乎也开始有点激动，进一步鼓动说："你只要下决心干就行，不要再三心二意，具体的工作和事情我来做。告诉你，就凭我这美术功底，以后饭店的内外装修活儿咱都可以自己干，光这一块业务就可以省好多钱，省钱的定义不就是赚钱吗？"

"你会搞装修？谁来设计呢？"黄之种很是困惑。

"装修的设计原理也离不开美术功底以及内在的文化修养，这与园林设计不过是异曲同工而已。我刚才掂量了一下，凭我的技能和做事认真踏实的作风，从装修饭店起步得出经验，或许以后还可能延伸出承接建筑装潢这块业务呢。"

"开建筑公司！你屁吧，有这能量？"黄之种惊讶得脸上那挂着的墨镜倾斜着晃了二晃，差点抖落下来，赶紧用手扶正。

"不！"王小鹏摇头说："先从筹建饭店开始积累经验，至于建筑装潢嘛，我的意思就是看以后的发展趋势如何，目前暂不考虑。饭得一口一口吃，路得一步一步走，积累资源，稳步发展。"

"行！"黄之种点头说："就这样干吧。不过，我已经有自己的实体企业，这法人代表还是让给你吧。"他对王小鹏说。

"不！你当法人代表，大决策上我听你的，就这样定了。"王小鹏说。

决断上的原则问题取得了一致意见和看法，两人都高兴地谦让起来。看看窗外的天色接近黄昏，索性都不回家，叫了些酒菜兴致盎然地干起来。

"来，王兄，走一个，咱今天喝杯齐心酒。现在我想说的是，你把自己的本事吹得天花乱坠，无所不用其极是吧？"

"这不是明摆着的事吗。"

黄之种没想到王小鹏脸皮如此之厚，胳膊上顿时起了一层鸡皮疙瘩，说："就算你是明摆着的事，那咱也得亮出点手段，让你开开眼！"

"好啊，求之不得哩。"

"我对厚黑学虽然没你这般运用得炉火纯青，但能量不比你差。"

"瞎唠叨，说点具体的。"

"得了，还真被你小看了是吧？"

"嘿嘿，你摆点实际的好吗。"

"王小鹏，我问你。"

"有什么问题尽管说。"

"开饭店要不要繁华市口，路人越多越好的铺面房。"

王小鹏知道这家伙喜欢做大佬，处处显摆自己路路通，就故意装出一副十分虔诚的模样认认真真地洗耳恭听，不作回答，这会激励黄之种自告奋勇地去挑担子。

果不然，黄之种开始亢奋起来，颤着喉音说："店面的问题我来解决，你想选择哪里？我去想办法搞定。"

"这事关重大，是饭店成败的关键所在。"

"你也知道？你有法子解决？"

"这不是一般人都能搞定的。"

"小事一桩，我让区商委领导想想办法，能得到政府相关部门的支持，事情就好办了。没问题，这件事我来协调，其他的你搞定。"黄之种豪迈地拍拍胸脯，把开饭店至关重要的问题大包大揽了过去。

王小鹏舒心地笑了，笑得脸面油光。

他一番言语引得黄之种奋不顾身地扑上前去，犹如投向烈火的飞蛾，如此正中他的下怀。

黄之种在浮躁的社会上人脉广，路道粗，有的是吆五喝六的酒肉朋友，王小鹏不服也得服。他看中的就是黄之种人脉，单凭这饭店的堂口自己还真搞不定呢。餐饮业是服务性行业，饭店开张营业后需要有吃公家饭的同志拿支票来支撑，免不了需要黄之种的那些酒肉朋友来吹喇叭、抬轿子。

想到这些，王小鹏张嘴便说："之种啊，谁不知道你路道粗、门路广、朋友多呢，不知道的不是聋子就是瞎子。你瞧我王小鹏服过谁？就服你一个人嘛。"

"来来，王兄，咱再走一个。"王小鹏的高帽子让黄之种得意至极，猛地端起酒杯"嘭"地敲一下台面后一饮而尽。

王小鹏眯细着小眼睛瞄着他，说："你这么大的能量就办这么点事？那不行，起步阶段你不能逃避责任做甩手老板，除饭店选址外还包括那些营业执照、人员配置、指导培训等等，都是你的事，我不管。"

嘴巴像开机枪似的王小鹏，"嗒嗒嗒嗒"一口气把话说完后端起杯子看也不看，将一大杯啤酒全部灌进肚里。

"——什么？"黄之种大声疾呼："你不管谁管，我管？你不是说自己做事认真，不怕吃累吗。我真看走眼了，如今你也想当甩手老板，哪学的？"

"没什么哇，你我现在是一伙了，明白吗？"

"你少来给我摆腔调，玩这路子，我姥姥了。"黄之种面色愠怒，十万个没想到的是他这么优秀的脑子竟然会被这木头木脑的木瓜搞得晕头转向，摸不着头绪。

也就是从这一刻起，他醒悟到王小鹏最终不会是他池中之物，不会永远臣服于他，总有那么一天会离他而去。

黄之种不再言语了，他半张着嘴，用一副墨镜对着王小鹏，身体似乎紧张，似乎有点冲动前的倾向性，那样子仿佛又要马上站起来走人。

"黄之种，如果你不答应我，我不会退却，不会放弃，一直奉劝你到我吐血而止。因为咱们刚才已经决定是一伙了，对吧？这盏灯已经亮起，到它熄灭，永不能再言放弃散伙。"

黄之种斜过头歪向右边，嘴角挂着一丝冷冷的轻蔑。

"你是我的兄弟，我敬重你，但我还是要告诉你，只要你接受了我的建议，你就看我是如何为你奉献无私的能量吧。我的预感告诉我，从此开始，咱将来开拓发展的趋势如同猛虎插上翅膀，骏马配上雕鞍，前途无量！"

"哎，在朗诵你的长篇小说吧，我相信，在你的蛊惑下与你一伙，站在一起，我会改变自己的社会地位和格调。"黄之种终于开口说话了，但精神头像一只被抽了血的小公鸡，蔫了许多，完全没有了刚才那种精神抖擞地要下五洋捉鳖的豪气。

"恭喜你，"王小鹏见黄之种话头儿温和了许多，倒也开心："你说对了，这话没错，判断正确。这样做会改变你的社会地位，只不过是更上一层楼，做更大的黄老板，将来面对的业务或许是全方位的多种经营。"王小鹏口无遮拦，信誓旦旦地摇旗呐喊，言辞犀利，口吻干脆利落。

"真的吗？想不到你口才也这么好的，竟然能把将来的前景预测得如此妙不可言或者说是让我目瞪口呆。"

"你还别不爱听，我说的咱一伙开饭店不过是将来发展趋势的起步，万事开头难，对吧，这话你以前也说过，对不对？"

"怎么地？"黄之种微微点头。

王小鹏笑了，他认为黄之种对待他还是宽厚的，他心底里切切实实地愿意与黄之种一辈子合伙。

想到这些，他的口吻也温顺了许多，说："人不可貌相，海水不可斗量，别看咱今天被困景阳冈，难不成一辈子会这样？不可能！如果咱们换个思路来考虑问题，没准会有更大出息哩。"

"啊？还会有大出息？你看看，就目前而言，圈里的猪都变成老虎了，咱们却束手无策！你说说，是不是这个情况。"

王小鹏怒冲冲地说："什么大老虎，换个角度去看，那都是些癞蛤蟆。"

黄之种说："好大口气，你自吹自擂的美学功底能有多少价值？"

王小鹏说："我认为，潜在价值无限！"

"脸皮还真厚，谢天谢地，你今天总算是让我明白了，真正的厚颜无耻是什么样子的混蛋东西。"黄之种讥讽道。

"你可别出去在外胡啰啰啊，我一时的设想延伸出来的计划，八字还没一撇呢。"王小鹏说。

"绕了这么久，烦不烦。什么狗屁计划说出来让我看看。"

王小鹏掏出快手绢擦擦嘴，说："是这样的，方才你说搞定门店铺面应该是没问题的，对吗？"

"废话！我不是已经包揽了这活吗？"

"你可以搞定几个门面店堂？"

"要猴是吧，难不成你想同时开几个饭店？这装修材料、人工工资、流动资金，光这些费用我们就承受不起，哪来这么多资金投入。"

"所以嘛，咱俩这话题不就扯到一块了吗？如果你多担当些，让我分出身来，不仅这装修活儿不用你掏钱，顺便连带着再给你赚几把回来。"

只听"当啷"一声，黄之种墨镜被惊吓得掉地上！

他赶紧弯腰捡起戴上，毫不犹豫地张开嘴，用苏北方言骂道："嘛辣个巴子！王总，你把我当作勒个乡下人？"

王小鹏说："你是中美合资的中吧，这是不容置疑的头衔。但我今天不想讨论这巴子的问题，我现在很认真地告诉你，我对这计划的实施很有信心。"

黄之种说："你不会是在说胡话吧？要不要我给你掐下人中，捏下虎口或者再连带着拍拍你的胸脯。"

王小鹏没搭理他的话题，只是往嘴里倒些啤酒，语调平稳地说："首先，这装修的大部分材料，我可以用赊账打白条的方式，先把货弄进来。其次我可以采用包清工的方式找几个小包工头先干起来。板金和水电工，我有学工时期结交的一帮兄弟们可以利用上班时间在厂里报个到后溜出来，这，绝对是没问题的。最后，我们可以把装修好的饭店连带着营业执照一块儿转让给他人，以此来回笼和套取资金，支付装修材料款和人工等费用。"

王小鹏说到这里停下，犹豫不决地瞄了瞄黄之种脸色，装腔作势地咳嗽几声，咽了口唾沫润润喉咙，随后臀部略翘，挤出个悠长的亮屁。

顿了顿，他起了高音，说："如此，我们不但可以先赚几把装修的钱，而且还可以把难以租赁到的原本是国家集体的店堂门面，估他娘个高价，绑在一块卖掉！"

说话间的一会功夫，黄之种被王小鹏这番话忽悠得气喘吁吁了，他仰着脸，张大嘴巴，神态游离。

"之种兄弟，我会把施工的实际成本控制在最理想的范围内，保证让你赚得不亦乐乎、心满意足！"

此时的王小鹏，说话的声调不但圆滑顺畅甚至还粘着几丝肉麻的喉音，黄之种差点晕过去！

他终于听明白了，两手空空的游击队员王小鹏，这个恶棍、这个混蛋，又在跟他玩空手道!

更可恶、更让他郁闷的是这家伙连带着把他和他的人脉关系打包在一起,奶奶的!通通给卖了!

但是能赚钱的诱惑还是令他拉不下脸皮。

"谁跟谁都可以有仇,但人只要活着,千万不要跟金钱有仇。"这是黄之种经商不变的理念。

王小鹏当下的市井作风,黄之种还是有这个肚量来承受和延续合作。什么叫老板,连"肚量"这个雅号都没有,还经什么商?营什么业?

王小鹏其实很明白自己目前的处境。

他下海经商,所谓在园林绿化中叱咤风云,无往而不胜的业绩,在别人眼里,自己创造人生虽算不上典范,却也相当不错了。

但实际上他除了工作、赚钱,生活中的乐趣并不多。唯一的美术爱好和文学艺术也离他渐行渐远。到后来,研究赚钱,发财致富成了他生活中的唯一。他每一条神经,每一个细胞,在每一天都是为如何发掘商机而紧绷着跳动,其他任何东西对他来说,不但是多余的而且是毫无意义的。

现在的他,连学习毛主席著作,研究各种派别的哲学理论都完全放弃了。幸好他在"文革"年代,在那些文学艺术枯竭的岁月里仔细阅读和研究了不少这类的书籍,甚至还创造了故步自封的"海派哲学"。所以他看问题和解决问题的方式方法都有一套自己的理论和手段。

当然这些理论和手段也离不开"厚黑学"的基础思想,但王小鹏坚决认为:只要不触犯国家法律底线,不去踩雷区红线,那么有钱赚的机会就要不择手段地去努力争取。努力过了,尽力了,不成功没关系,下次有机会再去挣,再去拼。

在这种努力到无能为力,拼搏到感动自己的思想理念指导下,他认为现在最需要的就是办一座属于自己的庙宇。

庙门开着:总有人会来烧香!

这个时期,他频繁地回忆自己过去创造人生的路程,在社会的现实面前,在权势面前,在他即将崩溃的面前,他发现曾经让他感到无限得意的所有口碑和成功都变得黯淡无光,毫无意义了。

换一个角度来看王小鹏这个时期的心理状态,他的那些优秀品质开始慢慢腐化,潜意识里那些有意无意的行为使他渐渐变得狡猾、虚伪,或者说使他慢慢地向一只披着羊皮的狼发展。

王小鹏在深夜里常常扪心自问,如果他的经济条件和工作岗位能够满足他做自己喜欢做的工作，买自己喜欢和需要的物品，或者说他原工作单位给他一个像模像样的干部当当，他会下海经商吗？

答案是明确的：他原本就是个喜欢安分守己，自律性很强的人。他会在原工作单位里安安分分地吃大锅饭，过心满意足的小日子，做个有点腔调的文化人，他自我感觉良好，我哪方面都不比他人差！

但他心里更明白的是在目前社会毫无游戏规则的状态下经商，好人为了财富也可能迫不得已地变成不法分子，良民为了金钱或许也有可能成为恶人，一切的一切都在动态之下飘摇。

究竟创造什么样的人生？采取什么样的策略？现在最需要做的是什么？即我一生的最终目标是什么？能不能实现？自己有没有这个能量？为了实现这个目标，自己在社会上究竟应该扮演一个什么样的角色？

这些问号都是摆在他面前的首要问题，需要他的智慧来决断，没有人可以依靠，更没有人来替他解题！

这个雾里看花的王小鹏，说他是个鬼才、怪才，并不冤屈他。

此时的他，竟然会想起伟大领袖毛主席的教导："政治路线确定之后，干部就是决定因素。"

王小鹏认为，辞职下海经商，是他已经确定创造人生的政治路线。既然这个路线确定之后，那么干部就是老板，自己怎样做才能当上老板，采用什么样的手段坐上老板交椅，这是首要解决的基本问题。

你能说他的海派哲学没一点理论依据吗？能说他是个胡说八道的神经病吗？

——显然不能！

问题在于他受林彪活学活用毛泽东思想的毒素太深，自说自话地把伟人的语录移花接木地引申到他自以为是的"海派哲学"。

王小鹏经常挂在嘴边的话："学习毛主席著作，要带着问题学，要联系社会实际状态学，不但要活学，更重要的是活用。"

就凭他说的这些话，让黄之种心里发虚，看见他，不但来气而且还不顺眼："王小鹏同志，你这个拆白党的高谈阔论可以和革命的理论家陈伯达平起平坐。直白地说，你这人啊，不是陈伯达胜似陈伯达。"

王小鹏对黄之种的任何指责不作强辩，不去过分在意他对自己的评价。他的志向目标明确，实现儿童时代立下的誓言，改变和创造自己的人生，其本质就是努力去创造属于自己的财富。为了实现自己的目标，即使让他去钻个狗洞他也可能会委曲求全，当仁不让。

王小鹏心底里最佩服的就是韩信，敢作敢为，其行不畏其辱。其次应该算是那个曹操吧，曹操不但不杀关公而且敢于放虎归山，那是何等的魄力和肚量，真正的宰相肚里能撑船，干大事业的大混蛋。

"如果我出生在那个年代，而且恰巧也坐上曹操的那个位置，咱不把关公的头给砍了咱就不叫王小鹏。"

这话黄之种听了耿耿于怀，心知肚明：这小子的为人和角色不会比自己差多少。

虽说王小鹏为了财富可以委曲求全或者说他敢于冒家人之大不韪，干出些对于家庭危机风险很大的作为。但定义他的人生目标只是为财而迷或者是为了财富可以不择手段地舍去一切。

这种评价似是而非，有点混淆视听的嫌疑，而且也不太靠谱。

王小鹏的智慧在于他创造人生的同时又能理智地确立自己所追求财富的最终目的，这是人生最难能可贵，也是最闪光耀眼的亮点。

"人的一生，只要有足够自己使用的金钱就应该有适可而止的满足感，不要再去盲目追求过度的财富，应该追求自己喜欢的或者说是更重要的东西；也许是夫妻的和睦，家庭的乐趣，朋友的感情，也许是文学艺术，人性的感悟，也许是著书立说，给后人留下一个启迪，也许，或者仅仅是为了圆儿童时代的一个梦！"他说："无休止地追求金钱只会让自己变得贪婪、庸俗，甚至还可能成为罪犯被囚禁在牢里，完全丧失人生的自由。上帝耶和华创造了这个世界，给了我们人类丰富的感觉器官，是为了让所有人感受做人的乐趣和爱性，而不是去做敛聚财富的奴隶。创造人生的最高境界就是财富和你的生命以及理想在国家制定的游戏规则里相伴而行，这是人的一生最大的圆满。"王小鹏对人经常如此之说，"财富是一种极其具有魅力的东西！这种魅力实际价值不仅在于它可以让你的生命得以维持，不仅在于让你舒舒服服地享受生命的乐趣，不仅在于你想去哪里就可以去哪里，不仅在于你想登多高就可以登多高，还在于它可以产生更多的让你目不暇接的迷幻，它丑陋的肮脏的毒素可以扭曲你的灵魂，它可以让你的所作所为遗憾终身，同时它也可以毁掉你的一切，甚至消灭你的生命。"

因此，王小鹏认为：生命与财富既可以与你相同而行，享受人生。财富与生命也可以与你逆向而撞，扫荡本该拥有的已经属于你的一切。

如何在赢取财富的同时又能恰当地把握手段和方式，这是一个即辩证又难解的创造人生的哲学课题，没有丰富的文化底蕴，没有人性的大觉悟、大智慧，没有人生履历厚重的沉淀，谁又能把握得恰到好处呢？

财富的定义究竟如何界定，中国几千年来的文明历史以及无穷无尽的论证篇章都说不清道不明其中准确性。

王小鹏明确地意识到，在生意场上他的人性必须要哗众取宠，在所有人面前必须表现得非同寻常，而且还必须把自己的正能量发挥得淋漓尽致，夺人眼球，如此才能赢得良好的口碑。有了口碑就有了朋友，有了朋友就有了人脉，有了人脉就有了社会关系，有了关系就有了机遇赚钱。

如今他在园艺界的囧境不就是被人脉关系所逼迫、所挤压，不得不进入死胡同。他有再大的本事，再丰富的艺术细胞，再勤奋的敬业精神，都顶个屁用。在当下的市场经济中，你没有人脉关系——去死！

人之初性本善的王小鹏，在这种社会人脉资源竞争的状态下，还能要求他实实在在地学雷锋，兢兢业业地做个孔繁森，为共产主义的理想而奋斗终生吗？那显然既不切实际也不符合现实状况。

王小鹏曾经或许确实有过学雷锋的思想，或许还有过以孔繁森为榜样的人性，他似乎曾经也想过要为共产主义事业而奋斗终生。为此他还曾经写过申请加入共产主义青年团的报告就有五六份之多，而且是每年一份，连续多年。但这些申请报告就像人类排出的污物一样被他原工作单位的共青团支书为了爱情扔进了大粪便槽。他当时的人性能量做出的最大、也是最强烈的反应：只能是蹲在粪便槽上嘤嘤地哭了许久，许久。

曾经，王小鹏以为很了不起的梦想，譬如，做个优秀的共青团员，做个类似孔繁森的共产党员，做个有所作为的画家或者类似作家什么的文化人。但是，经过流年蹉跎以后他明白了，实际的人生旅途并没有想象中的那么美好——梦想和现实存在着诡秘的琢磨不透的距离。

如今这个年代，再说起王小鹏当年的这个理想梦，肯定被人喷笑，他会有那么优秀的人性品质吗，有没有可能这是他虚伪狡诈的表现呢。

虽然这些如今都已无法考证，但也没必要再去质证了。因为王小鹏同志已经完全改变了他人之初性本善的个性，那完全是拜岁月和王小鹏的成长环境所赐。就像个子矮小的穷孩子，小时候还偷不着他爹妈藏在木柜里的食物充饥，但是等他长大了，他就有足够的智慧和能量了，他未必还会去惦记着那些藏在柜子里他不屑一顾的食物。

这是现实与梦想的一种关系，只是生命在运行的轨迹中，上帝在设计人类不同思维方式的时候就为生命体的个性在创造人生时埋好了伏线。贪婪的个性必定会注定人性的腐败和灭亡，智慧的商业经营者必须懂得一点政治经济学，这是王小鹏亘古不变的经商理念。

他认为改革开放，国家提出的建设具有特色的社会主义，并不是说去建立修正主义或者说去复辟资本主义。

"让一部分人先富起来"并不是说国家政府会允许他的国民之间贫富差距可以无限扩大。

"不管黑猫白猫，只要能抓住老鼠就是好猫。"不可理解为只要出业绩，成了万元户，就可以做有悖国家法律的事。

"摸着石头过河。"并不是认可由于你的无知，什么事都敢去干。这个理论的精辟之处在于"不要嘴巴上夸夸其谈。一万年太久，只争朝夕，干起来再说，让实践去检验真理"。

对于这些理论的定义和理解，政府在改革开放的历史进程中注定会积累经验教训，将来必定会去伪存真，全方位地进行治理整顿。

改革开放最终的目标和意图是国家强大，全国人民普遍生活在小康社会，圆一个中华民族的强国梦。

只要国家社会主义的性质不变，政府决不会放过对不法商人的罪行进行彻底清算，乃至彻查和揪出共产党内部那些贪婪的腐败分子。

可是在当时那个年代，发展是硬道理，腐败成了潜规则。更有企图不良者甚至狂妄叫嚣：腐败是基础，发展是硬道理，没有腐败哪来发展。穷山恶水出刁民，你想贪都没得贪，还谈什么改革开放出成果？

王小鹏对具有特色的社会主义性质和政策的正面理解，也不能完全认定他是个守规矩的大好人。他对于自己为人的定义：好人中的坏人，坏人中的好人。

他最大的悟性和智慧在于他早期经商时就具备了这种自我保护将来的意识。

他的人性既然已经抛弃了学雷锋，而且政府和法律也不要求每个公民都必须一定要学雷锋，所以他在经商的历程中也没有必要处处以孔繁森为榜样。但王小鹏坚决反对去做类似他老家卖命桥的那个恶霸地主"翁半天"，敛取的不义之财堆积如山，子子孙孙取之不尽，用之不完。

其人生享受的最后结果，被人民政府捆绑得像猪一样，拉到深山野林里，"砰砰"两声，给枪毙了！

——那才叫傻蛋创造的人生！

春天里的上午八点。

刺骨的寒风呼啸着扫荡它所经过的一切，把地面上废弃的垃圾一团团肆意翻腾着飞扬。

"王老板，今天好像是你的生日啊，应该摆个庆寿大宴。"赵明亮眯细着眼睛对王小鹏说。

王小鹏笑着点点头，说："哈哈，讨酒喝是吧。"

"你主动点，咱就用不着讨啦。"赵明亮反唇相讥道。

"这鬼天气!"王小鹏摩擦着脸颊，撇着嘴扯开话题说："春天的风应该是多么的柔和，多么的温暖。哪有像这般大海中的狂涛波浪似的。"

已经是初春季节，狂风依然是呼啸着蹿进灰蒙蒙店堂，放荡而狂悖，听起来像幽灵在空旷废墟中吼叫。

店堂的无框玻璃大门还没安装，敞开的门洞，用五六块细木工板临时遮掩着。几盏工地上使用的"小太阳"在灰尘弥漫的空间发出点病态的光亮。

王小鹏主持装修的"天神大酒楼"正夜以继日地赶工。

"急什么啊，春天会来的。等你这饭店开张之时，和煦的春风徐徐吹来，像棉团儿那样揉着你的鸟蛋呢。"赵明亮咧开嘴皮啐了口唾沫说。

"过了春节这大年，应该已经是春天啦。"王小鹏说。

"现在是黎明前的黑暗，太阳升起来的时候就会一片光明。"赵明亮皱着眉头，喉音嘶哑着说。

他似乎有点轻微的犯病，感冒了。

王小鹏站在一大堆木料边上，心情顿时好了许多："赵师傅，今天虽然是我的四十大寿。但实话说，我忌讳四十这数字。"

"人到中年啦，这装修的活儿你没日没夜地干，晚上画图纸，白天不但要在墙面上一笔一笔画唐朝仕女装饰图，还要具体指导大家怎么做，你这般忙忙碌碌的哪有点做老板的腔调。"

"得赶时间啊，时间就是金钱，早开张，早赚钱。"

"这才半年不到吧，活都已经干得差不多了。"赵明亮语调平和地说。

"大家够辛苦的，我心里明白。"王小鹏做人的思想工作，鼓舞人心确实有那么点套路，虚无缥缈的太阳他随手就能扔给你几个。

"今天应该快快乐乐地为你这个小兄弟过个大寿!"赵明亮说。

"赵师傅，咱现在经济状况还艰难着呐。"

"你现在老板做得不小了啊。"

"呵呵，老板这把交椅还没坐上呢。"

"没多久啦，这把交椅早晚都是你的。"

"二把，二把，咱黄之种是法人，大老板坐头把交椅。"

"都看不见黄之种人影子，你这么卖命干吗?"

"我们是合作伙伴，小合作要放下态度，彼此尊重。"

"经营这般规模的大酒楼，不能算是小合作啦。"

"如果算是大合作，那更要放下利益，彼此心态都要平衡。"

"你有这番高风亮节，我看你俩人似乎会一辈子合作下去。"

"如果真的是一辈子合作，那更要彼此放下性格。不懂付出，不知让步，必然都会输得精光。"王小鹏说这话时喉管极其顺敞，语调平稳极了。但他肚子里绕得究竟是什么弯子，一般在江湖上没经过长期厮混的人是很难分辨其真伪的。

"这话有道理，共同谦让才是生存之道。"张明亮不断点头肯定。

"朋友如此，友谊如此，生意如此，事业更如此。"王小鹏借提继续发挥他那些一连串蛊惑人心的大道理。

"确实如此，每个人一生都需要有几个好朋友。"赵明亮说话时激动得脸颊竟然显出点潮红，真是难得！

"赵师傅，咱直白地说吧，什么叫合作？合作就是我有难时，你撑着。你有难时，我撑着。"

"呵呵，拥有这样的合作，人生才无惧，生意才精彩。"赵明亮对王小鹏简直佩服得五体投地，一个字"服"。

"合作经营，必须要有这样子的觉悟。"王小鹏说。

"等我退休了，有需要的话我愿意加入你们的队伍。"

"好啊，人多力量大，众志成城，这就是团队的力量！"

"王老板，我最佩服的是你工作实实在在，兢兢业业的苦干精神。看你这几个月来天天站在板凳上，那种一丝不苟的绘画精神，我就自叹不如。"

"赵师傅，你说的是包房墙面上的那些仕女工笔画吧，哎，那还不是为了省钱。但即使省钱也不能降低酒店装修的规格标准，幽雅的环境能创造迷人心的氛围，图的只是能留住客人，目的是拉回头客啊。"

王小鹏说话之时眼眶竟然也开始红润、开始潮湿，显出来的都是凄凉悲哀的表情。虽然他不是在演戏，但赵师傅确实是被他的演说感动得心潮澎湃，斗志昂扬：王小鹏有难，他会不顾一切地两肋插刀，替王小鹏撑着。

王小鹏颤着手拿过铁皮热水瓶，倒了四杯水，转过头去岔开话题，叫道："老蒙，老黄，停停手中的活儿，你们俩都过来一下！"

老蒙扭过头来张嘴大笑，他那两颗焦黄的大板牙顿时暴露出来："喊个俅啊，都听见啦，不就是迷人心吗？哈哈，王老板，既然你有这创意，我建议，你还不如画些裸体女郎啊。你把这些美丽漂亮的妞儿画得这般掩掩遮遮地穿着服装，那食客们怎么开眼？美女的那些诱惑人心的关键部位都瞧不见啦。"

"你瞎掰个啥呢。"王小鹏忍俊不禁笑起来。

老黄哼哧着鼻子，把裤子往上提提，紧了紧皮带，说："听你们在说祝寿的事，对吧？我看还是等饭店开张后王老板请我们大吃三顿，这个提议如何？"

老赵、老蒙、老黄，这三人年龄快奔五了，都是王小鹏在"文革"年代学工时期结交的上海塑料制品厂的铁哥们。

赵明亮算是年龄最大。他那略微憔悴而苍老的面容总是显得那么严肃，即使在开玩笑时，狭窄的面孔也会像驴脸那样往下拉着，眉毛还会时不时地紧紧皱起，形成眉宇间一个大问号。

他不但是塑料制品厂电工组大拿，也是全厂电器方面的权威人士。酒楼装修少不了电工，有赵明亮把关，王小鹏心里踏实。

老蒙家住在大洋桥棚户区里，"文革"时期的混乱年代，那一片区域里他是"大洋桥斧头帮"中颇有点名气的头面人物，呼啸一声，那帮苏北小兄弟都会横着膀子随着他蜂拥而上。

老蒙在厂子里也是个刺头儿，就连厂领导也不敢惹火他，惹得他毛了，他就生病，不是给你罢工就是给你磨洋工。他是塑料制品厂的车队长，只要老蒙一瘫痪，运输车队立刻跟着瘫痪。只要他发声，其号召力会带动一批厂里的青年工人。厂领导对付他，一点办法没有，只能处处迁就他，顺着他。

老蒙为人讲义气，他从开铲车的普工混到车队长，自有他为人做事仗义和优秀的 一面，否则也不会混到这般"奶油"位置。

话说回来，千万不要以为厂领导真怕他，说白了，老蒙与厂子里的厂长：原本就是铁哥，一个师傅带出来的俩徒弟！

王小鹏装修饭店，老蒙不但带了几个弟兄过来帮忙，而且只要王小鹏需要，他立刻会把厂里的车子调来，免费服务。

老黄是老蒙从厂里带过来的钣金工，是个出了名的抠门小气鬼。他可以在屁眼里夹着一块钱的硬币从淮海路兜到南京路，如果这一块钱硬币丢失了，那他就不叫老黄了。老蒙曾经在厂里拿一块钱硬币塞进他屁眼，让他在浴室里光着屁股兜一圈试试，让大家开开眼。

老黄惧怕老蒙，不敢不从，竟然光着腚夹着硬币兜了三圈而不掉下，赢得光屁股男人们开怀大笑，称其抠门之功绝对一流，赞美之声誉满全厂！

就凭这一招，老黄成了老蒙的跟班。

从此往后，老黄开始扯大旗、拉虎皮，目中无人地在全厂上下招摇撞骗。尽管大伙都知道他只不过是狐假虎威的一条狗，但也没人再敢招惹他了。

赵明亮曾经有过一个简陋的制作沙发的小作坊，王小鹏在没辞职前，做沙发的手艺就是在他那小作坊里边做义工边学习的。再后来，王小鹏通过自学成才，也干起了制作沙发的地下买卖。

凭着心灵手巧，吃苦耐劳的精神，王小鹏干这活儿赚了不少钱，只不过赚这钱是属于灰色收入，绝对见不得阳光，所以不能在公开场合议论，就像地下工作者那样，只能私下里悄悄地干活、悄悄地买卖。

王小鹏当年包沙发的塑料人造革面料是老黄从厂里偷出来卖给他的，可那价格似乎并不便宜，甚至高出市场价。但王小鹏不得不买，这是很无奈的，因为老黄可以搞到制作沙发的弹簧，这类弹簧在上海市场上根本看不见、买不到，是紧俏商品。只有在外省市或许可以买到价廉物美的此类弹簧。

至于这一批批的弹簧买到后怎么运回上海的？

"这肯定是老蒙这个车队长干得好事！"王小鹏想。

所以老黄敢冒天下之大不韪，把人造塑料皮革面料搭着沙发弹簧的顺风车，搭配打包，高价出售！

老黄偷窃塑料制品厂里的人造革私下卖给王小鹏的事，王小鹏从未曾对任何人提起过。虽然老黄也知道王小鹏明白他这个地下买卖的圈内圈外的人和事，但也从没给过王小鹏一分钱的封口费，而且出货从不降价打折。

老黄毫不忌讳地说："我的东西都是硬通货，想买的人，多得去了！"

对于老黄，王小鹏只能无语，因为他的背后有老蒙撑着。老蒙是王小鹏哥们，当他受到黑暗势力胁迫或挤压时，有求于老蒙，老蒙总是当仁不让，来者不拒，从未给他打过回票。

"王老板，怎么无语啦，不舍得给咱哥们吃三顿？"老黄说话时，鼻管里发出一阵响亮的噜噜声，擤了把鼻涕，抬起袖管擦着鼻孔。

"你也感冒了？"王小鹏关切地问。

"没事，你这抠门的家伙，先回答我的问题，大吃三顿！舍不舍得？"老黄竟然还敢说王小鹏抠门?！

王小鹏愣住，不作声。

"蒙兄，都白干啦，一点面子不给，咱打道回府吧?"老黄横着脸说，谁也不知道他这话说的是真是假。

老黄干活是把好手，店里的橱柜、炉灶，排油烟设备以及通风换气管道都是他一手制作，王小鹏只要对他说明设备的要求和大致概况，其他的制作难题都有老黄按实际情况自行解决。他出手的钣金活儿绝对漂亮、一流！这是无可非议的事实：王小鹏可以省下好几万元的装修费用！

吃三顿饭算个屁啊，这要求不过分，这显然是王小鹏太抠门：就当初谈判这个人工费用的时候，两人你来我往地不断展开拉锯战。老黄本来就有气，碍着老蒙的面子才起早摸黑地拼命赶活。

"老黄，活已经干到这份上了，你是不能撂挑子走人的。至于庆贺营业开张的喜宴，你们一定要来给我捧场，因为你们都是我的哥们，以后还要装修几个饭店，有求于你们的事多得去了。当然这次给你们的工价低了点，我心中透亮，主要问题是目前资金有限，我也心有余而力不足，算我欠你们的，下次装修调整工价。"

"明亮大哥，你看王老板多会说话，算是欠我们的？既然是欠的，那就给咱打张白条，签个大名。"老黄说话时鼻管里的噜噜声明显的温柔了许多。

老黄爱钱，爱得过分！他对钱的数字特敏感，王小鹏与他算工价，他脑子就像算盘珠子，滴滴答答，没一阵子就给你算得清清楚楚，明明白白，而且还有参照对比：市场上购买的设备与他制作的设备成本之间相差的价格倍数是多少。由他计算出来的概念倍数可以精确到小数点后面的五位数以上，精明过人的王小鹏，竟然也时常被他算得眼睛一愣一愣。

王小鹏在朋友圈子里是个要面子的人。沉默会儿，岔开老黄提出的正面话题，说："酒店是股份制公司，合作经营，我个人无权作出任何决定。至于老黄提出的请客吃饭，我认为朋友之间你来我往的无可非议，只要你们高兴，我王小鹏随时恭候你们。但这费用理应由我埋单，与酒店无关，因为我们是朋友加兄弟！"

这话说得天衣无缝，滴水不漏，完全像是重量级的外交辞令，似有似无，既冠冕堂皇又漂亮老辣。

"你老黄算个什么屁啊，斗嘴皮子？你差远了！"王小鹏面对着老黄的脸，张开嘴巴微笑着想。

老黄挂着青涩的脸皮也张着嘴，但不过是再次无语。他俩之间的经济拉锯战，往往都是以这般的结局而告终。

"你们众人的提议和说法，都有道理。关键的问题，今天是王老弟生日，得庆贺庆贺，以后的事以后再议。老黄你也别说什么打白条的事，是不是欠揍？"老蒙说罢撸起袖管，裸出疙疙瘩瘩的肌肉。

"不都在开玩笑吗，闹闹玩儿的呀。"老黄哈着虾腰说话，露出来的样子就像个家奴那般温顺服帖。

"人生几何？对水当歌。弟兄们大家走一个！"粗糙的木料板面上放着一只灰色铝皮杯加三只白色搪瓷碗。老蒙举起装满白开水的搪瓷碗，幽默地说："如果老黄同志允许的话，我来出个题目，可不可以啊？"

老黄愣在那里，心里有些莫名其妙地抖颤。

老蒙脸色突然肃穆起来，嗓音醇厚："每人贺一句祝寿的话。我提议为我们的小兄弟光荣诞生，来到这个地球上创造美好人生，干杯！"

"干杯!"三个搪瓷碗加王小鹏的铝皮杯撞在一起,水花四溅。

"第二个节目,王小鹏是艺术家,在他创造人生的诞辰里给咱再创造一首诗吧。哥们,好不好啊。"气氛活跃后的老黄显然骨头轻了,竟然开始指名道姓地点将了。

"扯蛋,我几时创造过诗啊。"王小鹏又灌了一大口水后抹着嘴说。

可老蒙和赵明亮都点头赞成。老黄则单手撑着腰,扭着胯部,劲头儿更足了。这让王小鹏难以再顶牛了。

"别谦虚了,不就是图个吉利吗,随意发挥,又不是让你在党旗下宣誓。说完了就过去了,没人追究你应该创造什么样的人生。"赵明亮说。

"既然赵师傅发话了,那我就来个段子吧。"王小鹏双手掐着后腰,低头沉默会,思绪片刻,低声咳嗽几声后吟哦道:

我爱人生,
我更爱创造人生。
生命不息耕耘不止,
人生有限创造无限。

因为我永远眷恋着家人,
所以我愿为此奉献一切。
即使需要我去赴汤蹈火,
我也义不容辞匆匆而往。

七尺男儿志在血性奉献,
这既是责任也是种义务。
就像军人捍卫国家江山,
我把满腔热血洒遍家园。

没人拍手鼓掌叫好,一片肃穆。

王小鹏念这首诗时腔音发声清晰,哲理思维明确,但立意过于沉重,无论如何使人高兴不起来,鼻子酸溜溜地难受!

"这算什么诗啊,简直是像对党宣誓。"老黄高声叫板:"王老板,来点味道浓的,关于女人的,就像你墙面上的唐朝仕女,但不带穿衣服玩的。"

"老黄!又犯浑了。王老板,是不是来一首关于爱情的。"赵明亮说。

"这一首诗里完全就是爱情。"王小鹏说。

"这算什么爱情啊，咱听起来就像是党员民主会上的发言。"老黄不知哪根筋又搭住了，不依不饶地扯蛋。

"人生是什么？爱情是什么？在念这首诗时我那颗心呐，全都是爱情。就像滔天大浪冲破海礁，哗啦啦地响。创造人生的酸甜苦辣，百味俱全呐。我爱人常常对我说，人生为什么要如此折腾，何必呢？辞职七年多了，也够吃够用，饿不着，冻不着，你对家庭的义务也尽到了责任，该歇息了。"王小鹏说话时似乎有点激动，胸部不断起伏。于是他赶紧端起铝皮杯灌了口水，平息会儿，眨眨眼皮，继续说道："我的爱人，真不愧是贤妻良母的女人，我明白自己不是个完美的男人，但在家人面前我要对得起他们，至少要创造让家人无忧无虑、丰衣足食的富裕感。这是回报妻子对我无私的奉献，也是爱情对爱情，一种情感的碰撞。"

"嗨，嗨，王老板，今儿是为你祝寿，也是为迎接天神酒楼开张鼓劲！事情办完了，咱还得尽早打道回府呢，厂里一大摊烂事等着去处理。可你怎么把你老婆、家人给扯出来，没劲！"老蒙脸上显出点不耐烦的神色，他是个爽快人，不拐弯儿的直肠子，有啥说啥。

"说吧，说吧，干老板，我愿意听你那些为了爱的力量是怎么去创造人生的故事。"赵明亮赶紧插话打圆场。

王小鹏沉默了会，似乎因为意犹未尽而显得很不舒服，索性敞开性子说下去："情感的觉悟是一种催化剂，促使人性努力去改变和创造人生。这种情感多少释放了我长期以来被压抑的自卑屈辱的情绪。但这也成了反噬我人生的善良性和柔和性，变得暴躁，凶猛。"

话说多了，王小鹏感觉有点口燥。

他喝口水，润润嗓子，继续说道："我童年时代常常饿得发疯，绝望，只能躺着睡觉用臆想来忍受饥饿，这种刻骨铭心的饥饿感和穷困潦倒所形成的阴影是尾随我一辈子的老狼，它像一个巨大的黑洞，需要我用超乎想象的能量去填补和修复。而生灵的噩梦只有在努力创造人生的过程中才会像雾霾一样散去。"

他的目光突然像电火那样亮了一下，鼻孔唔了声，继续说道："当我的人性良知已经全面崩溃时，在一次开刀住院期间，遇见了我现在的妻子崔晓娣，她既是我同届毕业的校友也是我同厂的青工。上帝给我创造了机遇，一包香烟成了牵线红娘。"

王小鹏面色滋润，脸颊显出潮红，停顿小会："她个头不高，看着性格单纯，人性好，眼睛青亮青亮的，说话时嘴角透着微笑。由于她的出现，让我改变了即将绝望崩溃的人性。她每月36元的工资，大部分支援了我，剩下的只是维持自己日常简朴的生活。了解她的人都知道她这一生为我做过许多牺牲，她的这种自我牺牲的精神促使我憋着股子劲儿，要把人生创造出好样儿来，让以前瞧不起她嫁给我王小鹏的女人们，内心深处充满羡慕嫉妒恨！"

王小鹏发现老蒙脸色开始阴沉：他的夫妻关系并不和睦。

——不能再夸夸其谈了！

"算了，不说了，要不给大家唱支歌吧，图个气氛！"王小鹏赶快使出个花点子，知趣地岔开话题。

生意场上的人，能看人脸色而见风使舵是挣钱的看家本领。

"哎，哎，王小鹏还会唱歌？你行行好，饶了我吧，千万别唱。你算起账来的嗓门杀人不用刀哇。"老黄耿耿于怀的就是王小鹏给予他包清工的抠门工价。

"娱乐娱乐嘛，这个提议不错，唱吧。嗓门杀人也是创造人生的功夫呐。"老蒙喜欢找乐子，哈哈笑着幽了一默。

这些年来，王小鹏跟着黄之种到过各种娱乐场所，听过各种各样的歌唱表演，他对流行歌曲的华丽音乐节奏非常熟悉，关键是他可以根据流行歌曲乐谱唱出他现场任性发挥的歌词，这是他的独到之处。

他歌词里所蕴含着的真情和魅力，常常唤起歌厅小姐们心灵深处深藏不露的女人温情，或伤痛或愉悦，或悲凉或感慨，感觉就像在蔚蓝的苍穹里漂浮，而王小鹏自编自唱的歌词就是托起他们人性良知的彩云。

油画　热带雨林　王照敏 / 绘

油画　洪荒冰岛　王照敏 / 绘

第五章

摸 石 探 路

不进则退，时代造就英雄！

趁着年轻，人生必须前进，只有前进，人生旅途才会充满精彩：这是王小鹏创造人生的基本价值观。

他在亲朋好友之间经常说道："年轻时代的人生，要把口气放得低低的，用智慧和勤奋把人性填得满谷满仓，富饶丰盈。如此，人的生命才具有存在的价值。"

但是，权利、人脉、金钱，在现实生活中无往而不利的实用属性，以及底层市民对它的垂涎膜拜，同时也深深植根于王小鹏的灵魂深处，多少影响了他因自卑性而形成的劣根性，从而影响他人生的所作所为。

日常生活中他爱喝口小酒，酒量不大，其酒品也不高，酒筵上他海阔天空地夸夸其谈，其幽默风趣足以引众人哈哈大笑的同时又演绎着虚假的酒量，瞒天过海地蒙混过关。

王小鹏对"酒品就是人品"的说法不屑一顾，他说："把自己灌得像缠脚妇女走道——东倒西歪。这种人不是傻帽就是憨大，自己给自己折寿。"

但他抽烟，必须是软壳红中华。

"抽好烟，有捍卫自尊心的一面，是显示人格的庄严，这无须任何人来指手画脚地责疑。"他说。

毫无疑问，这是王小鹏心灵深处的自卑在作祟。其实这并不是他生理上的需要，而是心理上的需求。或许他是为了营造一种与大款之间相对应的身份，也或可能是他为了商业行为的一种自我包装。

他的心性不允许别人瞧不起他，或者说是讥讽他。因此他从不愿向人完全袒露、宣誓自己的真实想法，甚至在家人和知己间也不敢承认其某些似乎真情实意的袒露其实也并不真实。

"在商言商，无商不奸。"他认为这是商业行为的潜规则。

"奸"是某种个性智慧无奈的体现，奸的内容在不超越法律底线的定律中不必过分以良知为准绳。

王小鹏给人的印象：创造人生，他有一种"殉道"的悲剧精神，似乎苦难是他永恒的伴侣，为了担当家庭的责任，他演绎着用生命的能量燃烧着自己的生灵。

了解他的人，熟悉他的人，对于他的人性评价似乎有二种似是而非的不同说法。某些权势人物以及王小鹏的那些智慧对手，称其人品是个有争议的人物。他的家人和知己则对他的评价相对温和："王小鹏是一个强人，强人身上比一般人总会多些缺陷。"

"强人目光敏锐、思想超脱、做事果敢、人性执着。"王小鹏在朋友间曾经对强人的定义做过这样的解释。

天神酒楼庆贺开张营业的那一天，果然是个好日子。

红太阳在天际线冒出来时，天边露出鱼肚白的曙光，渐渐地越来越明了，由鱼肚白转成为橘黄，又由橘黄渐渐变成淡红色，还有半紫半红的彩云飘浮在谁也没见过，谁也说不出的色彩空间，真是五彩缤纷。彩云的形态变化无穷，有的像一只展翅欲飞的雄鹰，有的像红旗在哗啦啦地飘扬，有的像千万匹骏马在奔腾。

朝阳爬高时，万里晴空，云霞满天。通红的太阳把自然界的一切都镀上了一层金黄色。天神酒楼前那宽阔的广场上，一群群叽叽喳喳的麻雀儿，瞬间都变成了欢蹦乱跳的金色小鸟。

清晨的空气清新凉爽，而且散发着一种难以形容的芳香，沁人肺腑，每吸一口都让王小鹏感觉精神振奋。

浑身上下放光彩的黄之种也早早赶来了，还带着一大帮亲朋好友，提着无数只色彩妖艳的大花篮，他招呼他们赶紧吃面条。

——酒店开张，早晨吃面条，他说图得是财运长寿。

黄之种能把过生日吃面条的民间风俗习惯应用到酒店开张上来，以表达对财运的敬畏。这种奇思妙想，别出心裁的迷信活动足以让王小鹏目瞪口呆，虽然他自己也经常搞些迷信活动。

黄之种的人脉关系从广义上说可以称之为系统，三教九流中都有他的亲朋好友，前来吃面条的头面人物足足有一个连队！

他说王小鹏太抠门儿，面条汤里的肉丝太少，他甚至怀疑肉丝是用猪头肉切成丝做的，嚼起来黏黏糊糊。

如果没钱也罢了，现在明明摆着另外两家酒店也将装修完毕，转让更没问题，他已经找好下家，并预收了定金八十八万八千八百八十八元。

别出心裁的黄之种，笑容满面地对迫切成交的买家说："这数字吉利，将来包你只赚不赔。"

王小鹏没吃面条，他在后厨上蹿下跳，足足忙了两个多时辰，才总算用实实在在的面条打发了众人早晨噜噜响的空腹肚子。而后他黑着脸站在厨房灶台边，显出一副极不高兴的样子。

黄之种看出来了，唬着脸对他说："酒楼开张是件大喜事儿，你的脸面怎么像糨糊一样。"

王小鹏怔了怔，斜眼看了看黄之种，一边低声嘟哝着一边走到切配台前揭开铝皮杯盖，咕咚咕咚地把一大杯水全灌进了空空如也的大肚皮。

其时的王小鹏已经发福，大腹便便，身胚也开始横向发展，生活已经富裕的他不再骨瘦如柴。

这使黄之种又好气又好笑，也开始嘀咕："这种肚皮饿三天三夜都没问题。天底下怕是找不到这般肥胖的野狼！"

王小鹏显然听明白了黄志种说话的潜在意思，双眼立刻发绿，狠狠瞪了他一眼，说："狼才吃面条！"

黄之种顿时怒火中烧，眼白显出红色血光。

自从酒楼按原设想那样，有计划、有步骤地装修运作半年多来，赚钱的前景傻子都看出来了。

黄之种的社会地位和影响面正如王小鹏预料那样，越来越让人刮目相看，都称他是大老板，甚至有人还称道其路子广泛，黑白两道通吃。也许是人逢喜事，也许是钱景美好，黄之种那百医不治的斜眼珠子竟然在六个月里渐渐移到眼眶正中落座。

他是个很迷信的人，以为是王小鹏提议开酒店的主意给他带来的好兆头，使他的斜白眼子纠斜到正。但他更认为这是菩萨在保佑他的人生财运亨通——长盛不衰！

因此，黄之种这才弄出个热热闹闹吃面条的馊主意。

王小鹏是酒店具体经营操作者。黄之种这番作为如同他当年在原工作单位时常常招呼外人来吃白食，让食堂负责人李胖子义愤填膺，有苦说不出的翻版。

其实，对于转向经营酒店的决断，表面上看似两人再次合作很成功，可由于不同的性格使成功的界面底下埋下了分裂的导火索。合作经营开酒店，这对双方来说也许是一种错误的决断，是一种很无奈的选择！

王小鹏是个性很强的人。

黄之种也是个性很强的人，他从宁波卖命桥的一位苗木推销员来上海发家致富，在人生地不熟的地块区域发展到今天的人模人样，他不是强人，谁是强人？强人的人性执着，一山难容两虎也是世俗不变的普遍看法。

酒店的管理千头万绪，面对采购安排、财务安排、大厨安排，没一件烦琐的事不让王小鹏头大，而他对待问题的态度既太顶真，又太执着，常常搞得面红耳赤，弄得大家难以接受。

黄之种最不习惯的就是看人脸色，正当他眼发红光，怒发冲冠时，只听得大街上锣鼓喧喧响，喇叭声声传过来。

店堂口有人大声喊："黄老板，又有人来吃面条啦！"

于是黄之种便不再去看王小鹏脸色，呼啸一声，蹿出门去。众服务员们一窝蜂拥上街头看热闹。

一帮吹鼓手吹奏着喜庆乐曲，十几个身高马大的汉子在后面压阵，如此这般，竟有些威风生山来。走到天神酒楼附近时，队伍移动缓慢，压阵的汉子开始踩着四方步，显示出一般英雄好汉的潇洒姿势。

走在最前面的是黄之种的哥们，他是武宁路和长寿路一带混社会朋友中颇有点名气的老大，大名汪祥，别号——汪精卫。

虽然他长得人高马大，但整个脸面的零部件装配很倾向于汪精卫模样。

汪祥其人注重装饰外表，精光崭亮的大背头上乌丝清晰整齐，油光油光的，从前往后一泻千里。白嫩的脸皮，清秀的眉毛，漆黑的单皮儿眼睛，嘴巴轻易不张开说话，似乎特严谨，但唇却略显微薄，如此倒也显些从容自我的个性。

"恭喜黄老板，酒店开业大喜，弟兄们高兴，帮你捧场来啦！"汪祥说起话来轻声慢语。

从外表上来判断，根本看不出汪祥是个混社会，吃黑饭的人物。他西装笔挺，浑身上下包装成一副意气风发，像是政府机关里欲求上进的年轻干部。他这副党员干部的模样，不知蒙蔽了多少警察对他的追查和逮捕。

黄之种脸色却就像大雨前的天空那样阴森而可怕。他的手指看上去很奇怪，不知所措的既像似弯着又像似直着，眯细着的眼睛从上往下审视着汪祥，满脸挂着紧张的情绪，问道："家伙带来了没有？都近响午了，可不敢错过时辰呐。"

汪祥身后的一帮汉子们，同时发出一阵会意般的哄堂大笑。

"哪能呢，黄老板交代的事，能不办妥吗？"汪祥边说边撩起西装下摆。

王小鹏看到了汪祥腰间悬挂着一面类似于远古时代的铜镜，闪闪发光。他不知其物有何用，也不明白黄之种为何如此迫不及待。他更不知汪祥腰悬铜镜是什么用意，有何讲究。

不一会，在锣鼓喇叭声中，地上排列整齐的鞭炮开始劈啪炸响，红妆包裹的高升在半空中震耳欲聋地轰鸣。

在一片硝烟弥漫之中，黄之种举起铜镜对着苍穹晃三晃。接着，规规矩矩地向着地面抖三抖。随后，他毕恭毕敬地将铜镜捂在胸口，朝着东南西北四个方向各来三个循规蹈矩的九十九度大鞠躬。

王小鹏被黄之种这番"茶馆里招手——壶（胡）来"的行为唬得呆若木鸡。他不知道汪祥和黄之种他玩得是什么套头和路子，他更不知道酒楼开张庆贺节目单上竟然还有这番闹剧穿插其中，而且黄之种对此剧情始终守口如瓶。

再后来，王小鹏就这问题请教过黄之种，黄之种诡秘地笑笑，说："你提出开饭店的建议不错，挺不错。"

黄之种回避问题的那种大智若愚的说法，足以让王小鹏大跌眼镜，犹如：井底的蛤蟆上井台——大开眼界！

这种似是而非的解答，更让王小鹏的思维逻辑变得没头没脑。许久以后，在王小鹏多次追问下，还是汪祥给他解的谜。

原来这面铜镜是从杭州灵隐山后面的一座小庙里的一位法师那里借来的，号称"除妖镜"。

黄之种为合作经营酒店之决断，曾去那庙里求问前景如何。法师对他说："在你认为最喜庆的日子里，用照妖镜拜天拜地求菩萨保佑，斜眼珠子将改斜归正，永居中位。生意场上也如此，你将永居霸主地位。"

若干年后，当黄之种与王小鹏分手时，王小鹏苦笑着对汪祥说："老弟哟，你对我虽然是好样的，但千不该万不该，你不该把那铜镜的故事告诉我啊。"

汪祥也哭笑不得地说："千不该万不该，当年你不该追着我刨根究底啊。"

尽管这个铜镜的插曲演绎得稀奇古怪，但那天的庆贺酒筵倒也喧嚣一时，在不限期限时的三天三夜里，一批又一批的来客以及吃货们，乐此不疲地通宵达旦，欢声笑语中歌舞升平，鼎盛的人气预示着酒楼将来一片昌盛景象。

这个奇特的庆贺酒宴演绎到第三天晚上，两拨混社会团伙因平日里恩恩怨怨的纠结，争吵起来，几个喝得酩酊大醉的家伙竟然冲进厨房，举着亮晃晃的菜刀奔出来砍人。一瞬之间，血流满地。火拼的双方，最后都亮出凶械，刀光剑影之下差点出人命。店铺大堂一片狼藉，悬吊着的电视机也被砸得稀巴烂，盛大的酒筵这才落下帷幕，到此打住。

冷藏柜里的所有食材以及葱花酱油全部被打翻在地，空酒瓶子堆积如山。

更让王小鹏看不懂的是出了这么大的团伙斗殴，流了这么多血，砍伤了这么多人，竟然没人向警察报案。

据说后来他们双方通过谈判私下了结此案，黄之种竟然还拿回了他们给予酒店的赔偿款。至于怎么讨回来的，他不说，王小鹏也不便问，问了也白搭。

如此混乱的庆贺酒筵，也有让王小鹏无限自豪，无限满足的内容：大部分来客都对王小鹏的那些绘画作品大加赞美之词，被他这个生意场上的人具有如此精湛的美学手艺深深打动了。

这些同样地以仕女为主体，在相似的构图下呈现出来的艺术作品，色彩对比强烈，原本应该靓丽的配景，在他的笔下却变得泛黄显旧。他的作品总是透出一种阴暗且晦涩的基因，或许这是他对人生的感悟，或许会有人不喜欢这种格调，但王小鹏喜欢，他就按自己喜欢的格调画自己喜欢的画。

这是一个不可否认的事实，也是一个下海经商的美术业余爱好者，利用已经拥有的技艺来创造自己的人生，并将自己的爱好运作于商业的行为。

尽管他没有专业画家那般高超的技艺在身，但其体现出来的智慧实属难得。他所提供的绘画艺术作品，就像美味佳肴那样被食客们消费掉，然后忘记，而后再被新的款式作品所替代。

这也不难理解他对绘画艺术长期以来的追求，尤其是在往后的日子里，他涉足过各种各样的行当，名目繁多，但始终将这个兴趣爱好贯彻在他的商业行为之中。

毫不掩饰地说，他童年的贫困也是造就他对绘画艺术追求的动力之一，如他就此所能运作于创造财富、创造人生的实践中证明了一个真理：个人只有在社会上占有为此需要的地位时，才能表现出自己的能量有多优秀。

王小鹏在众人一片惊讶，对他另眼相看的同时也享受和体会到艺术的魅力，于无声处把自己的才华演绎得淋漓尽致。虽然他的人性在他所拥有的青葱岁月里从来没有被接受过良好的系统教育。

称赞王小鹏的人反观其人性也颇为奇怪：他就像克拉玛依沙漠中的野草，谈不上名贵，但劣根性强，不惧恶劣环境，生命体具有顽强的求生能量。

古希腊哲学家阿基米德曾提出过一个富有科学理论依据的命题，那就是给他一个支点，他可以用杠杆原理去撬动地球。后来由于他一辈子没有找到这个合适的支点，这个科学命题在历史的演绎过程中始终悬而无果。

然而，对于人生一辈子的影响效果来说，也许手艺的能量要比物理的概念影响来得更具有戏剧性。

王小鹏把创造人生作为一个支点，把拥有的美学以及哲学理念的杠杆去撬动财富的传奇魔力，深刻地改变或正在改变他人生的命运，并以令人难以置信的思维方式和手段去创造、去实现他童年的梦想。

天神酒楼庆贺开张那天，上午天空碧蓝，下午却呈现出一种模糊不清的灰蓝色。过不多会，层层云团像是吐纳于燕山，如烟如雾，无声却又像狂啸而来。兴风作浪的是那些倾斜的雨线，起先只是淅淅沥沥的毛毛雨，不一会儿形成天覆地载之势，倾盆大雨从天而降。

黄之种这天也算是忙进忙出，不知送走了几批来客后又迎来了几批吃货。反正来的都是客，摆开大圆桌，招待十六方，朋友带朋友，朋友的朋友再带朋友。

黄之种本来就是个好客之徒，他说："开饭店必须先声夺人地造势，大不了白吃白喝三天三夜。友情在外，声势在外，还怕以后赚不回钱来？"

这话的理论概念似乎与王小鹏的海派哲学亦是亦非，让王小鹏很无奈，也没法反驳，闷在胸口喘粗气，像打掉的牙子梗着喉咙口，足足疼了三天三夜。

不过也有让他高兴的事，老蒙带着大洋桥的苏北帮哥们以及高金生带着潭子弯的弟兄们，声势浩荡地前来捧场。

这两班人马都是苏北兄弟帮，"操哩妈地"是他们口头禅。

当年，普陀区和闸北区范围内的这两片区域，群聚着许多出了名的打架"英雄"，他们来替王小鹏捧场，其实是王小鹏在显示自己背后也有"势力"给他撑着。开酒店没这种硬"实力"支撑，真不知道社会上有多少混混过来骗吃、骗喝，找麻烦。

天神大酒楼开设在武宁路桥的北端，沪西工人文化宫边上。酒店对面的武宁新村附近社会治安情况复杂，混社会的小流氓结帮成群，胡作非为。

这个店铺门面原来是个经营不良的理发店，生意清淡的连工资都发不出。黄之种通过他的人脉关系接二连三地盘下了三四个这样的店面，似乎一切顺理成章地按王小鹏的策划在进行。

高金生能来捧场，显然使得王小鹏格外兴奋。他与老蒙是一个厂子里的工友，高金生居住距大洋桥不远的潭子弯棚户区，坐公交车也就两站多路的车程。

这两片上海最大规模的棚户区里，什么样的混混都有，背大刀的、拿铁棍的、乞丐、流氓，在社会上混饭吃的家伙不计其数。由此形成了一个撑死胆大的、饿死胆小的社会变异群体。

潭子弯与大洋桥在地理位置上形成犄角之势，老蒙与高金生则在社会上遥相呼应，一方有难，双方出动——发力！

他们互相支撑，打断骨头连着筋。

这两帮人马都打出了名气，打出了地位。市面上一般的小混混，看见潭子弯和大洋桥出来的苏北人，就会产生一种恐惧心理，立马销声匿迹，那才是先声夺人的真实写照。

从某个层面上来看这种写照，甚至比警察更具有威慑力。除非这些混混们喝醉了酒，不要命，那就当别论了。

高金生虽然混迹于社会，其实他也能算是半个文化人，知书达理，待人接物甚至还有些腼腆。他爱好文学，也爱好收集文物以及古玩书画，与王小鹏志趣相投，有种惺惺相惜的友情。

他俩的品性虽然都不是"出水的芙蓉，一尘不染"，但由于生存的环境以及所受的教育影响，他们的人性相似，都已经成了"出窑的砖，定了型的"。

王小鹏人生第一次开眼：见到金耳环、金戒指，就是学工时期在上海塑料厂的高金生那里。

高金生虽然在改革开放初始阶段就悄悄玩起了走私货，直至后来从上海与广州两地之间走私贩卖有袁世凯头像的"银洋钱"，手表、外烟、打火机、收录机，但这些买卖都是小打小闹，赚的是些零花小钱。他自始至终没有辞职，只是在国有体制内私底下利用业余时间做这些小头卖。所以尽管他的商业行为起步很早，但他害怕辞职下海，害怕失去铁饭碗，或许他曾做梦都谋划过发财致富出路，但要留在体制内创造属于自己的财富——难！

王小鹏的人生旅途，第一次进名馆酒楼开眼，就是高金生带他到南京路上的"绿杨村"饭店就餐。有道类是咕噜肉般形状的食材，经过油炸烹调后呈金黄色。外面裹着酸甜的黏液，入口稚嫩滑溜，不是猪肉胜似猪肉。究竟是什么肉，王小鹏终其一生没闹明白。虽然他记不清那道美味佳肴的菜名，但味蕾感受却始终保留在大脑库存里，如此美妙的食材感受，他人生无从再有重复体验。

那天酒楼开业的庆贺宴上，高金生中途带着几丝腼腆，递给王小鹏一张折叠成四方的报告纸，说："用你任性的乐谱，演唱一首我送你的贺词。"

他这个提议让时间仿佛凝固了三秒钟，四周掌声猛然响起。

王小鹏带着几分尴尬的表情接过服务员递给的话筒：酒楼的音响设备效果绝对是一流的，这是赵明亮师傅的功劳。

漫步在筵席之间的王小鹏，微露窘态的表情瞬间即逝，感谢的笑意表现得越发浓郁，眉宇间闪烁着明亮的光芒。

王小鹏高歌演唱时，他的两眼黑得发亮，使人感到力量，浑厚的嗓音踏着流行歌曲的音符，祝贺的歌词仿佛让人感受到一种决胜千里的进军号声！

沪北偌大的一片空旷的田野，如今已升级为市白玉兰工业开发区。

这片广大的区域绘入任何一本地图册后则小得几乎可以被人忽略不计。如果不是改革开放，发展是硬道理，如果不是为民谋福利，如果不是当地政府为了出政绩，这里真的可以说是个魅力十足的世外桃源。

从天空中往下看，这片开发区就像一个葫芦瓢儿，硕大的头部顶向东，如饥似渴地对着滔滔不绝的黄浦江，只是始终没舀起那滔滔江水。

长久的闲置使这片土地蒙上一层像是树皮颜色的锈垢，在阳光下显得毫无生机，它似乎始终没有分享到改革开放所带来的红利。

政府虽然已经投入了大量的资金修建和改造了基础设施，可它却依旧像一条饿得昏昏欲睡的巨蟒，无奈的瘫痪着。

如果说开发区的经济是一座挖掘不尽的宝库，那么领导人的思维理念和个人的血性魅力就是打开这座宝库的金钥匙！

未曾开发的开发区，荒芜的土地上杂草丛生。

然而开发区总部办公楼却已经像巨人那般直立起来。从远处看，那凸型的窗台，闪光的玻璃，层与层之间的分界线，构成了一幅现代主义的立体建筑图。

办公楼前的广场也非常宽阔，但很宁静，没有熙熙攘攘的人群，更没有那种商业行为的喧嚣。

广场南端几个悠闲懒散的农民三三两两地窃窃私语，有蹲着的、有站着的、也有耷拉着脑袋闷闷不乐地抽烟的，沮丧的表情无可奈何地涂在他们的脸上。这是开发区失去土地的农民们为他们往后的生计担忧，尽管他们满腹苦水，满腔愤怒，但他们发泄出来的最大能量也只是聚在广场上默默示威，无声喊冤。

他们的实际问题和怨愤情绪目前谁也解决不了，没有开发商的开发区，就像一片废弃的坟场，连野鬼都不去那地方玩儿。

当金色的太阳从地平线越升越高时，晨雾也就渐渐消失了。

金色的霞光，犹如一只神奇的巨手，徐徐拉开了柔软的雾帷，使得阳光下孤独的办公楼显出些生机勃勃。

灿烂的光线穿过透明的玻璃幕墙，像融化后的金粒子撒在米黄大理石地坪上来回跳动，闪闪烁烁的光芒给缺乏人气的大厅带来了些许的温暖。

王小鹏怀着奇特的心情走进大楼，只是想去拜访从市区新调来的开发区总经理许杰。

宽敞明亮的走廊上悄无声息，这让他很是犹豫不决，来回观察着有没有人可以询问一下哪里是许总办公室，以防走错了地方敲错了门。无奈的是四周不但没人，甚至连影子都没有。

王小鹏站在冰凉的大理石楼梯旁，向前望去，看到一扇玻璃大门，里面有自动电梯，可遗憾的是玻璃门上贴着告示：禁止使用。

"既然禁止使用，何必当初安装电梯？"他想，"政府机关里表现出来的某些作为，是让人永远摸不着头脑的怪事。"

根据门卫的指点，他硬着头皮爬上三楼，在一个标示着"总经理"办公室门前，他止住脚步，弯着手指轻轻敲了敲他自以为是许杰的房门。

"请进。"

屋里传来清晰明亮，操着标准普通话口音。王小鹏听到这熟悉的嗓音就知道他蒙对了，随手推开房门走进许杰办公室。

许杰穿着浅灰色西服，白色衬衫上打着灰底黑条纹领带，他此时正前倾在一张宽大的老板台上批阅着什么文件。

听到开门声后他抬头瞟了一眼，见到来人竟是王小鹏，顿时脸上露出些惊讶的表情，问道："你怎么来了？"

"嗯，有点事想请教您。"王小鹏说。

"哎，那你先坐会。"许杰朝着他办公台前的椅子努努嘴，算是打过招呼，便不再搭理王小鹏，只顾着埋头审阅文件。

王小鹏在他办公桌前的对面坐下，开始无聊地观察起这个开发区大经理的办公室。

他这是第一次冒昧地来找许杰，即使许杰给他吃个闭门羹他也无所谓，他脸皮厚，求人的事哪会轻而易举，这个他预先就有思想准备。

许杰的办公室是间宽敞的复式二层楼，楼上或休息或开会，楼下办公待客。他身后的墙面上挂着"江山如此多娇"水墨泼彩画，这幅写意绘画作品，笔触潇洒老辣，王小鹏一看就知道此画出于名家之手。

画的左边立着一排高大的书柜，柜子里除了排满马列主义和毛泽东的各类著作，还有《企业领袖核心竞争力》《总经理学全书》《张之洞》《李嘉诚》《资本巨鳄》等等以及中国各个朝代的历史演义书籍。各种琳琅满目的厚厚的大部头书让王小鹏目不暇接，惊讶得无地自容。心里想，他一个从农村来上海打工的年轻小伙，文化程度再高，按这个年龄和从业年份来判断：他也不会是名牌大学毕业生啊。

"许杰有这么深厚的文化底蕴吗，他有兴趣看这些深奥莫测的著作以及有这番高超的分析与理解能力？"在一片迷茫之后，他自我解答了这个难题，"许杰的这些摆设和他王小鹏抽软壳红中华香烟的用心和企图相似，都是在包装和推广自己的形象，获取他人的钦佩和尊敬。"

"有什么事?"穿着灰色西装的许总经理在文件末尾写了一段批语后打上个重重的惊叹号,抬起头询问王小鹏。

许杰问完话,摆出准备静心倾听王小鹏有什么诉求似的腔调,微微张开的嘴唇边凝聚着一丝笑意:似乎看透了王小鹏今天的来意,只是在明知故问罢了。

许杰摆出的这副居高临下的姿态让王小鹏难以接受,不知怎么搞的,他竟然有些做贼心虚的感觉,紧张得有些窘迫,有些犹豫不决,他对"有什么事"的话题还真不知从何处下手聊起。

原先费尽心机策划好的开场白,居然忘得一干二净,全给许杰毫不留情地一把掳过去扔到了爪哇国。

王小鹏尴尬地屏住气,只是觉得喉咙干渴。许杰傲慢得甚至连杯茶都不给他喝,似乎一点面子都没有。

一刹那间,他甚至觉得自己完全丧失了做人的尊严,他的心脏快速跳动的"咚咚"声也越来越响了。

他突然害怕起来。

这可是政府的市级工业开发区办公楼,我一个平头百姓能来吗,万一话不投机,许杰翻脸不认人,把我赶出去,那多丢人现眼。他越想越害怕,弯曲的手指不由自主地颤着,胆怯地挪挪屁股,试图放松一下紧张的情绪。

许杰端坐在那里,一副爱理不理的样子。

王小鹏不争气的眼泪似乎都快溢出来了。心一横:豁出去了,我怕什么? 大不了老子以后不进你这衙门罢了!

"许总,你知道不,我昨天晚上看见外星人了,就在你们这片开发区的上空。外星人的头居然比地球人的头小多了,可他眼睛发出的绿光比手电筒的光亮大百倍!"

王小鹏说这话时语调平稳沉着,脸上无半点慌张神色。

许杰两道目光迅速从深藏着的眼帘后面抬起来,落在王小鹏脸上。或许是愤怒,或许是谴责,他在心里暗暗咒骂:"乃乃个熊,你给我玩什么套路?"

许杰根本没料到王小鹏会用外星人打头阵,开始给他说事,这种瞎扯淡的说法不是在玩弄我的智商吗?

王小鹏在心里笑了,人一旦无所谓,就什么都无所畏了。

他说话时,脸上竟然还显出两个甜甜的酒窝。像似受到了鼓励似的,他继续大大方方地唠叨:"神龟虽寿,也有尽时。外星人降……"

"好了,好了,王小鹏,有事说事吧。"许杰不耐烦了。

"没事啊,只是过来看看,据说外星人降临的地方有神龟。"

许杰咬紧牙关，一言不发，身子往后一仰，靠在宽厚的椅背上默默地看着王小鹏，以逸待劳，看你还有什么屁话。

这下可好，王小鹏看出许杰恼火了。

他用手指戳着自己的脑袋，显出一副虔诚的模样："确切地说，是昨晚做了这个梦，今天只是过来看看。"

"王小鹏，你知道不畏浮云遮望眼，只缘身在最高层的真正意境吗？"

"不知道啊，咱小市民没这机会体验这种意境的感受。"

王小鹏哪里会不知道许杰说这话的潜台词是什么意思，所以他回应这话时在谦虚中夹几根鱼刺。

"你这傻瓜，哪有你这样做生意的，你以为我也傻，看看你们这种个体户的德性！都这样！"

许杰这番谴责中连带着咒人的话，说得不紧不慢，忽悠中的语音昂扬顿挫，口吻格外诱人，简直神了，一下点中王小鹏致命穴位，使他只能屏声静气愣在那里，等待许杰的下文。

他现在明白了，许杰把他今天来此拜见的意图琢磨的一清二楚。于是他身子往前靠靠，尽量接近与许杰后仰身子的距离，带着惊讶中夹着几丝坦率的眼神看着许杰："我只是来探探水有多深，有没有鱼儿。"

王小鹏说完这话时松了口气，心里又在笑了。

他今天来拜见徐杰，把难以启齿的意图明确表达了，皮球踢给了许杰，接下去就看许杰是什么态度了，是驴是马总得拉出来让咱看个明白啊。

"王小鹏，就我个人来说还是很欣赏你的，这也包括韩勋同志。但做生意其实和做人一样要实事求是，这是我们共产党人的一贯作风。坦白地说，你想发展自己，想寻找出路，这些思想动机都是无可厚非的，从正面的角度来看或许你今天来是求我办事，探探有没有适合你发展的机遇。但我认为，如果换个角度或者说从侧面来看问题，这或许也是你想帮我的忙。"

"你需要我帮忙？"王小鹏心里发毛，以为听错了："你缺钱用？"

"你又在扯淡！你们这种个体户就这思路，为了自己一丝利益毁了多少人，如果我和你是初次打交道，那我肯定会请你滚出去！"

"许总，这话你以前说过，我记住了。但我还是不明白我能帮你什么忙。"

"上面调我来开发区，说白了就是要改变这里沉闷的经济氛围，如何打开这里的局面是我现在面临的首要问题。我不能摸着石头去过河，不能打无准备之战，更不能贪污受贿自毁长城。目前开发区首要的问题就是要改变这死气沉沉的面貌，要引进开发商，要在荒芜的土地上迅速建起一栋栋厂房，引进人气，带动企业发展，以便解决农民的就业难问题。农民失去了土地，但不能让他们再失去就业机会。而这些我都没经历过，从业经验可谓一无所有，所以我必须有一种紧迫的使命感，更不能让你们这些个体户所诱惑，你睁开两眼瞧瞧，我是你想象中的那种人吗？"

"说实话，你这地位就是坐在风口浪尖上，就你个人来说很难保证不出问题。每个出了问题的人，当初都自以为是不会出问题的。"

许杰仔细打量着王小鹏脸部表情，他不慌不忙地点了支烟，而后套在小巧的象牙烟嘴上，慢悠悠地抽了几口。

他见王小鹏因闷闷不乐而不再言语，就用鼓励的口吻加重了语气说道："说得不错，请继续。"

王小鹏从椅子上站起来，扭扭身子，想缓和一下谈话的气氛。

他不太适应和谈吐严谨的许杰打交道，与其和他谈些虚虚实实的大道理还不如和他的领导韩勋董事长侃大山来得轻松愉快。

韩勋通常情况下只是一边做自己的事情一边倾听他的叙述，不发表评论也不搭理他的话题，偶尔之间抬起头对他笑笑，算是表达在听他说话的意思。待他把话全部说完，韩勋才会问上一句："这些我知道了，还有其他事吗？"情真意切溢于言表，决不会兜着圈子弯弯绕。

王小鹏面对这位从农村上来的年轻干部就得大大动番脑筋。他非常清楚，说话顺情顺理的许杰其实什么都懂，你跟他兜弯子他给你来直的，你给他来直的他跟你兜着圈子绕弯弯。

这就让王小鹏不得不抛弃人性本色来点虚伪的东西，可是虚伪的话从嘴里吐出来让他感觉不流畅、不痛快，尤其被许杰戳穿后窘得更是浑身发热，仿佛脊梁骨上虫子爬痒痒似的，让他心烦意躁。

王小鹏在社会活动中，与许多大小不同的政府官员打过无数次交道，从中他发现一个有趣现象，那就是官当得越大越和蔼可亲，说出的话更贴近民情，言谈举止充满人情味儿，就连笑声也温暖人心。

相对而言，官员地位越小说话则越谨慎、越虚伪，你找他说事和谈点具体问题，他们基本上都惜语如金，面无表情，完全收起见到上级领导时的那种愚昧笑容。

当然，如今的王小鹏对种笑容也历练得炉火纯青，但他对着许杰不敢乱笑，他知道这家伙长得一双火眼金睛，什么都看得懂，甭想蒙他，给许杰同志来虚的实的都不管用，今天他能坐上这把交椅，没点手段能行？这么多的马列主义毛泽东著作摆在那里，唬都可以把你唬死！

既然如此，咱就不再与他绕弯弯。

于是王小鹏谨慎地将诚恳的笑容挂在脸上，说："我以前的同事以及邻居们，看到我这穷小子现在富裕了，嫉妒得心里痒痒的，见了我就愤愤不平地说，你得感谢邓小平呀，是党的政策让你们钻了空子，发了财，好日子都给你们这些家伙摊上啦。你有什么本事，以前不就是个小铁匠吗，你现在抽的烟都是软中华，你凭的是什么呀？"

"这么说，你害怕啦。"许杰不置可否地说。

他两眼眯细着，本来圆乎乎的脸蛋拉得老长，若有所思地用指尖碾压着象牙烟嘴，打哑谜似的不再说话。

冉冉升起的烟雾勾起了王小鹏烟瘾，这让他大吃一惊：今天怎么了，自己连抽烟的嗜好都忘得一干二净，或许真的是太紧张、太拘谨了。

"放松点，大不了咱滚出去就是了。"他想。

他本能地把手伸进口袋想去掏烟，也像许总那样喷几口，过把烟瘾。但最终还是没敢把烟掏出来，只是咂巴几下嘴，咽口唾沫，算是过完了烟瘾。

"难受是吧，都说你劣根性坚韧，好啊，那就看你能忍多久！忍不住就抽吧，我这办公室可不是戒烟区。"许杰眯细的眼睛仿佛洞察一切。

这一招，着实让王小鹏吃惊不小。

他一下愣住，可马上便明白过来，心里有点感激他，张开嘴巴想说些什么。可刚要张开又闭住了，只是像小市民那般抹抹嘴，咯嘣咯嘣地磨磨牙齿，再次咽口唾沫，又算是过了把烟瘾。

许杰温和的言语让王小鹏眼睛燃起了希望之火，脸色开始泛起几丝润红，语气坚决地说："难受也得忍住，这就是毅力。个体户心头悬把刀，日子过得如履薄冰，所以凡事能忍则忍。我今天来的目的就是想做点大事业出来，自己不把自己往高处推上一把，永远不知道自己有多大能量。让那些讥讽和嘲笑我的人看看，咱不是天生的小铁匠，也不是钻政策的空子，是实实在在凭自己本事改变和创造自己的人生。我要让所有的人对我的人生拼搏精神另眼相看。我认为心有多大，路才有可能走多远。我来你拜访你之前是很犹豫的，也做好思想准备的，不管结果如何，尝试过了，努力过了，其他一切都是次要的，包括你对我的态度。以往的经验告诉我，许多创造人生的故事往往是敢于实践的结果，而不是天性使然。"

"生活就是这样，你所做的一切不会让所有的人满意，即使你今后做的再成功也会不断有风言风语，不要仅仅是为了改变别人的看法丢失自己的优良本性，每个人都有原则和自尊。做人再好也不会获得每个人喜欢，有人羡慕、有人嫉妒、有人恨你，你想改变这些社会状况，忙得过来吗?"

"许总不愧是看大部头书的，说出的理念具有哲理。"

"做好自己的事，任凭他人闲言碎语。别人嘴巴里的你，不一定是真实的你。"

"对，一样的嘴巴，不一样的说法。一样的眼睛，不一样的看法。一样的人性，不一样的做法。创造人生路，要活出自信，活出自我创造的价值。人生路虽不算长，既然走上了这条路，就算是遍体鳞伤，我也要干得漂亮!"

"我姥姥! 这里不是你王婆卖瓜摆摊位的地方，漂亮花儿自个儿另找地方去栽。做人做事不需要人人都理解，只要自己尽心尽力，坦坦荡荡就可以。不要价值啦、本事啦，千言万语归一句，你们个体户离不开钱，为挣钱，什么事都敢干。"

"如今的个体户是路边的小草，没人心疼。"

"你是小草吗，这话不恰当。你或许是体制内脱颖而出的野花，没人欣赏，但也芬芳。我呐，似乎身在高处不胜寒。每个人都有自己难言之隐，仕途之路官大一级压死人，不忍也得忍。哪有你们这般随意，东方不亮西方亮，挪个摊位又可去创造人生，你应该知足你的人生成就，王小鹏!"

"市场的残酷竞争使我难以享受所谓的成就感，特别是求爷爷告奶奶不受待见的个体户。因为辞职下海，其实也是背水一战没有退路，如果不创造出些成就，自然也就很少有机会让自己获得人生价值观，即使有了点成就也会被人讥讽为不义之财。现在个体户当中不乏成功人士，但似乎他们身上都背负原罪的烙印，被人另眼相看，这合情合理吗? 于是，像我王小鹏这类辞职下海者都期待着做点大事，虽然不否定其中也蕴涵充满野性的挑战心理，但理智的野性会在巨大的欲望中升腾起敬业精神和重新较量创造的欲望。这种不断升腾的欲望会在好长一段时间内躁动着我吃饭不香、夜不能寐，一次次去策划人生，一次次去实践自己的策划，不到黄河心不死，就像我今天的表现就是活生生的例子。"

"这话实在，王小鹏，有什么说什么，我爱听。但是我对你的实践会持什么样的态度，你想过没有。"

"这既不是我考虑，也没资格去想的问题。我是到你这里来摸摸石头的，能不能过河不是以我个人意志为转移的。"

许杰宽厚地笑笑，他很欣赏王小鹏守口如瓶的德性，该说的说，不该说的一句不露，这点不同于一般个体户的人性。

许杰这人像是对个体户有深仇大恨似的!

"按正常渠道，我才来这个岗位是不应该和你谈工作上的事，这希望你能理解。同时我也理解你的来意，更何况韩勋董事长给我打过招呼，但你自始至终没有抬出他来，这让我很欣赏你为人的自律品性。领导不是你可以扯大旗拉虎皮的道具，我们是看重你的工作能力，这我也就不多说了，以前在新都大酒店环境绿化项目中咱们就相知、相识，也可算是老熟人，老朋友了。"

许杰能说出这番话王小鹏倒确实没料到。

这让他心潮起伏，感慨中有点激动："人的品性必须具有自律性，从自律到荒唐只是一念之差，一步之遥。而从荒唐却没有路能回到自律，这或许也是孔孟之道的克己复礼吧。"

"哈哈，说你胖，就喘气！不要跟我高谈阔论什么孔孟之道、克己复礼是为人处世的哲学。如此多的信条，如此多的自律，听起来就别扭，你这些话题还是留着对韩董事长或者那个台湾商人李国军去聊吧。难怪这台湾人对董事长说你王小鹏有颗菩萨心肠，追捧你王小鹏有菩萨心肠的人，我看是瞎了眼。"

"许主任，自律的品性是生意人的灵魂，是个性的集中表现。个体户虽然失去了霸气或者说失去了菩萨心肠，但不能失去执着、坚毅、果敢，失去应有的自我处世原则。应该说我们的血也是热的、沸腾的、激情的，甚至是燃烧的。这种血性是推动人类社会迅猛向前发展的原动力，没自律约束的血性商人，绝不可能成为智慧商人。"

沉稳冷静是许杰个性的优秀品质，不为王小鹏漫天的蛊惑而改变自己的看法与他务实的人性并不相悖，而这更是一种表象矛盾露出之后的高度结合，是对客观事物的一种把握，是对工作指向的一种责任和考量。用理智来决定他的行动，决定他的判断，并拥有把握约束自身的观点不被对方的游说所蛊惑，这就是许杰具备的刚性与理智相融合的领导个性的魅力：旨为原则行事，不与小事拘泥。

在一定范围内他会应用别人的经典思想，然后融入自己的血性，树立个性的魅力，持之以恒地去创造自己的人生，从而推动一部分人先富起来，推动一部分社会的发展和进步。

他的身上彰显出来的是内容丰富、虚虚实实的多面人性：直，刚正与无私。曲，灵活与任性。

曲线做正事的能量直接体现出许杰的才华："王小鹏，你能说会道的伎俩反映了你思维逻辑的超前，我们开发区需要引进这样的活力。你想过没有，如果你筹建一个建筑公司注册在开发区，并将税收落地，那你面对规模硕大的建筑开发，会是一个什么样的局面呢？"

王小鹏心里"咯噔"一下愣住了！

"思路决定出路。没有人会把馅饼白送给你王小鹏吃，双赢才是决定出路首要的战略指导思想，在为开发区做贡献的概念指导下，做他人没有能量做的事。比如，你可以把你熟悉的台湾商人，把日本商人招商引资到我们开发区，而我们开发区在给予享受政策带来的红利同时还可以提供优惠的土地使用权。再比方说，集体所有制的红证工业用地出让使用权 50 年，开发区只是象征性地收取每亩 5 万元人民币。国有绿证使用权土地，每亩 20 万元。引进的企业年税收过亿，开发区甚至可以无偿提供土地使用权，产权归其所有。而且开发区也可以名正言顺返回给你王小鹏个人相对的一次性奖励。你记住了，虽然你有韩董事长的面子，但我能做到的必须是在阳光下光明正大地做事，一切有损于开发区形象和利益的事我决不会去做。有利于开发区发展的事，我全力以赴地坚决支持、鼓励。活，总得有人去干，不是你干，就是他干。那还不如让既能放心，而且对开发区又有贡献的人去干，这有什么不好呢？所以我刚才说，从互惠互助的层面上来看，我也需要你的帮助，现在你能理解我说话的用意了吗？"

愣在那里的王小鹏，一下子站起来，兴奋得脖子通红！

他今天来开发区就是探探路，没想到这路子里面有这么多花头，自己还真是白活了。党员干部创造人生的理念就是不一样。

许杰这话绝对是真理，思路决定出路！

许杰仿佛看透了王小鹏内心世界的活动，亮起眼光哼了声，口吻坚定地说："我欣赏你的工作能力和拼搏精神，为你的招商引资我们可以给你提供一个形象平台，但不作为开发区政府招商引资的分支机构。"

"这不错，我行我素，不受你们政府的约束。"王小鹏说。

许杰横了他一眼，说："你那里虽然是民营中介机构，不受开发区制度约束。但是，既然是服务于开发区，所以这中介机构的言行也要文明、礼貌，操作也要规范、透明。你那套胡吹乱侃、自以为是的个体户作风，是万万行不通的。"

王小鹏尴尬得脸面涨得通红，像只硕大的奇怪的西红柿。

他的手使劲抓着头皮以图稳定下情绪，理了理脑库里的头绪，心里想，"筹建建筑装潢公司，组织招商引资中介公司，让我在你这片荒芜不见人影，连鸟毛都不长的土地上投资开公司，这不是自己跟自己过不去吗。什么双赢啊？我用什么东西来养活这帮人马，你不可能给我们发工资吧？哈哈，这玩笑开大了。姥姥！许大经理，你这不是在对牛弹琴而是在对个体户弹琴，不是牛头不对马嘴而是公私不分！你就继续做你的好梦吧，咱现在可不会花这冤枉钱来陪你玩。来日方长，等你有了起色咱再议吧。"

许杰肯定不知道王小鹏心里在揣摩什么，脸上依旧是笑眯眯地看着他。这让皮厚的王小鹏似乎感觉有点过意不去。

"许总或许真的是一片真情实意。不过，让我王小鹏现在就投入资金，投入人力物力，毕竟为时过早，财务成本太大。"他想。

就目前工业开发区的情况而言，王小鹏觉得该问的问了，该说的说了，自己没必要待在这里老是被这家伙教训。

于是，他撇撇嘴讪讪地说："行不通，行不通，你说的问题，没问题，一定改，一定，那我走啦？"

忽然他似乎想起了什么似的，微微俯下身子，低声问道："许总，你和韩董事长很熟悉，是吧？"

"是啊，想证明什么？"

"董事长高兴的时候，怎么说？"

许杰愣住："怎么说？"

"他那文明的口头禅，册那！怎么说？"

"——滚出去！"许杰哑然失笑："个体户德性！我看是改不掉了。"

一眨眼工夫到了年底，公元 1997 年将成为翻过去的一页历史。

这一年冬天，特别漫长也特别寒冷。暴风雪夹杂着冰块突然在 12 月底疯狂袭来，灰色的云层布满天空，压着武宁路桥面上矗立着的路灯缓缓移动。

风刮得很紧，把桥下臭气熏天的苏州河水推动着发出呜呜的吼声，河岸两边那些光秃秃的梧桐树响起呼呼的哀号。狂风驱赶着自天而降的冰雪满天飞舞，凄厉的怒啸声搅得人们不得安宁。

高金生在桥面上走，总觉得头顶上压着沉甸甸的东西，似乎穿行在魔鬼张牙舞爪的阴影里，身后也像有便衣警察追着一样，踢踏的脚步声尾随不舍，唤出了他人性深处的恐惧。

他的脸有些浮肿，耳朵上也长满了冻疮，下巴处留着的那二十几根漆黑的胡子在苍白的脸色衬托下显得特别抢眼。

他右肩上挂着一个鼓鼓囊囊的黑色皮包，皮包里装得都是市面上紧俏的走私玩意儿，有计算机、微型收录机、剃须刀、黄色录像带以及"大力丸"，其中还夹带些海洛因白粉儿。

贩卖毒品是严重的违法行为，政府出重拳严厉打击吸毒、贩毒！这是一项冒着被政府砍头的黑色买卖，因为贩卖毒品具有高额利润，所以不断有人结帮成群地铤而走险，甘冒砍头的风险干这昧着良心的买卖。

潭子湾，大洋桥那一带棚户区不但居住环境恶劣，而且居住人员复杂，大量的外来人员混居其中的同时也引进了各种不良恶习。

居住在潭子湾的高金生，好端端的半个文化人或许受环境影响，或许是自身免疫力退化，在好奇中竟也染上了毒品，让斯文腼腆的他变成了人不人、鬼不鬼的样子。

高金生染上毒瘾后再也不注重修饰自己的形象，整天穿着一件油腻腻的黑色呢绒长大衣，胸前的大纽扣已经全部掉完，剩下的只是逢扣子的线头像他那几根胡须似的微微颤着。

他下面穿着一条谁也不知道多少日子没有洗过的蓝色牛仔裤，脚上套一双再也看不出什么颜色的长筒牛皮靴子。由于他个子矮小，所以这长筒靴子几乎把他的膝盖都快装进去了。虽然这靴子面上时常沾着污垢，但他从不刻意去清理，一切的身外之物对他来说都已经变得无关紧要。

对于现在的高金生来说，每天能搞到两千元够买两克白粉的钱供他解决生理上的痛苦，是他生命中唯一的需求。

两千元！一个餐厅服务员的月工资才五百元！

他昔日身上的斯文已经丢失得一干二净，他在人们的心目中变得黯淡无光，完全丧失了做人最起码的尊严。

"物以类聚，人以群分。"

武宁新村的汪洋与潭子湾的高金生，俩人的居住地只隔着一条中山北路，通过天神酒店的纽带，你来我往的他俩人竟然成了好兄弟。汪洋对高金生的这副穷困潦倒的囧境不但恨不起来，甚至很有同情之心，天神酒楼是他们两帮人马经常喝酒聚会的场所，互通有无成了他们人性交往的一部分。

他俩的友情是在天神酒楼相知、相识而惺惺相惜。都是在社会上混饭吃的，心有灵犀一点通，各自的门道、资源，成了互补的默契。

由此，这地块区域形成了大洋桥、潭子湾、武宁新村，这三股社会恶势力的三足鼎立，被人戏称为"三国演义"。

让人奇怪的是老蒙虽然也是其中一分子，但他似乎像出于污泥而不染的荷花，虽然老蒙没有荷花那般洁白，但在他身上确实寻找不出什么劣迹和不良嗜好。

老蒙可能一辈子都安心于做普通的大多数，做不出挥斥方遒指点江山的壮举，也不想去创造什么人生，所以他甚至认为像王小鹏那样整天想着创造人生的家伙肯定是脑子有问题，枉费心机。

老蒙虽然也是个血气方刚的汉子，可他平日里只是心态平和地做自己的事，什么改变世界拯救宇宙之类的话甭对他提，一提起他就来火。他始终坚持在国有体制内的单位上班，尽人事、听天命地做好日常工作。因为圈子有限，所以他相对接触社会阴暗面就比较少。

他除了满腔意气为朋友聚众斗殴之外，从未有为自己私利而行不义手段，因此在社会上的圈子内口碑良好。混社会的朋友几乎没有什么人不给他面子，更没人会去找他麻烦，因为他手下的左邻右舍都是苏北人，也是大洋桥斧头帮成员，走起路来都是横行直撞的打架胚子，呼啸一声，倾巢而出！

高金生虽然没有辞职，但因长年病休在家，渐渐与社会沉滓混为一体。他日常最喜欢的就是带着潭子湾的狐朋狗友前呼后拥地到天神酒楼聚会喝酒。他们的捧场也是王小鹏对高金生更有好感的原因之一，但不是全部。

王小鹏觉得高金生对自己态度友好，从不在酒楼闹事，而且高金生又是他学生时代结交下的哥们，故所以他对高金生的人性中显示出来的种种丑陋恶习熟视无睹，一直是以好友相待，时常不惜自掏腰包为其埋单。在金钱方面王小鹏总是做得清清白白，不能为自己的朋友坏了酒楼规矩。

汪洋和高金生都是天神酒楼常客，久而久之，酒楼像是成了他们共同的家。直至有一天他们公然提出：包下天神酒楼底层所有包房发展业务，开公司！

他们所谓的公司，其实就是"开盘"做诈狸生活。这是违法的买卖，违法的买卖王小鹏坚决不干！

这次王小鹏没有大声喊叫："不！"

他只是智慧地将皮球踢了出去："酒店的法人是黄之种，能不能出让、转租，理应由他作出决断。"

一百个没料到的是，黄之种说："可以啊，一点问题都没有。他们混社会的有的是钱，干嘛不出租呢。他们犯罪是他们的事，与我们无关。我们只要租金到手，其他的一切，眼开眼闭。"

王小鹏用很不自信的腔调喊了一声："之种，怎么哩，这不成了藏污纳垢的据点吗，会没问题？"

黄之种没有回答，他的眼睛盯着王小鹏的脸，目光像结了冰似的凝聚着。怔了片刻，他咧开嘴，用一种歉疚的目光看着王小鹏，说："舍不得是吧，因为舍不得就可以得罪这帮人。"

王小鹏脖子伸得好长，像一头引颈就戮的牛，大口喘着粗气。他感觉鼻子很酸，嗓子也有点哽，嗫嗫地说："所有装修好的酒店都卖光了，这是最后一块经营场地，租出去的话。"

黄之种对着手哈了口气，撮了撮，插嘴说："当初咱俩不是说好的吗，装修酒楼饭店，不就是为了赚取转让费吗。所以……"他低下头想了会，镇定下心神，说，"这样吧，余下的堂口保留下来，不再转让，你好歹也有个地方落脚。"

王小鹏闭着眼，不再吭声，一副在人屋檐下不得不低头的样子。

油画　冰岛地热世界　王照敏／绘

油画　景色梦游　王照敏／绘

第六章

·····

树 大 分 权

夜色如烟，天地之间一片混沌。

没有明星亮光，没有灯火闪烁，伸手不见五指的荒野，天空像一块巨大无比的幕布覆盖在人们头顶，呈现出无色、无声的单调。物朦胧，树朦胧，朦胧像吹不散的雾，淹没了视线内的一切。

冻结不久的土层，脚踩在上面发出吱咕吱咕的声音，软软的感觉，很是舒服。黄之种徒步走在这荒芜的废墟中，内心却像一片色彩闪动的音符，正在演奏着一首有声有色的歌曲。

忽然他感觉脊梁骨上一阵阴森的寒风抖过，自己的脚步声变得特别刺耳，他有些后悔不该孤身一人回园艺场。因为他的夏利轿车因故抛锚，停放在天神酒楼，所以打出租车回来的。

可恶的是那混蛋司机，见此处一片荒野废墟，把车停在曹安公路边上，打死也不愿意再开进来："不行，那是绝对不行的。谁知道这些废墟里面暗藏着什么阴谋机关，开进去咱小命说不定就没啦！"

"我给你加钱，你送我进去。"

"钱重要还是命重要？"

无奈之下的黄之种只能横着胆子，徒步在废墟中赶回挂羊头卖狗肉的"中美合资之种园艺场"。

由于紧张加剧了胆怯，他脚步的跨度和节奏近似于竞走，走得越快越感觉背后有人追上来似的。

终于，他不安地转回头去，四下环顾了一圈。

"奶奶的，鬼都没有！"他骂了一声，啐了口唾沫。不由自主地把手伸进脖子领口摸摸脊梁背，他娘的，冷汗把内衣都洇湿了。

他后悔极了，一边走一边骂自己："奶奶的，花这么大功夫跟他扯蛋，扯个屁啊。心一软，怎么就答应他保留了呢。"

"哎，"他叹了口气，为了壮胆，竟然高声唱起来："我就是心太软，心太软，在紧要关头狠不下心来对付那个混蛋，王小鹏。"

正逐摩着歌词时他已走进园艺场大门，忽然内里边闪出个人来，定睛一看：原来是土地老爷——生产队锡平贵队长。

锡队长的两只绿眼仁在漆黑的夜里就像猫眼那样闪烁着绿光，这个酷爱吃猪头肉的土八路，如今鸟枪换炮，西装革履，派头笔挺。

他离黄之种五步之遥，便站着不动。

"平贵队长，这么晚，忙在这干吗？"黄之种明知故问。

"不这么晚能逮住你？都候你三个晚上了。"

"知道你等，我早就回来了，干吗不打个电话。"

"打电话有用吗，你可以用一百个理由来证明你为什么一百次不接电话。"

"哪会这样啊，凭着咱俩深厚的交情。"黄之种跟锡平贵说了些客套话，递给他一支红中华香烟。

俩人点着烟，进屋坐下。

黄之种说："你这个生产队长，是不是还在为动拆迁的事伤脑筋啊。"

"你把这事给我解决了，就算还给我这么多年来照顾你的面子，做人好歹应该懂得知恩图报吧。"

"锡队长，你何必这样说呢。"

"上面让我对你下死命令，再不同意——强拆！"

"你明天去告诉你的上面——到美国去下死命令！"

"这不是请你去通知美国方面吗。"

"锡队长，请神容易送神难呐，我也是两面不讨好。要不请您的上面给美国总统打个电话问问，按国际惯例，政府要动拆迁，美国的私有财产该怎么补偿。"

"这土地是集体所有，不存在土地问题。"

"对啊，可咱美国老板说了，土地上的树木是美国的，房子是美国的，台子、凳子、椅子、被子、茶壶、茶杯、毛巾、牙刷等等，都是美国的。美国的物权法你懂不懂？神圣不可侵犯！你的上面有想法，有疑问，没关系啊，可以找中华人民共和国外交部，或者找美利坚合众国驻华领事馆。"

锡平贵尴尬地笑笑，说："之种，你这不是明摆着又在举起美帝国主义神鞭忽悠人吗。其实这美国人是怎么回事，你清楚，我明白，蒙得了别人蒙不了我。"

黄之种红着脸说："蒙谁啊，你在，开什么玩笑。"

他嘴里这么说着，但心里却愤愤不平，对锡平贵产生了强烈的不满。即使我有天大的欺瞒，你当时也不是为了你的政绩赞成搞中美合资的模式吗，这其中难道没有你欺上瞒下的功劳？千不该万不该，你不该现在把这事挑出来拆我台，你就不怕我也会狠下心来拆你台。

气愤之余，他忽地一声站起来，想给锡平贵来个下马威："你也有东西在我手里，你别想跑！"

锡平贵愤怒地吼道："黄之种，你不要得理不饶人！我让你动迁也是身不由己，没办法的事，美国人的事也不过是随便开一句玩笑而已。"

"这事能开玩笑？能随便说一句？"

"黄之种，退一步说，这话就算我说错了，触痛你伤疤，但我已经向你赔了礼，道了歉，投降了，好汉不打告饶的，缴枪不杀你懂不。你这样不屈不挠地和我对着干，是不是存心不让我活了。"

锡平贵低声下气地说完，感到自己的尊严一点都没了。

黄之种对于他的这番软话一点反应都没有，依旧是攥着拳头瞪着牛眼，怒气冲天："咱敞开天窗说亮话，当初注册中美合资之种园艺有限公司时，你对美国人说的那些话，都有录音在案。"

"啊？你有录音？当时不是说好只是为了注册中外合资营业执照的需要，你去弄个美国人来蒙一下工商部门的吗。"

"是谁提出要搞中美合资，难道不是你这个生产队长吗。"

"那是你说的，搞合资企业名气大，能出政绩！"

"你口说无凭，法律相信的是证据。只要录音带在，你的辫子就攥在我手里，撕破了脸，你也别想跑。"

锡平贵队长这才感到问题既复杂又严重了。

他仔细观察黄之种，吃不准他到底有没有什么狗屁录音带。如果真有，那就惨了，真不知道当时都说了些啥话呢。

"这混蛋会不会在塞给我钱的时候也录了音，如果录了，那麻烦大了。奶奶的，当时怎么就没想到这世界上还存在着录音机，怎么就……"他真是恨透了，恨自己愚蠢，恨自己瞎了眼，恨黄之种。即使我有天大的不是，你也不该录音啊，你这不是一开始就预谋害我嘛。

但他还是不愿承认这是事实，于是大声说："你把录音带给我看看！"

"看录音带那是不可能的，美国老板的来信我倒可以给你看看。"黄之种说话时顺手拉开抽屉，把打满密密麻麻英文的三张纸递给锡平贵，说："美国人在信上说了，只要你的小辫子攥在他手里，你就别想跑。这事你不能冤我，是那美国人要追着你死缠烂打，所以我才避着不见你，就怕你受惊。"

黄之种说话时虽然眼珠没动一下，却咬着牙根，咯咯发声："你现在提我当时弄来个美国人是忽悠工商部门，这说法对你有什么好处？我手里有正规的注册文件资料，有你的录音，你不下地狱谁下地狱？"

"之种兄弟，这乱七八糟的蝌蚪文咱看不懂，都写些啥东西呀。"

"嘿嘿，这乱七八糟的蝌蚪文从法律层面上来说就是告知函，你那些乱七八糟的屁事，美国人都知道，你看不懂？没关系，可以给检察院去看看，他们懂！"

锡平贵感到浑身发冷，心情紧张，脸上堆着令黄之种恐惧的微笑，战战兢兢地把信纸放回抽屉，说："这神经病，我跟他是有仇呢还是有怨，总共就只见过他两次面，其中一次还是在工商所验证身份登记时一会儿工夫。虽然我与他语言不通，但看他笑容满面，和蔼可亲的样子，还觉得这美国人挺不错的。哎，人不可貌相，他怎么知道这么多事呢，这美国鬼子死后必遭天打五雷轰！"

说着说着，他流下了悔恨的眼泪。当他发现黄之种的脸色神情就像冰霜似的，便也就不再多说什么了。

黄之种分明看出锡队长泪花花的眼睛里藏着许多问号。于是，叹了一口长长的粗气，说："锡队长啊锡队长，依我看呐，这个事情还是有挽回的可能，不到万不得已，那美国人也不会做出那种对你来说是伤天害理的事。狗急了跳墙，兔子急了还咬人，您说对不对呢？"

"对，对。"锡平贵说。

"我看啊，你这动迁组长也就算了，低着头，把这赔偿款补偿给他，不就什么事都解决了吗。何必搞得人仰马翻，对双方都没好处。"

"之种，我只不过是个副组长。你们的补偿方案上面通不过，太夸张了，会影响其他动迁户。"

黄之种轻轻踢了他一脚，低声道："老伙计，其他动迁户有美国人吗。"

"这倒没有。"

"这不就得了，特事特办呐！国家政府不也有特区吗，特区政策不同于内地政策，这就叫做与时俱进，懂吗？"

锡队长觉得自己又想哭又想笑，胸口闷着一团很无奈的情绪："你说，怎么样特事特办你们才会满意呢。"

"肯定不会是抽打你的脊梁骨。"黄之种笑容可掬地说。

锡队长也跟着笑了，他心里开始显出些温暖，感到他与黄之种个人之间的关系还是友好的，问题就是美国鬼子在捣乱、作祟！

转念一想，又觉得不像。

他坐在椅子上大口喘着粗气，感到一股怒火在胸中燃烧，一句脏话脱口而出："狗娘养的，黑了心的畜生！"

黄之种静静地坐着，大口大口地抽着烟，烟头的火星一明一暗，他那鼻子上面那两只溜圆的眼睛伴随着烟头的火光，不断闪烁着狡诈的光亮："今天就到此为止吧，还坐在这里干什么呢。"

锡平贵愤怒得无可奈何，只是故作轻松，哧哧地笑起来，说："逮住你一次不容易，哪能毫无结果就此了结呢。这事不能再拖了，你就行行好，给我点面子吧。"

"这不是给不给你面子的问题，政府要发展，我们坚决支持。但现在是法制社会，必须依法办事，我们的租赁合同还有十二年，你们说让我们滚蛋我们就该滚蛋啦。是你们不讲理还是我们不讲理？是你们不守信还是我们不守信？我们欠了你们什么费用？说到底，你不服可以，你敢强拆也可以，有种的，做出来试试，我现在明确告诉你，我不再想多说什么了。"

已经缓和的气氛骤然又紧张起来。

"之种，你们提出的补偿款是 3000 万吧。"

"现在差不离儿，拖下去，或许还要增加，那就不是这个数了。"黄之种歪过嘴，鼻子横着呼气说。

"总得有个清单吧。"

黄之种"喀"一声，把打火机亮出火花，又点了支烟，狠命吸进肺里闷了会才喷出来。

随后扔一支给锡平贵，说："你说的是具体清单吧。"

"嗯。"锡平贵心不在焉地答应着。

"不是给过你们动迁组了吗，你没看见？"

"那是用蝌蚪文写的，看不懂，而且还是用美金结算的。在中国必须用中国货币进行结算，而且只能用人民币支付，这是国家的硬性规定。"

"蒙人吧，美金结算后折换成人民币支付不行吗。"

"这没问题，问题是你们这些东西我们请评估公司进行评估，评估结果 1000 万都不到，差距太大。"

"问题就出在这里，你们没有按照美国政府的评估标准进行评估。"

"国内没有美国评估公司，不可能去美国请一个评估公司来啊，这不成笑话了。再说了，你们这些东西都是国内货，哪来什么美国洋玩意儿。"

"就这么简单？"黄之种张开惊讶的嘴巴问。

"我们反复商量，反复统计，把你们所有的坛坛罐罐都算进去也就值这么多钱，没有理由能多给你们呐。"

"怪事，不可能差距这么大吧，否则，我们不是在无理取闹了吗？"

"也不能这么说，我们最终还是愿意再多支付给你200万，满意了吗？"

"你说什么呀，多给的，一分钱都不能要，这是国家政府的钱，得按规矩来。否则，你们动迁组做事就没有原则了，小心将来给你拉清单。"

"之种，你不会是睡着了说梦话吧？"

"清醒着呐，事物都应该从正反两个方面来理解，该补偿给我们的，你们一分钱都不能少！"

锡平贵沉思起来，烟头的亮光也开始一明一暗地闪烁。

"锡队长，你在想什么呢，我说得有错吗？我说动迁补偿，不能让你为难，您倒好像不高兴了。"

"没想什么。之种，你心里也该有本账。你这3000万的账是怎么算出来的？你好歹也该给我交代一个实实在在的底，你那些蝌蚪英文没人看得懂。"

"好吧，提起这账，我先给你讲个美国老板在纽约摩天大楼，上个月？再上个月吧，我去美国纽约。"

"打住！立刻打住！又是美国大老板在办公室跟美国总统不是通电话，就是喝咖啡，说了多少遍了。"

"不是聊总统，是聊动迁补偿的框架问题，也就是你说的我们的底线依据是什么，难道你出尔反尔，不想听了。"

"你们真的谈了补偿问题？"

"这会有假？我这里还有照片为证呢。"说完话，黄之种拉开抽屉，乱翻一阵后拿出两张照片，相片上的景色似乎是在高层大楼里面拍的。锡平贵没去过美国纽约，没法确认这就是纽约，更没法否定这不是纽约。

他身子往前靠了靠，黄之种伸出手臂搭在他肩上，说："锡队长，这是实实在在的纽约吧，咱怎敢欺骗您呢。"

"怎么没和美国老板合个影，他人呢。"

"噢，他上厕所的时候我偷拍的。美国人规矩，办公室不能照相。"

锡平贵惊讶得张大嘴——无语！

他没有出过国门，更不知道美国纽约的办公室到底有没有这样荒唐的规矩，如此问题他没法核实考证。

"这规矩或许是为了美国老板个人的隐私不被泄漏，或许是为了公司安全所采取的保密措施。"锡平贵只能如此揣摩，也不得不这么认定："唔，也许，是真的。"

"平贵队长莫打岔，仔细听着。我与美国老板经过很长时间的缠磨，他终于答应关于建筑物、土地剩余年份经营权、职工遣散补偿、苗木赔偿。"

"苗木是迁移补偿，不是按价赔偿，这是政策规定的。"

"人怕挪，树怕移，懂不懂？不过这些都不是问题，我们都可以作出让步和迁就。为了社会的发展，为了你们的政绩，我们可以牺牲一切。"

锡平贵再次张开嘴，发愣。

"美国老板再三叮嘱，要配合政府动迁工作，我们吃点亏不要紧，最要紧的是能让你所代表的政府多占点便宜去。"

"这算什么话，放心吧之种，既亏不了美国人同时也亏不了你的。又不是掏我自己口袋里的钱，我何必死抠门呢。只要你们的要求合情合理有依据，我可以表态，坚决按国家政策予以最宽松的补偿。"

"问题就在这里，有的事合理不合法，有的事合法不合理，咋办？"

锡平贵暗自纳闷：又玩什么鬼把戏？怎么一转眼又给我来一个莫明其妙的套头。

他突然感到他的好朋友黄之种十分陌生，感到这园艺场里的夜晚特别寒冷，冷得浑身打颤。

黄之种随手把烟蒂在烟灰缸里拧灭，定睛一看，锡平贵端坐在椅子上发愣，神情依然在疑惑中漂移，似乎还透出几分愠怒，那目光完全是陌生人的神态。

黄之种现在已不在乎锡平贵是死是活，虽然他似乎是引黄之种进入上海滩的领路人，但目的达到，他的存在失去了根本意义。咱最后还得狠狠心，把他这动迁组副组长的能量全部榨干！

这样想着，他嘴里说话声音也由鬼气横生变得婉转动听了："这样吧，锡队长，咱理解你，咱也好说话，你说咋办就咋办，国内园艺场的事你一锤定音，由你说了算。我相信，就凭你生产队长的大智慧，肯定能妥善处理好所有问题。"

锡平贵果然味味笑起来，说："屁，我这队长是天下最大的笨蛋。"

黄之种说："我才是笨蛋呢。"

他回手从抽屉里又拿出一份打印着蝌蚪文的合同，对着锡队长来回摆动着说："这是一份公司与美国芝加哥园艺部门签订的一份环境绿化协作合同，合同中明确约定，芝加哥园艺部门需要的都是咱园艺场的树木，一旦动迁，这份合同就意味着咱单方面作出毁约。你应该知道，如果对方在国际上打起官司来的后果是什么，这难题凭我的能量真不知该怎么解决，还是请您或者您的上面一并解决吧。这不就得了，你们想咋办就怎咋办，我是心有余而力不足，心里像打翻五味瓶，啥滋味都有。"

锡平贵惊讶地看着蝌蚪文合同，虽然他看不懂合同里写的是些什么内容，但"中美合资之种园艺有限公司"以及那个外文印章：两颗红通通的大印，不但赫然盖在合同末尾，甚至合同的每张纸页都有骑缝印章！

这是明摆着的事实，白纸红印谁也否定不了！

他心里明白，黄之种能把一个活生生的美国人弄来造假，弄几张纸盖个美国印章，容易得就像屁眼里喷出点气体而已。

信不信不是主要问题，关键是折腾得锡平贵神魂颠倒的动迁难题，被黄之种随随便便弄几张纸，盖上几个章就似乎给化解了，简直不可思议。

锡平贵震惊之余不得不佩服：黄之种的个性能量——无限！

凌晨，下了今年春天第一场雷雨。

武宁路低洼积沉的雨水像闪光的锡箔碎片，稀稀落落地撒在柏油马路表层上，没积水的地方也是明晃晃地透着亮光。云在天空中漫漫移动，忽浓忽淡，忽明忽暗，空气中充满着春天独有的潮湿，既宁静又温馨，常常引人情意绵绵，勾起无限遐想。

太阳在云层里渐渐露出真相，晨光在马路对面的武宁新村上空盘旋，橘黄色的光芒温柔地抚摸着楼房的顶端。

宽阔的武宁路两旁，高大的法国梧桐悄悄展开了毛茸茸的嫩绿的芽头，像中央台的天气预报那样告示着：春天来了。

过不多久，人流、车流，沸腾着、喧嚣着，涌起一股热烘烘的气浪。王小鹏推开天神酒楼临街的窗户，默默地看着楼下人来人往的景色。

突然一个激灵，掐在指间的烟蒂烫得他浑身哆嗦，于是他将烟屁股对着天空随手弹了出去："去你妈的！"

"王老板，今天来这么早呀。"酒楼的迎宾老头推开办公室房门，冲着王小鹏满脸堆笑，递上一杯热气腾腾的茶水，说："老家来人送的新茶，你尝尝口味如何。"

王小鹏回头朝他笑笑："今晚有喜庆酒宴，所以早点过来看看，就怕有事耽搁，别误了人家大喜。"

"酒楼的命运，现在全靠你担当了。"老头年龄虽大但做人乖巧，拍马屁的话张口就是一箩筐。

"我别无选择，"王小鹏冷如寒冰地说："有句俗语，叫做开弓没有回头箭。我担当，并不是说我有多高尚，只不过是我很无奈。"

"起早摸黑，你自己也别太辛苦了。"老头的话暖人心窝。

"做一天和尚撞一天钟，每天该做的事还是必须做完。经营管理好酒楼是我曾经发过的誓言，逼迫我这样做是我的良心。"

"老板，咱这酒楼，你们会不会，就怕散伙啊。"老头吞吞吐吐，说完话转身走人。

王小鹏追着他屁股扔过去一句硬邦邦的话："即使散伙，我也可以坦坦荡荡地说，问心无愧。"

听了这话，老头愣了愣，站在门框边，横着脸说："问心无愧？恰恰相反，这个社会问心无愧的是那些讹诈狸，而不是老板你这样的守法公民。问心无愧的人无论做了什么伤天害理的事，他们都是永远问心无愧的！不信？你有机会到楼下的公司去坐坐、看看，也算长长见识。"

王小鹏连眼角都没斜他一下，只是从鼻子里发出一声嗤哼，算是回答：他知道老头话多，爱管闲事。

这老头姓胡，大名国栋，号称国家的栋梁！

胡国栋退休前也是国企里面的大厂长，在位时只种刺，不栽花，清廉优秀得就像孔繁森。退休了，人走茶凉，再没人屌他，闲在家里无所事事，无聊之余托了黄之种关系来酒楼打杂，既看管仓库又做楼下大厅的"迎宾小姐"。

胡国栋身材高大，笔直挺起的胸部，走起路来呼呼生风。六十多岁的人了，身板壮得像铁塔，朝大门边儿一站，光看他那个大块头身板就镇人三分。

老头长着一大把雪白的络腮胡子，足有一尺多长，随风飘逸在胸前，很有些仙人风度。黄之种又特意让他穿上灰色面料长大褂，脚蹬一双白底黑面布料鞋。如此别出心裁打扮，更显出飘飘欲仙的老头别具一格的风采。

黄之种说："漂亮小姐做迎宾太俗，咱就是要与众不同，给所有来天神酒楼的客人留下深刻印象。"

其实这老头人还算本分、厚道，就是爱管闲事，他用共产党员的责任感来判断、分析：楼下开公司的那批人肯定不是好人！

"这些人进进出出鬼鬼祟祟，准确地说这些人肯定是社会的危险分子，除了讹诈欺骗，甚至还有吸毒、贩毒的可能。"他好多次这样提醒王小鹏。

王小鹏惊诧得瞪起两眼问："你有什么证据？"

"我个退休老头哪来什么证据，我是对酒楼负责，对社会负责，我曾经在党旗下宣过誓的。"老头理直气壮地说。

就为这事，胡国栋也经常在黄之种那里嘀咕。黄之种起初只是眯着眼睛装作没事人的样子听他唠叨，但很快屏不住了，嘴唇吧嗒一下挺身站起，眼睛放出光来，亮出九分嗓子吼道："你以为你还是厂长，这里不是你向党宣誓的地方。看不顺眼是吧，看不顺眼给我滚回去看你家老婆裤衩！"

从此往后胡国栋再不敢对黄之种吭声了，见到他，总是弯着虾腰，溜须拍马的奉承话里堆满着卑贱的笑，完全丧失了他那共产党员的英雄气概！

黄之种毫不含糊地对他交代："你的职责就是做个小姐！站在底层大门边欢迎宾客，态度要热情，胡子要让它飘起来。"

黄之种说的底层，其实就是进门大堂。

天神酒楼大堂，正对面是一幅大型油画，这幅绘制在墙面上的作品，高4米，宽8米。整个画面气势磅礴，精致的构思，细腻的笔触，把阳光下的原始森林描绘得栩栩如生，就连森林中那些老树上岌岌可危的树杈以及枯枝烂叶都描绘得微妙无穷，这自然也是王小鹏的杰作。

王小鹏对天神酒楼的环境布置费尽心机，他充分发挥园林艺术的构思理念，用廉价的斧劈石做幕墙，在幕墙的顶端设置了一道瀑布口，哗哗的流水扶摇直下，泛着白色浪花穿过圆木小桥，形成一条动态的S形水流飘带，他套用了在新都大酒店设计的园林外景风格并将其移至于室内中来。

大堂的灯光设计也别出心裁，在幽暗宁静的环境中不失浪漫的光彩，五颜六色的水下彩灯在清澈见底的水流中闪烁着迷人的光芒。美丽的金鱼逍遥自在，鼓鼓的眼睛，圆圆的嘴儿，胖胖的身子，它们悠闲地在清水里游荡。小金鱼们穿着各种色彩鲜艳的"衣裳"，有红的，有蓝的，有黄的，有白的，还有花色相间的。扇形的尾翼，轻飘飘的在水波中像鲜艳的尼龙飘带，十分优美地舞动着。

流水的岸边排列着许多天蓝色的瓷质花盆，里面种植着数不尽的小红豆，它的茎有小拇指那样粗，高度大约到人的膝盖。茎上分出的枝杈就像千手观音的手臂向上的同时又向左右展开，每条枝上交错长着翡翠般的椭圆形叶子，绿叶之间点缀着一串串艳丽的小红豆。

据说这些红豆可以食用，红军过草地的时候就是把这些果子摘下来充饥，所以这种小红豆又被称作"救军粮"。

酒楼大堂的地面采用的是五彩缤纷的大理石碎片贴面而成，这种设计做法既适应大堂的园林风格又大大地降低了装修成本。酒店的台子、椅子，也是中式风格。王小鹏画好图纸，买来木料，在他的监督下请木匠来定制的。

迎宾大堂的左边有一条走廊，走廊内的包房雅座现在已经包租给高金生和汪洋他们做公司办公室。右边则是二间很大的厨房，包括冷菜熟食间。从楼梯通道上去是宽敞的用餐大厅，大厅内可同时摆下二十多桌大型圆台面。楼梯右端拐个弯才时真正的豪华包房，一道精致的屏风将大厅视线完全隔断，既幽静，又舒适，闲杂人等不得入内，这是专为政府官员、大老板们或聚会或洽谈事务准备的。

整个天神酒楼的布置喜气洋洋，充满了中国特色的人文艺术。红彤彤的色彩是主色调，黑白相间的是点缀。低成本创造出高境界，这不是奇迹，这是发生在王小鹏身上很普通的一个事例：办事认真、做事踏实、控制成本、精打细算，这是他的人性，也是他的闪光点。

黄之种对王小鹏在这方面的实际能量信任有加，从不过问，也不质疑。惹他不满的是王小鹏这家伙有个最大的嗜好，就是爱谈人生，更爱谈什么创造人生。每当王小鹏谈起创造人生时两眼炯炯有神，似乎找到了一种伟人的感觉，他的这种感觉让黄之种厌恶至极！

黄之种知道伟人是永远不满足于现状的，王小鹏或早或晚总会想到将来怎么超越我黄之种。

直到有一天，那万恶的一天啊！王小鹏的所作所为让黄之种想起来就恶心、就愤怒、就心有余悸！

那天，王小鹏谈人生的对象是韩勋董事长以及他以前的助理许杰和台巴子李国军等人，台面上都是有头有脸的人物，黄之种敢打赌：王小鹏这小子再没有比这更好的谈人生的对象了。

地点是在天神酒楼那很有异国情调的豪华包厢内。窗外蓝天白云，阳光明媚。王小鹏竟然毫无顾忌地当着黄之种老板的面，满嘴雌黄，夸夸其谈他的人生观和他创造人生的狗屁价值观。

王小鹏谈创造人生的套路，黄之种听了不止三十六遍，都已烂熟在胸：忆往昔，饥寒交迫艰难困苦。看今朝，兢兢业业埋头苦干。展望未来，人生路上共同致富。

最让黄之种来气的是这小子在说这些套路时，装得像真的一样，似乎强忍着内心的激动，说完一句话，就会深深地吸一口气，然后用极具磁性的音腔娓娓道来："人走在人生旅途，需要朋友间的相互支撑，你撑着我，我撑着你。那些不懂朋友间相互支撑价值的人，不懂以心交心的人，不懂共同致富的人，根本没资格谈人生的路该怎么走，懂得人生价值观的人才会创造出伟大的人生。"

王小鹏那天在酒宴上谈人生的语气顺畅至极："创造人生，共同致富是一种来自于人的本性、人格、良知的道德行为。超越人性的自律、社会的规范、法律的限制，把朋友间的支撑当作联谊的工具或者是达到一己私利的某种手段，这种人最终必定被社会所唾弃。"

他说话时忽闪的小眼睛装得极具诱惑力，口若悬河、妙语连珠："吾必本着良心、自尊，随着社会发展与时俱进，与朋友们共同改变和创造人生的自我价值。这其中自然免不了在座的各位领导和友人的支撑。吾最尊重的、最在乎的，就是各位领导对吾的帮助和教育，吾常有一种茫然的感觉，就像是迷途的羔羊。"

他说着，说着，两眼渐渐通红，小眼睛里竟然还能溢出些泪水。

"真不要脸！"黄之种鄙视至极，在心里恶狠狠地咒骂："虚伪！"

让他很无奈的是王小鹏即兴发挥的狗屁人生，忽悠得所有人兴趣盎然，呷巴着津津有味的嘴对个体户的人性赞不绝口——除了黄之种。

韩勋董事长不断点头，不断重复地说着："王小鹏，你说得太好了。"

台巴子李国军更是专注地凝视着王小鹏："你有颗菩萨心肠，说得太精辟了。"

许杰表示沉默——大领导在场，他从不说话，只是微笑着点头。

黄之种则微闭着眼，幽幽地说："其实嘛，人生啊，就是为了生存和发展不断修炼他的伎俩和德性！"

王小鹏用眼角的余光看到黄之种似乎有一丝不快，脸上涂着蔑视的表情。这种喧宾夺主的哗众取宠，有好几个瞬间让黄之种感觉厌烦。

许杰似乎也感觉到黄之种不快，竟然破天荒地开口说了一句离题更远的话："黄之种，王小鹏，以后有项目，你俩人可以用实力相互竞争，是驴是马，拉出来遛遛就看得一清二楚了。"

黄之种不再说话，他真正生气的时候，不说一句话。

俗话说：心冷了，很难再缓过来。

合作经营的两人世界，不怕吵架，就怕冷漠，冷了一个人，冷得却是两颗心。不久前的一天，在天神酒楼办公室，黄之种似乎很坦诚地对王小鹏说："你不应该在客户面前夺我面子。"

王小鹏也真心实意地说："之种，我确实没这意思，你怎么会这么想？"

"那天在台面上，我不言语，不代表我不知道你在妖言惑众；我不计较，不代表我不在乎。你记住，常言说得好，不要把自己的野心骑在别人的肩膀上，人在做，天在看。"

"你真要这样想，我也没办法。"王小鹏很是无奈。

黄之种不但不理解，甚至抱抵触情绪，喊了声："好啊，你想咋弄就咋弄！"随后甩门走人。

人，尤其是王小鹏，心地总是有一种挑战未来的欲望。

黄之种忿忿不平地甩手走人。他无意中的酒后论述看来似乎伤了黄之种自尊心，但他不觉得自己那天说的话是有野心的虚伪表现，其实当中也蕴涵着自己做人做事的真正理念，绝对不是黄之种所说的那样妖言惑众。

"人所不为而我为"他希望在酒楼的日常事务中用努力工的作态度来改变黄之种对他的看法。

于是他在巨大的遗憾中升腾起振奋精神。

有一种比较粗俗的表象似乎证明黄之种这次铁了心：他已经有两个多月没与王小鹏碰头了。

据说他偶尔进天神酒楼，也只是与汪洋和高金生那伙人里嘻嘻哈哈一阵子后就走人，不再上楼进他与王小鹏共同使用的办公室。即使他做东请客，也宁可另找地点而不愿在天神酒楼。

少了黄之种，酒楼似乎少了许多人气。热闹的场面变得萧条，白板连连，营业额更是一泻千里。

既然这样，王小鹏也无回天之术，只能如他所说：做一天和尚撞一天钟，做好每天该做的事。

他不敢像黄之种那样也做个甩手大爷，走人。一来，他没地方走。二来，他走了酒楼的经营谁来担当？

王小鹏是个有责任心的人，他不愿有负于黄之种，他内心深处对黄之种还是蕴涵着深厚的兄弟感情。目前相互间的尴尬关系对他来说是很无奈的遗憾，然而这种遗憾对黄之种来说也十分纠结。

这天早上，他懒洋洋地爬起来，打了一个长长的哈欠，抬起手擦擦嘴上的口水，然后抖擞了一下精神。

昨天晚上，他好几次从噩梦中醒来。

在梦里，他看到王小鹏凄凉地在一片荒蛮的废墟中踉踉跄跄地独行，这片废墟似乎就是中美合资之种园艺场。

动迁后的荒土地上被挖掘得坑坑洼洼、七高八低，所有种植的树木都被移走，剩下的断墙残壁与横七竖八的枯干烂枝交错重叠，一片片冷森森的暗影埋伏在墙角，废墟成了阴晦的坟地。

咄咄逼人的阴影里，几条黑色的野狗，头上披着红发，闪着蓝光的眼睛，歪着鼻子悄悄地跟随着王小鹏。

这些吃人的野狗嘴角沾满了鲜血，长长的黏液拖在舌头边缘，人肉碎渣随着吐沫晃动。它们似乎与王小鹏有仇似的，恨不得扑上去咬死他。

王小鹏像似一个手无寸铁的夜游症患者，在园艺场的废墟中游荡，突然间，野狼同时一跃而起，撕心裂肺地嚎叫着扑上去。

"哇"的一声，黄之种被惊醒了。

他睁开醉酒后的眼睛看了看空荡荡的四周，翻了一个身，又呼呼地睡了过去。

王小鹏对着他点点头。

黄之种也点点头，俩人默默无语。

"之种，你义薄云天，说甩手，就甩手，这是一位顶天立地的侠客作为吗？你让我王小鹏心中好为难。"

"你是自作自受。我是老板还是你是老板？你颠倒是非，无情无义，树大分权是必然的事，能怪我吗？"

"你让我何去何从，咱是合作，还是不再合作，你总得有个交代嘛，假牙也要说真话啊。"

王小鹏咧开嘴，好像是故意炫耀他那口虽然不白，但十分整齐的货真价实的牙齿。他有张有弛地说罢，好像是累到了极点，身子一横，倒在一处废墟的墙角上，侧歪着脑袋呼呼大睡。

黄之种脱口大骂："你个混蛋！"

他被气得嘴歪倒在右边，王小鹏这副龇牙咧嘴的腔调明摆着嘲讽他黄之种满嘴假牙——满嘴假话！

突然阴暗的墙角后面冒出一个黑咕隆咚的脑袋，扭曲的脸上好似绿色的冬瓜皮上涂着一层白石灰水。

只见他对着后边一招手，又冒出一胖一瘦俩野鬼，走到王小鹏身旁，用嘲讽的口吻对冬瓜皮说："怎么样，砍了吧？"

冬瓜皮癫着脸看看黄之种，说："请大人吩咐。"

"妈的！吩咐啥嘛，开打！"瘦鬼骂道。

"儿子，开打！"东瓜皮也不征求黄之种意见了。

像刽子手那般的胖野鬼，只见他侧身站成一个八字形，往手掌心里啐了口唾沫，抡起圆木大棍，对准王小鹏腰部狠狠地就是一家伙。王小鹏的腰猛地弓起来，嘴里发出了震耳欲聋的嚎叫。

"慢！慢！"黄之种一跃而起，赤裸裸地站在床上。

原来又是南柯一梦！

黄之种坐在床上愣怔了一会，眼巴巴地望着天棚顶端，思索着昨晚上那些断断续续的噩梦中的含义预示着什么？

其实，他心里明白，虽然提起王小鹏的名字他就牙根痒痒，恨不得咬他一口。但究竟恨他些什么，他也说不出个所以然来。

王小鹏实实在在做事的作风，忠心耿耿地维护他们共同利益这都是无可指责的，王小鹏个人能量也是无懈可击。

思来想去，最终他终于得出结论——志不同，道自然就不合了。

王小鹏自从恋上了装修饭店酒楼后认为这就是出路，也是将来发展的方向，再努力去做园林绿化的行当必定死路一条。

这个想法王小鹏已多次对他表白，并劝他多找些门面房以配合他的发展方向。可自己并不这样认为，他从园艺场的动迁补偿中发现了一个令他耳目一新的商机，一个闪光的亮点。这就是去寻找和租赁将来可能被国家开发征用的土地，多多益善，辟为苗圃种上树木。

目前他在闵行区那一带已经租赁了大片土地，把宁波卖命桥红星苗圃的所有树木都移来上海，形成了产业型的苗木培育基地。在此同时他又在闵行附近地区租赁了几片地块，胡乱栽上点树苗等待政府开发，等待政府补偿。

这与王小鹏装修转让酒楼饭店的经济效益有着天壤之别。说白了，咱这就是守株待兔，张网捕狼。至于园林绿化他坚决不相信王小鹏对局势的分析和判断，他认为上海滩的环境绿化前景无限可观，政府大规模开发的同时怎么可能不带动绿化环境的需求。绿化是我的本行，隔行如隔山，不熟悉的我不干，我就干我熟悉的，你王小鹏认为的死路对我黄之种来说或许是阳关大道。

时代不同了，你王小鹏的设计手艺不能与时俱进，没有资质，你就完全丧失了自身的价值。我只能与时俱进，只要我获取了有设计资质的人物，我就可以面貌一新地挺进园林界。

咱有钱，咱怕谁？

中美合资之种园艺场的动迁补偿款咱这辈子都用不完！我跟在你屁股后面吧哒吧哒地帮着你落实门面房，把自己人脉关系榨得一干二净！

——屁一个，见鬼！

虽然说缺了谁地球照样转，但是再要去找一个志同道合的人合伙干也并非易事，像对王小鹏那样放手让别人干，自己会放心吗？可王小鹏能力再牛，跌倒了，心死了，他还愿意死心塌地的再跟着我干吗？

答案是——显然不会！

黄之种知道，王小鹏是一个孤心自傲的家伙，处处要显示自己的能量所在，如果他在园林界体现不出自己的能量，他决不会再干。因为他了解这家伙的人生价值观，这在黄之种的脑海里已经有了明确的背书。

可是，让我抛弃熟悉的行当跟着你王小鹏去闯两眼一抹黑的建筑装潢，咱也不就是吃闲饭的人了吗，这咱也不愿意干。

很显然，要达成一致的意见——难！

无论如何，咱得对这家伙晒出自己的观点，这比相互间回避问题要好得多。不但可以为继续合作或一拍两散做一个恰当的背书，而且以后或许还有可能发现许多意想不到的合作机会。

有一点必须明确，在合作的游戏规则里，我是大老板，我的决断就是独裁，没有任何可以怀疑和不执行的理由。这一点必须对这家伙表达清楚，我如果心一软，降低这要求的标准，将来他发达了，我就可能溃不成军。

最后，黄之种还是决定约王小鹏谈一次话：他们俩十年来的友谊、情感，以及人生路上吃喝玩乐的故事，是多么有趣，多么值得让人留恋。

黄之种现在更看重的是王小鹏这个人！

前提是——只要他以后不再老卯！

"不要等到他离我而去时，再去衡量咱俩之间的分手值得还是不值得。"他想。

眼见着日头渐渐升高，已是晌午时分，酒楼大厅陆陆续续来了几档客人，今天晌午总算没吃白板。王小鹏料理完堂口事务，躲进办公室，斜躺在沙发上歪着头看晚上筵席的菜单。

晚宴菜单所用的食材已经备齐，他唯一担心的就是那些死桂鱼，会不会让人吃出味儿不对劲。

酒楼的主管说："为了降低成本，只能去铜川路市场买些没死透的桂鱼。"

王小鹏很是疑惑："没死透是什么意思？"

主管说："那客户太抠门，把酒筵的价格压得那么低，不买死鱼就咱死！"

"会不会被人发觉？"王小鹏问大厨。

"没问题，这是所有饭店的潜规则。"大厨说。

"可我答应客户的是活桂鱼。"王小鹏有点愤慨。

"买来时，鱼儿还在喘气，杀了，不就死了？"采购员老谢自宽自解地说。

"这也不是什么犯罪行为，酒筵上的鱼儿总得要死，不可能吃活的吧？咱这桂鱼不过是早点死晚点死的问题，你也没有对客户保证过这桂鱼必须在酒筵前几点钟死啊。"酒楼的主管微笑着狡辩。

老谢是主管请来的，背地里传说老谢是他的舅老爷，这让王小鹏对采购这一块很是纠结，老谢抽的香烟竟然也是红中华，只不过是硬壳中华而已。

王小鹏曾经几次收到过揭发老谢贪污受贿的匿名信，他几经周折费尽心思去调查取证，结果是查无实据，也只能不了了之。

老谢与大厨的关系暧昧，大厨老是嘀嘀咕咕地帮着他说话："能喘气的鱼儿，就是活鱼。"这是大厨给活鱼下的定义。

但是活鱼究竟喘了几口气，王小鹏是看不到的。

每当王小鹏看到老谢买来的那些活鱼时，这鲜活的鱼儿已经是一丝不挂，破膛开肚地被宰杀得干干净净。

"厨房的活儿，总不能每次等你老板来了——验明正身，然后再杀！"老谢的朋友大厨说。

大厨的话儿似乎在理，王小鹏很无奈。

但他心里明白：没死透的鱼就是死鱼，只不过是没变质而已。老谢买这种鱼，其实就是帮铜川路市场那些鱼贩子的忙。鲜活的鱼儿一旦死了，不久便会变质发臭，就连扔掉都难找个去处，更不要说卖钱了。

王小鹏几次想赶走老谢，但他明白砍掉这个连着那个，打断骨头连着筋，他总不能将他们一锅端吧。

他想找个人商量商量，但他又能找谁去商量呢。他不喜欢勾心斗角，但也不愿意被人当傻瓜算计，他更不喜欢虚情假意的客套，所以他很难有个知心朋友。算来算去，这几年来也只能算黄之种是他朋友，但似乎又不能算知心朋友。

这让他自我感觉很是矛盾。

他有时甚至妒忌黄之种每天嘻嘻哈哈过日子的方式。虽然黄之种也是个有心机的家伙，但是王小鹏也不傻，很多事表现出来的现象他都能看明白，只是不想说而已。因为表现得太聪明，太直白，会很累。有时候还是糊涂点会让自己的心情更好点，他只是觉得这几年内心世界很孤独，就连个掏心窝子说话的人都没有，这让他感觉很失败，太失败了。

黄之种的内心活动他其实看得清清楚楚，也看得明明白白。

他没说破，没彻底翻脸，只是因为他不想太尴尬罢了。撕破脸并不是什么难事，你黄之种可以不在乎我，但是你要尊重我，因为我太在乎与你的合作。

那不是一个概念上的合作，应该是真心实意地掏心窝子的合作。我把我的人性赌注全部压在你的身上，这就是我对你的无限信任和寄托。在某些人眼里我与你的合作以及敬业也许只是想多挣钱而已，这种说法叫做完全没有人性。有些交际的手段或者私下里说叫做拿人的玩意儿，不是我不会，只是不想与你黄之种同穿弄堂而已，今生我们能够如此合作十年，也是前世修来的缘分。即使你不在乎我了，或者你想另起炉灶，也没必要回避我啊，为什么我们就不能好好地推心置腹地聊聊呢。

人来到这个世界，人生能有几个十年？

因为一辈子不长，十年的友情难道不足以珍惜吗？我们只有今生的合作，再没有来世的相遇。

很无奈的事毕竟发生了：黄之种与王小鹏之间的最终沟通和谈判，彻底破裂。

这天晚上，俩人心态平和地走出天神酒楼。王小鹏说了一句："之种，咱们再一块吃顿晚饭吧？"

黄之种想：虽然谈得不欢而散，但也没什么深仇大恨，吃顿饭总可以的。

他俩都不愿在天神酒楼吃最后的晚餐，依旧是匆匆赶到朝阳电影院侧边的那个梦之春咖啡馆，挑个僻静处落座。

夜已深了，店堂里显得很幽静。

不一会儿，服务生将点好的酒菜端了上来，其中有一道菜是王小鹏日常最爱吃的糖醋排骨。

黄之种夹起一块排骨给他，说："吃吧，这是你最喜欢的菜。"

谁知王小鹏面露不悦之色，说："我最烦你的那套自以为是，从来不在乎别人的感受。相处这么久了，难道你还不知道？只有在我最高兴的时候才爱吃糖醋排骨，人逢喜事才会感觉甜甜的滋味更浓厚。"

这时黄之种的嗓音也有些哽咽："你总是不了解我对你的　片心意，时时刻刻我都在想如何挽留你在我身边。你应该也知道，我最喜欢吃的是糖醋鱼，而我今天特意为你点的就是糖醋排骨。"

两个如此看重对方的人，却因为沟通出现了误判而面对分手的局面，这是人性的问题，还是彼此间的利益问题呢？

"一段路走了很久很久，依然看不到希望，那就只能改变方向。一件事，想了很久很久，依然纠结于心，那就选择放下。一些人，相处了很久很久，却感觉不到真诚，那就只能选择离开。转个弯儿，人生道路或许更宽广，旅途更阳光。"王小鹏两眼看着黄之种说话，他的音腔虽然有些傲但似乎渗出点郁闷。

"现实世界，现实人类。王小鹏，我给你讲个故事，从前有两个相互敬重的商人，有一天，一胖一瘦的俩人在旅途中遇到了死神。死神说，你们两人只能活一个，你们猜拳吧，输的就得死。最后，胖的输了，瘦的抱着死去的胖子说，说好一起出石头的，为什么我出了剪刀，你却出了布。"

"呵呵，这比喻好。恰巧我也是胖子，你却是瘦子。"

"这就是现实，这就是市场经济中与时俱进的人心。"

"因为我不能与时俱进，所以只能选择分离，我的个性无论如何不能接受你的翻案。"

"什么叫翻案？形势不同了，环境不同了，格局也不同了，所以利益分配自然也就不同了嘛。"

"你是不是想说，当有些人傻乎乎地想输时，其实他就赢了。"王小鹏笑嘻嘻地说着讥讽话。

"我提出的四六分成是因为你没有园林设计资质，你的绘画手艺再好现在也毫无用处。我必须花钱聘用有资质的设计师，从而打开堡垒重返园林绿化市场。这个市场的蛋糕无限之大，你现在退出，以后必定后悔，将来不要责怪我今天没有提醒过你啊，你可好好再想想。"

"之种，这是二个不同概念的问题，你也不要偷梁换柱来混淆视听。当初合作，我们确认的是五五分成，而现在你提出的四六分成，这触犯了我做人的个性，我不能忍受这种委屈。"

"不存在委屈的问题，这是你的心态有问题。"

"我不能委曲求全而放弃自己的心态，这会埋没了自己的人性格调，如此也不符合我的个性。"

"你的人性掩盖不了你个性的缺陷。你不能面对现实，我也只能说声对不起，我也很无奈。"

"没有什么对不起的，你黄之种是故事中的瘦子，但那胖子不是我王小鹏，我现在虽然面对着分手猝不及防，像是寒冬腊月的独行者，但我相信自己会熬过去的。我不但有这个信心而且我也相信自己也有这个能力。虽然如此，我仍非常珍惜咱俩十年合作的友情，如果真的要在这段友情上加个期限，我希望是一辈子。"

"十年来的人生合作，成功也好，失败也好，得失也好，都如烟云风吹即散，所谓的留恋只是一时的心情。"

"归根结底来说，咱俩都富裕了，想当年你黄之种初来上海，看到我王小鹏，小腰弯得像基围虾那样啊。"

"好汉甭提当年勇。"

"你看看你自己，斜白眼珠也纠错正位了呀。"

"人生是不断收获、不断改善、不断放弃的过程。"

"是啊，得之坦然，失之淡然。只要心是踏实的，日子就是快乐的，生活就是真实的。把握真实的自己，活出自己的本色。"王小鹏又开始夸夸其谈了！

黄之种最看不惯的就是他的这种德性——虚伪的小人！

这天晚上酒喝到深更半夜，酩酊大醉的俩人似乎该说的都说了，该分手也就分了。没有争吵，没有翻脸，就像协议离婚那样，分道扬镳了。

现在该回过头来说一说王小鹏与黄之种分手的根源所在了。

　　究竟是什么原因促使王小鹏甘冒孤军作战的风险呢？这在当时他们俩谁都说不太清楚，对此他们心里或许都有些迷惑不解。

　　王小鹏自从辞职下海经商，长久以来已经习惯附庸于黄之种的个性能量上。反之，黄之种也习惯于附庸在王小鹏的个性技能上。双方的合作可谓是各自取长补短，是形影不离的一种充满立体感的互补合作。

　　他们两人的个性都有倔强的劣根性，都有好胜的血性，都具备不服输的刚性。就单纯的分手而言：王小鹏没有错。

　　黄之种也没错，他唯一的错：就是还不够狡猾，在摊牌前不够阴。

　　如果他换一种说法，"为了破解目前的尴尬局势，咱俩的利益分配调整为四四分成，留出两成作为活动经费，以便聘请有资质的园林设计师。"

　　这样的说法才配得上做大老板！

　　才配得上驾驭王小鹏这匹黑马！！

　　王小鹏那天提出再吃一顿晚餐的意图，就是等待黄之种能说出这句话来，但是黄之种偏偏不说。

　　这让王小鹏很无奈，或许黄之种根本不在乎我王小鹏了，或许黄之种没想到应该调整为四四分成的说法，或许黄之种还认为分道扬镳后他的整体实力大大超出王小鹏，即便单干，他不但赢得起，也输得起！

　　黄之种不是没有想到这些东西，只是他不想对王小鹏说软话，这个面子他丢不起，这是往他脸上抹黑。

　　如今的黄之种已经不是当年初来乍到上海滩推销苗木的乡下人。

　　他目前在闵行区不但有好几片具有很大规模的苗圃基地，而且手里还掌握着一大把人脉资源。意气风发的他，浑身上下显示出来的是一种类似"泰山崩于前而不变色"的气魄。

　　不了解他的人以为黄之种城府极深，实际上他是个思想并不复杂的人。谈判桌上，他不仅会把自己的观点直言不讳地亮出来，而且他也是个耳朵根子很软的人，只要对方愿意多说些软话或者敬佩、崇拜他之类的话，他往往会立刻改变自己的主意。他喜欢听好话、听奉承话，甚至更喜欢听阳奉阴违的话。

　　黄之种人性直率，喜怒哀乐之情常常流露于表面，随心所欲地指东说西，嬉笑怒骂是他的人性本色。

　　——我是老板！我怕谁？

　　偏偏王小鹏也是一个倔骨头，他把社会上的人脉关系看得很淡，这个淡，其实是建立在"黄之种是头人"的基础上。

　　这是他十年来，因为盲目附庸黄之种而酿成的苦果，分裂对他来说：形势是严峻的，前程是渺茫的，旅途是孤单的，有再大的理想和抱负也是心有余而力不足的。就目前而言，王小鹏面临的棋局比当年辞职下海时更为严峻。

那年的辞职，他是做了思想准备和实践预演。而这次的分道扬镳，他没有思想准备，毫无发展基础可言。

他经商需要的所有隐形资源都捆绑在黄之种身上，黄之种给他留下的只是一座摇摇欲坠的天神酒楼。而他王小鹏心甘情愿地放弃绿化领域已经取得的所有权益以及各大宾馆的摆花收益。

这个时段，王小鹏创造人生的奋斗精神接近于崩溃，他感到身心疲惫。可以毫不夸张地说，王小鹏是当年辞职下海经商的那批人中的代表人物，是中华民族勤劳致富和市井百姓的劣根性的集中反映，是社会体制在改革开放阵痛中产生的一种奇异人物。历史的改革进程将这些小人物毫不留情地卷入滚滚的洪流，或被淹没，或死里逃生，或乘风破浪。

如果换一个角度来看这个跌宕起伏的年代，来看洪流中的王小鹏，他从小造就的劣根性已经证明了他是个不屈服于压力的人。他敢于做普通人不敢做的事，他敢于冒普通人看来极具风险的事。

由此不难看出王小鹏不惜分道扬镳而敢于抵制黄之种"四六分成"的思维理念之根源所在了。

"四六分成，不是钱的问题，也不是利益的问题。对一个具有尊严的人来说，这是一个地位的问题。对我个人来说，这是人性的价值观问题。这个核心价值观，这个底线，我不能委曲求全，任何时候都不会放弃的。"他说："失败的可以再争取成功，放弃的可以再去博弈拼回来。"

他的这种人性智慧善于回顾和研究失败的事例，他的思维方式和做事方法就是从大处着手，狠抓细节，心细如发。

这种做人做事的格调被黄之种戏称为"粗码细夹板"。

他的沉思，是真正的沉思，深入浅出。他所谓自创的"海派哲学"来自于实践，来自于他自己的人生履历，在总结经验教训后再应用到人生旅途中创造人生。实践证明：他沉思后的决断无往而不成功。

多年后，王小鹏的儿子问他："爸，当年你和黄之种分手，如果因此而造成你人生前途渺茫，无路可走时，你会怎么想？怎么做？"

这位曾在园林界名声显赫，在上海滩创下无数业绩的"无敌大将军"，只是平静地吐出两字：

——去死！

油画　原始的安逸　王照敏／绘

油画　伊瓜苏瀑布　王照敏／绘

第七章

黑 洞 漩 涡

攀登高峰望故乡，
黄沙万里长。
何处传来驼铃声，
声声敲心坎。
盼望踏上思念路，
飞纵千里山。
天边归雁披残霞，
乡关在何方。

"平贵老兄，你的梦驼铃唱得太美了，唱出了孤身独处在浩瀚无比的沙丘里那种凄凉悲壮的思念之情。"

"阿邓，我明白你的好意，但你的抚慰弥补不了我心灵的创伤。骆驼走了，哪会再有敲心坎的铃声，盼望踏上思念她的路，只不过是望眼欲穿而已。即使飞纵千里山，又怎么可能与她再有相聚之日。现在回过头来想想，我简直就是傻蛋。当初动拆迁，上面催命鬼似的隔三岔五地逼迫，下面那个宁波阿乡黄之种搞鬼捣乱，弄得我像猪头三那样晕头转向。再说生产队动迁整体解散，骆驼调到上面的头人身边工作，所以我与她见面的机会自然就少了，不知不觉中冷落了她，疏远了她。哎，最初简直连她离我而去的原因是什么都不知道。"

"像骆驼这样优秀的女人你怎么就看轻了呢，她是你的左膀右臂啊。还说什么疏远、冷落，这样尚血的话你也说得出口？我看你是忽视了这份情谊，这叫作身在福中不知福。"王小鹏不得不坦率地骂锡平贵是个糊涂的混蛋："我看你身上散发出来的不是人体的热量，也不是人味，而是一种令色狼有机可乘的暧昧气味。"

王小鹏对骆驼还是比较熟悉的，她是锡平贵生产队的财务会计。

骆驼本姓张，名凤梨，合起来叫张凤梨。由于她个子高，背似乎略显驼，背后人称她为"单峰骆驼"。张凤梨不在乎这外号，于是乎大伙开始得寸进尺，嫌四个字叫起来麻烦，干脆简化，称其为"骆驼"。

这称呼朗朗上口，张凤梨也觉得亲切、简易、她喜欢。于是这张凤梨的大名就被埋进土里了。

骆驼浑身上下干净利落，一副乡村女教师打扮，整个脸盘时时刻刻笼罩着一种安逸的宁静。因为她不善于欢乐，略显严肃，所以她的眼角以及内眼角微微显出几条细细的皱纹。

骆驼那双圆溜溜的眼睛黑眼珠特别大，几乎占满了整个眼睛，而且这眼珠漆黑漆黑的，让人仿佛看不到底。当她对你有什么要求时，就用两只眼睛企求地望着你，你的心一下了就软了，只好她有什么要求就谦让着满足她什么要求。

就凭这双大眼睛，让精明的王小鹏也吃了不少亏，这双眼睛为生产队队长锡平贵在天神酒楼的大吃大喝节省了不知道多少钱。

骆驼虽然抠门，但付款特爽快，而且个人从来不要一丝好处，大义凛然，一身正气。这让王小鹏不但尊敬她而且心里对她还有种异样的感觉。但人家名花有主，王小鹏也就甭想打这主意了。

"这样的女人打着灯笼也没处找，而你个狗屁队长说冷落就冷落了，说疏远就疏远了，该你喝水塞牙缝，放屁扭了腰，活该吧，怪谁呢。早知今日，何必当初咱不后下手为强，呵呵，哈哈哈哈。"王小鹏心里这番想着，嘴上情不自禁地放声大笑起来："惭愧、惭愧。"

他这出乎意料的突然爆笑让众人大为惊愕。

"你笑啥嘛。"平贵队长瞪着猫眼问。

"哈哈，哈哈，我笑你这队长大人似乎真的是失恋了啊。"王小鹏觉得这平贵挺逗人的，这么大把岁数，还他妈的在玩什么青葱岁月的游戏，心想，"也不瞧瞧自己大腿根上，都长白毛啦。"

"小鹏，你还真别笑，咱两人出生于同个村庄，打小青梅竹马，却因那万恶的'文化大革命'，那十恶不赦的阶级立场，错失了金玉良缘。"

骆驼家庭成分富农，锡平贵不但是贫下中农而且是共产党员，这在文化大革命中俩人根本不可能走进神圣的婚姻殿堂，这是众所周知的不争事实。

"那你早就应该学会放弃，其实放弃也是一种爱，更是一种美德。"王小鹏挺认真地说。

"你个没人性的家伙，平贵怎么可能做得到说放弃就放弃了呢，更何况他与骆驼相处了十多年。十多年是什么概念啊，如果说要有孩子的话都可以上中学了。王小鹏，就你一句轻飘飘的放弃，就可了得？"阿邓气呼呼地说。

阿邓是锡平贵的铁杆哥们，他对平贵的人性有深刻了解，知道平贵深深地爱着骆驼，也知道平贵所爱的人被动迁组大头人出阴手给夺了。骆驼的离去，给平贵带来无限打击，这种沉痛深深地透进他的灵魂。这段日子，平贵甚至有过强烈的自杀欲望。今天阿邓约了平贵的几个好友和三个陪酒女郎在天神酒楼设宴吃花酒，并请王小鹏一起参加就是为了图个高兴，搞个气氛来安慰劝导锡平贵。所以唱反调的，不利于活跃气氛的话题他坚决予以制止。

"王老板，你这酒楼地方不错，音响效果也好，你也给咱们来一段吧，搞搞气氛。"阿邓剧烈地咳嗽着说，他是个老烟枪。

邓老板从事外贸生意，谈判桌上是超级高手。

他与王小鹏同年生，同属马。阿邓老板与外国人接触多了，所以开放的人性在这匹马身上得到了充分体现，围绕在他身边飞舞的蝴蝶，五彩缤纷得让人眼花缭乱，他则泰然自若，含笑于鲜花丛中。

"王老板，来一个嘛。"

"咱邓老大发声啦，来一个哇。"

两个小姐随着阿邓同时起哄。

"奶奶地，够妖艳的，今晚上还不知道是谁厉害呢。哼，走着瞧。"王小鹏在心里咒骂了声。

如今的天神酒楼因食客的需求，豪华包房里也安装了电视音响设备：有吃、有唱，还可以跳迪斯科，实行了一条龙服务。让人感觉这里是最逍遥自在，最温馨如家的地方。

这配套服务倒也吸引了不少人气，如平贵队长、阿邓他们就是王小鹏费尽心机吸引过来的，王小鹏别出心裁的把这里当作他创建人脉关系的平台，抄袭运用黄之种那些有效的拿人伎俩，不断做东，无偿宴请三教九流来此寻欢作乐，包括楼下的汪洋、高庆生他们。由此，他凭着天赋的歌喉，唱出的流行歌曲就像原声音带那样美妙，他那磁性的音腔发出的共鸣震撼人心。

许多流行歌曲的歌词，他从肚子里拉出来就能唱，《爱拼才会赢》《一张旧船票》《在那遥远的地方》《莫斯科郊外的晚上》《酒醉的探戈》《小花》《路边的野花不要采》《恋曲1990》《送战友》等等，他闭着眼睛着可以不重复地唱它个一天一夜。

今天这种场合，他的表现欲特强，在美女们陪伴下一展歌喉，这种感觉要多美有多美。在邓老板那种老鸭"嘎嘎"叫的读书唱法衬托对比下，他王小鹏简直就是个天才歌唱家。

他曾在某次酒宴中说："有个并不夸张的设想，机会成熟，咱很想把刘德华拉出来PK一下，咱敢拍胸部，不会输给他。"

现在有人点名请唱，他求之不得。

王小鹏很得意，开始不三不四起来："哈吧，哈吧。小事一桩，洒洒水啦。骆驼铃声咱家就不唱喽，俺给你们来个梦断蓝桥的《滚滚红尘》吧。"

他清清嗓子，似乎犹豫一下，说："噢，对了，那位美女，请你把伴唱的音乐关掉，咱家喜欢清唱。"

"嗬嗬。"

他用唾沫润滑几下喉咙管子：

于是不愿走的你
要告别已不见的我
至今世间仍有隐约的耳语
滚滚红尘里有隐约的耳语
跟随我俩的传说

没有掌声，一片寂静，静得都能感觉到大伙胸腔里"咚咚，咚咚，"的心跳。静得能感觉到爱情、友情、真情，神秘如若仙境，如痴如醉，如梦如醒。

"哥哇！你太伟大了！"一陪酒女突然跳起，咬住他脖子。

"喔喔，喔喔，"王小鹏吓得连忙缩进脖颈："哎吆喂，大姐，想钻被窝哇，时间还早呐，这么多人，留点面子好伐。"

另一小姐站在椅子上疯狂地挥舞着筷子，又拍屁股，又抟大腿："不留！姐妹们，一齐上，阉了他！"

翻天覆地般的哄堂大笑向四面八方炸开去。

"人人都说女人不能太强，太厉害，王小鹏你现在知道了伐？你敢屌，姐妹们立刻阉了你，你还真以为你是刘德华啦。哈哈哈哈。"阿邓太高兴了，他是在座这帮人中最有钱的老板，言传身价几千万，所以说话放肆："不信吗，可以试试，让你王小鹏尝尝什么叫阉掉的痛苦。"

"哎哟，痛苦时吃粒糖罢了，告诉自己，这世界上女人多得去了，人生还是会甜的，何必痛苦自己呢，犯傻！"王小鹏不是省油灯，嘴里说着嬉皮笑脸的话眼睛却瞄着锡平贵面部表情。

阿邓就喜欢他这种江湖上的智慧。

王小鹏能一本正经地板着脸胡言乱语，似有似无地张嘴骂人，愤怒的口吻会喷出许多让你发噱的笑话儿。而他则像临危不惧似的身板笔挺、端坐不笑。

然而这些玩笑似乎仍旧没有打动锡平贵，他依旧拖着苦瓜脸，像祥林嫂那样，悲哀凄凉的语调里充满了怨愤，唠唠叨叨地说："一个多月前，突然发现骆驼已经在不知不觉中失去了联系。"

王小鹏差点喷笑：神经又搭牢了！

阿邓是个通情达理的人，又善解人意："平贵兄，你要明白这个道理，天会黑，人会变，三分情，七分骗。人生路还长着呐，他张扬猖狂夺人所爱，你大可不必在意，以后还指不定谁更辉煌呢。"

锡平贵说："不管骆驼这辈子爱过多少男人，她与我在一起的时候，我觉得是彼此的唯一。与其说是我的上面夺走了骆驼，不如说是我疏忽了对她的关爱，给了我上面那人有机可乘。"

"你说的上面就是镇里面那个动迁组，组长王？"王小鹏万分惊诧。

"不能提，不能提，自从完成了动迁工作后，我算个屁啊，他让我做个什么街道居委会那个，狗屁！册那！"

"骆驼呢，似乎很久不见她啦。"

"她在动迁初期就调到镇里面财政科，正科级干部，受他直接领导。我当时真是瞎了猫眼。"平贵哼唧着说。

王小鹏皱着眉头，咔嚓咔嚓地磨牙，说："你啊，应该时常和她保持联系，不要让一个女人适应了孤独，一旦她适应了，也就不需要你了。"

"一个男人再有成就，再伟岸，没时间陪自己的女人，那他就是多余的。男人不是让女人望梅止渴的，她不可能整天拿着你照片过瘾，消磨时光。"萧六三说。

萧六三，广东人，邓老板的密友兼跟班，是做不锈钢铝皮生意的小老板。这伙人中他袋子里最没钱，基本上他从不埋单，所以他也没有什么发言权，不说话是他可以分享美食的同时也不讨人厌烦。

在社会上混，谁钱最多，谁就是大爷，说出话最有分量。

王小鹏从酒杯上松开嘴，气呼呼地说："六三这话在理，对头，男人最大的失败就是把自己最爱的女人让他人有机可乘。"

邓老板从酒杯上抬起头，严肃地说："每一个不懂爱的人，都会遇到一个懂爱的人，然后经过一场撕心裂肺的爱情，然后分手。然后不懂爱的人慢慢懂了，懂了以后就不敢再去爱了，这就是人生的悲剧。"

"你们说的这个爱啊，那个恨啊，是不是应该叫作婚外恋吧。"靠在阿邓身上的女郎搂着他脖子，嘻嘻笑着发嗲。

"这个，你不需要懂，你只要懂得付给你多少人民币就可以了。嘿嘿，晚上的那个，那个，你懂不懂？"阿邓一边做着下流的手势，一边哈哈大笑着斜过脖颈咬那女孩丰润的脸蛋："晚上的，那个的干活，懂不懂？"

"扑通！扑通！"那嗲声嗲气的腔调惹得阿邓淫欲顿起，当众抱着这女孩，闭着眼睛在她身上乱摸。

王小鹏实在看不惯这种不知廉耻的行为，他挂着蔑视的脸色扭过头去，说："平贵啊，没有争执、没有争吵、没有联系、没有告别、没有言语。我看啊，自己想开点，你们的情感之路实际上是该到头了。无论怎么说，骆驼毕竟不是你老婆啊。换个角度来看，你也是第三者插足嘛。"

王小鹏提起这严肃的话题用心良苦，其目的是为了转移大伙对阿邓的无耻行为不要围观起哄。

这里是他的地盘，他不愿在他的盘子里被人搞得乌烟瘴气。

"我们是青梅竹马，她是被上面的淫威所胁迫的。"平贵脑子简单，果然被王小鹏勾过来回答问题。

"问题是你怎么知道骆驼不是心甘情愿的呢。"王小鹏追着话题死嗑。

"她是为了保护我，离我而去。"

"一厢情愿地胡思乱想。"六三也情不自禁地笑起来。

"她是我的财务，知道我的问题所在。"平贵神经开始错乱，当着众人面说话竟然毫无顾忌。说完这话，他还感觉意犹未尽，再次补充道："她是不想让我受牢狱之灾，所以就从了他的追求。"

王小鹏觉得必须立刻打断这失恋家伙神经错乱地胡说八道。

"我最讨厌的是疑神疑鬼、无事生非的人。如果随便臆测或胡说没有的事，会让人觉得你为人还不成熟，没有包容心，也是个没有责任心的人。不要随意说些伤害别人或者伤害自己的话，尤其是对深爱着你的女人，我对骆驼的人品还是有些了解的。"

"人伤心时，都有倾诉的欲望，你王小鹏这话说得有点过分。"阿邓竟然也被这话题吸引过来了。

"这是伟大的自我献身的爱，我的心灵有这种感应。"平贵欲哭无泪。

"这是份最真最真的幸福。"萧六三追着说好话，他知道是人都喜欢听好话。

"如我王小鹏，这种没有结果的幸福，宁肯不要。"

"小鹏啊，我叫你一声王老板。你懂吗，女人明知道相互间没有结果，没有未来，却宁愿留在你身边做个情人，不是她贱，这是她舍不得离开你，放弃你。"阿邓是婚外情的老手，他懂得女人心。

"邓大人，你懂，我不懂。"王小鹏耿耿地说。

"你不懂女人的心是什么做的吧？因为爱，她会甘心情愿地为你做很多事，很多普通朋友不会帮你做的事，你的女朋友都会为你去做。因为平贵知道她是多么地爱他，他也是那么地爱她，人生有这样深深爱着你的人，是幸福！"阿邓用铿锵有力的词语总结发表了关于女人心的概念意义。

"只有在你出了问题，落难时，你才重新认识了你的女朋友。"萧六三帮着阿邓，进一步阐述和补充了女人心的含义。

锡平贵趁势进行反击，说："你王小鹏也不要高谈阔论，我听黄之种曾经说过，你们俩人为了相互之间的背叛而分手，你不是也有巨大的失落感吗，更何况你们还不够同性恋资格啊。"

"哈哈哈哈哈哈！"

大伙儿又一次哄堂大笑，笑翻了腰。他们都知道王小鹏与黄之种以前是十多年形影不离的合作伙伴。

这让王小鹏感觉很不爽，有点被锡平贵侮辱的意思存在，这意思他必须说说清楚，以免将来被人当作茶余饭后的笑柄。

"我可以明明白白地告诉你们，我与黄之种现在还是好哥们，不存在谁背叛谁的问题。当初我心烦或者按你说到的叫失落感，也可以换句话说就像平贵大哥你目前的状态。但我可以告诉你，心烦时三句话：算了吧，没关系，会过去的。"王小鹏边说边抽出支烟点着，闷闷抽了几口，然后对着台面上方，猛一下喷出去："现在，那些古老的故事都已经成为过去，曾经我们无话不说，无所不乐，现在即使见面也无话可说。或许到老了，老了，我们相遇后还可能有很多话题好说。"

王小鹏似乎很得意他的这一番言简意明的阐述，端起酒杯微笑着喝了口，说："事实容易解释，感觉难以言喻。我认为平贵的分离和我与黄之种的分手，这种伤一时感情的事，都会过去的。单独奋斗意味着你足够坚强，有足够耐心去等待下一个机会，我相信平贵大哥这么优秀的男人，还会怕没女人爱。"

王小鹏的谈吐智慧就在于此，当他用讥讽的口气狠狠地批驳了别人之后，最终还会极力吹捧一下，让人不爽的同时又产生舒服的感觉，这就是他的高明。

"废话，他还有老婆爱啊。"萧六三大声说。他智商低劣，为帮平贵助威，他开始文不对题乱打横炮。

"对的，但是，六三好同志，你脑袋里先要搞清楚，今天我们讨论的是平贵大哥婚外恋的问题。"王小鹏加大讥讽力度："你不应该搂着小姐谈老婆，要谈老婆，回家跟老婆谈，而且要口是心非地去谈。"

六三很尴尬，他松开搂在怀里嗲声嗲气的陪酒女郎，举起酒杯，说："来，来，大伙走一个，肉山酒海，一醉方休。"

王小鹏见他知趣退下，便见好就收，不再追击。又继续他原来的话题，说："我与黄之种之间的分离，虽然当时我也很介意，很遗憾。但现在回过头去看，当初大可不必如此介意，我的收获就是看穿了人生游戏是怎么回事，看清了自己的弱点所在，没有对手的碰撞你就不懂得什么叫做人生。什么叫做创造人生？遇到事，如果你能沉下心来思考，然后不急不躁地把事情想清楚，最后给自己作出一个准确的决断，这是创造人生的首要问题，也就是说没有人能够帮你解决这个问题。"

夜很深了，整个世界仿佛进入了沉沉的梦乡，白天车水马龙的武宁路现在变得悄然无声，幽静昏暗。

天神酒楼的那条看门狗，有一声无一声地叫唤着。

胡国栋老头斜躺在靠椅上，他身下垫着条绿色的军用棉布大衣，在昏暗中他看到了狗儿亮晶晶的眼睛和那一身在灯光的余晖下闪亮的皮毛。

这条黑狗，是全上海最听话，最享福的狗。天天喝着桂鱼汤，不喘气的死桂鱼烧出来的汤水它还不爱喝。它吃的肉还不能带骨头，有骨头的肉它懒得啃，上海滩似乎没有比这条狗命更好的狗了。

王小鹏甚至还让老头每天早上往狗身上喷外国香水，是什么牌子的香水老头不知道，但他知道这叫"一线品牌"香水，据说就这么一小瓶子的水，价值相当于酒楼员工两个月工资呢。

"奶奶的，有钱人，就是混蛋！狗身上还一线品牌！"这让共产党员胡国栋非常气愤，甚至对狗充满羡慕嫉妒恨。

老头起先还每天起劲地往狗身上喷香水，后来想想，太不值！他索性就往自己长长的白胡子上喷。

如此这般，他往酒楼大门口一站，香飘半条武宁路，惹得王小鹏大为光火，不仅恶狠狠地臭骂他一顿，还差点没让他滚蛋。

这条狗儿对酒楼老板王小鹏，忠义两全，王小鹏没走人，它会睁着眼睛蹲在店堂门口耐心等待。

这使得老头非常恼火，狗对老板如此忠心，难不成我还不如狗吗。所以老板不走，老头也只能耐心守候着。

"哎，今天还真不知道老板要闹到深夜几点呢。"胡国栋老头心里这般想着，肚子有点来气，出口骂狗："操你条狗东西，快滚回窝去睡觉！"

黑狗似乎很通人性地叫两声，顺从地站起来，转了个圈乖乖地滚回楼梯下的狗窝里去了。

老头听到它在窝里呜呜叫，像是在抱怨，像是在表达对他的不满。老头懒得理它，只顾着自己闭目养神，做大头梦。

恍恍惚惚间，猛听见狗儿"汪汪，汪汪，"狂叫起来。睁眼一看，门外走进三高一矮四男汉。

走在前面的矮个子笑骂着说："瞎你狗眼了吧，见到高大爷可不许乱叫。"这话还真灵光，狗儿立刻呜呜地摇着尾巴，绕着他腿脚根儿欢蹦乱跳。

"哎呀呀，高总哇，这么晚了还来公司上班。"老头见来人是高金生一伙，脸上顿时涂满惊讶之色。

走在最后面的一高个子，推着小车，车里面载满了几个鼓鼓囊囊的塑料袋子。老头瞪眼看清了，那是汪洋。

他推的小车碾轧在碎片大理石上发出咯噔咯噔的响声，睁着干涩的眼睛仿佛要对老头说什么话似的，但是他没说。还是高金生开口道："怎么？王老板还没回家，我见他车子停外面呐。"

"老板今天有应酬，可能喝多了，正唱歌呢。"老头说。

汪洋弓着腰，歪过头去放了个很爽的亮屁后憋口气，把小推车拱进走廊。他一边往走廊深处推一边回头说："老胡，你家老板走的时候，招呼他一声来我们办公室，就说我有事找他。"

这走廊呈斜坡形，当初王小鹏装修时特意抬高了走廊地坪，是为了解决空调的出水以及外机管道通过走道，所以汪洋推着装满物品的小车上斜坡时就有点费力了。

老头好多次见他们深更半夜往里面鼓捣东西，但究竟他们鼓捣些什么，他不敢去查看。他知道这伙人不是吃干饭的，不好惹，只要他们一抬脚就可以把我这老头踹得好远。他更不敢再向老板汇报，他以前已经领教过黄之种对这类事情眼开眼闭的态度。他现在不想再被王小鹏老板骂，老是挨骂，总得有天滚蛋，除非哪天他不想在这酒楼吃这碗饭了。

胡国栋老头每次想到自己如今变得这般软弱的骨头时就会偷偷地抹泪。

有几次，他甚至想去派出所报案。但终究因为自己也是住在这片，逃得了和尚逃不了庙，就怕以后遭这伙人暗算，只能忍声吞气地把自己在党旗下宣过誓言的那件神圣的大事，忘记算了。

"哎，这年头，咱老头不能再提当年勇啦。"

他既然能这样想也就这样做了，你好我好大家好，他只要安分守己做好迎宾小姐，就算保住了这"铁"饭碗。

夜幕笼罩下的武宁路大街，进入了更灰暗的蒙蒙眬眬的深沉，连狗都懒得放屁，萎缩在梦乡。

突然，楼梯上响起了拖拖沓沓的脚步声，阿邓那伙人终于散席下楼了，许多人摇摇晃晃地拥着锡平贵，像生死离别似的告慰他：别难过了，不要再有寻死的念头，女朋友会有的，再次的婚外恋也会有的。

那个挽着邓老板的陪酒女，扯着浪声浪气的嗓门，用更加夸张的腔调安慰他："锡干部，感情算什么东西啊，男人不就泄火吗？实在熬不住，只要老邓发话，咱也奉献一回，陪您练一次，这也没什么不可以的嘛。"

王小鹏闷笑——真特么操蛋！

他站在酒楼门边，与众人告别后，胡国栋老头像变魔术似的从怀里里摸出一支钢笔，弓着虾腰，用意味深长的语调说："老板，这是金星牌钢笔，笔尖是铱金的，当年写入党报告时我就是用它写的，保存了几十年。现在赠送给你做个念想，握着它，就像手握钢枪，有种沉甸甸的使命感。"

王小鹏再次闷笑："你这把钢枪，还是回家送给你老婆吧。"

老头红着脸说："我是真心实意地想你进步的。"

"唔哦？那就谢谢了。这把枪，你还是留着回家用，我自己也有。"王小鹏心里乐得直喷笑："祝你学习进步！"

"谢谢老板好意。我年纪大了，还真的不行，手握钢枪脑子就嗡嗡响。"老头满脸诚恳地说。

这时酒楼大堂左边走廊深处探出个人来，耸动着身子大声叫喊："王老板，你完事了吗，过来坐会哈。"

"是高金生，汪洋他们。"老头悄声对王小鹏说："老板，你大忙忙的，这么晚了，还是回家吧，他们这伙人找你不会有啥好事。"

"哈哈，可怕的东西咱正高兴着想看呢。"王小鹏满嘴喷着酒气，醉醺醺地说："作为生意人，可不能像你那样千方百计地躲避现实，没有什么大不了的，俺做臭铁匠的时候连阎王殿都去过！"他瞪了老头一眼，"龇什么牙？闲着没事时动动脑子，想想我这话有没有道理。"

老头目光扫了周围一圈，最后定在王小鹏脸上，说："我也想动脑子，但用了六十多年的脑子，生了锈，转不动了。"他说这话时表情严肃，脸膛的颧骨上发出点桃木般的红光，白色的长胡子更显出些庄重，"小鹏，这笔本来不打算送你了，一想，你是咱酒楼的主心骨，咱们大伙都离不开你。所以，这笔非得送你。哪怕你以后去闯世界，握着它，看着它，心里就有主心骨。"

这话深深打动了王小鹏，他从老头手里接过钢笔，拧开笔帽，只见铱金笔尖在光亮下熠熠生辉："好吧，恭敬不如从命，我收下并感谢你的良苦用心，在政治觉悟上你是敏锐的行家。"

"这笔虽然还可以用十几年，但它的内涵不在于使用，而在于感悟，它伴随了我几十年，每当……"

"好了好了，我也不是小学生，您老还是改天再给我上政治课吧。今天都这么晚了，够辛苦的，快回家吧。"

王小鹏哈哈大笑着扔下他，转身走进灰暗的阴沉沉的长廊深处，老头嘴唇光哆嗦，但说不出话来。

高金生头卧在办公桌台面上。王小鹏推门进去时仿佛惊醒了他，睁开迷蒙的眼睛注视着王小鹏，从头到脚，把他看了几遍，点点头，说："小鹏，最近这段日子怎么也不过来坐坐，只管自己一门心思发财。都说你有本事，你学工那年我就看出来了，你是有心劲的，会有大出息。"

"谢谢高总，我会努力的。"王小鹏说。

"开玩笑，我有什么值得你谢？"高金生转头看看汪洋他们三个，问道："商量了这么久，你们几个有把握吗？"

他们激昂地回答："高大哥放心，只要落实好道具，其他应该都没问题，我们拱也要把他们拱进去。"

高金生走到保险箱前，弯下腰打开柜门，仔细地在里面翻腾了会，拿出个信封，说："老肥，去看看白胡子老头滚蛋了没有，回来时把走道门给我锁上。"

汪洋赶紧过去，从高金生手里夺过信封，急忙伸出两指从里面钳出片邮票般大小的塑料封口袋，透明的袋子里鼓鼓囊囊地装着几块固体状的干石灰，大的如指甲般大，小的似如黄豆。

他把石灰块全部倒在撕开后的信封上，说："行了，那咱就开会吧。"

"你们先开吧。"高金生招呼过汪洋后脱去棕色的皮夹克外套，露出黑白相间的羊绒衫，说："小鹏，今天特意等你到现在，有件事非得你出面帮忙不可。哎，老纪，西瓜呢？我来整一个给王老板先润润喉，解解渴。呵呵，小鹏，看你酒气冲天，不会是喝高了吧？"

"高总，哪还好意思让您来整？"老纪慌忙从小推车里掏出个皮色翠绿的椭圆形西瓜，又从沙发软垫下抽出把日本的古铜色军用指挥刀，"嚓"一声，军刀出鞘，"咔嚓、咔嚓、咔嚓。"顿时，"噼里啪啦"、西瓜像被砍开的头颅四分五裂，鲜红的瓜瓤液汁沿着台面边沿顷刻间流淌到木地板上，形成一大滩类似稀释过的血液。

高金生瞪了老纪一眼，说："死性！等不及是吧？哪有你这样整瓜的，搞得一塌糊涂。去去，滚一边开会去，看你这份猴急样就来气！"

老纪哭丧着脸还想说什么，高金生说："算了，没责怪你的意思，一个瓜，算什么？脸上像灌了铅似的，沉得肉都拖下来啦。滚吧，没你的事了。"

老纪松松喘了口气，立刻滚到汪洋身边默默坐下，脸上露着如痴如醉的表情，两眼珠子像钩子似的直愣愣地勾住汪洋左右两手指间掐着的铅笔杆，这笔杆像压路机似的不停滚动着，碾压着夹在纸片中的固态石灰块。不一会工夫，这些固态的物体随即变成了白色粉末。

"小孩子玩家家啊，在干什么呐？石灰块有什么好玩的，不会是学着变魔术吧？"王小鹏心里一连串的问号，这奇异的行为让他顿生疑窦。

"王小鹏，来，吃片西瓜。"高金生笑着说："好兄弟，你现在可是不得了，既是花老板，做着空手套白狼的绿化生意，又是酒楼老板，管着我们租赁的屋子，我可不敢得罪你。"

"我这酒楼生意，还不都是你们帮衬着，这才半死不活。"王小鹏说："不过，我可是有什么生意可赚，就做什么生意，"他指着屋子的天棚，"你看看我这些设计装修出来的活怎么样，很专业吧？"

高金生看看他，眼睛像锥子，大声说："行，有出息，有能耐，从一个穷学生转身演变成你这样一个老板，真是个奇迹！"然后他又看着汪洋，说，"汪总，你那特制的几根香烟呢？"

"白天路上都用完了，即使没完，能留到现在吗？"汪洋从茶几上抬起头说。

王小鹏瞄见了他脸色比几个月前苍白多了，憔悴的眼神里流落出来的都是卑躬屈膝的无奈。

"汪洋怎么啦？身高马大的他，一贯傲气凛然，如今转身变成这副孬种胚子的腔调。"汪小鹏心头又是一个好生奇怪的问号。

"就没想到给咱王老板留两根？你可别拿我的话当耳边风，潭子湾出来混社会的汉子都敬我三分呢。"高金生说。

"如今船队出海全靠几根烟来支撑，否则连掌舵的庄家都没了精神头，不给兄弟们分了，哪来的摇账劲头。"汪洋撇着嘴，一副心不甘情不愿的样子，把流出来的清水鼻涕猛地吸进去，说：“哪里止三分？我知道，好几个船队都敬你十分呢。”

船队出海？这事王小鹏懂。

武宁新村有六七个这样的船队，汪洋的船队名声最亮，每天凌晨出海，下午返航。据说成员在十人以上，都是最精悍，最有能耐的"表演艺术家"。

所谓的船队出海，就是六七个结帮成群的合作伙伴组成诈骗团伙，凌晨赶往北火车站附近的上海长途汽车站，买票坐上车后这些团伙成员装作互不相识，只是默默无语的背靠着座椅，闭目养神。

然而一旦长途汽车驶出上海郊区安亭以后，车上你一言我一语地渐渐开始活跃起来。此时，猛然间会跳出二个家伙，相互戏闹："闷死了，闷死了，还不如大家伙儿玩玩猜谜的游戏，如何？"

这两个一老一少的类似没头没脑的家伙，长相既滑稽又可爱，衣服穿着表现出来的模样就像刘老根似的，戴着油腻腻的帽子，歪着嘴，说话时口角冒着白色唾沫，身上穿着的那种蓝布褂子似乎更显示出其乡村农民的那种憨厚、老实的内涵。

这就是诈骗团伙中扮演技巧最高级的两个庄家。

一个演绎着诈骗技术，另一个挎着个鼓鼓囊囊的破书包，里面装的都是百元大钞，具体的分工，他是负责财务收支。

演绎诈骗技术的庄家必须是个能说会道、装疯卖傻、胡吹乱侃的家伙，这是个极为重要的角色。转眼之间他把一张百元人民币折叠成二十毫米宽的条状，随后裹着二支不同颜色的铅笔忽快忽慢地随意转动，忽悠一会儿，两手停住不动。铅笔和纸币在滚动期间，乘客似乎可以明显地感觉出百元大钞裹着的是哪种颜色的铅笔。

随后庄家捣浆糊的艺术正式开始上演："广大乘客朋友们，广大的大爷大妈们，瞧过看过不要错过。这是世界上最最便捷的赚钱机会，只要您看准了这纸币套住的是那支铅笔，这书包里大把大把的人民币就归您所有了。"

再随后，这些翘边模子开始慢慢地一个一个站起来，扮演着猴精作怪的模样，相互指责、相互起哄、开始自娱自乐起来，其他的诈骗成员开始大声嚷嚷、蛊惑翘边、拗造型、压赌注、猜谜：是哪种颜色的铅笔被纸币套住了。

猜对的，压上赌注的人民币庄家加倍偿还。

猜错了，压上的赌注则归庄家所有。

这些翘边模子一会儿猜错，一会儿猜对。

那个负责财务支付的家伙一会儿哭丧着脸付钱，一会歇斯底里似的狂笑着收钱。可是不过一会儿书包里大把大把的人民币开始流入翘边的同伙手中。这些诈骗团伙成员在不停挥舞着厚厚的一叠一叠百元大钞的同时，又爆发出一阵阵狂轰滥炸似的叫嚣声和欢呼声。

车厢里的乘客顿时骚动起来，开始感慨万端，开始从座椅上闪出来。起初还是围在边上跟着起哄，胡猜，但是每次都让他们看准了而且都猜对了。但是，由于他们都没压上赌注，所以猜对了连个屁用也没有，他们赢得的只是一阵阵的哀叹声和翘边模子为他们的惋惜声。

于是乘客们也开始哆哆嗦嗦地压上了赌注，最先二把还是怯生生的，眼睛仿佛粘上了胶油，死死地盯住那转动着的铅笔，心中虽然有点不是滋味，但马上又安慰自己：几次都看准了，猜对了，这次更不会有错。

结果——乘客们赢了！

赢得很轻松，谁都能看得准。只要压上赌注，谁都能加倍得到收获。很显然，这两个乡巴佬庄家简直就是个败家子，糊涂蛋，乘客们像见到了财神一样涌了上去。

人堆里钻出来一个面如银盘的类似土豪的家伙，瞧着那派头就是位款爷。只见他迅速伸出一只粗壮的蛮手，闪电似的捏住庄家转动着的铅笔，毫不犹豫地解下他那套在牛脖子上粗粗的金项链，外加厚厚的足足一万有余的人民币，全部压了上去："别动！蓝色，我猜蓝色铅笔！"

所有围观的乘客都看清楚了，于是大把大把地掏钱压了上去，狂叫着："不准再转！蓝色！蓝色！绝对是蓝色！"

因为他们全神贯注地看准了，那傻不拉唧的庄家在忽快忽慢地转动时套往蓝色笔杆的一刹那间竟然是慢动作——这个慢动作，让每个人都看清了，蓝色！不会有错！

"喂！好汉轻点，轻点。痛！痛！"那脸膛黧黑的老农庄家佝偻着腰，可怜兮兮地咧开嘴，嘶哑着嗓子喊道："不动，不动，我哪敢再动。"

"操蛋！这回死定了。不能再压，不能再压了。"歪着嘴皮子的财务，颤着嗓音，哭丧着脸怯怯地问道："开卷啦，还有没有压的？"

"压！压！"

"蓝色的没错！"

"喂！大爪子，你抓住这小子的手不让他再转动。蓝色的！没错！我要再压，这回不压就是傻逼了。"很显然，老肥的厚重嗓门极其具有蛊惑力度："我这戒指是99金的，就算一万吧。"

"大哥，您饶了我们吧，大家不过是玩玩而已，不能再压了。"歪嘴皮子吐出来的喉音足以感动上帝。

"麻辣个巴子，你就别胡罗罗了，愿赌服输。少来这套尿床的腔调。"有人开始恶狠狠地开骂了。

一个身强力壮的小伙子，抬起手腕上的劳力士手表看了看，说："估摸着这块表也值个五六万吧，就算两万，我压蓝色！"

随后他毅然而然地摘下手表，压了上去。

老农庄家脸色陡变，大惊失色似的模仿着外国电影里仆人的模样，摆出似乎像要下跪求饶的动作。

此时的乘客们似乎有点落井下石的味道，许多人不依不饶地还在要求下注。

"原来是个猢狲啊，"老肥压抑着心中的兴奋，大大咧咧地说："别给你脸不要脸，这么多人给你压了注，没准还说不定是谁能赢谁呢，这里都是愿赌服输的主儿，你反倒捏起软蛋来了？又没有人要抽取你那裤裆里的睾丸素，拉着张苦瓜脸，哭你娘个哪门子丧啊。"

"你这样子的货色，原来是只死猫撬不上树啊！既然是下了注，哪有收回去的道理，江湖上的规矩懂不懂？"汪洋郑重其事地板着脸说："愿赌服输。大家伙还有没有要压的，想压的尽管压，过了这个村就没那个店了。"

一位穿着紫红色长裙，脖子上套着一串洁白的珍珠项链，耳朵上挂着一些丁零当啷的金光片子的女士，她的腰部虽然有点肥肉，但由于她的个子高大，所以看上去似乎还是有那么点柳条风韵的味道。垂头丧气的庄家财务，躬着腰站在她身边，就像大象身边的一只小猢狲，就像母鸡拉出来的一个蛋。

此时，那位女士故意起了高声，高声后面还拖了些许鼻音："看你个鳖龟子腔调，把我娘买坟地的钱都捐给你吧。"她满脸挂着讥讽的笑意，洁白的牙齿闪闪发光。

"请问，还有人压吗？"汪洋得意扬扬地吼道。

"这位大哥，看这小子的鬼样子，算了，得饶人处且饶人，开卷吧。"老肥摆出潇洒的腔调替庄家求情。

"开卷！"那位土豪粗蛮的双手还是死死地抓住两支铅笔不放。

"嗯，开，慢慢地开。"汪洋毫不犹豫地说。

土豪同志的双手似乎心有不甘地勉强松开：只见庄家的两支笔杆慢慢地向右滚动，慢慢地，清清楚楚地向右滚动。当纸币成 U 字形完全展开时，车厢内鸦雀无声，所有人的视觉严重退化，起初是有点模糊，但很快就出现一片金星星在眼前闪烁。

红色铅笔——明明白白地被 U 字形纸币裹在里面。

"见鬼了，我操你妈的！"第一个发声的是老肥。

"江湖上的规矩，愿赌服输，大家都是心甘情愿的，也怨不得谁啊。"第二个发声的自然就是汪洋了。

接下去，老肥的骂声还没出口，拳头却闪电似的挥过去了，两人扭成一团，你推我撞，骂不绝口，似乎要把打架的本事和邪气全部折腾出来。

乘客们开始慌乱起来，看这架势非出人命不可。

那位一掷千金的土豪，那位高贵的大个子小姐，都被眼前的混乱局面惊呆了，愣在那里目瞪口呆。

长途汽车的驾驶员似乎见怪不怪，依旧是慢腾腾地开他的车。而那位斜靠在座椅上卖车票的姑娘，似乎困倦到了极点，依旧是闭着眼睛打着嘹亮的呼噜。

突然有人高声呼叫："停车，停车，我要小便，憋不住了。"

驾驶员似乎正等待这道命令似的，立刻稳稳地把车子靠边停了下来。卖票姑娘似乎突然间被惊醒了，迅速打开车门：呼啦啦的一溜串，所有的诈骗团伙成员争先恐后地闯下车去。

车门迅速关上，驾驶员踩大油门，棺材似的长途汽车"轰隆"一声蹿了出去，一眨眼工夫便没了踪影。

王小鹏经常看到他们出海归来时都是兴高采烈的满载而归：坐地分赃，人均少则二三千，多则上万，还有各种不同的金银首饰以及各类款式的名表。

他对于汪洋经营的船队出海的丰硕成果很是好奇，有次他在酒筵上厚着脸皮对汪洋说："老弟，几时方便时带我出次海，开开眼。"

汪洋说："开个屁眼！你我不是同道上跑的车，你还是做好自个儿的生意吧。"

现在王小鹏猛然听到汪洋说武宁新村有好几个船队都敬高金生十分，立刻瞪大小眼，很是惊愕：他凭什么啊！

更让他困惑的是老肥和老纪俩人不断抓耳挠腮，一边咳嗽一边打哈欠。汪洋则像患了伤风感冒，不停地用袖管擦鼻管里淌出来的清水鼻涕。

高金生像似没听见汪洋说的话。

他回过头，目光像钉子似的钉在王小鹏脸上，那神情仿佛要抓紧时间，一股脑儿把要说的话全倒出来。

王小鹏眯着眼睛看了他一会，然后心有余悸地问："说嘛，你不会有什么踩红线的事让我帮忙吧。"

他本来可以撒个谎,譬如说肚子疼啦,甚至可以说酒喝多了,凭着他的机智完全可以甩手走人。但王小鹏一来对朋友不想撒谎,二来酒楼有人捣乱还得靠他们这帮人压压阵,三来嘛,他也很好奇他们公司究竟是做些什么业务。

"没什么了不起的业务,只是想让你找家做木材的商家,让我们的客户参观一下,给他们上点眼药。"高金生仔细看着王小鹏眼睛,他是个很有城府的人,当下也不把事说透,装作很神秘的样子凑上去,说:"就像你请客户去人家的园艺场那样号称是自己的苗圃。你可是这方面的枪手,我们也想学学。"

"什么?"王小鹏惊讶得瞪大了眼睛。

"没什么,干脆点说,就是请你朋友介绍一下,他们仓库里所有的原材料都是我们公司的。"高金生丝毫不掩饰他的得意之情:"而且材料价格有我们来定价挂牌,客户参观完毕即可撤掉,游戏也到此打住,结束。我们与你朋友今后老死不相往来,我们不需要他任何材料,所以他也没有任何后遗症的问题。"

王小鹏闷着,没言语。

千头万绪的疑惑是他惊讶的原因之一,但不是主要原因,主要原因他们做事的动机以及可靠性和王小鹏做事的风格不尽相同。

"王老板,你就掏句实在话吧。"汪洋忧心忡忡地说:"我们在无锡有个太湖别墅全装修项目,建设方把所有的木板类的材料都发包给我们,现在他们想看看我们有没有这个实力。其实,目前我们所需要的就像你做绿化工程项目时所具有的那种异曲同工之效果。"

"对的,也可以这样说。王小鹏,当时你可以名正言顺地这样搞,那我们为什么不可以如法炮制呢?"高金生一边眯着眼睛,一边脸上带着琢磨不透的笑意说。

汪洋其人,原本个高大帅,一举手一投足都是有模有样有腔调,那套西装就像长在他身上似的笔挺。那时候谁也想不到他跟高金生打成一伙后会变成这副低三下四的样子,说起话来气喘吁吁,总是上气不接下气。

他染上毒瘾已经有二年多了。

汪洋吸食的毒品是白粉,当时都是些所谓的大款才够得上资格吸食这类白粉,是一种炫富行为。

由于他的船队摇账收益高,每天每人都有几千元收入,所以他并不在乎花钱。正因为如此,他所吸食毒品的量也逐渐递增,每天必须吸食二至三克白粉才能满足他的毒瘾。在此同时,他吸食毒品的间隔时段也越来越紧凑,最多保持二个多小时的间隔时段再不补充吸食就开始毒瘾发作,鼻涕眼泪一把一把地滚出来,骨头里面像千千万万只虫子在爬动着吸食他的骨髓,浑身上下难受得痛不欲生。

所以他们船队出海都把毒品卷在纸烟内，以便随时随地可以拿出来点燃后吸食，不懂行的人还以为他们抽得是普通香烟呢。

由于毒品是高金生从诡秘的地下黑市弄来的，离开了他，没了毒品货源这个日子是没法子想象怎么过的，所以高金生成了香饽饽。新村里所有的船队成员几乎都被染上了毒瘾，而瘾君子们虽然不靠他吃饭，但离开他总感觉有些难舍难分，由此造成了高金生在黑道上的名气逐渐提升。

汪洋现在的面容已经变得憔悴不堪，额头和眼角也出现了不少皱纹的牵坳，凝结着几丝再也不能更改的愁容。

他的牙齿被毒品煎熬得黑不溜秋的残缺不全，上下嘴皮子由于没有门牙骨的支撑所以只能无奈地凹陷进去，说话时翕动着干瘪的嘴唇呢呢喃喃，一副老态龙钟的样子。他们这帮船队的诈骗成员自从染上毒瘾之后便不再吆五喝六地聚众喝酒、闹事，酒对他们来说已经完全丧失了魅力。

汪洋自己也知道跟着高金生如此混下去的处境和结果好不到哪里去。他曾经几次下定决心戒毒，把自己关在小屋子内，让人用钉子从外面把门窗钉死，硬是挺着不再吸食毒品，几乎是不吃不喝的像死尸般僵在那里。如此这般，他死去活来地折腾过好几次，但最终还是摆脱不了毒品的诱惑——再次复吸。

他现在只能是吸吸、停停，因为已经没有经济来源可以支撑他购买毒品。他们诈骗团队的成员自从染上毒瘾后每个人都变得像一只只煨灶猫似的，萎靡不振，整天蜷缩在屋子一角蠕动着躯体，极其怕冷。出海诈骗、摇账，根本提不起精神，连掌舵的庄家也完全丧失了基本的诈骗功能，即使加量吸食毒品也支撑不了他的诈骗演技。而且以前那些他们熟悉的驾驶员，售票员也开始非常厌恶他们，不再接受他们的贿赂，不再默契地配合这些人人喊打的毒品吸食者——瘾君子。

吸食毒品的自然人最终必定会失去人性，失去人类的道德观念，他们的灵魂最终必定会被毒品扭曲成一头恬不知耻的畜生一样。

毒品貌似于一种洁白无瑕的白粉，它柔和的形象会让你减弱或者丧失对它的警惕性。对于初次吸食毒品的人来说，白粉会给你产生一种神秘好奇的感受或者说让你产生一种跃跃欲试的心情。正常的人在初吸阶段都不会适应这种毒品，都会产生一种生理上的条件反射，吸食过后不久，胃里的食物就会化成像消防龙头里面的水那样，一阵一阵地从嘴里喷射出来，自己根本无法控制。

但在喷吐的时候，胃囊并不痛苦，而是感觉吐了之后胃部非常舒坦，就是头昏脑涨，有时脑门甚至于像裂开来似的。

　　凡是吸毒者，前几次的吸食只能说是好奇，谈不上什么是为了生命体产生舒服的感受而去吸食。

　　但奇怪的是，当你吸食过后你就会时时想着它，刻刻念着它——这就是白粉对人体产生的初级危害。

　　当你经历过几次的吸食，人体的生理方面便会产生一种适应状态，并时常会给你带来一种迷迷糊糊的幻觉。你的血管开始扩张，血液加速流通，浑身软绵绵的，就像是有一股温和的暖流在胸腔内翻滚。这个阶段，你就离不开这个恶魔似的白粉了，而且会恋上毒品，会整天神魂颠倒地念叨着它。

　　——这就是毒品的魔力。

　　接下去，毒魔开始带你进入地狱，进入极其痛苦和煎熬阶段。当你被毒品带进这个阶段的时候，你已经成了一个离不开毒品的瘾君子，你不吸食它，它就会让你难受得痛不欲生。然而，你即使吸食了它，它也不会让你再产生当初吸食时期的那种温暖，玄乎的感受。

　　这个阶段，毒品给你的感受只是像晚期癌症病人那样，当你痛苦到极点的时候，它只是让你暂时摆脱一下痛不欲生的煎熬。它成了一种药品，一种暂时的止痛药。但你的心灵深处以及骨子里依旧像是丧魂落魄似的，完全失去了对生命体的敬畏。

　　处于这个阶段的瘾君子，对于自己的生命体已经毫不在意，毒品不但摧毁了他们原本健康的肉体，而且抽干了他们的精神活力，甚至抽干了他们原本具有的繁殖人类的睾丸素，对于男欢女乐的情爱，瘾君子们不但丧失了性功能而且完全丧失了情爱的兴趣。至于让自己是否活着或者死去，他们都已经无所谓了，所有陷入毒品深坑的人，都清楚靠自己的能量几乎难以再跳出来。

　　这些深受毒品困扰的吸食者也深深知道无法自拔，也明白自己已经无法摆脱或清除深入骨髓里的毒素，既然已经生不如死，那就去死吧。

　　这是吸食毒品的人，也是经历毒品危害的人最终都会作出这种选择。他们几乎都产生过从摩天大楼顶上：一跃而下的念头，就此一了百了。

　　如今的汪洋，每每想起以前泡歌厅，抱女人，一掷千金的那种风光无限的日子，现在都已经成为过去的历史时，他的眼睛里就会溢出冰凉冰凉的泪水，泪水流过了他的脸颊，流到了他的心里。

　　他的心灵深处千万次地想到过：跳楼自尽！

　　有一个汪洋的铁杆跟班，外号叫小丑的，也是诈骗船队里生龙活虎的演技大将，他出口成章、妙语连珠，能把诈骗的俗语演绎到登峰造极的地步。自从他染上毒品后便失去了摇账的来源，最后竟然逼着自己的老婆靠出卖肉体来支撑他的毒资。最可怕的是他老婆对丈夫竟然用如此没有人性的肮脏手段来换取毒品的行为恨之入骨，于是，原本是一位安分守己的良家妇女，终于对人生的旅途产生了绝望，紧跟着也坠入了毒品的深坑，不能自拔。

最惊人的是她眼睛的变化，以前浓而弯曲的眉毛下面，眼睛大而圆，微微发光，眼珠是漆黑色的，这种漆黑的眼珠即使在年轻貌美的少妇之中也是难以寻觅到的。它是那样的端庄、祥和，视乎包含着一种神圣不可侵犯的矜持，深不见底。但是自从她也染上毒品后，那双明亮的眼神渐渐变得淡而无光，灰不溜秋的眼珠像患了白内障似的微微向上翻着，看人看物时直勾勾地不再转动，让他人产生一种毛骨悚然的惊悚。尤其是她那以前像点了朱砂一般的嫩唇变得干瘪而枯萎。脖子又瘦又苍白，几道凸凸的青色血管弯弯曲曲的，像爬行的蚯蚓慢慢地不时地蠕动着。

到了后期，她变得更瘦了，那脖子变得更细更长，青色的血管变成了白色的细筋，让人看着真担心她那细长而又无力的脖颈是否还能支撑得了那略显沉重的脑袋。

白色的粉末使她成了一具苍白的僵尸，一具类似白骨精似的僵尸。她的肉体再也没有弹性，再也卖不出去了，哪个男人还敢对这种肉体产生性欲？哪个男人还敢花钱去搂着一具苍白的僵尸般的躯体睡觉？从此往后，她的肉体再也卖不出去了，毒资的来源被彻底切断！

最终的结局是夫妻双双把家还：从新村的邮政局楼顶上毫不犹豫、毫无顾忌地纵身一跳，一了百了。

遗憾的是，留下的一个孤苦伶仃的孤儿，年仅六岁。

吸毒造成的这种血淋淋的后果汪洋都知道，心里也清楚。虽然白粉的毒素已经浸入他的骨髓，但他原本还算得上是一个聪明人，他内心深处的良知还没有完全被泯灭，他的骨子里还存在着些许的江湖义气，否则他还算什么混社会的江湖老大？所以当高金生好几次让他让王小鹏在不知不觉中吸食那种含有白粉的特制香烟时，他总是阳奉阴违。

王小鹏待他不薄，他也不愿意拖王小鹏下水，他的心底里想得是留条后路，在万不得已的时候还可以向王小鹏开口：挪点钱来救急。

他不想把路走绝，更不想把所有认识的朋友都拖下水。他自己非常清楚毒品的危害性。所以他反复戒毒、反复失败，对于毒品的依赖，他已经陷入了无奈的深渊。他明白高金生的居心，他清楚这个毒品贩子的用意。

高金生看中的是王小鹏口袋里大把大把的钱，在目前的圈内圈外，也只有王小鹏是最大的款爷了。其他的人，几乎都被这个毒品贩子抽干了血液。汪洋有时在幻觉中真想杀了高金生这个恶棍，但在现实生活中他又离不开这个恶棍，这是因为他已经不敢失去毒品的来源之处。

前几天，高金生铁青着脸对着汪洋发牢骚："你们老是这样赊账吸食，这个会你还想不想开啊？"

他们这伙人把聚众吸毒称之为开会。

"你这说得是什么话？"汪洋不高兴地说："大伙儿不是都没钱了吗，有钱我能不给吗？"

"说什么？我看你是闭着眼睛说瞎话，有钱人多得是。"高金生嘟哝着："不知道有多少人在背地里咒你呢，你还是个混社会的老大呢，能有这样赊账混的吗，弄得我破产了，你就等着报应吧！"

"都是被毒品害死的，不是因为我无能。"

"你听说过没有，东方不亮西方亮。"高金生说："办法总比困难多，你可以再发展点客户吗。其他人都是爹娘生养，就他王小鹏是从石头缝隙里蹦出来的，刀枪不入？是人，他必定会有软肋之处。"

"你就甭给我瞎叽喳了。"汪洋不耐烦地说："天下事，不能做绝。"

"没了资金，断了货源，咋办？"高金生不依不饶地说。

汪洋不慌不忙地从挎包里拿出一叠蓝色的图纸，说："看看，我们是不是可以另外开个盘子。"

汪洋说得盘子，是他们之间所用的黑话，盘子的意思就是诈骗组织机构。

高金生看到，汪洋手里展开的这种图纸就是建筑工地上施工人员所使用的图纸，谁从建设方手里拿到这种图纸，那谁就可能有机会发大财了。

那可不是什么一万二万，十万八万的事了。弄不好，搞到个上百万的摇账也很难说。谁都知道搞建筑是骑黑马，这个行业是个腐败滋生的重灾区，只要能舍得孩子，就可能会套得大灰狼。

"怎么样？"汪洋得意地炫耀着。

"这一手很漂亮。"高金生说。

"你不是一直在咒我无能吗？"汪洋问高金生。

高金生不高兴地说："我咒你干什么？谁让你不早点亮出来啊。我是在为你可能要断粮而着急呐。"

"是吗？正因为你告诉我要断粮了，这不，我把粮都搬来了，给你填那个无底洞。"汪洋说。

"你这话说得有点神经，"高金生说："你这个粮食在哪里？你给我说道说道，让我也开开眼，长长见识。"

高金生说话时，汪洋已经展开了建筑图纸。他对着地面啐了一口，低声但很清楚地说："你不要脸，我也不要腚了。"

高金生脸色立马发青，歪着嘴皮子，气哼哼地说："喂，汪洋，你嘴门子把把牢，说话要小心呢！"

"不小心又怎样？"汪洋也起了高音，毫不示弱地说："你不就是要钱吗，你想拖任何人下水，我都可以不加干涉。但是我要明白地告诉你，王小鹏这人，你就高抬贵手，不要去打他的主意。"

"怎么啦，才搞到几张图纸，就腚沟里插扫帚——扎煞起来啦。"

"哈哈，你是不是还认为这个扎煞法，是赵括讲兵法——夸夸其谈。"

"汪洋，我先把丑话给你在这里搁着，不要到时候说我不上路。关于王小鹏的事，你看着办。但是，如果你再搞不到钱，咱骑驴看唱本——走着瞧！"

"怎么个瞧法？"汪洋问。

高金生不再吱声，拖着张马脸抽闷烟。

"我早就想好了，你过来看看这图纸的材料清单。"汪洋一边从口袋里摸出一包烟，一边得意地说："王小鹏这个像泥鳅一样滑的家伙，你以为他能轻易上钩。他聪明、能干，咱得利用他的智慧派上个大用场。不能老是用杀鸡取蛋的办法，鸡都给杀光了，蛋再从哪里来。那才叫目光短见，兔子尾巴——长不了。"

高金生从一张摇摇晃晃的凳子上站起来，走到桌子的后边，两眼直直地盯着那张材料清单。

汪洋说："兄弟，你可要站稳了，看清了，这可是三百多万的购货订单呐。"

"哎呀，汪洋老大，真是小看您了。"高金生惊讶地说："你说得很有道理，我现在明白了，因为我们不懂建筑装潢行业，所以你是想让王小鹏来配合我们做成功这桩大买卖。"

"现在明白了？"

"哈哈，再不明白那不成白痴了？"高金生的头像痴呆症患者那样不停地点着："不过，我们现在连个建材实体店铺都没有，即使装个样子也弄不出来啊，更不要说去哪里弄这些木材呢？"

"你不是说，人吸食了毒品就像是没有了灵魂。我看啊，你就像是没有灵魂的恶魔。你怎么就忘记了你刚才说的话，东方不亮西方亮呢。"

高金生被汪洋连讥带讽的话骂得愣在那里。

他张口结舌了一会儿，突然浑身血液沸腾，像是恍然大悟似的满脸涨得通红，大声啐了口唾沫，说："册那个娘，狗操猫逼的小事不玩了，要玩就玩大的，干！谁不干谁就是孬种！"

"很好，好极了，"汪洋满脸挂着讥讽，说："你那睾丸素的战斗力还是很高涨的嘛，这下子你去摸女人屁股的钱又有啦。"

"嗨，我还真把这茬钱的事给忘了，这钱搞到手以后可这货源呢?"高金生说："没有货物给人家，即使搞到了钱，人家还不是死追着你要讨回去吗?"

"你个无知的流氓，没有钱你能摸得到小丑老婆的屁股吗?"汪洋怒吼着："你就别跟我较劲了，先把钱搞到手再说。货物嘛，能拖则拖，实在拖不下去，咱就玩失踪的游戏，搞人间蒸发。"

——嘭!

高金生紧握的拳头砸在桌子面板上发出一声沉闷的响声，他的脸色变得铁青，两只细小的鼠眼顿时裂开后爆出来。

接着听到他恶狠狠地骂道："你也不是好东西!"众人一旁直着眼神发愣，谁都不明白他是在骂谁。

油画　阿尔卑斯雪山　王照敏 / 绘

油画　尼加拉瓜大瀑布　王照敏 / 绘

第八章

·····

临 危 不 惧

　　锡平贵一张口就没个完，许杰不大愿意听他说这些业务上的具体事情，想打断他的话。但想到自己是工业开发集团公司总经理，应该有倾听一切设想的雅量，应该利用好社会上所有能帮他出谋划策的资源。

　　于是他用赞美来打断锡平贵那流水般的话语，说："你的设想和思路真不错，加上王小鹏对你的极力推荐，前途一定远大。"

　　锡平贵听了这些赞美的词句，浑身骨头都酥了，他露出洋洋得意的表情，觉得自己刚才按王小鹏的建议把生产队集体所有制的"升华建筑装潢工程有限公司"挂靠到许杰的工业开发区，而后建筑公司业务税收归开发区所有。这个妙笔生辉的策划，绝对有着极其光辉灿烂的前景。

　　他对着许杰滔滔不绝地讲解了足足90分钟，似乎收到了显著效果，计划中的企图和目的已经闪现出希望的光芒。

　　锡平贵一口气吐出那种不到长城非好汉的长篇大论，他能吃得消吗？他的确吃不消了，似乎筋疲力尽，感觉喉咙里像虫子在爬痒痒似的干渴难忍，于是连忙端起杯子灌了一口茶，润润喉管。

　　定定神之后他急转直下地转到了正题："建筑公司税收归你们所有的同时，集团公司开发的建设项目相对应的归建筑公司承包建设，竣工验后按国家九三建筑定额进行按实结算，最终由审计部门审计工程款总额。"

　　王小鹏站起来，弯腰把装订成册的执行方案送到许杰面前，眯着眼睛，微笑着看他，期待他能给予明确答复。他说："这是锡总和我不分昼夜商量着赶出来的报告，请领导过目指教。"

许杰一愣，恍然明白了刚才锡平贵那一番长篇大论的目的。突然，一个狡猾的念头在脑子里闪过。

他对锡平贵拱拱手，谦虚地说："哎呀，对不起，我听了您的建议和介绍，正在设想我们集团公司是不是也筹建一个这样的建筑公司，以解决失去耕地的农民们日常养家糊口的工作问题。"

"噗"一声！

锡平贵脑袋像个西瓜那样被大砍刀一下劈开，他两眼一片漆黑，那只被劈开的小脑袋里像是血花四溅，腿一软，没差点尿了裤子。

几个月来被王小鹏蛊惑得绞尽脑汁地设想、策划、阴谋、阳谋，只是被许杰那么轻轻一句话，立马子虚乌有，全盘泡汤！

王小鹏不慌不忙地站起来，说："集团公司筹划建筑装潢公司不是不可以，只是搞建筑行业必须要有建筑行业的营业执照，这个我不怀疑你们政府部门有这个能力来全部搞定，这方面的问题咱姑且不去讨论。"

他瞄了下许杰脸色的神态，发觉许总正专注着听他说话，于是言辞一泻千里，滔滔不绝："回过头来说说，除了营业执照之外还必须要有施工资质等级证书。造房子不是夯地种菜，不是吼几声嘹亮的革命口号就行了。建筑装潢公司按等级必要配备多名有资质的工程师、有资质的施工员、有资质的安全员以及木工、瓦工、电工、架子工，您从哪里去寻觅这些相对应的人才呢？这仅仅是问题的其一。其二呢，建筑行业离不开高空作业，这个高空作业有着极大的风险，弄不好出条人命还算是小事，如果没有具体的规范的安全防范措施，你们集团公司还真不知道应该轮到谁去班房坐牢呢。其三吗，关于消防、关于安检、质检、关于施工资料的配套以及机械设备等等，等等。这些都需要有专业知识的人来落实。夯地种菜的农民伯伯能干得了吗？一旦出了事故，还不是集团公司吃不了兜着走。我看啊，许总，您这法人代表又何必去冒这样大的风险呢？"

锡平贵听到王小鹏如此绕着弯儿直奔主题，一下子来了劲头，眼睛顿时冒出金光，说："许总，您不是搞建筑行业的，可以说不当家不知柴米贵。我们的意思你将就着把咱这秃尾巴母鸡当成凤凰使吧。你选择我们公司，就像走过路过捡到一只不花钱的金凤凰，无论从哪个角度来考虑——您，绝对划算。"

许杰"吭吭"了两声，想说话又说不出来的样子。

王小鹏记忆里，许杰从来不缺乏回应的词语，他肚子里弯弯绕的套路多得是，一旦露出来，足以让你大吃一惊。

锡平贵还在说，他细长的小脸紧绷着，额头上挂着一层汗珠，对着许杰不停地说，把一些已经说过的话语翻来覆去地重复在说。

王小鹏坐在那里微笑着抽烟，不再说话。

他在想：这个爱吃猪头肉的生产队长，真嫩呀，一掐冒水儿，像小番茄，像小黄瓜条，像小鸡鸡，他的睾丸素被许杰轻轻一挤——全没了。

想到这奇怪的比喻，王小鹏忍俊不禁地笑了。

"锡队长，你不要紧张。"许杰微笑着说话了，他似乎也不忍心再想看到锡平贵这副猴急的样子。

"许总，我没有紧张。"锡平贵抬起袖子擦擦额头，说："我一点也不紧张，我知道许总一定会理解我们的真心实意。"

"是的，我理解，"许杰说："即便按你们的方案执行，你们也缺少不了许多小工啊，比如看大门的，比如推小车的，搬材料的，搞卫生的等等，等等。这些工作岗位总不需要什么资质证书吧？再说你还可以搞一个技术培训班，让他们边干边学专业知识，这又不是造原子弹，需要高科技，也不过就是造造房子嘛。话说回来，开发区有那么多的大楼厂房需要建造，这么大的一块蛋糕，却不让失去土地的农民参与，把他们排除在门外。这样做，咱们共产党人能说得过去吗？你们怎么就不拍拍胸口，扪心自问，这样做，你们该不该呢？"

冠冕堂皇，言真意切的词语组合，足以击溃所有的回应说法！

王小鹏感觉再议论下去，许杰的条件会没完没了。但现在反驳他，注定是要倒霉的，惩罚王小鹏他们的不但是立刻滚蛋，而且以后再甭想来开发区分吃蛋糕，或许连块面包渣也轮不到他们。

"目前还不行，"锡平贵有点转不过弯，吞吞吐吐地说："我的肚子还不够大，等我的肚子再长大一点就行了。"

王小鹏掐了把锡平贵手背上的肉皮，说："锡总，我们不是说好来帮许总排忧解难的吗，我看前期先解决几个农民工是没有什么大问题的。"

锡平贵猛地把手缩了回去，瞪着眼说："干什么？王小鹏，是你在说没问题吧？如果由你来发工资，我这边肯定没问题。"

随后他闭着眼，嘴里念念有词地嘟哝着："每人二千，五个农民工每月就要白白支出一万元呐！"

"不是五个，而是五十个！"许杰瞪着一双大眼说。

他说话时习惯地往上撸袖子，让人一看就知道在农村长大的他，以前肯定也是个蛮汉子。

"五十个？每个月就是十万！堆在一起，就像座坟墓了。"锡平贵咧开嘴干嚎一声，失望到了极点。

许杰抽着烟卷,坐在办公桌里面的一把可以转动的老板椅上,脸上挂出一副很沉着的表情。

这样子的意思,就是他把该说的话全部说完了,把皮球踢给了对方,最终结果如何与他已经没什么关系了。

王小鹏用好奇或是敬佩的眼神看着他,默默地点了点头,好像算是答应了许杰的要求。然后他坐到锡平贵旁边的椅子上,悄悄地说:"这也没有什么不可以解决的问题呀,何必像兵败如山倒的晦气样子。"

"小鹏,许总这条件让我太紧张了。"

"不用紧张,你喝口茶吧。"王小鹏说。

"不想喝。"

"你是不是想撒尿?去吧,出门左拐的楼道尽头。"

"没尿!"

王小鹏递给他一支烟,问道:"抽吗?"

"不抽,"锡平贵说:"抽烟会影响心情,你再有什么美好的建议或者说还有什么美妙的方案,我都不感兴趣。"

王小鹏笑了:"你还是像个小孩样,万一憋屈死了,我心中会不安的。"

锡平贵不言语,一反常态,懒得说话。

王小鹏见锡平贵不但不吭声,而且眼珠子急得血红,仿佛要渗出血来,顿时感到没劲极了,真是煞尽风景。

他拍拍锡平贵脑袋,自说自话地讲:"你这是叫花子咬牙发穷恨,有屁用。关键的是,真让你看到了现成的蛋糕摆在那里,你蹿得比火箭都快!"

锡平贵也感到没劲极了。

面对原来的策划成了泡影,你王小鹏还说风凉话,那才煞尽风景呢。如果这铁榔头砸你小子头上,让你每月掏十多万养活这帮农民工,你还会如此潇洒调侃吗?如此有风有度地说这些屁话?你那个才叫站着说话不腰疼呢。

王小鹏喷了个响鼻,翘着兰花指儿掐了支纸烟,叼在嘴里。显出一种潇洒之美,好像一个大侠。

他两眼对着许杰,他要让许杰感到他王小鹏什么事都胸有成竹,无论什么样的困难包围着他也等同纸糊的壁障。

他仰慕许杰是一个年轻有为、精明练达但又通情达理的干部,只要摆开实事,讲清道理的出处以及提出切实可行的方案,许杰也不会是铁板一块,一点没有通融商量的余地。

他明白许杰内心已经开始极不满意锡平贵的不识时务,事情僵在这个节点上，他王小鹏不服点软，不来点套头给许杰下点眼药，他和锡平贵只能是灰溜溜地打道回府。他想到许杰是个吃软不吃硬的家伙，那就绕着他的软肋下糖药，决不能跟着锡平贵那样露出不满情绪。

于是，他在肚子里拉出几副套头，先七拐八弯地绕了几圈，掂掂分量后张嘴便说："许总，您大人大量，有些东西其实锡总是误解了。我们建筑公司除了承包你们工业园区建设项目外，其实还准备在其他园区设立分枝机构，当然分枝机构的税收也是归属于你们白玉兰工业区集团所有，这是我们建筑公司一百年不变的长远规划。"

他轻轻咳了咳，趁机用眼角的余光瞄了瞄许杰的脸色，明白了他这个套头效果不错，于是放大胆子漫天黑地胡侃起来："除了这个，我们还正努力着为园区作最大可能的贡献，准备在你们这边投资建设一批工业厂房，筑巢引凤，吸引大批企业来为园区作出更大的税收贡献。许总，您想想，当我们的厂房建立起来之后，我们的厂区不是需要大批的后勤保障人员吗？许总，您再假设一下，你那区区的五十个农民工，够我们用吗？就怕我们到时候跟你要人，你还不给呢。"

胡侃乱吹到此处，他忽然停住，他明白许杰不是傻子，不会轻易听信他的胡言乱语，他知道许杰要得是一个说法，要的是把建筑这块肉给他们吃，不说他是对党对人民负责，但起码他要对上上下下都能说得过去。

于是王小鹏猛然降低了八度音调，说，"当然，不是我们找不到民工，民工嘛，有的是。但是，外来和尚虽然也能烧香，但咱们对这些外来人员不是知根知底，同样是用工，倒还不如用你们集团公司推荐的农民工咱来得更放心，有问题我们可以找你们集团公司，你是跑不掉的。您说，是不是这个理？"

这一拐一弯又一绕的说法，听得许杰一愣一愣又一愣："啊？你们设计的那个方案并没有提到这个设想啊。"

"许总，这可是第二个可行性方案，第一个还没说完呢。咱还有第三个投资项目的可行性方案哩。饭，得一口一口吃，方案，得一个一个讨论。许总经理，您说是不是这个理呀？"

"混蛋，这小子花头透格！"许杰在肚子里暗暗掂量着王小鹏说这些话的用意，他装作哑口无言，不是不想回应，他只是想看看这家伙下面还有什么套路。

锡平贵坐在边上呼哧呼哧地生闷气、抽闷烟，心里想你王小鹏在玩什么花头啊，这建筑公司又不是你的，什么一套二套三套的，也从没听这小子对我提起过有这么多套的可行性方案啊。

王小鹏看看火候差不多了，于是喝了口茶，切入正题："目前只是有一个问题亟待解决，就是咱们的业务日益扩展，利润也不错，原有资金有限，要想应付这样庞大的经营规模以及落实这个集团公司与我们建筑公司能取得双赢的方案，不可避免地要发生资金上的困难。所以，我们思想是有准备的，锡总的顾虑也是正常的，有句话，叫做小心驶得万年船。但是，我和锡总向你保证，我们会坚决完成你布置的任何工作、任何任务。即使前面的路途困难重重，但我们也会义无反顾地迎着困难而上。"

许杰咧开嘴笑了，心里想：乃乃个熊！这小子也在玩大干部说话的套路呀，你继续玩，我看你还有几套路子，都给我掏出来亮亮相！

许杰只是微笑着，不说话。这可让王小鹏有点发毛，心里想，屁话多说，就像鞋里的土——没用处。

反正就这么回事，丑媳妇总要见公婆，干脆小胡同赶猪——直来直去。把自己的设想和意图来他娘个兜底翻，全倒出来。

"许总，所以我们想扩大股份，内部招股，请你们集团公司买点建筑公司的股份。这总比你们自己花大量的人力物力财力来投资成立建筑工程公司划算多了吧？"王小鹏厚着脸皮起了高声说。

许杰还是微笑着——不语。

王小鹏眼睛盯住他那圆滚滚，胖乎乎的福相脸，像似豁出去了，继续说道："或者建筑公司在你集团公司的担保下向银行贷款也可以。这主要依靠你那犀利的眼光来对这个工业开发区，对解决农民工问题，对增加当地政府税收，对我们公司的前途，对这个四赢的可行性方案作出英明的决断。"

"哈哈哈，哈！哈！"许杰实在忍不住了，虾着腰，把笑声连同嘴里的唾沫，全喷了出来。

锡平贵惊呆了！

他胸腔里的喘气声一下子增强，像拉风箱似的"呼哧啦，呼哧啦"。

他看到了王小鹏最为精彩的表演，在这种混蛋面前，自己显然就是小鬼见钟馗——相形见绌！

在他兴奋不已的同时，他似乎看见了曙光就在前面。

"许总，您是一位正气凛然的干部，是干实事的领导同志，更是开发区大展宏图的领军人物。我想，你一定乐于给我们的实体小企业提供相应的优惠政策。"

"好了好了，王小鹏，你也不要在我这小房子里生煤球炉——乌烟瘴气。你们想得到利益，就必须相对应地付出代价，这就是市场经济，这就是取得双赢的基本原则。对于你刚才谈的经营方针和今后的计划，我个人完全赞成。搞实体经济，做企业的就应该有远大的目光，这样，才算得上是改革开放新时代的新型企业家。你王小鹏，就是这样的人才！我非常敬佩，不得不给你点赞。不点赞，显得我们开发区似乎还真的太差劲了，我这个当总经理的也很没面子。你这么热心为我们作出如此伟大的贡献，我们高高在上地不理不睬，道理上似乎也说不过去，啊？哈哈！"

王小鹏脸色通红，愣愣地站在那里。他用直勾勾的眼神像钉子一样钉在许杰滚圆的胖脸上，足足十秒钟：变了！以前默默无语的许杰，变了！变得高傲、变得油滑、变得说话辛辣、变得没人情味了。

但王小鹏心里明白，自己想在开发区混口饭吃，必须在他面前点头哈腰，唯命是从，人在屋檐下——不得不低头。

王小鹏更明白的是，许杰现在手握实权，想接近他，想拍他马屁的人，想舔他臀部肥肉的人或者愿意给他行贿的人，多了去了！

如今的许大人，能花时间陪着我、骂骂我、讥讽我、嘲笑我，算是给足了我面子。我在他面前算个俅？

如果不是韩勋董事长的面子摆在那里，他都懒得理我。

明白了这个道理，王小鹏内心深处的怨愤也释然了许多，他倒退了两步，喃喃地说："许总，您的教诲我会永远记住的。你的良苦用心，我知道，都是为我好，都是为了我的进步。"

许杰掏出盒纸烟，弹出一根塞进嘴边，只顾着自己划亮火柴点燃。他的眼睛还在不住地上下打量着王小鹏，像是迷惑不解地问："你是人是鬼呀，怎么说出来的话好像都是鬼话连篇啊。"

王小鹏卑贱地笑了，说："是人说鬼话，是鬼才说人话。我王小鹏时而是鬼，时而是人，有时候就连自己说得到底是人话还是鬼话也分不太清楚。"

"真的吗？"

"在您许总面前哪能假得了？"

"我可以确认，你现在说得两句话，肯定是真话。"说着话时，许杰走过来，挺直腰，笑嘻嘻地伸出右手握住王小鹏左手，接着又伸出自己的左手盖在两只握在一起的手上，使劲摇两摇：就像市委书记接见农村小干部时的那种样子。

人啊，一旦走上了领导岗位，当上了大干部，他的一言一行、一举一动，都是有派头、有腔调的，就是与小民百姓不尽相同，这就是没办法改变的人性。尽管许杰不久前还是个农民工或者说他还只是个给大领导当小助理的小干部。

"好！资金应该不是问题。"许杰说："你们都坐下，先谈谈你们建筑公司股权的问题，你们两人各占股份的比例是多少？"

听到许杰提起股权分配问题，王小鹏心情又沉重起来，他低着头思索了会，觉得真人面前还是不要说假话为上策。

于是抬起头，向四下张望了一下，说："建筑公司我没有股份，公司本身的实体以及产生的利益与我无关。但我是公司不领工资，不拿佣金的业务员。以前我还是锡总生产队炒货食品厂不领工资的业务推销员，他提供给我出厂价的货源，我按市场价推销，去掉各项税收，余下的所有利润，归我所有。"

"好家伙！空手套白狼！"许杰惊叹一声。

"不能这样说，"锡平贵忍不住插话进来说："王小鹏的能量非同小可，只因为有了他的推销，炒货厂的货源供不应求，工人们每天加班加点，还是跟不上销售的需求量。由此改变了以前工人没事干，工人工资微薄的尴尬处境。"锡平贵用手把嘴一抹，站起来说，"自从来了王小鹏，我们实行了机构改革，创建了贸易公司、炒货厂、产业工人，以及他王小鹏个人之间按劳分配的收益模式，类似于我们现在谈及的四赢局面。我做人做事不会像王小鹏那样地自说自话、胡吹乱侃，实事摆在那里，也是我经历的。所以，我敢用党员身份对我说的话负法律责任。"

"是吧，"许杰说："刚才我还在想，王小鹏是不是又在那里自说自话胡吹乱侃呢。这已经成了他这种个体户的习性，我最看不惯的就是这种见钱眼开的个体户，都是些唯利是图的家伙！"

这次轮到王小鹏坐在那里抽闷烟，脸红耳赤地喘闷气。现在，他只能无语，任何的反抗、任何的辩解，既苍白又显得无力。

"某些党员干部，工作时间，一张报纸一杯清茶，个个都是朝南坐的大爷，口气比力气还大。"王小鹏内心深处还是在不断叫冤，"我们个体户就像冰天雪地里的麻雀，要想生存，要想活命，就必须绞尽脑汁，想尽办法来扒开积雪，寻觅下面可能会有的食物。否则，那就只能去等死。然而，有腔有调的国家干部，高工资、高奖金，或者还有额外灰色收入，自然不明白个体户是怎样度过愚昧、惶恐、如履薄冰的日子。你许杰的这种风凉话，只要当了大干部，谁都会说。"这些都是他心里想说的话，只是当着许杰面不敢说出来而已。

他只能低声嘟喃："培养一个绅士需要几代人努力，改革开放才十多年，我们这类50后能受到多少中国文明的现代教育？大家明白，现在说我们个体户都是昧着良心的还为时过早，或许有的个体户脸上还盖着这样那样的原罪背书。但我相信，个体户不会被消灭，随着改革开放的推进，他们相反会更壮大。但是现在要他们转变脑子，转变思维方式显然是不可能的。自然对于个体户中的那些不法分子共产党有的是办法惩治，当然这也包括惩治那些共产党内部的坏蛋。"

"这个……"许杰看出来王小鹏是属于狗皮膏药性质的那类人，他那三寸不烂之舌一旦粘上你就撕不下来，不能再和他胡扯下去，但也不能表示的过于藐视这个人物。他看锡平贵不吭气，便顺水推舟，把钱的问题放到台面上来谈比较妥当。

于是他不露声色地说："建筑工程，老实讲，我是擀面杖吹火——一窍不通。并且按王小鹏说的那样，我们集团自己组建也不是最佳方案，精力有限，宏观开发都忙不过来。至于流动资金短缺的问题，你们两位是同行，我和王小鹏又是相熟悉的朋友。我看啊，可以通过预付工程款的方式予以解决。"

许杰一句话，把困扰锡平贵的难题解决了，这就是领导干部的智慧和能量。锡平贵听了这话：如雷贯耳，没差点晕过去。

王小鹏听了却无动于衷——没任何反应！

许杰是个善于察言观色的高手，见王小鹏并不兴奋，让他有点纳闷：这小子究竟是个什么角色？

于是他转弯抹角地说："当然，我估摸了一下，建筑公司前期启动资金也不是很大，所以钱倒是次要的，论交情，我也该帮点王小鹏忙。只是商人做事总得有相应的利益来吸引他的兴趣。所谓商人，就是无利不起早，锡总，你认为对不对？"

"对，许总，您这话一针见血说到了要害。做事要有利益或者兴趣，没有利益和兴趣做不成事。比方说我们搞工程建设，既不能像大跃进那样呼啦啦地一齐上，也不能像搞社会主义均分利益的那一套。我们实行的是建筑公司内部承包责任制，承包责任人负责具体项目施工。公司对投资方负责全面质量管理，施工现场监管人员不与建设项目利益挂钩。这样避免了在项目施工中粗制滥造的问题。其次，即使出了问题，也是由本公司具体监管人员承担主要责任，这个追责和监管人员的年总考核挂钩，直接影响到他的经济收益。"锡平贵弯着腰递了支烟给许杰，自己则没敢点烟，只是转过话题说道："至于王小鹏，他作为炒货食品厂不领工资的推销员那时起，我们就已经合作多年，而且大家合作都非常愉快。现在市面上流行的'特松豆'，就是他引进并在我们厂研究开发的，当时在上海滩炒货市场风靡一时。他那种火爆的销售业绩着实让我吃惊不小，他的能量，让我敬佩。"

说话之间，锡平贵的烟瘾实在是熬不住了，斗胆点了支，连续猛猛地吸了两大口。好家伙，整支烟被他一下吸完。

他努力咽了口唾沫，把烟蒂摁在烟灰缸里使劲拧灭，说："许总，你不能把王小鹏认定是空麻袋背米，归类于那种空手套白狼的人。最恰当的比喻他是一条黑鱼，既可以沉入深水之中不见踪影，也可以浮出水面来回折腾。他自认为自己不是池中之鱼，他说如果是为了工资，当年他也不会扔掉铁饭碗辞职下海。王小鹏感兴趣的利益，简直妙不可以用酱油来比喻。"

"那么，王小鹏与黄之种两人，哪个人可以用酱油来比呢。"许杰非常熟悉这俩人的德性，所以明知故问。

这次锡平贵回答得既机敏又顺畅："是驴是马，你都拉出来遛遛不就明白了。"

王小鹏见锡平贵对着许杰眉飞色舞地贬低自己与黄之种，不满之意油然而生，从沙发上慢慢站起，说："什么马啊驴啊的。锡队长，你也不要七拐八弯地跟许总绕圈子，我就直说吧。"

王小鹏转过身，满脸严肃，看着许杰，说："论工资，他养不起我。我在没辞职下海之时，凭我的手艺和本领，年收入弄它个七万八万的，算不上有什么难度。现在即使有人出我月薪二十万，我也懒得闻这腥味。我是凭智慧，靠能量和手艺来赚钱吃饭的。该是我的，一分不能少；不该是我的，一分钱不要。"

顿了顿，他觉得似乎意犹未尽，撇撇嘴，继续说道："我并不指望谁给我发什么高工资，领工资就要看人脸色，我最讨厌的就是看人脸色过日子。所以，趁我现在还年轻，又有吃苦耐劳的精神，我要赚钱！赚足够养活我家人以及我以后养老的钱，赚足将来不再看人脸色过日子的钱。"

他歪过眼看看锡平贵，起了高声说："我与锡总达成协议，我王小鹏是建筑装潢公司内部承包工程项目最精锐的嫡系部队，而且还必须是序列排名最前位的。"要说的话，该说的话，拐弯抹角的话，全说完了。

王小鹏如释重负：像个严重脱水的人那样，瘫软在沙发上。

天亮没多久，汪洋老婆小葛的电话就打进来了，还没开口，她就在电话那头不停地哽咽着哭泣，哭得王小鹏糊里糊涂地犯傻。

他自己因心肌缺血而躺在医院病床上吊着点滴，本想说声"对不起"挂了手机，可他明白小葛从未给他打过电话，也不知道她从什么渠道知道了他的手机号，贸然给他来电，肯定出什么大事了。

于是他只能是耐着性子倾听着她那忽高忽低的哭泣。

好一阵子，王小鹏从哭哭啼啼、断断续续的话语里感觉，"汪洋又被抓进去了，关押在前海派出所。"

"这次为什么事被抓进去的?"王小鹏问。

又是好一阵子哭泣以后王小鹏才弄清楚怎么回事了。

汪洋这次是以贩毒、聚众吸毒、强迫妇女吸毒，三项罪名相加，被人举报后公安局跟踪伏击，在前海五星级宾馆的客房里被抓走的。

王小鹏脑子里第一个反应就是汪洋吸毒或许说是不容置疑的。但要说汪洋贩毒以及强迫妇女吸毒这事，不可能。

他了解汪洋，他了解这个混社会的老大，什么坏事他都敢干，就这个贩毒以及强迫他人吸毒的这种下三滥的事，他决不会干。

因为这会有损于他混社会的名声以及"大哥"的形象。

汪洋这人，宁肯饿着肚子也不会向人求救。即使毒瘾犯了，他也从未跟王小鹏开口借过钱。倒是王小鹏有时看见他难受得蜷缩在墙角，铁青着脸色瑟瑟发抖，知道他又犯毒瘾了，主动地救济过他几次，可汪洋有时竟然还会不好意思地推辞几下。

自然，日常里汪洋对王小鹏说出的任何话都唯命是从，这也是不争的事实。有几次，王小鹏深更半夜打电话让他去办事，即使电闪雷鸣，即使刮风下雨，他从不推诿，从没二话，义不容辞地立即落实执行。

或许是一种缘分？或许是一种天意？

王小鹏与汪洋，两个所作所为以及各自品性完全不同的人，从根本意义上说，是两条不同道上跑的车。汪洋却是明里暗里保护着王小鹏。而王小鹏并不求助于他什么，却也会在他落难时以及最尴尬的关口帮他一把。

"这是不是属于相互利用，或者说是狐朋狗友？"王小鹏经常这样想。

他自己也闹不清楚这是怎么回事。最终，他只能认为：或许这就是人与人之间的"缘分"吧。

其实王小鹏和汪洋都是聪明人，怎么会弄不清相互之间的关系呢，"世界上没有无缘无故的爱，也没有无缘无故的恨"，王小鹏只不过是在表象上显示出他具有出淤泥而不染的清雅。

另则，他也不想在自己的灵魂深处产生某种阴暗面，所以他总是有意无意之中找出一些奇葩的理由和借口为自己开脱。其实他清楚得很，所谓的缘分，从根本意义上来说：就是自己蒙自己。

无论从哪个角度去分析，去理解，汪洋对王小鹏还是具有一定的利用价值，尽管汪洋是个混社会的黑道分子。王小鹏施恩于汪洋，从根上去分析，还是他儿童时代的生活环境以及自卑的劣根性在作祟。

他的潜意识非常明白，自己人生旅途还很长，难免还会碰到许多磕磕碰碰的麻烦事，甚至说还会受到某些黑暗势力对他的威胁。他心理上认为，这个社会就是胆大的吓死胆小的，所以他确定自己手中必须掌握或者说聚集一些黑色的威慑力，来应付公安机关不屑一顾的突发事件，或者说利用这种并不光彩的威慑力来对付社会上某些嫉恨他的混混们对他的人身安全产生的威胁。

当然，王小鹏的聪明之处在于利用汪洋这种黑色势力只能是威慑，而不能具体实施。一旦实施，那他不但是黑社会的组织者，而且必定是头号罪人。他的最终结局，不是坐牢就是砍头。

正因为他清楚以及明白其中的利害关系，所以他知道和这类人整天混在一起，自己将来必定是没什么好结果。因此他与高金生以及汪洋一伙人始终保持着一定距离，他从来没有确认自己是他们一伙的亲朋好友。

王小鹏内心的底线：他只是认可自己与汪洋的关系，这种关系是建立在人与人之间那种并不多见的缘分之上。

——这就是王小鹏的高明之处。

至于汪洋心甘情愿地对王小鹏俯首称臣，其用心何其良苦。他明白自己口蜜腹剑地混社会，早晚会被公安机关逮住，抓进去坐牢，这是必定无疑的。

他唯命是从于王小鹏并不是为了榨取钞票，他看重得是王小鹏的人脉关系。有钱人嘛，没有关系也会有能量织出重重叠叠的人脉关系网，更何况王小鹏在公安、法院、检察院都有他的铁哥兄弟，一旦自己哪天出事，再去求爷爷告奶奶地求他人，那还不如现在就把眼前的这尊菩萨供起来备用。

——这就是汪洋的高明之处。

高明人与高明人之间的过手，双方都知道对方葫芦里卖得是什么药。但是，大家都不会挑明、都不会说破，往往是于无声处胜有声。

就那次汪洋与高金声一伙人蛊惑、蒙骗王小鹏参与实行的建筑材料买卖案子，让客户参观考察建筑材料堆场的仓库基地，倒确实是王小鹏引见提供的，等于是协助他们成功完成了欺诈方案的实施，由此让这伙诈骗犯得到了一大笔的材料预付款。

当时诈骗取得成功后高金生在获得材料预付款时曾塞给他厚厚一沓人民币。王小鹏铁板钉钉似的明确回答：我是协助你们做事业，希望你们在生意场上挺起腰杆，光明正大地做人、做事，我决不会收取你们一分钱。

王小鹏没料到得是这伙人始终回避发货，始终没有发货，最后搞起失踪游戏，人去楼空。

这使得王小鹏整天提心吊胆，他知道自己尽管也是上当受骗，但无论如何他事实上是逃避不了参与诈骗过程的罪名，虽然他没拿过一分钱。

但诈骗案一旦成立，他王小鹏拿与没拿，即使浑身长嘴也说不清楚。但他参与了其中的诈骗活动确实是明明白白的，他无论如何是抵赖不掉的。

最终这个案子告破，当时所有参与诈骗的团伙成员都被抓捕归案，但一百多万的赃款已经消耗殆尽，化为乌有。

他们没有钱来承担归还这个债务的能力，所以每个参与诈骗活动者都逃脱不了法律的严惩，等待他们的就是判刑、坐牢。

奇怪的是这个诈骗案子自始至终没有牵涉到王小鹏，抓捕归案的所有诈骗分子也没一个人提及或者交代王小鹏曾经参与过其中的某些至关重要的诈骗节点，这让王小鹏大跌眼镜，疑惑不已，百思不得其解。

似乎是为了回报，似乎是为了施恩？

这个王小鹏说不清楚，反正当时他义无反顾地出马相救了，他请来了法律界知名度很高的大律师——汪盛。

汪律师四十岁出头年纪，说话节奏缓慢，但吐字清晰。他那种细声细气、言语委婉的腔调往往会让对手产生错觉而藐视于他。但每当在法庭最关键的质证阶段时，他轻轻吐出的言辞，扔过去时却像呼啸着的炮弹，让对方辩护律师防不胜防，措手不及难以回应，以至于最终一败涂地。

汪大律师身材高大、精悍、斯文。走路时，笔直挺起胸部，带着一种上体操课教师的那种姿势。

他的头发留得很长，很浓密，如一股黑色的潮流像后抛去，又像瀑布似的悬挂于半空，映衬着一张岩石般的面孔。他脸上最精华的部分是那副黑色眼镜下面的那管俊俏的鹰钩鼻子。那管鼻子棱角分明、坚挺，每时每刻显示着毫不妥协的精神，仿佛像一座粗犷的石雕，堂堂皇皇地镶嵌在面部正中，又像艺术品似的在他的脸上放射出那种别样的风采。

王小鹏约好汪盛大律师见面那天，灰黑色的苍穹下，狂风暴雨中时不时地夹杂着电闪雷鸣。他满脸挂着期待的表情，把这个案子的前前后后说得明明白白。他极力表白自己是如何清廉，如何无故，他做梦都没有想到汪洋、高金生之流会弄出这种拆烂污的诈骗案子，害人害己。

汪盛面无表情，只是默默无语地听着王小鹏倾述。

他眼镜片后面的那双火力十足的眼睛不看王小鹏，只盯住手里的香烟，玩味着冉冉升起的烟雾。那管石雕似的艺术品下面的嘴唇，像铁闸一样紧闭着，里面坚硬的牙齿不断地咬着牙帮骨，这使得他那岩石般的脸颊上鼓起一道道棱子。

王小鹏滔滔不绝地叙说完毕后汪盛只是轻轻地问了声："完了？"

"完了，就这么点事。"

"就这么点事？这可不是小事。医院出具的小便化验单印证了汪洋他们一伙吸毒的罪行以及毒品出于高金声之手。高金生逃脱不了这贩毒的罪行，而汪洋他们一伙也赖不掉吸毒的行为。"汪律师义正词严地说。

"这不是主要问题，关键是汪洋他们只是诈骗了对方一百五十万，可对方硬是一口咬定他们支付了三百五十万。只要把这三百五十万还给他们，他们愿意庭外调解，撤诉。这不是明摆着原告方反过来欺诈吗？不要说三百五十万，即使一百五十万，这伙人也没有一个拿得出来。如果按原告诉讼的诈骗三百五十万标的罪名一旦成立，这伙人不是被杀头也要把牢底坐穿了。"

"这些人渣，用得着你王小鹏这样费尽心机吗？"

"我不是也参与了其中的欺诈活动吗？如果最终把我咬出来，诈骗的赔款还不是由我这个冤大头掏腰包吗？早知今日，我何必当初呢。我真是聪明一世，糊涂一时，现在再说糊涂、后悔的话都没用了。"

汪大律师不再言语，他的眼帘在眼镜片后面垂下来，安详地合着，嘴角边凝结着几丝深思熟虑的褶子。

王小鹏那双细小的，但却炯炯有神的眼睛里，希望之火熄灭了，脸色由微红变成像纸一样苍白。他饱含着冤屈和愤怒，挺想大吼几下，大哭几声。

猛地，汪律师抬头盯着王小鹏，他那狡诈的目光不断地在眼镜里凶狠地闪射，尖刻地问："你确定要帮助这帮烂货？"

"什么话！看你这话问得？"王小鹏狠狠地对他说。

汪律师并不示弱，调高了嗓门，说："我现在问你的只是帮还是不帮。"

"确定！帮！"王小鹏跟着也起了高声。

"好。我再问你，那份合同在哪里？"

"什么合同？"王小鹏愣住了。

"就是汪洋他们与原告方签订的建筑材料买卖合同。"

"啊？那份买卖合同，这些家伙根本没当回事，在清理他们办公室时我怕万一有用，幸好没扔了。可合同纸页已经破烂不堪，面目全非。"王小鹏心里充满了恼怒，颓然蹲下去，双手捂住头。

"你拿出来，我看看。"

"要这干什么？都已成废纸了！"

"只要尸骨在，就有办法恢复原貌！"

"废纸还能恢复原状？"王小鹏迟疑地问。

他的声音沙沙的，很悲凉。

"嗯。"汪律师答应着，看着他从抽屉里拿出两张泛黄的，不但残缺且又皱皱巴巴的破合同。

"就这货！"王小鹏古怪地笑笑，带着讥讽的口吻说："请看吧，大律师。虽然我知道你是个不错的秀才，但知道你念上几套魔咒就能把这烂货恢复原貌，老哥早着点就应该巴结你了。"

　　汪律师一目三行地很快把合同看了个大概内容，挺起宁死不屈的鼻子，说：
"来吧，王小鹏同志，请你跪下去给天地、给祖宗磕头吧，朝着东南西北四个方
向，咚咚咚咚地磕四个响头。你得感谢上苍施恩，感谢你祖宗积德，让你即使惹
祸也不会上身。我看啊，你真是个福人，三生有幸呀。"

　　不知怎的，王小鹏的嗓子发哽，鼻子发酸，要不是他的倔强性以及打小就具
有的劣根性，他真想放声大哭。

　　"都这个时候了，什么情况呀，你还在描绘美好的精神聚餐。汪律师，我佩
服你的巧舌如簧，但在此时此刻你还如此讥讽嘲笑，你觉得对得起我吗?"王小
鹏叹了一口气，很是无奈。

　　"现在姑且不论对不起对得起你的问题。我现在想问得是，王小鹏，你能确
认，你能保证这份合同的真实性吗? 这个，我必须要你明确回答。同时我也明确
告诉你，你可以保持沉默，可以不回答。但你如果选择回答，选择确认这个合同
真实性的同时你也将承担相应的法律责任以及所产生的后果。"

　　"有那么严重?"王小鹏阴沉着脸站起来，把烟屁股拧灭了。

　　汪律师笑了，但没出声。

　　"大律师，你别吓我。"他的嗓子有点哑了，还带着几丝凄凉。

　　"合同的真伪必须确认，否则接下去所做的任何努力都毫无意义，我这个律
师也就此告别，打道回府。如果你选择保持沉默，不作回答，这是你的权利! 任
何人不可以强迫你回答。"

　　"我确认并保证这份合同的真实性，签订时我在场。"

　　汪律师含笑点头，表示对他的信任。

　　"这样的保证不是把自己也给牵扯进去了吗?"

　　"不牵扯进去，你怎么能到法庭上把自己的事说清楚? 不说清楚总是个后遗
症，说不定哪天其中的某个诈骗犯又出事了，他为了立功减刑，又把你给咬出
来。你现在必须要趁这个机会在法庭上把自己洗刷得彻底清白，让法院给你出一
个结论，你参与这桩诈骗案子就算彻底了结了。"

　　"但是，如实说白，自己不也成了诈骗团伙的一员?"

　　"本律师从法律角度来分析以及从买卖合同的性质来判断，高金声和汪洋这
伙人并不是诈骗团伙。"

　　汪小鹏愣住、傻了，大律师这话，如雷贯耳，足实让他大吃一惊!

　　"如果法院最终的判决，高金声、汪洋他们不是诈骗团伙，那你怎么可能是
诈骗团伙的成员呢?"汪律师平静地说。

　　王小鹏直挺着脖子，惊得目瞪口呆，他使劲地揉着眼睛，又捏了三次脸颊上

的肉块，很痛，这才肯定自己不是在做梦。

"签订买卖合同的真正意义，在于明确表达当时的供货方和购货方之间买卖建筑原材料的真实意图，这是谁也改变不了，谁也抹黑不了的事实。"汪律师怔怔地看着王小鹏，嘴巴往上撇了撇，使得他那管本来就够直挺的鹰钩鼻子更加坚挺些："一个愿买，一个愿卖，而且买卖的价格，双方都是同意的，我想这个也不会有错吧？合同里面白纸黑字表达得清清楚楚。并且双方当事单位都盖章确认的。我想，这合同末尾的这两个大红印章，更不会有错吧？"

汪律师似乎感觉有点口渴，端起茶杯"咕咚咕咚"往嘴里灌了三大口水，像伟大领袖那样挺起胸，两手撑在腰部，目光炯炯地说："综上所述，本律师根据事实认定，这是一桩经济纠纷案或者换种说法叫做债务纠纷案。如果庭审法官也认定本案属于经济或者债务纠纷案，那么高金生这个贸易公司的实体或倒闭或无偿还能力，这些所谓的诈骗赃款也就成了原告方的企业讨不回去的坏账。"

说到此处，汪大律师那石雕般坚挺的鹰钩鼻子往上一仰，伸出有力的臂膀，往斜刺里劈去，狠狠地加重了语气，说："无论今后法院裁判偿还原告方多少金额，最终赔款问题也是不了而了之。这就叫做：欠账不赖——一百年不还！"

王小鹏的牙齿使劲咬仕薄薄的嘴唇。

"这种裁判的结果，关键在于贸易公司的法人是高金生，从组织机制上来说，你王小鹏不是贸易公司的人，偿还债务的问题与你毫无关系，你也不会因此受到任何牵连。你是局外人——本案与你无关！"

汪大律师大大咧咧地作出了最后定论："我们要反诉，要以攻为守，要做的不是被告，不是应诉答辩。要做的是原告，起诉对方——欺诈。"

此刻，汪小鹏几乎热泪夺眶而出。

他不停地哆嗦着：除了感恩之外他的心中却充满了愤怒的嫉妒。

"大律师，你真狡猾，你真可恶，你真毒辣。我王小鹏虽然算得上是个混蛋了，但你却是混蛋中更大的混蛋，我这一辈子算是服了你！"他想。

但王小鹏内心深处还是像跷跷板那样七上八下的，满脸露出的是困惑不解的样子，说："实话好说，谎话难编。咱回到原来的话题，这破合同你又怎么能把它恢复到原貌呢，法院会认可这种残缺不全如废纸的合同吗？"

"事大事小，到跟前就了。"汪律师轻声细语的口吻更显出他胸有成竹的能量。

"怎么个了法，你给我先透露点。"

"解铃还须系铃人。"

王小鹏一愣，说："戏弄我吧，我口袋里可没你这般的妖怪法道。"

"你这话，倒也实在。"汪律师嘻嘻笑着把讥讽当补药，转过话头回到正题，说："世上无难事，只怕有心人。"

"有心也总得有个法子呀。"

"我粗略看过，准确地说他们签订得是格式合同。这种格式合同的文件以及资料内容，我都有办法查询得到，然后再重新打印一份，期中即使稍有差别，但庭审时只是作为证据给法官出示一下，谁也不会去核对字里行间的细微差异。"

"那这两颗大红印章呢？"

"你去地摊上按这破合同上的模样刻两枚盖上，不就得了。"

"哈哈，大律师先生原来出的是这么样个馊主意啊。我问你，那崭新的纸张，那鲜艳的大红印章，傻子都能看出破绽，是现炒现卖的伪造货。干这种违法事我可不敢。"

"王小鹏，你的思维方式，真让我瞧不起你，愚昧到极致。世上只有想不到的事，没有做不到的事。"

"咋地？"

"你把崭新的合同纸张反过来平铺在布料上，随后再在纸张上铺块面料，并在面料上稍稍喷撒些水分，接着用蒸汽熨斗反复在面料上熨烫，不能心急，慢慢来。过不多久，打印字迹以及鲜红的印章都会黯然失色。一份纸张泛黄、原汁原味的买卖合同就会腾空出世。"

"大律师，这犯法不？"

"不犯法！但前提是，你确认的破合同必须是真品。否则，我再强调一遍，后果自负，与本律师无关。"汪律师语气笃定，口吻顺畅极了。

"大律师，你也不要撇得太清。世上莫过手足情，打断骨头连着筋。"

"人心似铁，官法如炉。"

"就凭咱哥俩之间的情谊，你能忍心见死不救、撒手不管？"

"王小鹏，你不要混淆法律上的定义以及客观事物上的概念。情谊与法律是两种不同的概念，法律不相信眼泪，法律没有情谊，法律只相信证据，只相信被证据链所证实的事情。"

"职业律师说话的水平就是不同凡响，嘴越说越巧，脑越用越灵。"

"王小鹏，既然你这样说，我再让你开开眼，长点记性。你是个商人，商场如战场，危机四伏。你以后所有的商业往来，千万不要再相信那些大红印章，必须以亲笔签名为准，这签名的笔迹，谁也不敢模拟的。"

王小鹏如茅塞顿开似的恍然大悟："因为高金生这个买卖合同没有签名画押，所以才使得你有机可乘、有计可施？"

汪盛既不回答也不言语，只是对着王小鹏眯起眼睛微笑。

经过一番奔波和努力，汪律师在法院系统终于办妥了起诉所需的各种相关手续和资料。

高金生在拘押所里，签名委托并授权王小鹏为全权代理人：诉讼无锡彩辉建筑装潢公司涉嫌欺诈，请求法院作出公正的裁判。

王小鹏委托授权汪盛为本案的辩护律师。

上海金生贸易有限公司反诉原告经法院审核后立案——庭审。

因为欺诈和诈骗其本质基本相同，所以汪律师经过一番周旋后，法院竟然同意两案合并为一案审理。

如此并案后的庭审：究竟谁是原告？谁是被告？概念模糊得足以让庭审法官在千头万绪中难以理清案子的来龙去脉。

汪盛律师设计出来的这套"死其腹中有仙着"的妙计，足以让王小鹏大跌眼镜。而其摆出"四两拨千斤"的八卦阵，让他看懂了什么叫作大律师。能被称之为大律师的必须思路清晰、敏捷，如八月的石榴——满脑袋的红点子。

自然，王小鹏用山珍海味，鲍鱼、鱼翅以及五粮液来服侍他也是少不了的。招待有头有脸的大律师，大鱼大肉是摆不上台面的。

"案子越复杂，情节越混乱，对我们来说越是有利可图。这就叫浑水摸鱼，这就叫人有薄技不受欺。"这话是汪大律师在酒宴上醉醺醺地咬着王小鹏耳朵根说的。

这种说法和做法，汪律师在主审法官庭审前的协调下演绎得完美无缺，无懈可击。但对方所请的辩护律师也是个赫赫有名的能言善辩的"流氓律师"。

"流氓律师"脸蛋长得类似于南瓜的形状，他的眉毛又黑又粗，像是为了维护某种霸气才摆放在那儿的，眉宇间似乎还透出点威风凛凛的杀气。可他那横向扩展的脸庞上，两侧生着两只小耳朵，就像小手端着只大脸盆似的。他辩理说话像机关枪扫射，词语猛烈，手舞足蹈中可以滔滔不绝地说上半个小时而不停顿。

"流氓律师"身子矮胖，像只废弃的柏油桐，因为腿短，所以走起路来步子碎，却走得很快。

"流氓律师"是人们在背地里对他的称呼。当着他本人之面，一般都尊称他为"胖律师"。

双方辩护律师都不是省油的灯，庭审前的协调，公说公有理，婆说婆有理。你来我往地唇枪舌剑，各不相让，闹得大家都面红耳赤。

无锡彩辉建筑装潢公司委托辩护的胖律师，是该公司长年聘请的法律顾问，他对整个案子的来龙去脉以及发展过程，心里明镜似的清楚。堂堂的"流氓律师"怎么可能屈从于汪律师施行的这种下三滥的伎俩？他坚决不同意两案并为一案，更不承认他们有什么狗屁的欺诈行为。

提起这种做法和说法他就暴跳如雷，他的态度简直到了疯狂的地步。

更让他怒不可遏的是他们彩辉公司好端端的从原告，怎么一下子好像成了被告。为此胖律师使出浑身解数据理力争："太不像话了！法院怎么能做出这种合并案，一点道理都没有。即使按对方所诉讼的子虚乌有的欺诈案成立，按庭审的规范来界定与我们这个诉讼诈骗的案子是不同性质的案子。"

"所以，本律师认为两案必须剥离，各案分开庭审、裁判。"流氓律师说话口吻定力十足，语调铿锵有力

但是主审法官根本不听他的，瞪着直勾勾的眼神宣布："由于调解无果，本庭决定不再作庭外调解。双方各自回去补充今天争论不清的质证材料。本法庭确定的两案并为一案庭审决定，不变！择日开庭审理。"

无奈——"流氓律师"很是无奈！

庭审还没开始前，汪小鹏知道无锡彩辉建筑公司委托胖律师全权代表，再没有其他人员出来吆喝助阵，这种做法注定是要倒霉的。

虽然金生贸易公司也没有其他人员出面，但光凭汪大律师就足以对付这"流氓律师"了，更何况还有满肚子都是弯弯绕的王小鹏。

见对方辩护人只有"流氓律师"一个，王小鹏心中窃窃自喜：你个烂胖子，你就等着吃不了兜着走吧。惩罚你们的不是法庭，不是大律师，更不是我王小鹏。惩罚你们的是太自信、太自负、太轻敌、太自以为是。

别看他们在诉讼书上以及在质证材料中的字里行间显出一副得意扬扬的腔调，好像遇到了一件大好事：这三百五十万铁定无疑会归属于他们。而且对方提供的质证材料中竟然把王小鹏也给搅和进去，认定他也是诈骗犯。

他们知道这伙诈骗犯中只有王小鹏有钱，他们的定论是王小鹏逃脱不了诈骗的罪名，他不但是大老板而且在洽谈买卖合同的饭局中也有过一次现身喝酒。

"好吧，单枪匹马地叫板、挑战，够自信的。"王小鹏知道这烂胖子心中确实认为自己碰上了好事，官司赢了，他马上会名声大振。即便输了官司，也净赚三百多万。这块肥肉，狗与狗之间肯定预先做好了分配，烂胖子胆敢单枪匹马来咬肉，他立下头功能不从中分到一大块肉吗？

"流氓律师"长得像柏油桐那样矮胖，且肤色黝黑，发表辩护言论时，瞪着一双类似肥猪的眼睛，说话前先习惯地往上撸两下袖管，一看就是个痞子的角色。他本是个上海近郊某屠宰场的杀猪出身，天天跟肉打交道，是个大块吃肉，

大碗喝酒的货。既然这屠夫设计出想在法庭上吃大肉：白白捡得三百多万。那他必定懂得怎么用砍刀把肉劈下来的手段和伎俩。

这烂胖子胆敢这样做，可见其来者不善，或许他真有"一根篙竿压倒一船人"的能量。

王小鹏心里忐忑不安地想：不可轻视这个"流氓律师"，也不知道在法庭上他究竟能使出什么套路和伎俩，这样的流氓往往有惊人的绝活。

他从大部头书《水浒传》里看到过：梁山好汉中武艺高强，手段厉害的角色，个个都是大碗喝酒，大块吃肉的料。

也不知道什么原因，每当王小鹏看到这张爱吃大肉的嘴巴张开说话时，心里就会有种怦怦直跳的感觉，脑子里就会出现《水浒转》里的梁山好汉肆无忌惮地大块吃肉、大碗喝酒的场景。

王小鹏从小穷得连死都不怕的人，什么都不怕！

连死都不怕的人，生命体具有顽强的抗性。可如今他有钱了，或者说被称之为大款了，却变得什么都有点怕，就像孩子们害怕走夜路。

尽管他明白"自己来自于尘土，早晚要归之于尘土，一切都没什么可怕的"。

藐视死亡，通常被社会上的人理解为是一种英雄好汉的品性。但是当活着比死亡更加灿烂的时候，那么敢于去死的人才能被称之为是一种英雄，可惜王小鹏现在已经不再是英雄了。

让他无奈的是，自己的人生路还很长，目前的问题只是他人生链索的一环，生命的链索是无穷无尽的，它通过人生旅途，从遥远的过去延伸到渺茫的未来。

当主审法官用快速的语句背诵完毕庭审纪律后，王小鹏就好像是个"八十岁的老头学吹打——上气不接下气。"

他最担心的是一旦烂胖子胡搅蛮缠的大砍刀把肉劈去，那他王小鹏难免会承担赔偿至少是三百万的责任，这简直是要他命了！

坐在主审席上的法官铁板着脸，威严地挺直脖子，朗声问道："你们双方是否还有调解的愿望？"

双方辩护律师共同回应："不作调解，由法庭裁判。"

庄严肃穆的法庭：既没有原告席位，也没有被告席位。原本显示"原告席"，显示"被告席"的铜牌——都给撤了！

主审法官再次提高嗓门，起了高声，朗朗宣布："本法庭由主审法官、陪审法官、人民代表陪审员以及书记员共同组成合议庭，公开审理上海金生贸易有限公司与无锡彩辉建筑公司相互诉讼欺诈和诈骗案，两案合并，共同审理。先由无锡彩辉建筑公司提出诉讼的事实和理由以及对所提供的质证材料作出解释和说明。"

烂胖子的南瓜脸初始阶段愤怒得差点裂开，当听到主审法官让他先提出诉讼的事实和理由时，他又笑得脸部肌肉横向扩展。

他不断点头，得意到了极致：他明白，他先发言他就是原告，他就主动，他就能先入为主地引导案情朝有利于他的方向延伸。

但这个烂胖子律师忽视了对方不但有主辩的汪大律师，还有智慧的对手王小鹏以及在旁听席上落座的王小鹏助手李经理和公司财务梅会计。四比一的八卦阵，已经摆出：诸葛亮隆中对策——先声夺人。

对手的这种阵势，对"流氓律师"来说不屑一顾，他坚信的是：有理走遍天下，无理寸步难行。

他不断地撸袖子，不断手舞足蹈地滔滔不绝地说：关于第 1 点，关于第 2 点，关于第 3 点，关于第 4 点，关于第 5 点，关于第 6 点……

主审法官几次插话提醒："请注意，言简意赅。"

烂货流氓律师一会站起撸袖管，一会坐下咽唾沫，足足说道了 30 分钟后才放低嗓门，说："完了，谢谢法官。"

随后他从脚边的挎包里掏出一个大瓶装的农夫山泉，咕咚咕咚全部倒进那个矮胖的柏油桶里。

最让汪小鹏瞧不起的是他那放在脚边的有着长长背带的那只挎包，这种黑色的类同于十多年前黄之种初来上海推销苗木时斜背在肩上的挎包。如今都什么年代了，还在背这种挎包。

看到这种家伙，就会让人瞧不起他，就知道他的存活资源完全是依靠砍他人之肉来填饱自己肚子的屠夫。

"都说完了?"主审法官问话时很有绅士风度。

"完了，谢谢法官。"胖律师回答时很有卑躬屈膝的奴才腔调。

"请上海金生贸易有限公司委托代理人答辩。"主审法官对着王小鹏和汪盛俩人露出的眼神就是：你们两人谁都可以答辩。

汪律师先开口，他轻声细语地说："谢谢法官能让我方答辩，但我要提请法庭注意的是，我方请求法庭的是诉讼，起诉对方所犯下的欺诈罪行。"

"请答辩律师注意，不要咬文嚼字，本庭现在暂且确定你代理的上海金生贸易有限公司为甲方，无锡彩辉建筑公司为乙方。"

"我反对! 本律师代表的是原告方。"流氓律师展开短粗的臂膀，使劲挥舞。

陪审法官"刷"一下站起来，铁板着脸，直视胖律师，说："反对无效，请乙方辩护律师尊重法庭的严肃性，不得当庭大声喧哗。"

陪审法官虽然是一位中年女性法官，但吐字清晰，说出的话很有分量，"流氓律师"顿时愣住，乖乖闭嘴。

"乙方辩护律师注意，本法庭并不反对你在答辩的同时也可以提出你方诉讼的事实和理由。"

"谢谢主审法官，首先我认为乙方委托的辩护律师所诉讼的事实和理由貌似 A = XYZ"

"我反对！这 A = XYZ，本律师听不懂这外国话。"流氓律师又大声说话。

"反对有效，请甲方律师对 A = XYZ 所表达的含义用中文解释清楚。"

"A. 代表成功。X. 代表艰苦的工作。Y. 代表休息。Z. 代表少说废话。我之所以提出这个恒等式，含义就是乙方的辩护律师所诉讼的事实和理由貌似很成功，但就是太 Z 了。"

"这种 A = XYZ 的混账说法只有你们这些 70 后的律师想得出来。"胖律师满脸挂着迷茫的表情。

"错！这是伟大的爱因斯坦的说法。我想请问乙方律师，难道你没读过他的大作，难道你肚子里那些七拐八弯的歪主意比爱因斯坦还优秀？"

"我反对！这是对本律师的人生恶意攻击。"

"反对有效，甲方律师请注意你的答辩用词。"主审法官说。

"谢谢法官提醒，我知道了。我没有恶意攻击乙方的意思，我只是想请求法庭在庭审答辩中，请乙方律师不要说东道西的 Z. 话太多，直截了当地摆事实、讲道理。"

"允许甲方律师对本法庭的合理请求，但是我提请你注意，直截了当答辩，也不要 Z 话太多。"

陪审女法官见主审法官也如此说 Z 话，差点喷出笑声：这庭审弄得有点滑稽。

"乙方律师，我请问你对这份买卖合同是否确认？"汪律师扬着手中的合同复制品，口吻相当严肃。

"这个？签订这份合同，当时的情况是。"

"我问的很简单：是确认还是否认。"

"这份合同的签订，是有前提的，当时的情况是。"

"流氓律师"话语讪讪的。

他不敢直接应对汪律师的话，只是心怀恼怒：毕竟他是打官司的老浆糊，混得时间久了，经验自然也就丰富。

对方律师提问的企图和目的，他心知肚明。他心里非常清楚，回答这个问题很讨厌，会延伸出自己许多自相矛盾的说法。

"恳请主审法官，提示乙方必须确认这份买卖合同的真伪性。"汪律师把复制的合同递给法庭的书记员。

主审法官扫了一眼书记员递过来的合同，说："给乙方律师看看，是否确认这买卖合同的真实性。"

"流氓律师"也不是傻蛋，自己手里也同样有着这样的一份买卖合同，这还需要我来确认吗？

他用眼光巡睃一遍法庭上众人的脸，撇撇嘴，无趣地摇摇头，表示居高临下的轻蔑以及我这堂堂正正的大律师碰上小律师的无奈神态。

而后他扫了一眼书记员递过来的纸张泛黄，打印字迹以及红章黯淡的建筑材料买卖合同，很是无奈，抬起袖管擦擦嘴皮子，呜呜噜噜地嘟哝了几声后不得不说道："这个吗，啊，就确认吧！"

汪律师迅速收回合同，又给书记员递上一张收货凭证，说："这张盖有无锡彩辉建筑装潢公司印章的收货单也提请法庭让对方验证一下，是否确认。"

"流氓律师"立刻觉得问题严重了，他屏住呼吸，脸色苍白，看着汪律师一张一合的嘴巴，心想：册那，要么是天上的煞星下凡，要么是蛇转龙世，说不准这小赤佬或许还是条巨蟒转世呢。

他忽然觉得身子很沉：他必须换个枪头来对付这个嘴巴没毛的70后嫩仔。

流氓律师鼓起腮帮子，吐出胸中的郁闷，双手捋捋几根稀稀拉拉的胡子，用了一个舞台上唱京戏的动作，嗖地甩开两臂往上扬起，拗了一个非常漂亮的造型。

然后他昂首挺胸，用类似霸王项羽般的腔调说："就凭这收货单据足以证明你们这帮诈骗犯都是有爹娘生，无爹娘教养的胚子，如今都因犯诈骗罪而被公安机关拘押坐牢。早知今日，何必当初做这种伤天害理的诈骗事来惹祸？包括对面的王小鹏，他也是诈骗犯的团伙成员，现在他倒像没事的样子稳坐钓鱼台。我告诉你，你的好日子快到头了，兔子尾巴——长不了。"

"你敢口无遮拦无凭无据地说这话，即使活着也该拔掉你的舌根，让你知道什么叫生不如死。"王小鹏满脸赤红，愤怒到了极点："我说烂胖子，你那脑子里装得是浆糊糊呢还是粪粑粑，你也是受过法制启蒙教育的人，怎么连'赵钱孙李，周吴郑王'也分不清？你也不动脑子想一想，我是什么人，你即使费尽心机再怎么诬告都没用。我王小鹏浑身上下干净得就像年糕落到地上都沾不上一粒灰尘。"

"你们就是诈骗。你们只是发了区区18万元的木料，就停止了供货，继续要求我们追加预付款，当时我方已经意识到。"

"我恳请法庭提请乙方辩护律师注意，不说 Z 话，你只要回答对于我方出示的这份收货凭证，是确认，还是否认。"汪律师张开眼睛说道。

"本法庭接受甲方律师恳请，乙方律师必须正面回答，确认还是否认？"主审法官是位久经历练的老资格，他思路敏捷、清晰。他已经注意到了乙方律师东扯葫芦西扯瓢的意图就是蓄意回避案子的根本性质。

看这个阵势，主审法官是不会容忍让他绕着弯儿答辩的，装屎也没用。

流氓律师实在感到冤屈，明明我是原告质问被告，怎么变成了我像被告似的那样必须回答原告提出的问题，而且还不准作辩护。

想到此处，他觉得一股热血在脑血管里涌动，太阳穴被撞击的怦怦直跳，口中又开始干渴难忍。

这是他的血糖被快速涌动的血液冲激造成的体征表现，他原本就有糖尿病、高血压、高血脂、冠心病，加上他容易冲动，日常又酷爱大鱼大肉以及胖得无与伦比的懒惰，上帝能让他活到近 60 岁已经很宽厚他了。

他抬起头，努力睁大眼睛，看到端坐在裁判席上的主审法官，赤面长脸，俨然像一尊知县大老爷神像。他看到大老爷目光也正在注视着自己，他不得不承认主审法官确实仪表堂堂，笔直挺起的胸板就像个军人，威武的目光似乎洞察一切。

这让他不由地感到畏惧，心里竟油然生出一种奇怪的念头，这念头似乎像犯罪分子想走坦白从宽的道路。

主审法官突然发话："乙方律师，听明白了吗？啊！"起了高音的嗓子声在法庭里飞溅。

流氓律师吃了一惊，松懈的身体猛然收紧。

他看到主审法官赤面长脸往下拖得更长了，长得活脱脱像一张赤兔马脸。他浑身哆嗦了下，如梦初醒似的明白了原被告之间本末倒置的尴尬局势已经不可逆转。

"真他娘的窝囊！"他想。

尽管他很无奈，但无奈还是必须要回答对方的提问。

于是他只能点点头，说："确认。"心里却暗自思衬：册那！怎么被弄得像个罪犯似的回答问题。

——这个局面必须扭转！

他猛地站起来，身体却摇摇晃晃，如同站在飘荡在大海之中的小舢板上。

"本辩护律师不服气！"

"不服气什么？你可以提出。"主审法官说。

"本律师有辩护的权利！"

"说下去！"

流氓律师扯开被香烟熏哑的嗓子，高声说："法庭上谁也不能阻止我这个受乙方委托的律师对本诈骗案的辩护权利。"

"谁也不能！"他加重了语气，又重复了一遍。

"这个混蛋'流氓律师'！"主审法官只能暗自在肚子里开骂。虽然他是庭审的主审法官，但也没有权利来阻止律师辩护。

"你有这个辩护权利，你也同样有权利质问对方辩护律师。"主审法官只能如此回答，这是庭审上的明文规定。

流氓律师胡搅蛮缠、胡打乱棍的做法在司法圈里是有那么点小名气的，人提起他的大号尊名知道的并不多，但只要说是"流氓律师"，就知道"原来是这个货啊。"

"我提请甲方的王小鹏，你是否确认这张一万二千八百元的餐饮发票是新都大酒店出具的？"流氓律师果然掉转枪头，冲着软柿子捏。

王小鹏向主审法官举手报告，法官微微点头，允许他答辩。

"我拒绝回答乙方辩护律师提出的任何问题。"

"拒绝的理由？"主审法官问。

"我不是甲方。"

"笑话！你在搞笑吧，你不是甲方，你坐在甲方席上干吗？你必须回答确认或者否认。"流氓律师咧开嘴，露出焦黄的牙齿。

他也玩起了汪律师的那套路子。

"我是受甲方委托而向法院诉讼乙方所犯下的欺诈罪。"

"那还不就是甲方！"流氓律师说。

"请你注意说话用词，受甲方委托的代表与甲方，具有两种不同性质的含义。作为一个古董律师，你学识浅薄，不懂 A = XYZ，我完全可以谅解，你不知道伟大的爱因斯坦是谁，我也可以理解。但是你竟然连委托与被委托都弄不懂？我就糊涂了，你这律师是怎么混的，不会是靠欺诈吃饭的吧？"

"流氓律师"两眼愣愣瞪瞪地瞪着王小鹏，惊得哑口无言：见鬼了！老子今天撞上的这两个嫩仔，都是老枪呐！

主审法官犹豫片刻，厉声道："甲方拒绝无效，必须回答。这个称呼是本庭为便于庭审而暂定的，不具有其他含义。"

流氓律师眯缝着眼睛笑了，南瓜脸上显出的表情似乎有点诧异，更多的是欣喜或许还有些感激。

他的嘴唇翕动着，似乎说了些什么也似乎什么都没说，仅仅是亢奋而已。凭着他的智慧，他终于扭转乾坤，夺回了原告的地位。

占领了高地，他开始居高临下地朗声发问："甲方，你不必 Z 话多多，你现在给我回答，是或者不是！"

书记员是个年轻的姑娘，她面无表情地对着电脑，柔和的手指不停地像弹钢琴似的在键盘上跳动，默默地做着庭审纪录。当她听到"流氓律师"也开始用 Z 字说话，终于忍不住嗤嗤地喷笑，吓得她赶紧用手去捂。自从她做书记员起，她还从未做过类似于这种滑稽的庭审纪录。

"是！"王小鹏一字定音，干脆利落。

"这发票背后是不是你的签名？"流氓律师问。

"是的。"

"你参加了这次饭局没有。"

"参加了。"

"你说没说过这次宴请是你埋单。"

"我不否认你这说法。"

"那你为什么至今还没有支付这笔餐款。"

"当天聚餐完毕，我的助理，就是坐在旁听席右边的那位李经理，她用现金在酒店前台把餐费全额结清后让我签了字，把这张发票交给了财务梅会计报销。这位财务梅会计今天也来了，就是坐在旁听席左边的那位女士，她们可以为此事作证。"

"——什么？"胖律师暴起眼珠问。

"——就这么！"王小鹏镇定自若。

主审法官乌黑的眼球迅速转了三下，突然伸手指向王小鹏，发问："旁听席上的那两位女士，他说的话是否属实。"

"属实。"

"是事实。"

两位女士一前一后地回答。

"作伪证是要承担法律责任的，你们俩是否明白？"主审法官厉声说道。

"明白！"两位长相文静，说话语调雅致的女性以及她们毫不犹豫的明确答复，没有理由让人不相信这就是事实。

流氓律师愣在那里，没差点晕过去。

他脑子里一片空白，一时还真不知道该如何对付这批家伙明目张胆地撒赖。姜到底还是老的辣，闷了会，他眼珠子也开始飞速转动。

他抖动着手里的发票，目光闪烁着冷冷的狡诈，嘴巴里发出一声尖笑，说：

"那我请问你们，这张发票现在为什么会落在我的手里。"

"那你应该去问高金生。"王小鹏说话的表情既异常又诡秘。

"你必须回答！"流氓律师抓住了对方的软肋，穷追猛打。他的嘴贪婪地张开，好似一个瞎了眼的狗崽子，终于噙住了野狼的奶头。

这个从乡里村子级别的杀猪场里走出来的律师，显然不是干细活儿的料。一旦夺取了主动地位，他的呼吸不再那样粗重了，脖子也硬了，有足够的能量来支撑上面的那个南瓜脑袋，脸皮上的赤色似乎也消失了许多，露出副小人得志的模样。

"请问主审法官，我必须回答这个问题吗？"王小鹏窃窃地问。

"你必须回答乙方的提问。"主审法官回复明确。

"那么，好吧。胖律师，这都是你逼出来的。所以我也顾不得你们乙方公司的脸面以及将来可能会产生的恶果。"王小鹏此话的含义错综复杂，还真让流氓律师心里像跷跷板似的，七上八下。

"我提请对方辩护律师注意，我必须声明，我下面所说的有损你们公司利益以及违反商业场上游戏规则的话，都是你逼迫的。对于拔出萝卜带出泥的后果你想清楚了没有？你今天的所作所为明天必将被世人唾弃！"

这话的分量让"流氓律师志"忐忑不安，有点莫明其妙，哼哧哼哧地愣着，像进站的火车头——又窝气又泄汽（气）。

汪大律师学着主审法官的模样，威严地挺直腰板，脸上露出严肃，非常严肃的表情，端坐在那里，无语。

他心中不由暗暗佩服，佩服王小鹏这家伙说话含义老辣、尖刻、阴险，竟然能够在杂七杂八的大杂烩中熬出了参汤。其答辩言辞有张有弛，胸有成竹地在不知不觉中把对手往死胡同里引。他凭着自己丰厚的履历、经验，似乎已经预见到了事态发展的方向和结果。

这让他心中波澜起伏，感叹不已：王小鹏狡辩之口才顶得上半个律师，如果让他干律师这个行业，不是个思维敏捷，能言善辩的大律师，就是个胡搅蛮缠，敢滚钉板的"流氓律师"。

汪律师哪里知道，王小鹏本来就是在阎王殿铁板上滚出来的臭铁匠，经过400公斤铁榔头十多年的千锤百炼，使他的劣根性更具有抗性、更具有韧劲。

汪大律师面对王小鹏即将描绘的细节状态时，他这个正牌的辩护律师不能随便插话进去。这不是他不尽职，而是他怕人多嘴杂就有露馅可能，相互之间各有各的说法，最后导致都不能自圆其说。

他现在最佳的选择就是像坐在旁听席上的那两位助阵的女士那样，满脸挂出：密切关注，静待其变的表情。

"请问对方的辩护律师，无锡彩辉建筑装潢公司是不是集体所有制企业。"王小鹏满脸微笑着用和气的语调问道。

"是的。""流氓律师"回答干脆利落。

"好，谢谢。"随后王小鹏拿出一张营业执照和一份房屋租赁合同递给书记员，说："请庭上验证，本人是天神酒楼的法人代表，属于个体私营企业性质，与金生贸易公司的关系是属于房屋出租和租赁房屋的关系。"

"这些我们知道，也不否认这种关系。但与本案无关，你不必延伸答辩。""流氓律师"说。

"好的，谢谢。"王小鹏一边点头答应一边继续延伸话题："金生公司是供货方，彩辉公司是购货方，在普通建材流通领域，供货方显然处于弱势地位，这是不争的事实。所以高金生不但要行贿购货方还要迎合集体企业某种对冲账目的需求。"

"我反对如此延伸！""流氓律师"明显感觉不妙。

"反对无效！甲方委托代理人，继续答辩。"主审法官语句铿锵有力。

"这张有我签名的发票，法庭从乙方所提供的质证材料上至少可以挑出八张类似有我签名字迹的发票。这些发票与高金生的其他发票组合在一起，恰巧是二百万。这就是对方诉讼的所谓高金生诈骗第二笔预付款二百万的来由。"

"流氓律师"的南瓜型脸面渐渐瘫软下来，他懊丧透了！

"我在庭审前仔细研究过乙方提供的质证材料，第一笔预付款一百五十万有高金生的签名认可收到。那么，我想问乙方的辩护律师：第二笔预付款二百万，你们是用什么方式支付的？支票？现金？转账？是由谁签字确认收到？谢谢主审法官，我答辩完毕，请庭上让乙方出示支付过二百万的凭证。"

原本底气不足的"流氓律师"，完全收起了刚才那副"空棺材出丧——木（目）中无人"的腔调。

他哪里想到过会出现眼前这种局势，他的内心在苦苦煎熬：早知如此，那还不如叫上几个委托单位的知情人士来答这些问题：关于财务操作的技术问题他根本回答不上来。凭他的杀猪出身，肚子里那么丁点的墨水能当上个律师也就是"盲公戴眼镜——装样子的"。

"乙方辩护律师可以用出具凭证的方式，也可以采用口头答辩的方式，明确表述这两百万是如何出账以及如何支付的方式。"

"这，这——""流氓律师"很无奈。

"你只要表达清楚乙方财务是用什么方式出账的。"主审法官明察秋毫，心知肚明是怎么回事了，所以降低了"流氓律师"答辩难度。

即使降低答辩难度也没用，"流氓律师"没法回答这个问题。因为他自己心里清楚，这二百万纯粹是他娘的子虚乌有的事，本来就是欺诈着试试看的，目标就是王小鹏，只要把他拖下水，大刀就能劈过去：砍块大肉，回家过年！

他现在后悔不及，悔得肠子发青，悔得眼睛里出现了六神无主的神情。他似乎感觉五脏六腑就像被五马分尸那样撕心裂肺地痛。他的嘴唇已经被冲高的血糖、血压撞击得像妓院里老鸨的嘴皮子，鲜红透亮。他不断喘息着，喘息的声音很大。他隆起的胸部大幅度地起伏，喉咙管里发出呼隆呼隆的痰响，但他没有倒下去，仍旧坚守着阵地。

"老家伙，你想尽办法，预谋了那么多丧心病狂的欺诈点子来坑我，你应该想到最终你总要拿出点有分量的证据来证死我吧？看你现在这副熊样，你也有草鸡的时候啊？你原来就是这么个卵蛋啊，连我的毛都不如，还想来陷害我，我操你个俅！"王小鹏肚子里骂声不断。

他目光厌恶地打量着对手，从他的眼角看到他的嘴角，从他黑洞洞的朝天鼻孔看到他的两只老鼠耳朵。

那卵蛋一眨眼工夫变得像条蛆虫，萎靡不振地蠕动着愚蠢的躯壳，他的灵魂出窍，剩下得连猪都不如的脑壳。

"看这傻逼样子，你如果再不赶快想个说法出来辩护，你就死定了！"王小鹏心里暗自思衬。

"我再次提醒乙方，你们财务是用什么方式出款的。"本来沉稳的主审法官现在也开始不耐烦了，说："乙方辩护律师，你不可以保持沉默，如你继续保持沉默，本法庭就认定你自愿放弃辩护权利。书记员，把我这原话记录在案。"

"不，不！"流氓律师如梦初醒似的说："那是空转，那两百万是空转出去的。"

坐在旁听席位上的财务梅会计此时举手，要求发言。

得到庭上允许后，她说："什么叫空转，我们做财务的从来没听说过出款还有叫空转的词语，请乙方辩护律师能否解释清楚。"

"流氓律师"很无奈，他不能再保持沉默，他只能伸出粗短的臂膀，指着天棚晃了晃，说："这两百万嘛，就是在空中转了一圈。"

"你的回答让我听得也很无奈，只能无语了。谢谢法官，我不想再问了。"财务梅会计朝庭上的法官们彬彬有礼地点点头，摇摇手，随后坐下。

"主审法官，关于乙方律师出示的那张新都大酒店的餐饮发票，我认为不必再作无谓的解释了吧。"王小鹏说。

"那不行，那是实实在在发生过的事。""流氓律师"猴急了。

那天的饭局他也在场，经过情况他最清楚不过了，预先说好是王小鹏在新都做庄宴请的。结果这天王小鹏钱包找不到了，说是让他先垫付一下，改天由天神酒楼归还。当时都是你好我好大家好的朋友，没有理由拒绝。

那天或许是酒喝多了，或许还真是中邪了，这个把钱看得比命还重的"流氓律师"竟然会掏出钱包抢着去总台结账。当时，作为律师的他，还多了个心眼，非得让王小鹏在发票后面签个名不可。

"你所表达的意思也可以理解为那些二百万的发票既不是实实在在发生过的事，也不存在已经支付了二百万材料费的预付款。如果你不知道，但我知道，我可以明确地告诉你，所有这些发票都是为了对冲乙方支付他人揽活给彩辉公司所支付的回扣，以及贪污腐败的账目，这些发票都是由高金生收集后提供给你们的。"

"好了，这个问题与本案无关，如有异议可以另行立案审理。质证、辩论到此结束。双方辩护律师各自作最后的陈述，每位十分钟时间。"主审法官抬起手腕，看了看表，说："先由甲方辩护律师陈述。"

"谢谢法官，首先根据买卖合同的性质以及第一批建材货源的发送，可以确认这是一桩买卖纠纷案，而不是诈骗案。其次，第二批没有发货的原因是由于高金生在支付甲方回扣的问题上产生了重大分歧，各方所说回扣的数目差距太大，所以甲乙双方争执不休，甚至发生了肢体冲突。至于回扣以及佣金数目究竟多少，因为这是私下交易，所以上不了台面，当时双方只是口头约定，没有书面协议。所以我能提供给庭上的证据只是高金生停止供货的书面情况说明书，但我不能保证说明书的真实性达到何种程度。"

汪盛不愧为大律师，说话有分有寸，一进一退，滴水不漏，辩护论理言辞犀利，果然与众不同。

他把高金生停止供货情况说明书递交给书记员后用嘲弄的口吻说："乙方辩护律师定性此案为诈骗案，实事不清，理由不充分。这预付材料款一百五十万高金生确认并愿意承担偿还责任，如此证明了甲方不存在诈骗企图。至于这二百万以及那张新都的餐饮发票，法庭自然会明鉴，我就不必多说了。"

"好家伙！言简意赅，大律师论理就是有腔调。"王小鹏想。

"再次要说明的是，我不明白既然乙方律师要告王小鹏为诈骗犯，那为什么不把二百万中具有王小鹏签名的所有发票都整理出来跟他算总账呢，而只是从中挑选出一张餐饮发票。我认为这种掩耳盗铃的手段，貌似高明其实是愚蠢到了极点。堂堂王大老板，亿万富翁！来欺诈你区区这一万二千八百元饭费？你们未免也太看低他了吧，或者说太作践他的名声和口碑了。所以我们只能向法院提起诉讼，告乙方犯欺诈罪，通过法院公正的裁判还王小鹏一个清白，以正视听。最后我从同行的职业道德观念出发，告知乙方委托的辩护律师，你如果想再诬告下去，那么真像王小鹏所说的那样：拔出萝卜带出泥！你真的想送一批彩辉建筑装潢公司的大佬们进监狱？你千万记住，这个建筑装潢公司是集体所有制企业。注意，我说的是集体企业性质。你能明白我强调这句话的含义吗，我的良苦用心难道你还看不出来？"

"这我懂，你也不要说了。"胖律师哭丧似的脸由青色转成白色，就连原本焦黄的门牙现在也白得发亮。他颤着嗓音对主审法官说："本律师向主审法官申请，放弃作最后的陈述，任由法庭裁决。"

"你确认放弃？"

"确认！"

"庭审结束，择日下达判决书！"主审法官迅速提起法锤，挥手"啪！"地砸下。随后扭头便走。

他心里也挺窝囊的：奶奶个熊，都是些什么事呀，乱七八糟的狗屁话！

油画　卡帕诺奇亚怪石　王照敏 / 绘

摄影　密林深处　王照敏/摄

第九章

毒 魔 缠 身

太阳从东方升起时，蓝色天空如雨后般洁净。

一缕缕飘忽不定的白云，由远而近缓慢地移动着，好像天使们用棉花把蓝色的天空擦洗干净之后忘记了把蓬松的棉花带走。

摇曳的彩云使得无垠的天际更加神秘，更加莫测，是那么深邃，那么遥不可及。

看上去，它好像离你很近，只要一举手就可以摸到一样，但它又好像离你很远，怎么也不能接近。

一缕缕的彩云，像似吐纳于燕山、滦水的神灵，似若有若无的上帝派遣的使者，无声无息地抚慰着生存于大地的生灵。

天地万物是上帝耶和华为人类预备的，只因人类的生灵产生了丑陋念想，失去上帝创造人类时"人之初，性本善"的初衷。因此，上帝的儿子耶稣从天降世：就是为了挽救人类中丑陋的灵魂。

岁月蹉跎，时光荏苒。

人的一生，痛苦与寂寞似乎挥之不去。但再好的东西都有失去的一天，再痛苦的煎熬也有翻过去的那页而成为你人生曾经的履历。

人生存在什么样的环境，就可能塑造成他什么样的人性。走上吸毒路途的生灵往往痛不欲生，总有一天会昏迷过去，先后静静地离开这个世界而进入地狱。

汪洋的人性并不是他原有的本性，是他的社会环境造就和扭曲了他的灵魂。物质的丰盛，感官的满足无助于疗愈误入歧途的汪洋，于是他的人性便走火入魔，甚至堕入深渊而不能自拔，如同盲人摸象，不知路在何方。

我们常用海洋来比喻坠入深渊的人跳出苦海的难关，佛道称为"到彼岸"之说法，但坠入毒品深渊的瘾君子幻海迷途，完全丧失了人性。

到底谁能来度这些瘾君子到达人生的彼岸呢？上帝耶和华救不了他，上帝派遣拯救人类灵魂的耶稣也救不了他。

真正能救他的是靠他自己唤醒点亮"人之初，性本善"的烛光。这种"性本善"的烛光会产生出明锐的判断力，产生一种天然的道德标准，一切遵循正道后他就会自然而然的不再行差踏错。

这个时候，坠入毒品深渊的瘾君子们就能成为自己的导师，自己度自己到达人生新的彼岸。

——这个世界没有什么救世主，只有自己救自己。

从理论上来说，要改变一个人，内因是决定因素，但不可否认的外因是必不可少的催化剂。没有外因作用于内因，世界上几乎任何事物都不可能进化发展。就如鸡蛋没有外因的温度孵化，蛋永远不可能会变成鸡。

但是汪洋这个蛋，即使王小鹏给他创造了外因条件，可他还是变不成鸡，甚至连只臭鸡蛋都不如。他以前所犯下的诈骗罪，经过王小鹏联手汪盛大律师百般周旋，巧妙辩护，终于使汪洋及其团伙成员逃脱了法律的制裁。他们的诈骗罪由于当庭的辩护以及双方的质证，因原告方举证的事实不清，理由不充分，拿不出证据链来证实上海金生贸易有限公司犯下的诈骗罪行，所以法院对于原告方诉讼高金生一伙的诈骗罪名没有予以支持。

法院当时下达的民事判决书的最后部分称：

原告无锡锡辉建设工程发展有限公司辩称第二次材料预付款 2000000 万以及案外人王小鹏应支付原告垫付的餐费款 12800 元，缺乏事实及法律依据，辩称理由不能成立，本院不予采纳。据此，依照《中华人民共和国合同法》第六十条和第一百零七条之规定，判决如下：

一、被告上海金生贸易有限公司应于判决生效之日起十日内支付原告无锡锡辉建设工程发展有限公司 1320000 元。

二、被告上海金生贸易有限公司应于本判决生效之日起十日内支付原告无锡锡辉建筑设工程发展有限公司中止买卖合同后逾期返回预付款的利息（本金以人民币 1320000 元计，自被告中止合同之日起，算至被告实际履行之日止，以中国人民银行同期贷款利率计算）。

三、对原告无锡锡辉建设工程发展有限公司其余诉请不予支持。

如果未按本判决指定的期间履行给付义务，应当依照《中华人民共和国民事诉讼法》第二百二十九条之规定，加倍支付延迟履行期间的债务利息。

本案受理费人民币 37300 元，由被告负担。

如不服本判决，可在判决书送达之日起十五日内，向本院递交上诉状，并按对方当事人的人数提出副本，上诉于上海市第二中级人民法院。

——没有人提出不服法院的判决！

最终高金生因贩卖毒品罪，另案判决：服刑十年。

这个结果让无锡锡辉建设工程发展有限公司因上海金生贸易有限公司法人代表被判刑入狱，完全失去了法院判决给他们的款项索要对象。不要说那 1320000 元以及利息款没地方去讨，就是由他们原告方预先垫付给法院的案子审理费 37300 元以及为王小鹏垫付的餐饮费 12800 元，全都白白扔进了黄浦江里。

——真他娘的窝囊，黄浦江里连个水泡泡都没泛起。

这让无锡锡辉建设发展有限公司一伙人悔得肠子发青，真想把这个杀猪出生的"流氓律师"给宰了。让这伙人后悔不及的是在案子审理前，王小鹏担心害怕引火烧身，所以答应由他个人掏钱支付给他们这伙人 30 万元人民币作为补偿金以及偿还新都大酒店的餐饮费 12800 元。可是王小鹏与他们左谈谈不拢，右谈谈不拢，特别是那个"流氓律师"，胡搅蛮缠更谈不拢。

谈不拢的根本原因就是那个杀猪出生，妄作妄为的"流氓律师"拍着胸脯，对着委托方振振有词地保证，那 2000000 元，如锅子里煮熟的鸭子飞不掉。还有那张新都的餐饮发票，"流氓律师"一口认定：有着他王小鹏白纸黑字的签名在，还怕他赖账？这种官司打不赢，他这律师也就甭做了。

其实，他这个猪脑子就是想把王小鹏拖下水。"流氓律师"知道他有钱，他就是要让王小鹏把钱给吐出来！

遗憾的是这不过是杀猪仔一厢情愿的黄粱美梦。

无锡锡辉建设发展有限公司高层领导在这个猪脑子律师的蛊惑下，本以为王小鹏只不过是小菜一碟，是他们的囊中之物。他们哪里知道，他们的对手王小鹏原本也是个铁匠出身的铁胚子，这个铁胚子比杀猪仔的刀子厉害一百倍还不止呢。他不露声色地以牙还牙，示弱制强是他制胜的法宝。

这件诈骗案子的最终结果：锡辉建设发展有限公司竹篮打水一场空，赔了夫人又折兵，灰溜溜地滚回无锡老家去了。

杀猪出身的"流氓律师"以及他的法律顾问的席位，都被无锡锡辉建设发展有限公司毫不留情地一脚给踹了。

"流氓律师"打的这场官司输了，可他并没有兑现当初的诺言："这明摆着是诈骗性质的案子，如打不赢这场官司，咱这律师也就不做了。"

他厚着脸皮，依旧赖在律师事务所里混饭吃。但从此他一蹶不振，如丧家之犬似的被众人当作茶余饭后的笑料。

至于审理判决高金生贩卖毒品罪案的同时，汪洋一伙因查无前科吸毒，故按初犯定性，被行政处罚在拘留所里关押了十五天。

让王小鹏懊恼不已的是这件惊天动地的案子才了结了一年多，汪洋这浑球怎么又被公安局给抓进去了？

这次还是贩卖毒品、胁迫妇女吸毒卖淫！

这个罪名一旦成立，汪洋的脑袋也就甭想要了，必死无疑。最好的结果也就是无期徒刑！再能言善辩的大律师也无回天之力，法庭审理中改变犯罪性质是不可能的。这点王小鹏心里很清楚。

只是王小鹏认为，汪洋是不是真的犯有贩卖毒品以及胁迫妇女吸毒卖淫的罪行，这个必须要有确属的证据来证实。

虽然他在上次的诈骗案子中已经上过汪洋当，受过他骗，但他认为根子在高金生，罪恶主犯是高金生。

汪洋经过那次拘押所关押出来后已经明确表态不再吸毒！

而后王小鹏出资助他采用递减法戒毒。这就是在他毒瘾发作时服用"美沙酮"药水，并且每天逐步递减这类含有毒品成分的药水剂量。

这种名叫美沙酮药水类似于咳嗽药水，它那深赭色液体能帮助戒毒者在戒毒过程中减少生命体痛苦的煎熬。

美沙酮是国家严格控制的违禁品，即使地下市场也很难搞到手。因此美沙酮也成了体制内那些助人戒毒的医务人员手中的香饽饽，价格极其昂贵。吸食毒品的瘾君子们个个都是想要戒毒的料，但他们身无分文，都是些标准的脱底棺材，根本支撑不了这类代价昂贵的递减法戒毒。

昂贵的美沙酮，帮助汪洋摆脱了传统毒品对他躯体以及灵魂的缠绕，他似乎开始恢复正常人的生活，酒筵席上他的身影又开始晃动。

汪洋是个聪明人，凭着混社会的能量以及混社会的人脉圈子，他承包了家KTV歌舞厅。而后他又在社会上其他的歌舞厅以及娱乐圈子里兜售红酒，赚了不少钱。他现在不能说是个大款，但至少是个不缺钱用的小款。

如今的汪洋还会私下贩毒？这点王小鹏难以理解，也难以接受。让他更震撼的是汪洋还犯有胁迫妇女吸毒卖淫？

他的第一反应：这不是事实。

"有没有确凿的证据？"

王小鹏冷静地问汪洋的妻子小葛。这一问，使得本该为汪洋再次堕落而愤怒的他再也没有机会宣泄。

王小鹏内心感到极度的失重，如果汪洋被确定为是这类人物，也枉费了他一片苦口婆心，他不会再出手相助。

"我如果替毒品贩子辩护，这等于我也是在犯罪了！"他说的没错，这种毒贩是危害人类社会的毒瘤，无药可救，那只能让他自取灭亡了。

他的胸腔里奔腾的全是愤懑和失望，但表面上他依然淡定从容，认为首先应该把事情的真相了解清楚，这才是最明智的选择。

小葛想不出任何办法来帮她老公，她既没门道，也没办法救助。她只是悲哀地意识到，不管丈夫曾经做过什么阴暗事，但他曾经也想为这个家庭的经济带来改善，作出努力，尽管这种努力对社会来说是不光彩的：道德被颠覆，行为被唾弃。

但是作为一个家庭妇女的她，思维方式是原始的，她整天念叨的是"要尽一切努力，想一切办法来救自己老公"。

然而小葛唯一的办法只能是跑到父母的坟前，悲痛欲绝地嚎啕大哭，其状凄哀无比，感天动地。

人其本性就是个动物，相互间可能有个类聚的缘分：叫作物以类聚，人以群分。夫妻间如此，朋友间或许也如此吧。

正面的说法叫做：志同道合、意气相投。

负面的说法叫做：恬不知耻、臭味相投。

小葛可以背叛整个世界，但她决不愿意背叛她老公，即使她老公是个十恶不赦的毒贩，她也会义无反顾地出手相救。

她最困惑最悲伤的时候，总是闭门索居，桌上的一杯水，窗外的几滴雨，都会让她泪流满面。

她开始胡思乱想，昼夜交替。

汪洋吸食毒品，在她眼里并不是什么大不了的事情，如今引起她一番"为什么是这样的而不是那样的，吸毒再大罪过，也不碍他人事，只不过是自己害自己。"

她进而怨恨自己，为什么当初没有坚决制止她老公吸毒的行为。她进而怀疑汪洋的今天犯罪，自己是不是也有责任，作为妻子，她存在的意义在哪里？日思夜想的她，找不到答案，找不到问题的解决办法。

她思想混乱到极点，甚至无法改变对丈夫这种吸毒行为的纵容态度。她痛苦太多，遗憾也就更多。

最终她能做的唯一选择就是找到王小鹏门上。她绝望地找到王小鹏，只是盼望他能发点慈悲心，救救她老公，她最大的努力也只能如此了。

她知道，王小鹏是个正人君子，找他帮忙办这类事会让他很没面子。她只是无奈，她的家庭到了最危险的时刻，她只能，也不得不发出最后的吼声，冒着或许会被人蔑视的羞辱去救她老公。

这不是因为她的愚昧，也不是因为她的卑贱。

她只是个下岗女人，上有年迈的公婆，下有年龄幼小的孩子，家庭负担的压力使她容颜不再，自信也便不再，她的人生旅途似乎过早地走完了花季，凋谢了。

她没有淡定从容的能力来判断和分析这种妖怪的事件，她唯一能够认定的是坚决地不相信她老公会贩毒，会胁迫他人卖淫吸毒。

太阳光亮透过病房洁净的玻璃窗户，洒满王小鹏病床，雪白的被褥被染成一片耀眼的金色。

汪洋老婆小葛在手机里的嚎啕大哭声，震撼了王小鹏的慈悲心怀，他接听电话许久，才总算弄明白汪洋这次案情的大致概况。

这世界上有各种人，每一种人都有每一种活法。从事走仕途路线的人，可能成为大官，但是当了大官他或许也并非是个好人，做好事，或许会比社会上的混混们更有机会昧着良心干坏事。

混迹于社会的所谓"黑社会老大"吃混饭的人，没有一点"德性"谁会跟随他，即使他已经完全丧失了人性，他苦撑、硬撑、死撑，也要撑出半瓣"宁为玉碎，不为瓦全"的腔调来挺着。

王小鹏为人处事的观点认为，在社会主义中国，在中国共产党的领导下，真正的黑社会是没有生存的土壤和根基的。

这些混社会的汪洋之类人物，也是社会的一个组成部分，没有这类人物，也就没有了这个社会。这就好像世界上任何一个国家不可以没有监狱，没有监狱的国家，不能称其为是个国家。

王小鹏之所以愿意为汪洋落难时每每出手相助，表面上看就是他的这种思维观念在他灵魂深处作祟，但是根本的内在含义，还是他不愿放弃对付社会上那些混混们找他麻烦时他手中掌握的所谓威慑力。当有些麻烦发生在他身上时，公安局、派出所，往往在没有发生流血事件前都装聋作哑地眼开眼闭。在这种情况下，更能起到摆平作用的往往是汪洋这类混社会的"黑老大"，让他一直想不明白的，已经戒毒走入正途的汪洋怎么还会掉进吸毒的泥潭。

汪洋再次复吸毒品，这点他不怀疑，公安局不可能无缘无故地凭空抓人，这让他深陷于苦涩难懂的道理中。他们这类瘾君子脑子里究竟是怎么想的？这些思想跟所处环境有什么深厚联系？在漫长的戒毒过程中，他们又是如何被诱惑而又复吸？

他曾经在私下也隐约听说过汪洋有复吸毒品的行为，而且是一种什么新型毒品，被称之为冰毒。

在一个雨雾弥漫的夜晚，外面一片漆黑，他曾经追问过汪洋有没有这回事？汪洋矢口否认，他不但否认并且还给王小鹏描绘了一幅美丽而深邃的景象，他承包经营的 KTV 生意是如何如何地红红火火。

汪洋信誓旦旦地拍着胸脯说："凭着你的苦口婆心，我已经与毒品分道扬镳。如今身边没有了高金生，也没有了毒品圈子，所以也就不存在毒品的诱惑。"

王小鹏明白，劝导一个人，"难在暗示处，妙也在暗示处"。

——责之急也会怨之深耶。

更何况各人有各人的活法。他王小鹏又不是什么太平洋大警察，管那么宽有什么意思。

他这想法其本质就是"只要自我出淤泥而不染，就能战胜这个浮躁的社会"。王小鹏人生旅途的一切言行，都体现出他所谓海派哲学的辩证法，灵魂深藏不露，明哲保身是他劣根性以及痛苦的履历交相作用后的复杂烙印。

他认为"一个具有丰富多彩的人生，必须具有深度的灵魂，必须让他人琢磨不透他真实的思维方式。想要具备这种思维能力，既要有深厚的文化底蕴，也要有丰厚的人生履历来不断磨砺。"

他做人貌似秉守儒家的中庸之道，能说、能画、能写，在正规谈判桌面或者有官员在场的酒筵上，他言语不多，语速也不快，他给领导产生的是一种儒道兼修的表象，又具备老庄的无为而治的风格，喜欢循规蹈矩、按规律办事。

但他的人性发展到了一个极端，就会走向另一个极端，翻手为云，覆手为雨是他的拿手好戏。

他说过的话可以变，甚至他定夺签名的计划也可以变，他认为只有变才会更成熟。要办成一件事，成功是硬道理，不断变化的手段是成功的基础。

他的这种理论和指导思想竟然还在朋友圈进行过满意度调查，结果得到点头认可表示赞同的人有 70%。

这是什么样的民意测试？

还不是他现在有钱了，称得上款爷了，所以他的所作所为也开始博得众人青睐。如果他在那个青葱岁月的臭铁匠年代，王小鹏说的和做的再好，也根本没人会理他。你个小臭铁匠，能有多大的本事？没有裙带关系，你死也得死在铁锤下。

再好的千里马，没有伯乐，你也不过是具没有灵魂的躯壳。而那种没有灵魂的躯壳，唯唯诺诺的家伙在体制内，你只要有裙带关系或者你足以老实得让领导赏识，那你就必定是匹千里马！

那会儿啊，真是个"册那"的年代！

虽然这些过往的事情已成为历史，但王小鹏一想起这些往事，心里就升起莫名的愤怒之火。更让王小鹏怨愤的是如果汪洋吸毒、贩毒、胁迫他人吸毒罪行被公安局证实，那么同时这也证实了他王小鹏是个有眼无珠的家伙，又被人利用了。

那么促使他毫不犹豫地在病床上拔出正在打着点滴的针头，出手相助的动机究竟是什么呢？

王小鹏并不图汪洋有什么回报。按他的海派哲学思路来思索判断，凡与事不关己的事，应该装聋作哑，高高挂起。而如今他的所作所为则是反其道而行之，归根结底来看，这就是缘分。

除了汪洋老婆哭哭啼啼的悲凉叙述外，除了他想把案情了解清楚外，剩下的就是这种人与人之间既说不清也道不明的缘分。

其实，缘分这东西并不意味着人性的愚昧，这由不得人按正常的逻辑思维来推理选择。每个人都有自己另一半的人性，而往往这一半的人性恰恰是深藏不露，有时候甚至连自己都不知道他这另一半的人性是什么样子的。当他看这个世界时，看其他人和物时，往往是站在自己另一半的人性角度来分析对待。

人类最恐怖、最悲哀的弱点之一，便在于因为看人看事的角度不同，所以他或许也会变成曾经被他最看不起的那种人。

让人不能理解的是具有海派哲学理论思想指导的王小鹏，既然懂得近墨者黑的道理，那他怎么还会出手相助汪洋呢？

唯一能解释的便是他从小所处的环境培育出来的劣根性造就了他这另一半深藏不露的灰色人性。

上海远郊海边的滩涂上人来人往。

人们有的在骑马遛弯；有的驾驶着卡丁车在沙滩上疯狂地奔驶；有的挎着个铁桶在捡贝壳；有的在胡闹着嬉戏，欢声笑语像海浪一样，一阵高过一阵。

黄昏来临前，西方的晚霞像火焰一般燃烧着，遮住了半片天空，圆球似的太阳显得似乎特别的大，特别的红。

王小鹏推开二楼阳台移门，两眼遥望着海面上暮色苍茫中呈现出来的那种通红的骨感，这令他感动。

他默默无语地站在露台上闷着气抽烟。

忽而，他敞开心肺深深地吸了口潮湿的空气，两眼往四处扫了一圈，顿时感觉到别墅周边的景色特别清澈，看上去像玻璃一样。

这栋带有露天泳池的二层楼别墅被郁郁葱葱的树木包围着，足足有三亩多地的庭院里，太湖石堆叠的假山更呈现出一片恢宏的气势。

一条宽阔的河流呈半圆弧的形状在欧式风格的别墅庭院前流淌而过，水面上笼罩着一片柔和的雾气，样子很温暖。

眼前的河水，正在泛绿，水藻获得了新生，把积蓄的颜料都融化在河流里，似乎像要以此来抹去冬天的痕迹。河流经过他家庭院前面的圆弧河道时，无数的小浪花簇拥着，嬉笑着，欢乐地拍击着岸边那些人工组合而成的黄石堤岸，溅起来的一堆堆白色泡沫，随着海风在石边肆意荡漾。

这是一条多么清澈的活水河流啊。

近年来，如此般的天然河流在上海区域几乎已经完全灭绝。他掏巨资买下的这栋海边别墅，除了投资理财，更重要的是他看中这条没被污染的河流。这条河流时常让他回忆起童年时代，回忆起泰丰新村那条在铁道路基下静悄悄的，清澈见底的小河流。

这两条河流虽然宽度大相径庭，但其自然的神形似乎都很相似，气韵都是那样的淳朴。触景生情的感觉往往会让人引起对于过去的追思和回忆。审视以往的日子对王小鹏来说也是他人生的乐趣所在。

他们家每到乡间别墅度假，必然会把一条长约三米多的网笼放入堤岸边的河水里，第二天早上提起来，数不尽的大白虾在网兜里活蹦乱跳，足足一大脸盆。除了河虾河蟹之外，就甭提那些在河里游荡着的野生鱼儿了，只要你有足够的兴趣，只要你愿意，想钓多少就有多少。

王小鹏曾经从河里钓上来一条大乌青鱼，鱼身长得比他家大孙子个头还高，竟然一米出头。

一阵带着鱼腥味的海风迎面扑来，从追忆中突然惊醒的他，身不由己地哆嗦了下，赶紧扔掉手中发烫的烟蒂。

他的目光恢复了常态，眯起细小的眼睛，凝聚着河对岸的海滩。

一群游客仍在滩涂上放风筝，有大嘴巴青蛙，小眼睛米老鼠，花翅膀蝴蝶，奇形怪状的风筝在天空中翩翩起舞。人们仰着头，两眼紧盯着暮色中随风飘摇的风筝，牵动风筝的线儿在他们手中不断跳动。日落西海的太阳余晖映照在他们身上，让每个人都仿佛穿上了一件金色外套。

王小鹏特爱这片大海景色，闲暇时光，他会避开喧嚣的城市来到这栋乡间别墅画画、写书、发呆、做梦，有时还策划些点子来应付对手。

他经常在这栋别墅里召集他手下的那些"大将"，除了融洽感情宴请他们劳苦功高之外，还共同研究讨论一些复杂问题的解决办法。当然他的一些重要客户也是这栋别墅的座上宾。

日久天长，他在前海也认识了几位地方上的警员，尤其是那个带着近视眼镜，显得文质彬彬的绘画艺术爱好者以及钟情于盆景艺术的副所长陈涛。他们俩趣味相投，躲在别墅里喝茶聊天是常有的事。陈涛的新居设计，就是出自于王小鹏的大手笔：令副所长以及他的朋友们惊叹不已。

正因为王小鹏有着陈涛这层关系，所以他撑着胆子对着电话里号啕大哭的汪洋老婆说："只要汪洋不是严重犯罪，我尽可能把他捞出来。"作出如此承诺，他希望这话能给小葛留下些可盼的希望。

"世界这么大，只要有决心，什么人间奇迹都可能创造出来。"这就是王小鹏对于解决问题与创造条件的辩证理解。

这种理解似乎多少含有点浪漫主义的水分在内，就像他经常幻想能有一天坐上火箭飞往月球。

"他不但具有实干精神，而且解决困难的办法也多，更难能可贵的是他还具有一段菩萨心肠"这是一位双目炯炯的领导干部对王小鹏的评价。

许杰私下里嬉笑着评论："说王小鹏有颗菩萨心肠，是领导眼睛瞎了。"

然而副所长陈涛也认为王小鹏有颗菩萨心肠。但是今天下午他对待王小鹏的态度却一反常态："去捞这种人，你值得吗？"

王小鹏当时模糊地记得陈涛接下去说："你王小鹏如果也在这种圈子里混社会，是天大的遗憾。"等等，等等，云云雨雨的说教大话，陈副所长讲了一箩筐。

王小鹏说："一点都不遗憾，如果汪洋真触犯了国家的法规，我的菩萨心肠也是有局限的，不可能求你饶恕对危害社会的犯罪分子的惩罚。你我之间撇开朋友关系不说，我是受汪洋家属委托来了解他的案情究竟是怎么回事，你有义务而且也必须告诉我实际发生的情况。对此，你不可以保持沉默。你如果保持沉默，那我只能隆重推出上海滩最有名的汪大律师出面和你交涉。告你警务人员涉嫌滥用职权罪，涉嫌无辜拘押公民罪。"

王小鹏当时脸色铁青地板着，把他从汪大律师那里学来唬人的言词毫不留情地朝陈涛脸上甩过去。

看来他的"面壁虚造"的大话，真是陈副所长的软肋。王小鹏对他胆小怕事的个性有足够的了解，因为他们是多年的朋友。

这个陈涛为人处事太认真，两袖清风、秉公办事，有点书读头似的呆子气，在人与人之间只知道栽刺，不知道种花。就连王小鹏帮他新居的设计，他也一不罢二不休地非要支付给王小鹏一千元。对付这种人，王小鹏心里明镜似的，只能用公对公的说法，连唬带骗地镇住他。

陈涛毕竟是上海远郊一个派出所的副所长，没开过什么眼，哪经得住王小鹏这种一本正经玩的套头。

王小鹏满脸挂着怒气，掏出手机打电话："喂，汪大律师吗，哎，是我啊，王小鹏。对，对，就是我昨天对你谈的，关于了解汪洋案情的事。"

王小鹏稍停片刻，默默地叹了口气，瞄了陈副所长一眼，说："法律上有这规定？他必须要拿出证据来证明他保持沉默的理由，对，对，否则他就是滥用职权。吓，你现在不要过来。警察同志实在不说，再请你大律师出马。好，知道了。"

王小鹏再次瞄了瞄陈副所长，叹了口气，继续说道："律师可以会见被警察拘押的人员了解案情？吓，律师有这么大权利？好，好，我会告诉陈所长的，他也是我朋友，待我还不错的嘛，对，道理说清了，他自然会明白的。"

王小鹏演戏的伎俩确实厉害，电话里这一通自说自话，断断续续的言语以及对着并没有接通的手机，装得像真的那样胡诌乱侃。

陈涛副所长却是听得明明白白"律师已经清楚地说明了国家警务人员应该尽到的义务和责任"。

虽然他这个副所长不知道他触犯的是法律第几条第几款，但律师知道，能做上大律师的更精通法律条款。

"做律师的职责，就是唯恐天下不乱。死缠烂打起来，官司没完没了。吃了被告吃原告是大律师的天性！"陈副所长想。

王小鹏穷兵黩武地用这类欺诈伎俩来唬派出所副所长，这就很难用善和恶来概括他的人性了。

这种行为无论怎么解释，总让人感觉不太地道，或许这就是他另一半的灰色人性。虽不能说他是在恶意造假威胁恐吓警方，但至少说明他的人性不怎么纯洁高尚，他的这种帽子戏法，就像是带着镣铐翩翩起舞，对于他的人性来说，无多裨益。

现实世界发生的事，往往让人无奈之后只能无语：因为实践是检验真理的唯一标准——王小鹏目的最终还是达到了！

陈副所长拉开抽屉，拿出一个档案袋。他手脚麻利地从袋子里抽出几张报告纸，说："这是有名有姓的举报揭发材料，供诉的是汪洋吸毒、贩毒，以及胁迫妇女卖淫吸毒的罪恶行径。"

王小鹏瞄都不瞄那些材料，居心叵测地问："你所指的'供诉'含义是什么？供诉之人，我至少可以认为她也是个犯罪嫌疑人吧。"

对于王小鹏板着脸，一本正经地发问，任何警察都不敢贸然回答，陈副所长自然也不例外。

他铁青着脸皮——闷声不响。

王小鹏继续发难："请你提供一下这些供述材料经得起质证的证据好吗？另外，我还想了解一下这些供述人当时供述的背景以及动机是什么？"

"这既不可能，也是不允许的。"陈副所长身体仰靠在椅背上，打了个懒洋洋的哈欠，说："或许，你不会有什么节外生枝的说法吧。"

"现在这屋子里，咱俩人在说话，我要的是真凭实据。"王小鹏说。

"屋子里，还有它！"陈副所长勾起两根手指，狠狠地把那一叠供诉揭发汪洋的犯罪材料敲得山响。

随后他指指卧在墙根打盹的一条老狗，说："狗是改不了吃屎的，吸毒分子永远是社会的渣滓。"

"这世道多不公平，真正危害社会的渣滓是那些贪官污吏，冠冕堂皇背后干的都是些男盗女娼。难道你敢说不是吗？你敢抓他们吗？"

"不公平的是这些烂狗，他们强迫妇女陪伴吸毒、卖淫，仅仅是为了满足自己性欲的刺激，弄完了走人，剩下母狗在那儿受罪。把这些人渣送进监狱是我们警察义不容辞的责任。"

"所以我们都在歌颂警察叔叔啊。"王小鹏说话时的口吻露出点讥讽的笑意："不过据我所闻，公安队伍里也不泛这些溜冰吸食毒品的家伙，前几天听说一个地块区域的税务所所长和街道派出所所长，与两个吸毒女共同苟且吸食冰毒，那位堂堂皇皇的警察同志还猝死在小女人的肚皮上呢。"

"王小鹏，这样的道听途说我也不敢说，你都敢说出来？也只有你王小鹏胆敢在我面前说这话。我问你，这事你有证据吗，没有证据的社会流言不要信口雌黄。你的口才能把黑的说成白的，能把白的说成黑的，这我早已领教过了，你敢说不是吗。"

"不要讽刺人好不？"王小鹏尴尬地说。

"没有讽刺你，"陈副所长说："我是真心实意地赞美你呢。"

他边说着话边从办公桌抽屉里翻了好一阵子，拿出包白盒万宝路香烟和一个铁皮翻盖打火机，说："既然你有什么新的说法，这屋子里也没有其他人在，那咱们就轻轻松松地聊聊。"

他用焦黄的指甲灵巧地弹着烟盒，一支烟蹦出来，随即甩给王小鹏。又来回弹了几下，而后用苍白的硕大的嘴唇叼住那支冒出来的纸烟。王小鹏也没拒绝，只是灵巧地伸出两手接住那支飞过来的烟卷。

其实他非常讨厌老外的烟卷，他才不抽这种臭烘烘的外烟呢，他长年以来抽的是软壳红中华。

今天的他，可不敢拒绝陈副所长的好意。

他用手指把纸烟插进丰满的嘴角，咬住那乳黄色海绵头，毫不客气地将铁皮打火机抓来，"喀"一声，掀起翻盖，蓝色火苗嗤嗤地喷出来，对着烟卷点燃后将打火机扔回桌上。

他敞开肺腑，深深吸了一口烟。随后斜过脖子，仰起脸撇着嘴皮，对着天棚愤然喷出。那副老辣潇洒的腔调活脱脱就是好莱坞大片中的混蛋模样。

陈副所长鼻孔发出"嗤呼"之声，眼珠黑得发亮，轻蔑地说："抽吧，可别在我面前装这般的匪气。我告诉你，我才不吃这一套呢。"

王小鹏一愣，犹豫了片刻，最终还是从嘴角取下烟卷。

一阵猛力不止的咳嗽，使他的脸憋得如同半瓣熟食店里的酱猪肝，这是因为抽得太猛以及他不习惯外烟的那股烈劲。

陈副所长叼着袅袅升起白雾的纸烟，两手把玩着那只铁皮上露出点锈斑的打火机，说："真高级，还会演戏。"

"你不也在演戏吗？"王小鹏不屑一顾地说："人生本来就是一场戏，那些贪官污吏，伪君子们才是真高级，高级的王八蛋演员。"

"我们有汪洋这王八蛋的尿液含有甲基苯丙胺呈阳性的化验报告，这是铁板钉钉地证明他吸食过冰毒。他即使再抵赖也毫无用处，我们还可以通过其他的化验手段来确定他吸食过毒品。"

"他抵赖了吗？怎么抵赖的？"王小鹏似乎听出了对方言语之间的漏洞："再次声明，定罪必须重在证据，他不认可，你们不可以按犯罪推论来定罪。我想问清楚的是他究竟怎么说道的？"

"那个流氓，他竟然说……"陈副所长欲言又止。

"这不就得了！"王小鹏翘起兰花指儿的手夹着烟卷，指着陈副所长，说："至少汪洋本人没有认罪，你们采取的拘押行为是根据有罪推断论，这在法律上是绝对不允许你们警察这样干的。"

他开始有点得意了，笑着说："你们这些警察教育我们不要这样不要那样，可你们呢？你们既这样，又那样。"

"我们偏要这样，偏要那样！咋地？因为我们至少有坐实他吸毒的医学化验报告，这是铁证。你们这些混蛋不承认，不管用。"陈副所长语调斩钉截铁。

"对极了，你可以骂我也是混蛋。"王小鹏把手中的烟头朝墙边一角弹去，力道不足，烟头落在办公桌的二条腿间隔之中，躺在那里冒着缕缕烟雾。

"我可不是你说的那种演员，我不会伪装，也不会演戏，否则，你这位廉洁奉公的警察也不会交上我这么个朋友，直白地说吧，最道貌岸然的君子或许就是最王八蛋、最能使坏的家伙。"王小鹏瞪着眼，"嘻嘻"地笑着，说："捂住耳朵，你就当作没听见我说的话。"

陈副所长根本不睬王小鹏这一套，他眯着眼，嘴角露出几丝冷笑，摆出一副你爱说不说的样子靠在椅背上沉默着。

"哎，"王小鹏道："这样吧，你就让我去探望一下汪洋吧，这也不是什么了不起的事。如果他真的贩毒，胁迫妇女卖淫吸毒，我决不会袒护他，也不会再来麻烦你这位铁面无私的大警官。如何？就算给我一个面子吧。"

陈副所长低头不语。

王小鹏再次踢踢他的腿根，压着嗓门，说："老朋友啦，何必这么较劲！咱们一起去，怎么样？"

"不，我不去！"陈副所长再一次斩钉截铁地说。

"真没劲！"王小鹏道："既然如此冷酷，那我走人，无话可说了。"

"别走啊，"陈副所长说："我可以派个协警陪你去。"

"什么叫协警？"

"就是，类似联防的非警察队员。"

"高明，你这手才叫高明。"

"什么？"陈副所长惊讶地问："没你想的那么复杂。还不是你心眼儿特好，无奈之举呀。"

"是的。"

"是个屁！"陈副所长若有所思地说："有些事情也实在没办法，在其位必须谋其职、尽其职。作为人民的警察决不能做一天和尚撞一天钟地混日子，我们毕竟是广大人民群众的忠诚卫士呀。"

"那怎么办？"王小鹏愤怒地吼起来："变卦了？还是不让我见他？"

"你才变卦呢。"陈副所长也拔出喉咙，大声说："我的意思明确，是让你去劝劝汪洋，让他老实交代所有的问题，如此才有活路。已经签字认可的供状笔录不能翻供，翻供是没有好下场的。"

"你等等，"王小鹏张着嘴，皱着眉，脸面苍白地扭曲着说："他真的贩毒了？他，他似乎不可能吧？"

"吸食毒品的人渣，做任何坏事都有可能，没什么不可能的。"

王小鹏挂着满脸的失望，拽住陈副所长的袖管，说："无药可救！自作孽，老天也要灭他，我等又何必再去探望？算了，不去了。"

"王小鹏，你松开手。"陈副所长像模像样地紧绷着脸皮，凑紧眉头，深思熟虑了会，奸笑着说："还没最终敲定他所有的犯罪行为呢，只是做实了他一部分罪行，目前只是一部分。你去帮我做做工作，得让他认罪，把所有的罪行都认了，如此，我们才能对于他从宽处理啊。"

汪洋的脸似乎有点肿胀，色泽灰黄，好像抹了一层防冻涂得蜡。他的眼睛虽然黯淡无光，却时不时地射出几丝冰冷的寒气，仿佛在谴责全世界对他的不公。

在前海派出所灰暗的拘押室，他尽量节制着自己的情绪，默念着："我这是怎么了？真的是作死！"

他后悔死了，悔得真想把自己的蛋都操了。

曾经他确确实实地把白粉戒了。可是，圈子，还是因为圈子的原因使他又陷入吸食冰毒的魔窟。

高金生进了监狱，汪洋便脱离了毒圈。他在黄川路那一带承包经营了一个中型规模的 KTV 娱乐场所，气势似乎也有点老板的腔调，走进走出腰板笔挺，口袋里随时随地可以掏出厚厚一沓百元大钞，这下子好像也成了有点人样的小富翁了。

每当华灯初上时分，花枝招展的小姐扭着小腰进进出出，惹得场子门外的广场上总能够有几十辆轿车停着。臂膀上套着红袖标的老肥，狐假虎威的大声吼着在那里指挥调度。

前来逢场作戏或者说是冲着小姐漂亮而来的也有不少有头有脸的人物。多半是一些私人老板为了利益驱动在酒足饭饱之后招待区里的或者镇里的干部，少有的是汪洋的一些狐朋狗友们前来捧场子的。

如此这般的汪洋，这时的小日子过得也算是惬意了。尽管他做的算不上是什么正儿八经的生意活儿，但偏门是可以确认的。

汪洋的娱乐场子因为这个大世界的大环境充满了肉欲的浮躁，所以伴随而来的就是为了兴奋的需要而去追求更大的刺激。

于是，冰毒、K 粉、摇头丸、麻果等这类新型毒品逐渐粉墨登场。

起初吸食这类新型毒品的人都认为这只是一种兴奋剂，都说这类毒品不会上瘾，只会给你带来意外的兴奋。酒吧、舞厅等娱乐场所吸食摇头丸、K 粉等毒品似乎处于半公开状态。

对于吸毒分子来说本来就认定自己已经没有什么脸面了，甚至可以说连夹里也没有了，可耻不可耻，对于他们来说既毫无意义也无所畏惧。

汪洋本来就是个瘾君子，试用了几次，竟然感觉效果特好，心情愉悦，说起话来滔滔不绝，甚至连做爱都斗志昂扬。

开始他偶尔吸食冰毒，后来不知不觉上了瘾，没有了这类新型毒品的刺激，他做什么事都提不起精神头。

如今他又被逮住了，他心悲痛，忍不住低声抽泣。

但他的哭泣是极其节制和有分寸的，他要把悲痛埋在心底，他的眼泪是宝贵的。即使陷入这种地步的他，也不想把自己弄成满脸污垢的模样。

个人的那番扭曲的经历压倒了晦气的命运并替代了他落魄的灵魂，当他被逮进公安派出所以后努力装得像条好汉那样子，挺挺地伫立在一边。

他自认为是混社会的大哥，敢作敢当：只能站着死，决不能卑躬屈膝地向警察求饶讨生路。

此时的他，大概有了大祸临头的预感。那么，在这种时候，任何的坦白交代换回的只是把牢底坐穿。

这种生活在社会公德底线之下或者说是混社会吃饭的头人，到底是一种什么样的心态呢？

他作为一个自然人，尽管久经沙场，既做了许多坏事、肮脏事或者说是所有的坑蒙拐骗的活儿几乎都能与他挂上钩，但逼着他交代贩毒以及胁迫妇女吸毒卖淫的事，他决不会去干——干这种事，丧尽天良，是要被政府砍头的。

让他难以理解的是如此严重的罪行，派出所的警察为什么会轻易相信，而且非逼着他供诉认可。

凭什么啊?!

他产生了幻觉，不！不是幻觉！

汪洋敏锐地感觉一定是有人在他背后阴险地捅了一刀，而且是用冰冷的刀尖恶狠狠地直接穿透他的心脏。

他的眼前，出现了老母因牙齿全部脱落而干瘪得凹进去的嘴唇；出现她那满脸皱纹的脸皮上长满褐色的斑痕；出现了她丢弃在床边焦黄的木棍拐杖；出现了他老婆小葛眼泪喷洒而出，污垢的脸面上流淌着泪水；出现了她们为护卫他而发出痛苦的吼声，千想万想，他万万个没想到的是王小鹏竟然还会在警署里为他鸣冤叫屈。

王小鹏出现在眼前时：他惊呆了！

他很惊慌，身体摇晃着仿佛要倒下去似的，但是没倒下，冰冷的泪水夺眶而出。片刻之后，他似乎镇定下来，高高举起一条手臂，好像一头暴怒的公牛，大声吼叫："别来管我，让我去死！"

王小鹏本能地往前跨出几步，把扣在头上的鸭舌帽往脑后猛一推，声色俱厉地说："册那！你想死还不容易？吼个啥，吼你个屁！你闷声不响地往墙角一头撞去，不就完了。我也省事，把尸体往火葬场一送，一把火，什么事都玩完。"

王小鹏左手撑在腰部，右手霹雳般地朝他甩过去，说："我明确地告诉你，你必须给我停止这种愚蠢的行为！"

"你以为我愿意，你也不必给我来什么花言巧语的一套，我受够了，"汪洋说："本来我以为自己已经改邪归正，你也认为我干得不错，你的话我字字句句都记在心头。小鹏啊，你凭良心说，我会贩毒吗？我会胁迫妇女去吸毒卖淫吗？现在这个社会那些卖淫女还需要去胁迫？遇到个大款还用得着赶着母鸭上架？自己赶着上场都恐怕来不及呢！这几年来，我的生活是不是越过越好。"

"汪洋，你少给我来嚼舌根，花言巧语的词语对我来说毫无意义，你给我来点实在的，这次你是不是又吸毒了？"王小鹏和颜悦色地问。

王小鹏与汪洋对话的时候，那个协警斜靠在拘押室门边上"吱吱吱"地抽着劣质纸烟，闷声不响的呆呆地注视着他俩。他脸色蜡黄，极其微弱的喘息从他的喉咙口连续不断地喷出"呼哧呼哧"的噪声，听起来就像儿童玩具那般的小火车头在铁轨上发疯似的奔跑。

"你怎么不说话，到底吸食过毒品没有？"王小鹏见汪洋沉默无语，便加重语气再次发声问道。

汪洋愣在那里，一时间还真不知道该怎么回答王小鹏这一针见血的问题，这问题着实让他犯难。

他的两只晦暗的眼珠突然喷出股杀气腾腾的硬气，瞬间红得透亮，但仅仅是闪烁了几下后便黯淡下去，像蒙着一层灰白的焚尸后剩下的骨灰。

于是一口蜡黄般腥臭的浓痰掺和着鲜血，从他嘴巴里"哇"地喷射出来，顿时室内臭味四溅。

寒冬未尽，光秃秃的残枝在北风中战栗。

天空冷得让人瞠目结舌，整个世界就像是没有生命存在那般，悄然无声。连续几天零度以下的气温让坐落在前海区五星级宾馆门前的河面冻结成溜光透明的冰板。

宾馆北面那片相当高级的别墅区却依然是绿色成荫，可惜的是大树下挂着的那一盏盏红灯笼下面垂吊着一串串雪白的冰凌让人瞧着寒气逼人，喜气洋洋的灯笼被冻得失去了本来的面貌，显出来的是一片苍白的凄凉。

刚过了大年，马路上依旧人头稀疏。娱乐场所更是一片萧条，汪洋的 KTV 场子几乎天天吃白板，这让他感到憋屈，憋屈得天天骂娘。

恰巧这天在前海宾馆开娱乐场子的老鹰让他过去玩儿，顺便把去年拖欠着至今未付的红酒款子付款给他。

这死鬼拖了这红酒账的钱都一年出头了，汪洋整整供应了他一年的红酒，可他娘的老鹰竟然连一毛钱都没给他。去年年底前他曾经派老肥去威胁过他：再不付款——弄死他！

老鹰此人长得一副鹰鼻鹞眼，翻唇暴牙，其貌着实不敢恭维，但他驾驭女人则有一套别样的本事。

他身为上海东南郊县地区娱乐场所的霸主，长相虽然比他圈养的狼狗好不了几分，可他那些情人一个个都是风姿招展，风流多情。

老鹰与汪洋结账时的那副腔调，确实是够派的。

大冷天的客房内热烘烘暖乎乎的，毕竟是五星级宾馆，舒适的感觉就是不一样。

老鹰光着膀子，手里捏着把吃西餐用的叉子，他一边敲着玻璃杯的沿口一边油嘴滑舌地大声吼着："路边的野花，不采白不采，大爷我爱下流不爱风流。"

他那两个亲如姐妹的情妇，只穿着半透明的肉色短裤衩，分成两边坐着伺候，四只雪白如玉的奶子急不可耐地像从鼓鼓囊囊的胸罩里爆出来似的来回晃动。

一个偏瘦点的少妇似的女人，端着大半瓶清水的可乐瓶子，瓶子上方的红色盖子中间钻了二个眼子，顺着洞眼插进去的是两根塑料吸管。一根是为了吸进空气，增加瓶内压。一根是为了吸食燃烧后经过清水过滤的，被空气挤出来的白色气体。

另一个女人则像似才上岗不久的女孩，开始还有点羞羞答答，可吸食了冰毒不久，就毫无羞耻之情，满脸荡漾着淫笑，恣意地狂呼乱叫。

她不停地点火熨烫着锡纸上晶状体的冰毒和小药片似的粉色麻果，这两种原本是不同固体的物质，经过火焰燃烧加热变成液态后渐渐融合在一起，形成一条粉白色的细长液流，经过冷却，便凝聚成一条固态的可以吸食的混合毒品。

女孩一边殷勤地伺候着老鹰一边持续不断地自己吸食混合毒品，吸到劲头来时竟然挪过身子挨着汪洋发起嗲来，"哥哥，哥哥"叫个不停，两只胖乎乎的奶子嘟嘟囔囔地像似会说话似的在汪洋光溜溜的身板上来回摩擦。

老鹰眯着眼，咧开嘴巴不断地淫笑着，他吸食毒品时就爱看他的情人挑逗其他男人，或许说他更爱看他的情人与他人调情。

这会让老鹰感受兴奋，感受刺激，这就是吸食新型毒品以后的变态人性，犹如畜生或者说连畜生都不如！

汪洋与老鹰的交情不限于生意上的往来，他俩人也是这类"开会"的毒友。汪洋的红酒销售生意火爆时，每月营业额甚至超过歌厅场子的收入。就为这红酒生意，他与老鹰才不断地"开会"。

然而造成老鹰旧账拖欠新账不付的原因或许也是汪洋这人太讲究江湖义气，总觉得撕不下脸皮，不好意思开口。

但他开口讨账，并不代表老鹰愿意心甘情愿地付款，老鹰赖账的劲头似乎变得越来越大，就当没这回事的样子。由此造成双方在去年春节前，仿佛像似即将开战火拼时的紧张气氛。

春节过后，老鹰主动邀请他过来结账付款，这让他的心情感觉非常欣慰，感觉老鹰还是够朋友，是模子。俩瘾君子见面，自然少不了"开会"吸食毒品，更少不了女人的陪伴吸毒。

当然，这一切特殊服务，老鹰都给他安排得妥妥当当。宾馆客房是老鹰预先给他定好的，而且房款也给付了。汪洋到了宾馆，只要拿出身份证登记一下即可入住。

他对于这套豪华型的招待还是很满意的，也很得意："老鹰呐，我说你的这些情人，开起会来就会发骚，哈哈。"

"天下女人，吸食了如此美妙无比的冰毒都会难受得发骚。"老鹰似乎比汪洋更懂得女人。

端着吸食毒气瓶子伺候老鹰的那位少妇，涂着粉的脸上带着冷冷的笑，说："天下女人不是发骚，是犯傻！"

老鹰破口大骂："傻个逼的，你才精明着呢，不给钱你干吗？"

"才不干呢，还不是为了挣那点破钱来养家糊口。"少妇说话时脸色忧郁。

"不说，不说这些，大家开心就好，钱自然肯定是要给的。但你也不能把自己包装成一只抱枕啊，再怎么地，总也得活跃点吧。"汪洋满脸淫笑着说。

"对！她这死样子，就像是只没感觉的抱枕。"老鹰眉开眼笑地说："如今这世道，改革了，开放了，女人的裤带也松了，哪还有像她这般死样子腔调。"

"老鹰啊，那笔酒账款，你看……"汪洋欲言又止。

"汪大老板啊，有什么吩咐？"老鹰抬起腕上的电子手表看看，说："这不还早着吗。没事，没事的，明天对账后全额付款。"他打哑语似的摇摇头，拿起搁在茶几上的软中华，抽出一支扔给正在吸食毒雾的汪洋。

"咕噜噜，咕噜噜，"的响声，是可乐瓶里毒气在水中过滤时泛起的水泡发出来的声音。

老鹰原本横宽的脸盘上此时白得像似用石灰刷过似的，腮上有两坨疙瘩肉像干瘪老太太的奶了那样松松地垂下来。

"说谁呀?"汪洋松开嘴皮子夹着的吸管,瞪着眼,说:"俺只是一个卖红酒的小贩,担不上大老板尊名,更经不起久拖欠。"

"别谦虚了,汪大老板,一万多瓶红酒,每瓶净赚我五十元,你每年至少赚我五十万吧。腰缠几百万,还算不上大老板,那还有谁能够称得上大老板,你就知足吧。"老鹰咧开嘴一边夸张地说着一边伸出手对那少妇又揉又搓:"你看看这女人吧,从头到脚办齐全了,少说也得给她个二三千吧,咱开销大着呢。"

"几时给过我这么多钱?你张开大嘴巴吹吧,早晚把自己吹得像条死猪那样臭不可闻你就痛快了。"冷面少妇说。

她几乎很少吸食毒品。只是偶尔吸食几口,看上去脑子似乎很冷静,就怕自己上瘾。她清楚自己一旦上瘾就根本支付不起这般的高消费,她出来只是为了挣钱,用自己的肉体换回点小钱而已。大钱就甭想了,这些吸毒分子精着哩!

汪洋感觉有点胸闷,他努力克制着从心头涌上来的火气,说:"老鹰,没你说到的这番利润啊,而且你久拖未付,这财务成本——"

"好了,好了。汪老板,你一分钱也没赚,你穷得叮当响,行了吧?"老鹰撇着嘴,撇了几下,想了想,说:"不是说好了明天给你结账付款吗?"

"哈,生气了?你嘴巴皮千万别这样子撇起来,你撇起来往上一翘,就让人感觉你就想要做爱似的。"汪洋听他说道明天付款,自然情绪又开始活跃起来。

"这俩姐妹,咱一人一个,咋样?够朋友吧?"老鹰说这话儿时已经将那女孩的胸罩扯掉,一把推给汪洋。

天蒙蒙亮时,老鹰急吼吼地把那冷面美人开车送回家去了。据他说,因为这女人有家室、有老公,在外过夜有所顾忌,老鹰走后,汪洋和那小美人精神头倍增,继续酣战得难分难解。

当红日高升时,激烈的肉搏使得俩人大汗淋漓,汗水不断流淌,室内浑浊的空气夹杂着混合毒品燃烧后产生的一股焦糊气味,足以让人头脑蒙得神神叨叨,什么样的姿势不但做得出,而且还不以为然。

擂鼓似的敲门声突然山响。

——汪洋瞬间产生大祸临头的感觉。

他第一反应:完了。

两眼发黑,天摇地动!

第二反应:迅速跳下床,从窗内探出头,两眼往下一扫,只见两警察候在楼下正与他对眼。

他第三反应:迅速把茶几上剩余毒品全部扔进抽水马桶,冲掉。

可那乱七八糟的吸毒工具咋办？抽水马桶没有吞噬这类罪证的功能，往楼下扔是不可能了。

他眼珠子迅速转几转，赶紧冲进卫生间，掀开轻钢龙骨石膏板吊顶，将所有的吸毒罪证全部塞进天棚，随后将石膏板恢复原样。

收拾干净，打扫完毕，赶紧抓起衣裤套上。此时他瞧见那女孩脸色煞白，已经穿戴整齐，傻傻地蹲在墙脚。

"站起来，别怕！"汪洋脖子青红，眼睛发直，说："警告你，什么都不准说，坦白从严，去死！懂吗？"

女孩舌根发硬，脸浮肿得一块青一块白，结结巴巴地听不清她在说些什么，那个脑袋像机器似的上下运行。

"梆梆，梆梆。"室外擂门加剧。

"谁啊？"汪洋吼声镇静。

"警察。查房！"

久经江湖的汪洋，瞪着眼把吸毒现场又来回扫视三遍，感觉再没什么痕迹了。于是他吼声开始放大，显出些许底气："查房也用不着像催命鬼似的猛擂啊。"

——门打开！

首先撞进来的是一个年轻小伙警察，随后涌进来的是六七八个五大三粗的汉子，其中有两个身着警服，其他人是什么身份汪洋不得而知。

一个青年服务生小心翼翼地候在门外，没有进屋。这些进入客房的人一瞬间都闭嘴，齐刷刷地低着头东寻西找，甚至把席梦思床都翻了个身，查了个遍。

然而，很无奈：一无所获。

瞎忙乎了一阵后，那小伙警察突然跳起来对着倔头倔脑汪洋暴怒："毒佬！你就是个毒佬！"

汪洋侧着身，一条左胳膊撑在桌上，眼睛盯着警察，目光迷茫，暂时他不想与其眼珠子对焦，只是用右手习惯性地拿着纸巾擦着嘴巴，亲切地问："警察同志，你来点确凿的罪证好吗，这无凭无据地指认，你说谁是毒佬啊？"

"告诉你，我心里像明镜一样，透亮！不想交代？哼，没门！"边上一个年纪偏大点的警察一把拽住，对小警察使了个眼色，说："不交待没关系，走，都给我带走！去化验小便取证。"

医院化验室的尿液检测报告——阳性。

这是肯定的，也是必然的。面对警察的严厉审讯，汪洋有汪洋的说法：他以前吸过毒。这，他不否认。但如今他彻底戒了。

他尿液显示甲基苯丙胺呈阳性，这或许是以前吸毒时留存在自家床头柜里的些许毒品，孩子玩儿不懂事把它放入矿泉水瓶子，自己不知道，喝了。汪洋脸不改色心不跳地交代："这完全是属于——误食毒品！"

"你个死皮赖脸的混蛋！混蛋！恶棍！"在科学铁证之下，面对汪洋如此苍白的撒赖，不要脸的交代，小警察自然气得暴跳如雷。

可这个恶棍竟然镇定自若地说："作为人民警察，你将为今天的违法行为——付出沉重的代价！"

——这个混蛋！恶棍！！

简直就是茅坑里的石头，又臭又硬！二十四小时过去，拉锯战似的审讯：依然陷入在僵局中。

摄影　远山的呼唤　王照敏／摄

摄影　乌云下的阳光　王照敏 / 摄

第十章

人 性 失 落

　　王小鹏再次来到前海派出所时正是陈涛最头痛的时候，但他脑子一转，便像大夫号脉似的确定，解决问题，必须对症下药：让王小鹏配合警方轮换着去轰炸汪洋这条恶棍，或许真能挖出点有价值的东西。

　　"看看这些口供笔录，王小鹏，人家女孩都交代得清清楚楚，指认汪洋逼着她吸毒卖淫。"陈副所长敲着桌面上的审讯笔录，说："不是我不给你面子，这些材料都是证据，你不用怀疑我们拘押汪洋有什么出错。"

　　他往窗外探出头，愤怒地啐了口唾沫，随后回头追加了一句："哼！没见过这样子的无赖，我还真不信了！"

　　"老朋友啊！"王小鹏粗略地翻翻供述材料，手哆嗦着，哆嗦得非常厉害，心里就像胆汁拌黄连似的苦上加苦。

　　他低着头，长长地吸了口冷气。抬起头，努力咽下一口涌上喉管的浓痰，两滴黄澄澄的泪水从他的眼角处慢慢淌到脸颊上。

　　对天长叹一声后，他对着陈副所长忙不迭地连连弯腰，说："这样吧，你让我先见见这女人，在我身上，你不会认为有串供之嫌吧。"

　　陈副所长当时靠在椅背上保持着那固定的倾斜姿势不变，紧闭着的嘴就像水库的闸门。

　　他入神地看着王小鹏，说："这个嘛，那吸毒卖淫女既然坦白交代，经签字画押确认，被打包处理，送走了。"

　　王小鹏着实愣怔了一会。

忽然他拔山嗓了喊叫，音腔与其说有几分凄凉还不如说更有有几分悲壮："你们就这么草率地给汪洋定罪了？"

陈副所长他真正恼了："这不是让你再去做做汪洋工作吗，让他走坦白从宽道路，这点起码政策你都不懂？无论怎么说他还是你的朋友，对不？不能眼看着他抗拒从严走死路。王小鹏啊，看你平时论起理来套头挺多，现在我看呐，你简直就是个儒雅的白痴，不会像个胆小鬼打战——临阵脱逃吧？"

如此这番开导之后，警方唱罢王小鹏再次上场："汪洋，你也不要怨天尤人。你这是自作孽，老天也要罚你。我现在明明白白地告诉你，你一入驻宾馆登记开房，警方就候在楼下大堂了，整整守候你一个晚上。"

汪洋顿时暴出眼珠——傻了！

"你！怎么知道？"

"陈副所长告诉我，凡是有吸毒前科的料，局子里都有黑名单给挂着，时时刻刻都在关注着你们。"

"啊，竟然有这等事？"这让汪洋吃惊不小，他隐隐约约地似乎感觉问题出处的原因所在了："老鹰呢？他在哪？他也被警方抓了吗？"

"什么老鹰？没听说过。"

"这个混蛋！我靠！"

"汪洋，你再也不能像那种单身汉跑江湖似的无牵无挂。你有老婆，有孩子，还有老母，无论如何你也得为他们想想啊。你知道吗，小葛有多伤心呐。我看你还是走坦白从宽的道路吧。"

汪洋紧绷的脸皮，猛然哆嗦了几下后松弛了，轻声地说："我已经把尿液阳性的原因都交代清楚了！"

"这个不算！你要认可是自己吸食的，你认可了，陈副所长说，最多拘押三天，吸食毒品，不是重大的犯罪。"

"你说只拘押三天？"

"不是我说的，是陈副所长说的。"

"真的假的？"

"汪洋，你先喝点这个，醒醒脑子。"王小鹏说话时随手把瓶农夫山泉扔给他。

"不会是什么醒酒汤，你以为我醉酒了？"汪洋不满地吼叫："老子清醒着，即使醉成一滩烂泥，心里也像天上的月亮，亮堂堂的。想骗我，哼，门都没有。"

汪洋拧开矿泉水瓶盖喝了一大口，漱漱口"噗"地喷了，用袖子抹抹嘴，像破罐子破摔似的，说："你让警察来吧，我愿意交代！"

"好啊！"

兴奋地叫起来喝彩的竟然是呆坐在门边的那位瘦小的协警，他随即甩开脚丫子奔去汇报了。

陈副所长和那位小警察豪迈地跨进审讯室时，王小鹏自然被警方给打发走了。审讯犯罪嫌疑人，外人不得旁听。陈副所长明确地告诉他：放心，回家去候着等好消息。

"说吧，汪洋，这吸毒的用具都藏哪去了。"小警察问话的语调极其平稳。

"我都说清楚了，这次是误食。"

"什——么？"陈副所长愣怔得发呆，随即暴怒、摔门走人。远远扔过来一句："顽固不化，吃枪子的货！"

屋子里静悄悄的。

审讯室里只剩下小警察和汪洋俩人。

初春的夜，月光像凉森森的雪水那般洒在地上，洒在桌面上。汪洋两条腿像老母猪做爱前似的撇开着，他使劲"嗯嗯"了几声后，随即放了个响亮的臭屁，憋了满肚子的气一下子排泄出来，顿时感觉轻松许多。

他认定的死理：坦白交代，牢底坐穿！

"呵呵，呵呵，"此时此地的他，竟然还笑得出："去死？怎么可能?！我问心无愧，一没贩毒，二没逼迫妇女吸毒卖淫。至于你们怎么会认定我犯有这些罪行的，我倒可以给你们指条路。"

"你个毒佬，给我指路？"小警察也恼了！

"你给我去把贵地区娱乐场所的霸主老鹰给抓起来，审问一下，那警方便什么都清楚了。我这话，你听得懂吗？"

警察一愣，吃惊不小。

瞬间他回过神来，说："你都知道些什么？这样吧，我倒可以给你指条路，你如能揭发出两个贩毒或者吸毒者，你犯下的事就到此为止，不予追究。以后做我的卧底眼线再立新功。"

"他姥姥啊，"汪洋吃惊地叫起来："求求你关门吧。不嫌累您还是把这扇门给老鹰继续留着，他就是条疯狗！"

小警察皱着乌黑粗浓的眉头，狠狠盯了他好一阵子。

随即他站起身子，默默地抽着纸烟，在屋里来回度了一阵方步，说："我看，这样吧，贩毒、逼迫妇女吸毒卖淫的事，咱就不再追究。有你好朋友王小鹏的面子摆在那里，再怎么说也得照顾点你吧。"

"怎么个照顾法，你给我说道说道。"汪洋露出的样子似乎爱理不理的。

"就吸食毒品而言，你这种行为只不过是小打小闹，对社会公众危害不大，不是我们警署重点打击对象。我个人认为没必要把事情搞得那么复杂，咱俩随意做个供述笔录，你认可下，不就结案啦！再怎么说，你的尿液检测报告毕竟显示为阳性：使用过毒品！如此僵持下去，你累，我们也累。我看呐，你也懂的，吸毒行为大不了就是拘留。你想想，是不是这个理？"

汪洋撇着嘴角，肚子里就像米筛打翻——尽是眼眼。

起初他对警察的任何说道只是充耳不闻。但是，现在警察已经不再审讯他贩毒、逼迫妇女吸毒卖淫的罪行，而且把话又说到这份上，他感觉这待遇不错，王小鹏面子不小，这朋友没白交！于是他抬头冲着警察龇龇牙，说："好吧，那就做笔录吧。"

陈副所长第二天上午仍保持着愉悦的心情打开铁皮门，阔步迈进拘押室，两眼炯炯有神地盯着汪洋，笑眯眯地说。

汪洋真不愧是一个混社会、吃社会饭的老大。他非常清楚自己已经在供述笔录上签字画押按手印，再要想狡辩突破未曾使用过毒品的可能性几乎为零。既然不能突破警察设下的围堵，就应该消极地看破警察给他挖好的坑，是他自己往坑里跳，怨不得谁！但王小鹏的误导也肯定有推卸不了的责任。现在，唯一的出路就是以委曲求全的心情以及最诚恳的态度来寻求最轻微的处罚。

所谓"山不转，路转；路不转，人转；人不转，境转；境不转，心转。"汪洋的心如此一转，宽阔许多。

他张开嘴巴松松地叹了口气：既然心甘情愿地签字，就必须要服气，服气输给警察只是屈服一时。

汪洋知道自己已经签字画押按手印坐实了吸毒的事实，软肋捏在人家手里，所以他没吭声，等着他往下说。

"你个老油混子！应该懂得吸毒被抓三次，最起码弄你个强制戒毒是一点问题都没有的。"

小警察笑着摇摇头，把烟屁股使劲往地上一扔，又用皮鞋脚跟狠狠地将烟蒂碾得粉碎，露出一副很无奈的样子，摊开两手说："或许可能再提升点，送你去劳教所玩玩，那究竟度几个年头假，咱也说不准喽！"

汪洋依然不吭声，他知道事到如今再怎么狡辩不但毫无意义更毫无用处。

他直起腰，目光逼视着小警察，说："请注意你的身份！我想对你说的最后一句话，我申请要求见我的汪大律师，请你将我的要求转告王小鹏。我预先声明，我现在还有这个公民的权力，你有这个转告的义务，这是必需的。"

小伙警察不再理他，更没有对他表态，转身拍拍屁股，走人！

汪洋表象上的倔强并不代表他内心世界不存在恐惧，拘押在牢房里的他，犹如一具失去了灵魂的僵尸，吃不下饭，睡不着觉，他日夜忐忑不安，提心吊胆。尤其是小警察的话，句句如刀，猛刺他的胸膛，他哪怕有一千个理由和说法都似乎逃脱不了最轻的处罚：强制戒毒二年！

他设想了一万个借口，最后确认都推翻不了已经签字认可的那份供诉笔录，因为这个笔录还有尿液检测阳性报告这个铁证坐实他吸食过毒品，再怎么抵赖他知道已经做不到了。

王小鹏第三次探视面见汪洋时已经间隔半个多月。

汪洋穿着土红色衣裤，惶惶不安地蹲在强制戒毒中心三大队办公室墙壁一角，脸色灰黄，心神不定。

今天，三大队许大队长特意把他提出来弄到办公室，扯开嗓门，呵斥一声后便靠在椅背上，仰着头，闭目养神。

他偶尔抬起手，眯着眼，像是很享受似的猛猛地吸口烟，悠然自得地喷着烟圈玩儿，不再说话，犹如汪洋这个人对他来说根本不存在似的。

墙角落的汪洋，蹲在那里纠结得如同蹲在一面烧红的铁熬子上。黧黑的脑门，恐惧的汗水不断渗出表皮，直往下淌，经过脸颊时呈弯曲形状，顺着脖颈，流过胸脯，像一条小溪，朝他裤裆涌去。

他的脸非常难看。脑子里浮现出各种各样可能产生的凄惨画面，最凄惨的自然是被办案小警察再次宣读加重处罚的决定：

劳动改造——三年！

他偷眼看看被关押的强制戒毒者称其为"大卦"的许队长，嘴里麻木不仁地默默数数：1、2、3、4、5、6、7、8、9，心里想着：下一分钟，下一个数，马上，可恶的办案小警察就会出现，就会在这办公室里，扔给他一颗重磅手榴弹，要命的炸药和横飞的弹片会把他轰得血肉模糊。

内心的恐慌更加重了他恐惧的心理。

汪洋被拘押在强制戒毒中心，虽然只有短短十多天，但对于他来说却是那么奇妙，那么不可思议：他对于毒品竟然产生了厌恶，以前他对于吸食毒品的贪婪以及精神依赖似乎完全消失殆尽。

汪洋蹲在墙壁那角落正在回味一号监房混浊成糨糊一般的千百种滋味时，办公室房门被毫不犹豫地敲响。

这敲门声坚定而果断，似乎还带着几分上级领导的身份。大卦队长忙跑去开门：两个男人，隔着门框望着蹲在墙角落的汪洋。

突然间现身在门外的王小鹏，似乎有千言万语要说，但一句话也没说，他大踏步地，准确地说是小跑步冲到汪洋身边。

跟随着进来的是走路一瘸一拐的戒毒所副所长，他往前伸出一只手，似乎要将王小鹏扯住。

汪洋急吼吼地站起来，像梦游人那样转了几圈，蜡黄的脸皮紧绷着，一副张皇失措的样子。

转了三圈后他又跑到墙角落蹲下，嘴皮蠕动着，有一些被抽泣和哽咽切割得支离破碎的话王小鹏没有听清楚，但大概的意思明白了。

"这！你放心，最终对你的处罚决定为强制戒毒三个月，不会再加重的。"这是王小鹏信誓旦旦说的话。

"你们好狠心呐，当初不是你说定的，派出所处罚只是度假三天嘛。"汪洋的语气似乎还带着几分怒气。

"汪洋，当地派出所和你远日无仇，近日无怨，为什么要和你过不去呢。只是确实有这规定，你是三次被警方现场逮住吸毒，处罚你强制戒毒三个月算是宽待你了，你还在埋怨你朋友。王小鹏为了探视你，死缠烂打地在戒毒所门卫处坚持不懈地要求见你。"这是副所长更带些怒气的话。

"王小鹏，我知道对不起你，我也想做个好人，但我觉得，现在自己真的已经做不到了，这是我的命。"

"汪洋啊，你还年轻，哪怕拼了命，你也要把这毒品戒掉！"王小鹏用他湿润的眼球盯着汪洋，说："看看，你现在这副毫无尊严的样子，蹲在墙壁角落，像个什么东西？好端端的人不做，非得去做鬼，你有意思吗。"

副所长在旁边插嘴："汪洋，坐凳上吧。听说你大小也算是个老板吧，哪有做老板像你这般的玩法。你看看这里面关押的都是些什么人呐，都是些把毒品抽到卖儿卖女卖老婆的脱底棺材！"

王小鹏乘说话间隙，拿出包软中华烟，扔给他，说："抽吧，你好好想想，这番折腾，你变得连猪猡都不是。"

见到中华烟的汪洋，突然，眼睛像闪电似的划过一道亮光。

关押在强制戒毒所的戒毒者，能抽到支烟屁股就是享受人生最高待遇了，更甭提能享受软中华香烟的感觉了。

王小鹏如今见汪洋这副急吼吼的熊样，失望的念头在他的心上狠狠地刺了一下，他感到痛苦极了。

他两眼久久地凝望着汪洋，总觉得汪洋有话要和他说，他也有许多话要跟汪洋说。可是两人什么话都没说出来。副所长和大卦队长靠着办公桌边沿在聊天，各自抽着烟，津津有味地吞云吐雾，津津有味地探讨和分析股票市场的目前行情，似乎不再留意他俩干些什么。

王小鹏觉得有种阴影笼罩在心头，他觉得汪洋的前途已经化为泡影，他不想再多说什么规劝之类的言语，他只是把想要说的话深深地埋在心底。这使得他这颗痛苦得几乎要流血的心更加压抑和沉痛。他感觉屋子里寒气逼人，浑身冰凉，悲伤的泪水已模糊了他的眼睛。

他的脸像冰一样的冷，像岩石一样漠然，漠然中又似乎有无限懊恼。最后，他匆匆塞给汪洋两包烟，转身走了。

王小鹏相识汪洋六年有余。

他在强制戒毒所探视过汪洋后，两人就未曾再遭遇或者再相约、相谈，汪洋也是个知趣人，他明白王小鹏已经不想再与他结交。他这种人性的劣根性决定了他也不会再去找王小鹏，烦他任何事。

王小鹏为了脱离这种畸形的圈子，探监回去不久，便毅然把酒楼饭店关门打烊。他自认不是吃社会这碗饭的料。没有了黄之种的支撑，他做这个服务性行业似乎困难重重，举步维艰。

他自认自己是靠手艺、靠智慧吃饭的人，让自己去做具体的实事会更加适合自己的个性，发挥自己的一技之长。

他后悔怎么和汪洋他们一伙混了这么久，以至于和黄之种分道扬镳之后仍保持着这种暧昧的、说不清道不明的关系。

仔细想想汪洋，除了他为人的本性上有点江湖义气之外，六年多来，每次做出来的事，闯出来的祸，不是带点邪，就是无限接近黑。场面上合伙也好，私下里独自也好，他一贯之邪气、黑气，从未曾变过。

王小鹏如今像恍然大悟似的徒然明白，并相当地确定，这种吃社会饭，混社会的大哥大，他的人性有两个一定：

一个是自负；另一个是，一定内心疯狂不已！

王小鹏一脚踏进这种圈子，便清楚这种圈子不是自己的久留之地。这道理，他心里既清明懂得，又疙里疙瘩。

他的心灵深处，谋划的出发点是层层叠叠的。

多年以来，细细回忆自己与黄之种分手后单打独斗地创造人生，在生意场上光影飞溅，细节琳琅的华丽手段或许有些东西也上不了台面。常在河边走哪有不湿脚以及近墨者黑的道理，他也懂。

耳濡目染，长久以往，他王小鹏或许也不能做到洁身自好。然而接触混迹于生意场上，他似乎又离不开汪洋这类人物给他垫底衬托。

但长期如此下去，若是 不谨慎，他自己或许会变得更加张狂，变得癫狂折腾得更加无法无天。

那样子的话，不是自己把自己一脚踹入无底深渊吗。他的人生创造局面将会面临一塌糊涂，甚至于坠入到无法收拾的地步。

所幸的是面对如此生存环境，王小鹏心灵透亮：能长久保持洁身自好以及内敛矜持的人，可是少有。就目前而言，努力发奋追逐于创造人生旅途上的王小鹏，有一点怪才，或者说还有一点钱财。

他的自负算得上是拔了萃的，但也谈不上他永远会保持出于污泥而不染，对于这一点，连他自己都不敢确保。

生意场上看他的人生，似乎他爱好侃侃而谈，吃饭、行走、社交、动手、不动心，他的微笑，甚至还带有一点弥勒佛般的祥和：骗人深深。

王小鹏为人做事把自己的心机掩埋得极其深层。

而这个人的厉害，还不是他能把人生哲理说得头头是道。他的谈吐、他的文字，居然双栖双生，游刃有余。最厉害，莫过于他强大的自信、自傲的心态——这等狂，真是天纵的。

他的人生再创造：独来独往，孤狼一般，干崎岖不堪的旅途中，默默地如履平地，身手如此不一般。

他眼睛虽小，眼神却扫荡一切。这一点，非常惊人。上帝偏心，给足了他坚韧不拔的韧劲，以至于他完全不需要死拼在商场上而战战兢兢。上帝赋予他的肉体与灵魂，让他的能量足够确保自给自足。

大多数人默默期盼的或许就是缺乏这样子的能量，他们或许到了老年之际，发出的仍旧是这一声发自肺腑的"老天爷不公平"的呻吟。

然而王小鹏的能量自然也不是老天爷赋予的。他认真做事的作风，往往表现在出乎他人意料之外，又似乎在他人意料之内。

他谋划的阴谋诡计往往狡猾到骨头甚至于骨髓里，又常常让人温馨到别具情怀，毫无挑剔可言。生意人能做得如此聪慧，真不简单。对他来说，他的人生创造精神似乎一日既一生，不可苟且，不可中庸。最有意思的是，平时再怎么熟的人，你所熟悉的只是他的一面，这个面他是对你而设计的。

他脸面的外表，忽而可以虎视眈眈地强悍，忽而可以柔情似水的温和。让人琢磨不透的他，往往在谈判桌面上侃侃而谈时不经意间对你的微笑，居然是那么的甜，那么的纯。

似乎谁都可以想踹他一脚，就可以踹他一脚。又似乎他的腔，像老虎屁股：不能让人碰，不能让人摸。

摄影　奔腾的河流　王照敏 / 摄

摄影　光的梦幻　王照敏/摄

第十章

一
·
·
·

土 象 金 牛

阳春三月，是大自然最美丽的季节。

温馨祥和的春风裹着醉人的花香迎面扑鼻，嫩嫩的小草偷偷地织成绿绿的地毯，百鸟齐声鸣唱春天的到来，杨柳舞动着腰肢，贴梗海棠、垂丝海棠、白玉兰、紫玉兰、迎春花、樱花、梨花、桃花，各种含苞待放的花蕾，含笑怒放，花朵儿的芬芳，使得春天里的春意更加盎然，充满生机勃勃的万千气象。

春天的季节，人们陶醉在春色之中。

漫步在河边的王小鹏，得到了美的享受。河流两旁，树杈相交，枝叶繁茂，绿荫成片，花团锦簇，竞相生辉。

王小鹏对于自家海边别墅前的这条神秘河流，既不知道它从哪里来，也不知道它将奔向何方。

这条欢快奔腾不息的河流在不同季节唱着不同的歌：春季，她哗哗地唱着清亮的歌；夏季，她叮叮当当地唱着欢乐的歌；秋季，她喧嚷着，像是在赞美丰硕的收获；冬季，她又唱着希望的歌，盼望着春天的到来。

除了偶尔的地冻冰封之外，一年四季它总是不停地流动着，奔波着，王小鹏深深地爱着这条纯洁得如同天使般的河流。

他的两眼长久地凝望着微微泛绿的河水，眼前闪烁着土象金牛那一万二千道金光，心中泛起些无名的漠然，总觉得摩羯座似乎就飘摇在这清澈见底的河水里，随波逐流地经过他家门前的庭院。

他不知道这摩羯是他家的祸？还是他家的福？

忽然，他松松地捏在手中的几张薄薄的信纸无意间被一阵微风吹落，雪白的纸片在翠绿的草坪上跳跃着翻滚，似乎一瞬间，便将无情地离他而去。

他赶紧不顾一切地追逐上去。

这几页信纸，让王小鹏不由地想到：摩羯言语虽不算太多，但字里行间流露出来的是那一片青葱岁月的年华，它倾泻的是一位年轻少女的心歌。

日常的平凡生活往往是寂寞的。

然而，信中对于星座的描绘拨响了他的心弦为人生的咏叹，它拉响的是一支年轻时代的小夜曲与生灵共舞。他近日不断地因星座的梦幻或安宁、或惶恐、或醒悟、或香甜。现实世界，人生在旅途上对于命运的创造，并非像星座对号入座那样简单。抽象的星座似乎更像八卦，仿佛像抹布那样把学生时代的那些青葱岁月的梦想抹得狼狈不堪，很少有得意者。

此时此刻的他，似乎有种幻觉：摩羯一忽儿跃出水面对着他扮鬼脸，一忽儿在水中悠然自得地游荡着，对着他嘲笑，对着他讥讽。

"摩羯啊，你从哪里来，又要奔向哪里去？"王小鹏心里郁闷地想。

"我查了你的阳历出生，你王小鹏是土象金牛座。"张雪梅在信中这样写道，"我是摩羯星座！"

这是他中学时代的女同学，她有生以来单独写给他的第二封信中打头阵的言语。

——混蛋王小鹏！

老同学你好：

最近，听说你过上了土豪似的生活，一定很臭美，很得意，是吧？

首先我必须声明：不管我在信中唠叨地说的一切是如何神奇，你仍然要保持心态平静和愉快。

我在此顺便一提的是，你有幸"一包香烟成了牵头红娘"娶得你贤惠的太太崔晓娣，在一定程度上可以说也是神的旨意，我为你们今天的幸福生活，内心深处由衷地感到高兴。

生活就是这样，有些缘分擦肩而过，可遇而不可求。过去就过去了，人生总免不了遗憾；面对遗憾，必须要勇敢、无畏、无惧，含着笑容看待一切。

"一个人不能骑两匹马，骑上这匹，就要丢掉那匹。"

你是个聪明人，然而你身上具有的那些狡猾的小聪明往往并非明智之举，这些智慧小聪明的发挥，虽能登堂却不能入室，虽能投机或者说虽能取巧，但对你的星座和星相来说，是背道而驰的。

前二天，随手翻看了本大部头厚厚的书：关于星座以及八卦之类的论述，有点意思，我特感兴趣，所以迫不及待地写信转告你。

这，或许能对你以后人生的创造带来些许的帮助，有些东西可以让你引以为戒，如此，我也心满意足亦。

我相信：当人性对于某些信仰坚信不疑时，常会导致事业上的真正成功。

信看到这里，王小鹏心里暗自发噱：你以为我坐着不动啊，千万个没想到得是你论理说道，还真打上门来了。

"自以为聪明的人往往是没有好下场的道理，我懂！还用得着你来说教。"王小鹏看着信时很觉得好笑：

生意场上，能像你这样子的幼稚，那样子的可爱么？

我坚决地不相信靠什么先天后天的星座之类的八卦学说，就可以无须坚定不移的努力来获取成功。

作为一个职业商人，成功主要还是靠勤奋、靠坚韧、靠吃苦耐劳，有时或许还是要靠耍点小聪明，玩点小花头的。长期博弈在生意场上的王小鹏，在思索任何问题上都无限耐心。

读到信中张学梅关于星座八卦之学说，他内心深处嬉皮笑脸地想象着：张雪梅摆出的那副一本正经的传教派头。

他再次忍俊不禁地笑了。

我知道，王小鹏，你个混蛋看到这里时肯定不是在讥讽我就是在嘲笑我，你的态度以及你信与不信，对我来说都无关紧要。

我只是想对你作我人生的最后一次倾吐，只是想：一吐为快！

我没有任何企图，任何目的，只是把你作为我的老同学，最信任的异性知己而已。我想提请你在往后的人生旅途上注意，金牛座所占人生的比例：一、像傻子样地收集、购买不实用的东西，占25%；二、自得地活在自己的精神世界里，占25%；三、孤僻地宅在家里，喜欢随心所欲地睡懒觉，占25%；四、吃吃吃，吃货的讲究甭说了，这是你的最爱，所以肥胖症不可避免地占你人生的25%。

——关于肥胖症的后果：自己去掂量！

让我愤愤不平的是，我的星座竟然是摩羯座！所以我的人生——大爆炸比例占50%，而那个压抑忍耐也占上个50%。

是不是上帝不公平——太不公平了！！

肆意挥霍钱财购买对你来说并不重要的东西！享受独处，与世无争地活在自己的精神世界里！自由自在地睡懒觉！吃货的乐趣！

——这一切！上帝怎么都赋予了你这么个混蛋?！

而我这个温良恭俭让的女子，我的人生不是来个愤怒的大爆炸就是被压抑得无可奈何！

我——悲哀！

摩羯座命中注定的大爆炸，实实在在地将我猎杀：去年，就因为股票博弈，赌一把，我被活活荡涤人民币 100 万！

为了继续生存，为了我的家庭，我压抑的情绪走到了忍无可忍的地步！王小鹏，我知道你把信看到这里时，是不是又很得意，又很臭美，对吧?

我不知道你太太崔晓娣是什么星座，我只是想让你知道当金牛座和摩羯座配对后会有什么样的结果。

这也是我最想告诉你的。

我不想说什么原因或者说什么动机，因为所有的话说出来都是那么的苍白，那么的无力。我也不知道为什么我很想告诉你这些，或许我认为，这八卦学术的人生分配比例真的太像你我之间不尽相同的命运：

竟然描绘得那么精确，那么地让人不可思议。

看到此处，王小鹏好奇心被吊了起来。

他既不信神也不信鬼。他身上的迷信细胞虽然不多，却也不少。烧香拜佛，时常捐点香火钱，这是他生活内容中必不可少的一部分，他对于那些迷信活动时常处于信与不信之间。

当一个人的人性进入到这样一种境界时，往往他会相信有些必然发生的事情肯定有其因果关系。人世间找不到的原因，他就会游荡在精神世界的虚幻中寻觅。

有时候人们不愿意也不希望发生的事情最后还是发生了，这说明事物并不是按个人的意志为转移的。

每个人都有一个好运降临或者说有一个噩运当头的时候，但他如不及时注意，就会抛开或丧失了机遇。如此推论，当噩运降临时他也不可避免地无奈受其损伤或者说死于非命，那就并不是什么命运或者说什么星座在作弄他了，应该归咎于他自己的疏懒与无知无识无能量。

王小鹏不是这样的人，他喜欢刨根究底，非弄个明白不可。这么个关于星座的奇谈怪论促使他精神倍增，急急吼吼地往下看去：

每个人的生命里都会遇到不少的人，可又有哪些人能够真正读懂你？关于这题目，星座八卦的解似乎太有意思了：

摩羯座对于成就的渴望和金牛座对于生活的追求如果结合在一起，则问题多多。金牛和摩羯都是属于土象星座，在务实的状态下衍生到爱情，摩羯星的严格纪律会让金牛有喘不过气来的时候，此时牛脾气必然又要发作。而女摩羯一开始会按兵不动，等到她布置完成，大权在握时，金牛座的男人就有苦说不出来了。

金牛座男与摩羯座女虽然结合在一起，但他们各自都喜欢发挥自己的实用技能，很少有支持和照顾彼此的事业。

他们相互间异常重视自己的努力。金钱对他们来说可能是一个重要问题，因为相互间都希望物质生活能反映出自己的成就。然而，如果人生旅途上金牛和摩羯走到一起，则尽量不要陷入墨守成规的局面。

金牛座和摩羯座都是习惯性动物，他们时不时各自会瞒着对方，探索一下未知领域可以带来的无穷好处。

他们可能都喜欢生活中的肉体之爱，却相互间都会等待，等待对方跨出第一步的浪漫举动，金牛和摩羯的灵魂深处更需要的是心灵的礼物。然而，认为摩羯座可以用"具有世俗抱负"的几个字来概括其人生，是错误的。

摩羯座勤劳、谨慎、精明、有抱负。而让人真正能够了解摩羯座，并不容易。这类星座的人，很早就开始承担责任或经受磨难，早就学会了世事不去抱怨。却生性多疑，小小年纪就已经学会让对方先亮牌，可以这么说，有时这种多疑使其走向极端，变成对生活，对他人缺乏信任，由此往往失去了许多天赐良机。

摩羯座为人很现实，任何事情对摩羯来说都是一种交易。摩羯是一个极其难以捉摸的星座，谁也不知道其真正动机是什么。现实的人做什么事都目的性极强，她所有的处心积虑、等待、权衡、牺牲和勤奋总是为了一个目的。为了达到目的往往是不择手段地忍受无限委屈。对摩羯座来说，世界不是友好和富足的，不会认为一切都理所当然，尤其不会对运气想当然。

摩羯的人生目标，是让自己的生活充满意义。对她来说，成就比浪漫更重要。热情的放纵导致一时的冲动无可厚非，但她永远不会长久地专注于唯一的爱情。

这种现实主义导致其深深地陷入孤独，摩羯座常常会信誓旦旦地把爱挂在嘴上，但现实中她永远不会做爱情的傻瓜，只是在过分守旧的装扮下面潜伏着深邃丰富的智慧，这种智慧是建立在实际经验上，而不是抽象的理论和哲学的基础上。

王小鹏同学，八卦论述土象金牛星座：则更有意思！金牛座是个极其贪图好色的家伙——哈哈哈！

"滚蛋！你这肯定是添油加醋的胡扯！"王小鹏知道张雪梅长着一张伶牙俐齿的嘴，自然也知道她不会错过任何机会来嘲讽他，讥笑他。这就是她张雪梅的德性，让王小鹏不满。

具有强烈欲望的金牛，天生喜欢感官享受，其耽于奢侈享乐程度往往让人惊讶。对金牛座过多的行为限制是行不通的，因为他对于自身舒适的追求超出对于平静安宁的生活方式。金牛座喜欢不断地探索神秘的东西，日新月异的变化和新鲜的感官享受是他的追求。金牛座具有超出一般人的毅力和耐力，能操控和组织世事。

金牛座更为崇尚的是对于生活质量的不断追求，似乎一直会不断折腾自己，把自己的抱负搞得没完没了。

金牛座不轻易张嘴承诺，一诺则千金。

其爱的形式也喜欢实实在在的。金牛座对婚姻敢于担当责任，相信订婚戒指、结婚纪念照以及蜜月，这些对金牛座来说至关重要。

让这个谨慎理性的星座直率地表达情感并非易事，如果你过于坚持自己的要求，则或许他会离你而去。

金牛座不爱生气。但如果把他逼急了，或是用太多的情感危机去破坏其宁静，他爆发出的愤怒会让你感受惊讶到恐怖。

至于忠贞和坚定，没人能超过金牛座。

金牛座近乎自满的冷静，也无人能出其右。

如果金牛座知道你依赖他，便总会慷慨地支持你、保护你。金牛座内心强大的力量让他不知疲倦地解决生活中的各种问题。

对于金牛座来说，在他面前似乎没有困难。下棋找高手，弄斧到班门，这是金牛座好斗人性的一贯主张。

最后语：该说的说了，该写的写了。一切天意尽在无言中。别了，我人生的偶像王小鹏同学。

别了，你个亲爱的混蛋！就此信而别过，我将离开石化总厂，移居国外。别找我，也找不到我。

永不再见！一辈子不再见！！

您的老同学张雪梅　敬上

王小鹏看完张雪梅热情洋溢的来信，胸闷得近乎窒息，这封来信像是彻底毁灭了他刚性的韧劲。

　　学生时代的回忆越来越清晰地浮现在眼前，苦闷煎熬使他宁可毁灭自己肉体十次，也不愿意伤害他学生时代的同学兼好友一次。

　　他深切感受到张雪梅文字中饱含着的无限怨忿。她述说的一切，或者说一般不易表达的情怀，似乎都隐埋在字里行间，并充满未尽之意，充满神秘的，不曾表明的她那青春岁月之爱的情怀。

　　王小鹏内心世界根本不信星座之类的八卦学说，但经张雪梅如此这番似真似假，混合着一叙述，真倒反而突显出假，假却妨碍他去相信真。

　　张雪梅这个摩羯座确实有才，她能把文章布局得恰到好处。她那引人入胜的开端以及惊心动魄的描述，把真假难辨的事情巧妙地组合在一起，这才让王小鹏领悟到一个文化底蕴深厚的人，可以用文字这东西把世界上种种事物描写得栩栩如生。

　　其实，王小鹏内心深处还是很有点佩服这位摩羯星座的，但是说爱：似乎可以说他从学生时代起就未曾有过这种情怀。

　　他的初恋也是他的唯一，就是现任的太太崔晓娣。

　　这不是因为当年的他对于爱情纯得高贵、纯得洁白无瑕。而是当年的他，穷得彻底，穷得连贫下中农都不如。所以有点高傲姿势的漂亮女孩都懒得瞄上这没钱、没房，没党票的穷光蛋。

　　虽然当年的王小鹏，人穷志不穷，腔调还算是有点的，但这不能当饭吃。什么样的朝代，什么样的女人都一样——摆脱不了世俗眼光。

　　唯他妻子崔晓娣，爱上了他，迷上了他，对他唯命是从。为他，她随时准备着：不顾一切地作出任何牺牲。

　　"嗡嗡嗡嗡。"

　　一架小型飞机，机翼下悬挂着的涡轮发动机发出的强烈噪音，就像坦克履带碾压着机舱内深灰色地毯时发出的轰鸣声。

　　这是从上海虹桥机场起飞，目的地飞往青岛的航班。

　　锡平贵倾斜着脖子，脸贴着机舱椭圆形窗玻璃，两眼痴痴地望着舱外黑洞洞的宇宙世界。好奇心驱使他聚精会神地张望着茫茫夜幕，脑子里浮想联翩，什么样的幻觉都像走马灯似的。

　　白天那蓝蓝的天空如今像是被谁涂上一层浓浓的墨水，不见一点明朗色调，呈灰白色的云雾在漆黑的空间飞速地与机翼擦肩而过。

　　小飞机正在穿越云层往高处爬升，叽嘎叽嘎的声音，就像老牛拖着破车上山似的浑身颤抖。机窗外漆黑一团，什么都看不见，远处迷蒙的云雾中似乎有一盏橘黄色灯在不断闪烁着光亮。

这让锡平贵大为惊叹："喂喂！醒醒，你醒醒。"

他使劲推动斜靠在椅背上打着嘹亮呼噜的王小鹏："瞧瞧，你瞧瞧，前面闪光的亮点是不是导航灯？我研究半天还是没搞明白，这灯怎么会挂在天空，它的电源从何而来，尤其那个电缆线是怎么。"

王小鹏被闹醒了，睁开迷蒙的眼睛，扭身过去，隔着玻璃往外扫了一眼，迷糊着呢喃了会，说："你个没开眼的憨豆，真逗。什么导航灯呐，那是飞机机翼上信号灯闪烁的光亮。"

"原来这么回事啊，怪不得哩，我苦思冥想好一阵子，始终没弄明白这玩意儿怎么会挂在天空上。电线杆以及电缆，维修难度无法想象！"锡平贵手拍脑壳，恍然大悟似的唏嘘着："第一次坐飞机，就如梦幻那样，什么稀罕的物件对我来说都会有种古怪的想法。"

"看你个乡里巴人，只知道买搅拌机、买塔吊、浇灌混凝土。人呐，有时得多走走，多看看。生存于这个世界，必须开拓自己视野，学点政治经济学。思路决定一个人，一个企业的出路，你心有多大，你的人生路就能走多远。"王小鹏的谈吐说教，充满着他自以为是的海派哲理。

"你这话听起来，让人感觉似乎有点老卯，但确实也不无道理。"锡平贵露出龃龉的牙齿，嘿嘿笑着，小心谨慎地发起点滴反击。

"这次请你一起飞往青岛，虽然是许杰指名道姓点你将，但我也有意拉你出来兜兜风，见见多层面的人物。据说，许总推荐的这个土建项目包括装修，合在一起发包，够大的。但我还是担心预付一百万的保证金，这事有点悬。支票你放好了吗，没有绝对把握咱不能脱手，这就叫老狙不脱手，脱手不老狙。"王小鹏说话时满脸挂着狐疑表情。

"舍不得孩子套不得狼。哪有像你这般前怕狼后怕虎的，成得了什么大事？许杰老总代表的是政府，政府难道会让我们吃药，何况许总不是说了吗，项目的税收必须归口他们开发区，有政府撑着，我们怕什么，我才不怕哩。"

锡平贵这番言论，王小鹏似乎再也找不出什么堂皇理由反驳，只是讪讪地咕噜几下后弯腰拱背地随手打开手提包，摸出本黑色封面的书《星座360》。

王小鹏从来就不是个迷恋于神的信徒，但他身处狡诈迷蒙的生意场上，对于疑惑不解的问题他还是想依靠着神的能量来给他点指导和感悟。

他出身鄙贱，却渴望富贵。他相貌并不出彩，却内心好胜欲望强烈。他一知半解的文化底子，却喜欢舞文弄墨地附庸风雅。

这样的人，如今也当了老板，这让他感觉自己似乎生活在梦幻世界，他最怕的就是一脚踏空——滚到旧社会。

然而，这世上难以理解的事多多，烦恼也多多。如他这般学历低贱的小人物，自然在人世间找不到多少答案，于是难免会迷信于虚幻的精神世界。

张雪梅关于星座的八卦论似乎给了他某种启迪，有些似真似假的东西让他疑惑不解。干脆，他就买了本论星座的书，自己研究起来。他尤其感兴趣的是书中对于土象金牛座的描述，张雪梅没有欺骗讽刺他，王小鹏从《星座360》里阅读到关于对土象金牛座的人性描述：

金牛属于土象星座，土象的特色在于讲究实际、实事求是，具有忍受性极强的耐力。金牛座讲究务实，注重安全感，不会轻易在物质、理智或感情上冒任何风险，愿意过安稳和谐的生活。因为他明白，在这个世界上，追求完美是遥不可及的。

张雪梅指桑骂槐的关于金牛好色的讥讽，《星座360》白纸黑字的证实了金牛是一个好色的星座：

大部分金牛天生都具有很强烈的欲望，对于一切好看、好听、好吃或好闻的东西做出强烈回应。

金牛喜爱所有美丽的事物。

对金牛而言，性是爱情的首要问题，也是不可或缺的欲望，有了很好的性爱，金牛就不会移情别恋。如果金牛得到了充分的满足，那他会非常忠诚。否则，他会暗中寻找感官刺激，并在享乐之余不允许这种出轨的行为影响他的稳定性。

土象金牛座非常重视稳定性，但是要让金牛座伴侣开心，那她就避免玩过于复杂的情感游戏，因为你的金牛可能会直接去找一个更容易得手的女人。如果金牛伴侣属于感性类型，可能会让金牛座的满足感不知不觉地变成深藏不露的不满。如果伴侣想要选择一段超然、冷静、难以预料或是"开放"的感情，那就选择另外一个星座。当然，如果金牛座的伴侣老是缺乏一种安全感也不是一个好办法，最佳的措施就是有意无意、时不时地在共同的生活中加入一些新鲜的元素，如此会让一切充满生机和动感。金牛们往往会被性情热烈的女性所吸引，这些女人具有星牛不敢表达出来的勇敢和孩子气的放纵。对金牛座采取禁欲的方法是行不通的。

除非偶尔出现少有的"比较注重精神层面的金牛，因为他内心的平静安宁比外在的舒适更为重要。"

看到此处，王小鹏像是终于找到了对于土象金牛座的精确定义！

他忍俊不禁"嗤嗤"地笑起来："什么金牛座好色啊，搞来！我王小鹏就是注重精神层面的金牛啊。我喜欢过平静安宁的生活，这种生活当然比出轨在外，苟且偷情要好得多啦！"

他抬起头，冲着锡平贵猛然喷笑，笑得合不拢嘴："锡总，你去年庆贺五十岁大寿时的酒宴，我似乎还记得，好像是阳历4月26日，对吧？对！就这日子。"

王小鹏兴趣盎然，十分欢快，满面都是笑容。锡平贵见他的笑里藏着些奸诈，不知其问他生日是阳历几号有什么用意。

既然不知道，那他也就懒得回答，只是弯腰低头，沉重地咳嗽了几下，想以此来回避问题。

"金牛！对不对？"

"什么！金牛？莫名其妙。"锡平贵竖起腰，忍不住的好奇心让他的思维进入模糊状态，瞪着两只鼓凸的黄眼球发愣。

他总算被王小鹏噱得开了尊口。

"你属于土象金牛座，对不？"

"我还以为你发现了什么新大陆，有必要那么惊奇？"

"咱们也算是老朋友了，我给你掐指算算你的命运。"

"屁话！你会算命？哪凉快去哪待着。"锡平贵则过头去看宇宙夜幕，冷冷地对王小鹏说。

"锡总，现在我总算明白了，当初骆驼美女离开你的时候，为什么你会那样子地痛不欲生。"

"你啰嗦什么？"锡平贵说："那时我混惨了，人穷志短，马瘦毛长。甭提她，没了她，我现在过得不也挺自在吗。"

"那当然，你是谁啊？金牛！土象星座的你，不呆不傻，才不会去忍着、憋着，那多难受呀。"

锣鼓听声，说话听音，锡平贵听出来了，王小鹏话中有话。

他斜眼扫了扫王小鹏，低沉地嘟哝道："我不是那号糊涂男人，留住了人也留不住心，留不住心还不如随她去呢。"

"好马才不吃回头草哩。人家骆驼原本就没打算让你留住她，问题是你这里麻烦大了。"王小鹏憨笑着指他那细细的大腿根部，嘲弄地说："那金牛的本性咋办？那发泄的欲念证明你绝望到极致！"

"那咋办？事情到了这种地步，也不是我造成的。她折腾出这一番闹剧，我还有什么脸皮？"锡平贵仰起头，抑郁地说："什么感情、爱情，你不离我不弃的山盟海誓，如今在我眼里，狗屁不如！"

"没错，你是金牛，土象星座，只要你那伴侣能让你吃饱，你绝对不会移情别恋。星座360书中白纸黑字写得明明白白。这点，我坚决地相信你。"

"那当然，只要女人能把我在她的牧场里吃饱喂足，我锡平贵决不会移情别恋，我做不出那种薄情寡义的事。"

"看看，这不，我一掐指，就把你给算出来了吧。"

"男人这个事嘛，你懂的，不喂饱，撑得。"锡平贵忽然觉得话题不对，脸上顿时露出点尴尬，赶紧改换频道，说："咱农民嘛，老实本分。"

"哈哈，老实本分？喂，千万别往你们这伙农民干部脸上涂金啊。"

"真是日头从西边出来了，农民干部怎么啦，你不是也在屁颠屁颠地挂靠我们建筑装潢公司找饭吃？我们农民能享受的国家政策，你们城市人有吗？"

"呵呵，当今社会，被你们这些农村基层某些干部包养的小姐，实在了得。"

"请不要羡慕嫉妒恨！有本事你也包几个乐乐呀。"

"我有这心也没这胆，只是好奇，小姐年轻漂亮，会死守着你这般老家伙？"

"钱！砸钱啊。钱虽然不是万能的，但也不是无能的。"

"但是，我想呐，那些年轻小姐会不会时不时地图个新鲜，偶尔外出玩玩小狼狗。你那里有没有这种情况？依我看，小狼狗不值钱，要偷，还不如去大西北偷野狼呢。哈哈，锡总，你说说看，野狼性爱发作时的野性，够那些偷人的小姐喝一壶了吧。"

"你都说些什么呀，什么野狗野狼的，听不懂！"锡平贵脸色微红，眼皮顿时发黏，他就怕她的女人移情别恋，如此，他又麻烦了。

"你这是懂的装不懂！"嘲笑讥讽是王小鹏的拿手戏。

"胡说！"

锡平贵有意无意似的打了一个长长的哈欠来掩盖他的紧张情绪，王小鹏看到了他张大的嘴巴和焦黄龃龉的牙齿缝隙中龇出来的白色小泡。

锡平贵一紧张，牙缝就冒泡。

"那我问你，你先前那个生产队会计美女骆驼。"

锡平贵面色愠怒，则脸不语。

"不要以为我不知道，你如今又养了一个河南小女人，是不是有这回事。你啊，得长个心眼，没准哪天她还不如那位骆驼，跟着什么另类的野狗野狼跑了。"

王小鹏才不怕锡平贵呢，他如今有了许杰给他撑着小腰，肆无忌惮的讽刺讥笑，张嘴就来。

"我嘴笨拙，不想再说，请原谅。"

"呵呵，农村干部嘛，找个小女人，不但是图新鲜，而且还爱惜小女人，这我懂。依我看，屁了！还不是为了满足金牛的性欲。"

"我也知道，你们城里的这些屁老板，养个女人，表面上似乎是为了应酬、面子，实际上还不是为了找乐子。"

"真是出息了啊，"王小鹏说："久经红尘，磨练出来这么一张伶牙俐齿。"

"王小鹏，你也不要指东说西地往我最痛的地方戳，有意思吗。"锡平贵说话时在音腔里加了两个分贝。

"你也知道痛？"王小鹏愤愤地说："知道痛还养什么情人呐，女人呐，你累不累？如此这番累，我看你还不如拿根绳子搭到梁头上去算了。"

这话分量有点重！

锡平贵开始转动脑细胞，瞬间把脸拉长，狠着劲，磨磨龃龉的牙齿，摇了三下葫芦瓢儿似的脑袋，说："我好像记得，你王小鹏也是那么个土象金牛座啊，咱二哥就甭说大哥啦，彼此彼此嘛。"

"平贵啊，我看你是个死不改悔的色牛了。你能画画？你能制图？你能写文章？你能懂哲学？我这条金牛和你那条金牛能比吗？"

"不都是土象金牛嘛，有什么不能比？我比了，咋地？总不会比出条母牛来吧。"锡平贵似乎拽住了王小鹏牛角，机会难得，即刻使劲，摁住不放。他开始拳打脚踢、胡搅蛮缠起来。

"我这条金牛被定义为注重精神层面以及文化底蕴丰厚的土象金牛！"

"不管！是金牛，都好色！"锡平贵用手掌背擦擦眼睛，满脸怒气，眼睛也发出了亮光。

"不不！不不！"王小鹏绷着脸，神色庄重："注重精神层面的金牛，把内心的平静安宁看得比外出贪欲更为重要。"

"那就是说，你承认你这头金牛是精神出轨的公牛。"

"屁话！"

"精神出轨比我肉体出轨还不要脸！"反败为胜的锡平贵表现得十分平静，谈吐说话自然极了。

"我是个顾家的好男人！"王小鹏的嘴巴竟然像赌气的少女嘴巴那样咕嘟起来，脸上也泛起一片红晕。

"你是身在曹营心在汉，我是心在曹营身在汉。还是那句话，咱两条公牛，你半斤，我八两。"

"屁！"

正当俩人闹得难分难解时，原本平稳飞行的飞机又开始左右摇摆，机舱颤抖着迅速从高空穿越云层降落下去。

青岛大厦餐厅豪华包房内，一张巨大圆桌摆在水晶大吊灯下，光亮使得剔透如水的晶片不停眨巴着耀眼光彩。

圆桌边沿，洁洁明亮的杯盘，罗列摆放整齐。

"兄弟们，你们总算来了，我在此恭候多时呢。"原本坐着，猛然间站起的一个敦实矮胖，身着笔挺蓝色西装，脖系血色红艳领带的人，咧开大嘴哈哈大笑着说："来，来，坐下，都坐下。俺为你们远道而来做贡献，深表谢意，特安排酒宴为你们路途劳累接风洗尘。"

这人，尽管面貌不算太丑陋，但至少可以判定，一眼望过去，让人赏心悦目的水分显然是不足的。

他身上像是喷洒过最高级的花露水，隔着老远就能闻出其肯定是位有身份，有地位的农民企业家。

他给人的第一印象：朴实、厚道、热情、好客，喜欢交朋友，人脉关系广泛，路道结棍得像粗粗的麻绳。

"这位就是我们青岛实业有限公司董事长方敏同志。"在机场迎候王小鹏他们一行的那位长得精细标致的美女李小姐介绍道："方董，这两位是升华建筑装潢有限公司的锡董和王总。那两位是卒德英先生和上海伟业装潢公司的老总高先生。"

"幸会！幸会！这才叫有缘千里来相会，一切尽在无言中嘛。"方敏黧黑的脸在灯光里笑得十分生动，脸上的皱纹欢乐地游动，里面镶满了豪迈，犹如像个省部级的高级干部。

方敏身旁站立笔直的是位青年男秘书。他手里托着本摊开的褐色塑料皮包裹着的笔记本，正在聚精会神地快速移动着手中金笔，默默地记录着什么东西。

此人长相虽然不清不楚，但很有特色，让人瞧上一眼便终生难忘。他那老狙般的脸盘上，架着副价值昂贵的玳瑁边框眼镜，就凭这副眼镜，足以证明他确实是位文质彬彬的大秀才。

他唯一不出彩的是，瘦长的脖颈上扛着个小小的绿油油的光脑壳，快速笔记时光脑壳一颠一弹，像挂在树杈上的绿皮木瓜被狂风吹动着。

"不敢当不敢当，方董，您这是抬举我们呐。"锡平贵被方敏的豪华派头以及一言一行感动得呼吸急促。

他太激动，激动得有点想哭。

"你们许杰老总呢，怎么没来？我还把首席给他留着呢。"方敏坚实的大手，往正座上一挥，更凸显出铿锵有力的分量。

"许总嘛，这两天有点感冒，他说让我对你表示感谢。"王小鹏商场上混了十多几年了，转战南北，与形形色色的人打交道，锤炼出一副智慧加流氓的性格。他用手抹了一把脸，如同一个豪迈的大老板，说："许总交代，请你坐首席。"

"哈哈，是这样子啊，那好，我就当仁不让了。"方敏粗犷的风格与细致的说话，结合得那样巧妙。

"您是庄家，这完全是名正言顺的理所当然。"卒德英先生不失时机地迎候着话头，愚昧的腔调足以证实他就是伟业装潢公司高总的跟班。

王小鹏与方敏董事长对面而坐。漂亮的女服务生上完八道凉菜以及八扎啤酒便知趣地躲开，不再露面。

方董坐上位，脸上笑容灿烂，王小鹏横看过去，则似乎感觉像有点暧昧。方董仿佛洞察了他的思绪，两眼凝神望着他，他发觉王小鹏挂在脸上的笑，近乎像是没心没肺的奸笑。

他直腰站起，绕圆桌兜半圈来到王小鹏身边，端起杯子，撞了一下酒杯，喝了一大口，说："王总，你脸色挺光亮啊，笑起来挺成熟老辣的。不错不错，我就喜欢你这个样子的有点腔调的老板，那种缩头缩脑的老板，没一点豪气，我懒得理。祝贺合作，这是大喜，人生嘛就图个痛快！来，干了杯中酒，涮涮嘴。"

"谢谢，谢谢。"王小鹏忙不迭地端着酒杯，站起，和他"哐"碰了一下，张大嘴，来个大满贯，把杯中酒"咕嘟咕嘟，"全倒进去。

方董笑了："豪迈！大老板就是有腔调。"

他把杯子往桌上一搁，抱着膀子，两眼像钉子那样钉在王小鹏脸上，摆出一副居高临下的姿势，摇摇头，说："你呐，看上去就像是干大事的料！所有干大事的人，个个都是话剧演员、电影演员、相声演员、小品演员、闹剧演员，都有一套独特的演技，对吗？王老弟，我光看你眼神就知道你不简单。"

王小鹏弯腰下去，笑脸相迎，压低嗓门，说："方董，我这辈子也算白活了，做生意没出过上海，到了您这码头混口饭吃，请多关照。"

"嗨！这算啥话？项目给你做没问题！"方敏边说边绕回原位，坐下，用手指指那魁梧得像座铁塔似的高总，说："你们都是许杰老总的朋友，对吧。"

"对对，我们高总跟许总友情够铁的，比铁还硬，比钢还强。"卒德英伸出细如鸡爪的手"哐哐哐"地拍着毫无一丁点肌肉的胸脯说。

"这就难为我了，一个大项目，来了两家人，大家都是好朋友。原来跟许杰说好是要招投标的，现在我都不好意思二选一了。"方敏胳膊肘搁在桌面上，手掌托着下巴，紧闭嘴巴，牙齿咬得"咯咯嘣"地响，皱紧眉头，似乎在使劲地绞尽脑汁，开动脑筋想办法。

锡平贵脸色蜡黄中带些苍白，小心翼翼地张嘴问："方董事长，您帮不帮我们升华建筑公司？"

他在担心，担心项目争取不成功，最起码来回机票算是泡汤了。他肚皮里明镜似的透亮，王小鹏扯上他一块来，吃喝玩乐，所有开销得由他掏公司腰包。

王小鹏恬不知耻地对他说："建筑公司的钱反正都是集体的，集体的钱，不花白不花。可我的钱，一分一厘都是自己的，花起来心疼！"

方敏听了锡平贵万分诚意的恳求，很感动。他微微舒展开凑在一起的眉头，睖着被酒精染得通红的血眼，无奈地摇摇头，用慷慨激昂的语调说："不是我不帮你忙，我们是国有企业，我做事，必须坐得正，站得稳。"

"方董，咱也不能为难你呀，您如果心怀慈悲，就把这个大项目一扳两瓣，咱们两家公司一个做土建，一家做装潢，您看……"锡平贵可怜兮兮地说。

王小鹏在圆台下用后脚跟使劲碾压锡平贵脚面板，发出警告：给我闭嘴！

这么多年来，他总结了一条经验，解决棘手的模糊不清的问题时，最有效的方法：静观其变，顺水推舟。

锡平贵脚面板被王小鹏踩得生疼，但心里明白这讨厌家伙的意图。多年来的合作，相互间的肢体行为动作，都了如指掌。

他嘴巴是闭住了，但心底则暗自狠狠地咒骂：好吧，你个混蛋，那就依你吧，顺水推舟。

王小鹏像安慰似的赶紧把一支烟递给他，并倾身过去殷勤地帮他点燃。

锡平贵深深地猛吸一口，烟头上火光不断闪烁，半大节纸烟快速呈条形灰状低头弯下腰去。

他眉头也开始凑在一起，然后，两道浓烟从他黑洞洞的深不可测的大鼻孔里猛然喷出。

他虽然也是个老烟民，但瘾头不大。

这次，他鼻孔烟雾还没喷完，猛然又抬手把小半节纸烟塞进龃龉的牙齿夹缝中，再次深深猛吸了一口，烟丝彻底燃尽。

锡平贵只用了两口，便将一整支烟燃烧到过滤嘴边上！

这种高档次的软中华，烟丝蜡黄，味淡而清香，烟纸质地不但柔和而且薄到极致。王小鹏看到一个不太抽烟的人竟然两口将一支烟吸完，这让他震惊到感动，知道锡平贵这家伙在强忍着愤怒以及对他的不满。

他赶紧将半包烟索性全递过去，意思明摆在那里：烟你可以使劲猛抽，嘴必须给我闭住！

锡平贵眨巴眨巴眼睛"嗯"了声，他想表达的意思王小鹏懂：

"我这条肉体上出轨的金牛与你这条精神上出轨的金牛相比，你所忍受的神经病似的煎熬比我痛苦大了去啦。我吃这点苦，受这点委屈，算什么？我不管了！这事，你小子看着办，但必须给我搞定。"

锡平贵倒也确实这样想着，顿时感觉心胸开阔多了，呼吸顺畅了，眼睛也亮亮了，精神头和底气开始慢慢恢复。

"方先生，我在这，一边听你们说话一边考虑着如何妥善解决这么个招投标二选一的问题。"伟业装潢公司高总插话进来，态度不冷不热，他始终保持着大干部的尊严和矜持。

他的跟班卒德英此时却反客为主，他对于酒席上这一套，显然非常精通，手脚麻利、眼明手快，敬酒布菜是他的拿手好戏。

他给自己倒了杯酒，又给方敏倒了个大满杯。

高总也不怎么管他，他说话益发猖狂起来。僵着舌头，说："大，大哥！咱哥俩喝了这。这杯酒，咱们什么事都好商量。咱什么都缺，都缺，咱愣得，愣得就是不，不缺钱！"随后他扬起脖子，抬起头，将满杯冒泡的啤酒全部灌进喉咙，肚子立刻明显凸起。

"小样儿，你给我闭嘴！"长着绿油油脑壳的男秘书，搁下笔，插话进来："我们方董是大富翁，天下首富！你算个屁钱？明天带你去见识见识，那时你就傻愣吧！"

王小鹏在绿脑壳抬头说话时分，瞄见了他那双躲在名贵眼镜片里乜斜的小眼睛有点斗鸡。

"德英，行啦！"高总就是大干部的料，见风使舵，说话有分有寸。他见话头不对，即刻转过话题，说："这情况，我看有点复杂化了。我的观点，简单问题必须复杂化。复杂问题则必须用简单方法解决。至于解决问题靠什么？靠智慧！"

高总是文化界泰斗，说话表情有声有色，肢体动作不但华丽且富有情感："我先说个段子给大家听听。"他端起透出金黄色液体亮光的杯子，像啜咖啡那般品尝下泛着白沫的啤酒，说：

我有位朋友，因经济问题进去了。

狱中收到妻子来信；

你进监狱了，咱家的几亩地没人翻，公婆干不动，我身体不好，还得看孩子。

犯人回信；

千万别翻地，地里埋着枪。

一月后他妻子回信：警察来了三四茬，把咱家地翻了好几遍，累得吐血了也没找到枪，你把枪藏哪了？

犯人回信；

本来就没枪，警察帮忙把地翻了，你赶紧种地吧，其他忙我也帮不上了！

说到此处。

高总朗声大笑："这就是高手！问题有多复杂并不重要，重要的是你的智慧！困难多，办法更多，办法总比困难多！"

众人"哈哈"大乐，齐声喷笑！

方敏绷着脸皮，他感觉一点不好笑。

他不动声色地打开亮晃晃的镀金烟盒，伸出两指尖夹出一支，用火柴棍点燃。他点烟喜欢用火柴，喜欢闻火柴被点燃时瞬间散发出的淡淡的硝磺气味。这气味能让他血液沸腾、情绪激荡，能让他充分体验到商场如战场的感受。

方敏董事长扪住嘴，微微抽了口烟，随后接连打了两个响亮的喷嚏。他的目光先是犹豫的，恍惚的，然后便是贪婪的、渴望的，甚至带着几分凶狠的，他把混合着这诸多情绪的目光投向高强——专注着。

方敏用一种难以准确的语言形容的复杂表情，接过高总话茬，说："你那段子里的犯人，真是你朋友？我看，未必。警察那么傻？我看也未必。人民卫士咋会像你说得那么个样子？"

矜持的高总，顿时愣住！

他的脑子混乱，一点想法都没了。天棚上直射下来的明亮的光线，足以看清他脸颊边的肌肉紧绷起来。他目光呆滞地直视着方敏嘴巴里喷出的烟雾，一时无法判定这话是啥意思。

"我说啊，高总，您也甭逗了，你这段子侃得天花乱坠、牛逼哄哄！你知道牛逼是怎么捣大的吗？"

方董左臂撑腰部，呈三角状。黧黑的脸部两眼暴起，目光可怕，张嘴吐了个指东说西的黄段子，段子里时有时无地夹带着许多无法用文字表达的脏话：

从前呀，有一对恩恩爱爱的牛夫妻。

某天，母牛对公牛说；

长久呆一起，腻了，换换口味？

公牛心事重重地说；

要走？你走！没什么了不起。

母牛出走，和大象一块生活年多半。

日久，又腻烦。

某天晚上，又回公牛身边。

第二天凌晨，母牛问公牛，我没什么变化吧？

册里个巴子！还说没变化！

牛逼捣得这么大——滚出去！

说到此处，方敏有力的手臂刷地亮出，犹如士兵斩杀敌人的砍刀，凌空劈下。然后身体陡转，双手又开呈八字状，撑椅背上。

他两眼炯炯有神，乌黑眼球亮光闪烁："捣浆糊，吹牛逼，没好下场。做人做事，讲究实在！讲究诚信！有始有终！咱豁出去，高总一家装修。你，王总，升华建筑公司干土建！没有诚意者——滚出去！"

"好！"

"好啊！"

满桌喝彩声猛然响起，随后是杂乱的噼里啪啦的掌声。

方敏脸上神情突变，更加激奋地继续数说："咱一家不说两家话，预先说定的项目质量保证金，每家公司一百万现金汇票，都带来没有？"

"你干脆、爽快，咱也干脆、爽快，给！德英，把汇票给方董事长。"高强豪迈地也跟着来了个华丽的凌空劈手，但他手臂挥出去的姿势没有方敏劈得铿锵有力。

"笑纳！笑纳！"方敏接过卒德英弯腰递上的一百万现金汇票，满脸灿烂，嘴巴歪歪地乐着，腮帮上的肌肉一抽一抽。

陡然，他脸上出现类似冷笑的表情，目光游移过去，盯住王小鹏眼睛，厉声问："你们！没带？"

"怎么会呢？一百万现金汇票带着哩。高总，你在闹什么呐。"王小鹏随手打开手提包，拿出汇票亮了亮，又塞回皮包，说："我么，在一百万保证金之外，再出二百万回扣扔给青岛实业有限公司作为红利分配。这事，来之前跟许杰老总约定的，但前提必须是我们总包。土建、装修，不可分割，都归我们。"

半路上杀出个程咬金，足以让高强又发愣。

他讪讪地弯腰过去，轻声说道："王总，你别介意，我会把你的意见跟许杰沟通，"突然，他发觉似乎什么地方不对头，立刻板下脸皮，厉声说道："你搞这一套？这样做，不是违法就是犯法！"

他在灯光下，王小鹏异常清楚地看清他的脸，他青紫的嘴唇，他冒火的眼神。这个男汉到底想干什么呢？

王小鹏现在无法知道他内心世界的活动状态。

高总就那样虎视眈眈地坐着，一直坐到酒宴结束后转场到 KTV 歌厅，一直虎视眈眈的他，一直保持着沉默、一直没再吭声。

在歌厅包房昏暗的灯光遮掩下，透过朦胧的烟雾，王小鹏瞄见了他正扭过身子，搂着坐台小姐袒胸露背的肩膀，使着劲地在哑吧。就在这时候，异常兴奋的方董事长，他那浑厚的男中音穿透浑浊成糨糊一般的千百种滋味，灌入王小鹏耳膜：

> 一时失志不免怨叹
> 一时落魄不免胆寒
> 哪怕失去希望
> 每日醉茫茫
> 无魂有体亲像稻草人
> 人生可比是海上的波浪
> 有时起有时落
> 好运歹命
> 总吗要照起工来行
> 三分天注定
> 七分靠打拼
> 爱拼才会赢

——这是个不同寻常而又万般折腾的夜晚。

凌晨时分，偃旗息鼓的这一大伙，有人欢喜，有人惆怅，有人抱怨，有人疑惑，甚至还有人愤怒。

愤怒到极点的自然是王小鹏。

那天的夜幕特别的黑，特别的深沉，特别的阴森。天上愁云密布，雨水却是一阵大一阵小地下着。

回客房躺下后不久，王小鹏便听到了锡平贵疯狂的呼噜像下雨声那般，一阵大一阵小地叫嚣着。

"小子，你个像猪样的脑子，就这么能睡?"王小鹏纠结的心有点不耐烦地想着：他总感觉方敏今天的盛情招待似乎总有点不合情理。

他在床上左思右想，思绪万千。一种无比不安的烦躁，像巨手一般扼住了他的咽喉，让他感觉特别的胸闷。

不多会，锡平贵一觉醒来。

睡眼惺忪的他，突然来了个鲤鱼翻身，跳下床，急急忙忙跑到客房卫生间坐便器上撒尿，发出很响的水声。原本很温馨的室内空气，顿时被尿液的臊臭搅和得夹杂着不少鱼腥气和腐烂的肉味。

"平贵，"王小鹏说："你看方董事长这人咋地？"

"不挺好吗？待人接物客气大方，处事活络，会说话，哪像你这般一天到晚疑神疑鬼的，好像全国人民都是你怀疑对象。"

"不！我们不了解他，我感觉这人不但会伪装而且说话做作，有点故弄玄虚，太夸张了就让人放心不下。"

"这就是豪气！人家那么热情招待，连小姐的坐台小费都没让咱出。你看看，今天的排场，吃喝拉撒地得花上几万元人民币吧，咱都没出一分钱，你还有什么不满意的呢？他那么有钱，要不是看在许杰面子，人家还懒得理咱呢。你看看，连这么高级的宾馆住宿都是他预先把钱给付了。"

"问题就出在这里！方敏他可以瞒过你，可以瞒过高总，可以瞒过我们今天所有的人，但瞒不过我的眼睛，我看一个人的德性还是挺准的。"

"屁吧，"锡平贵有点不服："即便他是个恶棍，跟咱有什么关系，有政府收拾他，用不着你操心。"

"平贵，我突然发觉你的嗅觉已经退化。经商之道要合乎常理。首先，我必须提醒你，以前你碰到过开发商也就是投资方如此盛情的款待吗？"

"没有！"

"其次，这伙开发商如果是国有企业，即使再有钱，难不成连 KTV 小姐的坐台费也可以入账报销？"

"不可能！"锡平贵点燃一支烟，深深吸了口，显出些丧魂落魄的样子，说："按这个思路推理，这些家伙或许就是个王八蛋。"

"我为你现在能有这样子的觉悟既觉得有几分好玩，又觉得有几分骄傲。我是不是可以确认，你现在也感到方敏的所作所为，疑点多多。"王小鹏背靠床头，面色沉静，不冷不热地讥讽："老兄，你终于开始表现出你独具的风采了。"

锡平贵依依不舍地叹了口气，站起来，说："黄花菜就这么凉了？这可是块大肥肉哇，方董事长如此的盛情，咱却之不恭呐。"

他说完话，从嘴里探出固执的舌头把嘴唇四周舔得油光闪亮。接下去，他的头一直往下低着，脸上的神情十分不堪。

王小鹏呵呵地笑起来。

笑完了，对他说："平贵，这事情基本属于你我俩的事，我是在跟你商量。只是请你记住，凡是违反常规的事，就不靠谱。不靠谱的事，就有极大的风险。有风险的事咱不干，我决定放弃。"

"王小鹏，请你别忘了这是政府部门的领导许杰老总介绍的项目。再说，方敏的青岛实业有限公司在许杰的工业园区内也有投资项目啊。"

"投入资金了吗?"王小鹏赶紧问道。

"可人家立项报告、可行性方案、计划用地以及政府相关部门的批复文件,都白纸黑字地摆在那里啊。难不成你还不相信政府?"

"我只相信自己的眼睛和判断。至于那些白纸黑字的文件以及营业执照复印件之类的玩意儿,姥姥了,咱十几年前就已经玩得滚瓜烂熟。"王小鹏狡诈地笑笑,说:"看问题得看关键节点,以节点为依据作出合理的推断。"

"什么叫节点?"

"一些具体的事实与另一件即将发生的事情相关联的所在处。"

"你这话听不懂,咱真是窝囊。"

"平贵,你不窝囊,目前只是财迷心窍而已。任何的白纸黑字都不是实实在在的节点,我想提请你注意的是,方敏在许杰那片土地上投资了没有?投下了多少真金白银?据我所知,连一毛屃钱都没投下,这就是问题关键节点的所在。"

锡平贵摇摇头,苦笑一声,鼻子一酸,眼泪差点流出眼眶。他眼睛里布满血丝,眼角上沾着眼屎,除了满嘴散发着一股臭烘烘的酒气之外,身上还掺和着坐台小姐身上粘上去的花露水那恶劣透顶的香味。

王小鹏把心一横,用他的大爪子搓搓脸,眼睛望着窗外的夜色,忧伤地说:"平贵,我现在决定把那张一百万现金汇票——"

"给方敏?"锡平贵问得有点紧张。

"撕——了!"王小鹏回答干脆。

锡平贵愣在那里:王小鹏使劲撕碎现金汇票的举动,着实让他大吃一惊,他预感到不幸的事情即将发生。

他仰着脸思索着,好久才低下,眼泪汪汪地说:"咱明天怎么对方董事长交代,人家如此这般的深情厚谊的款待。"

"没有明天!"

"你还想拼命?我也提请你注意,这里是人家的地盘!我可不想死!"

王小鹏用讥讽的眼光看着锡炳奎,说:"你想哪儿去了?我怎么会去拼命呢?像我这样的混蛋,对于死是没有勇气的。"

锡平贵脸色灰白,什么话也没说。

王小鹏神色平静,脸色一点异常反应都没有,就好像刚从厕所里拉完屎走出来似的,显出挺舒坦的样子。

"平贵,回宾馆时,我已经注意到方敏看似在大堂里派人伺候着我们,摆出的样子像是咱们有事,他们可以随叫随到。其实,这是暗地里把咱们监视了。"

锡平贵一听这话,惊得白色圆领衫瞬间被汗湿透,冰凉地贴在脊梁骨上。他脸上的皮肤绷得紧紧的，看上去就像两块生了绿锈的破铜皮在索索抖动。当他看到王小鹏正在不慌不忙地穿衣服时，便走过去低声问道："你耍什么小孩子脾气啊，我有什么地方得罪你了？"

王小鹏似乎要发怒，但摇摇头，继续的举动是套上黑色裤子后系上用非常逼真的假珍珠串成的白色领带。

"你这是什么意思？"锡平贵神色肃穆，板着的脸皮像一篇严肃的悼词。

"锡董事长。"

"我问你，你想干什么？"锡平贵口吻坚定地说："想去大堂闹事或者想去交涉？但是。"

"但是什么？"王小鹏已经穿戴整齐，坐在靠窗边的罗圈椅上冷着脸，说："还不赶紧穿衣服，等死啊。"

"王小鹏，你不要跟我抬杠，要死，你也得让我死个明白。"

"赶紧吧，咱玩失踪，搞人间蒸发。"王小鹏诡秘地说："他们发现我们不在，首先想到的是咱一定会往上海方向赶路，随后必定追寻到青岛机场。可我们偏偏往北面的反方向走，去烟台机场，然后搭机飞往上海。"

锡平贵听了这话，那个非常灵巧的蒜头鼻子一阵激灵。

他看一眼王小鹏，眼神有些怪，撇嘴漠然一笑，讥讽地说："你不是说，大堂有人盯着监控吗？"

王小鹏满脸的荒凉，从烟盒里捏出两支烟，一支用烟屁股点燃后递给锡平贵，一支点燃后斜叼在自己的嘴角夹缝处，一口接一口地死命抽着纸烟，喷出的烟雾笼罩着他，使他的脸色更加荒凉。

过了良久，王小鹏侧过脸，看看夜幕笼罩下的窗外，自言自语地说："智取华山一条路。真对不起方董事长，让您竹篮打水一场空，破费了不少钱财。咱不辞而别，翻窗而去矣。"

摄影　冰岛之冰　王照敏／摄

摄影　阿根廷丛林　王照敏／摄

第十章

·
·
·

奇 思 妙 想

"哈哈，你的悟性还算不错啊。"许杰一边说话一边抽着烟卷。

他坐在一张宽大无比，无比宽大的老板台后面的皮质转椅上，样子很是深沉，好像什么事都与他无关似的。一双乌黑的眼球毫不在意地滑来滑去，像陌生人那般，上下打量着王小鹏。

王小鹏用或是好奇或是惊异的眼神盯着许杰，不由自主地点点头后又摇摇头，算是表达既认可又好像并不认可的意思。

然后他走近许杰大班台前面的罗圈椅上坐下，绞尽脑汁，苦思冥想了老半天也没理清思路这话应该打哪说起。

"要求朋友一点缺点都没有的人，永远找不到朋友。"许杰两眼炯炯有神，凝视着白得像医院被单的天棚，说："你现在是不是还有点紧张？"

"是的，我还是有点紧张。"

"不用紧张。"许杰递给他一支烟，问道："抽吧？"

"不抽，"王小鹏说："从青岛回来，我老是做噩梦，抽烟会让脑子晕晕乎乎的，无论什么好酒好肉都品不出滋味，神经老是紧张得想撒尿。"

"哈哈，老兄，你不会是得了糖尿病吧？你心里肯定是在恨我，责怪我没让你吃到糖醋大排白米饭，是吧？"

不知道是对于许杰的忌讳还是紧张，王小鹏又想起要尿尿。他的脸涨得通红，心意慌乱，不知说什么好。

越想越窝囊，他心里很生气，憋了好一阵子，才张嘴说了声："对不起！"

"哼！对我说声对不起？啊，你不必违心说话。告诉你，我心里也窝囊着，憋着一肚子气没地方撒呢。"许杰学着电影里革命英雄的样子，挺起胸部，扭过头去，横眉竖目地亮出嗓子吼道。

平时能说会道的王小鹏偏偏在许杰面前笨嘴拙舌，竟然不知道说什么好，低着头说："对不起，对不起，是我得罪了方董事长。"

话一出口，他又后悔。

他感觉自己怎么在许杰面前老是像矮了一大截，怎么就不长点志气。其实，他内心深处还是不敢得罪许杰。他在许杰面前表现的诚惶诚恐，骨子里还是想能在许杰的这块地盘上讨口饭吃。

青岛之行，不辞而别，表面上是得罪了方敏，实在处是得罪了许杰，这会让许杰很丢面子。

然而，许总又是个很讲究面子的人。

如今的许总与以往做韩勋董事长助理时的腔调迥然不同了：油亮的大背头，头丝清晰，乌黑闪光，脸颊开始发福，白里透红，一张微胖的脸蛋把韩勋的慈祥模样学得毫不走样。

平日里他总是笑眯眯的，而且笑得十分坦率和生动，好像永远不会发脾气似的。也不知道怎么回事，许杰在王小鹏面前说话毫无顾忌，想怎么说就怎么说，想怎么骂就怎么骂。

王小鹏时常在心里揣摩他的心事，估计他的后台老板就是韩勋董事长，你王小鹏跟韩董关系再怎么乐乎也不会有他许杰这么铁！

"这或许就是他不把我放在眼里的缘故吧。"王小鹏想。

许杰吃不透王小鹏现在究竟在想些什么，但他似乎像是猜到了些大致概况："王小鹏，我现在跟你说白了吧，对不起，这三个字应该由我来对你说。"

像受惊起飞的鸟儿那样，王小鹏突然蹦起，满脸挂着疑惑不解的神色，许杰举起一只手摆动着，制止了王小鹏动作。

他接着说："但是，我要把丑话说在前面，你也不要外传。那就是你我都要为自己的行为负责，外传以后，万一发生议论纷纷的不良后果，我概不负责。也就是说，一切后果自负。"

王小鹏把脖子往上提升五公分，他站在许杰面前，笑着，露出一口白色中带着些许焦黄的牙齿，似乎很抱歉又很卑躬地说："我可不是长舌嘴的巫婆，这个，我相信你比我自己还清楚。"

"这个我当然清楚，可我的话题还没开头呢。"

王小鹏看着许杰的时候，许杰也正在看着他。

许杰笑着对他点点头，脸上挂着冷冷的笑，板着脸，一副十分郁闷的样子，仿佛他不是要说什么事情而是想要发泄心中的愤怒似的。但他脸上的冷笑，让王小鹏感到深不可测，仿佛跌入万丈深渊。

"你听着——"许杰说话时像京戏里的小生那样，拖着长腔吼道。

王小鹏又开始满面挂出愁容，他预感到将有大祸临头或者说将有什么惊天大案即将发生似的。

他身上一阵阵地起鸡皮疙瘩，好像自己办下了天大的亏心事，觉得脸上一阵阵燥热起来。

这几天，他一直心神不宁，真心后悔当时不该不辞而别离开青岛，忧虑而沉重的心情像天空的阴云笼罩在他心头。

忽然许杰大手一挥，说："恭喜你，王小鹏，你赢了！"

"啊！"王小鹏不由发出一声惊叫，他的脸一阵红一阵白，一会工夫，他的脸涨得像关公。

沉默良久，他不禁抬头望了眼许杰：哎呀，许杰的眼球上有血丝，而且还带着许多悔意。

"我怎么会，我怎么能，我也心烦意乱不知所措。这件事，足以让我终生难忘，他为我费尽心血，而我却……"许杰颤着嘴皮念叨着。

这话听得王小鹏不明不白："他？他是谁啊？"

"韩勋董事长啊。"

"怎么扯上他了？"

"那位文学泰斗，出版社的高总是韩董事长的老友，他俩有着兄弟般的情谊。近年来，图书出版行情一落千丈，日子不好过，于是高总在出版部门旗下成立了个上海伟业装潢公司，包揽出版社门店的装修活儿。"

"这主意挺好啊，肥水不流外人田。"

"但是，这活儿也是吃了上顿没下顿，所以韩董事长把高总推荐给我，让我在适当的时候提供些帮助。"

"这是人之常情，韩董事长个性不但厚道而且又是性情中人。"王小鹏说。

许杰撇了王小鹏一眼，举手把短得只有三四公分左右的象牙烟嘴插进嘴边犄角，不紧不慢地吸了一口。

他吸烟的姿势很有风度。

王小鹏心里不由暗暗称奇：他自己抽烟翘起小兰花指儿的手势，是跟父亲单位里的工会主席戴炳南学的。他不知这位从农村走进大上海领导岗位的年轻小伙吸烟的做派是从哪块学来的。这样子的吸法，既有美国好莱坞大片中西部牛仔的风度又不失大领导干部的矜持高度。

许杰歪着嘴,使劲咬咬牙,用恨铁不成钢的态度说:"高总这人,什么都好,人品也不错。哎,就是好这一口,几杯老酒下肚就分不清东南西北,甚至于连自己酒后干些什么事,第二天忘得一干二净。哎,也怪不得他,他也是个凡人,是凡人孰能无过?这个世界上完美无缺的人,除了你王小鹏之外,我看是再也找不到了。"

"我可没这法道。"

"你有这法道,就是没人道!"

"我爸在世的时候跟我说过,做人首先要讲人道!"

"呸!给个鼻子你就上脸!"

王小鹏脸色通红,大张着口喘气,额头上沁出了汗珠子。

许杰用怨恨的眼光看着他。

王小鹏装出悔恨悲凉到极点的样子,脸上涂满悲痛欲绝,但心中窃喜。青岛!自己躲过了一劫,高总那个老卵分子肯定。

"你是不是认为弓是弯的,理是直的。很得意?"

"没有啊,"王小鹏露出失望至极的表情:"我爸真说过,做人要讲究人道!"

"奶奶个熊!"许杰裂嘴吼道。

"谁的奶奶是,你骂谁啊?"

"哼!这个高总,就这么糊里糊涂的把国家的那一百万人民币,打了水漂!"

"也不能全怪高总,他是冲着相信您才投进去那一百万的呀。"

"放屁!那你的一百万怎么就不投呢?你这是见死不救!你还说你爸教导你做人要讲究人道,这话你也好意思说得出口,你要明白公道自在人心的道理。"

"我曾经也打算劝高总别投进去,而且在酒桌上也对他暗示过这个意思,只是事到临头才犹豫起来,因为平日里我在你身上学到了不少知识,做人不能不仁不义,大家伙儿都溜了,你那面子往哪儿搁?高总的钱是国家的钱,他在单位里可以做个坏账,算作付学费。可我那一百万流失了,至少我也得赔上真金白银五十万吧?高总哪怕赔了一千万,他也不用着从自己口袋里往外掏一分钱。再怎么说,方敏的青岛实业公司也是您推荐的,万一我揣摩错了。"

王小鹏使出浑身解数极力狡辩。

他把这些歪七歪八的道理说得铿锵有力,就像火星子那般刺激得许杰低声呻吟。对许杰来说,与其被王小鹏说得不痛不痒还不如说真有点麻酥酥的很是舒服。他虽然对王小鹏意见很大,但王小鹏说的这些话表象上看似乎很粗糙,但却也挺实在。高总输得起,他王小鹏输不起!人家目前只是个小老板,艰苦起步的创业阶段，平时连吃半瓣猪头肉都舍不得，腌制后凉在屋檐下风干。他有次因事路过王小鹏家，亲眼目睹那半瓣随风摇晃的咸猪头。

而且，王小鹏明确告诉过他，省下留着——过年吃！

感悟到这些，许杰也就觉得王小鹏说话以及表达自己的观点时，旗帜鲜明，有啥说啥，实实在在。

他哪里知道，王小鹏平日里回到家就好这一口：热一壶老黄酒，外加几片自家腌制的风干猪头肉——很是得意。

许杰睁着漆黑的大眼思索片刻，说："其实啊，方敏这人原本我是不认识的，只因为他是区政府赵副区长推荐过来的投资开发商，所以我对他是信任有加，认为青岛这个项目不错，这或许也是个机遇，值得推荐给你们，如今这般样子，我还有什么话好说呢？"

"我，我想，按你如此这般说法，那个青岛实业有限公司以及那位方董事长是开盘的阿咋里公司吧？"

许杰尴尬地点点头，显出很无奈的样子，说："算你乖巧，溜了。"

王小鹏深深地吸进一大口空气，屏住不喘，龇出门牙咬住下唇，心里快乐至极，嘴上悲痛欲绝，说："我只是感到你我之间隔山隔水不隔亲，真的对不起你。"

"王小鹏，你不是一般的混蛋，而是真正的混蛋透顶！"

王小鹏冷漠无情地微笑着，一声不吭。他看到了许杰的脸色现出些焦黄，目光茫然，一副心灰意冷的样子。

这样子反而让王小鹏感到许杰非常可爱，非常人性化。他最反感最畏惧的是许杰意气风发、斗志昂扬的样子。那样子的许杰趾高气扬，大有翻手为云，覆手为雨的大将气概。那时的王小鹏，只能是俯首无语了，他在许杰面前只能逆来顺受，连剩下的半点脾气都没有了。

"喂，我在想，你下海经商也快近二十个年头了吧？"

王小鹏吃惊盯着许杰的眼睛，不知道他突然改变话题频道的含义是什么。这让他真真切切地感受到各师傅各传授，各把戏各变手的精髓所在：许杰真不愧为韩勋董事长的门徒啊。

"你怎么了，为什么用这样的眼神看着我。"

王小鹏说："没什么，就是很有点危机感，就像你说的那样，个体户这日子不好混呐，处处得装孙子。"

"行，你这话喷出来挺有谱气。"许杰点点头，说："在这世上，有些人值得你对他好，有些人不值得。并非每个人都懂得感恩，都会领你的情。人生，有得有失，生活，有进有退。生意，有张有弛。恩人，给你帮助，贤人，解你迷津。我的人生这辈子最感恩的就是韩勋董事长，他就像是我的恩人或者说贤人。"

"您是我的贤人，"王小鹏赶紧抓住机会跟进溜须拍马："人与人之间，就是一种缘分。错与错之间，就是一个原谅。"

"人人都有自尊，人人都有苦衷，人人都有自己的想法、做法、活法。理念不同，做法不同，活法也就不同，其实，有时候我还是很同情你们这些个体户的。"

"呵呵，个体户不就是个孙子辈吗，自己知趣点，日子似乎还会好过些。"王小鹏满脸挂着卑贱的样子说。

"不过，按我的看法，你也得改变一下自己的活法，不要老是像个游击队员似的，无根无底，飘摇不定。你也老大不小了吧，在创造人生路上，你应该要有自己的产业、自己的基地、自己的公司。"

王小鹏听了这话，激动不已。突然间话多的滔滔不绝："对，对，您说得太对！我也早有这想法，只是不敢对您开口而已。如今，既然你提起这茬话头儿，我也就厚着脸皮提出个要求，请你批给我块土地。我想，不是开个纸板箱厂就是开个电器厂。开纸板箱厂投资成本低，技术含量不高，我想搞起来问题不大。开电器厂可以跟我目前的土建产业链挂钩，搞建筑离不开电箱电柜，就是我自己也用得着，再说建筑公司以及老板们我也认识不少，或许这是条出路。"

许杰挺认真地听着王小鹏说话。

他眼前浮现出的王小鹏脸部：就好像电影中的一个特写镜头，双唇翻动不止，两道眉毛很规则地往下弯着，像是用圆规画出的两道弧。最引人注目的还是眉毛底下的那双瞪圆时仍显得不够大的小眼睛，不断闪射着炯炯有神的光芒，就像两点永不熄灭的火焰闪烁不止。

"哈哈，原来你这包子有肉不在褶上哇？哈哈，你是不是还想把你这屎盆子往我头上扣？你的骨头几斤几两，难不成我还不知道？"

王小鹏顿感困惑：我怎么了？什么叫我的骨头几斤几两？什么叫屎盆子？话不要说得这么难听好吧。

我投资、我发展，我有错呢还是我有罪？难不成我就不是中华人民共和国的公民，我没有发展的权利？

许杰是个非常聪明机智的少壮派领导干部，他的眉宇间流露出来的是一派英气：两眼球黑得发亮，锋利的目光，仿佛要把什么刺穿似的。

他对待王小鹏这类的小老板或者按他的说法叫做个体户的家伙，喜欢或大笑或暴怒。而且那时候，他的两道眉毛占了指挥地位，指挥那勇猛的大眼、倔强地翘起的鼻子和向前伸出的牙齿。

他看着王小鹏失望的表情，就知道其人的心里活动在想些什么。

"不要去顾忌他人对你的看法，不要去等明天，不要去相信永远。在这风雨飘摇的人生路上，你所能做的就是眼前，让自己更快、更强大起来。现实的社会必须要用实力来证明你自己足够的强大。所以，一切事都赶快做，别去等。有这样一句话，除了死，什么都不宜迟。"

"你这话说得在理，生活中，明明很多事我也有机会有能力做的，可你却不在意、不在乎、也不帮我，等以后你想帮我的时候，已经来不及了。我不能再等，真的等不起。如果你真的希望我将来强大，那么所谓的强大就从眼前的起步开始，不要等到将来才发觉。今天我该说的说了，该做的做了，该求你的求了。"

"你无须求人，我的意见，你不适合在我这片土地上发展，你还没有足够的实力来支撑你的资产运作！"

"资产运作？哄我吧。"王小鹏想，你有你的关门计，我有我的跳墙法。

"对！你一定要走资产运作的创业路子，靠你现在的实打实地干，能挣几个铜板？如此下去，即使你开了个厂子，也永远不会有大的前途和出息。"

——这倒是个挺新鲜的说法。

王小鹏默默无言，他愿意洗耳恭听。

"你看看这个世界上，凡是坐上大老板交椅的有几个不是靠向银行借贷而发展起来的，你仔细去研究一下这个课题，泥捏人也要有时间晒干。"

许杰出的这个类似武林高手的题目，王小鹏以前着实没有考虑过，这样子的课题似乎充满了神秘诡异的色彩。

他决心不再发声，倾心听其说这春梦虽好一场空的故事。

"邓小平说，发展是硬道理。想发展，要有钱！那我问你，你目前口袋里有多少钱？你能支撑得起前期的土地购置、建筑投资、机械设备，以及流动资金等等的大量金钱消耗吗？据我看，你的设想是美好的，但是，实行起来的骨感会让你无奈到窒息，你就等着一败涂地吧！"

"这还不至于吧，劳动人民两只手，干起活来样样有！"王小鹏说话的神态既豪迈又挺认真的。

"我靠！这话你还是对台巴子去说吧。你今天可以不听我的话，但将来永远不会忘记我今天对你说的话！"

王小鹏歪过嘴巴，说："我想听你说点实在话，也就是我目前切实可行，可图发展的话，那我肯定听得进去。"

"那好，我不说咱这片工业园区引进的企业必须要有规模而且还要有相对应的税收落地。我就说目前园区的土地出让金四十万一亩，就批给你十亩吧，四百万！接下去要投入多少资金？我也就甭说了。"

"你说了半天，还不是把我拒之门外，我还不是没有机会发展吗？"

"可你想过没有，目前在嘉定南翔那片土地上，集体的红证土地只有五万一亩，即使国有出让的土地，也在十万之内。而在奉贤那边的土地就更便宜了。你在我这里拿一亩，而在那里可以拿下十亩！这就是四两能拨千斤重的道理所在。"

"说千道万，不如一千。然后呢，拿下土地干吗？"

"谁养孩子谁当娘，谁种土地谁收粮。把土地权证抵押给银行，以便套取下一步的运作资金。"

王小鹏有生以来还是头一次童趣盎然地听许杰正儿八经地论理说道。他像突然发现新大陆似的，按捺不住兴奋，他急于听取许杰的下文，于是关闭喉咙管子口的闸门，闷声不响地凝视着他。

"土地权证的属性有两种。一种归属于集体所有的土地，因国家发给的土地证是红薄面的，所以俗称为红证。红证土地既不能抵押给银行也不能转让买卖流通，仅限于使用权，但价格便宜，如自己开厂使用，完全可以运作此类土地。"

刚开始王小鹏不敢相信许杰能给予他什么良好的建议，其人实在的作为就是踢皮球，优雅地请他滚蛋。

当许杰的话渐渐放出光芒之后他才相信那果真是个良好的建议。

"另一种土地证是绿簿面的，俗称为绿证。绿证虽然是国有土地，也只有使用权。但它具有转让、抵押或者可以说具有变相买卖的价值。这类土地的使用权近似于土地归属权，政府一次性收取土地出让金。上海的住宅类、商务楼、工业园区的土地，基本都属于这类性质。工业用地的一般使用权限为五十年，至于五十年以后怎么办，国家还没具体政策。你拿下这类的土地，等于开了一家银行，什么时候缺钱，把土地权证往银行一甩，铜钱银子哗哗地归你使用了。"

许杰的话，虽然尾声长长漫漫的，却宽厚而沉稳，直嵌王小鹏心坎，让他忍俊不禁地笑了："有这等好事？"

"就目前而言，效县那一带边沿地区，这类等待开发的土地多得去了。各地区招商引资人员对待投资开发商伺候得就像皇帝那般，你根本不需要求人，而是他们求你。只要你有钱投资土地开发，引进你的招商人员当地政府还给予奖励呢。你也用不着他人帮忙、求人。你去了，我能看得出像你王小鹏这类演员似的商人，肯定会把角色扮演得不但惟妙惟肖而且说不定也会像你过去的老搭档黄之种那般样子，弄出个挂羊头卖狗肉的中外合资企业，那你拿下的土地就更便宜了。据说，有的地方土地还会白白送给你使用。当然，这必须要跟税收落地的额度指标挂钩,演这套把戏,你如今还没具备这样子的实力。"

王小鹏以前怎么看许杰都可恶可怕。但今天,无论他怎么看许杰,都显得他十分可亲可爱。

他心里乐开了花似的在想,"人不可貌相,海水不可斗量。还真没料到这位农村小伙的肚子里,弯弯绕着的套头比咱的学问大得去了。"

"拿下上海边沿郊区这类绿证土地,既可以自己办厂,也可以把多余部分建筑物出租给他人开厂。目前这种做法也挺受当地政府欢迎,称作筑巢引凤。但是你要注意,出租类的厂房,最受欢迎的是近五百平方米左右的厂房,这个你必须预先考虑到市场的需求,不要盲目追求高大上。大企业他不会租用厂房,他们完全有能力自己买地盖厂房。你的租赁目标客户对象就是那些小型发展型企业,以满足这类客户的要求而定制厂房,用收回的租金归还于银行的贷款和利息。"

王小鹏不得不承认,对于许杰的这种策略,虽然算不上什么惊心动魄的金点子,但对于他那种好胜心特强的人来说,他那奇异的灵魂产生了许多痛苦的联想:自己怎么就没想到呢,早都干嘛去了。

求生存、求发展的本能使他很快便抵消了精神上的痛苦。也就是说,不走许杰在迷津中指点的路,连他这个智力超群的土象金牛座也无法熬过艰难的冬天,进入春暖花开的明天。

明白了这一点,王小鹏猛然把小腰挺直,正儿八经地坐稳,揉着通红的眼睛,说:"听君一席话,胜读十年书。我突然之间感到春天即将来临,杏花绽放,阳光灿烂,花香扑鼻,一个浪漫的季节,像是在我脑海里缓缓拉开帷幕。"

"别在我跟前耍嘴皮子。你那些狗屁的甜言蜜语,晚上躲在被窝里,蒙住头对你老婆去侃!"

王小鹏仰着脸,脸如一扇铜盆,闪烁着古旧的黄光。嘴巴因激动而张开,宛如一张如饥似渴的牛嘴。他的双手不知所措地抚摸着膝盖骨,双腿罗圈,裆间能钻过一头小牛犊。双脚呈外八字,肩膀随着脑袋左右摇摆着,似乎也在深思熟虑。他没去理会许杰对他的讥讽。

尽管这一切表象与他的金牛性格并不匹配,但他的意识清醒地告诉他:许杰说的完全正确,这确实是一个可行性方案,沿着这条线路走去,他的创造人生的战略计划似乎充满了可操作性。

重重复杂的思绪最终混为一体,转化成为他既兴奋又烦杂的情绪。

"王小鹏,要不是看在韩董事长对你的夸奖上,我才懒得理你呢。"

"对对!"

"对你个头呐!"

"对也错呀?"

"你能蒙韩董事长却蒙不了我。也只有韩勋董事长这种老领导才会说你这种人厚道实在。其实,你就是会装,是个地地道道的两面派。"

"对对,伟人说过,用革命的两手对付反革命的两手。"

"我靠!真会说话!"

"又错了?"

"不得不承认,你不但狡猾而且也很会说话。"

"在你面前,我这条金牛变成了小野猫,这话没错吧?"

"我知道你不愿意承认自己会装,但我相信我丝毫不会看错你的人性。"

"据我所知,韩董事长特欣赏你,把你不是当作亲弟看待就是对你像儿子那样子的关怀,这没错吧?"

"你的意思,说我也会装?"

"没有!坚决保证,绝对没这个意思!"

"那你这话什么意思?"

"一点意思也没有,只是羡慕你能遇上这么善解人意的好领导,既是你前世修来的福分,也是你今生人世的一大幸事。"

"不过话说回来,你王小鹏身上虽然有许多劣根性,但也有许多闪光的亮点。做事踏实,办事可靠,生意场上不盲目冲动,有张有弛。你不但有点小聪明而且似乎还有点大智若愚的气度。我经常对他人提起你,王小鹏这家伙,既是好人中的坏人,也是坏人中的好人!"

"领导,你这评语太精辟了。我如果是个好人的话,早被人消灭了。但我的人性本质告诉我,人的德性不能变坏。我爸在世的时候,教导我,做人要有人道。"

"又来了,时不时地指东说西地表彰自己讲人道、讲德性,是吧?在我面前,少来这套。我好像记得你还说过,你爸教育你要坚决拥护共产党,一心一意跟党走,在革命的旅途中早日加入共产党,为你家祖宗争光,这话你说过没有?"

"我爸是有这意思,可是我原单位大领导如瞎子盲人,偏偏把我这个能人给漏了,我不但没有加入共产党,而且连个参加共青团组织的大门,因被团支书吃女人醋而关得死死的,让我丧失了进步的机会。我没有你那前世修来的福分,遇上这么一位通情达理的好领导。"

"这话题不但有点无聊也离题太远。我还是继续给你指点些资产运作以及拿地的可操作性步骤吧。"

"太好了!避实攻虚,低投入,早回报,确实是我目前跳出苦海的最佳战略决策。"王小鹏睁大眼睛，示意他愿意继续洗耳恭听。

"生意人创造人生，我归纳一下，有三个步骤。第一阶段，靠狡猾、靠体力去原始积累，挣得第一桶金。第二阶段，也就是你目前的状态下，应该靠资产运作，靠银行资本金去做大、做强。第三步，资金运作，融资扩张。可那是将来的事，咱就不提了。"

"那目前，我该咋办？"

"你先搞几份投资办厂的可行性方案报告书。如纸板箱厂、电器厂。至于怎么写，怎么弄得让人信服，有专门的机构可以帮助你，你只要出点费用就可以搞定。随后的节目就是在你看中的地块，直接找当地政府的招商引资部门。再随后，你就会受到像贵宾那样的接待，再往后的节目我已经说过，不再重复。你只要按此方程式解开一个个的结，接下去你的资产会像滚雪球那般，越滚越大。"

顷刻间，王小鹏感到这是世界上最神奇、最珍贵的金点子。

他现在可以清晰地感受到将来的丰硕成果，这是莫用质疑的。纸币会贬值，不动产却会增值，这个他早就看出来了。

他在下海初期就用全部的资金购买了产权房，现在价值已经全部翻了几倍。他明智地意识到，土地资源是有限的，是不可持续性扩张的，将来总有那么一天，如今比大粪还便宜的土地将会贵如黄金。

稀缺的资源造成市场发展需求的短缺，国家将会出手控制出让土地，到那个时候啊，土地就贵不可言啦。

看穿了这一点，却反倒让王小鹏迷惑了。

问道："土地资源既然将来会成为香饽饽，那如今的政府为什么急于脱手，急于招商引资，廉价抛售土地呢？"

许杰用眼角瞄了一下王小鹏，犹豫了会，最终还是张嘴说道："这是体制问题。对于这种问题，咱最好不要妄加评论。就目前而言，每一届政府都必须要体现当下的业绩，并且上级部门还有硬性的指标考核。你说说，让我们这批人怎么办？怎么操作？别看我是堂堂皇皇的开发区老总，但上面的头儿追着我压指标，所以就产生了类似青岛方敏这类人渣有空子可钻的漏洞。这些人渣，知道政府喜欢引进高大上的企业，所以就往大里吹，往大里侃。吹得越大，领导们越欣赏、越崇拜他，于是把他伺候得像皇帝那般。"

"呀，原来是这么回事呀。"

"我知道你王小鹏也会吹、也会侃，但关键是你更会动脑筋去做，而且能把事情做好。这就是我许杰欣赏你的根本因素所在，自然，其中也有韩勋董事长的面子。"

王小鹏像得了宝贝似的，高兴得手舞足蹈地插嘴："明白，明白，否则你才懒得理我哩。我对你的重情重义颇为感动，你对我，已尽了心意。"

他现在已经明白自己，目前什么应该做，什么不应该做或者说什么应该以后再去做的道理。

——他的心跳恢复了正常。

许杰一番苦口婆心的论述在他心中形成了一个计划，他原本就是一个智慧超群的金牛胚子，干活有的是蛮劲，做事态度认真。当然，从另一个方面来观察：他这人性好折腾，而且喜欢想入非非。

当年他下海时最低级的想法，就是赚到足够自己全家生存的钱就满足不干了。如今，这想法和目标自然早已经实现。但人的欲望是无法满足的，没有的时候做梦都想拥有。一旦拥有，则又开始这山望着那山高了。

王小鹏办事作风，虽然刚硬甚至于说似乎还有点蛮横，但他的英明之处往往在于他兢兢业业做事，小心谨慎做人，不张扬，不显山露水，没有百分之九十九点九的把握，他决不会出手投钱。

许杰对于资产运作的前景描绘，让他预想到将来显赫的时光，心中颇为舒畅。他明白这或许就是他创造人生路上的一个华丽转身，对于他个人的履历来说是一件不亚于山崩地裂的大事。

先前的无数困惑烟消云散。

他思考着，在他的周围似乎还没有一个人能像许杰那样子有商业头脑，许杰对于资产运作的精辟论述，对他创造人生的思路产生了强烈影响。

但思考也有例外，也有让他想不明白的事情。

既然你许杰经商脑子这么清晰，套头路子又这样子广泛，那你还坐在这里干什么，怎么不去经商呢？

"还是没想明白，有疑惑是吧？"善于察言观色是许杰的智慧体现。

他在大领导身边待久了，甚至于对他人的一个眼色，一举一动之间，都会看透对方是什么意思。

"许总，你把商场的博弈看得这么透彻，那我就不明白了，你怎么不去经商，而干这言不由衷身不由己的活计。你那丰厚的履历以及智慧，足以让你在经商中前途无量，登上大老板宝座毫无疑问。"

"哈哈哈！"许杰开怀大笑："我缺乏的就是你这种人的劣根性！"

"讽刺人也不该是这个样子的嘛。"王小鹏不满地说。

"我想问你，如果当年你在国有体制内，遇到像韩勋董事长这样的领导，你会辞职下海经商吗？"

王小鹏一时语塞，怔怔地看着许杰。

其实，更确切地说，许杰的话特经典，一刀刺穿他的要害。他脑子快速运转，考虑着，"这小子简直就是个人精啊，什么事情都看得透彻。"

"我这话，让你吃惊不小是吧？"许杰就像是王小鹏肚子里的蛔虫，随时随刻对他的想法及时跟进："我坐在这老总的位子上，背后有政府撑腰，看上去似乎很光彩，头上光环闪烁，对吧？但你要明白，我一下台，身无分文，什么都不是，就连你这位小个体户也不会瞄上我一眼。这个我有自知之明！"

王小鹏闷头使劲抽烟——装傻。

但他胸有成竹：观望着，等待着，以静制动，看许杰接下去吐出来的是什么话。许杰什么话也没说，露出"你滚吧"似的微笑。

许杰不说话？他竟然对着王小鹏微笑着龇出门牙。许杰门牙往前一龇，王小鹏吓得又想撒尿。

王小鹏板着脸，肃穆地站在屋子中央。

他腰杆笔挺，摆出像伟大人物那般的姿势，左手撑在腰部，右手铿锵有力地挥舞着：做出了他一生中最艰难困惑的决断。

全家人都围坐在他周边，他们仿佛共同听到了一个遥远的声音在召唤："我最亲爱的家人们，卖了吧，把所有的房产都卖了吧。"

众人瞪着眼，迷茫地望着他，尤其是他七十多岁的老母。他们根本不理解他的意思，把所有的屋子都卖了，那全家这么多人往哪去住？

"毛主席当年砸破所有坛坛罐罐，大踏步退出红色根据地延安。后来呢，放弃延安的结果是获取了全中国的解放。今天我们卖了所有的房产，换取现金购置土地，建立产业基地，这会让我们的家庭生存状态发生翻天覆地的变革！"

众人还是无语，还是端坐着发愣，还是态度暧昧。

王小鹏感到身上的肌肉紧绷，犹如强弓拉成了满月，箭在弦上，如果发起硬攻好似并不妥当。而且，如今卖房要产权所有人签字认可。家属们不签字、不认可，他还是没戏可唱。

那一瞬间，好像不是他的主张发起了强攻，而是他的意识发起了进攻。

"崔晓娣，你是什么态度？"王小鹏像吃了火药似的态度生硬。

"我相信你，听你的，你说了算！"他老婆旗帜鲜明，口吻坚决。

王小鹏心花怒放，得意至极！

拿下主攻目标随后就好说话了。老母肯定是犹豫不决的，儿子、儿媳妇自然是听老子的。

对于老母的犹豫不决，他可以暂时搁置，反正不需要老太太去签名画押。只要老婆、儿子、儿媳妇同意，基本就没问题了。

老母亲年纪大了，不要计较她的态度，以后她总会明白儿子今天的决策是多么的英明伟大！

他对于老婆崔晓娣口吻坚决的表态，在几分感动中又有几分凄凉。他用手掌拍拍肚子，对他老婆说："我不会让你们饿着肚子，也不会让你们露宿桥洞。我们去租赁最豪华的住宅楼。最多三年，我计算过了，我保证最多三年，必定给你们买回更好、更大的洋房。"

屋子里静得连针掉在地上都能发出声音。

"从今往后的三年内，我们全家虽然谈不上风餐露宿，却要过上无根无底的飘荡生活。要忍受生活上的种种不便，你们如果后悔，现在还来得及。"王小鹏说。

"爸，咱还是干吧！干起来再说！"儿子明确表态。

"我听我老公的。"王小鹏扫眼过去，看出儿媳妇嘴上虽然这么说，其实还是心不甘情不愿的。

"小女人嘛，没有远大志向。胆小、怕事、正常，可以理解。"王小鹏郁闷地思想着，脑子开着小差。

"爸，再怎么样，我都不后悔。"儿子再次坚定地说。

"那么，好极了，我决定把那栋我最心爱的海滨别墅也卖了。如此卖掉七套房子，可以回笼资金五六千万吧。"王小鹏脸色铁青，脸面狰狞："把所有卖房的钱，全砸进去，博弈一把！人生难得几回搏？没有百分之百的绝对把握，我王小鹏是不会砸锅卖铁卖住房的。这次，是我人生历史上最为悲壮的一次决断。你们给我一个机会，我必定交还你们一张满意的答卷！"

王小鹏对人生重大的变革决断，不能说他是莽撞或者说是瞎猫去拖死老鼠，只能说这小子在壮年时期看准了机会——果断出手！

如果当时他看到那么多片土地荒芜着没人要，而在晦暗的色彩中逐浪而下，犹豫不决，就不会有以后的王小鹏了。

但是如果认为他当时盲目地把全部家底像赌注那样投入进去博弈，甚至连全家性命不顾而去赴死，这种说法也不正确。

他相信自己的生命力是顽强的，他的人生劣根性是地球上最美丽的生命奇观，他对自己以及家人的生命热情和敬畏，是符合创造人生的客观规律，是值得走在人生旅途上的生灵们刮目相看的！

那天晚上升起来的月亮像弯弯的芽儿，特明亮，特出彩。但在甜蜜色彩内似乎又包含了许多忧伤，在悲壮中更显出些苍凉。

深夜，王小鹏站在这栋坐落在静安区市中心的联体别墅庭院内，身上披着普蓝色风衣，翘着兰花指儿夹着香烟。

他那沉重的头颅朝天仰着，脸上挂着稀奇古怪、若有所思的表情。其实，他对于变卖这套三层楼房的连体别墅，心里荒凉得一片无奈。

这是一座典型的带有欧式风格的楼房，算得上是改革开放后市中心最初兴建的别墅类产权房。

这个风格别样的小区，绿化树木种植疏密适度，那华丽的草坪全部从国外引进，一眼望去，就像美国白宫前南草坪上的绿色绒毯。一年四季翠绿的草坪边沿，无数的花团锦簇齐奏着优雅的浪漫。这使得小区环境在宁静安逸中又不乏妖艳华丽之美。这种温馨的感受，小区物业的管理者们兢兢业业地永葆其四季长春，让进出小区的业主们每次进出都有一种温馨的感受。

当年，王小鹏是花了两百多万元人民币买下了这套豪华的住宅。那时候呀，曹阳新村一套两室两厅的楼房才卖十多万元人民币呢。

王小鹏用如此昂贵的天价买进，还引起不少人的嘲笑和讥讽。可如今他出手便可以翻个近十倍的利润，套出近二千万元资金。

这套联体别墅坐落在市中心黄金地段的苏州河南岸边，一条呈现弧形的柏油马路，就像一条闪闪发亮的绸带绕着翠色河水延伸。

这条宽不到六米的柏油路虽蜗居在市中心，却名不见经传，行人稀少，偶尔有一两辆挂着 TAXI 顶灯的出租车贴着路面沙沙驶过。

马路两旁，巨大的樟树，枝繁叶茂，仿佛像是一片片巨大的撑开着的绿色遮阳棚。夏天，行人走在岸边的林荫道上，舒适凉爽，心情愉悦。

更让人值得大为称道的是那条经过全面整治后的苏州河，河面清澈，水中的小鱼儿有的停息，有的嬉戏。偶尔有一两艘机动船嘟嘟地划破平静的河面急驰而过，留下清脆的马达声给河岸两边成荫的树木增添了无数的勃勃生机。

每当晚上，那些在绿荫遮掩下排列整齐的街灯，像淡绿透明的气球，放着柔和诱人的光辉。

王小鹏心知肚明，为了去开拓、去创造，他必须要抛售房产，聚集资金去展翅飞翔。若干年后，哪怕他再出四千万都买不回这套贴着粉红色墙面砖的三层楼房的联体别墅。对于这套他住了十多年的屋子，他有着别样的依恋，别样的情感。如今变卖，等于就此别过，以后再也回不来了。

对这个壮士断腕的决定：他心如刀绞，疼痛难忍，王小鹏更明白的是，为了开拓，为了发展，他必须摸着石头过河，杀出一条血路来！

天上不会掉馅饼，为了将来的老年生活安逸美好，为了这个让他操碎了心的家庭，他必须要把自己豁出去：舍得一身剐，敢把天地闯。

现代人的生活富裕了，各方面条件也好了，人的寿命也就更长了，一般人都能活到八十多岁。

通常，人们都把人生的老年期比作黄昏末日，坐吃等死。

王小鹏却认为，人生是一个过程，每个人都有幼年、童年、青年、壮年、不惑之年到黄昏之年。人总是要老的，从咿咿呀呀的幼年到老态龙钟的晚年，可以说每个年龄段都有着不同的感受和不同的闪光点以及魅力所在。

一声啼哭产生一条生命起始，犹如一首华丽的圆舞曲前奏，徐徐拉开人的生灵旅途帷幕。青年是人生的理想时代，充满青葱岁月的梦幻和信念以及火热的青春气息。中年人生，磨就了老辣，积累了沉淀，积累了深沉，能洞察风云世事。这个年龄段，要蛮力有蛮力，要精神有精神，要智慧有智慧，是人生一个最佳的耕耘时期，也是果满穗丰的年龄段。

正值这个壮年时期的王小鹏不去博弈，更待何时去博弈？

如果把人类的生灵比作绕天的太阳，中年就是日悬中天，华光四射。壮年经历了喷薄而出的激动、旭日冉冉的蓬勃，正是创造人生，结出累累硕果的时期。如此，人生即使到了成熟老年，自然而然地也就具有丰满的铁杆铜枝。

朝阳固然灿烂，夕阳依然辉煌，这才叫作创造人生完美。到了那个时候，我王小鹏虽然老了，但这种"变老"意味着"更好"。

人老是种宝，老年人丰厚的履历就是一部长篇的历史，也是一种别样的闪光点或者说是今生今世最金色的年华。

从某种意义上说，壮年时期的王小鹏或许比中年时代更具有人性的深沉魅力，不但具有成熟美，而且还具有智慧美。

他为了晚年有一个更加稳定，更加安逸的家，他明智地觉悟到，壮年时期的自己绝对不能贪图享受，满足于现状而停止不前。他必须再次披挂上阵，去博弈，去厮杀！现在所做的一切，王小鹏相信将是决定未来老年生活是否精彩的关键所在。

王小鹏纯粹是属于那种典型的思前想后的家伙！

他虽然拥有追求品位的艺术心，日常生活琐事无暇顾及，反应往往是慢半拍的呆萌人。但他做事拼命，喜欢成功。然而他又是个表面清风朗月，其实内心遇事常常是烦躁至极，惶惶不可终日的人。但是，一旦被他这种人认定的事理或者确认的决策，这家伙就像是变成十袋雪饼也拉不回来的金牛了！

他人性格调——撞了南墙，把墙拆了继续再走。这是他的糊涂之处，却也正是他的果敢英明之处。

王小鹏做人做事的言行举止，既像是个布尔什维克的唯物主义者，却又是个十分依赖命运和风水八卦的迷信者。

所以他是个复杂的，具有多重性格的多面人。很难用简单的词语便可以把他的人性作出精确的定义。

他认定自己最辉煌的年龄段不会在三十岁之前，真正的富贵是在壮年以后，那时候他的事业和财运才会有所起色，钱财由虚转实。

他相信自己是遇事越挫越勇的人，伴随着才艺和智慧以及踏实作风，待需"老有所依"之时，富贵将不期而遇，能让自己度过一个安详富足的晚年生活：家庭福气才会常旺不衰！

如此，他确认今天所做的一切，不但是为创造将来稳定的家庭打好基础，也是为自己人生最辉煌的金色年华去创造条件。这种人性，一旦确认他的决断，他就会像战场上杀红了眼的勇士，一往直前，只有进，没有退。

壮年时期的王小鹏，他这一次生死攸关的决策，对他而言，是他创造人生的再次鲤鱼跳龙门！正如当年他在国有体制内，毅然扔掉十五年工龄的铁饭碗，义无反顾，毫不犹豫地下海去博弈、经商。

王小鹏为创造人生，他再次毅然地把自己折腾成一个彻底的无房无屋者。当年他成家结婚时虽然无房无屋，但至少他和他老婆崔晓娣还有一个连"滚地龙"都不如的，只能弯腰拱进去的歇息之地。如今他想拥有一个属于自己的，即使连狗屁不如的歇身之地，都成为梦想中最豪华的奢侈。

他毅然而然地决定抛掉自己已经拥有的七处私有房产，这是个惊天动地，非常人能够承受的决断！

这个胆大妄为的决断，把他整个家庭，把他七十多岁老母以及一家老小，毫不留情地推进了既诡秘又深不可测的危机漩涡中。

他们一大家子近十口人，对于将来是否再能过上稳定富裕的生活祈盼，似乎就像遥望峨眉山上佛光，可望而不可即。他的家庭，史无前例地陷进了：上无一块瓦，下无一寸地的那种飘忽不定，无根无底的游荡生活。

王小鹏非常清楚，他这孤注一掷的博弈如果成功了，将来可能会引起许多人的羡慕或者说是嫉妒。

如果一旦投资失败，他唯一的出路就是拿根绳子——套在梁上！

这个世界不会有人同情更不会有人怜悯他，或许可能有几个朋友会发出几丝轻微的惋惜，但更多的人话，对他说得只是两字："活该"。

这个，他心里明镜似的透亮。

他没有理由不让人家说他"不活该！"

这个世界，在往后没有他王小鹏的日子里，地球、宇宙，一切如常运转。决不会出现那种死了张屠夫，不吃浑毛猪的生活状态。

而他的老母、爱人、孩子以及孙辈们的天，会塌下来。他的成功与否，对于他们来说是至关重要的，重要到可以说王小鹏这一次是用全家人的性命投入到市场经济中去博弈。

没有经历过这种惊涛骇浪、生死攸关博弈的人，根本不会有这种痛苦凄惨到刻骨铭心的感受。只有经历过这种用全家性命去博弈过的人，才会懂得男人必须要感恩家庭，报效家庭，更要懂得珍惜家庭。

王小鹏懂得只有感恩家庭，才会让自己的人性和品德得到升华，从而影响代表自己人性招牌的面貌长相。

他这种活跃和博弈在商场上的人，有时非常讲究迷信思维方式，在他的脑海深处，顽固地认为：

善良宽厚的人，多半胖嘟嘟的，长着一张福相脸面。

性情柔顺的人，面貌柔和似水，微笑常挂眼角唇间。

贪得无厌的人，性格粗暴狡诈，一脸横肉凶相毕露。

心胸狭隘的人，大多尖嘴猴腮，贼眉鼠眼东张西望。

王小鹏坚决地认定，这并不是什么迷信思想，而是人性在长期的修行中留在脸面上的投影，从而造成人的脸部逐渐形成的相貌。

他相信，从人的脸相上可预示出创造人生的命运如何。他以为，面相既有先天因素，但通过长期修行是可以转化的。

所谓"有心无相，相逐心生。有相无心，相随心灭。"就是证明一个人的面相是可以转化的必然性。

一个人的相貌会随着他的心念善恶以及他对家庭的感恩和珍惜而变化，心是面相的枢纽，看相不如看心，改相就要修心。

他的内心世界时常在恍惚间有一种感受：纵观所有中国领袖级人物，他们的面相都是非常丰满和慈祥的。

而一生心胸狭隘的蒋介石，其人性本质就不是属于以洁白之身来到这个世上，而他在自己的人生旅途中又不注意修行：善其心，积其德。

所以无论怎么看，蒋介石这人似乎总有点尖嘴猴腮，东张西望的惆怅。长着如此面相的人做国民党领袖，焉能不败？

这样的党要是不亡，谁亡？

沾沾自喜的王小鹏，时常为自己天生能够拥有一张胖乎乎的脸蛋而感恩于他的生身父母亲。

由于他从小家境贫寒，忍饥受冻，所以在那个年代，他人性的劣根逐渐形成，造就他脸相在青年时代慢慢变成瘦削狭窄。

王小鹏到了中年以及壮年时期，由于他相信八卦面相学中论述的关于通过慢慢修行可以改变人心的面相，便开始不断进行修炼，一心为家积财、积德。所以他的脸相在往后的那些年代，逐渐开始嘟嘟嘟地发福起来。

王小鹏更相信，他未来的脸相也一定会胖嘟嘟的——福相满满。他相信八卦星座、相信生肖属性、相信脸相命运。

他相信，他在感恩家庭的同时以及为家庭创造福分的同时，也必将改变自己的招牌面相。

所谓"命苦，运差、面相不佳。"的理念，王小鹏认为这一切不能全部去责怪先天的因素或者说去抱怨后天的社会。如果按王小鹏的这种观点和思维方式来具体分析解破他这个人，似乎他也是个实实在在的唯物主义者。

他既有光亮的唯物一面，又有灰暗的唯心一面。他有着踏实的工作作风，又有着夸张的牛逼格调。

王小鹏具有狡诈的诡辩技巧，更有着赤胆忠心的坦诚胸怀。

他相识的许多人对他的评判有许多种版本，但不管对他的人性评论有多少种说法，有一点是公认的：王小鹏是个怪才，属于一个有瑕疵的，却很不错的男人！

然而王小鹏自己认为，没有瑕疵的男人，是一个不值得被人们尊敬的男人，水泊梁山的英雄好汉，哪个没有瑕疵？

自古以来，世上所有的英雄好汉，身上都有瑕疵。没有瑕疵的男人肯定胆小怕事，更不具备有着向上奋斗的博弈精神。

那一年，身壮如牛的王小鹏，虽然智商不差，但他依旧是做着卑躬屈膝地求人，看人脸色吃饭的行当。尽管他极力想摆脱这种生存模式，虽然他已经拥有了一批跟随十多年的铁杆铜枝的员工们，这些老员工都是从年轻小伙时便死心塌地追随他，从普通小工跟着他边干边学手艺。

他的人性告诉他：自己必须对员工们的家庭负责，应该竭尽全力为他们创造一个稳定的生存环境。

王小鹏时常在困扰的时候如此这般激励自己。

他的人性告诉他，这些忠心耿耿的员工是他这么多年来所积累的最大财富。他始终相信，要开拓、要发展，人的因素以及团队的凝聚力量是第一位的。有了人，没有小米可以种出大米，没有实体产业可以创造实体产业来获取大家伙儿的稳定生活环境。有了铁心跟随相伴的这批员工去努力拼搏、创造人生，他坚决相信一定会拿下一片属于自己的小天地！

他还真不信这次变卖所有房产的举动去创造人生会一败涂地到全军覆没！他下定最后决心：

不成功——便成仁！

王小鹏人性的韧劲以及他的劣根性，不在肌理，不在血脉，而在于深深地浸入到他的骨髓里了！

文革造反年代，他所就读中学的工宣队队长兼教导主任就在背地里骂他这个红卫兵的伪排长：

——一个流氓无产者。

更何况他在进入原工作单位所受到的并不公正的待遇，使得他的逆反心理得到了进一步磨砺。

由此造就他：每当在人生转折当口时，他都会毫不犹豫，义无反顾地勇往直前，去争取胜利。即使抛头颅洒热血，他也在所不惜。

回顾青年时期的王小鹏，在国有体制内他原本是想把这一腔热血献给为党的事业而奋斗终生的。可是当年的他，不但连党的大门缝隙都看不到一丁点，而且共青团的小门都给他关闭得死死的。

尽管他在未辞职下海时期，连续几年获得厂、区一级的先进工作者，劳动模范称号，但组织大门对他来说：仍然是可望而不可即。

世界万物就是这么不可思议的奇怪，就在他当了先进工作者劳模之时却正好是他的思想彻底腐化变质之日。

他已经变得思维方式油滑，而且是身在曹营心在汉了。他不但集结了自己全部的智慧和手艺在厂外"耙分"，而且把个钱赚得连自己都胆战心惊。

在当年各大舆论大肆表彰全国人民以万元户为荣，为楷模的年代，他口袋里的钱已逼近十万元！

曾几何时，要不是厂子里那位智慧的对手毛胡子跟他作对，到厂长办公室告他状，说他工作期间在外"耙分"，厂长以及部门科长找他正儿八经地谈话，说不定那时的他还真舍不得忍心丢掉那十五年工龄的铁饭碗呢。

如今，每当王小鹏想起这些以往的过去事，他的人生还真得感谢他的那些智慧的对手呢。

人生就是这样。

许多不得已的坏事，往往会转化成意想不到的好事。有时候，人在自己生存方式的转变当口，如果没有那些智慧的对手踹你一脚或者说砸你一棍，你还真不知道自个儿会不会毅然作出那种毅然而然的决断呢。

所以，人生旅途有些关键决断，有时并不是自己当时的主观意愿，而往往是被逼出来的无奈之举。

但是这种无奈之举并不是在人生舞台上的短暂表演，而是建立在台上一分钟，台下十年功的历练。

这种历练来自平时刻苦的磨练，比如，任何的本领都是经过自己长期艰苦训练才能得到的。

创造人生没有坚实的基础，没有一身的武功和智慧，常常会作出那种太阳底下敲更锣，不看时辰的荒谬决断。

然而王小鹏显然不是这种人！

他在自己作出变卖所有房产，聚集资金去创造实体经济的同时，又毅然决定，再听听高明之人对政治局势以及市场经济发展趋势的观点和看法，这便是王小鹏英明之处，也是他的成功之母。

摄影　层林尽染一片红　王照敏 / 摄

摄影　巴西金秋　王照敏／摄

第十三章

共 同 致 富

早春三月，上海远郊前海工业园区。

王小鹏犹如一座雕像似的伫立在一片荒芜农田的田埂上，他板着如同冰霜的脸面，沉思着，默默无语。

初春的这一天，大雾竟然这般浓，王小鹏用手往脸上一搓揉，便似有水渗出。更奇怪的是那大雾说来就来，刚还见晨光把远处未拆除的房屋和那些干枯的树木，描出黛青色轮廓。

瞬间，雾气便使人双眼迷蒙了。

转瞬，淡淡的雾霭越来越厚重，弥天大雾把整片荒芜的田野严严实实地笼罩着。王小鹏感觉自己的身体突然间好像被托了起来，悬在半空中。刹那间，他似乎又有一种飘飘然地进入仙境的感觉。

雾一会儿分散，一会儿聚拢，一会儿徐徐升腾，一会儿朝着他的身子澎湃汹涌地杀过来。它那变幻莫测，千姿百态的魔影犹如王小鹏此时此刻的情怀，这种情怀投影在他刚毅严峻的脸面上的造型，恐怕连最有创意的画家也画不出来。

雾不像大雪那样壮观，也不像下雨那样缠绵，而是像那妖艳的巫婆，虽然它身上没有一朵花，没有一道纹，也没有一丝花露水般的臭香，但它那乳白色迷蒙的同时也迷漫着站立在田埂上的三个中年人的心头里，将这伙人的大脑思维一股脑儿地网了个严实。

没过多时，天地间连太阳剩下的那一圈红晕也变浅了，变得淡然无色，只剩下白茫茫的雾，灰蒙蒙的雾、凉丝丝的雾。

"水不急不跃，人不激不奋。王小鹏，你创造人生的激情感人肺腑，但是在这片远郊人烟稀少的土地上，你要想拥有拓展前景，我看不但有点悬，而且还有点太悬。"长着瘦削脸面的锡平贵口吻坚定地说。

"有这钱，还不如去做股票投资，扔在这荒郊野地，将来必定是竹篮打水一场空。脚上的泡自己走的，身上的疮自己惹的，将来你肯定悔得肠子都发青。"插话的是殷主任，他是区委某办事处主任："现今社会比你英明的人，多得去了。他们不是在股票上发财就是在上市融资上发财，哪里还有你这般念想着走实体经济之路。未来发展趋势，必定是金融经济最为吃香。喂！王小鹏，你知道巴菲特这人么？"

"巴菲特？知道，好像就是那位白胡子大爷肯德基吧，他的商业模式也是属于实体经济吧。"

"打住！打住！你这位憨逗先生，太逗了！"锡平贵说。

"木头！你个木头！你除了自己的生意圈子，似乎就像个外星人。"殷主任被逗得哈哈大笑，近乎笑弯了腰。

"我看呐，你这位朋友干脆就叫作木瓜吧。殷主任，咱以后称呼王小鹏为木瓜同志吧，我看这顶帽子给他戴上是再适合不过了。"锡平贵讥讽地嘲笑着。

"妙矣！王小鹏，你就像是个完美无缺的木瓜，对了，咱还得在木瓜后面加上同志两字，以表示你也是革命先锋，和我们共产党人是站在同一条战线上的战友。"殷主任还是笑不绝口地戏弄着说。

王小鹏脸似乎有些肿，色泽发黄，好像涂了一层伪劣的没有含金量的金粉。他的两小眼睛微睁着，两绺冷冷的光从眼缝里射出来，仿佛在谴责他的两位朋友，他们说的话有点过分了。

然而，他的这两朋友似乎并不在意他的不满情绪。

殷主任是个厚道的实在人，他满脸露出诚恳的表情，叹息道："哈哈，你也别在意木瓜这个雅号。我的好兄弟，你本来可以过上锦衣玉食的生活，却不幸好像中了什么邪，非要到这异乡偏僻之地受这般折腾，何苦呢？如果你一定要在这里决意投资建厂，那我们也只能是表示遗憾罢了，遗憾你这位智勇双全的金牛，以后就改作为木头木脑的木瓜吧。"

"同志！木瓜后面必须加同志两字，以表示王小鹏还是我们的革命同志。"锡平贵用无限感慨的语调拖着长音说。

王小鹏环顾四周而问："你俩人都不看好我这决断？"

锡平贵说："你也不能这样理解我们的意思，我们之所以不能做大老板，就是我们没有你这番的折腾劲。我们比较贪图享受安逸平淡的生活环境，因为我们没什么压力，干多干少基本上属于一个样。可你就不同了，你那没头没脑的韧劲咱说不清楚，一不小心真的成了有声有色的木瓜同志。"

"木瓜，它是一种瓜囊虽然不甜，但营养价值绝对丰厚的水果。这个特性非常像你王小鹏的人性，你具有独到的眼光和智慧，可看上去却又像是个浑瓜——不甜！"殷主任酝酿了一下情绪后说。

他的年龄比王小鹏大好几多岁，因此无限的怜爱涌上心头。他的眼眶不但有点红也有点湿润，他看王小鹏的脸一团模糊，只有眼睛放出两点光亮。

他扭过头去"嗤啦嗤啦"地哼了几把清水鼻涕，回过头来，说："像我们这般清醒的人，就似红囊西瓜，红囊西瓜是不会作出像你这木瓜般的决断。就像我们决不会作出你当年辞职下海经商的那番壮举。我的观点，只有像你这类的木瓜个性，才有可能作出与红囊西瓜不尽相同的决策。不过，话说回来，谁也说不准在以后的将来，事实或许会证明，只有今天的木瓜同志，才会作出如此这番具有深谋远虑的英明决策。"

在习惯的眼光里，王小鹏似乎真的让他人感觉有点木，甚至木得似乎还有点傻。尤其是在大庭广众之下，他有时傻得像个孩子似的。但深刻了解他习性的人，如他以前的老搭档黄之种就称呼其为"粗码细夹板"。

其实，他骨子里可精着哩。

他认为，尽管殷主任和锡平贵与他的意见相左，可他俩对于国家的相关政策比他要理解和明白好几倍，他们都是国家人才。他们怎么说，怎么理解，自己没有必要去反驳，多听听不同意见对他来说未必不是件好事。

他完全可以按他们的意见去做，也完全可以不按他们的意见去做，他自己的事情，他具有一票决定权。至于他们称呼自己为木瓜同志，他感觉这雅号也不错，给人的感觉他就是一个非常木讷的老实厚道人。

如此的雅号他求之不得，这样被人称呼，至少可以让对手少有防他之心。如此，在他认为需要的时候，可以乘虚而入，攻其不备。实质上，在骨子里他更乐意大家伙儿都称呼其为木瓜同志。

想到这里他忍俊不禁"嗤嗤"笑起来。

于是他干脆就像是真的木瓜那样，木头木脑地连说话也羞羞答答起来，心里却像人来疯似的"呼哧，呼哧"地手舞足蹈。

王小鹏这个家伙的人性，具有狂热的表演欲，他俩越说他似木瓜、木头脑子，他越高兴、越来劲。

他心里暗自好笑，好笑得浑身哆嗦。

难道像他这般在商业场上摸爬滚打的胚子，还不知道"巴菲特"是谁？那是天下闻名的股神，他是故意把"巴菲特"和"肯德基大爷"混淆在一起装傻。

王小鹏在平常的日子里就是喜欢装，装得越傻、越厚道，他越认为这就是人性的最高境界。

他以为：只有那些真正的傻逼，才喜欢装牛！

想装牛逼的人，世界上有名的牛人多得去了！你能牛得过马克思、恩格斯？你能牛得过列宁、斯大林？

远的不说，就说近代的蒋介石那老小子，你能牛得过他光亮的秃头？人家头上即使秃得一根毛都没有，也比你那油亮的大背头出彩几千倍哩！

王小鹏有那么几位朋友之所以对他称兄道弟的信任他，时常帮他出一些金点子，那是大家都认为他脑子里有空。然而，他自己却认为，正因为他是个脑子有空的人，所以才会时常闪现出许多奇思妙想！他的奇思妙想时常给朋友们带来许多乐趣，带来许多笑柄，甚至在聚会酒宴上更会带来许多活力。他的那些类似儿童版本的奇思妙想以及让人发噱的黄段子，时时带动着席面上气氛，常常惹众人捧腹大笑。

归根结底，王小鹏从人性的理念上得出一个结论：走在人生路上，朋友越多、越好！多一个朋友多一条路，多一个对手多一堵墙。

人生在世，想要做成一件大事，就必须团结一切可以团结的力量，人心齐，泰山移，众人拾柴火焰高。

他没有必要去说些惹人讨厌，惹人不开心的话。

每个看问题的人，由于不一样的心态都会产生不一样的角度。他完全可以利用众人八仙过海，各显神通的能量来为自己出谋划策。谁有能耐的说法，谁就是他的先生或者说是他的导师，他可以按他的说法和指导去干。

锡平贵和殷主任与许杰截然不同的思路和说法，他不便去反对，也不想去反对。他不需要去让他们明白自己的思路，他们送给自己的雅号"木瓜同志"，他甚至还在心里叫好。

"如果你们把我当成小孩子，那你们就错了。我比你们小的只是地位和名誉，但是我的智慧和手艺比你们高明多了，至少我的脑子比你们好用。你们说道的理论依据我会听进耳朵，记在心里。我晚上睡觉时会好好地比较和盘算，你们可以对我的设想和思路不屑一顾，但以后历史将证明我比你们更加智慧和聪明。"王小鹏心想。

锡平贵像是看透了他内心所想，说："王小鹏，我们的意见你可以不采纳，因为你毕竟是在干为自己奔前程的活，不是给我们干活，也不是为共产党干活。"

"锡董事长，这话我就不爱听了。"王小鹏对这种说法显然是屏不住了，他认为这是原则问题，也是对他的人性评价的大是大非问题。

他必须严正表明自己的立场和理念："我认为，如果我能建立起稳固的实体企业，首先，我可以养活手下的一批工人，至少说可以减少社会的就业压力。其次，我可以上交国库一定的税收，虽然微薄，但也是在增强国力。再次来说，员工们的家庭有了稳定的收入，大家伙都可以安居乐业，如此对社会的治安也起到了相对稳定的作用。如果全中国的老板们都能有为国创业，尽点如我这般的微薄之力，你们想想，咱们国家富强还会是梦吗？还会要去圆中国梦吗？那已经不是梦！那是实实在在的国富民强！所以说，我与你们一样，都是在报效国家，为国争光，为民出力。只是咱们屁股下的座位不同，所以看问题的角度也不同或者说心态也就自然不同罢了。"

殷主任毫不客气地接过他的话头，高声说："这话有点悬了吧，你王小鹏有如此高尚的革命胸怀也不会辞职下海经商啊。"

锡平贵站在一边乐得挤眉弄眼，偷偷地嗤笑。

王小鹏还听到他低声在说："册那格！全中国的改革开放还真的要依靠你们这些个体户呢。"

王小鹏没搭理锡平贵的话，知道他也是个久经沙场的老兵油子，见多识广，或许还能算得上是个洞察一切的刁民。他心底深处根本不服自己，或许他还认为自己是个还没出道的毛孩子在胡闹呢。

王小鹏认为，不屑对他多加解释，知道解释也没用处，最终让事实说话。至于你们心中怎么想，那是你们的自由。

话到此处，似乎有点不投机。三人都退出田埂，来到马路折石边，有的低头抽烟，有的东张西望。

他们在等待，等待当地招商引资部门的张主任。

王小鹏两天前与当地招商引资部门打过招呼，约定今天上午九点钟在现场碰头。锡平贵和殷主任是王小鹏请来助阵的哼哈二将。没想到还没出师，便因意见不一，三人的情绪上有点不太对劲。

"不能因此而坏了我的大事吧？"王小鹏心想。

"他们是我多年来的朋友，人家兴致勃勃地来帮我忙，我有什么理由让他们心里不舒服？"想到这里，王小鹏立刻把原本笔直挺立着的身子弯成个虾腰似的，说："眼下，我是求你们帮我出点子。过会，张主任来了，我还得请你俩帮我拿主意。我对谈判的智慧较量缺乏经验，咱初出茅庐，不知天高地厚。你俩就当我是茅坑里的石头，又硬又臭。我有什么说得不对，请两位高人多多指教，我洗耳恭听。"

"幽默，这家伙就是幽默！"殷主任哈哈大笑着说。

"谦虚，这小子过分谦虚！"锡平贵朗笑声更精彩。

就凭这一手，王小鹏把相互间尴尬气氛立马活跃起来。

如此这般圆滑之人，还能说他没能耐？还能说他不够强大？还能说他不够自信？还能说他没有韧劲？

王小鹏拿手好戏就是开刷自己，以调侃自己的话来活跃气氛。酒宴饭桌上如此，聊天时也如此，甚至在一本正经的谈判中他更会时不时地甩出这手绝活。人家说不出的话，他说得出口，人家吞不下去的耻辱，他可以毫不犹豫地吞下肚子。因为他把自己的位置放在是个讨饭吃的人，干的是求人的活，做的是看他人脸色的人。

尽管他自个的人性是最不愿看人脸色做事。但他心知肚明，他现在的人生状态是不得不看人脸色以求生存。他现在忍气吞声，委曲求全地看人脸色去创造人生，就是为了将来自己的人性翻身求解放。

乃个巴子，等咱赚足了钱，再不去看人脸色过日子！

沿着大海堤岸边笔直的水泥马路，浓厚迷雾中传来一阵嘶哑得像鬼叫似的"叭叭、叭叭，"汽车鸣笛声。

大家不约而同地顺着发出声音的方向转过头去，遥望着海堤东面，看到迷雾朦胧中似乎显出两点淡黄色光亮。

接着，渐渐显现出来的是一辆破旧的泛着灰黄的桑塔纳轿车。

这桑塔纳车的电镀部分早已失去光泽，车身上的漆皮原本是白泽的本色，现在呈现出来的已经是灰不溜秋的，说不清究竟是什么颜色的了。车前轮两块挡泥皮也破烂不堪地像吊死鬼那般悬着。保险架、前大灯、雨刮器都失去了它们应有的作用。这轿车似乎除了喇叭时常不响，所有的零部件都"吱呀吱呀"地奏出独特的进行曲，人坐在车里，颠簸得就像婴儿躺在摇篮里一样。

当灰不溜秋的破车来到王小鹏身边时，马达声震耳欲聋，尾气管轰出来的臭屁使得周边的枯枝烂叶浑身颤动，杂草紧贴着地皮肆意摇晃，似乎整个大海边的堤岸瞬间就会塌陷滑坡。

正是这辆破车，日日夜夜、年年月月地载着张主任东奔西颠地求爷爷告奶奶地看人脸色去招商引资。

有时车胎漏气瘪了，他还得下去推着车走。如此这番动作倒不像是人坐车，而像是车坐人了，让周边围观人群捧腹喷笑。

如今，破车的主人就像这辆即将散架报废的车子那样，脸上的皱纹也开始无限扩展，无数灰白的发丝让人产生对这位上了年纪的张主任增添了无尽沧桑的联想。

这位让人尊敬的主任就像他的桑塔纳轿车一样，虽然年迈却依然不哼不哈地坚持着工作，任劳任怨地与这辆破车相依为命，他们简直就像一对孪生兄弟。当王小鹏他们迎上去时，正是张主任熄了马达引擎跨步走出车子的时候。

他那敞开着，随风飘摇的西装面料上显出两三条皱褶，原本褐色的料子，如今变得像泥巴浆似的颜色。那随风扬起的灰色头发，就像农田中的野草那般，除了苍凉，更显出因岁月流逝而荒芜。

田野远处，有人在肆意放火燃烧拆除屋子后的残留物。火焰像巨大的火炬那样冲天而起，虽然火焰离此处很远，但这火的光亮依旧把张主任的脸面染成粉色的潮润，显出一股蓬勃精神。

与张主任相比，王小鹏感到自己已经腐化变质，想想，真他妈惭愧！

要是当年他没辞职下海，要是当年原工作单位厂部大领导能让他加入共产党组织，要是领导能好好地把他开发利用，他王小鹏肯定也会像这位张主任那样兢兢业业地为共产主义事业，不为名，不为利，奋斗终生！

想倒这里，王小鹏自己也忍俊不禁"嗤嗤"笑起来，如今时过境迁，再说这话毫无无意义，屁用！自己都认为自己的人性已经腐化变质，当年那么纯洁的他都没成为共产党员，如今就更甭提什么伟大的事业啦。

"现在的我，必须打起精神振足起来，攥住共和国历史上这千载难逢的机遇，成就我的一世英明。"王小鹏想。

思念到这里的他，浑身哆嗦了下。

虽然这是处在沿海边的浪打堤岸的涛声中，但是重浊的喘气从他胸腔里发出来后依然显得格外清晰。

锡平贵站在王小鹏身边，他毕竟是个久经历练的老队员，洞察人们的心态是他的独到之处。

他心中暗暗发笑，他不想让王小鹏陷进这海边的泥巴坑去，他想的是如何制造出几声震天动地的吼声，把王小鹏投资这码事给搅黄了。

锡平贵这天的一言一行，让王小鹏在许多年以后都无限感叹和纠结，总忘不了那漫天大雾的海边一幕。

那天，锡平贵——喧宾夺主！

他大步流星地走到张主任身边，用豪迈的姿势伸出他那豪迈的右巴掌，紧紧拽住张主任瘦弱细长的手臂使劲摇晃："是张主任吧？你好，我是木瓜的好朋友。"

年迈的张主任满脸惊讶："木瓜？是什么？"

王小鹏唯恐锡平贵无轨电车乱开，急忙插话："喂喂！请注意：木瓜后面得加上同志两字。"

"哈哈，"锡平贵疯得更来劲了，说："我们的大资本家姓王名小鹏，大号木瓜，木瓜后面还必须加上同志两字，以显示其资本家与革命家，志同道合。"

张主任惊得目瞪口呆！

"言归正传吧，"殷主任阻断锡平贵打诨说法："在投资去向方面，王小鹏有他的想法。我们也想留住他在我们那片开发区投资，但是他钟情于大海，所以他个人更愿意投资于在海边的土地上。作为朋友，我们也不能过于改变他个人的人性爱好，所以只是过来听听贵方招商引资有什么独特的优惠政策能吸引王小鹏非到这片土地上来投资，这是一。至于二嘛，我们也想学习下你们招商引资的经验，以便于我们今后的工作开展能像你们那样突飞猛进。"

张主任惊得吹胡子瞪眼："王小鹏，你几天前可没这说法呀。才过几天，言犹在耳嘛，如今你改变主意了，那还过来干吗？"

"张主任，"王小鹏说："没有办法，眼下的市场经济就是这样，什么区域的政策优惠咱就往什么地方挪窝。这就是常言说的，人往高处走，水往低处流呀。"

这个木瓜也真不简单，在没有预谋的状态下，他能接过别人的话题顺着溜儿地往自己有利方面引导或者说是误导。

"你说吧，"张主任道："你有什么别的想法？"

张主任也不是省油灯，他以守为攻提出反问号！

"好一个智慧的对手。"王小鹏肚子里为张主任的问号暗暗叫好。

锡平贵听着他们三人对话，再也忍不住了，突然哈哈大笑，笑了一阵，他说："木瓜同志，你果然是个怪才，没准还有什么特异功能，我算服了你。"

王小鹏没搭理锡平贵的讥讽，只是继续面对着张主任，说："你别说这些不着边际的话啦。项目我是坚决要上的，让我继续挑三拣四的等于是浪费我的生命。我确实是想堂堂正正地干点事业，这两位也是干你这般的行当，自然掌握的情况比我多得多，他们什么都知道，让他们两位来帮我把把关，分析和判断一下我该不该，值不值得往这片荒郊野地上投资。自然，最后的决定还是由我自己拍板。我的钱，我做主！"

王小鹏笑眯眯地看着张主任，随后张嘴往他脸上甩过去三个问号："俗话说得好，三个臭皮匠顶个诸葛亮。张主任，这话没错吧？我总不能不顾及自己的钱往外挪时没点他人的参考意见吧？我总不能干赔本的买卖吧？"

锡平贵把玩着手中的银色烟盒，嘟哝着："关键问题是此处地价偏高，这是一。其二嘛，还有个返税优惠政策的说法。"

"蟹子过河随大流嘛，"张主任说："各地方性普遍存在的优惠政策，我们开发区都能提供。而我们这边独特优势你们那里一丁点都不沾边！"

"你这话什么意思？"殷主任冷笑着，说："难道你这边不属于市政府管辖？难道这片土地是国家级的开发特区？"

"嘿！您还甭提这，真给您蒙对了！"张主任对着殷主任也冷笑道："其实，王小鹏比你们两位内行看得更清楚、更明白。这片靠海边的全上海绝无仅有的稀缺资源土地，或许将来就要开发为国家级的旅游度假区呢。如果这个项目一旦成立，那么，这片国有工业用地将被纳入变性范围！到那个时候哇，还有什么比这更美妙、更有价值的土地增值前景呢？"

"但事实上，这天马行空般的前景，仅仅是你们目前的幻觉。"王小鹏听了这话，喉咙里喷火，头大如斗，仿佛血管要崩裂似的，他愤怒地说："真实的情况我是做企业的，而不是来炒作地皮的。企业求生的本能是实实在在地做事而不是拿了土地等待增值，这种投机的思想犹如赌博，即不是我的人性也不是我的指导思想。"

"劈里啪啦"

王小鹏听到身边响起一阵嘹亮掌声。

他看到锡平贵两只碧绿的眼睛仿佛两只深夜海滩边斜飞的萤火虫。他突然明白了，锡平贵似乎看出了这片土地以后的价值所在，这家伙肯定在肚子里咒骂：怪不得哩，王小鹏这混蛋一心要往这海边投资，原来他的真正意图还蒙着咱哩，把咱当傻子玩？是不是？

"不是这目的！"王小鹏像是看穿了他的心事，直截了当地说。

"王小鹏，你的生肖是不是属马？"锡平贵问得有点莫名其妙。

"是呀，这和投资办企业有什么链接关系？"王小鹏回答得也有点深不可测。

"太有意思！"锡平贵说。

"领导，我实在不明白，为什么你会有这种说法。"王小鹏说。

"我现在仿佛感觉你就是一匹马，一匹汗血宝马，就是那种腾空而起，踏着彩云飞奔的马，天马行空，旁若无人。"

"锡董事长，你翘反边是吧？"王小鹏心中不悦。

"王小鹏，有眼光！"殷主任说话的口吻似乎充满歉意。

王小鹏知道他们完全误解了他投资的意图和作为。他们瞬间改变主意说明他们是自己真正朋友，都是有道德的义士。

这让他自己倒反而感到由衷地歉疚，他如果是个高尚的人，应该正式向他们表达自己的原本意图和真正目的。

于是他随手把喝了一半的可口可乐瓶子用力往海滩边投掷而去，那象征着美国文化的酱色液体顷刻间洒落在滩涂上，冒着金色的泡沫。

"事情总有个实施前的决断，人之常情的是决断时总会犹豫不决，无论多么好的前景，历史都会证明我今天的决策不是冲着什么土地增值而来此处投资。如果说是为了增值，我相信，我的那些私有住宅房产将来更具有增值空间。"王小鹏信誓旦旦地说。

他看到所有人的脸上都露出惊讶表情。

他知道这些党员干部们更珍惜的是他们目前安分稳定的生活状态，社会上他们是属于高高在上的富人了，他们捧着金贵的职业岗位，就像捧着一件价值连城的青花瓷器。但是他们的思维理念也是正常的，就像当年他王小鹏如果在辞职前也是个厂级领导干部，有足够工资让自己家庭过上安稳生活，即使有一千万个理由他也不会辞职下海。

可他王小鹏从小就穷，穷得一无所有，由此养成了他从小就具有穷人破罐子破碎的精神。

这让他想起了自己童年时，甚至在成年之后的他，人性已经具备了足够顽强的劣根性，对此他十分理解他们的惊讶。

王小鹏身体抽搐着，说："对于我来说，投资如此巨大的项目，你们是无法感知我心里的煎熬，或许我就是在制造一场对于我的家庭来说可能是一场灾难。现在，我体验到了前所未有的，犹豫不决的痛苦。"

王小鹏卑躬说话的声音温柔，这虽然不能就此说明他是个知情达理的人，但至少能说明他不是个一般的个体户老板。

如果他是个靠投机取巧发财的暴发户，他会趾高气扬地摆出不可一世的拿破仑腔调来说话。如果他是个靠着时运一时发迹的暴发户，他更不会为了将来发展和长远的策划而袒露胸怀。他会摇头晃脑，油嘴滑舌地满嘴乱侃，没一句真心实意话。尽管他投资的意图和策划目的被殷主任和锡平贵曲解或许还包括张主任，但他依旧竭力试图表明自己是正大光明地做实体经济的。

其实，这不过是一种心理反应，一种下等人对上等人的谦卑的曲折表现，就像高粱窝窝头在高贵的奶油蛋糕前的谦恭，就像豆腐在奶酪前那样弯腰称臣。

突然，他眯起眼睛，仰起头，像是在寻找无限苍穹里藏匿的宇宙秘密，然后他打了一个十分嘹亮的喷嚏，擤了一把清水鼻涕，人生历年来的多少往事瞬间涌上心头，仿佛历历在目。

中学时期与他最有缘分的同学犹文军，如今已经成了真正的外商大佬，不仅拿到了美国绿卡，而且还在国内倒腾起海运事业。他的办公地点竟然设在僻静幽雅的衡山路上的衡山宾馆，包下一层楼面，气派要多大有多大。据说他与某些大人物有非常良好的人脉关系，在代理国外海运中挖到了第一桶金，随后四面出击，八方进财，如今身价逼近十亿。

王小鹏有次在报纸上看了篇关于报道他的文章后斗胆去拜访他，犹文军竟然也给足他面子。

一见面，犹文军开门见山地挥手致意、让座："呵呵，伪排长大驾光临，再怎么说我忙，也得挤出时间来接待你啊。这样吧，给你二十分钟时间。"

其实，那天他王小鹏狼狈到简直可以说是不堪地步。

老同学对他的拜访简直就是不屑一顾，他那时真想把手中供奉给犹文军的玫瑰花束朝他脸上甩去。

他那个时候的感受啊，就是自卑，就是觉得自己对强势人物的卑躬屈膝到了不可救药的地步。

实际上，那天的王小鹏，虽然满腔义愤填膺，但还是耐心地聆听了犹文军漫不经心地教诲："你说的那个报道吗，啊？哈哈，那可是我自己的文笔啊。呵呵，这片报道属于妙笔生花的趋利制作。给你说白了吧，那就是无须花钱打出来的广告。而且这种广告更具有说服力，更具有真实性，更能让人信服你的公司和企业的能量。但是，前提是你必须要足够大方，必须要豪迈地甩小费！"

——这话？！

王小鹏在目瞪口呆之后服服帖帖。

犹文军先生，他中学时期的老同学就是比他棋高一着！在如同奶酪的犹文军面前他简直就像是块嫩白的小豆腐，或者说他就是个高粱米面做的窝窝头在奶油蛋糕面前。他在那里坐了不到十五分钟，便笔直站起，心里默默念叨着："小葱儿，小虫儿，对不起，打扰你大驾，实在对不起。"

当时的他，腰杆笔挺，甚至感到与虫子相比，他是强大的，强大到虫子无法知道和理解他人性内含之高贵。

那天，在道别之时，他的口吻淡定到了极致："I'm Sorry！"

那天，对他来说——是他人生最难忘的奇耻大辱！

从今往后，他的志向不仅仅是解决自己的温饱或者是奔小康问题，他创造人生目标又上了一个台阶。

他要努力创造建立自己的经济王国，拥有自己的亲兵队伍，自由自在地生活，不再看他人脸色！

此时的王小鹏，记起他在童年时期，父亲给他讲过的一个故事：在荒山野林遇到老虎或者遇到野熊，最好的办法就是以静制动地示弱，躺下屏住呼吸，装死样子；凡一切山中凶猛之兽，仿佛个个都是英雄好汉，英雄好汉不打缴枪投降者，就像猛兽不吃死尸那般。

王小鹏这人就是会装，他心里想变，立马有本事把自己原本是圆乎乎的木瓜脸转眼间拉成条可怜兮兮的苦瓜脸。

他满脸露出无奈和抑郁的表情，说："张主任，我是真诚做企业，十二万分的真诚。我没有其他想法。"

"打住，王小鹏，你这是用你的智慧在讽刺我们啊，算你有眼光！"锡平贵打断他的话头插进去说道。

殷主任砸吧着嘴唇，说："太可爱啦，王小鹏你太可爱。其实，即使你囤地、圈地，等待增值，那也是无可厚非的。"

"那不行！拿了我们前海的工业园区土地，必须开发。不开发，荒在那里一年，最长一年期限，土地所有权收回。"张主任言辞犀利，话语间锋芒毕露！

"这话，你现在可以这么说，但土地归属权一旦出让之后，你即使想如此执行也由不得你啦。"锡平贵言辞更加犀利，不但掷地有声而且铿锵有力。

"张主任，对于这个问题咱不必探讨，我已经明确表明是投资开发，我可以向你表态，一旦出让土地归属我公司以后，不开发，我自愿归还土地所有权。"王小鹏说。

"不是你以前具有的公司，而是你必须在本区域内建立注册一个新的企业，所有税收也必须落地。这是先决条件，没有商量余地。"张主任口吻坚决地说。

王小鹏一愣，说："我还得在这里建立和注册一个企业？可是此处，我人生地不熟呐，这手续办起来挺麻烦的。"

"这没关系，我们可以协助你办理。我们招商办有整套的机构专门办理工商注册登记手续，一切包揽！"张主任挺豪迈地拍着胸脯说。

"包括注册资金也由你们垫付？"锡平贵毕竟是个久经历练之人，关键时刻懂得怎样趁火打劫。

"这个吗？"张主任说话开始有点吞吐："这个问题，以前上级政府没有明确规定，所以我们操作模式，时有时无之间似乎也有过垫资注册这种做法。但如今对于这类所谓虚假的政府招商引资业绩，实为抽逃注册资本金的事很敏感。我看，目前谁也不敢再做那样子的虚假文章了吧？现在政策，必须是实实在在的真金白银摆在银行账户里，才能予以注册登记工商营业执照。所以，王小鹏必须拿出大把的钱来证明自己的实力够强，才可以注册登记营业执照，随后再办理土地出让的相关手续和批文。"

"一点优惠政策都没有？"殷主任满脸露出似乎很惊诧的模样，说："人家王小鹏可是真心实意地投资做企业的呀。"

"优惠政策，我们当地政府自然会有所体现的。"张主任信誓旦旦地说。

"口说无凭的话不能算数。"锡平贵说话老辣味特浓。

"首先得根据你的企业规模以及用地量的比例来判定给你多少优惠政策。其次，要根据你的年度上交国家税收额度来作阶梯形的返税额度。这些都是细节问题，不是现在站着就能三言两语地把问题说清楚的。"

"这些都不是目前要谈的主要问题。我的问题是，我投资你们这里，不是为了虚晃一枪搞投机取巧的豪赌，我是实实在在投资办企业。所以，张主任，我得预先给您敲定，不管你这里将来的发展前景如何，土地变性怎样，我企业所使用的土地不是你们政府说收回去就可以收回去的。当然，我也认为，国家政府要发展是大道理，我们小民百姓，无论如何怎么说，都应该以小局服从大局。但是，到了那个时候，你们政府不能为了大发展把我们这些微不足道的，然而是辛辛苦苦建立起来的企业，给点钱就消灭了！那可不行！这种丑话，我得预先说清楚，到时候不要说我是什么不讲道理的钉子户。"

"这个自然。"张主任说这话时言不由衷地心不在焉。

"什么叫自然，自然什么？"王小鹏紧追着不放。

张主任"呵呵，呵呵"笑着，礼貌地扭过头去，用手捂住鼻子"哼哼"地使劲擤鼻涕。

"最起码，政府在收回出让给我们企业的土地时，要妥善解决和安置我们企业继续生存下去的出路。张主任，我的这个要求必须在合约中白纸黑字地写下来。"王小鹏急不可耐地说。

张主任被这话逼到了墙角，无路可退，他只能从正面来回答王小鹏的这个将来或许是非常棘手的问题。

他心里掂量了一下讲话的分量，说："王小鹏，你这个说法和做法以前没有先例，没有先例的事我作不了主，这是一。至于我这个主任嘛，工作职责是招商引资，你的这个问题是以后动迁组的事，动迁组的事我更作不了主，这是其二。至于第三嘛，我看那是将来很遥远的事，将来的事谁也说不清楚。但是，我们必须坚决地相信我们的党和国家政府是讲人道的，你们辛辛苦苦创造和建立自己的企业，不容易，政府绝对不会作出那种把你的企业评估一下价值后说收回就收回已经出让给你们的土地。共产党和人民政府是讲道理的，这点是不容置疑的。对吗？锡董事长、殷主任。"

——这话问得?!

锡平贵和殷主任敢说不对？

敢说共产党说话不算作数？

敢说政府做事会不讲人道？

他们即使心里敢想但嘴里是绝对不敢说的，或者说他们对这种敏感的说法想都不敢去想。因为他们都是共产党员，都在鲜红的党旗下握着拳头，铿锵有力、坚定不移地宣过誓言：

——为共产主义事业，奋斗终生！

锡平贵、殷主任，他俩都是共产党员，对于共产党人的理念和信仰，他们是坚定不移的，决不会因为张主任的那点狡猾伎俩而上他的套。

于是他两人只是咧开大嘴巴子，冲着张主任眯细着眼睛："呵呵，呵呵，呵呵。"笑个不止。

王小鹏，这个被锡平贵和殷主任称之为"木瓜同志"的家伙，确实是一位值得他人仔细去研究和关注的人物。

他是一个不能只关注其表相而就能被确定其思想的人物。

关注他的理由并不是因为他在创造人生的作为上已经稍有成就，而在于他是从一无所有的穷小子，从最底层的平民百姓开始，抱着雄心勃勃的创造理念起步，逐渐发展和壮大。

王小鹏与那些高官子弟以及那些有着深厚人脉关系的富家子弟相比，他的出身和创业的资本，实在是太微不足道了。

他既没有钱，也没有学历，更没有地位。他不但没有他老爸给他留下的任何家底，也没有像他中学时代的同学犹文军那样，娶了个家底丰厚、有着资本家背景的李芳老师的爱女。

犹文军是非常潇洒地创造人生，他有着鼓鼓囊囊的钱袋子支撑。

然而王小鹏就是这么一个甚至可以说是带着浓重"流氓无产者"色彩的木瓜同志。虽然他被人看着似乎有点木头木脑的憨厚，但他却在市场经济博弈中，作出了一个个艰难的决断，渡过了一个个激流险滩。

他让自己的人生，彻底改变了原来面貌，进入了他王小鹏为自家经济实体建立起自由王国的历史阶段。

他人生的变革时期，也是他在创造自己人生路上的同时给许多人带来了创造人生的机会。其中不乏有许多以前曾经在他手下打工或者帮工的，如今他们许多人都坐上了老板交椅，有的甚至在行业圈里成了很有点名气的大人物。

值得一提的是，有个被人呼之谓阿印的小伙，他是外省市来沪的普通民工，是一个普通得再也不能普通的农民工。

阿应虽然个子长得瘦小，却浑身上下透出来的都是精干。

他的双手，是普通庄稼人的那般又粗又短的手，劳动使得它粗壮起趼，坚实有力，每一道指骨节都凸起老高，虎口间堆满了重重叠叠的老皮。他的手掌几乎就像是一团硬趼，拇指让铁架子钢管砸过，指甲死去了，只剩下难看的一团肉疔。

阿应小伙的脖子细长，脸色由于长年在太阳下煎熬，不但黧黑而且还黑得发亮，一眼望去，他就是个本分的，貌不惊人的外地来沪的打工仔。

但就是这个普通的架子工，他从王小鹏手里拿下了第一份建筑架子包工包料的合同。从此往后，他经过不断努力、博弈，渐渐走上了自己的创业道路，没过几年，他就坐上了老板交椅，当年的阿应是个十七八岁的小伙，如今的阿应在上海滩不仅娶妻育儿，而且还住上了豪宅，出门私家车。

他手下的一批亲兵骁将，个个熊腰虎背，干起活来都是高空特技英雄，就连上海滩陆家嘴那样的黄金地段的高楼大厦，如今都有着他们在空中矫健跳跃的身影，他们在为上海增添美色的同时也创造和改变了自己的人生。这群后起之秀的老板们，凭着自己的信念和博弈精神，赤手空拳来到上海，从一个微不足道的普工做起，拼事业、打天下、最终赢得了自己人生的尊严。

更有一个传奇致富的老板——黄强盛。

这家伙原本就长得壮实，膀头滚圆，脸色黑里透红，又宽又厚的胸部，一动弹，那肌肉一鼓一鼓的。

黄强盛的胳膊上，背上，甚至连脖子上，都是一疙瘩一疙瘩肌肉。他走起路来，胸膛高高挺起，两条腿叉开，脚跟有力地蹬着地面。

他的那双手看上去就是劳动人民的手，手掌板有点四方，指甲盖儿又厚又坚实，剪都剪不动。正是这双黧黑、粗糙、倔强的手，确实与一般人的手不同：手背上的骨节和青筋不但暴出而且皮肤上也起了皱纹。正是这双博壮的手，才使他的人性，对无论什么棘手的东西都敢干、都敢拿，从不畏缩。

在这双久经磨砺的劳动人民的两手面前，困难不存在，痛苦不在乎，只有果敢的胆量汇集起来的智慧。

黄强盛的体态相貌以及走路姿势与智勇双全的贺龙元帅非常相似，所以常人戏称其为"贺将军"。

王小鹏初次与强盛相识，正是他开着辆灰绿色破卡车往王小鹏建筑工地上运送满满一卡车的砂石料。

那天，强盛一反常态，当时卡车到了工地后他却并不急着忙于倾倒砂石料，而是把车往工地边一停，不对任何人打任何招呼，只管自个儿走到工地边凸起的河岸上，站在那里，面对着紧贴建筑工地的那条大河，一动不动。

此时，地坪线上那一片茫然的暮色，更衬托出他那熊腰虎背的野性。一阵风猛然掀起，吹得他那敞开的衣服随风扬起，仿佛就像是一面黑色的旗帜在舞动。

突然间，王小鹏对这人就像鬼使神差似的竟然主动走向前去。他第一眼的感觉：这人脑门特光滑，两眼黑得发亮，使人感到一种力量，感到一种决胜于千里的声势。强盛的眉毛拧成疙瘩，额头沁出汗珠，脸上表情凝重。

这让王小鹏脑子里产生出一种奇怪的幻觉，他感觉这人的面相深不可测，这种面相的人并非普通人的面相，长着这类面相的人，如果说他是出生在新中国成立前的旧社会，不是个绿林莽汉就是个杀人不眨眼的国民党将军。

伫立在河岸边的强盛，脸色就像大雨前的天空那样阴森可怕。

王小鹏走上前去，侧过头，仔细瞧，只见他眼眶湿漉漉的，眼角还挂着几滴泪珠，一滴、两滴，滴在堤岸上干燥的泥土里。

王小鹏好奇地问："喂！老兄，你这是在干吗？"

这时他的脸色更难看了，半天，才说出一句："你，你是王小鹏老板吧？"言语间，脸色陡变，变得像充满血浆似的通红，手还一个劲儿地抓耳挠腮，那副扭怩的样子跟他的野性似乎很不相称。

强盛用乌黑、凄凉的眼睛看着王小鹏，目光中怀着期盼。

王小鹏一下愣住，顿时对这人不但产生了好感，更增添无数好奇心。他忽闪忽闪的眼睛看着这人，同时把嘴一撇，脖一歪，淡淡一笑后点点头。

转眼间，强盛乌黑的眼睛，期盼之火瞬间熄灭，脸面由红色变得一片苍白，呢喃着："我想说道的，可能是你最不愿意听到的。"

说完这话，他如释重负似的松松喘口气，眼帘垂下后安详合着。河面晚霞的光亮飘忽着，反射在他脸上，不断变幻着光彩和暗影。

本来好奇心十足的王小鹏，听了这话心中增添了许多莫名的愠怒，瞪了他一眼，说："我最愿意听的就是他人本来不想说道的东西。"

那个强盛咧嘴笑了，翘起大拇指，说："王老板，OK。"

这让王小鹏反倒有点不好意思起来，顿时也不知道自己该说些什么好了，脸"腾"地一下红了，支支吾吾地说："其实，我，我还真不知道你有什么话是让我最不愿意听到的呢。"

"我的老家离那个全国闻名的安徽小岗村不远，是一个偏僻的小镇，祖辈上没一个是地主，甚至连个富农都没弄出一个！祖祖辈辈穷得连个贫下中农都不如。我嘛，就是因为家里穷，所以兜里揣了五十元人民币远道而来上海打工挣钱的。"

王小鹏哈哈大笑，说："穷棒子精神！好！"

"且慢说好，你听完我的故事，或许就不乐意了。"强盛说。

"伟人说，让人说话，天塌不下来。快说。"

"我初来乍到上海，人生地不熟，原先是给刘老板开车拉砂石料的。可能你还不知道我的姓名，我本姓黄名强盛，或许你见到过我吧，我给你的工地送过不少砂石料，有半年多了吧。"

"记不得了，不好意思。"王小鹏话语间的表情挺实在。

他从来没有和拉砂石料的司机聊过天，今天也不知道哪根神经搭牢了，仿佛鬼使神差似的竟然和这个平时他毫不在意的司机聊得兴致勃勃。

"谁甘心穷啊，"强盛喘气时脸颊上的几条凸起的肌肉无奈地颤着，说："帮刘老板干了一年后，我挖尽家底，掏空口袋所有钱买了这辆即将报废的破车，自己干起了做这砂石料的买卖生意，现在我明里还是在给刘老板干，实在说是在给自己干，我的材料还是从刘老板码头上进，给你的价格不变，一切按原来规矩做事。可是刘老板垫得起资金，我这贫下中农都不如的。"

"明白了，你的意思我明白了。但是，你也得弄清楚，干建筑这个行业，供应商的材料款基本上都是一年一结账。等我拿到投资方的工程款后付清所欠供应商的材料款，这是行业的规矩。"

"我明白，这是规矩。但是，家里都快揭不开锅了，等米下锅呢。"强盛脸颊上的肌肉由于痛苦而开始颤抖，他撇了下嘴："所以说，我现在几乎连一个疲了、倦了、累了时候，需要一个温馨的能够靠岸的港湾都摇摇欲坠了。我虽然算不上是一个铁血男儿，但我认为男人的肩膀要承担家庭的一切，我不想让我的老婆和孩子一辈子跟着我吃苦，过着吃了上顿没下顿的日子。我更不想让我的家人看到自己的无助、落寞、一脸憔悴的样子。我总是念想着给我的家人也像刘老板或者说像你王老板那样，给家人扯下一片阳光，编织富裕的蚊帐，让他们做人有个最起码的尊严。可现在，你看看，我这不三不四、不上不下的状态。"

"这就是做男人既可悲又可赞的精神。做老板的看似光辉，但往往是独上高楼后却望不尽头的天涯路。"王小鹏满脸挂着祝你好运的神态说。

其实，王小鹏自己又何尝不是如此这般彷徨得无奈，他现在的日子就像在华灯初上的晚上，仰望星光璀璨的夜空，几分陶醉几分伤感，他常常也为因投资方拖欠工程款而焦躁不安，往往是一言不发地垂着脑袋，半夜三更，他王小鹏躲在被窝里黯然淌泪的事并不少有。

——男人真的很累，做老板的男人活得更累！

"强盛，你目前最好的解脱方法就是六个字：想开、看开、放开！世界很大，个人很小，没有必要把一些事都看得那么重要。你与我的命运非常相似，都已经很累、很苦。人生事，不会事事如意，何必强迫自己。尽心了，无论结果如何都可以接受。"

"家里等米下锅，你能做到让自己的老婆孩子提心吊胆地饿着肚子？这种窘迫状态下的生活，你可以接受？"

"这个当然不行！我的意思，这个小钱，问题不大。但做人必须记住，求他人帮助只是救急不救穷。既然你选择了做老板的路，思想上要有个准备，一切得靠自己救自己。但是换个角度来看这个问题，你也别太难为自己，与其效仿最精彩的别人，还不如做最真实的自己。不喟叹世态炎凉，因为如今这个浮躁的钱态造成的世态原本就是既现实又炎凉。如果说要吐苦水的话，我王小鹏能比你强盛多吐出几大桶呢。有用吗？我吐过吗？我从来不说，也不想对任何人说，因为我明白任何人不会帮我，我只能是走好自己选择的路，尽力做好自己分内的事。我想，所有的一切只有通过自己的努力去赢得。只有这样子坚持不懈地努力，家人的日子自然而然地会好起来。"

"王老板，你看我这日子怎么样做才会自然而然地好起来呢？"强盛用一只脚搓着地面上的泥土，伪装成漫不经心的样子说。

"你目前资金短缺，这不是大问题，我可以帮你解决，但这不过是权宜之计。"王小鹏也不知道自己怎么回事，徒然大方起来，或许这就是常人说道的人与人之间的交往经常会伴随着一种缘分吧。

强盛苦笑着摇摇头，没说什么。

王小鹏晃动着身体，说："一个人的能量是有限的。"

"这话怎么说？"

"我看，你也是个有志向的人物，而且你我的命都是穷得连贫下中农都不如的穷光蛋。但关键的是我们有自信的能量，有吃苦的精神，有追求和创造人生的梦想。常言道，人心有多大，人生路就能走多远。"

"这大道理不能当饭吃。"

"大道理可以悟出人生路，靠你单打独斗地拉砂石料就能发财致富？就能实现你的抱负？就能给你妻子买别墅、坐小车——做梦！"

强盛举起一只手对着王小鹏使劲摇了摇，他的心一阵剧痛，然后蹲在地上，掏出纸烟，默默地抽着：他的心一下子透凉，他的眼睛里滚动着泪水。

大约过了抽完两根烟的时间，强盛突然站起，走到车头前，拉开车门，从车里提着一个白里透红的大猪头。

他迈开大腿，几步走到王小鹏面前："听说你好这一口！这是咱老家自养的土猪，头儿特意给你留着。"

"册那！你小子竟然也玩这一手？我又不是国家干部，何必来这套。没必要，没必要嘛！"王小鹏觉得强盛太可爱了，可爱得发噱。

"千里送猪头，一片心意而已。"

"好好，既然如此，我就笑纳啦，但我无论如何也得给你点回报吧。"

"不要回报，这不是一报还一报的事。"

"我不是用物质回报，但虽然说不是物质却胜似物质！"

"这话？又有什么说法。"

"有时候，我木瓜同志策划的点子甚至比金子还珍贵。"

强盛满怀着激动，像中了魔似的愣在那里，不作声。

王小鹏瞄了他一眼，一边摇晃着提在手中的猪头一边说："你的乡里乡亲应该有一大帮吧？"

"是啊。好多人都在上海打工呢。"

"安徽有许多农民都在上海的建筑工地干活，我手下也有不少是安徽人。"

"都是一个人后面跟着一帮人，相互介绍、推荐出来赚点辛苦钱的。"

"其实，这些人都是你的财富，而且是你取之不尽的财富源泉。"

"听不懂！"

"你可以有意无意地把自己亲属好友组织起来，他们中肯定有不少是手艺人。"

"全套，全套班子人马齐全。瓦工、木工、钢筋工、小工都有啊。可那些人与我有什么关系，我一个开车装砂石料的既用不着也养不起这些人呐。"

"所以你的思想还是跟不上做老板的料。如果你换一个角度来看这个问题，这些亲朋好友一旦成了你的子弟兵，那么你就像一个将军拥有了一个军团，而这种军团的力量往往是我们这类老板最缺乏的实力。如此，我们可以相互之间借力。"

"借力？还是没明白，什么力是可以借的？"

"打个比方，我是属于包工包料的施工方。"

"没错！"

"我除了需要材料之外还需要人力来具体施工，对吧？"

"这也对！"

"那我就可以利用你的施工力量，你可以在我的技术能量指导下，先从清包工开始入手做起，从而组建自己的施工队伍。你自己也可以从不熟悉业务到熟悉业务，这个过程也不过是历练两三个项目之后你就能熟能生巧。不久的将来，说不准你比我还吃得开，混得好呢。到时候你或许还瞧不上我这没实际施工队伍的伪老板呢。"

这话?!

强盛头上的天空仿佛炸开一颗手雷，他立马茅塞顿开。

他终于明白了王小鹏对他说的话，完全是真心实意的掏心窝的话。王小鹏为他策划的点子，对他来说不但可行，而且切实可行。

王老板目前就需要这种力量，他完全可以组织起自己的人马，从王小鹏的工地上开始具体实习，取得经验。

这个提议不但让强盛兴奋，而且是太兴奋！

他似乎听到了鸟儿们欢呼黎明的鸣叫，他似乎感觉自己抬腿儿跃上马背，那匹类似王小鹏那般的汗血宝马，载着他腾空而起。

强盛吧嗒着嘴，仿佛从梦中醒来似的。如果是做梦，他仿佛又回到了童年时代，连躯体也在骤然间缩小了许多。如果说不是做梦，那么王小鹏所描绘的前景不但是可以实现，而且具有实在的可操作性。

他呆呆地站着，感觉自己仿佛站在满屋洋溢着金黄的晨光里，他的头上开始冒出腾腾热气，热气中仿佛五光十色，充满耀眼的光环。

他起初没把王小鹏的话放在眼里，听在心里，只因为他自认为自己也是个老卵分子，以为王小鹏说的那一套也不过是雕虫小技。后来他竟然感觉王小鹏话语的玄机中含有一股香味，一股类似桂花盛开时的香味。

于是，这香气被他吸进了肺腑，并在他的胸腔深处开始蔓延，浸透他的血液，从而导致他的血液开始沸腾。

他的人生能遇见王小鹏这种怪才，强盛仿佛预见了他的未来。未来的他，肯定会像王小鹏那般样子的福大命大造化大！那个时候的强盛啊，还真没预见到自己将来比他王小鹏还强大好几倍呢。

他当时更没预见到：时隔若干年后，王小鹏见到他强盛时反倒客客气气地称呼他为"强盛先生"。

——这个强盛先生的称呼，让这位翻身农奴当了将军的汉子，心情不但愉悦而且非常高兴！

然而，到了时隔若干年之后的王小鹏，似乎也过了不惑之年。他的人生不但充满阳光而且他的心态更愉悦宽广。他时常告诫自己的是：我可以不完美，但做人一定要真实。我可以不富有，但生活一定要快乐。

王小鹏最感欣慰的是，在他创造人生的旅途中不但自己富裕了，而且曾经在他手下干活的原本是穷得一无所有的打工仔，渐渐走上了生活富裕的道路，过上了小康生活的日子。

这一点，如今坐在老板交椅上的这批富人，提起王小鹏这位木瓜同志，谁也不否认，并把他称之谓贵人而怀有感恩之情。

王小鹏坚决认为：

这就是改革开放的总设计师，伟大的邓小平同志说的，"让一部分富裕起来的人，带动另一部分人富裕起来！"的精髓所在。

如今社会上普遍存在的那种仇富心态：似乎富裕起来的土豪都得意忘形，忘乎所以，只顾自己，不顾他人，敛取的钱财都是不义之财。

但在王小鹏圈子里，在他目光所及的范围内，所有老板都是从穷光蛋干起，一步一个脚印，实实在在做人、踏踏实实地拼出一片属于自己的天地。

他们如今的富裕生活完全是靠着自己的血拼精神，提着身家性命去博弈的，这种富裕是无可厚非的劳动所得！

这些白手起家的老板们到了 60 岁之后的退休之年，即使他们那时贪图享受安逸的晚年生活，这也同样无可厚非：劳动所得——光荣享受。

虽然这一切并不是他王小鹏施恩造就的，而是完全靠他们自己努力拼搏赢取的。但其中不乏包含着王小鹏对他们自身潜在的正能量起到一种共同致富的有效的推进作用，这是谁也不能否认的事实。

摄影 斯里兰卡垂钓 王照敏/摄

摄影　竹岭云雾　王照敏／摄

非 典 危 机

公元 2003 年，一股令人毛骨悚然的消息像飓风那样在世界各地旋转：

扼杀人类的妖魔——降世了！

社会上日趋动荡，不断传来的那些蛊惑人心的消息，肆意扩散蔓延，侵蚀着人们灵魂，小民百姓如是梦中醒来，恐惧中夹杂着懵懵懂懂，最后残酷事实显示：有人员被感染而死亡，直至感染人数扩展到无法再被隐瞒！

这下子，人们才明白：中国局部地区发生了一场类似由冠状病毒引起的肺部感染的"非典型肺炎"。

简称：非典。

英文：SARS。

严重的非典型肺炎的传染病恶性蔓延事件，由于被当地政府为避免引起民众恐慌，前期没有及时发布相关信息或缩小疫情态势，而后疫情又被媒体透露，传播放大，放大到寻不着边际。

由此引起社会上民众的强烈恐慌，大家伙一遍又一遍传递着这些新鲜字眼：非典、SARS、恶魔，无药可防！无药可救！！

一天又一天。

随着病毒感染人员数量的递增以及死亡人数的追加，无限恐惧在社会上无限扩散。普通市民百姓对疫情扩散，病毒蔓延的状况和官方发布的公开信息，根本无法判断和确认——是真是假！

人们内心只是觉得空荡荡的，十分迷茫。大家伙感觉往日那种热热闹闹，充满激情的生活将一去不返：

寒露没青稻，霜降一起倒！

世界仿佛走到了悬崖边缘，人类似乎将被恶魔吞噬，街头上原本熙熙攘攘的人群悄然消失，罕有人迹。

世界卫生组织发出全球警告：正式将该病命名为 SARS。

引起国际社会恐慌的根本原因以及关键问题：全世界尚无肯定性有效抗SARS病毒的治疗药物。

SARS病毒主要是通过近距离空气飞沫和密切接触传染的呼吸道传染病，临床主要表现为肺炎，在家庭和医院有显著的聚集现象。而非典型肺炎的炎链球菌引起的大叶性肺炎或支气管炎又惊显出其危害生命的力度。

疫情初始阶段由于认知度不足，病原体来之不明，大批被感染人员中竟然不少是治疗医院的医护人员，从而导致疫情进一步扩散。

SARS高峰时期，中国各级党政机关显示了惊人的动员力量，深入到农村基层社区。这时以村、社区、工矿、企事业为单位的传统社会力量发挥了积极作用，一方面严控流动人员进出传播疫情，一方面建立健全防范措施。因为后续跟上的有效措施和作为得力，最终才使社会上人心混乱的局面渐渐趋向稳定。

但是，当肆意泛滥的疫情似乎还未被控制时，市场经济却开始渐行渐萧条，伴随而来的谣言，小道消息四起。

就像大多数的传闻，传着传着便成了真的。

非典疫情与经济危机，两相情愿地结下盟约。初始，两股妖风百般缠绵地绞成一起，人们似乎还分辨不清，目之所及也绝非面目可憎到让人窒息。然而，不久市场供需便开始疲软，而后逐渐形成了市场经济危机。根深叶茂的企业，效益迅速滑坡，新兴企业，走上悬崖峭壁，危在旦夕。

新兴企业，牵扯到经济危机更是愁上加愁，尴尬得难看，对王小鹏来说简直就是"寒霜单打独根草，白浪偏冲逆水舟"，让他毫无反手招架之策，除了缴械，似乎没有其他出路。

恐惧和绝望的悲观情绪一时间笼罩在他心头，压得他喘不过气来。

王小鹏无法在原先设定的时间内完成预期的目标，似乎只剩下长痛不如短痛，收摊作罢，回家睡大觉了。但回家也不行，他已经没有了实际意义上的家，所有的房子都被他套取投资款变卖了。

当初王小鹏踌躇满志地压上全家性命，也算是条说一不二，战绩彪炳的商人了。但正当他孤注一掷的关键时刻，因非典而引爆了规模庞大的经济危机，他竭尽全力，使出所有手段和计谋，但最终还是让他悲痛欲绝——寒露花开不结子！

这场上亿元的投资博弈：他赢得了地利、人和，却没能赢得天时！俗话说，"人算不如天算。"

王小鹏绞尽脑汁，盘来盘去地千算万算，最终不如老天爷只是给他轻轻一算，便直捣黄龙踹他死穴，直接导致他创造人生仿佛就是一场空放的豪迈，不作数的梦想。接下去等待他的就是被市场经济淘汰出局，其后果不堪设想。从历史的背景以及而后王小鹏的人性来分析，这次经济危机或许也算是再次锤炼了他的智慧和劣根，造就他往后的人性更加智慧和坚韧！

但是当初并非如此。那一年他面对着艰难尴尬的局面，似乎也准备着一份不成功，便成仁的决心。

他从不掩饰对失败会造成什么样后果的认知度。虽然他事前把投资项目评估了无数遍，并且对不可预见问题也作了最坏打算。但实际操作执行过程中，不会时时如意，事事如意。即使当时他有千千万万个假设评估，也不会设想评估到老天爷会在他创造人生的关键时刻送给他一场非典引爆的经济危机。这一点对他来说确实始料未及，由此造成他目前举步维艰，一局被套，全盘被套。他创造人生的靓丽思路和谋划，在戛然长鸣中戛然而止。

于是，他那种所谓的大老板风范成为外强中干的躯壳，此时的王小鹏真想抱头痛哭一场或者说来个一醉方休。

——但他是个高傲的人。

他做事的作风，是出了名的现实主义者。他经历的艰难险阻太多了，他赚下的那些辉煌业绩，让他在重重困难面前，心头倔得总是不肯认输。

这次却非同小可，他博上了全家的性命。

他知道，这次项目投资他是输不起的，只要想到投资可能失败，他那向来高傲自负的心头总是难免火辣得不对劲。

面对目前的经济危机，他再去谈什么自负之类的话题，显然不是一种浮夸就是一种奢侈。重拾往日的必胜理念比什么都要紧。成功了，精神来了，心情风发，斗志昂然，往后，可再续昔日荣光种种。

由此点出发推论王小鹏的将来，他肯定是位下海经商的超然智慧者，他对创造人生的敬畏和尊重，源自与生俱来的品性。可他内心世界却还是孱弱的，他的血性等待严酷的环境唤醒，等待再次的被锻造。他身上具有的魅力，只有找到犄角时才能撞出火花，只有产生火花，他才有可能去创造他的梦想。

反观他的人生履历，其实他并不比常人优秀和超越多少，但他从小造就的劣根性和他对家庭担当的责任心，那才是他真正的回春药。对于他往后的成功不必捧上天，这种成功的背后有着许多能量来自于家庭精神力量的支撑，这种支撑使他在最困难的时候却能够怀着最美好的愿望，揣着满满的爱心，这才使他能够在走过漫漫的死灰复燃之路后重新走上新的创造之路。

虽然他的人性不缺乏斗志和欲望，但他更懂得任何事情都是从基础或从小处着手做起。所谓"万丈高楼平地起，千斤粗绳细处斩"的道理，用逆向思维的方式也可以表明投资拓展的规模不一样，难度所产生的问题也不一样，成功所获的效益也会不一样。就目前而言，他面临的局势输赢尚不明朗。

只要不是实在无法支撑，他倒下去的可能性还是很微妙的，毕竟他人生旅途已经闯过许多道鬼门关：

他的神经是经得起千锤百炼的！

如今，他知道自己是没有退路的，他的退路就是去死！他必须使出浑身解数来上演提升逆转大战的概率。

他唯一的选择就是——成功！

王小鹏在做好人生最坏打算同时，他也坚定着一个信念：冬天过去就是春！只要庙不倒，不怕没香客。

但是残酷的现实摆在眼前不容他回避：年关将近，除了所欠外债工程材料款二百多万元，且过年的开销以及职工工资、奖金，这一切都需要用钱来烫平，而他的财务账本上结存款几乎为零。

更让他头痛的是银行贷款即将到期，还本付息。这一切的一切，他不能说说风凉话，夸夸海口就能混过去，都是要从他口袋里往外掏出真金白银。

这段日子是王小鹏下海经商以来最难熬的日子，于是他只能厚着脸皮，开始"骑驴找马"，寻米下锅了。

那天上午，他去了前海某银行胡樱行长办公室。

"绞尽脑汁，想尽办法，咱挖也得从她银行的钱袋里挖点钱出来，度过眼下的经济危机。"他想。

王小鹏现在的身份自然与以前大不相同了，大小他如今也是个企业法人代表兼董事会董事长。

胡行长自然对他以礼相待，客气地让座、倒茶。

完了之后，她主动问道："王董事长，目前你投资兴办的企业运转如何？有什么过不去的难关吗？"

胡行长是个年轻貌美，韵味十足的少妇。她年纪不大却浑身显出老练成熟，办事干脆豁达。

她的衣着一派时髦打扮：紫青色的皮鞋，半高跟；银灰色直筒裤，中缝线像切西瓜的大刀片刃口，不但锋利笔挺，且又不失威严气派；黑色的工作服西装上衣，领子里露出一片猩红的毛衣和白得耀眼的衬衣领；长长的黑发像潮水似的，至头颅顶部顺流而下洒落在圆滚滚的肩膀上；显露出来的全然都是文静的小资格调。

她美丽端庄：沉静而落落大方；她那双明媚的眼睛并不特别大，盖着长长的微翘的睫毛，抬起来亮晶晶，低下去静幽幽；她说话不紧不慢，有条不紊，脸上总是带着善良的微笑。

那天，胡行长背靠在布艺沙发上对着王小鹏凝视，她似乎在有意无意地揣摩着他今天的来意。

她的两手搁在架起二郎腿的膝盖上。她的手纤巧、灵活，就像似贵妇人、阔太太的手那样白净、柔嫩、富有光泽。

这副不温不火的腔调，显摆出来的就是：钱多压死人的那种居高临下的姿势！这种姿势给王小鹏带来惶恐，他一时竟然不知道怎么说才好。

等了一会，他松松整理下套在脖子上箍得似乎有点太紧的紫红领带，以求稳定慌张情绪，这才张口说："胡行长，是，是鄙人，鄙人。"

胡行长靠在沙发垫上友善地微笑着，说："这是干什么啊，什么鄙人鄙人的，那样子就见外了，有话你直说嘛。"

"借钱"两字像闪电般从王小鹏脑海里划过，似乎瞬间要从他嘴里蹦跳出来。

他记起了外边的人对这位美貌文静的行长神话一般的种种传说，有人为了要从她这银行的钱堆里挖出钱来，曾经花了很多钱来大请客。事后，贷款人总是称道："划算，值得，太值得。"

至于有没有用上行贿那种手段，只有天知地知她知，别人是不得而知的。他想到自己这次两手空空地到行里来找这位大行长借钱是否有点寒碜了，胡行长摆出的这副仪容不会仅仅是让他瞻仰的，是否还蕴含着其他什么意图呢？

想到此处，王小鹏言不由衷，但却是彬彬有礼地点点头，莫名其妙地随口说道："久仰，久仰，胡行长。"

这话说得?!

胡行长听得莫名其妙，似乎有点来气了，坐在行长位子上的她，手中握有放贷额度的批准权利。所以，一直以来，她是被借贷者宠惯了的。她认为王小鹏说久仰久仰的话有点讥讽味道，对她来说简直就是不太礼貌，也不配是你王小鹏今天上门乞求借贷的身份啊。

她两眼不放松地一个劲盯着王小鹏脸庞。瞬间，她觉得这似乎也不太礼貌，故而有意无意望着沙发前面的那张矮矮的茶几，可是眼光又时不时地瞄上他一眼两眼，她不知道王小鹏葫芦里究竟卖什么药。

他没有正面看她，也不知道她在瞄自己，他只是微微低着头，说："我今天是找胡行长解决点困难的。"

"是不是又要断粮，揭不开锅了？"

"是的，有。"王小鹏平时是以指东说西、能说会道而出名于商场的，现在却变得像个笨嘴笨舌的人了，话老是一句搭不上一句。过了一会，才接着说下去："有，有点事想麻烦您。"

胡行长见王小鹏口吃，讲话的语调慌张，有点奇怪，以为他出什么事了，问道："有要紧事吗？"

王小鹏听到这清脆的声音，顿时发现自己的神情不对。

他从面前矮矮的茶几上端起茶杯喝了一口，浓郁的茶香和那有点苦涩的茶味使得他的精神陡然一振，头脑也清醒了许多，仿佛从梦一般的境地里转了回来。他干咳了几下，努力保持着镇定的情绪，说："这日子让非典造成的经济危机搅和得乱七八糟，简直就是没法过了，我想再从您这里贷点款子以解燃眉之急。"

王小鹏终于鼓足勇气说出了自己今天来此处的目的和需求。他知道自己人性最大的弱点就是在漂亮女人面前似乎总有那么些心猿意马似的张不开口，特别是他在求漂亮女人办事的档口尤其胆小如鼠。

胡行长没有直接回答他的话题，只是转过头看了看办公桌的台面，说："你那老账好像还没还清吧？老账未清再借贷新款，这有悖本行相关纪律规定啊。"

"所以我理不直，气不壮呐。"王小鹏从她口吻里听出，要想再从她这钱袋里挖到贷款似乎不太可能。

既然如此，他也根本不需要什么小心翼翼、胆战心惊的。

干脆，他从上衣口袋里掏出盒烟卷，抽出一支中华烟，点着了，深深吸了一口，便含在嘴犄角，摆出很是轻描淡写的样子，说："不过，这也不是啥了不起的事情。至于纪律规定吗？你们是内行，有的是对策来应付。你要明白，我可是你们分行的五星级客户，我的信誉你应该是知道的，其他银行想拉我去开户的多得去了。我想说的是，当我在关键时候，你们银行该拉我一把，眼看年关逼近，我这是等米下锅呐。"

王小鹏这话说得老辣成熟，他锋芒不露地讥讽了这位魅力十足的美女行长一把。随后摘下叼在嘴犄角的香烟，身子稍微向前靠靠，用古怪的神态，神秘地说："您说我容易吗？现在连给您送上个礼品也寒酸得没一点腔调。"

说罢，王小鹏迅速从皮包里掏出只信封，几步走到胡行长的办公桌边，将信封塞进一堆文件的底层。

"王董事长，这个不好吧，你这样子倒是让我为难。"说到这里她有意不再往下讲，眼睫毛往上跳了跳，意味深长地看了他一眼。

王小鹏拿着香烟的那只手对她指了指，说："这些购物券是我的一点心意，这是朋友之间的礼尚往来，于本次贷款无关。"

"就这么个意思？"

"唔。"

"如果这次贷款不成功呢？"

"为啥？"

她得意地望了他一眼，仿佛是看在他的面上，又好像她自己也没什么太大把握似的摇摇头，显得很为难的样子，微笑着说："规矩是不能破坏的，但我看这问题也不是说完全没一丁点解决办法。"

王小鹏"哧呼"一声笑了，说："外行看热闹，内行看门道，我就知道你们总会有解决问题的方式方法。"

"你算是哪门子的内行吖？我的意思，你那边先把所欠贷款二百万还了，我这边同时办理再贷款给你五百万。这不，所有问题都名正言顺地解决了。"她说话时的眼睛注视着他的面部表情，显出来的样子似乎她很有办法。

"我有钱还贷款，还来求你？"王小鹏摊开无奈的两手说，他脸上露出好像做了啥有损名誉的事情突然被人发现似的尴尬表情。

"又来哭穷了，你就不能想想办法？"她沉下脸来，显得很不耐烦的样子，说："调几天头寸，只不过是负担点额外利息而已。等我这里贷款批下来，你立刻还掉。我这次给你办理经营性贷款，五百万的授信额度。平常日子，你需要多少提取多少，不需要你五百万一时全部提取。如此这般，利息的计算方式本行就按你已经提取的贷款数额来收取利息，并且把基准利率下浮十个百分点，够意思吧。"

"有这等好事？！真得好好谢谢您了。"王小鹏霍地站起来，伸过手去和她握了握，顿时感觉到有一股少妇特有的暖乎乎的热气，像暖流似的流淌到他的心头。他立刻松开手，匆匆地说："再见！"

说完话，他转身放开脚步走了。

她连送也来不及送，望着他倏尔而逝的背影，眉头一皱，嘀咕道："这小子已经是企业的董事长了，怎么还这样毛躁。"

末尾，她对这评语似乎还不够解气，摇头一笑，自言自语地追加了一句："不成熟，还是不够成熟。"

真见鬼了！

SARS 病毒、经济萧条引爆危机重重的这一年冬天，气候特别冷，冷得就像大白天都死一般的万籁俱寂。

雪从宇宙苍穹中纷纷扬扬地飘落，下得很大。起初，下的是雪粒，就像半空中有个法力无边的妖魔往人们伤口上撒着雪白的盐粒。不一会，雪越下越大，雪粒变成了雪片，像鹅毛似的，轻飘飘，慢悠悠地往下落，纷纷扬扬，飘飘洒洒地落在地上。地上白了，大地仿佛铺上了一层厚厚的地毯。光秃秃的树枝像开了花似的，形成天然的一片片树挂。

王小鹏脸色严峻地伫立在海堤上，他不时地摇晃着身躯，把身上的雪晃落在地上。可是当他刚刚抖落一些，马上又落下许多，渐渐地，大雪仿佛给他披上了一件白得耀眼的外套。

雪花不停地往下落，瞬时间，田野、厂房、车道、树木，全都笼罩在白茫茫的大雪之中。

新落成的五层楼厂房被大雪装扮得像只白天鹅似的，昂首挺立在厂区中央。站在大楼前，需仰视才能望见这庞然大物顶端那条像白色巨龙般的女儿墙：它象征着王小鹏坚毅顽强的精神，象征着他不屈不挠的气度和智慧。

作为上海改革开放第一拨弄潮儿，他像幼儿投奔母亲怀抱那样，满怀喜悦向上奋进再奋进。当他流着汗、喘着气，吃力地一步一步往上走时，非典引爆的经济危机突然降临到他头上：王小鹏的种种设想、梦想、计划、目标，戛然而止，一切仿佛陡然间被上帝彻底毁灭。

如今，这座由王小鹏砸锅卖铁聚集资金，呕心沥血亲自主导设计、施工的建筑物，其堂而皇之的形象在一片白茫茫的雪花覆盖下，呈现出来的竟然也像是被SARS 病毒侵浊得奄奄一息、毫无生气。

伫立在海边的王小鹏，双目久久地凝望着这片死气沉沉的厂区大楼，他只能是黯然掉泪。过度悲伤，使他原本就操劳过度的面容更加憔悴不堪，露出来的神态，无精打采，满面愁容，双目失神。

他的脸，苍白中带着点蜡黄。一头浓密的黑发，横七歪八地竖着。对于自己创造人生的处境陷入这种地步，令他目瞪口呆，完全失去了以往的正常反应和对策。他只觉得心里空荡荡的，委屈和伤心，使他布满血丝的眼睛充满泪水，他用牙齿咬着嘴唇，终于没让眼泪流出来。他明白：商场就是战场，战场不相信眼泪，更不会同情眼泪，只有懦夫才会死命喷泪。

虽然目前他是那样悲怆，那样绝望。这黑色的，万恶的非典，万恶的经济危机，使得他那么地狼狈不堪，魂不守舍。

他觉得自己在这个世界上突然变得孤独无援。

　　自然，没有经历过那个年代，经历过那番打击的创业者，又有谁能体会到那种万般无奈和悲痛欲绝的切肤之痛呢。

　　制造游艇项目的投资合伙人，一个小有名气的实业家庞先生，因经济危机造成他的企业运转失灵而处于倒闭状态，如今更谈不上让他再来掏钱购买机械设备了。王小鹏与庞先生的合作，现在成了一个五彩缤纷的泡沫，泡沫爆裂后，一切计划全部落空，整个项目就像被空气蒸发，消失得无影无踪。然而王小鹏投资于土地上的这些庞大的厂房建设却全被套牢、套死！

　　这让他很是无奈。

　　让他更无奈的是当初和庞先生谈妥，由王小鹏投资建造厂房入股，庞先生以建造游艇的技术能量和机械设备作为投资股份。

　　如今他毅然投入进去了而庞先生却无奈地撤走了！当初的约定使得王小鹏根本没有理由让庞先生共同承担损失，即使上法院告庞先生，他必定也会被法官一句话驳回：事实和理由不充分！

　　因此，当游艇合作项目崩溃后，庞先生可以一文不掏地转身走人，而他王小鹏所有的钱通通变成了钢筋混凝土和一片烂泥地，属于标准——死钱！

　　可是王小鹏还是认为，只要钱还在，死钱还是有希望变成活钱的。最让他担惊受怕的是，他所有的钱在这片烂泥地上就此打了水漂！他兢兢业业创造十多年的财富，只因为他这次豪迈的博弈而成了一枕黄粱。

　　还有他独资筹建的电器厂，因没有订单而处于停工状态。如此这般，没有订单的机械设备等于是报废的机械：一堆废铜烂铁。而这些新建的混凝土大楼，就像是一潭死水，久而久之，必定荒芜废弃，一文不值。

　　虽说可能一文不值，但他还是认为，土地在上海一线城市毕竟是稀缺资源，不可再生。别看今天政府把土地资源当作白菜卖，或许有朝一日国家觉悟到了，肯定会出手控制土地资源。

　　远古至今，历代历朝都是山不转水转，水不转人转。如今这个置办产业，说不准也是他创造人生的一次机遇。

　　"什么叫机遇？机遇都是在人人都不看好的状态下，你却一脚踩进去干了！而且又在往后的历史进程中被证明；你当初干对了，当下赚钱了！这就叫机遇或者被他人称作为是你运气好，抓住了机遇。"他想。

　　他感觉目前的神经就像绷得太紧的弓弦，随时随地可能断裂。长期的焦虑、紧张和恐惧，尤其是压抑，导致他的情绪时常波动。如果持续时间过长，很可能会造成自己创造人生的计划彻底崩溃，目前的他，是孱弱的，惶恐的，焦虑的，也是不堪一击的，他就像茫茫大海中因丧失动力而随波逐浪的冲锋舟，再也经不起任何风暴袭击。

王小鹏最近时常失眠，睡不着。

他辗转反侧，再也无法平静。"以后会怎么样?"这个无法摆脱的思绪始终萦绕在他的脑海。

为了摆脱令人苦恼的思绪，王小鹏反复地与自己的内心深处对话，自己想要怎样的人生?

来到这世上，总有许多的不如意，也会有许多的不公平，会有许多的失落，也会有许多的羡慕! 或许，自己是个远视眼，总是活在对别人的仰视里。或许，自己是个近视眼，往往是满足于现状而不图进取。很多时候，其实王小鹏不知道，自己在欣赏别人的时候，自己也成了别人眼中的风景。

事实上，他创造人生的履历已经如一本厚重的书，因为他迷失了自我，所以也就感觉不到自我存在的价值意义是何等的非凡。

每个人都有自己的泪要擦，每个人都有自己的路要走。痛了，给自己一份坚强;失败了，给自己一个目标;跌倒了，在伤痛中爬起，给自己一个宽容的微笑继续前进。但人生在世往往会遇到有些现实事态往往比理念来得更为残酷，更为恶劣，更为卑鄙，事情的进展往往是屋漏偏逢下大雨。

偏偏屋漏下大雨的事竟然荒唐到极致地落在了他头上:胡樱这个美女行长，信口雌黄，翻脸不认账，把一坨牛粪干屎抹在了他身上!

"胡行长，咱不是说好的吗，我把二百万贷款还清，你再贷给我五百万授信额度，怎么没几天就变卦了? 你们银行说话做事，无论如何都不该出尔反尔，总得讲点信誉吧。"王小鹏当时对着美女行长说这话时，简直气愤到目瞪口呆。

"我说嘛，你还是不成熟。银行是国家开的，银行做的事情就是锦上添花，你想要雪中送炭，这种好事你就甭惦记了。"

美女行长说出来的话竟然如此反动。

"我这还贷的两百万元是借得高利贷啊，"王小鹏心房忍不住地颤抖，一阵阵的刺痛使得他脸部肌肉歪斜着扭曲，他发狂地叫喊:"胡行长，我每天光支付利息就得一万多呐。你这不是要我的命吗?"

"你应该已经知道，目前的经济危机造成的金融危机态势也相应严峻起来，国家银行害怕出现过多的，不可预见的坏账、烂账，所以下达了紧缩银根的指令。本年度内不再有贷款额度发放，即使再有贷款指标额度也得过了春节，看明年的大环境究竟怎样而定了。"

胡行长娓娓道来的说话语调似乎就像是她在宣读上级下达的公文。

"我靠!"王小鹏暴跳如雷。

　　胡行长什么话也不再说，她把一切责任推得干干净净。

　　王小鹏站起来，走近窗户，"刺啦"一声滑开铝合金推拉窗。透过迷雾霭霭的大气层：街上传来车子喇叭的轰鸣声和众多的嘈杂声。

　　他听见身后传来轻声细语的嘀咕声："这个世界，从来没有什么救世主，一切得靠你自己去救自己。"

　　这话说得令他窒息。

　　黑暗顿时笼罩着他的心头，严重的事态在进一步扩展，他自己也不明白面对着胡行长这种下三滥的手段为什么还能保持如此冷静，这般沉默。

　　为什么他要冷静地保持沉默？

　　其实，王小鹏就是想要做一个勇敢的人，一个坚强的人，就像他所崇拜的那些电视剧中所描绘的美国西部牛仔的气派。

　　也或，当时他站立在高楼的窗前也曾经想过：纵身一跃，一了百了。

　　可是他心里真的害怕。

　　是啊，五十岁不到就死掉，真是太恐怖了！人死了，那就意味着他创造人生的一切归零。

　　更何况人死了那就再也活不过来了。

　　"啊，多么痛苦，而且我的痛苦不可能得到任何人的怜悯，我有什么过错？创造人生谈何容易？活在这个世上真是艰难啊！"当时他就是这么想的。

　　他喉咙口隐隐作痛，无法解脱的绝望和恐惧向他袭来，极度的愁苦和悲哀使他浑身抽搐。

　　"这该死的胡行长，千不该万不该，你不该让我在这经济危机的艰难时刻再去借那二百万的高利贷来还贷款，你这样做会把我折磨死的。"

　　他王小鹏又能对这个浑身充满着小资情调的美女行长说什么好呢，他再也找不到恰当的言辞，只能无话可说。

　　残酷的现实犹如一支铁环，箍得他喘不过气来，他唯一的出路，就是兔子逼急了也会咬人。

　　或者说得难听些，叫作：狗逼急了，也会跳墙！

　　王小鹏在人生旅途的绝地之时寻求逃生之路，也就顾不上那些文质彬彬的礼节，那些温良恭谦让的虚伪了。想到这些，他似乎得到了足够的能量，终于从沉思着的悲哀中挣脱出来。

　　当他晕晕乎乎地离开胡行长办公室时，他还说了些什么对于美女行长来说是大不敬的话，这些话后来连他自己也记不得了。只是当他拉开房门出去的一刹那间，他瞧见了美女行长脸色惨白，浑身哆嗦。

王小鹏走出银行透亮的玻璃大门时便给袁辣子打去电话:"喂,是辣子兄弟吗,你听我说,我被银行骗了,对,贷款没了。哎,怕是混不下去了,反正不死也得死,最终还是想再博一把。"

他扭着脖子,狠狠啐了口唾沫,扯开嗓门吼道:"对了,辣子,我告诉你,如果你还想讨回我欠你七十多万材料款的话,必须马上给我赶过来。否则,年关逼近,大家只能都等死,你即使大刀砍了我,一分钱都没有!"

打完电话,王小鹏心头沉重,心情抑郁。

辣子其人姓袁名海峰,从河南盲流至上海,在前海地区,他租用了块废弃的场地,干起了制造建筑行业专用的,掺和水泥、煤渣的轻质空心砖活计。

他给人的印象:不但匪气十足而且浑身上下显露出来的都是蛮不讲理的霸气;他个子矮小敦实,头板刷光,没一丝毛儿;眉毛和胡须很浓密,眼珠闪着漆黑的光亮;他喜欢大笑或暴怒。

他的上唇似乎特别短,总是遮不住那些排列很不整气的牙齿。嘴一张开,那些焦黄的门牙便完全显露在外,惹得他只能把下牙齿咬住上牙齿的外边,作出"兜齿"怪样。每当业务谈判时,他一般不敢放声大笑,怕露出丑牙齿,只好闭着嘴巴笑。平常日子他总是穿了件褪了色的黄衬衫,套着件破旧上衣。

袁辣子脸孔上的肌肉绷得紧紧的,棱角分明地一块一块横着凸起在粗糙的面颊上。他的脖颈又粗又红,时常会让人联想到坟墓中的那些枯死的树墩,而套在树墩上的那条粗粗的金项链似乎又给晦气的脖颈带来许多土财主那般粗俗的豪气,王小鹏与辣子的关系属于那种不打不相识的关系。

当初,王小鹏在前海厂区的施工许可证批下来时,他投资的那片土地上基础建设正在热气腾腾地大干快上,三十二米长的水泥管桩在桩机如雷轰鸣声中夜以继日地一根接一根被压进大地深处。工地上从早到晚充满着气象万千的繁忙景象,就像一部浪涛翻滚的交响乐,而它的曲调又是那么有节奏,仿佛演绎着企业主人豪迈雄伟的人生壮志。

那个时候的王小鹏啊:多么阳光灿烂,多么春风得意!

偏偏有一天,建筑工地上的施工员小蔡打来告急电话,说:"不好了,王老板不好了,工地大门被满载水泥砌块砖的两辆卡车给堵死了,所有其他车辆进出不得,怎么办呐?"

"什么?卡车封门?册辣个巴子,谁干的?"

"是袁辣子,他逼着我们建筑工地非得接收他们厂生产的水泥砌块砖不可。"小蔡说话时的音腔几乎带着哭音。

王小鹏恶狠狠地沉下脸,说:"奶奶个熊!昏头了!"

"袁辣子带着一帮人堵在门口，个个手拿铁棒、木棍，气势汹汹的像要打架的样子。咱这边的人我拦着，没敢上前。我想，人可以和虎狼搏斗，却无法和苍蝇争吵，我怕兄弟们上去，万一动手，生死难料啊。"

"岂有此理！人活一张脸，树活一层皮。这辣子泼皮还在吗？你让他给我听电话。"王小鹏扯开嗓门大声呵斥。

不一会，手机里传出一阵嘶哑、厚重的嗓音："王某人，你们这帮异教徒！你给我听着，你要么买我的砖块，要么给我滚开！否则，我要把你们做成肉饼！"

"我靠！你算是哪座庙里的哪根葱？我操！老子混江湖几十年，还从不知道害怕两字怎么写呢。"

王小鹏久经江湖沙场，威胁恐吓这套他根本不放眼里。

"你信不信，我宰了你！"袁辣子加大恐吓力度。

"老子偏就不信你这邪，有胆量你背着大刀放马过来。我靠！"

"你有种！你敢来工地，我立马劈了你！"

"册那，真是笑话！邪门了，我还会不敢来自己工地？"王小鹏神经质地咬着青紫的嘴唇，口吻充满鄙视。

"尼玛！你到底来不来？"

"辣子，你个巴子，不要口气比力气大。王爷我今天告诉你，明天下午二点准，海堤边那座上岛咖啡馆见。是人是鬼，我非得把你揪出来瞅瞅后才知道你是个什么窝囊废捏就的大粪料！"

打完电话，王小鹏气愤地耸耸一只肩膀，辣子这回真的惹怒他了。

在他背后站着的不时咬着嘴唇的李经理说："老板，我记得小蔡本来不是谈妥准备采购袁辣子的轻质砌块砖吗，而且他们洽谈的进货价格似乎还算便宜的。"

"是的。"王小鹏嗤哼着鼻子，说："我看辣子这家伙长相不地道，像个吃黑饭的料，与这种人打交道怕以后会有麻烦，所以通知小蔡中断和这狗辣子来往。你看，这流氓霸市的腔调，现在不是说来就来了吗。"

"我看，明天你不宜去赴会，这种吃黑饭的流氓，什么坏事都干得出来。"李经理压低嗓门说话。

"不去？笑话！躲得了初一还躲得了十五？我们的投资项目在前海，咋办？我能长久不去吗。混迹江湖得明白一个事理；两兵相争，勇者胜。"王小鹏说怒火冲天，无处发泄，突然抬腿猛一脚踢翻了身边的垃圾桶。

眼看老板赴会事态会变得更加严重，并且真有可能干出惊天动地的命案！

——王小鹏的火爆脾气是无人不晓的。

于是李经理涨红着脸，压着嗓子轻轻地说："要去，你也得多带些人马过去，咱好汉可不吃眼前亏!"

"就带你一个,带得人多了,就成了火拼!"

"我?我一个妇道人家,能帮你打架?"

窘得满脸通红的李经理,她,中等身材,各部位肢体配备匀称,长一双水灵灵大眼睛,显得很是漂亮。跟着王小鹏走南闯北已近二十个年头,无怨无悔地追随老板,没有功劳也有苦劳。共事久了,她担心害怕王小鹏吃亏受损也是人之常情。

第二天中午。

大白天的上岛咖啡馆内却灯火通明,几十只雪亮的射灯从天棚上直射下来,加上气氛紧张,使咖啡馆内达到白热化的程度,仿佛划一根火柴,被浓缩挤压的空气就会轰轰燃烧起来。

王小鹏和李经理迈腿走进咖啡馆门厅时,每张台子边都坐满不三不四的人,而且每个人的前面都清一色地放着杯白水。他们目不斜视地默默抽烟,有事没事地呼啸一声口哨。

这些闲杂人等似乎都在严阵以待,等待着什么人发出的号令。

空气蓦然之间变得格外紧张。这是李经理有生以来最紧张的一次,手脚都变得冰凉,脑子里也是一片空白。该怎么来形容她当时的心情呢?激动、紧张、幸福、害怕,似乎什么都有,又似乎什么都没有。

她叮咛自己:别慌,别慌。

众目睽睽之下,她额头上晶晶亮的汗珠一股脑儿地往外冒。跟随在王小鹏身后,她一边走一边整整衣领,拉拉衣襟。一会儿,又整整衣领,拉拉衣襟。她不知道接下去会发生什么样的情况。从堂口走到咖啡馆尽头的包房,也就一百多步的路,她觉得走了很久,很久,吓得她出了一身冷汗。

王小鹏走进咖啡馆,瞄见这些满座的歪料,知道其来者不善,环顾一下,估计辣子这混蛋招来了约百多人马。

他似乎开始有点懊悔,懊悔自己单枪匹马地单刀赴会,太轻敌。他有点急躁地将两手抬起使劲往脸上一揉搓,突然发现自己满手握着汗,紧张的两条腿几乎麻木了。他发觉这些,啐了一口,狠狠地蔑视了一番自己:这是干嘛?害怕?

"这是恐惧的表现!事到临头躲也躲不了,这样子不镇静,势必会出大乱子。"他想。

为了稳定下自己情绪,他干脆站定,掏出烟卷,慢条斯理地点燃,目中无人似的深深地吸了口,随后竟然从挎包里掏出把亮晃晃的匕首,"刷"一下别在腰间。正当众人望着发愣时，他随即甩开步子向咖啡馆深处的一号包房走去。

"噢！原来是这样子地虚张声势啊！"王小鹏迈腿跨进包房时，见袁辣子端坐在沙发上，边上站个戴着墨镜，长得五大三粗的汉子。

此时，他的心反而平静如水，口吻豁达："也就是玩条命吧，何必大动干戈，一刀进，一刀出，不就完事了！"

说完这话，他把别在腰间的匕首"咣当"一声，往台面上随手一扔，用冰冷的口吻说："穷汉一条命，富贵一条命，同是一条命，一命换一命，值！"

辣子听了这样子的横话，他的心在怦怦跳，憋了好久，竟然冒出这样一句不争气的话："你好，王老板。"

辣子痛恨自己，今天怎么了，真他娘的不是玩意儿。

此时，他的心情反而是格外紧张，他的腿还不停地在颤，事先烂熟于心的话头儿到这节骨眼上全给王小鹏镇住了，总觉得像有什么东西在喉咙里哽着。愣了半天，竟然再也没吐出一个字来。

此时，他往台子上一看，啊呀！不看不要紧，这一看，他心里更慌了，头也嗡嗡地开始大起来：

他瞄见了王小鹏正在台面上摆弄着一台小型录音机！

这让他感到惧怕，他从没见过这种阵势，他知道自己现在的一言一行都将被录音备案。

他明白：事情闹到最后总还得坐下来分析评判谁是谁非，这录音机录下来的东西就是将来的铁证！

这一点，他现在比谁都清楚。

待他完全明白时，又瞄见王小鹏随身带来的女秘书已经安稳坐定，正摊开本子准备进行谈话记录。

"姓袁的，你今天的一举一动都将被记录在案，我现在可以明确地告诉你，"王小鹏随意地把手机往台面上一扔，说："如果你有任何胆大妄为的动作，我哥们803警队即刻出动。我这手机一拨通，冲锋枪对付你们这一小撮手无寸铁的混混，还不是小菜一碟。辣子，上海滩的803，你懂不？"

"懂，懂，"辣子从来就是拿着铁棍冲冲杀杀的莽汉，哪知道玩什么文质彬彬的套头把戏。王小鹏一上门，即刻干脆利落地狠狠甩出三板斧，把他的野性和血性顿时给彻底铲得一干二净。

"说吧，辣子，你什么意思？"王小鹏斜过头去悠然地点了支古巴 COHIBA 大雪茄，浓浓的烟雾夹杂着雪茄特有的滋润香味，从他鼻孔飘然而出，冉冉升起。

袁辣子大气不敢出，他已经被王小鹏的气势、做派，彻底征服！他的心情如同密布了阴云似的阴暗。望着王小鹏，他欲言又止，脸憋得像块红布似的，嘴张了几下，终于说道："我这还不是请大哥您来说道说道，评评理吗。"

"册那！什么时候我成了你大哥。你摆在外面那百八十号人马，见了大哥我也不站起来叭唧几下，鼓鼓掌。对待大哥就这等礼遇，还懂不懂规矩？"王小鹏说话时没差点把全部的笑给喷出来。

袁辣子似乎有点恼羞成怒，狠狠地站起来，踹了他边上那莽汉跟班一脚，骂道："操你个巴子，还不快去把人马给我撤了。"

吩咐完后，辣子转回身对王小鹏再三解释：这纯粹是一场误会。

他脸上露出来的神态诚恳到极致，微笑中仿佛还含有些哭相，就差没顿足捶胸指天赌咒或磕头作揖哀声讨饶了。

"大哥，咱这事就此了结吧。俺也不卖砌块砖给你了，以后井水不犯河水，各走各道。咱不会再找你麻烦，打扰大哥了。"

王小鹏见他如此这般开了软档，也见好就收，说话口气温和了许多："生意吗，总要有人做。我想，砌块砖生意仍旧给你做吧。"

"不不，咱说好不做就是不做。"

"呵呵，你现在像变了个人样似的。"

"哎，还不是大水冲了龙王庙吗。"

"好吧，就这样，砌块砖的活给你做了。但是，你给我记住，如果你胆敢跟我捣糨糊，质量出了问题，我可饶不了你。"

"这，大哥你放心，我干这砖块活也不是一年两年了。既然如此，咱就先一分钱不收，等你的建筑工程完了，验收合格，这才付款。大哥，您看这样行吗？"

"好，就这样，具体事宜你跟施工员小蔡联系，我就不管了。"

"好，好，谢谢大哥不计前嫌，真是大人大量啊。"

"哈哈，昨天你还叫嚣着要狠狠地砍掉我脑袋哩！"

一场血腥斗殴就这样被王小鹏轻而易举地瓦解，他收回目光后整个心灵盈满清雅的欢快感。

袁辣子就如此这样被王小鹏收服，心甘情愿地为他的建筑工地无怨无悔地做贡献，所有送到现场的砌块砖，他一分钱都没收取。这样子，他的材料款被王小鹏一拖再拖，一眨眼拖了近两年时光。

这可是七十多万工程材料款，如果一旦打了水漂，不是要辣子命吗？因此王小鹏电话召唤辣子出兵讨债，说实在也是情理之中。

大片的呼啸声响起。

袁辣子不动声色地贴近他的莽汉跟班，压低嗓门一字一顿地说："开始，让这帮家伙发抖去吧！"

吼声四起：

"还我民工血汗钱！"

"欠债还债，天经地义！"

"欠债七年不还，天诛地灭！"

"打倒老赖！打倒混蛋！打倒吸血鬼！"

大批"民工"从辣子身前涌过去时，人群机械地高呼着"打倒，打倒"，然后沿着工地上那彩钢板搭建的二层简易办公房转向建设项目指挥部。

走在人群前面的是穿着一身破烂工作服的施工员小蔡，他率领的那群人是王小鹏的亲兵队伍。他们像散步那样轻松、随意地走着，手里还挥舞着用花花绿绿纸张粘成的标语。

这种自己人挥舞标语，辣子的那些"民工"们则举起握紧的拳头，上下舞动的时尚行为，是王小鹏绞尽脑汁，亲自设计制定的。

之前，他已经用手机短信向如今是工业开发区董事长的许杰"告密"。

尊敬的开发区董事长许杰同志，您好：

由于非典爆发引起的经济危机，使本公司的财务状况颇感窘困。由于贵司拖欠工程款550万人民币已达七年之久，且又久欠不还。因此，造成我方无法支付民工工资以及工程材料款。

这！让我很无奈。

故此，特恳请贵公司速速归还所拖欠工程款，否则将引起群体事件，切切盼望许董事长予以重视！

又：惊悉，最近民工及材料供应商将组织上街游行抗议；要求归还民工的血汗钱。

注：获悉，这次示威游行规模浩大，届时或许会拉出横幅标语，并上市政府告状。

此

致礼

王小鹏谨慎告知

短信就像发往浩瀚宇宙，有去无回。许杰董事长根本就不吃王小鹏这一套头。随后，王小鹏又将此类内容的短信发给升华建筑装潢公司董事长锡平贵，同样石沉大海，没人屌他。

如今这年头：讨债的，是瘪三；欠钱的，是大爷！

无奈之下，他暗地里策划，组织了这次为生存、为活命、为尊严而讨还欠债的群体上访事件。

按王小鹏精心策划的讨债步骤：

1. 群体在开发区项目指挥部聚集，发起以理服人的讨债围攻。

2. 三小时后无效，即转向区政府上访，群体人员确保 200 人。

3. 二小时后无果，即刻向市政府上访，群体人员不超 100 人。

4. 力争第一时间在项目指挥部解决问题。气势要大、要猛、要狠，决不容许打砸抢行为发生。任何人不准带凶器，不准出拳伤人。鼓要擂得咚咚响，不到万不得已决不上访。

待一切交代完毕后，王小鹏躲进宾馆客房，静观事态发生以后的进展情况。他与小蔡和辣子始终保持着手机联系，遥控指挥现场所有的行动步骤。

"弟兄们，前进！"袁辣子在现场豪迈地把手一挥："占领项目部！"

沸腾的人群咆哮起来。

走在前面的人一拥而上，把个工程建设指挥部围得水泄不通，他们脚步混乱，互相碰撞，因而人群乱哄哄的，与预先设定的规则很不协调。

小蔡使出浑身解数，想维持好群体的秩序，但这是白费心机。当后一拨人马涌上来时，前面右边一个年轻小伙，惊讶地张着嘴巴，盯着辣子走了神，被后来涌上的人挤倒，扑通一声，重重地摔倒在办公室的门框边。

他挣扎着想站起来，但是后面的人又将他撞倒了。众人哈哈大笑，整个人群都被搅乱了，一帮乌合之众乱七八糟地涌进办公室。

王小鹏手机响了，话筒里传来辣子的报捷声："喂，大哥吗，项目指挥部已经被咱占领，那个猴王锡平贵也被俘虏了！"

"好，按既定方针办，大造声势！千万不要伤人。如有什么过激行为，我拿你是问。"王小鹏口语清晰，镇定地发出指令。

"大哥，要不要去逮那个许杰？"辣子狂野地吼叫着。

"放屁！你给我听着，揪住锡平贵，按预定方案，敲山震虎！"

"好，大哥放心。"

倒霉的锡平贵无论如何也没料到王小鹏会拿他开刀，唯他是问。他原本可以乘混乱之中溜之大吉，可他却自以为是地认为，自己应该留下来劝阻一番。他哪会想到，这一留，便成了许杰的替罪羊。

"你们的工程款又不是我欠的，围堵我干什么？"他恶狠狠地对辣子说。

"我操！不是你欠那是谁欠？特么地，给老子放老实点，否则，我把你做成肉饼！"辣子放肆地吼起来，他才不把锡平贵放在眼里呢："你个老小子，什么升华建筑公司老总，特奶奶地，跟老子一点关系都没有！"

锡平贵转开身去，回避了这个满脸匪气的恶棍，他那充满仇恨的眼睛盯着台面上的电话座机。

不一会，他拎起话筒毅然拨通110报警电话。辣子满不在乎地抱手在胸，伫在边上看着他打报警电话。

锡平贵打报警电话，他正求之不得呢。否则，接下去要是没节目，那就得搅和着打持久战啦。

辣子更希望的是，节目一个接一个上演，声势越大越风凉。

王小鹏对他交代得清清楚楚，要的就是在小范围内把事情闹得越大越好，逼迫许杰出面调解付款！

如此僵持着没过多久，一辆闪烁着警灯，"呜啦呜啦"鸣着警笛的小车疾驶而来。"刺啦"一声在屋檐前停下。

两个身材高大的警员从车上跳了下来，拨开众人，快步走近人群的核心圈，大声斥责："这儿简直就是猪圈！都在干吗？想造反呐？"

"你吼什么？还轮不到你在我们这边吼呢。"辣子毫不畏惧地叫起来。

"你们头儿在哪？"警察厉声问道。

"不知道，"辣子懒洋洋地答道："老板出国了。"

"什么？"警察跳到了他面前："你在和谁说话，混蛋，我是这儿的片警！听见没有，马上给我回撤，否则，别怪我不客气！"

警察同志在办公室里走来走去，大发雷霆。

"看看你们像什么样子？根本不像正常人，个个像要吃人的饿死鬼。快回吧，都快过年了，打起精神，整出个人样来回老家去。"另一老年警察挤上来，笑嘻嘻地说话，哗啦啦地打圆场。

"警察大叔，正如你所说，俺们都快变成要吃人的饿死鬼了。您看看，都快过大年回老家了，俺浑身破衣烂衫的，连件像样的衣服都没有。更何况这半年多来老板没钱发工资，说我们工程款550万被拖欠了七年多，至今还无音信，没有着落。警察大叔，您说他们这样子的赖账不还，天下还有公理么，咱这苦命人还怎么生活下去？警察大叔，您无论如何总得指条路给俺们农民工走走吧。"

悲悲切切，有棱有角说话的是小蔡，他的着装以及整套台词也都是王小鹏预先为他设计好的。

"是不是这么个情况？"警察虎着脸转身问锡平贵："你赶紧协调，谁知道这样闹下去又会捅出什么样的篓子来。"

"这怪得了我吗？开发区这工程款拖得也实在是不像样子，都快过七个年头了，我也弄得很被动呐。每年都向许杰董事长催款，他总是没钱。这钱，我也没有啊，我只是个过手老板，一手接钱，一手付钱。他们这个样子逼我付款 500 多万，我从哪儿去弄呐，这不是明摆着想逼死我吗。"锡平贵拉着苦瓜脸解释说。

"我警告你们，要钱、讨债，这事不归我管。但是记住了，发生暴动，骚乱，那我就毫不客气动手啦，到时别怪我没预先提醒过你们。"警察对着辣子一伙说完话，跳上警车，毫不犹豫地开车走人。

扔下饥肠辘辘的锡平贵在那里愣怔着发呆。都已经下午 3 点多了，他除了早晨出门前喝了老婆煮的一碗稀粥之外，愣是连一粒米一滴水都未进。

万般无奈之下，他终于挂通了王小鹏这大混蛋的手机，听到王小鹏语音，他似乎抓住了救命稻草。

锡平贵迫不及待地厉声到："王小鹏，你算个什么狗屁金牛！你就是个大坏蛋！算你有种！你有种，你找许杰夫。你逮我有个屁用！我哪来什么钱给你，你个土得不能再土的巴子金牛，怎么 SARS 病毒就没靠上你呐！册那，你还让我活不活了？"

王小鹏此时正悠然地靠在宾馆客房的沙发上，被锡平贵一通臭骂也来气了。他欠起身来，往上提了提裤子，装作结结巴巴的样子，说："锡队长，你，你都说些什么呐，我都给您弄糊涂了。"

锡平贵听到王小鹏这番明目张胆地撒赖，简直愤怒到了极点。

"你自己搞出来的事，你会不知道？奶奶格你，装什么熊！事情闹大了，你就等着坐牢吧！"

王小鹏打断他话头，插上去说："其实，这也不是我的错，真能把欠债讨回来，难道你没好处？你要明白，我这一着棋实属无奈，你要看到结果。我现在告诉你，结果就是你我都解套。所以嘛，这就叫苦肉计。现在甭给我拔出嗓门吼叫，你那臭皮囊受点罪，解放的是一大帮子受苦受难的农民工兄弟，这么简单的道理，难道你还不懂？"

"许杰说了，他实在没钱！"

"不用你告诉我，我知道他没钱。"

"那你还闹个屁哇，我都快饿死了。"锡平贵歇斯底里地喊道。

王小鹏不耐烦地耸耸肩膀，说："面包会有的，牛奶也会有的，我这里都给您准备着哩。不过现在得委屈你饿两天，政府不怕你闹，就怕你穷，穷得要饿死人了，钱自然就下来了。对不起，我还有事，挂啦。"

"王小鹏，你个臭不要脸的混蛋，你，你，你说话呐。"锡平贵使劲摇晃着悄然无声的手机。

但是，手机屏幕显示：对方已挂机。

正当他束手无策，痴呆着发愣时，手机铃声猛然响起。他匆匆一看，是许杰董事长打进来的电话。

赶紧按下接通键，手机那头传来许杰那浑厚的男中音："平贵老总吗？收拾好你办公室那些乱七八糟的鸟人，到我这里来拿支票。注意，只准你一个人过来。"

锡平贵一下子不敢相信许杰真的放款了，他眨巴着浮肿的眼泡，问道："那你们真的是有钱还欠款了？"

他似乎感觉电话那头的许董事长，一边点头一边说："还不给我赶快抽身滚过来，你想赖在那里作死啊。"

锡平贵极其紧张的心情一下子宽松下来，匆忙收拾好办公桌上那些杂乱的东西，拨开围堵人群，侧着身子溜出门去。

"册那！许杰啊许杰，还真没料到，你堂堂的开发区董事长，还真被那个土象混蛋金牛王小鹏给算计了。"

他一路屁颠屁颠，一路乐不可支地想，"王小鹏这混蛋家伙就是不简单，料事如神。他这一折腾，大家都解套！"

摄影　澳洲栈桥　王照敏 / 摄

摄影 金色岁月 王照敏/摄

第十五章

· · ·

跌 宕 起 伏

那一天，天气格外的好，万里碧空中飘着朵朵白云。

王小鹏来到前海厂区时，新建厂房在金色霞光涂抹下，显得格外壮观。透过洁净的落地玻璃向外极目远望，无限宽广的海面上，有一艘白色的游艇静静地停泊在那里，艇尾似乎有一对恋人在那里嬉笑着打情骂俏，他们一边调情一边垂钓，好一派浪漫到极致的景象：这让他嘘唏不已，满脸挂着羡慕、嫉妒、遗憾的复杂表情。

远处，有一艘灰色的气垫船在海面上如闪电般地飞驰，它的船底和船尾都喷射出一股强大的气体，那速度之快足以让王小鹏大吃一惊。

正当他吃惊不小时，刹那间，他看见气垫船离开了海面腾空而起，像一支离弦的利剑一样向前飞驰！

王小鹏听说目前出现在前海区域海面上的那些气垫船，不但能在水上航行，而且能直接登陆，尤其是还能在复杂的路面上行走，如沼泽地、沙漠、雪地，还能沿着陡峭的山路攀登。

他凝神注目着欣赏了一会，便转身落座在办公桌后面的大班椅上。

看着如今属于自己的办公室，倒也确实够得上潮流，称得上气派。这座规模巨大的办公室，内外相通，连接着四间屋子，每间屋约一百平方米不到，最外面，朝向大海的阳光房是他的画室兼董事长办公室。阳光房朝内，通往会议室兼会客室。左边，推开一扇便门是企业的财务及工作人员的办公处。右边，不太显眼的地方有扇较为隐蔽的门，遮掩的是资料兼储藏室。

办公室门外是条宽敞的贴着白色地砖的走廊，这条走廊宽五米，长约五十多米。走廊尽头，有两座客运电梯或通往六层顶楼或通往底层的迎宾大厅。

气势磅礴的大厅就像宾馆大堂。

两根粗壮的通天圆柱，雄伟地将雪白的天棚顶在十米多高处，这让许多慕名而来的客人仰起脑袋，惊叹王小鹏对工业厂房如此奇思妙想的设计构思，确有他这种怪才的独到之处。

大厅地面以及墙面均用金线米黄大理石装饰，宽阔的墙面，到处悬挂着王小鹏历年来所做的值得保存的油画作品。

迎宾大堂每个显眼之处，摆放着各种造性的雕塑和奇石，这些文化艺术品错落有致地点缀着那些巨幅抽象的油画之间。

王小鹏的文化格调以及艺术细胞在这里得到充分的想象和发挥，他别出心裁地把企业接待中心整得就像琳琅满目的艺术品画廊。

更有甚者，他在办公室门牙上，挂出一块木质横匾，上刻四个金色新魏体大字"阳光天堂"。

这天堂，自然也是他最钟爱的画室，充足的光亮把室内绘画的视觉如同置身于室外。尤其是春暖花开季节，推开面向大海的玻璃无框门，室外宽敞露台上的奇花异草的清芳随风飘进室内。

那个时候啊，就甭提舒适的感受有多美妙，即使严寒的冬天，暖气也照样使得室内空间热烘烘的，像是春天那般温馨，那般柔和，那般让人心满意足。

阳光天堂的东面窗下，摆着一长溜的是从月星家具购置的优质马皮面沙发，坐上去，舒服极了；地坪上的萨安娜大理石，用抛光机打磨得光亮如镜；西面和北面是一长排高大的落地门窗，悬挂的淡绿色丝绒窗帘，雍容华贵之中不乏气派；极端造势的是那些欧式风格的会议桌以及柜子、椅子、落地灯之类的家具。这些家具都是意大利 VERSACE 一线品牌；王小鹏董事长办公室的奢侈豪华的摆谱程度，即使将军同志也自叹不如他有腔调。

其实，这等豪华奢侈地摆谱并非王小鹏本意，实属无奈之举：为筹措投资款，他变卖了所有房产，由此造成他家里的这些名贵家具无处搁置，只能将就着在此处临时摆谱，为王小鹏造点夸张的声势。

如今，别看他厂区以及办公室有多么豪迈、多么华丽、多么富丽堂皇，但是，此时此刻，他的心境一点都不豪迈，一点都不华丽，更谈不上趾高气扬了。他的情绪一落千丈，他的神情犹如跌入万丈深渊。

叫天，天不应。

叫地，地不灵！

他垂着脑袋靠在大班椅上，合着眼帘，默默沉思。

美国社会心理学家 Festinger 有一个很出名的判断，被人们称作为"费斯汀格法则"：生活中的 10% 是由发生在你身上的事情组成，而另外的 90% 是由你对所发生的事情如何反应所决定。

换言之，生活中有 10% 的事情是我们无法掌握的，而另外的 90% 却是我们能掌控的。由此可见，当你控制不了前面的 10% 的时候，你却完全可以通过自己的心态与行动来决定剩余的 90% 怎么运作。

现实生活中，常听人们抱怨：我为什么这样不走运，每当做一件事，总有一些倒霉的东西缠着我，上苍为什么不让我顺顺利利，为什么没人来帮帮我？

王小鹏明白，其实那是一个心态问题，这点他现在非常清楚。前海投资项目落到今天这种尴尬处境，没人能帮他！要想解套，突出重围，前面的 10% 让SARS 引爆的经济危机掌控了，凭自己微薄能量，根本无法鲤鱼再跳龙门。但是，根据"费斯汀格法则"，剩余的 90% 机会还是存在的，就看怎样谋划了：能给投资项目解套的，一定不会是别人，而是全靠自己的主观能动性。

如果自己能熟练运用"费斯汀格法则"，合理掌控，灵活运作手中资源，或许一切问题就有可能迎刃而解。

王小鹏意识到，目前必须摒弃抱怨情绪，振作精神，丢掉包袱，换一个思路，换一种角度来审视投资项目的前景。

前海游艇码头停靠着的那些花花绿绿的游艇和气垫船，标志着海湾区域很有可能被开发为国家旅游度假区。

制造游艇和气垫船的设想，虽然已经被前海地区证实是一个非常有前景的投资项目，但失去了庞先生的合作，王小鹏没有了后续资金，就像男人身上没有了血液，更要命的是没有了庞先生的技术力量支撑，他一点方向都没有。

对于游艇制造，他完全是个门外汉——一窍不通。如今面对残酷现实，他只能不再去想那个美丽的游艇梦了！

换句话说，他已经在设想和谋求另外的出路，寻求其他方向：找一个实力雄厚的企业来搞其他合作项目。

他认为这或许可能是一条解开死结的出路。无论怎么说，总比一大片毫无生气的厂房空置着好多了。

他设想：当下，首先要稳住阵脚。二是树立坚定不移之决心，改变以往沮丧之心态，积极谋划，寻找出路。如此方能突破 SARS 造成的重重危机，从而向创造人生的目标继续前进。

他明白自己不是一个高尚的人，不是一个脱俗的人，他只是一个普通的再也不能普通的小商人，他的能量是极其有限的。如果他想创造一个人生晚年圆满的成果，那就必须要保持一种坚韧不拔的脱俗心态，动用一切关系，耍出一切手腕来解决目前的挫折和失落。

人世物欲横流，社会焦躁不安，在拜金潮流冲击下的他，难免也会变得俗不可耐。但王小鹏独到之处在于，俗套归俗套，他做事风格：凡事不超越政府的法律底线，不干违法乱纪的事，不撞南墙决不回头或者说撞了南墙也不回头是他的天性格调！目前，他的事业如此，状态如此，事实也如此。

不能否认的是，王小鹏也是一个明智的人或者说是一个豁达和智慧的人，他的幽默和风趣，可以让朋友们开心解颐，笑靥如花。与他相处长久的人，了解他的人都会看到，每当他遇到艰难险阻时，他总是独善其后，自行处理解决，从不为难他人。熟悉和了解他个性的人，普遍认为跟王小鹏相处毫无压力，他做事不轻易开口求他人帮助，也从不在朋友圈内开口借钱，朋友们与其相处自然也就轻松愉快，有时，有意无意间给他予以相应帮助。

前海地区招商引资部门的张主任，就是这样一位愿意为王小鹏企业提供帮助的好心人。当然，这与他招商引资的职责也并非毫无关联。今天王小鹏一大早赶到前海厂区，就是在等待张主任引荐的合作伙伴。

张主任推荐引进的这个合作项目，是研发生产新能源电动车的电池组合装置，这类广泛运用于各类汽车制造行业的电力新能源，摒弃了老套的汽油、柴油为动力能源的模式，是国家政策予以大力扶持的绿色环保项目。对于王小鹏来说，这个项目自然是好得不能再好的合作项目。

一个制造新能源电动力的企业，不但实力雄厚，资金充裕，而且也是他心目中最为理想的合作伙伴。

他出资入股的是基础建设项目的不动产，对方出资的是技术力量以及机械设备，这个合作的大前提已经基本敲定。今天洽谈的主要内容是前期的流动资金以及高管人员的配置。王小鹏认为，这不是主要问题。

他对新能源电动领域的技术问题也像制造游艇那样，一窍不通，更何况他的文化水平连个外文单词也背不出几个，凭什么在高科技领域指手画脚？

他确定自己核心利益的底线：拿下财务管理以及资金流向的主导权。其他一切，他不斤斤计较，主动放权。

他着重关心的是由此他可以解套，他的投资款可以起死回生，充分发挥出其原本已经丧失的生产能动力。

这对王小鹏来讲，与其说是解套，不如说是让他感受到从此往后，他将走向欣欣向荣的人生旅途。

——这是一件值得他一辈子欣慰的大事！

为了能把这个对他来说至关重要的项目拿下，他做了大量的思想准备，他准备在竭力和对方周旋之下，还得随时做好吃亏的心理准备。

明白这一点基本原则的人，他就会倾心听取合作对方的内心想法，并为此提出自己的见解和意见。

王小鹏将心比心地设想，必须让合作对方觉得他倡导的合作理念是双赢的，在心悦诚服的同时也感到受益匪浅的觉悟。

抬手看看腕上最新款的劳力士金表，已经九点出头。王小鹏不耐烦地嘟哝："咋还没来，怎么回事？"

他感觉今天时针走得特慢，心里烦躁，开始有点忐忑不安起来，走到会客室的长条会议桌前坐下来，一连打了几个哈欠，低下头去，想伏在桌面上休息会。

忽然听见房门被敲响，接着有人叫道："王董！"

他抬起头，一看，正是招商引资办张主任推门而进，身后黑压压的四五个人紧随其后，跟进。

王小鹏用两只手抹了抹自己的脸，清醒了一点。

他睁着惺忪的眯细眼，坐在那里稳稳不动，面部没有一点表情，直叫人摸不透他心里在想啥。

等了半晌，他才不慌不忙地站起来，说："怎么才来呀？我都等得不耐烦，正打盹做好梦哩。这不，一下给打断了。"

张主任瞪着俩眼睛，像似两小灯笼般的对着王小鹏，说："什么话啊，九点才过几分钟，就不耐烦了？"

王小鹏没有正面回答他，反问道："你不是常唠叨，对遵守约定时间观念深刻的人，办事牢靠，说过没？"

张主任并不生气，只是脸上像是冷笑几下。

其实他心里倒是挺乐意王小鹏能有这种遵守时间的观念，打了个哈哈后，他说："各种情况不同啊。这不，今天我把区政府抓工业的陶副区长都请来了，可见我们政府部门对你们这个项目的重视程度。"

说完话，张主任随即介绍道："这位就是陶区长。"

"得加个副字，张主任。"陶副区长爽朗的笑声顿时在室内空间漫扬。

王小鹏定睛看去：陶副区长，长得中等个头，他脸盘上那双圆大而充血的眼睛，闪烁着炯炯光芒，仿佛对什么事情都能明察秋毫。

"来来，介绍你们认识下，"陶副区长侧身拍着身边一个细长个子的肩膀，说："这位就是深广新能源开发集团的代表。余明，余先生。昨天刚从深圳飞过来，今天就赶过来洽谈合作事宜啦。"

王小鹏听到陶副区长如此说道，赶紧弯腰，欠身与其握手，致意："余先生马不停蹄，一路辛苦啦。"

余先生很镇静，避开王小鹏眼光，微微点了下头。

但他没有说话，摆出副很斯文的派头，弯腰，伸手，微微一握，微微一笑，算是打过招呼了。

"大家请就座，茶水都给你们上好啦。"打招呼的是王小鹏得力助手李经理。

财务会计梅女士，脸色端庄肃穆，一本正经地坐在会议桌边。摊开的记录本上，她的两手不断搓揉着一支笔杆，像是随时准备开始作会议纪要。

众人客套几句后便纷纷落座，一时像是不确定谁是今天会议主持人似的，所有人都没有先开口说话。

张主任端起茶杯喝了一口茶，显出很忧愁的神情，慢吞吞地说："今天洽谈的这个项目，是区政府陶区长引荐。"

"张主任，我再强调一遍，区长前面得加副字。哎，这个副字不能少，少了问题就复杂了，你懂不懂?"陶副区长赞赏张主任的谦恭，但他对于"副"职的敏感度一点都不含糊。

"好好，"张主任鄙贱地笑笑，说："我的意思表达很清楚，陶副区长对这项目非常重视。主要这是个新能源环保项目，也是国家政策大力扶持和培育的高新项目，科技含量有可续性发展前途。我想了很久很久，王小鹏的企业如今落得进退两难地步，这，谁也怪不得他，也难怪罪于他。他合作的对方在经济危机中落马，这，哪怕是神仙，预先也无法估计。"

"几天前，张主任提出来，让你们两家企业合作的方案，我觉得这倒是一个很不错的主意，"陶副区长插话进来说："这样，深广那边既可以减少投入，而王董这边也可以整活了资产。所以我预先和深广方面沟通了一下，他们也有这个意向，合作的基本原则问题得到了共识，所以他们派了余先生过来商谈合作的具体细节问题。"

王小鹏左手托着下巴，两眼聚精会神地盯着陶副区长。

他默默地把这些话和其中的含义在心里滤了一遍，掂量掂量这些话的分量以及对他的利害关系后说："我的准备工作已经做得很充分了。说实在一点，这世上，人与人之间，更多的合作是因为彼此对双方都有用，都有价值。"

张主任鼓掌，说："这话一针见血。有时候，合作创造的价值，成本相对低廉以及风险低于单干，而且彼此给对方带来的利益确实相当可观。"

"但，合作的前提必须是对双方都有利用价值。"王小鹏眨巴着狡猾的眼睛，说："这种有用，可以说是老板与员工的雇佣关系，你给我提供平台报酬，我给你输出劳动力，给你创造价值。这种有用，也可以说是企业与企业，老板与老板之间的相互利用以及各自取长补短从而达到互惠互利的有用。"

"王董，你这话太直白，可倒也实在。"陶副区长哈哈大笑起来。

"如果你没用，再大的蛋糕跟你一丁点关系都没有，再牛的朋友对你也不感兴趣，再好的项目跟你也不着边际。合作的对方与你合作，是看到你与众不同的价值所在，可以从你这边得到他所付出的相对应的利益，他可以通过你的平台，放大格局，从而创造投入少，见效快的丰硕成果，这才是双方合作最原始的基础思想和出发点。"王小鹏说话意图来回跳跃，一时让人摸不透他的真实想法。

——指东说西、指桑骂槐是他的拿手好戏！

"思路清晰，条理明确，合作双方的指导思想，从大道理上来讲，应该是这样的。"张主任言语中不无赞美之意。

余先生听着王小鹏充满玄机的话语，忍不住插话，说："换个角度来看问题，这个世界上没有无缘无故的合作伙伴，也没有谁愿意把独个儿可以享用的蛋糕，毫无缘由地切割给你王先生来分享吧。"

"就是啊，"王小鹏紧紧抓住合作的理念，展开去说："离开这个基本原则而大谈合作，一切都是狂妄的，虚伪的，不切实际的梦想。这个世界的历史到了任何阶段，只要有人类的商业行为存在，这就是亘古不变的真理。"

王小鹏毫不在意余先生的话中是否含有讥讽之意图，他滔滔不绝地继续说："自然，能充分认可合作对方的价值所在，欣赏对方的特色，尊重对方的选择，宽宥对方的无心之过，包容对方的无意之失，海纳百川，有容乃大的肚量，也是合作双方必备的基础。我再一次表示，我会竭尽全力付出自己的诚意，真心实意做好自己的事情。"

余先生也是个咬文嚼字的谈判老手，接着王小鹏话题，说："伟人说，'世界上没有无缘无故的爱，也没有无缘无故的恨'。所以咱们合作双方之间，也就没有什么无缘无故的真心实意，一切都是相辅相成的喽。"

王小鹏听了这话，本想组织言辞展开反击。

一想不妥，既然合作，应该首先亮出高姿态，不去争那些毫无价值的宏观理念，在高风亮节的同时，最重要的是挣得核心利益不受损。用真诚的态度，用友好的表象来掩盖，来确保将来的实际话语权，这才是最明智的选择。

将来的合作企业中，有了实力的话语权，即使将来合作崩盘，自己也可以全身而退，不至于一败涂地。

于是，他的口气温和了许多，说："友好合作是以双方理性谦让为前提的宽容相处，最重要的是合作双方都不要无事生非地相互猜疑，斤斤计较那些蝇头小事。"

世事如此，王小鹏身不由己地动些小脑筋，打些小算盘，也算是人之常情，这并不代表他对当时的合作谈判毫无诚意。

余先生却言辞灼灼，语调高亢，掷地有声地说："我们深广集团相信的是政府，王先生，你们的企业是政府引荐给我们的，所以我们对你们的企业也是信任的，没什么猜疑。至于斤斤计较，我看未必不好，丑话大家说在前面为妥，免得日后我们相互埋怨，搞得难堪。我这个说法对不对，大家都可以发表意见进行探讨。我特别希望前海招商办同志多多指教。"

他扭头望了张主任一眼，然后继续说道："我认为，目前主要问题是，首先明确，我们双方是否都有这个合作的意向。"

陶副区长稳稳地坐在那里，身板笔挺，当他听到余先生的这番言语后便插话进来说："接下来，咱研究一下可行性合作条款。我说，王小鹏你也得清楚你企业目前的尴尬处境。关于你的情况，张主任老在我耳根子边叨叨，让我想想办法。"

王小鹏听着陶副区长这几句话中有话的说道，根根神经都紧张起来，他感到自己的脸上热辣辣的。

为了保持镇静，挽回点面子，王小鹏扯开正题，采用迂回策略，故作惊诧地说："我只是在想，新能源概念目前属于最时尚的绿色工程，国家央企和国际上超大企业必定会盯住这块蛋糕不放，迟早会张嘴去咬。我们有没有能量来和他们竞争，有没有实力来分享市场份额，这可是摆在面前既现实又实在的问题。"

"我们是跨国集团，实力雄厚，公司总部设在香港，具体地址及联系电话，我给你的名片上都有。"余先生说话时脸上不无豪迈表情："至于技术力量以及我们研发的新能源发展方向，来，老韦，你打开电脑，让王先生开开眼，见识一下。"

王小鹏神经稍微松弛了一些，知道他们也是实力雄厚的集团公司，且不说对方总部设在香港，光政府引荐这块金字招牌就够耀眼的，不是什么阿狗阿猫介绍的，所以对于信任度的问题，就不再疑神疑鬼了。

但他的脸色和口吻并没有因此缓和，言词毫不含糊，针锋相对地说："实力雄厚，怎么个雄厚法，能说得具体点吗？"

余先生不无遗憾地问："你那么问——啥意思？"接着他回答了自己的问号："当然每个人都有自己的想法和看法，这很正常。我是说，你想知道的东西，打开电脑，你就能一目了然，那不更好吗，是吧，张主任?"

张主任此时正俯身专注着那个叫老韦的在电脑里演示着新能源电动车的样板车及其电力驱动原理。

老韦一边演示一边对着王小鹏招手，说："王董，你过来呀，看看，这款奔驰 F1 赛车最新款，就是安装了我们研发的新能源电池。"

王小鹏似笑非笑地靠过去，低着头仔细审视起来，左看看他不明白，右看看更不明白。

于是，他瞪着两眼，说："这新能源电动车似乎跟日常所见的小车，一模一样呐，好像没啥新奇的。"

"你看看这里边。"老韦呵呵笑着说。

随着电脑的演示，前车盖打开后显现出来的是排列整齐的电池组合，"简单整洁"四个字是对这种新能源动力的最好描述：驱动车子行驶的传统发动机之类的复杂玩意儿都不见了踪影。

"王老板，这种新能源动力，目前属于尖端科学技术，也是人类智慧的体现。这种绿色环保项目前途无量，前景无限宽广。时不我待，机不可失啊。"老韦冲着王小鹏站立的方向歪过头去，露出非常虔诚的面孔说话。

他是个上了点岁数的人，个子不高，头发全白了，眉毛也是灰白的，很长，眼光有点晦涩。

这家伙右腿有点毛病，是个跛脚瘸子。

老韦阅历很深，那双紧盯着王小鹏的老眼，透露出他老于世故的神态：我倒要看看，究竟是你王老板内行还是我内行。他企图以自己的技术能量向王小鹏发起进攻，在进攻中发现对方弱点，紧紧抓住，猛烈将其摁倒拿下！

张主任在老韦的指点下，随着鼠标的移动看得津津有味。当他听到余先生叫唤他时，蓦然惊醒，也没听清楚余先生说的是啥，只听到最后那句"是吧，张主任。"他慌忙应道："是的，是的。"

余先生很得意，他的主张得到张主任支持，马上口气转硬："政府招商办张主任的证言大概不会错吧，你还有什么不明白的地方我允许你再提问一下。不过，我事情繁多，扯皮也得看看对象是谁，对吧，王董事长。"

"重要的是事实。我对于新能源之类的玩意儿一窍不通，但我懂得人在江湖，小心才能使得万年船。"王小鹏言辞话锋犀利，甚至还有点咄咄逼人。

这让余先生暗暗吃惊不小，脸上表情露出些不快。

"这样吧，王董，"跟进说话的是低着头代表深广公司做会议纪要的秘书，但看她行为动作似乎又像是老韦的助手。

凭王小鹏直觉，她似乎更像是老韦的情妇。这个半老徐娘长得偏瘦，因此脸面皱纹交错中带些土黄。

她说话倒也伶牙俐齿："我一直在注意听取王董事长的意见，似乎你对新能源动力不太了解。这样吧，百闻不如一见，今天我们开过来的那辆小车就是由新能源提供的动力，我陪你下去试试车，实际体验一下自己的感受。怎么样，王董事长。"

这女人的话倒也实在，一下击中王小鹏心中疑惑不解的要害。听说有新能源电动车停在楼下，这让他异常兴奋，真想见识见识。

他努力按下内心的激动，思念着咱总得也要有点腔调，不能像个没见地的小老板那样被对方看轻了。

于是他从口袋里掏出一个金黄色的烟盒，抽出一支带过滤嘴的中华牌香烟，"啪嗒"一声点燃，深深吸了一口，然后徐徐吐出，一团一团淡青色的烟圈在空中轻轻浮散，慢慢消逝。

他对着消散的烟圈凝神思索了会，说："按你这么说，我是不是可以理解为，你们已经把新能源产品给研发出来了？"

"你是抽烟，还是去试车？"这女人显得不耐烦了。

"当然试车。"王小鹏慢条斯理地说："我自己虽然没见过新能源电动车，但是也听人说起过。"

说到这里他停顿下来，想看看众人的反应。

"眼见为实嘛。"老女人一步不让地说："不能单听他人怎么说道的，咱们要说也得说出个实际价值来。韦老先生是博士生导师，他在新能源领域研究了十多年，硕果累累，要不是陶副区长极力推荐，我们还真不想跟你们搞什么合作呢。"

这不冷不热的话，把王小鹏一时闷住。

他小眼珠子一转，立刻来了主意，说："既然如此，那就试车去吧。走，这回咱也算开眼啦。"

一行人从三楼电梯来到底层大厅，王小鹏透过落地玻璃幕墙一眼瞄见了停在外面的一辆破旧的桑塔纳轿车，这让他心里很不舒坦："这是什么电动车啊，简直就是七歪八畸的破烂货。"

"看小了是吧？"老女人似乎洞察王小鹏的内心想法，呵呵笑着，说："就是要这破车，方能更显出电动发力的威风。"

"是吧，故意用辆破车？"王小鹏很是疑惑。

"试试你就知道了。"老女人一边说一边打开前车引擎盖，豪迈地说："看看，这就是我们研发的实样新能源动力。"

王小鹏弯腰低头拱进车头罩下，一看，果不然，如电脑展示的一样，整洁美观的电池组合在车头内，既无引擎发动机，也无杂七杂八的其他配件，所有配置简简单单，寥寥无几。

他不禁疑惑地问："这能驱动车跑？"

"嘭"一声，女人盖上车头罩，两眼蔑视着王小鹏，说："上车，你自己亲自试试不就得了。"

当王小鹏把车钥匙扭动点火后，这破车竟然毫无声息地启动了，这让他确实是惊诧不已。

松开刹车的瞬间——车子猛然从原地跳起，冲出去！

这让他惊慌失措之余吃惊不小："奶奶个熊，这电动车还真是不开不知道，一开吓一跳哩。"

随后，他将车子慢慢拐出厂区大门，直接驶上由混凝土浇灌而成的海堤大道，挂上高速档后，这破车就像是在钢板上行使那般既平稳又悄然无声，完全没有了王小鹏座驾那般的马达轰鸣声。

一圈兜下来，王小鹏不服也得服帖。

"新能源，好东西！"再次回到谈判桌边时，他的声音柔和了许多。

"你们看看，还有什么条条框框要限定吗？"张主任的眼光从余先生脸上滑倒王小鹏脸上，想听听他们的具体意见。

"还是那句话，新能源，好东西。但要推广普及，问题大得去了。"王小鹏的一句话点中对方要害："即使再好的产品，没有销售对象，没有客户群，还不是死路一条。因此，我还是认为项目是个相当时尚的好项目，而且研发出来的产品也确实不错，关键就是行驶的里程以及充电站还没有普及，所以我认为企业将来的产品销售是个最大的问题。"

"这个忧虑离题太远了吧。"余先生哼唠一声后冷冷地说。

老韦不无讥讽地起了高音，说："世界上还有这等好事，什么都预先给你准备好，只等你弯腰来捡钱。"

"这不是离题太远的问题，这可是实实在在摆在面前的实际问题。我可是再也输不起的人啊。"王小鹏的眼光停留在张主任身上。

他很想听听张主任是什么意见。

张主任一个劲转动着手中的茶杯。

他不愿意对项目合作具体事项涉入太深，否则将来万一有个好歹，他脱不了干系。另则，他对余先生毫无了解也是他不便过多发表自己意见的因素。他坐在一旁看王小鹏和余先生针锋相对，反正与他无关。他怕牵连到自己身上，也怕表什么态，所以有意避开王小鹏锐利的眼光。

王小鹏提出这个不属于今天讨论的议题，大家一时都没思想准备，全场暴冷，都没再说话。

李经理归纳一下笔记本上纪录的问题，站了起来。

她微笑着，不慌不忙地说："我们不能从表面看问题，也不能过多的谈将来的问题，将来的问题谁也说不明，道不清。像我们先前的合作伙伴那个游艇项目，当初大家都非常看好，后来出现的问题当初谁都没有料到。"

李经理环顾一下众人神态，见大家都在倾听她说话，便低头扫了眼记录本，说："所以，王老板忧虑也是无可厚非的，我们现在要找出双方担忧的关键问题。"

停顿了会，她继续说道："首先谈我们的指导思想。合作，我们是举双手赞成的，退一步来说，这一着棋，也是为我们的上一着僵局解套。为此，我们公司对所有在座的领导以及合作对方表示真心感谢。"

"这话听了让人舒心。"余先生插话时脸面表情愉悦。

"当然，产品的销售问题是企业生死存亡的大问题，这是决策时必须考虑到的，也是首当其冲要考虑的问题。正如我们老板说的那样，产品的出路是决定项目投资价值的决定性因素。否则盲目生产，产品积压，等于是资金积压，接下去还要支付员工工资和各项不小的开支，这情况是很严重的。"

"这倒是个挺现实的问题。"张主任说话时连连点头。

"为了避免发生这类的严重事态，正如我们老板说的，有没有办法避开这种风险。正因为我们对合作是充满诚意的，所以我们预先提出如何面对这种可能发生的事态，这也是为双方长期合作提出善意的见解。"

"你们这个见解的含义是什么？"余先生满脸疑惑地问。

"此见解并无其他含义，归根到底，我方是开诚布公地表达意见，坦坦白白地把问题摆在桌面上，把担忧说清楚，不兜圈子。在座的各位，你们认为我说的这话，有没有道理？"李经理说话有棱有角，有理有节。

"对，我完全赞成李经理意见，把问题和想法摆在桌面上来沟通、交流。这或许可以避免合作双方将来许多疙疙瘩瘩的纠结。"这是张主任的声音："大家有啥说啥，群策群力，没有过不去的河。困难多，解决困难的办法更多，办法总比困难多！呵呵，大家说对不对啊。"

张主任的话着实让余先生愣了会儿。

旋即，他便很老练地恢复到平静，说："张主任，我最希望如此，我们俩的意见可谓一致的。"

张主任摇摇手，说："不，不尽相同。人家王老板近亿资金投入进去，相当于他的全部资产。他那游艇项目倒了以后如今小心谨慎地处事，也是理所当然。一朝被蛇咬的人，处处疑神疑鬼地提心吊胆，这也正常。"

"张主任，这话我不爱听，"余先生脸色开始布满乌云："他有什么损失，他投入的资金不都还在吗，只不过是换了一种存在的方式而已。更何况我们的合作也没要他掏出多少周转资金啊，只不过是涮涮嘴的小钱而已。"

"这小钱大约是多少，涮涮嘴的小钱，也得有个数吧。"王小鹏对钱特敏感，尤其是让他往外掏钱的事，更敏感。

"不多，前期的流动周转资金也就不过是五六千万吧，你我各自一半。这没问题吧，王老板。"

王小鹏目瞪口呆地愣在那里——无语。

"余总，预先不是说好，我们是以不动产入股的吗？"李经理见王小鹏表情尴尬，立即转着弯子绕进来说。

"没错啊，技术方面由我们韦老师把关，机械设备由我公司直接从香港进口。至于流动资金是属于产品的成本，既然贵方的利益是五五分成，那么成本自然也是五五分摊。这是合情合理的成本分摊法则。贵公司总不能连财务成本都不承担而却要分去对半的利润，这似乎说不过去吧。"

"那么，刚才说的老问题又出来了，将来生产出来的产品卖不出去，后果谁来承担？"李经理的话题紧追着要害不放。

"既然是利益共享，风险自然也同担喽。"余先生摊开两手，笑笑，说："再怎么说，天下没那种好事，只有利益，没有风险。"

"我认为，贵方原本就是风投机构，也是有雄厚实力的跨国集团。"王小鹏眨巴着诡计多端的小眼睛，说："余先生，你看这样行不行，我这是在同你商量啊，不行的话，你可以明确表态说不行。"

余先生微微点头道："洗耳恭听，你随便说。"

王小鹏没去理会他的讥讽，只是按着自己的思路发挥："我嘛，也不在你这座真神面前摆阔，也不怕你瞧不起咱。为了这个基本建设，我的一家一当全扔进去了。至于你说的利益同享，风险自然也应该同担，这话不无道理。在这个问题上咱也不必和你斤斤计较，免伤感情。"

"这话有道理，听起来入耳，让人舒服。"老韦头在边上翘边帮腔，明的是赞赏王小鹏，实则是在踹他一脚。

王小鹏根本不搭理他，连瞄都不瞄他一眼，继续按自己的思路说下去："但是，目前我兜里分文全无。余先生，我也帮你个忙，咱退一步，这个前期资金也不能太难为你。我看是不是这样，该我出的周转资金我愿意承担，前提是你先帮我垫着，将来从利润里面扣除。如此这般，咱们双方都说得过去，更何况我投入了上亿的基本建设资金。你们跨国集团实力雄厚，哪里会在乎垫上这涮涮嘴的几千万小钱。再说，这小钱也是钱，无论如何，我总会还给你们。我的产业基地在这里，躲得了和尚躲不了庙。"

余先生听到王小鹏这种表相冠冕堂皇，内涵却阴险狡猾到极致的提议，暗暗大吃一惊，他在心里恶狠狠地咒骂："你个混蛋！"

但他脸面上却很镇静，语调平静地说："自然，对我们跨国集团来说，几千万的小钱，毛毛雨，绝没有问题，没有问题啊。是不是，陶副区长。"

余先生转身询问陶副区长。

陶副区长欠身答道："一点问题都没有，我说嘛，人家跨国集团，实力就是雄厚，这个钱呐，是没有问题的。"

坐在一边闷声不响做会议纪要的财务会计梅女士，觉得余先生说话平静中却有点慌张。她心里不禁想，"这可能是问题的关键所在，抓住这个缺口，把它扩大。"

梅女士是管理财务这一块的老法师，她对资金的流动趋向特敏感。

此刻，她举手要求发言。

得到陶副区长允许后，她轻声细语地冒出一句让余先生大跌眼镜的话："最后，我方按照财务规则提出；首先，合作对方出资的这笔五千万流动资金，必须先汇款到合作企业的账户后合作协议方为生效。其二，按照本公司预先商定的方案，我本人将负责合作企业的财务管理，监控资金流动状态。"

"姥姥了！你们不但不出钱，却反过来想掌控我们的钱，天下还有公理吗？张主任，你是老娘舅，你说说这合理吗？"脸色苍白的余先生，说话时嘴唇有点颤。

他被那个并不起眼的，只是作会议纪要的小人物"将"了这一"军"，有点恼羞成怒。沉默了半天，他想，这时候除了冒险没有第二个更好的办法了，因为不让对方监管财务，本身就是说不通的。

张主任手中的茶杯又在不停地转动了。

他想不出有什么理由来阻止合作一方不可以参与财务监管，也说不出个道道来挽回这五千万资金可以不到账的提案。

作为招商引资部门的负责人，他应当站在公正的立场上，实事求是地说话，自己不应该违背良心来促使合作一定要成功。

余先生等了他一会，见他闷声不响，就暗示他道："张主任，我们集团的实际能量，你照直说好了。"

"是的，陶副区长引荐的企业，实力自然没问题。"张主任说出来的话似乎文不太对题。

他的脖子发热，腮帮子上泛起淡淡的红潮。

"没有问题？嘴上说了不算，真金白银打过来才算数。"梅女士撅起嘴皮子嘟哝了一下后低下头去，不再吭声。

陶副区长露出一副非常严肃，非常认真的神态，说："我看啊，这确实也是个实际问题，预先说说清楚也未尚不可，免得将来扯皮，那就麻烦啦。"

张主任转过头去对余先生和蔼地说："余明同志，财务监管这块，王老板需要有自己心腹的人把关，这也是合情合理的要求。其次，这五千万早晚都要到账，早到晚到还不是一回事。我看呐，你们没有必要为此纠缠不清了，啊？"

余先生突然站起来，"咯嘣咯嘣"地咬了咬牙，说："与其咱们现在如此疙疙瘩瘩地纠缠不清，我看呐，还不如爽快地换一个角度来看待这个合作的模式问题，那样或许对双方来说都不会有什么顾忌了。"

陶副区长微笑着点点头，表示认可。

余先生抹了一下自己的脸，很得意地说："干脆，我们以租赁厂房的形式来支付合作对方每年的固定利润，这样他们就一点风险都没有了，只赚不赔。但是。丑话说在前面，将来我们发达了，你们也不要眼红。"

梅女士听了这话，心里"咯噔"一愣，随即脱口而出："你们的租赁价格怎么计算？按目前上海的市场行情，工业厂房，每平方每天 0.45 元。我们的厂区按建筑面积计算是四万六千平方米。"

"凑个整数，我们支付你们每平方米 0.5 元，怎么样？"

"毕竟是跨国集团，出手就是豪气大方！"张主任惊呼道。

"得现付款后使用！"李经理不失时机地紧追不舍。

"那自然，而且我们不用搞什么付三压一的小家子做法。我们一年期一付！"余先生不屑一顾地撇着嘴，大气凛然地说。

"那得预先支付 $0.5 \text{ 元} \times 365 \text{ 天} \times 46000 \text{ 平方米} = 8395000 \text{ 元}$ 呀，贵方有问题吗？"梅女士毕竟是老财务，口头计算，瞬间把账目来回总额交代得清清楚楚。

"那没问题，"余先生满口答应："不过，我们的厂房租赁合约必须得签十年，而且十年内房租不得涨价。"

"这也没问题。"王小鹏一锤定音。

"非常感谢你，希望你以后多多支持我们。"余先生深情溢于言表。

"用不着谢我，搞好企业，也是我们的愿望，我真诚地希望贵公司在这块热土上能够大展宏图。"王小鹏热情洋溢地说:"这新能源动力是个好项目,尤其是在上海滩,大有发展势头。"

"是的,不过今天这个决断是我个人的意见,还得请示我的老板。这应该没问题,我全权负责大陆华东地区的投资开发项目。"

"唔,你的意思,今天的话不作数?"

"这你应该懂的。我不是像你这样的老板,说话能够随心所欲,一锤定音。我毕竟还是个打工的啦。"

"这我明白,也能理解你的处境。"王小鹏话说得很坦率。

"所以,大公司有大公司的别扭,还得请王老板亲自前往深圳,面见大老板一谈。"

"我?还得去深圳?"

"对啊,来之前,老板交代了,我在这里谈得差不多了,就请合作方去深圳签约,毕竟我们公司还是老板说了算啊。就像你们公司,这么大的项目,你派李经理去,她就能一锤定音地把合作协议签订?"

"我去深圳,能把合约签订?"

张主任一面凝神谛听,一面直点头,说:"对对,余先生说的话,有道理,王小鹏你也就别难为他啦。"

"这不是所有问题都解决了吗,"陶副区长高兴地站起来说:"但愿王小鹏同志深圳之行,凯旋而归。"

"对,对,预祝合作成功,大家来个合影留念吧。"韦老头撅着陡峭的屁股站起来,像变魔术似的从胯下掏出个相机。

余先生走了,他前几天就飞回深圳了。

在深圳,余先生打来电话告知:老板原则上采纳了他的提案,就等着王小鹏飞过去作最后的表述后即签约。

但他再三关照:只允许他一人过去,免得人多嘴杂,惹老板不高兴。

"一人过去,啥意思?"这让梅会计疑惑不解。

王小鹏"内阁会议"在他办公室里气氛紧张地进行着,讨论课题:一人飞深圳,去,还是不去!

李经理轻蔑地摇摇头,说:"这帮混蛋,使出这么蹩脚的把戏,不怀好意。我看啊,世事如棋局,不着者便是高手。"

王小鹏哈哈一笑,说:"你既知世事如棋局,不着者便是高手;你可知一身如瓦瓮,打破时才见真空。"

"那不一定。"李经理头一歪,挺认真地说:"你这尊瓦瓮,打破时才见满满的浑身是胆。"

王小鹏严肃地站在那里,一本正经地说:"世间海水知深浅,唯有人心难忖量,我倒要看看他们的意图是什么,他们究竟想要达到什么目的。"

"你还真想飞过去刨根究底?"梅会计不无担心地问。

"一旦我决定飞过去,即使深入虎穴,我也不会害怕那些鬼哭豺狼嚎。深圳毕竟还是中国领土,受中华人民共和国的法制保护。所以我认为,现在的法治社会不会允许黑社会滋生的土壤存在。老子本来就烂命一条,一身皮囊如空空瓦瓮,打破也没关系,我怕什么呀!"

他说话时的眼光里流露出智慧与迷茫交杂在一起的神态。

"那当然啦,王小鹏嘛,天下闻名的王大胆,谁个不知,哪个不晓?"梅会计向他翘起大拇指,不无讥讽地嘲笑。

"想不到咱们老板还有一番大胆的理论依据呢。"李经理撇嘴嬉笑,跟着梅会计大肆起哄。

"那当然,"王小鹏掏出亮晶晶的烟盒子,从里面抽出一支香烟,用火柴点燃后,抽了一口,叼在嘴唇犄角,自鸣得意地说:"现在做事,没有理论依据不行。我在空闲之时就经常研究马列主义和毛主席著作,我有我的一套海派哲学理论依据来指导我的行为准则。"

"啥著作?你现在还有空学毛选?"梅会计听得稀里糊涂。

"哦,这个你就不懂啦,学无止境嘛。"

"当然,谁能与你王老板比,整天混在场面上的人,就是头脑活络,知识满贯,侃大山也能把死的侃成活动的。"梅会计讥讽力度加大。

"不敢不敢。你这种说法,莫不是在咒我胆大妄为吗。"

"你也知道胆大妄为啊。"梅会计拉下脸,口气却温和地劝慰道:"既然知道自己够胆大妄为的,那么,我看你这次就别去深圳了。他们让你一个人去,我看就是不怀好意。这一去呐,要多悬就有多悬。"

"不入虎穴,焉得虎子?"王小鹏嘴皮子往上一撇,说:"你们也不想想,目前我们的企业一下子能调进 839 万头寸!什么困难都迎刃而解了。我看啊,这事,要多诱惑有多诱惑。"

"你呀,除了讲钱还是讲钱,几时把风险放在心上?这样贸然而去实在是一种愚昧的行为。"李经理小心翼翼地说。

"话不能这样说,有一种说法叫作春不种,秋不收。世上死生皆为利,不到乌江不肯休。"王小鹏高声说道。

"非去不可？"

"那自然，你们也不想想，我只身一人，随身不带任何钱财，他们能骗到我什么呢？更何况过去后只是签订房屋租赁合同，而且租赁的房子稳稳当当地摆放在这里，谁也甭想挪走。"

停顿一下，王小鹏继续说道："大家仔细想想，我哪里有什么值得他们大动干戈地把我哄过去？你们哪怕说出一丁点理由来，我就听你们的，不去就是了。"

沉闷了半晌，谁也说不清，谁也道不明对方把王小鹏骗过去的理由和目的。

"船头坐得稳，不怕浪来颠。我决定还是飞过去，小心谨慎地去看看这葫芦里卖得究竟是什么药。"王小鹏把头往上仰起，口气异常坚决地说："世上万般皆由命，从来半点不由人。"

"船小容易翻啊。既然如此，我们俩人就随你一起去吧，万一有事，也好有个照应。"梅会计阴沉着脸说。

"对方余先生再三强调，让我一个人飞过去。"

"你也不要打肿脸充胖子，想单刀赴会？还真以为自个儿是什么英雄好汉了！就这样，你在明处，我们紧随其后在暗处，不让他发觉就是了。如此这般，好歹你也有个伴，我们可以随机应变，暗地帮你一把。"梅会计思路敏捷，有时往往能出谋划策些奇异的点子。

如此一番讨论之后，三人决定明天直飞深圳。

临行前，王小鹏特意告知了张主任以及陶副区长。

这两领导听了如此这般说法，也颇有点觉得事态蹊跷，再三关照：安全第一，随时保持联系。

王小鹏走出深圳机场出口处时，迎接他的是笑容可掬的余先生。

今天，他身上打扮得很酷，雪白的衬衣领子特别挺，那条黑色领带十分夺目。他边上挨着的是一个皮肤黝黑，提黄色牛皮包，穿一身褪色的军便服青年，脚上套一双低帮解放球鞋。

王小鹏实在搞不明白，难不成现代化的深圳还在流行这一套老旧的，"文革"期间的时髦做派。

一番热情洋溢的寒暄之后，他们来到一辆紫金色的奔驰轿车前，在弯腰钻进轿车时，王小鹏瞧见机场右边的廊檐下，梅会计和李经理各自拿着手机对着这边拍摄。他知道她俩已经把轿车型号以及车牌号码记录在案，这辆车即使想载着他玩失踪的把戏，也难逃警察追寻。

"王董事长，今晚有空吗？你不是一个人来深圳的吗，不会没空吧？"余先生微笑着明知故问。

"王老板是第一次来深圳吧，咱今晚得好好陪你玩玩，这边的小姐开放得没话说了。"那位皮肤黝黑的小伙，充当着即是余先生跟班又是他驾驶员的角色。

"真不巧，今天晚上我和一个深圳的朋友约定见面。哈哈，都，都是老朋友了，许久不见，倒是，倒是怪想念他的。"王小鹏心里忐忑不安，结结巴巴地说。

对方请他玩女人，不会又是青岛之行的那一类把戏吧。他眼睛一转，随即撒了个弥天大谎。

他情绪有点激动，他的心在剧烈跳动。

他转过头往奔驰车后面扫了一眼，瞄见紧随其后的出租车上安然坐着梅会计和李经理。顿时他的神态安稳了许多，脸上满是笑容，两眼热情地望着余先生。

余先生看他神情有点奇特，开玩笑地说道："漂亮女人嘛，是男人的没一个不喜欢。不喜欢，说明这男人生理上有问题。"

"这，这倒也是，"停顿了会，王小鹏继续说道："我是想，家里事多，还是快点见你们老板，把事情谈妥了，我可以早早回家。"

"既来之则安之，心急吃不了热豆腐。吃了晚饭我来联系大老板，尽快安排你们见面。"余先生不慌不忙地说。

车子进了深圳市区，在一座豪华的五星级宾馆门庭前，戛然止住。随即，他们三人下车来到宾馆前台。

"王老板，客房我已经预定了，你只要把身份证拿出来登记一下就行了。"余先生一双贪婪的眼光露出馋涎欲滴的神情。

"哎呀，真是的，出门猴急，身份证忘带了。"王小鹏冷静地说。

"你说啥?"余先生莫名其妙。

"临走匆忙，忘带身份证了。"王小鹏脸不改色心不慌地说："小余，这么简单的事，拿你的身份证登记一下，不就完了，本来就是你们邀请我过来的嘛。"

面对如此厚颜无耻的撒谎，余先生真想抽他耳刮子!

——你没身份证! 咋上飞机?

余先生愤怒地想：这不是明摆着把他当弱智耍吗?

其实，王小鹏根本不想把自己的详细信息全部暴露给对方，他自己总得留一手吧。常言说得好，害人之心不可有，防人之心不可无。

气得无奈的余先生，只得依了他，掏出证件办理了住宿登记。

此时此刻，王小鹏瞄见了他的尾随监视者正坐在大堂一角，东张西望着。他对着她俩会心一笑，随后跟着余先生上了客房电梯。

当夜幕降临时，王小鹏和余先生以及那位年轻小伙在二楼中餐厅用餐时，他又瞧见她俩正慢悠悠地在餐厅不起眼的角落享用美味佳肴。

"呵呵，盯得够紧，表现不错。"这给孤军作战的他，情绪稳定了不少。

"我和大老板联系好了，今天他在香港总部，明天赶过来，约你去威名餐厅共进午餐。届时，如果没什么大的意见分歧，餐后就可以把协议签定。你后天回上海，我明天晚上和你一起晚餐，老板说他就不参加了，让我好好陪你玩玩。告诉你，咱大老板是一个豪爽的人，你这次如能搭上他的顺风车，将来呐，前途无量，前途无量呐。"

"为什么不在这宾馆签约？"王小鹏好生奇怪地问。

"没为什么，那里是老板来深圳的落脚点，只是习惯而已。"余先生冷静地说。

"唔。"王小鹏口吻平静地说："合约的框架按原先洽谈的方案没什么变化吧，你打电话给你老板，问问，如果出入太大，我也就没必要孤身一人过去了。在深圳，我人生地不熟，害怕惹是生非。"

"这个就不讨论了，按预定方案办事。今晚没事，咱带你去泡美妞好么？"余先生笑着打哈哈。

"嘿嘿，小余呐，这个玩意儿还是你独自去享受吧。今天我也累了，想早点洗洗，睡了。至于明晚的活动嘛，到时再议。"

第二天晌午时分，余先生的紫金色大奔，载着王小鹏在深圳一条僻静的马路上靠边停车。

路旁有两幢老式的英国洋房。

王小鹏被余先生领着进了庭院大门，一条高低不平的水泥路两旁，挨个排列着的是树干粗壮的梧桐树。树冠下，左右两排篱笆墙形状的三角梅正当艳花怒放，一片亮丽的红色点缀在绿叶丛中，显得分外夺人眼球。

他们俩前后进入右边一座有点破旧的洋房。一进门，楼房里面显得有点黑洞洞的，空气也不怎么流敞。

"哗啦"一声，里面暗处有人拉开一道铁栏杆门，这让王小鹏有点纳闷，不禁问道："这算是什么酒家啊？"

"会所，高档的私人会所，不对外营业，专门招待像王老板你这样的贵客。"余先生说话的语调友好极了。

王小鹏走进内边一间装饰豪华的大包房时，看见水晶吊灯下有三人，其中一个三十多岁的胖墩独自坐在三人沙发上，眼光对着被烟雾熏得有点焦黄的天棚出神，他脸部的表情显得很不耐烦。

看起来，他在这包房里一定等了很久。

王小鹏的脚步声引起了那人的注意，他自然而然地站起来，一看见余先生旁边的王小鹏，立刻迎上去，像是一见如故地握着他手，激动地说："你终于来啦，等你好久了。这不，你看看菜都上齐了，你不到，没人敢动啊。哈哈，哈哈。"

他就是严筏，深广跨国集团总裁，余先生的大老板。余先生见了他，腰杆就像煮熟的大虾那样躬着。

王小鹏感觉气氛有点不对，签约完全可以到写字楼去啊，到这么个不三不四的地方来，这算什么路道？

他原本兴奋的神情旋即消逝，代之而起的是一阵深沉的惶恐。他努力抑制着自己的情感，强为欢颜地问道："就在这签约？"

"有什么问题？"身板长得像块麻将牌似的严筏，满脸惊诧地反问道。

"这么大的事，在酒宴上签约，不太妥吧？"王小鹏坚持己见。

"哦。"严筏奇怪地哼了一声。

这时，靠墙站着的那个高个子男人板着脸面走过来，经过水晶吊灯时，闪烁的灯光把他的光头照得反射出一晃一晃的光亮："你说什么啊，不就租赁个厂房吗，这算什么大事！咱香港、深圳、澳门这边的人，天大的事，一顿饭、一壶茶就谈妥了。来来来，做下来，咱边吃边聊。"

说话间，他递给王小鹏一张制作精致，镶着金边的折叠式名片，说："鄙人姓冷，冰冰的冷，单名冰，你就叫我冷冰吧。鄙人供职于澳门帝豪娱乐总会，王先生几时有空过去，我陪你玩一把，包你发财。"

怅然若失的情绪笼罩在王小鹏心头，他开始感觉情况有点不妙，感觉昨晚不该不听两位女士劝阻：决不能单刀赴会。

他没有与冷冰搭话。

面对满桌的山珍海味，他一点食欲没有：他在等待，他不明白接下去他们到底还能搞出些什么名堂。

"王董事长，吃嘛，看你挂着张脸，像有什么心事似的，不就签个租赁合同吗。来来，一会严老板大笔一挥，不就完了，对吗？严老板。"坐在冷冰下手的那个细高挑的像金猴的老男人嬉笑着说道。

"对了，王老板，这位就是威名私人会所的大老板，大名叫唐威名。"严筏不失时机地打趣道："你这位大老板，以后就会经常来深圳的，那时你可要到这里来多捧捧咱老唐的场子噢。"

王小鹏还是不搭腔。

他心想，"三个不开口，神仙难下手。"我不多说话，看你们能变出什么样子的帽子戏法。

　　酒宴席上静悄悄的，没人再多言语。王小鹏眼光注视着包房大门，外面没有人声，更没有人走动。

　　过了一会，他还是忍不住了，终于开口问严筏："今天能不能签约？"

　　"能啊，说好的事，怎么会变卦呢。这样吧，小余，你回写字楼去把协议书和公章给我拿来，咱现在就把这协议给签了。"

　　严筏朝余先生挥挥手，示意他赶快去办。

　　"王老板，时间还早呢，这些琐碎事让手下人去办，你可别去操这份心，一会就给你办好，办妥。这么小的事，别挂在心上，咱们做老板的要有做老板的腔调，对不对啊，啊？哈哈，哈……"

　　严筏挺着胸，说话时中气十足。

　　"啊？哈哈，严总裁，你是模子，我刚才还在，惴惴不安呢。"王小鹏见余先生起身去拿合约，心情猛然像春的艳阳天，甭提多么愉悦和灿烂了。

　　他心潮起伏，俯身过去紧握严筏两手，无限感慨地说："谢谢，谢谢严总裁，现在看来，我这次愣是算没白跑啊。"

摄影　奔腾的地热　王照敏／摄

摄影　奔腾的地热　王照敏／摄

第十六章

．
．
．

魔 窟 脱 身

指针"嘀嗒，嘀嗒，"移动，时间一分一秒过去。

等待，是一种最让人揪心的悲哀。两个女人，两部手机，无可奈何地瘫痪在客房床铺那洁白的被褥上。

经过很长时间的缠磨，依旧没有王小鹏任何信息。

她们丢失了跟踪对象，对下一步的工作打算，完全迷失了方向。眼前，正处于束手无策的状态。

她俩不知道接下去该怎么办，应该采取什么样的应对措施。毫无讯息的屏幕一片漆黑，手机像死一般的寂静。

王小鹏，他完全违背了昨天晚上三人共同商定好的约法三章：1. 每十五分钟，他必须发一条短信报平安。2. 每隔 90 分钟，必须保持与她俩简短通话一次。3. 王小鹏失联 3 小时，立刻报警。

结果，两小时三十分钟过去了，王小鹏像断了线的风筝，消逝得无影无踪，也不知道他究竟飘落到哪里去了。除了他离开宾馆时发送过来的一条短信，"我走了，据余先生说，带我去威名酒楼见他们老板。"

此后，他便失联了，杳无音讯。

时间在焦躁不安中流逝，梅会计站起来，脱掉外套，向窗口走去。一瞬间，她肩膀颤了两下，眼眶流淌出滚滚的热泪，她的心坎不仅仅是忧伤，更有的是一种悲痛。

眼前发生的一切正如她预先估计的那样，深广集团居心叵测的阴谋，显然已经开始实施了，对手好像发现了尾随其后跟踪的她俩，因此切断了王小鹏通往外界的一切联系。她觉得，当下的局面，她有着不可推卸的责任。

梅会计浑身哆嗦。

恍惚之间，她似乎看见王小鹏远远的赤身站在厂区对面的大海中，平静的海水淹至他的心脏，他的心脏每一下跳动都使海水轻轻翻腾。

忽然，王小鹏被一阵汹涌而来的波涛打得左右摇晃，在滚滚的海浪中，他跟跟跄跄地向前卧倒下去后便消失得无影无踪。

他的身影虽然消逝，但他魅力四射的生灵犹存，他在水面上漂漾着，与日月的光芒融为一体。

"啊，王小鹏，你，你在哪里啊。"梅会计突然发出一声尖叫，一下子蹿起，向窗口猛然扑去。

"你干什么?!"仰面躺在床铺被褥上的李经理，一跃而起，拽住她衣襟，心疼得眨巴着眼睛，问道："小梅，你怎么啦?"

"李姐，单刀赴会这事不妙啊，我昨晚就有预感，可就偏偏心软了，没能阻止他去。这可怎么办，怎么办啊，我们怎么向他老婆交代。这么个大活人交给我们，说不见就不见了，呜呜。"

梅会计颤着双肩，忍不住抽泣起来。

李经理弯过腰去，伸出右手，轻轻抚摸着梅会计那圆润的肩膀。她的手指虽然苍白、细长，但却显得分外柔和光泽。

梅会计在那只游动于肩膀上的手掌轻轻安慰下，身子软绵绵地跌倒在靠窗边的贵妃躺椅上。

她佝偻着身子，不断地咳嗽着，嘟哝着："李姐，我心口痛，心口好痛。我要喝水，我想喝水。"

"好好，我这就给你去倒水。"

李经理转身过去，提起放在写字台上的冷水玻璃壶，给她连续灌了两杯清水后问道："这下你心口还痛吗?"

她说："还痛。"

李经理说："你要学我的样子，遇事不能急，急火攻心呐。咱不能在危难的关键时刻先乱了自己的阵脚。我们这边一乱，老板那边就更没得援助了。"

李经理身子苗条秀丽，一身群青的服色使她显得更像是条新鲜的小青鱼。梅会计喝完水，全神贯注的神态像似进入了忘我的状态。

她凑着浓密的眉头思考着，思绪了一会，抬起头，捂住胸口，青着嘴唇，痴痴地看着神态自若的李经理。

愣怔了会，她鼻子抽抽，别别扭扭地咳嗽了几声，说："李姐，我看，咱是不是预先报警。晚了，老板会不会出事？"

李经理怔了怔，瞅着梅会计，说："我想啊，看你这副悲痛欲绝的样子，不会是喜欢上咱们的王老板了吧。"

梅会计虽然看不到自己的脸，但也知道自己的脸已经红到了脖子，像红灯笼一样。嘴唇一定是紫红了。

但转念一想，这种时刻不应该再开玩笑，于是她也就没有反击，只是说："李经理，凭着老板的身份、钱财，什么样的女人找不到，他何苦来缠身边的工作人员。我是个什么样的人，你又不是不知道。"

李经理呵呵笑道："好一个贞女，要为老公守节哩。"

这话逗得梅会计忍俊不禁地捂住嘴"咻咻"地笑起来，打趣道："好好好，既然你认为老板那么优秀，那咱就把王小鹏让给你吧。"

"哈哈，你真的愿意让啊，那我就当仁不让啦。"

"李姐，你什么时候练就了这么一手，恬不知耻吧？哈哈，"梅会计被李经理逗得大声喷笑，说："就这么定了啊。可我还是得告诉你，你可得小心喽，回去说不准哪天老板娘拿大刀劈了你！"

"开心了吧，心口也不痛了，是吧？"

"咦？还真不痛了呢。"

"这就对喽，咱目前最要紧的就是不能灰心丧气。"

"不过，这种时候你还有心思开玩笑，我算服了你。"

"记住，越是危难时刻，越是要放松自己。"

"还真有你这种人。"

"我这种人咋地？"

"夺人之爱呗！"

"你这才叫恬不知耻哩。"

"跟你学的。"

"好好，别打岔了。咱们现在要打起精神来寻求对策。"

"你说，你有什么好计谋。"

"我分析啊，现在咱俩还是自由的，人身没受到对方限制，因此有得是手段来对付深广集团那帮混蛋。"

"这倒也是。"

"我看，按照昨晚老板交代的，必须三小时以后方能采取行动。"

"昨晚小鹏是这么交代的。"

"现在，我的意思，咱还是再等等看，如果老板那边签约一帆风顺，我们却在这里大动干戈地报警，那不是开国际玩笑吗？老板回去以后怎么向陶副区长交代，弄不好，我们这样做，反而会好心办坏事。你想想，是不是这个理？"

梅会计瞪着乌黑的眼珠看着李经理，忽然间她灵机一动，转了几转眼球，说："李姐，我看啊，是不是先发几条短信给老板，但语句看上去要像是从上海发出的，试探一下他那边是什么反应。"

"这主意不错，"李经理兴奋地说："投石问路，不怕一万，就怕万一。"

她拿起手机，突然间，手机铃声响起。

一种紧张与狂热相结合的情绪攫住了李经理的心头，她定睛一看，竟然是招商办张主任打来的电话。

于是她赶紧打开手机，接通来电。

"是谁的电话？"梅会计神态异常紧张。

李经理压低嗓门说："别吵吵，是张主任。"

梅会计会意地点点头，没再出声。此时，她恨不得夺过手机，狠狠地臭骂一通张主任，都是这混蛋惹出来的祸，什么深广集团，什么新能源动力，都特么地不是好东西，七歪八畸的烂瓜、臭瓜。

"是。是，我是李雪芬，对，对。"李经理的头上下不停地点着："现在王老板那边的情况我们不清楚，这究竟是怎么回事，对啊，是的。我的意思，你那边赶紧和余先生联系，问问是什么情况。"

梅会计瞪着两只像似牛的眼睛，她听得实在不耐烦了。

突然间，她感到牙齿痒痒的，忍不住出口便骂："这老东西，张八蛋！就跟他要人，都是一伙什么人呐。"

李经理赶紧撅起嘴对着她"嘘"了一声，继续说道："对啊，就是，我们琢磨着不太对劲儿，也不知道现在该采取什么措施。对啊，咱也不能眼巴巴地光等着啊。他那边万一有什么三长两短的事，这可麻烦了。对，大家都脱不了干系。对，我也没有说一定有事啊，我也只是怀疑。现在，要紧的是赶紧和我们老板取得联系。对，你其他的话也就不要啰嗦了。对，你现在最好向陶副区长汇报。好，好，保持联系。噢，再见。好的。"

李经理不温不火的一席话语，听得梅会计眼泪汪汪，苍白的脸上泛起几片红，更煽动起她无限昂扬情绪："不要挂机！"

她激动地一把从李经理那里夺过手机，拔出嗓子吼叫："喂，喂，是老张吗？我告诉你，王小鹏失联已经二个多小时了！什么，特么地！不是你们政府引荐，我们怎么可能会飞到深圳来？你们这是好心办坏事，不可饶恕，你给我赶紧通知陶副区长，什么，什么？陶副区长也不认识余先生，什么啊？你们只是认识那个韦老头，是那个跷脚老家伙引荐的深广集团？真是特么地浑透、浑透！"

梅会计扭过头，对着李经理，忍不住又骂了一句："他们这帮混蛋，竟然不认识深广集团！妈地，害死我们了。"

接着，她满脸通红地对着手机又开始大声嚷嚷："喂喂，张老头，那个韦老头还找得到吗？什么不确定，你们跟老韦也不太熟，噢，是他自己找上门的。噢，他确实是搞新能源电动力的，什么？那深广集团是他拉过来的风投公司？你们怎么不早说啊，早都干吗去了，我们的责任？呸！我们在上海时当然打过电话，对，直接打到深广集团香港总部。那集团总部有人接电话的啊，说余先生是他们深广集团负责华东地区的投资开发项目。对，我们也是经过调研的，但主要还是冲着对你们政府部门的信任，对的。十万个没想到得是你们竟然这样浑。我现在明确告诉你，本次事件，如果王小鹏再过一小时不现身的话，你们政府部门必须与深圳有关方面取得联系，要求当地公安提供援助，对，好好。当然，事情如果正像你说的，不至于那样险恶，对啊，我们也莫名其妙。我们也不知道对方究竟想达到什么目的。正因为我们觉得对方如果是欺骗，也完全没有必要把王老板骗到深圳来啊。他孑然一身，值得他们那样子费尽周折吗，是的呀。但是，我还是要提请你们政府部门注意，万一有事，你们政府有不可推卸的责任，什么？啊呸！张老头，我警告你，王小鹏老板万一有个什么三长两短，我堵死你家大门，骂遍你家祖宗上下八十八代！你信不？"

梅会计嘴唇哆嗦着，把手机往床上一扔，说："这个糟老头，竟然说我得了神经病！说我想入非非，说我异想天开。真是狗眼看人低，他，他竟然还说……"

"张主任还说什么了。"

"他这个老东西嘴里神念八语的，听来有点抱怨我们的风凉话，后来我也听不清他究竟说些什么。气死我了，真想逮住他，把他的嘴巴给剁烂！"

"他人说什么，咱也不能去堵住人家的嘴，"李经理说："要紧的是现在，现在咱该怎么办。"

梅会计面色苍白，头发有点蓬松，她欠起身子，屈起中指，敲了敲贵妃床边的圆茶几，自言自语地说："只要给我足够长的杠杆，我就能撬动地球。"

李经理道："还要什么杠杆，梅，你是不是也犯浑了。"

梅会计道："李姐，你不要偷换逻辑概念的错误。"

李经理道："梅，你别给撇文喽，我不明白。我想跟你说，你真有那杠杆翘地球的本事显显世，还不如把王小鹏来去的踪影弄弄清楚，究竟是怎么回事，这也好堵堵人家的嘴。你憋在那里怨天忧人地的毫无作为，那以后才真的会让人风言风语地说咱俩无能呐。"

梅会计道："这个浮躁社会，如果失去了像张老头那样光会说风凉话的人，那才叫奇怪呢！"

此时已经过了晌午时分，李经理肚子饿了。

她从冰箱里拿出几个昨晚吃剩打包的高粱米面做成的窝窝头，又撕开一包真空包装的榨菜，放在小茶几上。

梅会计拿起个窝窝头咬了一口，感到粗涩得难以下咽，她有些不满意地瞟了李经理一眼。

李经理同样也在凑着眉头咬高粱米面做成的窝窝头，平时被美女们追捧到天上去的养身杂粮，李经理也和她一样难以下咽。

她意识到如今心情郁闷的时光吃这粗糙的杂粮，口感味觉与平时好心情时吃杂粮米面的感受相差甚远。

"梅，我想，我们发信息过后也已经有半个多时辰了，老板现在还没回信，说明事态有点不妙。干脆，咱现在打电话过去，看看有什么反应。我想，即使让对方发觉，这也没什么大不了的，凭着老板的智慧应对，完全有这个能力搪塞过去。"李经理对着正在伸着脖子吃着窝窝头的梅会计招招手，神秘而又严肃地说。

梅会计扔掉手中的窝窝头，扯了一张洁白的餐巾纸擦擦嘴，把头摇得像货郎鼓一样。她眯着眼，打量了李经理一会，怯怯地说："不行，那不行。老板昨晚不是交代过吗，让我们不要先给他打电话，以免引起对方不必要的猜疑而搅黄他的好事。他说，有事自然会打电话过来。"

李经理困惑地摇摇头，拿起一枝削得溜尖的铅笔，在一叠便签纸上胡乱地画着一团团燃烧着的火焰。

此时，她的胸口仿佛被一堆堆麦秸草堵塞，熊熊火焰把麦秸草燃烧得发出劈劈啪啪的声音，好像无数鞭炮在同时暴响。灼热的气流冲击着她的喉管，她的身子顷刻间仿佛就会燃烧或者说随时都会融化，她的额头开始往下淌着无数亮晶晶的汗珠子。猛然间，她抬起手，看了看腕上手表。随后她腰板一挺，脸上露出寒冰般坚毅的神态，斩钉截铁地说："梅，现在时间过去将近三小时了，老板失联这么久，这不是一件小事情，我有绝对的把握说，这不是一个好兆头。"

梅会计悲哀地垂下头。停了一会，她扬起挂满泪花的脸，难过地说："李姐，难道只有这一着棋了吗？万一，不是我信不过你，如果说，真不是好兆头，那就随你吧。"

梅会计忍不住大声抽泣着跑进了客房卫生间。

李经理眼里也盈满泪水。

王小鹏始终一言不发，摆出的腔调就是一副闷闷不乐的样子。

严筏端起杯子，咪了口杯中酒，说："王老板，你们企业的经营方针不错，加上当地政府又这样支持你们，前途一定远大。我们集团今后在华东地区发展中，可以在你感兴趣的领域给予你许多发展的机遇。"

王小鹏听了这赞美和支持的话心情似乎有点好转。

关键是他依旧迷恋着那些大片空置的工业厂房能够一次性全部租赁给对方，对他来说真是件大快人心的事。

忽然他觉得有点口干舌燥，伸手端起杯椰奶喝了口，便也爽快地张嘴把话拉到正题，说："如果咱们真能合作成功，除了厂房设施以及厂区空旷之地全归你们使用外，我还准备免收你们物业管理费。相关的环境卫生，安全保卫以及物业维修，本人全都包揽了。只不过，我认为，今天能遇上您这位大贵人，真是天时人事两相扶。这次厂房租赁协议一旦签订，贵集团是否能把这笔 800 多万的款子给我带回去？严总裁是跨国集团大老板，我想，您一定是尊乐于助人的菩萨。"

王小鹏说完话，眯起眼睛瞧着严筏，期待他一个肯定性答复。严筏一愣，恍然了解王小鹏兴致勃勃说话的目的。

他对王小鹏拱拱手，谦和地说："你这事情吗，"他微笑着点点头，说："800 多万吗，说大不大，说小不小，你说今天要给你带回去，这不太现实，但是尽快给你拨款过去，这绝对是没有问题的，小事一桩嘛。天上人间，方便第一，能提供方便，我们尽一切可能给你提供方便。这点，还请王老板放心。"

王小鹏瞪着两眼，望着严筏。

他久仰跨国集团那些大老板风采，这次撞上道貌岸然的严总裁，不知道会不会上他的当。

王小鹏意图明确，说什么话都是假的，他能把这八百多万的真金白银拿到手，这才是实实在在的硬道理。

"谦虚，老板越大越谦虚，这个，八百万不行的话，那？那么签约后你先支付一百万定金。怎么样？如此这般，倒反凸显出我们这边小公司更是大气派啦。"

"呵呵，这个吗，我认为……"严筏看出来王小鹏是属于那种说长论短，死缠烂打的货，他想用一句话来堵死他的嘴巴。但又一想，自己态度也不能转得太快，切不能表示得过于急躁和露骨。

他看王小鹏不再吭声，便顺水推舟，想把付款问题拖到后面去再说。

于是他不露声色地说："对于财务运转情况，老实说，我是擀面杖吹火，一窍不通。并且，自己事务繁忙，精力也有限，没时间关注财务这块。这样吧，等会小余过来，让他打电话问问财务部，可能的话，今天先给你带 300 万回去。怎么样，王老板，你看这样可以吧？"

王小鹏太兴奋，满脸通红，眉飞色舞地说"可以，太可以了。我们不像你们跨国集团，家大业大，实力雄厚，我们需要的这点小数目，严总裁指头缝里漏点下来就行了。只要高兴，严老板大笔一挥，我这八百多万就可以全部带回去啦。"

严筏听了这几句话，眯细起眼睛仔细瞧着王小鹏脸面，见他年纪不大，但看得出这小子至少也是在江湖上混了不少年代的老江湖了。

但是严筏更明白，自己在不上这混蛋下的圈套的同时却也不能显出自己的腔调过于寒碜。

于是他转弯抹角地说："我看啊，你的筷子都没什么动，饿不饿啊，吃吃，吃饱了，喝足了，什么事情都好商量啦。"

王小鹏经严筏一提醒，也真是的，都过了晌午饭的时辰，他忙着说话，什么东西都没吃，看着满桌的山珍海味，肚子顿时咕噜噜地叫唤起来。

"是呀，是呀。"他赶紧附和着说："这皮囊里都在唱空城计啦。吃吧，来，来，酒逢知己千杯少，今天大喜之日，鄙人喜遇严总裁大德之人，为咱们将来愉快的长久合作，干杯！"

千罢杯中酒，不管三七二十一，他把刺生、象鼻蚌、澳洲龙虾搅和着滚烫的鱼翅，呼噜噜地往嘴里吞。

随后，他既不用刀，也不用叉，用筷子夹起个看起来像是八头左右的大鲍鱼，塞进嘴里，像吃茶叶蛋那样肆无忌惮地咬了口，鼓着腮帮子漫不经心地嚼着。

那边私人会所的老板唐威名，看着王小鹏如此随随便便地大吃、大嚼，不由心痛地叫起来："王老板，这个可是八头大鲍鱼呐，平时都不多见到的啦，你得品尝着滋味慢慢吃啊。"

"呵呵，吃多了也就不在意喽，今天肚子饿扁了才弄上几口，平时我还懒得吃哩。"王小鹏扯过张纸巾，擦擦油腻腻的嘴巴，说："烹制这种玩意儿啊，都是借用肥嘟嘟的老母鸡以及其他下脚大肉熬制的汤作辅疗，太油腻、脂肪含量太高，多吃不好，对身体健康有害。所以啊，我奉劝你们，平时不要多吃这类的山珍海味，这不是奢侈，这是愚昧地把将来的自己往死坑里埋啊。"

这话？！

唐威名一愣一愣地翻着白眼，尴尬得简直下不了台。

愣怔了会，他气喘吁吁地说："我这边可是香港阿邓大厨亲自掌勺的呀，人家的烹饪厨艺可是祖宗三代嫡传的。"

"哈哈，我才不跟你谈什么祖传手艺，就这鲍鱼汤汁而言，我看啊，其浓度就不够醇厚，况且这鲍鱼咬口也不够糯劲。好了，天上无云不下雨，地下无人不成事，咱也不是到这边来跟你探讨厨艺人才的。我只是想告诉你，我可开过六七家餐厅大酒楼，大厨证书，我随便拿拿，要多少有多少。目前这社会，怎么玩弄这种套头你应该懂的。"

王小鹏谈吐说话口吻轻松，用不无揶揄的言辞把个唐威名批得体无完肤。

忽然，他察觉到严筏正在全神贯注地看他，他装作没有看见，掏出烟盒子，弹出一根香烟，燃起在抽，表示自己并不在意啥了。

他嘴里吐出一个一个圆圆的烟圈，望着圆圆的烟圈袅袅升起，从烟圈中他关注着严筏的侧影。

吐完了烟圈，他的眼睛斜视了一下，发现他右手边的那个光头冷冰，也瞪着牛眼在盯着他看。

此时，他感到自己不再适宜夸夸其谈下去了，免得惹对方所有人不快。

借着把烟蒂拧灭在烟缸里的机会，他悻悻然站起来，像是喝醉了似的，往上提提裤子上的皮带，摇摇晃晃地向洗手间走去。

待他从卫生间出来时，见严筏他们三人，每人分坐在一沙发上。

严筏看到王小鹏，立刻站起来，把他拖过去摁在自己坐的沙发上，转身拿把椅子，坐在王小鹏正对面。

如此，四个人的座位，摆出来的阵式就像走军旗"四国大战"。

唐威名坐在靠墙边的单人沙发上，他抬手把正对着茶几的两只大射灯扭开，雪白的光柱照射着茶几台面上。

顷刻间，原本让王小鹏厨艺言论搅和得沉闷压抑的气氛，让光亮一照，大家情绪仿佛又活跃起来。

严筏张开口，打破了沉静："昨晚在 K 房和几个小姐玩找朋友，太有趣了，乘小余去拿协议书还没来，咱闲着也是闲，还不如玩几圈找朋友，凑凑热闹。"

正说着话儿时，他手中像变魔术似的忽然现出一副崭新的扑克牌。

"哈，不会不会。我可预先声明，笑脏笑拙不笑补，笑馋笑懒不笑苦。我还真不懂什么用扑克牌来找朋友的故事。"王小鹏端坐在严筏让给他的三人沙发上，朝着对面的严总裁连连摆手。

"那没关系，我来教你，很简单的，"严筏一边说一边发牌："是男人的，一看就会。闲着太无聊，酒足饭饱，小意思，闹着玩玩而已。"

他在每人面前发了一张明牌后随即又给各人发了一张捂牌，说："首先，我发了两张牌之后，各自可以说要，也可以说不要。不要的话，预先压在海底的二百元等于舍弃。"

随即他又给每人发一张明牌后说："此时，看牌加钱，各位可以跟进，也可以不跟进而放弃。"

再随后，他又在各人面前发一张明牌，说："这张牌也如同上一张牌，各位可以加钱，也可以放弃。"

说话间隙，他又给每人发了一张捂牌，说"最后，每人翻开手中的一张暗牌，台面上各自的五张牌，其中只有一张牌可以捂在底下。"严筏眯着眼，伸出舌头来回添了二下左右嘴角，说："这时候啊，找朋友的真正滋味才显示出来。压多压少，跟进还是放弃就看各位自己的判断了。"

他眼球放射出猎人般狡猾的目光，说："狩猎如此，商场如此，牌局也如此，就看个人的魅力和造化。王老板，你说对吗？来，玩两圈，别看你对厨艺侃得头头是道，现在是实实在在地测测你的智商是什么等级。哈哈，你不会胆小如鼠吧？这可不像你为人的品性啊。"

"何以见得？"王小鹏不慌不忙地说："我看啊，这不就是打索哈吗？打索哈我会啊，我想，我精湛的牌艺，也不一定会输给你们啊。"

严筏鼻子"哧哼"了一声，显出很不服气的神态，说："你这话说得口气比力气大，你真有那一手，亮出来让我们领教领教，开开眼啊。是驴是马，咱得拉出来遛遛才清楚呢。"

"哈哈，可以啊，但我可预先警告你啊；事有可为而为之，则成功易；事有不可为而强为之，悔莫及矣。看在合作伙伴份上，咱今天无论如何也得陪你玩两圈，否则也说不过去呀。"王小鹏打着哈哈开心地笑着说。

他想，反正随身携带的也只有三千多元，全输了他也在所不惜，全当作午餐做东。正当他思想开着小差时，严筏已经在每人面前发了一明一暗两张牌。

此时，台面上除了每人下注的二百元之后开始加注了。

对于这种扑克牌索哈，王小鹏早在穿开裆裤时就会了，他捏着发过来的纸牌，熟练地看牌、舍弃、跟进、加注。

如此这般，轮番几圈下来，不到十分钟，他面前的百元大钞堆得像座小土坡，一瞬间，他竟然赢了三万多元。

这种牌势，让他大跌眼镜，心里乐哈哈地想：严筏呐，你们这般的臭牌，还跟我玩，也不睁大眼睛看看，王爷我是谁？

不过，这也让他觉得不太好意思，不过是玩玩的，我可不能贪财啊。他把自己的三千多元放进兜里，其余赢来的钱，全放台面上。他不想赢他们钱，只是娱乐娱乐而已，不能当真的。

正当他胡思乱想时，又一轮牌局开始。王小鹏面前，随着严筏晃动的手势，发过来一明一暗两张牌。

他镇定地拿起牌，像博眼子那样用大拇指紧紧捏着牌面，随后慢慢移开明牌草花 10，一瞧底牌是黑桃 10。

这一对 10 来得不错，让他高兴。

兴趣高涨的他，不假思索地随手加了二千。

没想到他的下家光头冷冰，跟进后又追加了二千。

接下去的严筏和唐威名，每人跟进后都追加二千。

王小鹏呵呵笑着，拍拍手，撇着嘴，没头没脑地说："哈？都有点意思嘛。"

随手，他拿起烟盒，打开，取烟、点燃，津津有味地一边抽一边嚷嚷："严总裁，发牌，发牌，哈哈，这牌面有点意思。"

随后，发下的是张明牌。

躺在王小鹏面前的是一张方块 10。

台面上，他是一对 10，加上底牌黑桃 10。

——他的牌，就是三条 10。

他抬起头，横眼扫了一下台面上所有的牌面：其余三家都没对子！

唯独他一对 10。

王小鹏笑了，说："打'老虎'不是件容易的事啊，尤其是打我这样子混迹于江湖的老虎，不是一件容易的事。你们需要有勇气，更需要有智慧，可要动动脑筋喽。看看，我可是一对 10 啊。你们呢，都是单牌。"

"那自然，有勇无谋哪能打索哈？"冷冰说话语调冰冰冷，一点都不客气："我看啊，王老板，不说你现在闹得欢，小心过后拉清单，咱还得看下张牌的运气呢。我就不信你这副对子的邪，偏偏不服，加一万，博一下。"

严筏眉头紧凑，他嘴角叼着烟卷，铁青着脸，拿起三张牌，眯着眼仔细看了会后再看看所有的台面牌，挺挺胸脯，毅然而然地跟进后又追加了一万。

这时候，海底的钞票已经挪成堆了。

轮到严筏下家唐威名叫牌了，他没丝毫犹豫，不但跟进，而且一下子他又追加了两万元！

王小鹏心里"咯噔"一愣！

这下子如果跟进的话，他台面上所有的钱就"索哈"了。但不跟进又太可惜：他是三条 10 呐！

没有赌性的他，横过脸去，对着唐威名呵斥道："唐老板，你这样子叫法，我所有的钱都下海去还不够哩。"

"哈哈，王老板，还差多少，啊？"严筏问道。

王小鹏大致点了点，说："差二三千吧。"

"不就差二千多吗，没事，打张白条签个字，仍进海底，我们认可就是了。王老板的大名，价值连城呐。"严筏很豪气地把手一挥，那种气势确实够派头。

唐威名和冷冰点点头，表示认可严筏的主张。

王小鹏再次拿起牌，看看手中的三条10，再扫一眼台面上所有的牌面：让他舍弃，真不甘心呐！

他咬咬牙，掏出口袋里原有的三千随同身前所有的钱，使劲推入海后毅然签下二千五百元白条，扔在钱堆上，说："好吧，我跟进，不追加。"

十万个没想到得是，冷冰啊，他把那个牙齿咬得"咯嘣咯嘣"山响，猛地亮起高音，吼道："豁出去了，人生难得几回搏，无论如何，今天咱也得博一把。妈的，大爷我再追加十万！"

"你怎么可以再追加？这一轮不都叫完了吗？再追加，显然不符合游戏规则吧。"王小鹏有点猴急了。

"不是这样的，王老板，索哈的游戏规则是任何一方都可以随意追加的，你不是老索哈了吗，不会不懂这规矩吧？"唐威名虎着脸，瞪着眼，厉声说道。

王小鹏见状，不再言语，低头生闷气。

轮到严筏叫牌，他把叼在嘴角的烟蒂"呸"一声吐在地上，撮撮他那肉板厚实的手掌，恶狠狠地说："再加十万！"

"我再加三十万！"唐威名张开大嘴，迫不及待地吼道。

王小鹏先是一愣，愣得目瞪口呆，他的心脏猛地一下收紧了，眼前飞舞着柳絮状的东西。

他感到脸皮紧缩，头发直竖起来，身不由己地打了个寒战。同时，臀部肛门的括约肌，突然感到一阵生疼，在连续放了几只连环亮屁后他竟然神经质地扬起头颅，朝着屋子内的天棚哈哈大笑，笑得他泪花四溅，笑得他佝偻起自己的身躯。

严筏，唐威名，冷冰被他这种猛然爆发的冲天嚎笑大吃一惊，青着脸，好生纳闷。三人在无语中圆睁着六只眼睛，目目相视。

——明白了！

王小鹏终于恍然大悟！他终于明白了对方苦心经营的所有一切！

他喷完眼泪喷完笑，感到一股温热微咸的泪水流进了嘴角，他的心中充满了对上帝耶和华的无限感恩之情。

随即，他端坐在沙发上，一连喝了三杯茶后便义无反顾地站起来，顺手把自己的三张牌全部掀开。

"不要不要，还没轮到亮牌呢。"严筏赶紧俯身扑过来，捂住那三条10，说：

"没钱没关系的，唐老板这边的私人会所允许打白条欠账。"

"好了，你也不要把我的牌遮遮掩掩的，不就是三条 10 吗？你们也不想想，你们三人最大也不过是对子吧，凭什么你们把赌注拱到五十多万呢。我看，按这样子的拱法，就这一轮牌局，你们三人轮流着推波助澜，拱到几千万都不成问题。哈哈，你们也不看看对手是谁，我不玩了可以伐？我认输，所欠二千五百元，我、认、账！你们派人跟我回宾馆去拿。怎么样？"

"没让你怎么样！但是，这一轮牌局，得打完！"冷冰"嗖"一声站起，他脸色就像倾盆大雨来临前的天空那样阴森可怖，那硕大的嘴巴紧闭，里面的牙齿不断地咬着牙帮骨，脖子上的青筋直挺挺地暴起。

王小鹏顿时冷静下来，回坐到那张黑皮三人沙发上，他的眼帘垂下来，安详地合着。他嘴角凝聚着的几丝笑意，似乎在明确表示：无论如何，他不再奉陪他们玩下去的决心是不会再更改的。

室内气氛似乎紧张到擦枪走火的时刻。

忽然间，王小鹏的手机猛然响起，他赶紧打开一看，正巧是李经理打进来探路摸底的电话。

他会意地笑了。

接通手机后，他对着激动不已的李经理说："不急，你们还在宾馆吧？不急，我目前还没事，对，对，我在梧桐街 188 号的威名私人会所。对，老板叫唐威名，好，记下了吧？其他事吗？等我回来再说。你们还是待在宾馆里不要走开，对对，也好，到我的房间去等我就是了，什么？噢，陶区长和张主任都来过电话了？对对，你告诉他们，目前我还没什么危险，对对，我一会就回来，给我准备二千五百元，派什么用处你们就别问了，反正就是还债，对，其他没什么了。挂机啦，呵呵，没事，好，就这样，拜拜！"

王小鹏打电话时尽管脸朝着天棚，但他非常清楚地知道严筏这伙人的眼睛在盯着他，他的一言一行，他们不但听得清楚，而且看得更清楚。

他知道，严酷的考验已经摆在了他的面前。

他的心里还是有些紧张，但他努力克制着自己，装着一副满不在乎的样子，说："你们也太小看我了吧？且不说我来之前已经在前海区政府备案。你们真是的，也不想想，我这么个堂堂的董事长，怎么可能一人单独飞来深圳？我的保镖以及第二梯队在暗处跟随着我，一下飞机，你们的玫瑰金大奔以及车牌号就已经被后续部队拍摄备案。我现在只要失联三小时，前海政府及公安都将展开救援行动。我想，事态如果真的发展到那种地步，对你们来说不太好吧。我认为，在江湖上混饭吃的英雄好汉，都是明事理的人。冤家宜解不宜结，目前咱们双方还算是相安无事，你们把我送回宾馆，我还清所欠你们的款子二千五百元。随即我和我的行动小组立马飞回上海，我就当什么事情都没发生过。你们呐，继续，继续玩你们的游戏。怎么样，何去何从，你们自己决定吧。"

接下来的情形是：严筏双手搓搓着苍白的两颊，他神色凝重地来回走动着。唐威名和冷冰两人都扔掉了手中的扑克牌，神色肃穆地看着他。屋子里静悄悄的，王小鹏合着眼皮迷糊着，他实在是太想睡一个好觉了。

过了许久，严筏用那种一般人不太有可能见过或听过的古怪姿态和声嗓宣布：

"请吧，王先生，人生一世，我们这种相遇的机会并不是很多，就像俗话说的，不打不相识。事到如今，能有这般相安无事的结局证明我们之间还是有缘分的。看在咱俩的缘分上，我还是派车把你送回去吧。"

严筏说话完毕，低下头，扯着嗓子咳了三下，往地毯上狠狠啐了一口唾沫。

随即，他抬起手，对着房门，"啪啪啪"拍了三下巴掌：褐色软皮包裹的房门，顷刻间打开。

站在门外笔挺直立的，依旧是系着黑色领带的余先生，他手中还是提着那个黄色的牛皮公文包。

虽然是大白天，高挂蔚蓝苍穹里的太阳光芒闪烁，可是走进大海边的上岛咖啡馆，光线就暗下来了。

登上旋转的楼梯，向右手 VIP 会所走去，周围窗户全都被悬挂着的普蓝色丝绒窗帘遮住，几丝雪白的光亮从帘布的缝隙处挤进来，夺人眼球。拐过一排镶嵌着白玉雕刻，制作精美的屏风，周边布置的卡座上有一盏盏暗弱的灯光，使人们感到似乎已经是深夜时分了。

王小鹏踽踽走进来，眼光向两边卡座扫了一下，立刻发现左边不远处有人向他举起右手，招了招。

他点点头，挥挥手，走了过去。

左面卡座上坐着的是个中年男子，看上去约莫有四十多岁年纪，穿一身浅灰色的条子西装，打了一条斜方格子领带，袖子偏长，袖口卷起，看起来不太合身，显然是七浦路大兴服装店里买得大兴货。

他站起来和王小鹏握了握手，轻声细语地说："这个地方真不错，私密性的确很强，看看周边那些灰暗角落里的人，都是你拥我抱，偷偷做戏的情侣。我估计啊，这些人基本上都是野鸳鸯，没一对是正统。"

王小鹏在他对面的位子上坐下来，凑凑眉头，说："你管人家是野的还是正统的，想干吗？这年头就是姓钱，有钱能使鬼推磨，自然，有钱也就能使女人裤带松开喽。你又不是太平洋警察，管那么宽干吗？"

"嘿嘿，你还真别说，我刚才听得右边那个角落动静特大，扭头过去一看，唉吆喂，你猜怎么着？"

"咋地？"

"瞧见那对野鸳鸯正在——"

"看你无聊得？"

"这里好，人又少，又安静，服务生上了饮料、点心，就不再过来打扰，是野外唱戏的最好场所，一个非常理想的场所。"

"唱什么戏？"

"鸳鸯配呗！"

"册那！你这是人话？"

"王小鹏，你可别说，我观察了许久，特别是现在这 5 点钟左右的时光，只有出去的，少有进来的人，真是最佳。"

"保强，你今天神神秘秘地约我出来，不是为鸳鸯交配而来踩点的吧？"

"那当然不是。"

"那你说这些无聊的事干吗？"

"我这话是在表扬你，你的保密意识就是强，这地点选得好。王小鹏，这时间你也选得好。在前海，你现在也算是个有头有脸的人物了。"

"说正题吧，出什么事了？保强。"

宝强是前海招商办副主任，也是张主任的助理。他虽然是副职，但对正职的宝座长久以来虎视眈眈地窥视着。仗着他与陶副区长走得近，关系贴切，所以他时不时地在副区长面前鼓捣张主任的不是，唯恐招商办不乱，老是煽风点火拉拢人心，企图把张主任拉下马后取而代之。

王小鹏今天接听电话时，他诡秘地说道："找个僻静少有熟人之处，我告诉你深广集团与韦老头之间那些天大的秘密。"

这些话吊起了王小鹏探秘的胃口，尽管他现在已经不想再去回忆和追究这件事了。但是，人皆有好奇之心，王小鹏也是凡夫俗子，难免有此心态。他的深圳之行虽然没有受到什么重大损失，但回顾事件的经历，还是心有余悸的。

据他后来了解，这种诈骗集团成员，在上海等大城市屡屡发难，专门猎取那些有钱、有地位的人物，将其拐骗出走至澳门、深圳那一带。随后便以各种欺诈手段将其陷入赌局，通过抽老千的方式将受害人坠入圈套，签下大量的赌债欠条，并利用境外赌场具有黑社会背景的追债者，拿着欠条，堂而皇之地上门索债。受害人有钱还债，双方相安无事。没钱还债，那结局就悲惨了，这些追债者不会要你的命，但一定会把你做成终身残疾之人。

对于这种看似"有凭有据"明目张胆地上门索债，有时竟然连公安局都无可奈何，难以下手处理。

王小鹏后来听人说起，在上海宝山区有个私企老总，也是如此像他这般被忽悠到深圳后受骗上当，签下四千多万赌债欠条，结果因还不起这巨大债务而四处躲避，但最终还是被派来的黑社会追债人员逮住，活生生地把他两腿的脚筋给挑走了，说是拿回去抵债！由此造成这个生龙活虎的企业家终生残疾坐轮椅。这种恶劣的诈骗行当，被社会上俗称为——剥猪猡。

王小鹏对于这种吓人的恐怖事件如果是道听途说，也不会有什么在意。但如今这种诈骗行为竟然发生到自己头上，这让他感觉好生奇怪，他很想知道事态的来龙去脉。宝强主动打电话给他，告知这事件的谜底，正中他下怀，这让他兴趣盎然地找了这个僻静幽雅的地方约他来相谈。

"正题是我现在约你找个僻静处面谈，也是无奈之举，只是怕让你也惹上是非。我现在能告诉你的是，目前我已被检察院监控。"

"——什么？"

"真的，我没忽悠你。"

"这可真是奇怪了，检察院怎么就找上你的门了，你不会没事找事吧？"

"哪里的话，不管怎么样，人不犯我，我也不会犯人。人若犯我，我必犯人。"宝强嘴上说话虽然挺硬，心里可是惶恐的，眉头紧锁。他知道王小鹏与张主任关系不错，一定掌握许多不可告人的秘密。

他试探地问："王老板要想知道什么，尽管问，我没二话，有啥说啥。可我想知道的东西，王老板也会如此这样坦率地告诉我吗？"

"这当然没问题，一定照办。我在前海认识的人也不少，你有啥需要的我也可以转弯抹角地托人帮你打听打听。"

宝强听到这话很高兴，歪过头去，对室内所有卡座望了望，除了音响播放的微弱幽雅的轻音乐，卡座里的人都是一男一女，在低声交谈着，谁也听不见他们在谈啥。这个 VIP 贵宾室没有人在注意他们这个卡座。

在优美的轻音乐中，宝强伏在桌子上，喝了一口咖啡，把嗓子放低了说："哎，事情得从头说起，还是从那狗日的老韦头说起吧。"

"你和老韦头也很熟吗？"

"不能算是熟悉，只是点头之交而已。"

"我的那次事件，你没掺和进去吧？"

"嘿嘿，我说哩，王老板，信息交流是要相互之间对称的呀。"

王小鹏了解宝强约他谈话的目的。他心里虽然有些反感，可是努力保持镇静，不流露出来他的不满。能了解到自己那次事情的实际真相，是他的心里想法，宝强想乘机从他嘴里掏出点秘密，他嘴上满口应承，心里却觉得好笑。

他对着桌上那盏浅黄色的小灯凝神地想了一阵，半晌，说："要我透点张主任的材料给你？"

"你能告诉我，最好。以后有什么事，我们可以相互交流、沟通信息，那办起事来就方便多了，王老板，你说对吗？"

"怕是不容易。"

"你不想出卖张主任？"

"唔。"

宝强原本的来意就是想收集张主任的材料，没想到王小鹏这样个死脑子，他焦急地瞪着两眼，声音也高了起来："你不是想知道深圳之行的秘密吗？我告诉你，真正的幕后推手就是张主任！"

"你能确认？"

"你不会说你不想知道其中的蹊跷吗？"

"是的。"

"这蹊跷的秘密说出来，吓你一跳！"

王小鹏听他说话的内涵神乎其神，抬起头来，对着他面孔，用质问的口气说："你还说跟我是朋友，那为什么不告诉我呢。"

宝强轻轻笑了一声，说："我约你出来就是想让你知道其中的秘密吖。"

"那你怎么还不说？"

"我说了，你也得告诉我想知道的东西。"

"难。"

宝强疑惑不解地问："为啥呢？"

"作为生意人，最忌讳的就是背后说三道四是地议论他人的不是。如果今天我在你面前说他人坏话，那么，明天或许后天，我完全可能在另一个人面前说你的坏话。你也是在仕途上干了这么久的老人了，难道你愿意交这种无信无义的朋友吗？"

"这话在理。但你这么个大智慧的人，总有办法绕着弯子给我点暗示呀。"宝强刻意启发他。

王小鹏不断摇头，说："这样子做，对生意人来说，连最起码的本钱都输光了。"

宝强听了他这话大吃一惊，不禁脱口说出："本钱？啥意思。"

"唔，本钱，就是生意人的品性，做生意，首先要学会做人，你如果连自己的品性底线都守不住，那还做什么生意。"

宝强失望地摇摇头，说："这个，我知道，可是光靠你自己守住底线，人家不讲究对应，你这个样子有啥屁用。"

"祸从口出，病从口入，人家怎样是人家的事。获罪于天，无所祷也。人在做，天在看，祸不入慎家之门，我能管住自己的嘴巴就行了。"

"不比从前，现在社会蒙人欺诈的事太多了，能有几个人还像你这样地傻乎乎地守什么底线。"宝强有点焦急地说："人不为己，天诛地灭呐。"

"也不能这样说，无关大局或者私人隐私的说说，聊聊，自然没什么要紧。"

宝强见他口风有些松动，似乎有苗头了，立刻笑嘻嘻地接上去说："那就好了，出门在外办事，了解和掌握信息最为重要，即使敌我双方交战也要知己知彼，方能百战不殆嘛。"

王小鹏摇摇头。

宝强暗暗吃了一惊，眉头一皱。他向附近的卡座扫了一圈，暗中顺便觑了王小鹏一眼，深深叹息了一声，顿时想了一个主意，说："你知道张主任是用什么样的恶劣手段推你下坑的吗？"

王小鹏微微一笑，说："我又不是神仙，咋能知道。"

"你知道吗，韦老头确实是搞新能源方面的老法师，那个桑塔纳电动车也是他研制的产物，在电动力研究圈子里，他是有点知名度的。可他本人却是穷光蛋一个，所以他经常来我们招商办寻求合作伙伴，一来二往地就跟张主任混熟了。因此，他们利用你空置厂房的策划方案就是老张头出的主意，而且最为恶劣的是，他明知道深广集团是韦老头拉来的风投公司，与他本人毫无关联，可老张头偏偏不揭穿，还默认他们是一个集团的。这样就给人造成深广集团是一个实体概念的印象，让你对这诈骗集团不会产生任何怀疑。"

"是呀！"王小鹏听他说的情况符合当时实际，可是还不太具体，急忙补充道："那天，当我离开豪赌魔窟，回到宾馆时再拨通他们的手机号，可是所有的手机都显示停机，再也打不通了。当时我就察觉到，深广集团就是一个诈骗团伙，打着招摇撞骗的幌子来干伤天害理的勾当！"

"问题就在这里！"宝强冷笑了一声，他很高兴把诈骗事件的祸根推到张主任头上："老张头把这伙人引荐给陶副区长，当时他根本没有详细介绍深广集团的基本情况，把个区长忽悠得也以为韦老头和他们是一伙的技术力量雄厚的跨国集团呢。"

"啊？难不成这跨国集团不是陶副区长引荐的?"

"哪里是啊，全是浑话，都是老张头在陶副区长耳朵根子捣鼓出来的好事。陶区长哪里会认识这伙不三不四的诈骗犯呢。王老板，你看这个老张头可恶不可恶，明白了这些，难不成你对他还会有好感?"

"当然，他这事做得太不慎重。"

"关键是他们选择的对象是从你身上下手，这不会是无缘无故的吧，我看根子就在这可恶的老张头身上。"

"真是老米饭捏杀也不成团，这万恶的狗屁事，你为啥早不说?"

"老婆面前不说真，他不逼得我狗急跳墙，还真不想说呢。"

"谁惹你了?"

"老猫不死旧性在，这老张头咬人的习性是改不了了。"

"乐莫乐兮新相知，悲莫悲兮生别离，都是同道人，相煎何太急? 你这怨天怨地的话又从何说起呢?"

"哎，说来话长，就这老韦头，也算是个神通广大的角色，我们开发区那家司特尔电器，就是他推荐引进的企业。司特尔为了表示对他的感谢，按照国际惯例，给了他一笔中介佣金。这老头为了自己的项目能在我们这片开发区落地开花，老是设计着空麻袋背米的方案，企望通过我们招商办平台，帮他的梦想撮合成功。因此，他就把这笔款子转给了我们招商办以贿赂人心。这个利令智昏的老张头就把这笔钱当作奖金在招商办内私下分了，这就闯下了大祸。"

"这笔钱数额多大?"

"五十万。"

王小鹏恍然大悟："原来检察院找你去，就为这事?"

宝强脸通红，尴尬地点点头，说："我都坦白了，我是从来不受贿的，我最多是逢年过节收点红包礼品，最多一次也不过是五千元。而且我都有纪录，这些记录我也交给检察院了。"

"什么，你都交代了?"

"检察官说了，我的这些红包礼品都是小打小闹，交代了就放我回家。还说，我想起什么可以直接向他们汇报，再立新功就既往不咎。王老板你看，我坦白了，不就出来了吗，检察官说话是算数的。"

"册那! 我问你，你交代的总数加起来有多少?"

"十万左右吧，这是好几年合在一起的数额。"

"去死吧，早晚你还得进去!"

"你凭什么这样说?"

"宝强，你说你没问题，我也相信你说的话。"王小鹏口气非常坚定，毫不讳言地说："据我所知，这五十万的事还不就是你挑头发难的吗？你快点和张主任谈谈，沟通一下，不要搞内讧，不要窝里斗，搞出这种事来两败俱伤。今天你也不要费尽心机地想再从我这里挖点什么内部材料。"

"事到如今，我也只能拼死吃河豚了，老张头已经被检察院逮进去了。"

"啊，事情怎么闹到这种地步？检察院有什么确凿证据逮他？"

"他进去后自己主动交代分得韦老头提供的那笔款子的十一万。"

"他自己承认了？"

"都画押签字了，这能赖得了谁的不是？这死鬼如今一口咬定，说我也拿了。册那！这信口雌黄的胡编乱造，连最起码的'马跑过有蹄印，鸟飞过有影儿。'的质证依据都拿不出来，还咬我个俅？"

王小鹏插嘴问："难道你还会没拿？"

"拿不拿，要有证据说话，他拿不出证据来指证我也拿的，那么这就等于是他自己拿的。妈的，赖我身上，没门！"

"五十万，他一人独吞？"

"不是，余下的办公室成员都有分到。王小鹏，我今天着重想提请你要注意的是：鸟儿粪污佛头上，我不打你，有人打你。"

王小鹏听到最后一句，才恍然大悟自己今天差点又演一个冤大头角色，给宝强忽悠了这么久，才明白这小子原来是想把自己当作他的枪来使。

但他也不好立即发脾气，政府部门里面内讧这种事，他最好离得远远的，免得惹祸上身。

他揉揉眼睛，仔细望了宝强一眼，爽朗而又慷慨地说："几时有空，咱一起泡妞去。我看啊，你的神经也别绷太紧，过了，就会断裂。有些话，我这局外人也不好多说，有时候想想，大家毕竟还是朋友。想想，那一年的大雪天，咱们三人一起去昆山，好悬呐，我那辆破车桑塔纳轮子轱辘上螺丝都快脱落了，还在高速公路上颠簸着行驶。想想，要多悬就有多悬。后来发觉了，赶紧下车把螺丝拧紧，轮子矫正了，行驶也就安然无恙。"

"王小鹏，你这番话的良苦用心，我不是不懂，既然你不愿意透露，我今天也就不强人所难了。"

"宝强，不是我不透露，我是实在没东西可以透露。我现在只能对你说，'马上摔死英雄汉，河中淹死会水人。'做事不要自以为是，还是小心为妙才好。'骂人不揭短，打人休打脸'咱买卖人和气为本。抱歉，真的是非常遗憾，实在是无可奉告！"

他们离开卡座的时候，整个咖啡厅的 VIP 卡座里一个人影都没有了，连音响都关闭得鸦雀无声。

走出昏暗的内室，下了旋转楼梯，才见到淡淡的光线。

当他们到了海边的水泥大堤上，一轮红日吊在西边的大海上空，橘红的阳光洒满宽阔的海面。

常言说：爱情常常打击人，金钱也常常打击人，而且打击人往往比爱情打击人时更加恐怖。

爱情打击人时，有时还会念及点旧情往往会手下留情，或者说还有回心转意重修旧好的可能。金钱打击人可不这样，金钱是没心没肺的冷冰冰的产物，六亲不认，不管你是男女老少，打击起人来往死里整。

前海地区招商引资办公室张主任就面临这种打击：这位年近六十，将全身而退养老的人，因受贿罪被判了十年六个月徒刑。

宝强被判十一年徒刑！

对于案情具体的细节王小鹏不太清楚，他只是在坊间流传中才知道，因内讧而爆发的职务受贿案：张主任最终被判定受贿十万五千。

——宝强受贿十一万！

然而，这场内讧引起的窝案，据说是由宝强挑战张主任而告密于检察院，最终导致他也锒铛入狱而谢幕。

呜呼哀哉，可悲的人生创造。

摄影　金色的感悟　王照敏／摄

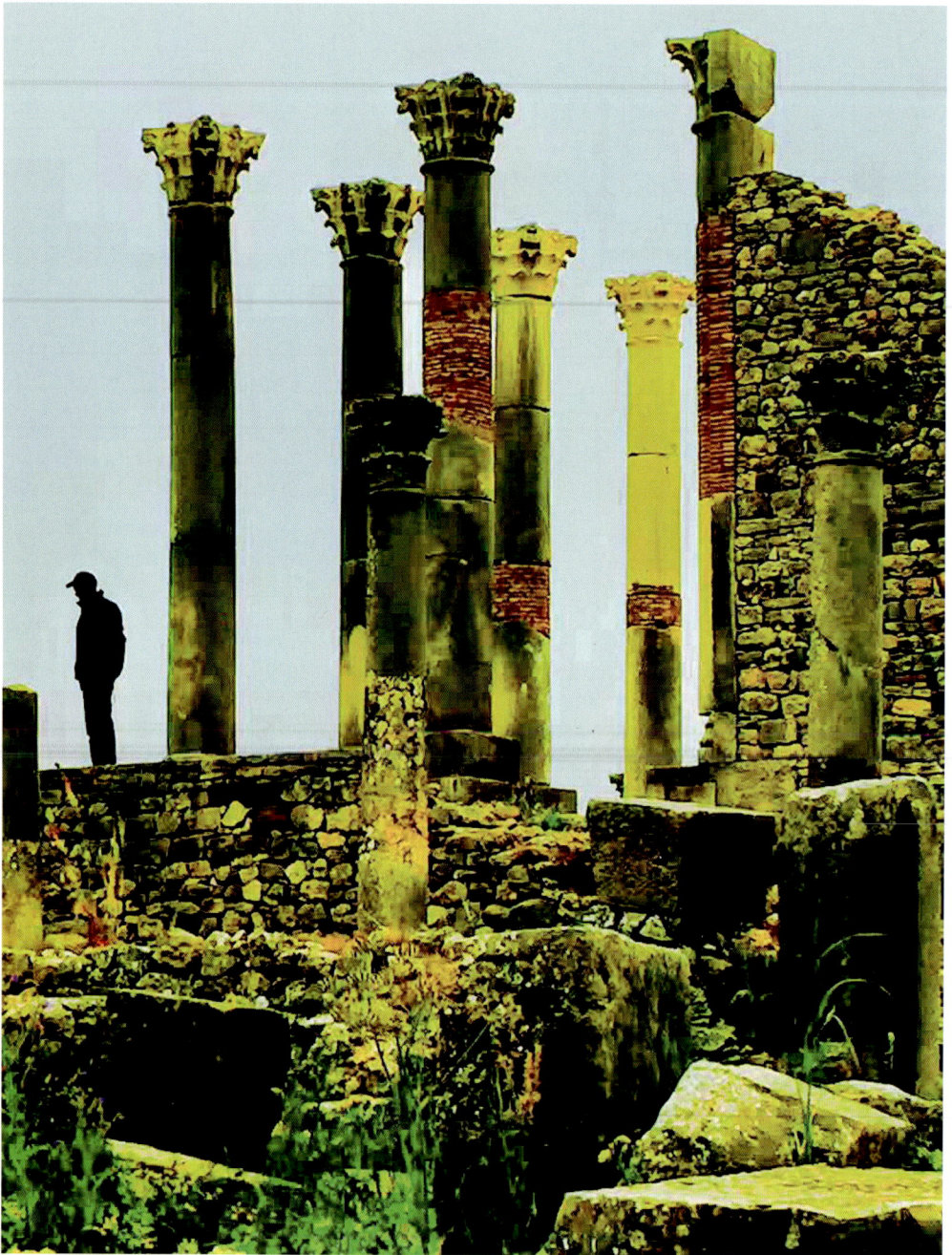

摄影　行走摩洛哥　王照敏 / 摄

第十七章
·
·
·

人 生 大 作

男人有钱便学坏？答案——非也！

确切地说：这个理念不能对所有男人一概而论！类似王小鹏那些从小在贫穷线上挣扎过来的男人，他的内心世界已被烙下深深的印记，他们的人生始终摆脱不了以前那种穷困潦倒的阴影。

这类男人，他们越是有钱或许越会珍惜来之不易的今天。换句话说，他们越是有钱，他们的人性品质就会变得更儒雅，更完美。

但是，男人有钱便得意、便洒脱、便精神焕发，这是可以肯定的。如果说，一个男人有了足够使他和他的家人过上富裕生活的钱财后，还不得意，还总是怨天尤地哭穷，那多半就是装的，装特么的低调。如今社会流行的低调，就是最豪华的奢侈，最时髦的奢侈！

王小鹏现在手里有钱了，虽然不多，但日常开销之后还略有余款。这对他来说，是他人生已经创造出前所未有的风光。

——这让他感到无限得意，无限洒脱！

一切如愿以偿：王小鹏预先设定的人生路线图，一步连着一步，按部就班地在他创造人生的轨迹上运作，经过艰难的人生旅途，走到今天，弹指一挥间，将近过去六十个年头，王小鹏终于初步实现了他儿童时代的梦想。

忆往昔：由于他出生家境贫寒，由于他认为在家庭中得到的是并不公正的待遇，所以打小起，他性格孤僻，喜欢独处，常常跑到泰丰新村铁路对面的那条清澈见底的小河边上，静静地躺在蓝天白云下的芳草地上，周边万籁俱寂，整个世界以及整个宇宙，仿佛都是静悄悄的。

翠绿的河水，翠绿的草地，翠绿的树冠，翠绿的浮萍，他的生灵在翠绿的色彩里自由自在地飞翔，没人干涉他。

他童年时代，创造人生的梦想就是在这绿色世界里得到了启蒙，当年的他，只有八岁，还是个儿童。

穷人的孩子早当家，也早成熟。小小年纪，他便开始策划怎样做才能让自己强大起来。如何做，才能改变贫穷的面貌，去挣得自己做人的尊严。

孩提时候的王小鹏，已经明白一个做人的标准：失去尊严的人，就会被人瞧不起。被人瞧不起的人，就要被人羞辱，被人当作马儿骑，被人当作狗儿溜。

如今王小鹏，他的人生旅途，历经千难万险，饱经风霜雨雪，在他即将跨入老年人的行列时，他的人性依旧相似于童年时代，还是喜欢和依恋于这种诗情画意的孤独格调。每当他忧愁时、高兴时、忧伤时、危难时、困扰时，他总喜欢独自一人来到大海边上和大海对话，时不时地坐在海堤上发呆。

他喜欢大海，钟情于大海，大海就像是他最知心的朋友：大海和他同甘共苦，给他带来无限的宽慰和空间遐想，汹涌的浪涛能扩张他的胸襟，解除他的忧伤和烦恼。有时候他真切地感受到：海涛什和他一起分享收获的同时，还会不知疲倦地为他演奏排山倒海的欢乐颂。

不久前的那一天，王小鹏又来到他心爱的大海边，极目远望，海面上没有风，大海像一面巨大的镜子那样仰卧在大地上。

远处有几艘渔民打鱼的机帆船，静悄悄的停泊在海面上。近处的滩涂上，一个鲜活的小女孩，正跳跃着抓小螃蟹。旁边是她年轻父母，那个男人横躺在沙滩上，那个女人单腿跷起枕在男人的半瓣屁股上，她半依半搂着身边的男人，夫妻俩一块儿津津有味地欣赏着他们的爱情结晶在沙滩上戏耍。

王小鹏内心深处那块被搁置了许久的某块地方忽然萌动了，他的心开始痒痒起来，他的手也开始痒痒，他真想拿起画笔把这生动的温馨景象用画笔描绘下来。但是现在，他看到这个女孩，看到眼前这幅三口之家完美幸福的画面，却黯然泪下，情不自禁地伤感起来。

历史已经毫不留情地翻过去整整三个年头了。

他的一大家子，四代同堂，近十口人，至今连一个属于自己家人挡风遮雨的屋檐都没有。每当想起这种人生的尴尬事，他的心就憋屈得难受，就让他感到羞愧满面、无地自容。

三年前，当他变卖所有房产时曾信誓旦旦地说过，一定会还给家人一座最好、最宽敞的房子的承诺，至今没有兑现。

虽然他私下悄悄地看过许多楼盘，但能让他称心满意的却一处没有。他想再搬回静安区的设想已经不再可能，那边目前根本没有出售的新楼盘了，而且静安区的房产价格如今涨得让人匪夷所思，这是其一。

其二呢，他对于自己家的屋子要求特别苛刻，二手房不要，他觉得晦气。高层楼房，他感到不接地气，也不要。

这样一拖再拖，一眨眼，快有三个年头了，他这一大家子还是挤在狭小的租赁屋里，这让他总感觉抬不起头来，愧对于家人。

这天傍晚，城市的华灯像喝了迷魂汤一样有气无力地初放时，举头东望，但见一轮明月却顺着天际线悄然爬升，青黑色的苍穹更显出大如金盘的月亮是那样的皎洁，甚至还能看出月亮中隐约的斑驳黑影。但月亮的光亮却依旧灿烂夺目，像儿童的脸蛋，稚气十足中又不乏青春魅力，那缕缕的云柳轻柔地缭绕在金盘周围翩翩起舞。此时此景，格外让人联想起吴刚折桂，嫦娥起舞的千年神话。

正当初升的月亮悄然地越爬越高时，王小鹏开着他黑色奔驰轿车回到了他在森林小区租赁的房屋。

一进家门，他老婆崔晓娣已经换了一身睡衣，冲着他问："怎么样，今天很累吧，都快上了年纪，也该注意自己的身体，可不敢再过度操劳了啊。"

王小鹏看了她一眼，摇摇头，不冷不热地说了句："今天实在太累了。"

他家的阿姨小邓，手脚麻利地将拖鞋放在他身前，说："老板，就差你了。赶快换鞋吧，这么晚了，菜都快凉了，大家都在等着你开饭呢。"

王小鹏看着小邓阿姨老气横秋的样子，故作厌烦地皱皱眉头，发出一声不像人的而像马的笑声，一种奇怪的只有汗血宝马才会有的朗笑声："哈哈，等得不耐烦了是吧？不耐烦你们可以先吃的嘛。"

小邓阿姨无缘无故地被王小鹏冲撞几句，也有些生气，委屈得眼泪都差点快掉下来了。

她鼓起腮帮子，嘟哝道："王爷不到，谁敢开饭呢。"

"哈哈哈，说我王爷就王爷啦。我告诉你们，今天，王爷我特高兴，来，来，小邓，你去把那个老茅台给王爷我拿出来，咱今天得好好地来个一醉方休！"

小邓愣住了，她不知道老板今天忽冷忽热的腔调到底是玩得哪门子路道，扭捏了一下，她还是顺从地到酒柜里去拿酒。

小邓是安徽山区走出来的农村姑娘，白里透红的脸上露出一排白玉米似的牙齿，她那健康的身体使得雪白的脖子圆滚滚的，不但没有一条皱褶，而且极其灵活，总是不停转动，几乎能转360度，好像有特异功能似的。

小邓在这个大家庭打工已经有十多个年头了，对于家庭每个成员的习性，她都非常熟悉和了解，这个大家庭似乎也非常依赖于她，什么东西放什么地方，她甚至比家庭成员都要清楚。家庭中的成员也都把她当作自己家人一样来亲切看待。

崔晓娣弯着腰，正在把王小鹏脱下来的皮鞋放进鞋柜，听到王小鹏大声吆喝着要一醉方休，忍不住插话，说："怎么啦，你今天是中了大奖呢，还是拣到金元宝了。"

"哈哈，才不是哩。王爷我一诺值千金。三年前我说过；三年后一定买更大更好的房子。今天，我都给你们买好啦，而且，一买就买两幢大公馆。"

"哇——！好漂亮的海口，夸吧。"崔晓娣知道王小鹏喜欢侃大山描绘前景，画太阳、画月亮是他人性的一大特色："看看，这一大家子人挤在这三室两厅的屋子里已经快三年了，你还好意思画太阳！"

"开饭、喝酒、吃饱喝足，王爷今晚带你们去看新屋子。"王小鹏说话语调，大有气象万千的豪迈气概。

崔晓娣端详着他的脸面，感觉他今天隆起的鼻子更豪迈：像龙头，像雄鹰、像苍石、更像一股清泉，仿佛从额头的悬崖上直流下来，她喜欢王小鹏这鼻子。在崔晓娣眼里，他这鼻子不但遒劲有力，而且在神采飞扬中还不失情意绵绵。如果说能从一个人的鼻子上看出这么多道道来，只能说明是情人眼里出靓仔。然而对于崔晓娣来说：她的眼里出得是——大将军王爷。

"我的家人们，"王小鹏很激动："我的人生创造，这几年让你们跟着我受苦了，我保证，你们担惊受怕的日子将会一去不再复返。从今往后，我将力争给你们一个安定的家，一个沐浴在阳光下的家，一个能让子孙后代们在阳光雨露下茁壮成长的家。"

椭圆形餐桌旁正在摆放酒杯的小邓，一边忙着给王小鹏倒酒一边嘲笑："老板就是爱吹牛，爱画太阳，不过这种说道太阳的前景倒也能让人高兴。你的创造人生能到此为止吗？不再折腾？我看不见得。你不是说，创造人生，就是活到老创造到老吗，那你继续再创造的话，能让这一大家子人不再继续跟着你提心吊胆地担惊受怕?"

"爱吹牛是我爸一大特色，如今我在生意场上混，才懂得，生意人必须要具备'大炮王'那种武器来应对各种不同的事态。呵呵，我就是太诚实，吃亏不少，爸的吹牛基因没遗传给我。"王小鹏儿子已经端坐在餐桌边，等候开饭。

"爸，我可不喜欢吹牛，但爷爷的基因好像是遗传给了我。"冲着王小鹏儿子说话的是王小鹏孙子。

如今的王小鹏已经有了孙子、孙女，属于上有老下有小，四代同堂的掌门人。

“小鬼头，你懂个屁，什么叫遗传基因？你倒是给老子说道说道。”王小鹏儿子对他的儿子嘲弄道。

“爸，这我懂，遗传基因，就是爷爷身上的那些坏东西通过你传染给了我，而且这种坏东西你想改，没法改，你想纠正，没法纠正，这就是遗传。对吧，爸。”王小鹏孙子撅着嘴皮对他爸说。

“阿呸！你个什么乱七八糟的说法，你本来就有坏心眼，还会骗同学钱！”孙女插话批驳孙子，俩人只要一对话就充满火药味。大的孙女，小的孙子，只要一开战便都互不相让，针锋相对、寸步不退。

说起王小鹏孙子，还别说是咋地，他身上似乎真有点王小鹏的遗传基因。

有一次学校组织春游，王小鹏给了他五十元零花钱，他吃过用过玩过，晚上回家却返还给他爷爷七十元！

这让王小鹏大惑不解，问他：“大孙子，你这 50 元 - 所用零花钱 = 70 元。这个金钱方程式是怎么解出来的呀。”

他孙子侃侃而道：“在公园门口，我和同学们围着卖香烟牌子的小摊，大家都说这些花花绿绿的小牌子好看、好玩，就是没人买。于是我想，还不如我现在把它全部买下，等到我们在公园草地上玩的时候，我便高出原价一倍卖给同学们。后来事情的结果就是这样，同学们都愿意买，我因为能赚钱，所以也愿意卖给他们，这是两相情愿的事，怪不得我哩！”

事后，孙子还是被班主任老师叫到办公室，轻声细语地对他说：“你小小年纪，这种削尖脑袋赚钱的行为是从哪里学来得？”

“我家爷爷！他说创造人生，不偷、不抢，凭智慧和劳动赚来的钱，就是合理合法的钱，就可以光荣享受。”

“你爷爷这话也没大错，不过你现在年纪还小，首先要读书，学知识。这种创造人生赚钱的本领，还是等你以后长大了再去研究，再去学吧。现在，把你所赚的钱，全部给我退还给同学们，去吧。”

孙子离开教师办公室房门时，听到班主任老师在里面大声笑着对其他老师说：“遗传！如今的浮躁社会，商人的遗传基因真的很厉害！”

“我说啊，创造人生的精确概念，不是你现在口袋里有没有钱的问题。我考考你们；关于有钱人的概念是什么？”王小鹏三杯茅台下肚，话也就多了：“如果你认为口袋里装有大把金钱，就认为你是有钱人了，你创造人生的目标完美结束了，错！我告诉你们，那就是大错特错了！真正的有钱人，就是拥有健康，拥有时间花钱。而有钱的定义又如何来界定呢？那就是当你老年体衰不再工作的时候，你的员工，你的家人，他们仍旧能维持原来的生活水平不变，生活质量还能逐年提高，还能衣食无虑地生活下去，这才叫做创造人生的价值所在。"

这理念太奇葩——家人当场傻眼！

你掌门老大不工作，当家的失业了，家人们还能继续生存？这是他们闻所未闻的奇谈怪论。

王小鹏酒喝多了，话语像流水那般越来越多："当创造人生达到一定境界时，即使自己不工作，你所创造的财富结构仍具有可续性来钱的惯性。比如，在创造人生时，要注意投资于股票或者投资于房产，这种依靠股票的增值和红利以及房产租金的收入，就是可续性来钱。这就是说，当你在创造财富的同时，要着重创造一个会持续冒出钱来的口袋，以便你即使不工作也会有一份稳定收入。再打个比方，你创造一次赚钱的机会，得到一次报酬好呢，还是取得 N 次报酬好，答案自然是能取得无限次报酬更好，这就是创造人生的智慧所在。很多人不明白这一点，导致他年轻时赚了很多钱，可当他年老体弱时，以前所赚的钱都花得差不多了，所剩无几。当失去工作能力时，他仍旧会坠入贫困的深渊。所以，创造人生财富，尤其要注意改变已经拥有的财富结构，要刻意创造一个能给自己持续提供金钱的摇米机。"

"人在顺境中，一定要想到或许还有危机产生，我爸这种未雨绸缪，创造摇米机的设想，确实是一种明智的思维方式。"王小鹏儿子说。

"所以说，人活到老，创造人生的思维方式不能歇息，每个年龄段都有着不同的创造价值和意义。同样是创造，随着年龄的递增，理念和概念不尽相同。我有义务提醒我的后辈们，为了避免家庭经济的崩塌现象，我们现在仍要节俭，要想尽办法去创造可持续性收入的经济来源。这是我的使命，也是对社会的一份责任。"

"那你就甭逗我们啦，还说买大房子呢，咱爷爷就是喜欢画太阳，吹大牛！"孙子无孔不入地钻爷爷的牛角尖。

"你懂个屁，没大没小的！"王小鹏儿子一本正经地板着脸训斥他儿子："你个小子，滚一边去，再不好好收拾你，你还真不得了了。"

孙子看着他爸吹胡子瞪眼的怪模样，吓得立马滚到爷爷身边，松松地喘了口气，竖起两眼看着他父亲：他知道，这下他爸没戏唱了！

"小鹏，你几时能把咱们的房子给买回来呢。你看看，现在一大家子人就像没根的浮萍，过着居无定所的飘荡生活。"王小鹏母亲插话进来问道。

她对于自己的房子特关注，没有屋子的生活，对于她来说就是没有一个完整的家，再怎么美满也不是她理想中的家。她对于家的定义，就是有一间产权属于自己的屋子，那才能算作是一个完整的家。

"这个嘛，你老就甭操心了，我已经给你们物色好了，明天去下订单，签订房屋买卖合同。"王小鹏抬起手臂，看看腕上的劳力士金表，一本正经地说："今天太晚了，就不去了。明天我带大家一起去看看新屋子吧。"

"不会吧，小鹏，说你胖，你还真的喘气不止呢。"崔晓娣用手指戳了戳王小鹏脑门，甜笑着说。

"爷爷，你这话，真的还是假的?"孙子满脸涂着问号。

"爷爷几时说假话哩?"王小鹏搂着他说。

"爷爷假话姥姥了!"孙女大声喷笑着说话。

"哈哈，爷爷的真话也变假话喽。"王小鹏说话时满脸露出幸福的笑容。

"你这样子的太阳，屡见不鲜啦。"小邓阿姨也跟着俩小孩起哄。

她根本不相信她老板说得像真的一样的话。她也从没听到过老板说要买什么房子。买房子是要花好多好多的钱啊。对她来说，这是要赚几辈子的钱，怎么可能今天说买就买好了呢。

"小鹏，你一下子哪来这么多钱，钱在哪里?"崔晓娣对家里的钱库情况还是知道得一清二楚，她掌管着家庭的财政大权。

王小鹏虽然是一家之主，但他不管具体的钱，他只管钱的数字，企业单位里的钱是她儿媳妇掌管，每月给他的只是账目来往以及账面存款的流水账报表。

"房子是必须要买的，咱就是没钱也得想办法挖出点钱来把这事给搞定。其实，我对市面上的房子观察很久了。现在房价低迷，正是买进的最佳时光，现在不买，将来肯定后悔莫及。所以我说啊，人最软弱的地方就是思前想后，患得患失，该博弈的时候不敢博，该出手的时候不敢下手。就在你犹犹豫豫，当断不断的时候，瞬间的机会毫不留情地逝去了。"王小鹏说话间低头摸着他孙子脑袋："大孙子，你们将来也会长大成人，爷爷问你们，人生什么最重要?"

"老师说了，学习最重要，赚钱是爷爷的事。"孙子说话的接口令，活络得是没话好说了。

王小鹏溺爱地拍拍他的小脑袋，说："老师这话没错，但爷爷的观点是；兴趣比成绩重要，良知比对错重要；成长比输赢重要；主见比顺从重要，和睦的家庭比有钱更加重要!"

"爷爷，你又吹牛，没钱能好吗? 没钱的家庭老吵架，我同学他家……"孙子正说着话时被他爸的吆喝声打断。

"滚一边去，小孩子插什么嘴。"王小鹏他儿子不耐烦了。

"你可别训他，他的话具有哲理性，创造人生说到底就是创造财富，创造金钱。比如说，今天我们这一大家子，四世同堂，没钱能好吗? 能和睦吗? 你看看电视上老娘舅对于家庭纠纷的调解，最终还不是为了钱。所以我说，钱虽然不是万能的，但没有钱是万万不能的。夸张地说，我或许还要为这个金钱奋斗终生呢。"

"爷爷，你不是说，要为共产主义奋斗终生吗。"孙女满脸惊诧地说。

"哈哈，那是爷爷年轻时代奋斗的理想目标，现在爷爷年纪大了，看来是实现不了这个愿望了。但是爷爷要让你们知道，个人优良的品性和习惯加上坚强的意志是创造人生的基础，我相信你们将来的作为一定会比你爷爷更加具有价值。我呐年纪也不小喽，岁月不饶人呐，我把该我做的事情做好，给你们小辈营造一个安定温馨的家是我不可推卸的责任，也是我创造人生的最终目标。"王小鹏眼圈开始红润、潮湿："所以我想，我夸的海口，三年期限已满，无论如何我得给你们把房子买回来，给我们这四代同堂的大家庭有一个安居的场所，否则，我的心不安呐。"

通红的太阳高高悬挂在湛蓝的天空上，它那耀眼的光流使得不同颜色的云彩显出通透的光亮和迷幻无尽的斑斓。

王小鹏夫妇走进樱花公司的售楼处大门，目光所及却是一片冷清、萧条，售楼员们垂头丧气地各自坐在位子上，百般无聊地玩着电脑游戏。

胡恩正在接待一对强烈要求退房的年轻夫妇。

他把一份双方签订的售楼合同推到那两个人的面前，勾起手指翘翘桌面，说："看看，白纸上签着你们大名，表示你们是自愿签订的房屋买卖合同，没人强迫你。如今你们要反悔，这是你们的自由，但是还得按你们单方面违约处置。"

胡恩是售楼处经理，大约 30 岁出头，中等个子，长得挺帅。

他身体稍微有些胖，略显凸出的额头，光滑滋润。四方脸的两边，镶嵌着的一对特别的"招风耳"，耳边沿儿有凹进去的地方，面相学上介绍说，这种耳朵是罕有的福耳朵。

胡恩卷曲乌黑头发下面的两只眼睛并不大，但很机灵，从那双眼神以及笼罩在他脸庞上的宁静以及悠然的气质上，可以看出他是那种具有高等学历的职业经理。

胡恩待人接物脸上总是带着笑容，他一笑起来，就露出两排整齐的白牙。

当他见到王小鹏一行走进售楼处时，立刻站起，走过来相迎："王总，你好。这位是不是你夫人？长得好年轻啊，你的福气真好。好好，你们俩坐会，我先把这手头上的事处理完了马上过来。哎，小芳，快过来给王老板他们倒茶水。"

说完话，他转身回到那对夫妇面前。

　　王小鹏坐在贵宾休息处一角，远远望去，只见他三言两语，就似乎把那对夫妇搞定，他们之间好像没有任何争辩，那男人就在一份文件上签了字。

　　而后胡恩去了财务室，不一会出来，把一张支票给了那男人："请拿好支票，看下金额是否相符。"

　　男人接过支票，接连不断地念叨着："谢谢，真心的谢谢。"胡恩送他们出去，路过王小鹏身边时挥挥手表示歉意。

　　随后从他那边飘过来的话："谢谢你们的理解和支持，我们今后就是朋友，如果可能的话，还是非常欢迎两位贵客光临，我会把最好的楼盘推荐给你。"

　　他微微弯腰，满脸堆着笑容将两人送走，一直毕恭毕敬地站在门口，直到看不见客户的身影，他这才转身回来。

　　王小鹏看见他的脸色苍白，忧虑的神色涂满脸面。

　　胡恩走到王小鹏身边时，原本脸上伤感神态似乎瞬间已被风儿卷走，刹那间显出来的都是阳光和灿烂："王总，没想到你我之间这么快又见面了！"

　　王小鹏立刻站起来，看着他，伸出手，友好地说："我是大丈夫说话算话，一言既出，驷马难追。"

　　胡恩被王小鹏做事果断的魅力所折服，脸上挂着羡慕和欣赏的神态，说："这样大的手笔，昨天王总单枪匹马过来，几分钟内一锤定音，这样独裁的魄力难得，让常人望而莫及。毕竟是近二千万的人民币呐，不是个小数。让人佩服，佩服！上海人中难得有你这般独断专行，如此爽快的人。"

　　王小鹏似乎想到了什么，看了一眼安然坐在绿皮沙发上的崔晓娣后转过头，神情专注地盯着胡恩的脸，说："当着我老婆面，你这是在褒奖我呢还是在翘反边？"

　　"喔呀，Sorry Sorry。当着你太太面说这话是有点不妥。我的意思，嗨！你也看见啦，刚才那两位已经签了合同，并交了房款首付，竟然还来退房。哎，现在卖房难呐，这么好的楼盘，大上海，中环边的稀缺别墅，出门拐弯即可上高架，交通便利，四通八达。可是，我们至今只售出一套，压力大啊。"

　　"对，胡经理，你说的话一点没错！既然是售楼低迷时期，你给我打个八折。"

　　"王总开玩笑，哪来这种事。你不会是来寻开心的吧？"

　　"什么话，我老妈和我儿子他们，已经在小区现场看房呢，就等我这里和你一锤定音了。这样吧，九折，这没问题吧？你们售楼也得有个策略，先打折销售，吸引人气，待人气旺了，再回到正常销售，或许还可以提价呢。这是销售策略，懂不懂？"

"不懂，不懂，你又不是我老板，说了不算。"

"笨呐，你打电话去请示一下不就得了，告诉老板，现在来了个大客户，买两套！随后，大客户还会带几个朋友过来，买四五套房子呐。"

"王总，真的假的?"

"哈哈，真的假不了，假的真不了，你还是快去打电话汇报吧。"

"好好，你坐会，喝茶，请喝茶。"

说罢，胡恩屁颠屁颠地又进了财务室，不多会便出来了，说："王总，你让我吃药，被老板臭骂一通。"

"老板怎么说?"

"他骂我；你个狗屁的，还懂不懂销售成本，什么八折九折的，爱买不买！最多给他个九五折，起个篷头，下不为例。"

王小鹏笑了，舒心地笑了："他老板大，咱没办法，就按你老板说的，九五折吧。"

"真的? 王总。"

王小鹏皱眉沉思，没有马上回答。

胡恩疑惑地望着他，没等他开口便接着说："这个楼盘别墅，主体为混凝土框架结构，没有承重墙，装修时只要不破坏主体结构，可以敲打拆除内部所有填充墙体。这是一。其二嘛，你看看这个屋顶大平层。"

胡恩拿着一根光亮的不锈钢伸缩细管，指点着楼盘模型，说："房顶这间小屋可以直通平台，你在房屋内部重建一道楼梯，随后啊，你自己看看，走出这小屋，整个屋面平顶有多少平方的空间啊，足够让你自己去想象该怎么弄了，咱就不明说啦，你应该懂的。其三，一楼层高空间近八米，中间一隔开，内在的含义你自己去想象理解。最后，我要提请王总注意的是，不仅地下室面积全部免费赠送，另外附加赠送，每幢别墅一个停车位和私家独立花园。如果你买二幢别墅，联体一块，那你想想，那个美得啊，咱就甭提奢华了。要多豪华有多豪华，要多气派有多气派！"

"胡经理，这些话你就甭说了，关键是咱没钱！"

"没钱? 没钱你逗我玩啊，真逗死我了！"胡恩说话脸面依旧带着微笑。

"我倒是有个起死回生的办法，说不定能收到意想不到的效果。"

胡恩犹豫着，说："不管怎么样，没钱能谈出什么名堂来呢?"

崔晓娣坐在边上，看王小鹏这样绕来绕去还没有说到正题，不由得有点忍不住了，插话进来说："小胡，是这样的，这么大一笔款子，手头上确实是有点紧张。我们算计了一下，按揭贷款百分之七十，余下的百分之三十首付款，我们一时还真拿不出来，你看。"

胡恩不禁皱眉，自语道："不就还是没钱吗？"

"不是这样子的！"王小鹏猛然站起，把手一挥，粗鲁地打断他老婆说话："钱，小事，咱不差钱！但是，胡经理，你要明白一个理，没有哪个生意人会把钱囤在家里发霉。不信，你打电话问问你老板，他会把钱囤在家里发霉吗，是不是这个理，对吧？"

"这倒也是。"

"我这买房，也是一时头脑发热。看到你，我就觉得咱俩人像似有缘，又瞧见你这楼盘销售业务清淡，我只是感到朋友之间能帮则帮。昨天，我是临时决定买你两套房子。至于钱，那是绝对没有问题的，首付款不就几百万吗，小意思，涮涮嘴的事。我的应收款还有几千万呢，只是一时周转不过来。至于几百万，这难道还不是如小指头那般大小，不是问题的问题吗？"

崔晓娣知道家里没多少钱，根本付不出这几百万的首付。然而她听王小鹏这样子地大着胆子胡吹乱侃，这才领教了她老公在外混世界的本事。不是亲眼所见，她还真不敢相信呢。

胡恩精神一下大振，说："做大老板的就是不差钱，一时周转困难，难免。"

"这就叫理解万岁！"王小鹏说："我买两套的决定不变，只是麻烦你再去打个电话给你老板，就说；我今天随便扔给你售楼处三十万，让你们老板定定心。我再给你签个凭据，如果我付不起首付款而不买房，那三十万元就白白送给你们。如何？我付了三十万首付，咱就把房屋买卖合同给签了，这事就算定了。我嘛，随后去追讨人家欠我的款子，拿到后立刻过来把你这首付款给付清。你嘛，赶紧去办理银行按揭贷款，咱分兵两路，各自筹款，尽早拿下房产证！然后我还可以拿着房产证去办理房产剩余价值抵押贷款。商人嘛，手里的现钱越多越好。我们是朋友了，朋友之间，你该出手时就应该出手，该帮忙时还得帮忙。"

"王总，这个忙我一定帮，而且是帮定了。我们售楼处的按揭贷款是浦发银行办理的，主管贷款的小周和我是小兄弟，一句话的事情。至于房产证，那就更没问题了，涮涮嘴的小事，我帮你搞定。但是，你这三十万的首付，我做不了主，拍不了板，这事还得请示咱老板，看他怎么说。"

"小胡啊，既然咱俩已经是朋友了，你就忽悠一下你老板，就说我不但自己来买了两套，而且还带了几个老板过来看房。如何？帮这点小忙，我看你应该没什么太大的问题吧？"

"这个不是原则性问题，我随口胡诌几句就是了，没问题。你等着，我这就去给咱老板打电话汇报请示。"

胡恩转身，一溜烟地闪进了财务室。

崔晓娣看着王小鹏，终于说道："我看你这人就是敢吹，明明刚才还在为首付款发愁，现在又装得若无其事的样子。不知道你底细的人，还真看不出你是两手空空的穷光蛋，真以为你是钱多得不耐烦了。"

崔晓娣说中王小鹏心事，他沉默着不作声，绷着脸，使劲抽烟。一支烟，他几大口便抽完了。

当他凑着眉头连续抽完三根烟的时候，胡恩喜笑颜开地出现在他夫妻俩眼前，乐滋滋地说："也不知道今天老板是哪根筋搭错了，毫不犹豫，一锤定音；没问题！"

王小鹏"唰"一下站起，情绪有点激动，握着胡恩两手，说："朋友之间不再言谢，任何谢都是多余的。你的情我领了，今后你看我的啦。"

随后他转身对老婆说："走吧，这事就这么定了，我妈她们还在现场看房呢，咱不能把她老人家撂在那里白开心吧，快给她们去报个喜。"

说罢，王小鹏携手他老婆转身就走，临出门时，他扭过头对着正在发愣的胡恩喊道："胡经理，你也别愣着，赶快把合同给弄出来，回头我看好房回来，给你签字画押。放心，不再更改，一锤定音！"

《创造人生》最后的第十七篇章终于写完了！

这部长篇人生履历故事小说，是王小鹏搬进这座绿荫丛中的大公馆以后，历时两年多时间写就。

坐落在上海市中环高架边上的樱花小区，是个闹中取静，安居乐业的幽雅之处，也是王小鹏选择的将来退休养老之寓。他花费了大量的精力和物力来精心打造他的家园，他的智慧和文化在这所豪宅里得到了充分的发挥。

住宅装修，他自己亲自动手策划、设计、施工。所需木料，全部采用花梨木精雕细刻，在浙江南浔红木家具厂加工精制。

这座豪宅，一楼大厅近 200 平方，宽敞的落地窗户，使得室内光线通透明亮。地坪面采用上等的萨安娜大理石。

天棚上，两盏巨型的水晶大吊灯把正面的巨幅油画"阳光下的原始森林"照射得栩栩如生，这幅油画作品是王小鹏动手绘制：原始森林中，那苍老树干上的斑斑驳驳，他都刻画得微妙无穷，活灵活现。

欧式风格的家具，更是把大厅装扮得古典雅致，凸显出来的是一种文化，一种淡定高雅的文化。

这幢千多平方米的大公馆，有着大小不同的四十多个房间，所有设施一应俱全，从底层地下室乘电梯可以逐层停顿后到达顶楼大平层。

蓝天苍穹下的大平层上，布满山水花草盆景，制作精致的藤椅、茶桌周边，点缀着各式各样的奇花异草。叮叮咚咚的小桥流水中，时不时浮出水面探头探脑的是无数条顽皮可爱，飘逸着长长尾巴的七彩金鱼。

王小鹏把这座豪宅搞到手，也真的算是来之不易。

那天，他在售楼处与胡恩签订完了房屋买卖合同，交清了三十万首付，小胡经理即在网上挂牌，房屋买卖交易手续算是完成。

没想到事隔三天，上海市房屋买卖新规出台——限购！

要命的是像王小鹏这样买进卖出，倒腾过无数套房子的人，不但不得购买新房，更不允许按揭贷款，更要命的是，他家属名下都有买进卖出房子的痕迹，他再想买房？门都没有！

接下去，没过多久，新一轮房价莫名其妙地又开始飞涨，涨得让人目瞪口呆：王小鹏即使掏出一倍的钱，也买不到如今这两栋屋子。

做事干脆利落，论语说道魄力十足，是王小鹏人性的又一大特色！

他在总结以往人生经历时，常常挂在嘴边上的一句话："我的一切，都是被当年的饥饿逼迫，豁出命去拼出来的！"

饥饿贫困造就了他人生的劣根性！

饥寒交迫提升了他人性的大智慧！

他从一个穷小子开始做梦致富，从白手起家，靠勤劳、靠智慧、靠好学、靠拼搏、靠舍生忘死的精神，直至到了老年，他这才走上了人生富裕的道路。

但总有那么些人，对王小鹏创造人生的履历，指指点点地说三道四：这小子，如果出生在战乱年代，他无论是在哪方面的军队里都能混出个将军。他如果做个土匪，势必也是个蛮不讲理、杀人不眨眼的家伙。

但不管你用什么心态去分析王小鹏，或者说用什么角度去评论王小鹏：他如今养活着一批跟随着他几十年打拼的老员工；他把自己的大家庭安排得妥妥帖帖；他在为扫清自家门前雪的同时又在为国家不断创造着税收；从他产业孵化园中不断走出去成为老板的大有人在；这些老板们在壮大了自己事业的同时，不但养活大批的员工而且又为国家创造了大量的财富！

更值得一提的是，王小鹏在空闲之时，又抽出时间，从拼音字母开始学起，在电脑上，从一天只能打五十个字起步，他竟然花了两年多时间，打出了厚厚一本 40 多万字的《创造人生》长篇小说。

对于这样的一个男人，无论如何，你都无法抹去他头上的光环，尽管他身上有着许多缺陷。但正像他太太崔晓娣对他的人性评价：没有缺陷的男人，不一定是个真正的好男人！

如今的王小鹏，心态平和地居住在沪西一隅。他满足并珍惜今天来之不易的幸福生活，他常常挂在嘴上的话，"人性不要贪，贪是祸。"他对于幸福的定义——美满和谐的家庭以及自己具有梦想的目标。

他认为：这两样东西他都已经拥有，实乃幸运矣。

在这段安居乐业，平平淡淡的日子里，王小鹏完成了他的长篇小说《创造人生》。而后，他又花了几个月的时间，把他的这部长篇小说进行了一次整体修改。

打印出来的书稿，他精心装订成册后将送到韩勋办公室，请他指教。过后，他就要把他的处女作送到出版社审稿，要是出版社同意给这部《创造人生》出版，那时，他创造人生的又一个梦想：便可以实现了。

一个阳光明媚的日子，王小鹏去了韩勋同志办公室，当来到办公室房门前时，他的心在不安地跳动。

他手里捧着得是他的一个美丽的梦想，一个从儿童时代就开始做起的梦，一个在他人生六十岁时，既将圆成的梦！

《创造人生》是他用半辈子的人生履历积累起来的素材，并且花了整整两年的时间紧张而顽强的拼搏耕耘出来的事业。

这厚厚一叠书稿，也是他创造人生的里程碑，此刻，他心情不但是激动的，应该说还是热血沸腾的。手捧书稿，让他感受到自己仿佛又回到了青年时代的那些青葱岁月。

历史进程到了公元 2014 年，王小鹏也过了不惑之年，老辣成熟的他，虽然在创造人生的旅途上经历了无数的风霜雨雪和艰难险阻，但他内心世界却还是很脆弱的，他一辈子都无法抹去那些刻骨铭心的烙印，一种对创造人生旅途中的噩梦追忆。

从根本上说，创造人生就是冒险：要想过上舒适的生活，要想富裕起来，那么就要有勇气从小增强自己的力量，坚定自己的信心。不敢冒险的人，一定不会创造出人生奇迹，也不会成为富翁，过上舒适的生活。然而，过分冒险的人，不是昙花一现就是身败名裂，跳楼自杀。

所以在创造人生的同时，规避冒险的含义就是规避风险。但是，你不去冒险，就什么也得不到！

当王小鹏跨进韩勋办公室房门，出现在他眼前时，着实让韩勋吃惊不小。好久未见，韩勋似乎是年纪越大越酷了。

六十岁已经出头的他，灰黑色大背头发式下面，宽大的额头依旧红润，由于严肃而在眼角，包括内眼角于鼻梁相接的地方出现了太深的皱纹。眼睛是不会老的，透过架在鼻梁上的眼镜，依然能让人感受到他那黑白分明的眼球依旧是那样慈祥。正是这慈祥的眼神和略含笑意的嘴角，使这张严峻的面孔流露出宽厚的人道，值得让你信任。

王小鹏突然出现使得韩勋惊愕的脸色，一忽儿便消失了。

随后他站起，握手，和颜悦色地说："哈哈，王老板，听说你最近做得不错啊。哈哈，今天是什么风把你给吹来啦。"

"嗯，韩董事长，我是向你请教来的。"

王小鹏把自己今天过来的想法以及为什么想出这一本书的指导思想说了一遍。

韩勋挥挥手，说："这我已经听你叙说了几次，不必再念叨了。还是那句话，设想是好的，动机也是正确的，值得鼓励和支持。"他身子往后一仰，靠在椅背上，说："最近写得怎么样，完稿了没有。"

王小鹏身子前倾，俯向台面，尽量凑近于韩勋后仰身子的距离，发出轻微的语调，说："对于一些敏感的问题，我一时还把握不准，特请您来审核指教。"

说罢，他把《创造人生》书稿推到韩勋面前。

"哈哈哈哈！"

韩勋忍俊不禁大笑起来，笑得两眼眶都溢出了泪花，笑得眼镜片上蒙了层淡淡的雾气。

他一边笑一边摘下褐色镜框的近视眼镜，用绒布擦着镜片，满脸挂着慈祥的人情味儿，眯起眼睛，凝视着王小鹏。

随后，他不慌不忙地点了支烟，慢悠悠地翻看着王小鹏书稿。

好一阵子，王小鹏迷迷糊糊中，终于听见韩董事长呢呢喃喃的语音："每个人，他的一生或许在两种情况下是不应该去投机冒险的。一种情况是在他有本钱投机的时候。第二种情况，是他还不能自立，也就是说他还没具有能力干起来的时候。"韩勋一边继续翻阅着王小鹏长篇小说的书稿，一边自言自语地说。

他现在已经不再是新都大酒店董事长，因为接近退休，所以退到二线，做些调查研究民营企业在改革开放期间所发挥的作用与可续性发展的前景。

"是的，韩董事长，"王小鹏对他的称呼已经习惯了，而且他也不愿意改变："我认为，创造人生就是要知道该不该冒这个险，值不值得你去冒险。那些离经叛道的冒险行为不属于理念上的创造概念。但生命中，有才能的人、卓越的人，必须要去冒这些险。果敢的人，唯有冒险才能是我们安于斯，满足于此生。"

韩勋若有所思地继续在抽夹在指间的烟卷，不置可否地笑笑。在袅袅升起的烟雾里继续展开他的思维理念："你的话有一定道理，有才能的人只承认才能，而且相信才能，觉得一切迷信滑稽可笑。卓越的人，便是在思想上或在行为上是最能追求、最能冒险的人。这种卓越性，使他具有更多的能量，因此，他也应该有一个高级的义务，对于这个义务的内涵意义是什么，王小鹏，你想过没有？"

韩勋两眼突然变得炯炯有神，目光灼灼地盯着王小鹏眼睛。

王小鹏顿时愕然，摊开两手耸耸肩膀，莫名其妙地开始焦躁不安起来，他的脸色涨得像西红柿。

他不了解韩董事长说话的内在含义和指向是什么意思。他不了解，这位进入老年行列的领导，表面淡然，实际上对他却有着无尽的关怀之心。

他现在面临的是一个迷惑的，让他难以回避的题目，他不能要求韩勋董事长直接说出答题，但他又很想知道答案。

这时，他有点意识到，这种心态或许是一种愚昧的并不明知的表现，他内心矛盾重重，经过斗争，决定还是圆滑地蒙一下的思想占了上风。

"建立一个伊甸乐园，"他低声地说："伊甸园的含义，就是让我的家人和我的员工们，能够无忧无虑地在乐园里生活！"说到这儿，他再也不敢与韩勋董事长对眼，将目光移向了别处。

"好一个梦想！王小鹏，这是不是你对将来的又一个创造人生的策划？"

王小鹏这时才开始模模糊糊地明白了韩董事长的意思：原来领导还是在按共产党的思维方式来教育和熏陶自己啊。

于是，他干脆顺着这个思路，大侃特侃："创造人生就是要求我们不断地去创造未来。人生有限，生命有限，但创造无限。就这个伊甸园的创造而言，如果说我这辈子不能完成的话，就由我儿子继承，儿子后面还有我孙子，孙子后面有重孙，子子孙孙，前赴后继，这是一种永无止境的创造。"

韩勋思索了一会儿，说："对了，王小鹏，我记起来了，以前你也提起过，年轻时代，你的梦想就是要为共产主义事业奋斗终生，这个奋斗，你也说过，子子孙孙永无止境，哈哈哈。"

王小鹏满脸尴尬，他紧皱着眉头，额上出现了一条很深的皱纹。

过一会儿，他不好意思地站起来，走到净水器前，往茶叶杯里加了点热水，然后回到办公桌前坐下来，说话的声音很严厉，他原先本想是说得温和些："但是，我必须要声明的是，此一时，彼一时，时代不同了。再说，党组织也没吸收我，我原工作单位里的领导，他们不需要我为共产主义事业奋斗终生呐。这，我有力也使不上去，所以，我认为。"

韩勋很不赞成这种说法，没让他讲完，就打断他的话题，说："不过，我倒是认为，你现在创造一个伊甸园的设想和计划并不错，这种创造也是为我们党的事业而奋斗，应该给你点赞!"

王小鹏不知道什么时候韩董事长竟然也学会了时髦派的词语。

对于韩董事长，王小鹏可不敢讥讽嘲笑，只是在肚子里呵呵笑着"现在社会，年纪越大越会甩派!"

"不论成功或失败，都在于自己的设想和计划是否值得去创造，韩董，我现在不谈政治观点。"王小鹏脸上洋溢着灿烂的光芒，两眼炯炯有神，他说话时的神态是真情实意的："我必须声明的是，至今我还是顽固地认为，创造人生不仅仅是为自己。如果我们换一个角度来看这个问题，我说呀，韩董事长，你这个说法完全正确。这个社会，如果做老板的都能发扬壮大一种；员工为我，我为员工的指导思想，每人创造出那么一小块伊甸园，让一部分人安居乐业。我看，这难道不也是在为党的事业奋斗终生吗？您说对不对？"

韩勋像是看透了他内心世界的想法，眯着眼睛思索了一会，说："不要问对与不对，王小鹏，尽力去做你自己判断是真确的，值得你去做的事吧。不要在乎别人是否赏识你，用乐观的态度去成全你自己的梦想。"

王小鹏似乎有点尴尬，讪讪地说："我倒确实是常用乐观的思维来看问题，或许那就是我小有成就的秘密。比如，当初我写这部《创造人生》书稿的时候，自己也不相信自己能把它创造出来。但我想，天下无难事，只怕有心人，于是我白天黑夜轮番着拼命干，结果您看，还是给我鼓捣出来了。"

这话让韩勋异常高兴，他将燃烧殆尽的烟蒂使劲摁灭在烟灰缸里，说："我知道你有一股韧劲，工作起来有一种拼命的精神，这也就是我欣赏你的原因所在。我相信你，只要你努力干下去，一定会成为民营企业家中的作家。"

"谢谢领导鼓励。"王小鹏既得意又兴奋："我保证不会让您失望。"

韩勋低头，把书稿从头至尾又急速翻阅一遍。

片刻，他抬起头来，凝神看着窗外郁郁葱葱的绿色树木，过了许久，才张嘴说："我走马观花翻了一下，不错！这部书稿非常有可读性。一是故事有情节，引人入胜。二是全文有主题，围绕创造人生展开叙述。三是人物的心理刻画很成功，心理描写也很细致。四是人物之间的斗争情节有轻重缓急，比你初写时给我看的那些零星篇章有提高。五是形容词用得很好，特别是对天气和风景的描述很有看头。至于有些修改的意见嘛，我还得仔细看完了以后再和你商榷。"

"谢谢韩董事长，你的表扬就是对我的鼓励，我想在我的有生之年，一定要完成我童年时代的梦想，把我人生所经历的酸甜苦辣用长篇小说的形式写出来。"

"哈哈！这让我得提前祝贺你了，预祝你顺利完成这个写作任务，这是个很了不起的梦想，真的要大大地祝贺你!"

王小鹏开始有点得意起来，他的话语滔滔不绝地又开始像流水那样："勤劳耕耘，自始至终地坚持，我想，我的人生履历故事篇章一定会让我鼓捣出来。当然，这会让我的生命耗费许多精力，我也明白，不下苦功夫，完成这写作任务那是不可能的事。然而，这与让人代写，坐享其成的意义是迥然不同的。我要得是我自己写的文学作品，所以根本没去考虑过请人代笔。当然，请人代笔的书稿自然会更夺人眼球，可读性也更强，但我认为，那样就失去了创造人生的意义。"

韩勋看着他这副洋洋自得模样，只是宽厚地笑笑：说："王小鹏同志，我认为，你只要干你自己热爱的事，以恒心为友，以经验为导师，以刻苦为伴读，我想你一定会完成这人生履历故事编写的任务。人是无所不能的，之所以完不成预定的目标，与其说艰难困苦，不如说是对自己缺乏信心和决心。王小鹏，我听到过许多人提起你，说你是个怪才。但我相信你，只要努力不懈地干下去，你的大作完成后，一定会让所有人对你刮目相看。这是一种荣誉，一种用金钱买不到的荣誉，一种最值得让你骄傲的荣誉。"

真是夕阳西下时分。

一辆黑色奔驰轿车疾驰在上海市区内环线高架上，从车窗往外极目远眺东方：陆家嘴东方明珠那一带，高耸入云的大厦毗邻之间呈现出来的天际线上，淡红色的晚霞满天，一线大城市的黄昏是那样的怡静美丽。

暮色像一层深蓝色的轻纱像四面八方散开，覆盖着高架上空。奔驰轿车在延安东路下了匝道。

华灯初放的市中心，此刻正是交通最繁忙的时候，拥堵的车流连接着人行道上熙熙攘攘的人群，使得繁华的都市人气更加旺盛。

四月的夜风，飘荡着路边绿化丛中飘过来的槐花清芬，轻轻吹拂着路人的面颊与发鬓，吹拂着人们的胸襟。

不一会，夜色像一块巨大的幕布从天空徐徐降落，城市的夜景魅力十足，多姿多彩。

大街上车水马龙，人来人往。高架路两旁大厦林立，楼上悬挂的五彩缤纷的霓虹灯闪闪烁烁，仿佛给建筑物披上闪光的五彩壮锦。

春夜的城市，到处散发着春的气息。千姿百态的建筑点缀在城市的空间，就像演奏着一部改革盛宴的交响曲，而它的夜曲照样也是那么具有节奏，华而不俗，繁而不乱。虽然只是四月的春天，却给人以春深如海的感受。

车子在华山路上往右拐入上海宾馆。

情趣盎然的王小鹏，迈腿跨下奔驰轿车，涌上前来向他献花的是他的那些好友，大家齐声贺道：

"祝王总六十大寿——生日快乐！"

"同乐，同乐，你们是我最好的朋友，如同我的兄弟姐妹。"王小鹏衣冠楚楚，满面春风。

上海宾馆底层宴会大厅，灯火辉煌，好像水晶宫似的，宽敞明亮。装饰在墙面上的彩绘玻璃，雕刻精美，布局格调别致清雅。

祝寿宴会主持人李经理，站在主席台前对着众人，拍着手掌喊道："静静，请大家静静，酒宴马上就要开始了。"

瞬间，连那些爱说话的人也赶紧停止了谈话。

几十张用红裙布围起来的圆台面上，除了餐具、酒水、饮料以及香烟外，每张座位前还放着一本厚厚的大部头书《创造人生》，看上去像是开什么学术研讨会似的。

李经理宣布请大家安静的时候，许洁正注视着坐在他对面从容淡定地抽着烟卷的王小鹏。

忽然他站起来，摸了摸下巴，不紧不慢地笑着说："我有个提议，在酒宴开始之前，我破例要求王小鹏同志谈谈他创造人生的感悟以及出版《创造人生》的指导思想。李经理，我认为，应当让他先发言。"

宴会厅里响起了表示赞同的喊声。

于是李经理突然提高嗓音宣布：

"现在，请今天的寿星，我们公司的王小鹏老板——致词！"

宴会厅里在座的十有八九都是王小鹏的亲朋好友，因此，当王小鹏走上主席台的时候，大厅里响起了热烈的掌声和欢呼声。

"尊敬的领导们，我的亲朋好友们，你们好。首先，我非常感谢大家来到这里和我欢聚一堂。"王小鹏说话的语调是平和的，但是却掩盖不住他内心的激动："今天晚上，我站在这里，感到非常幸福。"

他微笑着向周围的人们弯腰点头致谢，神色踌躇满志，眉毛上扬，起了高音："在这里，我看到了一些好久未见的老朋友，他们以前曾经是一位普普通通的农民工，在我承包的建筑工地上干着普普通通的工作。然而今天，我看到的是他们西装革履地成了一位堂堂正正的老板，我为他们能有今天的成就，感到由衷的高兴。"

"老板真是太客气啦，您永远是我们学习的榜样。"扯开嗓子叫喊的就是原来的架子工，如今成了大老板的阿印。

"祝贺王老板六十大寿，长命百岁！"强盛端起酒杯山呼海叫。

"谢谢，谢谢，我想表达的意思，就是我们国家改革开放的政策'让一部分先富裕起来的人，带动另一部分人富裕起来'的政策是对的，也是完全正确的。"

宴会大厅响起了雷鸣般的掌声！

"一个人只要有梦想、有理想、有信心，凭着自己的智慧和果敢精神，在改革开放的阳光政策沐浴下，事实证明，只要你努力，只要你敢于去尝试，或许每个人都会有机会大有作为。如今，我们国家的市场经济，摆脱了非典时期的经济危机，以及随后席卷而来的金融危机。现在我们国家市场经济正在复兴，我们人民的力量也在强大，活在这个几百年都撞不上的改革开放年代，你们说，在这样的时候，我们大家能不借着东风与时俱进吗？"

崔晓娣眼睛睁得大大的，睫毛在轻轻地颤动，目光中露出惊喜愉悦的神情。王小鹏脸上洋溢着幸福的笑容，两眼炯炯发光，他在一片欢呼声中接过服务生递上的水杯，喝了两口。

"我的至爱亲朋们，"王小鹏把这几个字说得特别清楚响亮，几乎像是从喉咙管子里喷薄而出："我今年满六十岁整了，我经常听到有人在背后评论我这个人，说我是个怪才，而且还是个有争议的怪才！争议的焦点是什么呢？无非就是想确认我王小鹏到底是个什么人？是好人？还是坏人？"

围桌而坐的人们嬉笑不止，有人甚至还吹起嘹亮的口哨：大家伙非常欣赏王小鹏这种别出心裁的演说词汇。

王小鹏不笑，他一本正经地张开两手，使劲摇了摇，表示敬请大家安静："关于这种评论的标准定义是什么呢？我认为，你用什么样的心态来分析我，或者说你是站在什么样的角度来看我，那么，你就会得出并不一样的结论。我并不认为那些对于我人性的贬低是充满恶意地故意诽谤。我认为的是，这世界上没有一个人是十全十美的，包括伟大人物。更何况像我这样的生意人！作为生意人，有时候人在河边走，不得不湿脚，这是常有的事。我相信，如果当年我不辞职下海经商，如果当年我安心厮守着我的那位五好工人石狗师傅，做个老老实实的打铁匠，那么今天，我或许还可以被人评论为是个'正派人'呢。"

掌声再一次打断了王小鹏别开生面的演说。

"但是，如果当年我没有辞职下海经商，或许我还当了厂领导干部，甚至说我当了党总支书记，那我这个正派人，一定会是个官僚和办公室老好人。今天也不会有这福分站在这里，捧着我的《创造人生》与大家共聚一堂。"

王小鹏端起杯子喝了口水，继续说道："所以，我自己对自己人性的评定，直截了当地说吧，我就是个'好人中的坏人，坏人中的好人。'关于这个灰色的定论，大家是毋庸置疑的。"

他的演说用词滑稽幽默透了，逗得场下众人捧腹大笑。

停顿了下，王小鹏目光炯炯地扫视了下在座的各位："历史的机遇让我下海经商，使我的创造人生充满了跌宕起伏，但同时也开拓了我的视野和胸怀，淬炼了我的人性意志。今天，我还是要说，我爱我的家人，我爱我的朋友，我更爱我的那些智慧的对手，是他们让我变得更加坚强，更加淡定地面对人生。他们的智慧提升了我的智慧，这种可遇不可求的锤炼，走在人生旅途上，不是每个人都能遇到的。"

一阵哄堂大笑盖过了他的声音，气氛顿时活跃起来。

大厅里掀起了一股巨大的浪潮，围坐在圆台面旁的所有人，在给予王小鹏一片热烈掌声的同时会心地哈哈大笑。

"做人，是好是坏，历史自有定论，我不在意他人对我的评论是褒是贬的用意。"此时，王小鹏脸上从容淡定，潮润的脸色更显出他神态严肃庄重，他似乎意识到在今天这种喜庆场合，话题不该扯得太远，思索片刻后加重了语调，说道："最后，我要说的，我的父亲在六十岁退休之时，他工作单位领导给他胸前戴上大红花，敲锣打鼓地把我父亲送回家。如今，时代不同了，我借今天各位领导，各位好友，各位亲朋，特意赶来祝贺我六十大寿的同时，宣布我退休了！今天，我用我的著作《创造人生》当作大红花，挂在我的胸前，以告慰我父亲的在天之灵，感谢他的养育之恩！"

全场肃静片刻之后，猛然又暴响起一阵热烈掌声。

王小鹏眼眶又开始有点红润，有点潮湿，他心潮澎湃地继续说道："我虽然宣布退休了，但我同时宣布，我退休之年将会走上新的人生旅程，生命不息，创造人生——永无止境！今天，在我六十岁生日之时，我的著作《创造人生》正式出版了，这让我感到无比的欣慰和幸福，在这里我特别要感谢出版社的领导和编辑对我的鼓励和支持，谢谢。我的话完了，谢谢大家！"

在热烈响亮的掌声中，宴会主持人李经理提议："请各位嘉宾起立，为王小鹏生日快乐，为他的大作《创造人生》隆重出版，请大家举杯，共同祝贺！"

首席宴桌上的韩勋站了起来，许杰、锡平贵、阿印、强盛以及全场所有来宾都纷纷站了起来：

整个宴会大厅轰然响起"干——杯！干——杯！"

2016 年 4 月 24 日完稿